Vrijheid

FSC

Mixed Sources

Product group from well-managed forests
and other controlled sources

www.fsc.org Cert no. SGS-COC-001940

Uitgeverij Prometheus stelt alles in het werk om op milieuvriendelijke en duurzame wijze met natuurlijke bronnen om te gaan. Bij de productie van dit boek is gebruikgemaakt van papier dat het keurmerk van de Forest Stewardship Council (FSC) mag dragen. Bij dit papier is het zeker dat de productie niet tot bosvernietiging heeft geleid.

Jonathan Franzen

Vrijheid

Vertaald door Peter Abelsen

2010 Prometheus Amsterdam

Voor Susan Golomb en Jonathan Galassi

Eerste druk (paperback) augustus 2010
Tweede druk (gebonden) september 2010
Derde druk (paperback) september 2010
Vierde druk (paperback) september 2010
Vijfde druk (paperback) september 2010
Zesde druk (gebonden) oktober 2010
Zevende druk (paperback) oktober 2010
Achtste druk (paperback) oktober 2010
Negende druk (paperback) oktober 2010
Tiende druk (paperback) november 2010
Elfde druk (paperback) december 2010
Twaalfde druk (paperback) december 2010
Dertiende druk (paperback) december 2010
Veertiende druk (gebonden) december 2010

Oorspronkelijke titel *Freedom*

Omslagontwerp Dog and Pony
Foto omslag Getty Images
www.uitgeverijprometheus.nl
ISBN 978 90 446 1439 8 (paperback)
ISBN 978 90 446 1740 5 (gebonden)

Ga nu, fortuinlijken, en deel de blijdschap over uw geluk met eenieder. Ik, oude tortel, zal op de wieken gaan naar een verdorde tak, om daar, tot mijn laatste snik, mijn verloren geliefde te bewenen.

'Een wintervertelling'

Goede buren

Het nieuws over Walter Berglund kwam niet van iemand uit Ramsey Hill (Patty en hij waren twee jaar geleden naar Washington verhuisd en vormden allang geen gespreksstof meer in de buurt), maar in dit deel van St. Paul was de verbondenheid met de eigen stad niet zo sterk dat er voorbij werd gegaan aan de *New York Times*, en volgens een uitgebreid en verre van lovend stuk in die krant was Walter behoorlijk in de fout gegaan, daar in de hoofdstad van het land. Zijn vroegere buren vonden de quotes over hem ('arrogant', 'achterbaks', 'kwalijk') maar moeilijk te rijmen met hun herinnering aan de immer vriendelijke, opgewekte en snel blozende 3M-employé die vroeger als fietsforens de februarisneeuw op Summit Avenue had getrotseerd. Het wekte bevreemding dat Walter, die altijd groener dan Greenpeace was geweest en zijn wortels op het platteland had, in opspraak was omdat hij met de steenkoolindustrie zou hebben samengespannen om de plattelandsgemeenschap te benadelen. Maar aan de andere kant, de Berglunds hadden wél altijd iets eigenaardigs over zich gehad...

Walter en Patty waren de jonge pioniers van Ramsey Hill geweest – het eerste pas afgestudeerde stel dat een huis in Barrier Street kocht sinds het oude stadshart van St. Paul dertig jaar eerder aan het verloederen was geslagen. Ze betaalden zo goed als niks voor hun victoriaanse huis, en moesten vervolgens tien jaar kromliggen om het te renoveren. Eer ze de verbouwing van de garage konden afronden had een criminele volhouder er brand gesticht en tot tweemaal toe hun auto opengebroken. Roodverbrande motorduivels streken neer op het braakliggende veldje naast het huis om er met zijn allen Schlitz te hijsen, worsten te grillen en tot in de kleine uurtjes hun motoren te laten brullen, tot Patty in haar joggingpak naar buiten kwam en riep: 'Oké jongens, zo kan-ie wel weer!' Patty was niet iemand om voor te bibberen, maar ze was in haar highschooltijd een kei in sport geweest en had nog altijd de onverschrokkenheid die daarbij hoorde. Vanaf haar eerste dag in de buurt liep ze onontkoombaar in het oog. Lang van gestalte en onwaarschijnlijk jeugdig duwde ze met wippende paardenstaart haar kinderwagen langs de gestripte auto's, kapotte bierflessen en verse kotsplakkaten op de oude sneeuw. Alle uren van haar dag waren zichtbaar in de boodschappennetten die aan de wagen hingen. Je kon zien dat ze weer een ochtend achter de rug had van door de baby bemoeilijkte voorbereidingen op een door de baby bemoeilijkte rondgang langs de winkels, en een middag voor de boeg had met middengolfprogramma's, het *Silver Palate Cookbook*, katoenen luiers, pleisterkalk en latexverf, en dan *Goodnight Moon* en een wijntje. Ze was al helemaal datgene wat in de rest van de straat pas tot ontkieming begon te komen.

In die beginjaren, toen je nog zonder gêne in een Volvo 240 kon rijden, stond de nieuwe burgerij van Ramsey Hill voor de collectieve opgave om zich vermogens aan te leren die hun ouders ooit overbodig hadden gemaakt door naar een voorstad te verhuizen, zoals de overredingskracht om de wijkpolitie daadwerkelijk de wijk in te krijgen, de kunst om je motorfiets uit de handen van hogelijk gemotiveerde motordieven te houden, de vindingrijkheid om je tuinmeubels te vrijwaren van alcoholisten op zoek naar een slaapplaats, het gezag om zwerfkatten zover te krijgen dat ze voortaan in de zandbak van de buurkinderen scheten, het inschattingsvermogen om te zien dat het beroerde niveau van die buurtschool met geen tien oudercommissies viel op te krikken. En daarnaast waren er natuurlijk eigentijdse vraagstukken, bijvoorbeeld of katoenen luiers de extra rompslomp waard waren, en of het waar was dat je melk nog steeds in flessen kon laten bezorgen. En was de padvinderij wel politiek correct? Was bulgur echt zo gezond als werd beweerd? En waar kon je je batterijen laten recyclen? Hoe moest je reageren als een oorspronkelijke, donker getinte en van de bijstand levende buurtbewoonster schreeuwde dat mensen zoals jij de buurt naar de tering hielpen? Was het waar dat het glazuur van oude Fiestaware-borden gevaarlijke hoeveelheden lood bevatte? Hoe uitgebreid moest een waterfilter eigenlijk zijn? Weigerde jouw 240 ook weleens in overdrive te gaan als je op de overdriveknop drukte? Was het beter om bedelaars iets te eten aan te bieden in plaats van geld, of kon je ze maar het best negeren? Was het mogelijk om als voltijds werkende moeder toch vrolijke, ongehoord zelfverzekerde en briljante kinderen groot te brengen? Kon je koffiebonen een avond van tevoren malen of moest het per se 's ochtends? Was er in heel St. Paul ooit iemand geweest die positieve ervaringen had met een dakdekker? En bestond er zoiets als een goeie Volvo-monteur? Klemde de handremkabel van jouw 240 ook af en toe? En dat raadselachtige schakelaartje op het dashboard, dat zo'n degelijk Zweeds klikgeluid maakte maar nergens mee verbonden leek, wat wás dat?

Voor al deze kwesties was Patty Berglund een ideale vraagbaak, een goedgeluimde overdraagster van socio-cultureel stuifmeel, een beminnelijke bij. Ze was een van de weinige thuismoeders in Ramsey Hill en had er een welhaast spreekwoordelijke afkeer van om gunstig over zichzelf of ongunstig over anderen te praten. Ze kon dingen zeggen als dat het haar niet zou verbazen als ze op een dag 'onthoofd' werd door een van de schuiframen waarvan ze zelf het trekkoord had vervangen. Met de manier waarop zij varkensvlees braadde kon het haast niet anders of er stond haar kinderen een 'fatale worminfectie' te wachten. Ze vroeg zich af of er een verband bestond tussen haar 'verslaving' aan verfverdunnerdamp en het feit dat ze 'nooit meer' een boek las. Ze kwam met de ontboezeming dat Walter haar 'verboden' had zijn planten te bemesten na wat er 'de vorige keer' was gebeurd. Er waren mensen die moeite hadden met haar zelfspot – die er een zekere neerbuigendheid in bespeurden, alsof Patty's overdrijving van haar eigen, onbeduidende, tekortkomingen een al te opzichtige poging was om de gevoelens van minder begaafde moeders te sparen. Maar de meesten vonden haar bescheidenheid overtuigend of op zijn minst amusant, en niemand kon uiteraard een hekel hebben aan een vrouw die niet alleen de verjaardagen van al je kinderen onthield maar ook die van jouzelf, en die dan op je achterdeur kwam kloppen met een bord zelfgebakken koekjes of een wenskaart of wat lelietjes-van-dalen in een schattig vaasje uit een uitdragerij dat je niet terug hoefde te geven.

Iedereen wist dat Patty in het oosten was opgegroeid, in een voorstad van New York City, en dat ze als studente een van de eerste sportbeurzen had gekregen om basketbal te spelen voor Minnesota University, waarbij ze het als tweedejaars, getuige een plaquette aan de wand van Walters studeerkamer, tot het tweede All-American team had geschopt. Wat vreemd was aan Patty, gezien haar onmiskenbare familiegevoel, was dat ze geen waarneembare binding met haar achtergrond had. Hele jaargetijden verstreken zonder dat ze een voet buiten St. Paul zette en niemand kon zich herinneren dat ze ooit bezoek uit het oosten had ontvangen, zelfs niet van haar ouders. Als je Patty op de vrouw af naar haar ouders vroeg, kreeg je te horen dat die allebei veel goeds deden voor allerlei mensen, dat haar vader een advocatenpraktijk in White Plains had en dat haar moeder politiek actief was, jazeker, in de assemblee van de staat New York. En tot slot zei ze dan: 'Dus ja, dat doen ze,' met een resolute hoofdknik, ten teken dat het onderwerp zo wel grondig genoeg besproken was.

Het was een schier onmogelijke opgave om Patty aan je kant te krijgen als je vond dat iemand zich slecht gedroeg. Toen ze bijvoorbeeld te horen kreeg dat Seth en Merrie Paulsen een groot Halloweenfeest zouden geven voor hun tweeling, en alle kinderen uit de straat hadden uitgenodigd maar Connie Monaghan expres waren vergeten, wilde Patty daar alleen van zeggen dat ze het 'raar' vond. En toen ze de Paulsens daarna op straat tegenkwam en die haar omstandig vertelden dat ze Connie Monaghans moeder Carol de *hele zomer* vergeefs hadden gevraagd haar sigarettenpeuken niet langer uit haar slaapkamerraam en in het kinderbadje van hun tweeling te gooien, schudde ze begripvol haar hoofd en zei: 'Nou zeg, wat raar is dat van Carol. Maar ja, weet je, daar kan kleine Connie natuurlijk niks aan doen.' De Paulsens waren echter niet tevreden met 'raar'. Zij wilden *asociaal*, zij wilden *niet goed bij haar hoofd*, zij wilden *slecht*. En ze wilden vooral dat Patty een van deze kwalificaties koos om die samen met hen op Carol Monaghan toe te passen, maar Patty was niet bereid verder te gaan dan 'raar', waarop de Paulsens er op hun beurt niet over wensten te piekeren om Connie alsnog op hun gastenlijst te zetten. Dit onrecht maakte Patty boos genoeg om op de middag van het feest met haar eigen kroost, Connie en Connie's vriendinnetje naar een traditionele kinderdag op een pompoenenkwekerij te rijden, waar ze ieder hun eigen pompoen mochten uitzoeken, gevolgd door een plezierritje achter de tractor, maar de zwaarste uitspraak die ze over de Paulsens wilde doen was dat ze hun hardvochtigheid jegens een zevenjarig meisje erg 'raar' vond.

Carol Monaghan was de enige andere moeder in Barrier Street die er al net zo lang woonde als Patty. De manier waarop zij in Ramsey Hill beland was liet zich waarschijnlijk het best omschrijven als een inderhaast bedacht uitwisselingsprogramma. Ze was destijds de secretaresse van iemand uit de hoogste bestuurslaag van Hennepin County, die haar zwanger maakte en daardoor genoodzaakt was haar zo snel mogelijk uit zijn district weg te werken, want tegen het einde van de jaren zeventig telde de tweelingstad van Minneapolis en St. Paul al niet zoveel districten meer waar het als een proeve van goed bestuur werd beschouwd om de moeder van je onwettige kind op de loonlijst van je kantoor te houden. Dus was er iets geregeld. Carol werd een van de vele snel afgeleide en onophoudelijk pauzes nemende medewerksters van het stedelijk vergunningenbureau, terwijl iemand met vergelijkbare connecties in St. Paul Carols oude baan aan de andere kant van de rivier kreeg. Het kon haast niet anders of het huurhuis in Barrier Street, vlak naast de Berglunds, had onderdeel van de regeling gevormd, anders viel niet te verklaren waarom Carol bereid was geweest zich in een buurt te vestigen die toen in wezen nog een gribus was. In de zomer stopte eenmaal per week tegen het vallen van de avond een busje zonder opschrift voor haar huis, waar dan een slungelige knul in een overall van de plantsoenendienst uitstapte die een grasmaaier over haar gazon haalde, en in de winter verscheen dezelfde knul in dezelfde frequentie met een sneeuwblazer.

Tegen het einde van de jaren tachtig was Carol de laatst overgebleven niet-yup van de straat. Ze rookte Parliaments, blondeerde haar haar, lakte haar lange nagels tot felgekleurde klauwen, gaf haar dochtertje niets dan fabrieksvoer te eten en kwam op donderdagavonden pas in de kleine uurtjes de straat inrijden ('Ja, hoor eens, dat is mammie's vrije avond,' zei ze altijd, alsof dat een verworven recht van moeders was) om zich dan stilletjes toegang te verschaffen tot het huis van de Berglunds, die haar een sleutel hadden gegeven, en de slapende Connie van de bank te tillen waar Patty haar uren eerder had ingestopt. Patty was van meet af aan zonder mankeren bereid geweest om op Connie te passen terwijl Carol op haar werk zat, winkelde of haar donderdagavondse dingen deed, een even betrouwbare als onbetaalde babysitservice waar Carol haar hele leven rond had ingericht. Het kon Patty onmogelijk ontgaan dat Carol haar welwillendheid beantwoordde door Patty's eigen dochtertje, Jessica, links te laten liggen en een ongepaste aanhaligheid te tonen jegens haar zoontje Joey ('Krijg ik nog een knuffie van de ladykiller?') en op feestjes altijd net iets te dicht op Walter te staan in haar vliesdunne bloesjes, en hem net iets te uitbundig te prijzen om zijn vakkundigheid als doe-het-zelver en met snerpende uithalen te lachen om alles wat hij zei, zo hard dat ze door haar net iets te hoge naaldhakken dreigde te zwikken, maar in al die jaren had Patty niets ergers over Carol gezegd dan dat alleenstaande moeders het nu eenmaal niet makkelijk hadden en dat het niets anders dan verlegenheid kon zijn als Carol soms een beetje raar tegen haar deed.

Volgens Seth Paulsen, die het naar de smaak van zijn vrouw net iets te vaak over Patty had, waren de Berglunds schoolvoorbeelden van het zich schuldig voelende soort progressievelingen die alles en iedereen van alles vergaven om zich niet zo bezwaard te hoeven voelen over hun eigen bevoorrechtheid. Een probleem met deze theorie was dat de Berglunds helemaal niet zo bevoorrecht waren; hun enige bezit was hun huis, dat ze met hun eigen handen hadden opgeknapt. En een ander probleem, aangevoerd door Merrie Paulsen, was dat Patty heus niet zo progressief was, en zeker niet feministisch (met haar leventje thuis, haar verjaardagskalender en die eeuwige zelfgebakken verjaardagskoekjes), en dat ze zelfs allergisch leek voor politiek. Als je met haar over een aanstaande verkiezing of een kandidaat begon, zag je haar de grootste moeite hebben om haar eeuwige opgewektheid te bewaren, dan kreeg ze iets gejaagds over zich en knikte veel te heftig en kraamde alleen maar algemeenheden uit. Merrie, die tien jaar ouder was dan Patty, en er ook tien jaar ouder uitzag, was vroeger actief betrokken geweest bij de afdeling Madison van Students for a Democratic Society en etaleerde nu eenzelfde betrokkenheid bij de rage rond beaujolais nouveau. Als Seth tijdens een etentje voor de derde of vierde keer over Patty begon, liep Merrie nouveau-rood aan en verkondigde op hoge toon dat er géén maatschappelijk besef, géén solidariteit, géén politieke inhoud, géén ideologische samenhang en géén oprecht saamhorigheidsgevoel in die zogenaamde behulpzaamheid van Patty Berglund school, het was pure huisvrouwengezelligheid en meer niet, en als je het Merrie vroeg, hoefde je waarschijnlijk maar lichtjes over het oppervlak van die eeuwige vriendelijkheid te krassen om iets hards en egoïstisch en streberigs en reaganesks in Patty te ontdekken. Want het was wel duidelijk dat Patty alleen om haar kinderen en haar huis gaf – niét om haar buren, niét om minder bedeelden, niét om het land, niét om haar ouders, niet eens om haar man.

En het moest gezegd, Patty gaf wel zeer nadrukkelijk om haar zoon. Hoewel Jessica haar ouders meer tot eer strekte (dol op lezen, gek op dieren, getalenteerd op de dwarsfluit, een steunpilaar voor haar meisjesvoetbalteam, veelgevraagd als babysitter, niet zo mooi dat haar karakter eronder leed, bewonderd zelfs door Merrie Paulsen) was Joey het kind waar Patty altijd maar weer en doorgaans oeverloos over vertelde. Op haar hoogst eigen, lacherige, openhartige en zichzelf omlaag halende manier sprak ze honderduit en tot in de onbenulligste details over de hoofdbrekens die hij Walter en haar bezorgde. Ze goot haar verhalen meestal in de vorm van een klacht, maar niemand twijfelde er ook maar een seconde aan dat ze het joch verafgoodde. Ze was als een vrouw die zich over haar lompe maar godsmooie minnaar beklaagde, alsof ze er trots op was dat hij haar hart met voeten trad, alsof zijn keuze voor haar als voetveeg het belangrijkste, misschien wel het enige, was dat de wereld van haar moest weten.

'We worden doodmoe van hem,' vertelde ze de andere moeders tijdens de lange winter van het Bedtijdverzet, toen Joey zijn recht opeiste om tot net zo laat op te blijven als Patty en Walter.

'Driftbuien? Huilt-ie?' vroegen de andere moeders.

'Was het maar waar,' verzuchtte Patty. 'Huilen zou normaal zijn, en er zou een eind aan komen.'

'Wat doet-ie dan?' vroegen de moeders.

'Hij stelt de geldigheid van ons gezag ter discussie. Als wij willen dat hij het licht in zijn kantoor uitdoet, stelt hij zich op het standpunt dat dat pas zou hoeven als wij ons eigen licht uitdoen, omdat hij niets minder is dan wij. En dan de hardnekkigheid van dat joch. Hij ligt de hele tijd naar zijn wekker te kijken en elke vijftien minuten roept hij: "Nog wakker, hoor! Ik ben nog steeds wakker!" Op een toon zo sarcastisch, zo spottend, echt heel raar. En ik smeek Walter om niet te happen, maar nee hoor, vergeet het maar, dan is het weer kwart voor twaalf en staat hij in Joey's donkere kamertje en voeren ze weer een debat over de verschillen tussen kinderen en grote mensen, en of een gezin een democratie moet zijn of een verlichte dictatuur, tot ík het ten slotte niet meer trek, weet je, en in bed lig te piepen van: "Hou op, hou alsjeblieft eens op."'

Merrie Paulsen kon Patty's vertelkunst niet echt appreciëren. Toen ze later die avond de vaatwasser stond te vullen, zei ze tegen Seth dat het haar geenszins verbaasde dat Joey geen onderscheid kon maken tussen kinderen en volwassenen. Hoe kon het ook anders als zijn moeder zelf niet eens wist of ze volwassen was of niet? Was het Seth nooit opgevallen dat Walter in haar verhalen steevast voor discipline moest zorgen, alsof Patty er alleen maar bij zat en geen andere taak had dan lief te zijn?

Seth ontkurkte een laatste fles wijn. 'Ik vraag me af of ze nog wel echt van Walter houdt,' mijmerde hij met een optimistische flonkering in zijn ogen. 'Of ze lichamelijk nog iets hebben, bedoel ik.'

'De ondertoon is altijd "O, wat is mijn zoon toch bijzonder",' zei Merrie. 'Dat gezanik over zijn lange aandachtsboog, bijvoorbeeld.'

'Nou,' zei Seth sussend, 'dat zegt ze in de context van zijn koppigheid. De vasthoudendheid waarmee hij Walters gezag tart.'

'Alles wat ze over hem vertelt is verkapte pocherij, altijd weer.'

'Poch jij dan nooit als moeder?' plaagde Seth.

'Vast wel,' zei Merrie, 'maar ik heb nog wel enig benul van hoe ik overkom op anderen. En mijn gevoel voor eigenwaarde hangt niet af van hoe bijzonder onze kinderen zijn.'

'Jij bent de perfecte moeder,' plaagde Seth.

'Nee, dat is Patty,' zei Merrie terwijl ze haar glas voor hem ophield. 'Ik ben alleen maar heel erg goed.'

Een andere 'klacht' van Patty was dat alles Joey maar kwam aanwaaien. Hij was goudblond en oogstrelend knap en het leek alsof hij de antwoorden van iedere schooltest bij zijn geboorte had meegekregen, alsof alle a's, b's, c's en d's van iedere multiplechoicetoets vooraf in zijn DNA waren vastgelegd. Hij was bijna griezelig op zijn gemak in de omgang met buren die vijfmaal zo oud waren als hijzelf. Als hij door school of de padvinderij gedwongen werd om met snoep of lootjes langs de deuren te gaan, hield hij de aspirant-kopers op ontspannen toon voor dat zijn handel veel te hoog geprijsd was en in feite op zwendel neerkwam. Hij had zichzelf een spottend glimlachje aangeleerd dat uiterst effectief was op momenten dat vriendjes hem met speelgoed confronteerden dat Walter en Patty hem onthielden omdat het slecht voor hem zou zijn. Om aan dat verzengende lachje te ontkomen wisten zijn vriendjes nooit hoe snel ze hun bezit met hem moesten delen, wat onder meer tot gevolg had dat hij een kei in videospelletjes werd terwijl zijn ouders die niet in huis toelieten. Zo ook had hij een encyclopedische kennis van hiphop, een muzieksoort die zijn ouders uit alle macht voor zijn beginnende tieneroren verborgen probeerden te houden. Hij was nog geen twaalf toen hij zijn vader onder het avondeten per ongeluk of met opzet met *son* aansprak.

'En bij Walter viel dat dus niet in goede aarde,' vertelde Patty de andere moeders.

'Tja, maar zo praten de pubers van tegenwoordig,' zeiden de moeders. 'Dat hebben ze van die rappers.'

'Dat zei Joey ook,' zei Patty. 'Hij zei dat het gewoon een woord was, en niet eens een lelijk woord. En daar was Walter het natuurlijk weer niet mee eens. En ik zit erbij en denk: Wal-ter, Wal-ter, niet te-gen-in gaan, heeft geen en-ke-le zin. Maar nee, hij uitleggen dat *boy* op zich ook geen lelijk woord is, maar dat je het toch niet tegen een volwassen man zegt, en al helemaal niet als het een zwarte man is. Maar ja, het probleem met Joey is dat hij sowieso geen verschil wil zien tussen kinderen en volwassenen, dus eindigt het met Walter die zegt dat hij geen toetje krijgt, waarop Joey zegt dat hij toch al geen toetje hoefde, dat hij toetjes niet eens lekker vindt, en ik denk: Wal-ter, Wal-ter, laat nou klet-sen. Maar dit is Walters eer te na.

Hij gaat zitten bewijzen dat Joey juist dól is op toetjes. En Joey ontkent doodleuk alles wat hij naar voren brengt. Hij zit te liegen dat-ie barst, natuurlijk, maar hij beweert dat hij altijd alleen maar een tweede portie neemt omdat dat nou eenmaal de gewoonte is, niet omdat hij het lekker vindt, en die arme Walter, die het gewoon niet hebben kan als er tegen hem gelogen wordt, zegt: "Oké, als je het toch niet lekker vindt, dan maar een maand geen toetje?" En ik denk: Wal-ter, Wal-ter, dit leidt ner-gens toe, want Joey zegt natuurlijk: "Ik hoef een jáár geen toetje. Ik neem nóóit meer een toetje, behalve uit beleefdheid als ik bij andere mensen eet." En dat is nog geloofwaardig ook, want zo koppig is hij wel. Dus ik zeg: "Hé, jongens, niet zo raar doen. Toetjes horen bij een goede voeding, dus laten we het nou niet op de spits drijven." En daarmee ondergraaf ik Walters gezag natuurlijk, en omdat het daar nou juist om ging, al dat gehakketak, doe ik het weinige teniet wat hij bereikt heeft.'

Wie ook buitensporig veel van Joey hield was Connie, het dochtertje van Carol Monaghan. Het was een ingetogen en in zichzelf gekeerd meisje met de onprettige gewoonte om je bij elk oogcontact zonder te knipperen aan te blijven kijken, alsof je een onbezield voorwerp was. Ze was een vaste middagverschijning in Patty's keuken, waar ze met niet aflatende inzet koekjesdeeg tot geometrisch perfecte rondjes vormde, zo noest dat de boter vloeibaar werd en het deeg deed glinsteren. Tegen elk rondje dat zij afleverde, maakte Patty er elf, maar als het baksel uit de oven kwam liet Patty nooit na Connie te vragen of zij dat ene, 'best gelukte' (kleinste, platste en hardste) koekje mocht opeten. Jessica, die een jaar ouder was dan Connie, leek er geen moeite mee te hebben om de keuken aan het buurmeisje te laten terwijl zij boeken las of zich met haar terraria vermaakte. Connie vormde niet de minste bedreiging voor een zo robuuste persoonlijkheid als Jessica. Connie was de vleesgeworden onvolkomenheid – louter diepte en geen breedte. Als ze zat te kleuren, verloor ze zich helemaal in het verzadigen van één of twee vlakken met haar viltstift, liet de rest blanco en negeerde Patty's montere aansporingen om ook andere kleuren te proberen.

Connie's intensieve belangstelling voor Joey werd al vroeg opgemerkt door elke moeder in de buurt, behalve, naar het scheen, door Patty. Wellicht omdat Patty ook zo op hem gefocust was. In Linwood Park, waar Patty af en toe sportwedstrijden organiseerde voor de buurtkinderen, zat Connie in haar eentje op het gras en hield zich onledig met het vlechten van bloemenkransjes voor niemand in het bijzonder. Ze liet de minuten langs zich heen vloeien, maar als Joey aan de beurt was om te batten of een dribbel met de voetbal ondernam, was ze opeens een en al aandacht. Ze was als een denkbeeldig vriendinnetje dat toevallig zichtbaar was. En Joey, in zijn vroegwijze zelfbewustheid, vond het zelden nodig om haar ten overstaan van zijn vriendjes te kleineren of te treiteren – waarschijnlijk omdat hij ondanks zijn jonge jaren inzag dat een groupie alleen maar kon bijdragen aan zijn sociale suprematie. Connie begreep op haar beurt dat ze hem zonder morren of zeuren moest laten gaan als hij er met de jongens vandoor ging om jongensdingen te gaan doen. Ze wist dat er altijd weer een volgende dag zou komen. En er was altijd Patty, op haar knieën tussen de groenten in haar moestuin of op een ladder in een bespetterd hemd voor het nimmer eindigende schilderonderhoud van haar victoriaanse huis. Als Connie niet bij Joey in de buurt kon zijn, kon ze zich altijd nog nuttig voor hem maken door in zijn afwezigheid zijn moeder gezelschap te houden. 'Hoe zit het met je huiswerk?' vroeg Patty haar vanaf de ladder. 'Hulp nodig?'

'Mijn moeder helpt wel als ze thuiskomt.'

'Dan is het al laat, lieverd, en ze zal moe zijn. Je zou haar kunnen verrassen door het nu alvast te maken. Lijkt dat je wat?'

'Nee, ik wacht wel.'

Het was niet duidelijk wanneer Connie en Joey begonnen waren het met elkaar te doen. Volgens Seth Paulsen, die niet over bewijzen beschikte maar graag schokkende beweringen deed, was Joey elf geweest en Connie twaalf. Seth baseerde deze speculatie op de privacy die geboden werd door de hut die Walter zijn zoon had helpen bouwen in een verwilderde appelboom op het braakliggende veldje. Hoe dan ook, tijdens Joey's laatste maanden in groep acht viel zijn naam steeds vaker bij de antwoorden die jongens uit de buurt gaven als hun ouders met nerveuze terloopsheid vroegen of ze schoolvriendjes hadden die al seksueel actief waren, en het leek achteraf waarschijnlijk dat Jessica het tegen het eind van die zomer in de gaten had gekregen, omdat ze opeens zonder opgaaf van redenen een diepe verachting voor haar broer en Connie was gaan etaleren. Toch zag niemand die twee ooit daadwerkelijk met elkaar optrekken. Tot de volgende winter, toen ze samen in zaken gingen.

Volgens Patty had haar zoon uit het onophoudelijke gebekvecht met Walter de conclusie getrokken dat ouders hun kinderen alleen maar tot gehoorzaamheid konden dwingen omdat zij geld hadden en hun kinderen niet. Waarop zich voor de zoveelste keer zijn buitengewone karakter toonde – waar andere moeders zich over de vanzelfsprekendheid beklaagden waarmee hun kinderen om geld vroegen, gaf Patty lacherige imitaties van de onverholen weerzin waarmee Joey zijn vader om financiële middelen verzocht. Buren die Joey inhuurden om sneeuw te ruimen of bladeren te harken, kenden hem als een verrassend harde werker, maar Patty verklapte dat hij zich zwaar onderbetaald voelde en bovendien grote moeite had met de persoonlijke wanverhouding die met volwassenen ontstond als hij moest zwoegen om hun een vrije oprit te bezorgen. De bespottelijke manieren waarop je als padvinder geld kon verdienen (huis aan huis tijdschriftabonnementen verkopen, goocheltrucs leren om die tegen betaling op te voeren, een cursus taxidermie volgen om de snoekbaarzen van viswedstrijdwinnaars te kunnen opzetten) vond hij al evenzeer naar onderworpenheid rieken ('Ik ben opzetter voor de heersende klasse') of, erger nog, naar liefdadigheid. En dus werd hij, gedreven door de wens om zich aan Walters macht te ontworstelen, onstuitbaar aangetrokken door het ondernemerschap.

Er was iemand, misschien was het Carol Monaghan zelf wel, die ervoor betaalde om Connie onderwijs te laten volgen op een kleine katholieke meisjesschool, St. Catherine's, waar de meisjes een uniform droegen en waar geen andere sieraden waren toegestaan dan een ring ('eenvoudig, geen edelstenen'), een horloge ('eenvoudig, geen edelstenen') en oorbellen ('eenvoudig, geen edelstenen'). En nu gebeurde het op een dag dat een van de populairdere meisjes uit groep negen van Joey's school, Central High, terugkwam van een gezinsuitje naar New York, met een goedkoop horloge van een stalletje in Canal Street dat in de middagpauze door iedereen bewonderd werd en waarvan het kauwbaar lijkende gele bandje door middel van een thermische pers voorzien was van een kleine zuurstokroze tekst die het meisje zelf had mogen opgeven, DON'T CALL ME DAUGHTER, een tekstregel van Pearl Jam. Zoals Joey het later zelf zou beschrijven in zijn toelatingsessay voor de universiteit, aarzelde hij geen moment, ging na bij welke groothandel hij die horloges kon bestellen en wat de aanschafkosten waren van een thermische pers. Hij investeerde vierhonderd zelfgespaarde dollars in de benodigde apparatuur, maakte een bandje waarmee Connie moest pronken op St. Catherine's (READY FOR THE PUSH stond erop), en stelde haar vervolgens aan als verkoopster. Ze had reeds een kwart van haar schoolgenootjes een bandje met een tekst naar keuze verkocht, tegen dertig dollar per stuk, toen de nonnen erachter kwamen en ijlings een verbod op bedrukte horlogebandjes aan het kledingvoorschrift toevoegden. Hetgeen Joey, in de woorden waarmee Patty het de andere moeders vertelde, een 'schandalige maatregel' vond.

'Dat is helemaal niet schandalig,' zei Walter tegen hem. 'Je maakte gebruik van een leemte in een handelsbelemmering, en die is nu opgevuld. Ik heb je geen moment over dat voorschrift horen klagen toen het in je voordeel werkte.'

'Ik heb een investering gedaan. Ik heb risico genomen.'

'Je profiteerde van een maas in het net, dus werd die vervolgens gedicht. Zag je dat niet aankomen dan?'

'Waarom heb je me niet gewaarschuwd als je het zo goed weet?'

'Ik héb je gewaarschuwd.'

'Je zei alleen maar dat het me geld zou kunnen kosten.'

'En het heeft je niet eens geld gekost. Je hebt alleen maar minder verdiend dan je hoopte.'

'En ik hád ook meer moeten verdienen.'

'Joey, geld verdienen is geen *recht*. Je verkoopt die meisjes rommel waar ze niets aan hebben en die sommige van hen zich niet eens zullen kunnen veroorloven. Daarom hebben ze dat kledingvoorschrift op Connie's school, omdat niemand zich minder hoeft te voelen dan de anderen. Dat vinden ze fair tegenover iedereen.'

'Nou, lekker dan, en ik hoef zeker niet fair behandeld te worden.'

De manier waarop Patty verslag deed van dit gesprek, schaterend om Joey's argeloze verontwaardiging, gaf Merrie Paulsen sterk de indruk dat ze nog steeds geen flauw vermoeden had van wat haar zoon met Connie Monaghan uitspookte. Om meer zekerheid te krijgen vroeg Merrie nog wat door. Hoeveel dacht Patty dat Connie voor haar moeite had gekregen? Had ze op commissiebasis gewerkt?

'O ja, we hebben meteen gezegd dat hij de helft van de winst aan haar moest afstaan,' zei Patty. 'Maar dat zou hij toch wel hebben gedaan, hoor. Hij neemt haar altijd in bescherming, hoewel hij een stuk jonger is.'

'Hij is als een broer voor haar...'

'Nou nee,' lachte Patty, 'hij is veel aardiger voor haar. Vraag Jessica maar hoe het is om hem als broer te hebben.'

'Haha, ja,' lachte Merrie.

En later die dag zei ze tegen Seth: 'Het is echt verbijsterend. Ze heeft echt niks in de gaten.'

'Ik weet niet of het verstandig is,' zei Seth, 'om je vrolijk te maken over de onwetendheid van een andere ouder. Dat is de goden verzoeken, denk je ook niet?'

'Sorry hoor, maar het is gewoon té leuk en verrukkelijk. Jij zult begripvol genoeg voor ons beiden moeten zijn, als je de goden op afstand wilt houden.'

'Ik heb met haar te doen.'

'Nou, neem me niet kwalijk, maar ik vind het dolkomisch.'

Tegen het einde van die winter kwam uit Grand Rapids het bericht dat Walters moeder in elkaar was gezakt in de damesmodezaak waar ze werkte. Een longembolie. Barrier Street kende mevrouw Berglund van haar bezoeken met kerst, op de verjaardagen van de kinderen en op haar eigen verjaardag, waarop Patty haar altijd meenam naar een masseuse in de buurt en overstelpte met Engelse drop, macadamianoten en witte chocola, haar favoriete lekkernijen. Merrie Paulsen noemde haar, niet zonder vertedering, 'Miss Bianca', naar de bebrilde moedermuis in de kinderboeken van Margery Sharp. Ze had een kreukelig, ooit-mooi gezicht en tremors in haar onderkaak en handen, waarvan er één deerlijk verminkt was door jeugdreuma. Ze was óp, zei Walter verbitterd, lichamelijk gesloopt door een leven van keihard zwoegen voor zijn zuiplap van een vader, in het motel dat ze gedreven hadden aan de rand van Hibbing. Maar ze was ook vastbesloten om financieel onafhankelijk te blijven en er als weduwe verzorgd uit te zien, dus stapte ze nog iedere ochtend in haar oude Chevrolet Cavalier om naar de modezaak te rijden. Zodra ze het schokkende nieuws vernamen, haastten Patty en Walter zich naar het noorden en lieten Joey thuis, onder de hoede van de oudere zus die hem verachtte. En het was na de seksmarathon die Joey en Connie vervolgens in zijn kamer hielden, zonder zich ook maar in het minst te bekommeren om wat Jessica ervan vond, een orgie waar pas een eind aan kwam toen mevrouw Berglund overleed, dat Patty een heel ander type buurvrouw werd, een buurvrouw met een ongekend sarcastische spreektrant.

'O ja, Connie,' was nu de toon die ze aansloeg, 'lieve kleine Connie, dat onschuldige en bedeesde meisje met die voorbeeldige moeder. Wisten jullie dat Carol een nieuwe vriend heeft? Echt een mannelijke man, half zo oud als zij. Gun ik haar van harte na al die eenzame jaren, maar zou het niet vreselijk zijn als ze nu verhuisde, na alle vreugde die ze in onze levens heeft gebracht? En Connie, tjonge, die zou ik natuurlijk ook missen, haha. Zo'n ingetogen en dankbaar kind.'

Patty oogde grauw, vermoeid en ondervoed. Ze had er lang over gedaan om er zo oud uit te gaan zien als ze in feite was, maar nu werd Merrie dan ook ruimschoots beloond voor het geduld waarmee ze op die zichtbaarheid gewacht had.

'We kunnen er nu wel gevoeglijk van uitgaan dat ze het weet,' zei Merrie tegen Seth.

'Roof van je welp, de ultieme misdaad,' zei Seth.

'Roof, zeg dat wel,' zei Merrie. 'Die arme onschuldige Joey, weggeroofd door dat boosaardige meesterbrein van een Connie.'

'Nou, ze is wel anderhalf jaar ouder dan hij.'

'Volgens de kalender, ja.'

'Hoe het ook zij,' zei Seth, 'Patty was echt dol op Walters moeder. Dit moet een vreselijke tijd voor haar zijn.'

'Ja, dat weet ik ook wel, Seth, dat weet ik ook wel. Ik heb ook heus wel met haar te doen.'

Buren die nauwere banden met de Berglunds hadden dan de Paulsens, wisten te melden dat Miss Bianca haar kleine muizenhuisje, aan de oevers van een meertje nabij Grand Rapids, alleen aan Walter had nagelaten en niet aan zijn twee broers, en het heette dat Walter en Patty van mening verschilden over wat hun nu te doen stond. Walter wilde het huisje verkopen om de opbrengst met zijn broers te delen, maar Patty stond erop dat hij de laatste wens van zijn moeder respecteerde, die hem had willen belonen omdat hij haar beste zoon was geweest. De jongere broer was beroepsmilitair en woonde in de Mojave-woestijn, bij de luchtmachtbasis daar, terwijl de oudere broer zijn hele volwassen leven het voorbeeld van zijn vader had gevolgd door te zuipen als een ketter, zijn moeder klauwen met geld af te troggelen en verder geen seconde naar haar om te kijken. Walter en Patty waren elke zomer een week of twee met de kinderen naar haar toe gegaan, en de vriendinnetjes die soms met Jessica mee mochten komen beschreven de omgeving als rustiek, met veel bos en niet te erg qua insecten. Als geste, wellicht, naar Patty, die nu zelf ook een periode van alcoholische onmatigheid leek door te maken (als ze 's ochtends naar buiten stapte om de in blauw verpakte *New York Times* en de in groen verpakte *Star-Tribune* van het tuinpad op te rapen, zat haar gezicht onder de chardonnay-rode vlekken) besloot Walter uiteindelijk het huis als vakantieadres aan te houden, en toen in juni het schooljaar ten einde was, vertrok Patty naar het noorden en nam Joey mee om haar te helpen bij het leeghalen van kastladen, opruimen en schilderen, terwijl Jessica bij Walter thuis bleef en een schoolcursus poëzie nam.

Diverse buren, onder wie niet de Paulsens, reden die zomer met hun zoons naar het huisje aan de waterkant. Ze troffen er Patty aan in een sterk verbeterd humeur. Een teruggekeerde vader zei onder vier ogen tegen Seth dat hij zich haar gebronsd en blootsvoets voor moest stellen, in een zwart bikinibovenstukje en riemloze jeans, een beeld dat Seth zeer tot de verbeelding sprak. Iedereen had het over de geïnteresseerde en opgewekte indruk die Joey had gemaakt, en hoe goed Patty en hij het naar hun zin leken te hebben. Ze vroegen alle bezoekers mee te doen met een ingewikkeld gezelschapsspel dat ze Associatie noemden. Patty zat tot laat in de avond voor de oude tv van haar overleden schoonmoeder en vermaakte Joey met haar verbluffende vertrouwdheid met sitcoms uit de jaren zestig en zeventig. Joey had ontdekt dat hun meertje op geen enkele kaart stond (het was ook eigenlijk maar een groot uitgevallen vijver, met slechts één ander huis aan zijn oever), waarop hij het Nameless Lake had gedoopt, een naam die Patty liefkozend, ontroerd bijna, uitsprak. 'Ons eigen naamloze meer.' Toen Seth Paulsen hoorde dat Joey er urenlang aan het werk was, dakgoten schoonmaakte, struiken snoeide en verf krabde, vroeg hij zich af of Patty hem daar ruimschoots voor betaalde, of een fiks uurloon de reden voor zijn noestheid was. Maar niemand wist het.

Wat Connie betrof: de Paulsens konden vrijwel nooit uit een raam aan hun Monaghan-kant kijken zonder haar te zien wachten. Ze was een toonbeeld van geduld, ze had de stofwisseling van een vis in de winter. 's Avonds werkte ze als serveerster bij een W.A. Frost, maar op weekdagen zat ze de hele middag op het stoepje van de voordeur terwijl de ijscowagens voorbijreden en de buurtkinderen buiten speelden, en in het weekend zat ze op een tuinstoel achter het huis en wierp afwezige blikken op de lawaaiige, hardhandige en van ieder overleg verstoken werkzaamheden van de nieuwe vriend van haar moeder, Blake, die samen met enkele niet-vakbondsgebonden vrienden uit de bouw bomen ruimde en sloopwerk verrichtte. Maar wat ze ook dan vooral deed was wachten.

'Zo, Connie, wat maak jij zoal mee de laatste tijd?' vroeg Seth haar vanaf het paadje tussen hun huizen.

'Afgezien van Blake, bedoelt u?'

'Ja, afgezien van Blake.'

Connie overdacht de vraag even, en schudde haar hoofd. 'Niks,' zei ze.

'Verveel je je?'

'Nee hoor.'

'Ga je naar de film? Lees je boeken?'

Connie nam hem op met haar knipperloze, wat-is-dat-voor-ding-blik. 'Ik heb *Batman* gezien.'

'En Joey? Jullie gingen leuk met elkaar om, dus je zult hem wel missen.'

'Hij komt wel weer,' zei ze.

Na het geschil over de sigarettenpeuken in het kinderbad te hebben uitgepraat, waarbij Seth en Merrie hadden toegegeven dat hun voorstelling van zaken misschien wat overdreven en hun reactie misschien wat overtrokken was geweest, hadden de Paulsens Carol Monaghan ontdekt als een rijke bron van smeuïge verhalen over de door de Democraten gedomineerde lokale politiek, waarin Merrie almaar actiever begon te worden. Puttend uit wat ze meemaakte op het vergunningenbureau vertelde Carol huiveringwekkende verhalen over kwalijke machinaties, onfrisse aanvragen en verleningen, lekke firewalls en creatieve rekenmethoden, en vermaakte zich kostelijk met Merrie's afgrijzen. En Merrie begon Carol op haar beurt te koesteren als een levend inkijkje in de bestuurlijke corruptie die zij wilde bestrijden. Het mooie aan Carol was dat ze aan geen enkele verandering onderhevig leek – ze bleef zich op de donderdagavonden opdirken voor god mocht weten wie of wat, jaar in jaar uit, en hield daarmee de patriarchale traditie binnen de stedelijke politiek in ere.

Maar toen, op een dag, veranderde ze toch. Net in een tijd waarin zich wel meer opmerkelijke veranderingen voordeden – Norm Coleman, de burgemeester van de stad, ging opeens als Republikein door het leven, en een voormalige profworstelaar was op weg naar het gouverneurschap. De reden voor Carols verandering was haar nieuwe vriend Blake, een jonge, met een sik getooide graafmachinist die ze had leren kennen aan de balie op haar werk en voor wie ze haar uiterlijk drastisch had gewijzigd. Weg waren opeens de barokke kapsels en de escortservice-achtige jurken, en wat ervoor terugkwam waren nauwsluitende broeken, sportief geknipt haar en veel minder make-up. Een totaal vernieuwde Carol, een Carol die zowaar straalde, sprong op een golf van jaren-tachtigrock uit Blake's Ford 250 pickup en gooide met een gelukzalige klap het portier achter zich dicht. Blake begon al snel avonden in haar huis door te brengen, schuifelde rond in een shirt van de Vikings, met de veters van zijn werkschoenen los en een bierblik in zijn vuist, en het duurde niet lang of hij ging iedere boom in haar achtertuin met een kettingzaag te lijf en ging er tekeer met een gehuurde graafmachine. Op de bumper van zijn pickup zat een sticker met I'M WHITE AND I VOTE.

De Paulsens, die zelf net een langdurige verbouwing achter de rug hadden, vonden dat ze het niet konden maken om over het kabaal en de rommel te klagen. En Walter, aan de andere kant, had het daar kennelijk veel te druk voor en was sowieso veel te aardig, maar toen Patty eind augustus thuiskwam, na haar maanden aan het meer met Joey, spatte ze zowat uit elkaar van ergernis en liep de hele straat af, van deur tot deur, met een verwilderde uitdrukking in haar ogen, om Carol Monaghan over de hekel te halen. 'Neem me niet kwalijk,' zei ze, 'maar wat is hier in godsnaam gebeurd? Kan iemand me alsjeblieft vertellen wat zich hier heeft afgespeeld? Heeft iemand de bomen in deze buurt vogelvrij verklaard zonder mij om mijn mening te vragen? Wat moet dat voorstellen? Huurt ze dat huis dan niet meer? Mag je zomaar alle bomen weghalen als je alleen maar huurt? Hoe kun je de achterkant van je huis wegslopen als het niet eens je eigendom is? Heeft ze het soms stiekem gekocht? Maar waarvan dan? Ze kan nog geen gloeilamp vervangen zonder mijn man om hulp te vragen! "Sorry dat ik je rond etenstijd stoor, Walt, maar als ik de knop omdraai, gaat de lamp niet aan. Zou je even kunnen komen, liefst nu meteen? En als je er dan toch bent, schat, kun je me dan gelijk even met mijn belastingaangifte helpen? De envelop moet vanavond nog op de post en mijn nagels zijn nog niet droog." Hoe zou zo iemand een hypotheek kunnen krijgen? Heeft ze dan geen schuld meer bij Victoria's Secret? En hoe zit het met die vriend, kan dat zomaar? Ze werd toch onderhouden door die dikke hotemetoot in Minneapolis? Moet die dikke niet ingelicht worden?'

Pas toen Patty bij de Paulsens voor de deur stond, de laatsten bij wie ze aanbelde, kreeg ze op sommige vragen antwoord. Merrie vertelde haar dat Carol Monaghan inderdaad niet langer huurde. Carols huis was een van de honderden panden die tijdens de magere jaren in het bezit waren gekomen van het stedelijk woningbureau, dat ze vervolgens tegen weggeefprijzen te koop had aangeboden aan de huurders.

'Waarom is mij dat nooit verteld?'

'Jij vraagt nooit naar dat soort dingen,' zei Merrie, en ze kon de aanvechting niet bedwingen om eraan toe te voegen: 'Ik had sowieso niet de indruk dat jij je bovenmatig voor politiek interesseerde.'

'En ze heeft het heel goedkoop gekregen, zeg je?'

'O ja, voor een spotprijsje. Het helpt natuurlijk als je de juiste mensen kent.'

'En wat vind jij daarvan?'

'Ik vind het een aanfluiting, zowel economisch als ethisch,' zei Merrie. 'Dat is een van de redenen waarom ik vrijwilliger ben geworden voor Jim Schiebel.'

'Weet je, ik heb het altijd naar mijn zin gehad in deze buurt,' zei Patty. 'Ik vond het heerlijk om hier te wonen, zelfs in het begin. Maar nu staat alles me tegen, alles is vuil en lelijk.'

'Niet bij de pakken neerzitten, actief worden,' zei Merrie, en ze gaf haar wat folders mee.

'Ik zou nu niet graag in Walters schoenen staan,' zei Seth zodra Patty hun tuinpad af was.

'Blij dat te horen,' zei Merrie.

'Lag het aan mij of hoorde jij ook een ondertoon van relationele onvrede? Carol met haar belasting helpen en zo, wist jij dat dat gebeurde? Ik vond het heel opmerkelijk, nooit iets van geweten. En nu heeft hij nagelaten hun uitzicht op Carols bomen te beschermen.'

'Het is zo ontzettend reaganesk zoals die vrouw denkt,' zei Merrie. 'Ik, ik en nog eens ik. Ze dacht dat ze eeuwig in haar eigen droomwereldje kon leven, haar eigen poppenkast.'

In de weekenden van de negen maanden die volgden rees er uit de modderkuil in Carols achtertuin een aanbouw op, die nog het meest weghad van een gigantisch boothuis, met drie rechthoekige ramen in de immense kunststof wanden. Carol en Blake noemden de ruimte een 'grote kamer', een tot dan toe onbekend concept in Ramsey Hill. Voor de Paulsens was de visuele ramp te overzien. In de periode van de sigarettenpeukencontroverse hadden ze een hoge schutting laten neerzetten en een rij coniferen geplant die ondertussen groot genoeg waren om hen voor de aanblik af te schermen. Maar de zichtlijnen van de Berglunds waren maar al te vrij, en het duurde niet lang of de buren begonnen gesprekken met Patty te ontlopen, wat ze vroeger nooit hadden gedaan, beducht voor haar obsessie met wat ze 'de hangar' noemde. De heersende gedachte onder de werkende moeders was dat Patty veel te weinig omhanden had. Voorheen was ze geweldig geweest met de kleintjes uit de buurt, die ze in tal van sporten en vormen van huisvlijt had ingevoerd, maar de kleintjes van toen waren intussen tieners. Wat ze ook deed om haar dagen gevuld te krijgen, ze bevond zich altijd binnen zicht- en gehoorsafstand van de werkzaamheden bij Carol thuis. Om de paar uur kwam ze haar achterdeur uit om rusteloos door haar tuin te lopen en naar de grote kamer te loeren, als een dier dat zijn nest bedreigd wist, en op sommige avonden klopte ze op de plaat multiplex die het bouwsel voorlopig tot deur diende.

'Hé Blake, hoe gaat het hier?'

'Prima.'

'Mooi, dat dacht ik al te horen. Maar weet je, die cirkelzaag is behoorlijk lawaaiig voor halfnegen in de avond. Denk je er al over om er een punt achter te zetten voor vandaag?'

'Eerlijk gezegd niet, nee.'

'O, en als ik je dan gewoon vroeg om er een punt achter te zetten?'

'Ik weet niet, als ik jou nou eens vroeg om me mijn gang te laten gaan?'

'Dan zou ik dat niet erg aardig vinden van je, want we hebben behoorlijk veel last van de herrie.'

'Tja, weet je, jammer dan.'

Er ontsnapte een schel, hinnikend lachje aan Patty's mond. 'Hahaha! Jammer dan?'

'Ja, luister, het spijt me van de herrie, maar volgens Carol hebben jullie wel vijf jaar herrie gemaakt toen jullie je huis opknapten.'

'Hahaha. Ik herinner me anders niet dat ze ooit is komen klagen.'

'Nee, want jullie hadden nou eenmaal werk te doen. En nu heb ik werk te doen.'

'Maar dat werk van jou levert weinig fraais op, moet ik zeggen. Sorry hoor, maar het ziet er níét uit. Echt heel lelijk is het, ik kan niet anders zeggen. Maar daar ging het me nu niet om, het gaat me nu om die cirkelzaag.'

'Weet je, je bevindt je op andermans grond en ik zeg dat je nu moet gaan.'

'Oké, zal ik de politie dan maar bellen?'

'Moet je doen.'

En dan zag je haar bevend van frustratie over het paadje lopen. Ze belde de politie herhaaldelijk over het lawaai, en de eerste paar keer kwamen ze ook een praatje met Blake maken, maar ze werden haar meldingen al snel zat, reageerden niet langer en verschenen pas weer in februari, toen iemand alle vier de gloednieuwe sneeuwbanden van Blake's Ford 250 had doorgesneden en Blake en Carol de agenten naar hun naaste buurvrouw stuurden, die zo eindeloos vaak over geluidsoverlast had gebeld. Waarna Patty andermaal de hele straat afging en overal aanklopte om haar hart te luchten. 'Kijk, ik ben natuurlijk een voor de hand liggende verdachte, nietwaar, als moeder van twee schoolgaande kinderen. Ja ja, ik ben een keiharde crimineel, hoor, dat zie je in één oogopslag. En een psychopaat, natuurlijk! Hij heeft de grootste, lelijkste patserbak van de hele straat, met bumperstickers waar de Klan nog van zou schrikken, maar het lijdt geen twijfel: alleen ík kan zijn banden hebben doorgesneden.'

Merrie Paulsen was er echter van overtuigd dat Patty inderdaad de dader was.

'Ik zie dat niet zo,' zei Seth. 'Ik bedoel, ze is wel overstuur, maar ik kan me niet voorstellen dat ze liegt.'

'Dat kan zijn, maar ik heb haar dus niet horen zeggen dat ze het niet heeft gedaan. Ik hoop alleen maar dat ze hulp gaat zoeken. Ze is echt hard aan therapie toe. Therapie en een voltijdbaan.'

'Wat ik me afvraag: waar is Walter, wat doet hij eraan?'

'Walter beult zich elke dag af om een salaris te verdienen dat haar in staat stelt om thuis te blijven en de krankzinnige huisvrouw uit te hangen. Walter is een zorgzame vader voor Jessica en de enige die Joey nog een beetje met zijn voeten op aarde houdt. Walter heeft zijn handen vol, zou ik zeggen.'

Het meest saillante aan Walter, naast zijn liefde voor Patty, was zijn grenzeloze *aardigheid*. Zo was hij een uitstekend luisteraar, die de ander altijd boeiender en belangrijker leek te vinden dan zichzelf. Hij had een lelieblanke huid, een wijkende kin, een engelachtige bos rossige krullen en al eeuwenlang hetzelfde ronde brilletje. Hij was zijn carrière bij 3M begonnen op de juridische afdeling, maar had daar niet tot bloei kunnen komen en was overgeplaatst naar de afdeling voor ondersteuningsprogramma's en liefdadigheid – een doodlopend pad binnen de bedrijfsstructuur, maar welwillendheid was er wel een pluspunt. In Barrier Street deelde hij altijd kaartjes uit voor voorstellingen in het Guthrie Theater en concerten van het St. Paul Chamber Orchestra, waarbij hij glunderend over zijn ontmoetingen met beroemde stadgenoten vertelde, zoals Garrison Keillor en Kirby Puckett, en op een keer zelfs Prince. Toch had hij onlangs tot ieders verrassing 3M verlaten en was projectleider geworden bij de Nature Conservancy, een wereldwijde non-profitorganisatie. Op de Paulsens na had geen mens hem in staat geacht om gevoelens van ontevredenheid te koesteren, laat staan gevoelens die tot een verandering van baan konden leiden, maar Walters liefde voor de natuur en het behoud ervan bleek net zo groot als die voor cultuur en de bevordering ervan, en het enige verschil was dat hij in de weekenden nog maar zelden thuis was.

Wellicht was die uithuizigheid een van de redenen waarom hij zich afzijdig hield in Patty's strijd met Carol Monaghan. Als je hem op de man af vroeg wat hij van de onmin vond, grinnikte hij nerveus en zei: 'Daar ben ik min of meer neutraal in.' En neutraal bleef hij, heel de lente en zomer van Joey's tweede highschooljaar, tot aan de herfst, toen Jessica in het oosten ging studeren en Joey zijn ouderlijk huis verliet om bij Carol, Blake en Connie in te trekken.

De verhuizing was een overdonderende daad van opstandigheid, en een dolksteek recht in Patty's hart – het begin van het einde van haar leven in Ramsey Hill. Joey had juli en augustus in Montana doorgebracht, op de hooggelegen ranch van een van Walters natuurbehoud-donoren, en was teruggekeerd met mannelijk brede schouders en wel vijf centimeter aan nieuwe lichaamslengte. Walter, doorgaans wars van gepoch, had de Paulsens bij een buurtpicknick in augustus verteld dat de donor hem speciaal gebeld had om te zeggen hoe 'diep onder de indruk' hij was van Joey's onverschrokkenheid en onvermoeibaarheid bij het brandmerken van kalveren en het ontluizen van schapen. Maar bij diezelfde picknick was Patty al als verdoofd geweest van moederlijk verdriet. In juni, vlak voor zijn vertrek naar Montana, had ze Joey weer meegenomen naar Nameless Lake om haar te helpen met het opknapwerk aan het huis, en de enige buren die ditmaal op bezoek waren geweest hadden bij terugkeer een ontluisterende middag beschreven, waarin moeder en zoon het in aanwezigheid van de visite continu met elkaar aan de stok hadden, met Joey die zijn moeder voortdurend nabauwde, belachelijk maakte en ten slotte recht in haar gezicht voor 'stommeling' uitmaakte. 'Hahaha, stommeling!' had Patty uitgeroepen, 'Goh, Joey, wat volwassen weer van je! Je moeder een stommeling noemen waar anderen mensen bij zijn, hartstikke volwassen hoor! Wat een grote, stoere kerel ben je toch!'

Tegen het einde van de zomer was Blake klaar met de grote kamer en begon hem op zijn Blake's in te richten met een PlayStation, een tafelvoetbalspel, een gekoelde bierpomp, een grootbeeld-tv, een luchthockeytafel, een met het Vikings-embleem gebrandschilderde glazen hanglamp en leunstoelen met een kantelmechaniek. De buurtgenoten maakten zich er voorstellingen van hoe Patty onder het avondeten over al dat moois schamperde, van Joey's repliek dat ze arrogant was, en stom bovendien, en van Walter die boos van Joey eiste dat die zijn excuses aanbood. Maar voor de avond van Joey's desertie naar het huis van de buren hoefde niemand zijn voorstellingsvermogen aan te spreken, want Carol Monaghan was maar al te graag bereid om er omstandig en met nauwelijks verholen triomf verslag van te doen aan iedere buur die de Berglunds voldoende ontrouw was om naar haar te luisteren.

'Joey was zo kalm, *zo* kalm,' zei Carol. 'Ik zweer het je, ijzig kalm was hij gewoon. Ik ging er met Connie naartoe om hem te steunen en goed duidelijk te maken dat ik er helemaal achter sta, want je weet hoe Walter is, dat is zo'n goeierd, die is natuurlijk bang dat het een veel te zware belasting voor me is. En Joey was weer heel verantwoordelijk, zoals altijd. Hij wilde dat iedereen zou weten hoe het allemaal zat, open kaart spelen, want zo is hij. Hij legde uit dat Connie en hij alles met mij besproken hadden, en ik zei tegen Walter, want ik weet hoe hij is in die dingen, ik zei tegen Walter dat die paar extra boodschappen totaal geen punt waren. Blake en ik zijn een gezin nu en we vinden het alleen maar leuk, zo'n jongen in huis, en Joey is natuurlijk hartstikke netjes en hij helpt met afwassen en de vuilnis, en daar komt nog bij, zeg ik tegen Walter, daar komt nog bij dat hij en Patty altijd voor Connie hebben klaargestaan, met mee-eten en zo. Want zo is het natuurlijk wel, zij zijn er ook altijd voor mij geweest toen ik het nog moeilijk had, en daar zal ik ze altijd dankbaar voor blijven. En weet je, Joey is zo'n rustige jongen, zo verantwoordelijk. Dus hij legde heel rustig uit dat tja, als Connie daar niet meer over de vloer mag komen van Patty, dat hij gewoon geen andere keus heeft als hij toch met haar samen wil zijn, en ik val hem bij en zeg dat ik helemaal achter hun relatie sta. Als alle jonge mensen maar zo verantwoordelijk waren als die twee! En het is gewoon veel beter als ze dan maar bij mij thuis zitten, veilig en verantwoordelijk, beter dan dat ze elkaar god weet waar opzoeken en misschien wel in de problemen komen. Ik ben Joey daar alleen maar dankbaar voor, weet je, en hij zal bij mij thuis altijd welkom zijn. Dus dat vertel ik ze allemaal, heel eerlijk gewoon. Maar kijk, ik weet heus wel dat Patty mij niet mag, ze heeft altijd op me neergekeken en ze heeft Connie nooit voor vol aangezien. Dat weet ik. Ik weet heel goed waar Patty toe in staat is, geloof me. Dus ik wist al van tevoren dat ze door het lint zou gaan, want ik ken haar. En ja hoor, haar gezicht vertrekt helemaal en ze zegt: "Denk je nou echt dat hij verlíéfd is op je dochter? Denk je dat hij van haar hóúdt?" Met zo'n verstikte piepstem, je kent dat wel. Volgens haar is het uitgesloten dat iemand als Joey van Connie kan houden, want ík heb niet gestudeerd, weet je wel, en ik heb geen groot huis en ik kom niet uit New York en zo. En ik moet vijf dagen in de week werken voor mijn geld, in plaats van dat ik thuis op mijn gat kan blijven zitten zoals zij. Patty heeft zo'n minachting voor mij, dat geloof je gewoon niet. Maar met Walter had ik wel gedacht te kunnen praten. Dat is een lieverd, dat weet je zelf. Hij heeft een vuurrooie kop, van schaamte denk ik, en hij zegt: "Carol, het is beter als Connie en jij weggaan, dan kunnen wij even met Joey praten." Nou, dat vond ik natuurlijk best. Ik ben daar niet om ruzie te schoppen, toch? Ik ben niet zo'n ruziepot. Alleen, Joey zegt nee, nergens voor nodig. Hij zegt dat hij geen toestemming vraagt, hij heeft ze alleen maar laten weten wat hij gaat doen, en daar valt verder niet over te praten. En wat denk je, Walter ontploft. Hij ontploft gewoon. De tranen lopen over zijn wangen, zo van streek is hij. En dat kan ik nog begrijpen ook, eerlijk gezegd, want Joey is zijn jongste, en het is niet Walters schuld dat Patty zo onredelijk is, en zo gemeen tegen Connie dat Joey het daar niet langer uithoudt. Maar hij begint me toch tekeer te gaan tegen die jongen. Met overslaande stem helemaal. "*Je bent zestien jaar en je gaat nergens heen tot je klaar bent met je high school.*" En Joey kijkt hem alleen maar glimlachend aan, ijzig kalm. Hij laat hem uitrazen en hij zegt dat het niet tegen de wet is als hij gaat, en hij gaat trouwens maar één deur verderop wonen. Volstrekt redelijk. Sjonge, ik wou dat ík zo rustig en verstandig was geweest op mijn zestiende. Echt hoor, het is een geweldig joch. Maar ik heb wel met Walter te doen, want die begint van alles en nog wat te schreeuwen, dat hij niet van plan is om op die manier één cent voor Joey's studie te betalen, en Joey mag volgend jaar zomer niet meer naar Montana, en het enige wat hij vraagt is dat Joey gewoon thuis komt eten en in zijn eigen bed slaapt en een lid van het gezin blijft. En Joey, heel kalm: "Ik bén lid van dit gezin." En eerlijk is eerlijk, hij heeft ook nooit gezegd dat hij dat niet was. Maar Walter loopt stampvoetend door de keuken en ik denk op een gegeven moment echt dat hij Joey gaat aanvliegen, maar hij schreeuwt alleen maar. "*Rot maar op dan, donder op, ik ben het zat, rot maar op.*" En weg is hij, en even later hoor ik hem boven door Joey's kamer lopen en overal laden opentrekken of weet ik veel wat, en Patty rent ook naar boven en ik hoor ze tegen elkaar tekeergaan, en Connie en ik omhelzen Joey, want hij is de enige in dat hele gezin die zich redelijk opstelt en we hebben vreselijk met hem te doen, dus op dat moment weet ik zeker dat het gewoon echt het beste is dat hij bij ons komt wonen. Afijn, Walter komt de trap weer af en we horen Patty boven krijsen, helemaal over de rooie, en Walter begint weer te schreeuwen. "*Zie je wat je je moeder aandoet?*" Want alles draait natuurlijk weer om Patty, weet je wel, zij is natuurlijk weer het slachtoffer. En Joey staat daar alleen maar met zijn hoofd te schudden, want wat moet je er verder ook op zeggen, het is overduidelijk allemaal. Waarom zou hij daar in godsnaam willen blijven?'

Hoewel het sommige buren ongetwijfeld voldoening schonk dat Patty zo werd afgestraft voor haar gepoch over de buitengewoonheid van haar zoon, bleef het een feit dat Carol Monaghan nooit echt geliefd was geweest in Barrier Street, dat de komst van Blake alom werd betreurd, dat men Connie een eigenaardig en ietwat eng meisje vond en dat men Joey nooit echt vertrouwd had. Toen het nieuws van zijn desertie de ronde deed onder de burgerij van Ramsey Hill, waren de overheersende gevoelens die van medelijden met Walter, zorg om Patty's geestelijke gezondheid en vooral een intense blijdschap en opluchting over de normaalheid van de eigen kinderen – de ontwapenende vanzelfsprekendheid waarmee ze hun zakgeld en extraatjes aanpakten, de onschuldige gemakzucht waarmee ze hulp bij hun huiswerk of werkstukken verlangden, de montere bereidheid om telefonisch te laten weten waar ze na schooltijd uithingen, de openhartigheid over hun onbeduidende dagelijkse verdrietjes, de geruststellende voorspelbaarheid en achterhaalbaarheid van hun experimenten met seks, weed en alcohol. De smart die Huize Berglund uitstraalde was ongekend. Walter (onwetend, hoopte je maar, van Carols loslippigheid over zijn 'ontploffing') bevestigde met een ongemakkelijke glimlach dat Patty en hij 'ontslagen' waren als ouders en hun best deden om het maar niet te persoonlijk op te vatten. 'Hij komt af en toe wel thuis studeren,' zei hij over Joey, 'maar hij lijkt zich op dit moment beter op zijn gemak te voelen als hij bij Carol slaapt. We zien wel hoe lang het duurt.'

'Hoe is Patty eronder?' vroeg Seth Paulsen hem.

'Niet best.'

'Komen jullie binnenkort eens bij ons eten?'

'Dat zou hartstikke leuk zijn,' zei Walter, 'maar ik geloof dat Patty een tijdje naar het oude huis van mijn moeder gaat. Dat heeft ze eigenhandig opgeknapt, weet je.'

'Ik maak me wel een beetje ongerust over haar,' zei Seth met een hapering in zijn stem.

'Ik ook wel, eerlijk gezegd. Maar ze kan heel wat hebben, hoor. Ik heb haar vroeger met pijn zien spelen. Ze scheurde een knieband in haar derde jaar en speelde daar nog twee wedstrijden mee.'

'Maar, eh, daarna heeft ze toch de operatie ondergaan die een eind aan haar carrière maakte?'

'Ik doelde meer op haar taaiheid, Seth. Dat ze met pijn kon blijven doorspelen.'

'Ah ja, ik snap het.'

Van dat etentje bij de Paulsens kwam het nooit. Patty maakte dat ze wegkwam uit Barrier Street en hield zich bijna de hele winter en het daaropvolgende voorjaar schuil aan de oever van Nameless Lake. En zelfs op de schaarse dagen dat haar auto op de oprit stond, schuwde ze de buurtfeestjes waarvan haar vrolijkheid en zelfgebakken lekkers ooit zulke vanzelfsprekende elementen hadden gevormd. Ze deed dan bijna geen stap buiten de deur. Soms kreeg ze bezoek van vrouwen van in de veertig die, afgaand op hun sportieve haardracht en de bumperstickers op hun Subaru's, oude teamgenotes uit haar basketbaltijd moesten zijn. Maar niemand wist dat zeker. En er werd gefluisterd dat ze weer dronk, maar ook dat laatste was niet meer dan speculatie, want Patty's jovialiteit ten spijt was ze met geen enkele buur ooit innig bevriend geraakt.

Zelfs met de kerstdagen was ze onzichtbaar, toen Jessica thuis was van de universiteit en volgens haar vriendinnen 'slaande ruzie' kreeg met Joey, die voor de feestdagen naar huis was teruggekeerd (volgens cynici om geen cadeaus mis te lopen) en die zich vervolgens een week lang in zijn oude kamer terugtrok om zijn zus een ongestoorde vakantie te gunnen. Er werd door alle buren over gepraat, maar niet met Patty.

Het moest nog oud en nieuw worden toen Joey alweer terug was bij Carol en Blake. De aantrekkingskracht die dat huis op hem uitoefende werd volgens velen voor een belangrijk deel bepaald door het bed dat hij er met Connie deelde. Zijn vrienden kenden hem als een overtuigd en verstokt tegenstander van masturbatie. Iedere toespeling op die handeling ontlokte hem een hooghartig glimlachje, en hij had nooit een geheim gemaakt van zijn streven om zich er zijn leven lang van te onthouden. Kritischer ingestelder buurtgenoten, onder wie de Paulsens, namen aan dat Joey er vast ook wel van genoot om veruit de slimste persoon binnen dat huishouden te zijn. Hij was de prins van de grote kamer, waarvan hij de geneugten met gulle hand beschikbaar stelde aan eenieder die er prat op mocht gaan een vriend van hem te zijn, met als gevolg dat het gebrek aan ouderlijk toezicht op de bierpomp overal in de buurt een terugkerend twistpunt werd bij het avondeten. Zijn gedrag tegenover Carol had een hoog flirtatiegehalte, terwijl hij Blake had ingepalmd door zich verzot te tonen op alles waar Blake verzot op was, inzonderheid Blake's zware gereedschap en Blake's pickup, achter het stuur waarvan hij leerde autorijden. Uit de manier waarop hij smaalde op het enthousiasme van zijn klasgenoten voor Al Gore en senator Wellstone, alsof hun voorkeur voor progressieve politiek hét bewijs vormde dat ze zich elke avond aftrokken, kon worden afgeleid dat Blake's maatschappijvisie hem al evenzeer aansprak. In plaats van naar Montana te gaan, ging hij die zomer in de bouw werken.

En iedereen had het gevoel, terecht of niet, dat dit alles voor een groot deel aan Walter en diens welwillendheid moest worden geweten. In plaats van Joey aan zijn haren terug naar huis te slepen en ervoor te zorgen dat hij zich eindelijk eens normaal ging gedragen, in plaats van Patty eens stevig onder handen te nemen en ervoor te zorgen dat ze zich weer normaal ging gedragen, stortte hij zich geheel en al op zijn werk voor de Nature Conservancy, waardoor hij het opmerkelijk snel tot directeur van de staatsafdeling van deze organisatie schopte, en het huis avond aan avond leeg liet staan, de bloembedden liet verkommeren, de heg liet verwilderen, de ramen ongelapt liet en het bord met GORE LIEBERMAN net zo lang in de voortuin liet staan tot het verbleekte, kromtrok en overdekt raakte met gore stadssneeuw. Zelfs de Paulsens raakten na verloop van tijd hun belangstelling voor de Berglunds kwijt, zeker nadat Merrie zich kandidaat stelde voor de gemeenteraad. Patty bracht de hele zomer bij Nameless Lake door, en kort na haar terugkeer (en twee weken na de grote nationale tragedie, en een maand nadat Joey naar de University of Virginia was vertrokken, onder financiële omstandigheden waar Ramsey Hill slechts naar kon gissen) verscheen er een FOR SALE-bord in de voortuin van het victoriaanse huis waar zij en Walter zowat hun halve leven in hadden gestoken. Walter forensde toen al een tijdje naar een nieuwe baan in Washington en Patty nam de verkoop voor haar rekening. Die kwam uiteindelijk tot stand op een moment dat de huizenprijzen nog aan hun ongekende opmars moesten beginnen en de lokale markt nog diep in het post-9/11 dal zat. Ze kwam een tot mistroostigheid stemmende prijs overeen met een zwart yuppenstel, ouders van een tweeling van drie. In februari gingen de twee Berglunds voor het laatst alle deuren van de straat af om met formele beleefdheid afscheid te nemen. Walter vroeg iedereen hoe het met de kinderen ging en deed die de hartelijke groeten namens hen beiden. Patty zei weinig, maar zag er weer verrassend jeugdig uit, bijna net weer de jonge vrouw die met haar kinderwagen door de straat had gelopen toen de buurt nog de buurt moest worden.

'Het is al met al een wonder,' zei Seth Paulsen achteraf tegen Merrie, 'dat die twee nog samen zijn.'

Merrie schudde haar hoofd. 'Als je het mij vraagt, weten ze nog steeds geen van beiden wat voor leven ze willen.'

ER ZIJN FOUTEN GEMAAKT

De autobiografie van Patty Berglund
Door Patty Berglund
(Op aanraden van haar therapeut)

Hoofdstuk 1

Inschikkelijk

Als Patty geen atheïste was, zou ze de Goede God prijzen voor het schoolvak lichamelijke opvoeding, omdat het sporten op school haar in wezen het leven redde en haar de kans bood zichzelf als mens te ontplooien. Haar dank gaat met name uit naar Sandra Mosher van de North Chappaqua Middle School, Elaine Carver en Jane Nagel van de Horace Greeley High School, Ernie en Rose Salvatore van het Gettysburg Girls Basketball Camp en Irene Treadwell van de University of Minnesota. Deze fantastische coaches brachten Patty zelfdiscipline bij, geduld, concentratievermogen, teamgevoel en de sportiviteit die ze o zo hard nodig had als tegenwicht voor haar ziekelijke competitiedrang en haar negatieve zelfbeeld.

Patty groeide op in Westchester County in de staat New York. Ze was de oudste van vier kinderen en voldeed van alle vier het minst aan de hoop die haar ouders op hun kroost hadden gesteld. Zo viel ze op doordat ze veel Langer was dan andere meisjes en zich altijd Heel Afwijkend gedroeg en ook Aanzienlijk Dommer was. Niet eens echt dom op zichzelf, maar dom in verhouding tot de Rest. Ze bereikte ten slotte een lengte van 1.77m, waarmee ze bijna net zo lang was als haar broer en een heel stuk langer dan de anderen. Ze wenste weleens dat ze was doorgeschoten tot boven de 1.80m, want ze paste toch al niet meer bij de Rest en dan zou ze de basket beter kunnen zien en beter positie kunnen kiezen en makkelijker uit de dekking kunnen draaien en dan was ze misschien wat minder fanatiek geweest en zou ze beter met mensen overweg hebben gekund. *Heel* misschien maar, en waarschijnlijk *niet*, maar het bleef een interessante gedachte. Toen ze op universiteitsniveau ging spelen, was ze juist weer kleiner dan de meeste anderen, wat haar gek genoeg altijd aan haar rol binnen haar familie deed denken en flink bijdroeg aan de verbetenheid van haar spel.

Patty's eerste herinnering aan het beoefenen van een teamsport in aanwezigheid van haar moeder is meteen ook een van de laatste. Ze ging die zomer elke dag naar een sportkamp-voor-gewone-kinderen op hetzelfde complex waar haar twee zusjes meededen aan een teken-en-schilderkamp-voor-begaafde-kinderen, en op een van die dagen kwamen haar moeder en zusjes opdagen toen ze in de laatste inning van een softbalwedstrijd stond. Patty was tot haar ergernis in het linksveld neergezet terwijl veel minder goede meisjes de ene na de andere blunder maakten op het binnenveld, en ze wachtte ongedurig op het moment dat iemand nou eindelijk eens een diepe bal zou slaan. Ze begon stiekem naar het binnenveld op te schuiven – en dat zou tot het afbreken van de wedstrijd leiden. Lopers op het eerste en tweede honk. De batter sloeg een stuiterballetje naar de hopeloze stuntel van een kortestop, waar Patty vóór dook om de bal zelf te fielden en een sprint trok om de voorste loper uit te tikken en meteen de achtervolging inzette op de tweede loper, een tuthola die alleen dankzij een vangfout op het veld had kunnen komen. Patty ging als een tijger op haar af en het tutje rende gillend het buitenveld in en de foutlijn over, zodat ze automatisch uit was, maar Patty bleef haar achtervolgen en plaatste de tik, waarop het tutje tegen de vlakte sloeg en het uitgilde van de pijn die het kennelijk deed om lichtjes door een handschoen te worden aangeraakt.

Patty wist zelf ook wel dat dit niet het toppunt van sportief gedrag was. Er was iets over haar gekomen omdat haar moeder en zusjes stonden te kijken. In de stationwagen op weg naar huis vroeg haar moeder, met een stem die nog beveriger was dan anders, of het nu echt nodig was geweest om zo... *agressief* te zijn. Of dat nu echt moest, zoveel, eh, *agressie*. Had Patty de bal niet ook eens aan haar ploeggenootjes kunnen gunnen? Patty antwoordde dat ze niet één bal had gekregen in het linksveld. En haar moeder zei: 'Ik vind het prima als je aan sport doet, maar alleen als het goed is voor je saamhorigheidsgevoel, als je met anderen leert samenspelen.' En Patty zei: 'Stuur me dan naar een *echt* kamp, waar ik *niet* de enige ben die het een beetje kan! Ik kan niet samenspelen met mensen die niet eens een bal kunnen vangen!' En haar moeder zei: 'Ik weet niet of ik er wel goed aan doe om je naar dat kamp te brengen als het al die agressie en geldingsdrang bij je opwekt. Ik ben misschien geen echte sportliefhebster, maar ik zie er het leuke niet van in om alleen maar te winnen om het winnen. Waarom moet je per se anderen *verslaan*? Zou het niet veel leuker zijn om met anderen samen te werken en met zijn allen iets op te bouwen?'

Patty's moeder was een beroepsmatig Democrate. Dat is ze ook nu nog, nu deze autobiografie geschreven wordt: The Honorable Joyce Emerson, State Assemblywoman, geroemd als voorvechtster van parken en speelplaatsen, arme kinderen en de schone kunsten. Joyce stelt zich de hemel voor als een open ruimte waar arme kinderen op kosten van de overheid aan schone kunsten kunnen doen. Joyce kwam in 1934 in Brooklyn ter wereld als Joyce Markowitz, maar vond het vermoedelijk al vanaf de eerste roerselen van haar bewustzijn een vreselijke gedachte om joods te zijn. (De autobiografe vraagt zich dikwijls af of Joyce's stem altijd zo beeft van de inspanning om niet zo Brooklyn-joods te klinken.) Als jonge vrouw kreeg Joyce een beurs voor een studie geesteswetenschappen in bosrijk Maine, waar ze Patty's uiterst niet-joodse vader leerde kennen, met wie ze later trouwde in de All Souls Unitarian Universalist Church in de Upper East Side. Naar de mening van de autobiografe kreeg Joyce haar eerste kind terwijl ze in emotionele zin nog lang niet rijp was voor het moederschap, hoewel de autobiografe misschien wel de laatste is die zo'n oordeel zou mogen vellen. Toen Jack Kennedy in 1960 de Democratische nominatie in de wacht sleepte, bood dat Joyce een nobel en inspirerend excuus om zo af en toe eens het huis te verlaten waar ze voorbestemd leek tot het baren van de ene na de andere baby. En daarna kwamen de burgerrechtenbeweging, Vietnam, en Bobby Kennedy – nog meer uitstekende redenen om niet altijd maar in een huis te blijven zitten dat lang niet groot genoeg was voor vier kinderen en het van Barbados afkomstige kindermeisje dat een kamertje had in de kelder. Joyce woonde in 1968 haar eerste nationale conventie bij als toegewijd volgelinge van de dode Bobby. Ze diende de regionale partijafdeling als penningmeester en later zelfs als voorzitter en zette zich in 1972 en 1980 met hart en ziel in voor Teddy. 's Zomers was het elke dag weer van de vroege ochtend tot de late avond een komen en gaan van drommen vrijwilligers met dozen vol campagnemateriaal. Patty kon dan wel zes uur aan één stuk haar dribbels en lay-ups oefenen zonder dat iemand er iets van zei of het zelfs maar in de gaten had.

Patty's vader, Ray Emerson, was advocaat van beroep en hing thuis graag de komiek uit, waarbij hij zich een meester toonde in grappen over scheten en in sardonische imitaties van de juffen, meesters, vriendjes en vriendinnetjes van zijn kinderen. Patty treiterde hij het liefst door de tongval van de van Barbados afkomstige Eulalie na te doen als die zich net buiten gehoorsafstand bevond (*'Oewat hebbe jei fandaag oppe school goeleerd?'*) steeds harder, tot Patty overmand door afgrijzen haar bestek op tafel smeet en wegrende, onder gierend gelach van haar broer en zusjes. Ook vermaakte hij zich kostelijk met het belachelijk maken van Patty's coach en leermeester Sandy Mosher, die hij altijd Saaaandra noemde. Hij werd het nooit moe Patty te vragen of Saaaandra nu al eens door een leuke meneer van school was afgehaald, of misschien, hihihi, een leuke *mevrouw*? Saaaandra, Saaaandra! zongen haar broer en zusjes dan in koor. Andere amusante manieren om Patty te kwellen was het verstoppen van Elmo, de hond van het gezin, en dan te doen alsof die was aangereden en een spuitje had gekregen terwijl Patty trainde met haar basketbalploeg, of Patty blijven sarren met foutjes en versprekingen van jaren geleden – vragen of ze nog steeds een fiets met een *aluminimum* frame wilde, of ze het laatste boek al had gelezen van de beroemde hedendaagse schrijfster Lousia May Alcott, of ze nog steeds dacht dat horzels een soort fruit waren. 'Mandarijntje toe, Patty? Of liever een lekker horzeltje?'

Op de meeste avonden ging haar vader na het eten weer van huis om arme mensen te spreken die hij gratis of voor een habbekrats verdedigde in de rechtbank. Hij had een kantoor om de hoek van het gerechtsgebouw in White Plains. Onder zijn niet-betalende cliënten bevonden zich Portoricanen, Haïtianen, Travestieten en Geestelijk of Lichamelijk Gehandicapten. Sommigen van hen zaten zo zwaar in de knoei dat hij ze niet eens achter hun rug belachelijk maakte, maar over het algemeen vond hij hun tegenspoed hoogst amusant. In groep tien deed Patty een project voor school, waarvoor ze op de publieke tribune zat bij twee zaken waarin haar vader als advocaat optrad. Een ervan betrof een werkloze man uit Yonkers, die te veel gedronken had op Puerto Rican Day en op zoek was gegaan naar de broer van zijn vrouw, met de bedoeling hem aan zijn mes te rijgen. Maar hij had zijn zwager niet kunnen vinden en had in plaats daarvan een vreemde neergestoken in een bar. Haar vader was niet de enige die zich vrolijk maakte om de stomheid en onbeholpenheid van de man. Ook de aanklager en de rechter leken het een vermakelijk geval te vinden. Ze wisselden voortdurend kleine bijna-knipoogjes uit, alsof ellende en geweld en gevangenschap vormen van vermaak waren waarmee de onderklasse hen voor verveling behoedde.

In de trein terug naar huis vroeg Patty haar vader aan wiens kant hij nu eigenlijk stond.

'Ah, goeie vraag,' antwoordde hij. 'Kijk, je moet goed begrijpen dat mijn cliënt een leugenaar is. En het slachtoffer liegt ook. En de eigenaar van die bar liegt ook. Het zijn allemaal leugenaars. En nu heeft mijn cliënt natuurlijk recht op degelijke juridische bijstand, maar je moet de belangen van het rechtssysteem ook niet uit het oog verliezen. Soms werken de rechter en de aanklager en ikzelf net zo nauw samen als de aanklager met de eiser samenwerkt en ik met de beklaagde. Ken je het beginsel van hoor en wederhoor?'

'Ja.'

'Nou, soms willen de rechter, de aanklager en ikzelf eigenlijk alle drie hetzelfde horen, gewoon om de feiten op een rij te houden om rechterlijke dwalingen te voorkomen. Maarre, zet dat maar niet in je werkstuk.'

'Ik dacht dat het aan de onderzoeksjury was om de feiten op een rij te krijgen.'

'Heel goed! Dat is de kern van de juryrechtspraak. Zet dat maar in je werkstuk, laat dat andere maar zitten.'

'Maar de meeste van je cliënten zijn onschuldig, hè?'

'Er zijn er maar weinig die de straf verdienen die tegen hen geëist wordt.'

'Maar er zijn er ook veel die helemaal onschuldig zijn, toch? Mama zegt dat die problemen hebben met de taal, en dat de politie vaak zomaar iemand oppakt, en dat er vooroordelen over die mensen bestaan en dat ze nauwelijks kansen op een baan hebben.'

'En da's allemaal waar, Pattycakes. Al is je moeder soms wel wat sentimenteel in haar kijk op die mensen.'

Patty stoorde zich minder aan zijn spotzucht als haar moeder er het voorwerp van was.

'Kom op zeg, neem nou die twee van vandaag,' zei haar vader. 'Godallemachtig. El ron me puso loco.'

Het mag hier niet onvermeld blijven dat Ray uit een steenrijk nest kwam. Zijn vader en moeder woonden op een groot familielandgoed in de heuvels van noordwestelijk New Jersey, in een indrukwekkend modernistisch huis dat door niemand minder dan Frank Lloyd Wright zou zijn ontworpen en dat volhing met minder bekende werken van beroemde Franse impressionisten. Elke zomer kwam de gehele Emerson-clan bijeen aan de oever van het meer op het landgoed, voor een grootscheepse picknick waar Patty vrijwel nooit enig plezier aan beleefde. Haar opa, August geheten, schiep er altijd een raadselachtig genoegen in om Patty, zijn oudste kleindochter, op zijn knie te trekken en tegen haar zin te laten paardjerijden. Veel respect voor haar lichamelijke integriteit toonde hij daarbij niet. Vanaf haar elfde moest ze op de grootouderlijke tennisbaan met Ray dubbelen tegen zijn junior vennoot en diens vrouw – zeer tot Patty's verlegenheid, omdat die junior vennoot doorlopend en met onverholen wellust naar haar weinig verhullende tenniskleding loerde.

Evenals Ray zelf leefde Patty's grootvader in de veronderstelling dat hij het recht had verworven om zich privé als een idioot te gedragen omdat hij zulk mooi juridisch werk deed. In een periode die drie oorlogen omspande had hij roem vergaard als verdediger van bekende gewetensbezwaarden en dienstweigeraars. In zijn vrije tijd, en die had hij in overvloed, teelde hij druiven op zijn landgoed en liet die fermenteren in een van de bijgebouwen. Zijn wijnmakerij droeg de naam Doe Haunch, en het product ervan werd door heel de familie bespot en verafschuwd. Bij de picknicks liep August op teenslippers en in zijn veel te grote zwembroek met een slordig geëtiketteerde fles rond, waaruit hij links en rechts de glazen bijvulde die zijn gasten stiekem in de struiken hadden leeggegooid. 'En, wat vind je ervan?' vroeg hij iedereen. 'Lekker wijntje?' Hij hield het midden tussen een overenthousiaste wijnamateur en een beul die zijn sadisme gelijkelijk over zijn slachtoffers wenste te verdelen. Hij scheen te geloven dat het een oude en eerbiedwaardige Europese traditie was om kinderen wijn te laten drinken, en als de moeders maïskolven pelden of elkaar de loef probeerden af te steken met het opmaken van salades, maakte hij gebruik van hun onoplettendheid door zijn Doe Haunch Reserve met water aan te lengen en het mengsel op te dringen aan kinderen die soms pas drie jaar oud waren. Hij klemde zonodig hun kinnetje tussen duim en wijsvinger, goot het mengsel in hun mond en zag erop toe dat ze het doorslikten. 'Weet je wat dit is?' vroeg hij dan. 'Dit is wijn.' En als een kind zich daarna vreemd begon te gedragen, zei August: 'Wat je nu voelt, dat heet dronkenschap. Je hebt geen maat gehouden en nu ben je dronken.' Op een vriendelijke maar daarom niet minder afkeurende toon. Patty sloeg het elke zomer weer met afgrijzen gade, maar liet het telkens aan haar jongere neefjes en nichtjes om alarm te slaan: 'Opa voert de kleintjes dronken!' En als de moeders dan aan kwamen hollen om August toe te snauwen en hun kroost bij hem weg te halen, en de vaders zich afzijdig hielden en grapjes maakten over Augusts fascinatie met het achterwerk van de reeën op het landgoed, waadde Patty het meer in en dreef urenlang op haar rug in het ondiepe, warme water, haar oren ondergedompeld om haar familie niet te hoeven horen.

Want er kwam geen eind aan dat gedoe met wijn. Bij elke picknick stonden er in de bijkeuken van het mooie stenen buitenhuis een paar kostelijke flessen bordeaux uit Augusts legendarische wijnkelder. Die bordeaux stond daar altijd door toedoen van Patty's vader, die er al weken van tevoren om had gesoebat, en het was ook altijd Ray die het signaal gaf, een heimelijk knikje naar zijn broers en enkele favoriete familievrienden, om hem te volgen en stilletjes het huis binnen te glippen. Enkele minuten later kwamen ze dan weer naar buiten, ieder met een bolrond glas dat tot de rand toe gevuld was met een weelderig rood, en Ray met een fles waarin nog een beetje wijn zat, dat hij verdeelde onder de echtgenotes en andere, lager in aanzien staande gasten. En hoe lang er daarna ook gezeurd werd, August liet zich er nooit toe vermurwen om nog een paar flessen uit zijn kelder te halen. In plaats daarvan teisterde hij zijn gasten met nog meer Doe Haunch Reserve.

De kersttijd verliep ook elk jaar hetzelfde, met Rays ouders die uit New Jersey overkwamen in hun nieuwe Mercedes (altijd het laatste model, waarvoor August zijn oude inruilde zodra het in de showroom verscheen) en die onveranderlijk een uur eerder bij het overvolle ranch house arriveerden dan Ray en Joyce hun gevraagd hadden te komen, met cadeaus die telkens weer kwetsend of vernederend waren voor wie ze in ontvangst moest nemen. Zo kreeg Joyce op een keer twee zichtbaar tweedehandse theedoeken. Ray kreeg doorgaans zo'n groot kunstboek van de ramsjtafel bij Barnes & Noble, vaak met het $3.99-stickertje er nog op. De kinderen kregen plastic rommel van Oost-Aziatische makelij: nietige reiswekkertjes die het niet deden, knijpbeursjes met het logo van een bank of verzekeringsmaatschappij, angstaanjagende Chinese vingerpoppetjes, doosjes tandenstokers. En ondertussen liet August op de campus van zijn alma mater een naar hem te vernoemen bibliotheek bouwen. Omdat Patty's broer en zussen de grootouderlijke gierigheid door hun ouders gecompenseerd wilden zien en ellenlange verlanglijstjes met buitenissige wensen indienden (Joyce zat elke kerstnacht tot een uur of drie alle peperdure cadeaus in te pakken), koos Patty de andere weg door zich alleen nog voor sport te interesseren.

Opa Emerson was een echte sportman geweest, een fameus hardloper en onpasseerbare footballverdediger op Rutgers, en Patty had haar lengte en reflexen waarschijnlijk van hem. Haar vader had ook football gespeeld, maar dat was in Maine, voor een school die amper een ploeg op de been had kunnen brengen. Zijn sport was tennis, toevallig de enige sport waar Patty een bloedhekel aan had, hoewel ze er behoorlijk goed in was. Ze was ervan overtuigd dat Björn Borg diep vanbinnen een zwakkeling was. Een enkele uitzondering daargelaten (iemand als Joe Namath, bijvoorbeeld) deden topsporters haar toch niet veel. Haar specialiteit was verliefd worden op populaire jongens die zoveel ouder, zo rijk of zo knap waren dat ze een volstrekt irreëel doelwit vormden. Maar inschikkelijk als ze was ging ze met vrijwel iedereen uit die haar mee uit vroeg. Ze vond dat impopulaire jongens het toch al zo zwaar hadden, en ze bracht alle mededogen voor hen op die menselijkerwijs viel op te brengen. Om de een of andere reden waren het vaak jongens die aan worstelen deden. In haar ervaring waren worstelaars zonder uitzondering moedig, gesloten, een beetje klunzig, beleefd, en niet bang voor meisjes die aan sport deden. Een van hen vertrouwde haar ooit toe dat hij en zijn vrienden haar op de middle school 'de Apin' hadden genoemd.

Wat echte, daadwerkelijke seks betreft: Patty's eerste ervaring daarmee was de verkrachting waarvan ze het slachtoffer werd toen ze op haar zeventiende naar een tuinfeest ging. De dader was ene Ethan Post, laatstejaars op een particuliere voorbereidingsschool. Ethan beoefende geen enkele sport behalve golf, maar hij was zo'n vijftien centimeter langer en vijftig pond zwaarder dan Patty en een wel zeer ontmoedigend voorbeeld van het gegeven dat mannen over het algemeen een stuk sterker zijn dan vrouwen, zelfs al doen ze niet aan sport. Wat hij Patty aandeed was naar haar eigen mening een boven elke twijfel en discussie verheven, klinkklare verkrachting. Toen ze zich begon te verzetten, deed ze dat uit alle macht, zij het niet erg bekwaam, en ook niet zo lang, omdat ze ook nog eens voor het eerst van haar leven dronken was. Ze had zich juist zo heerlijk *vrij* gevoeld! Het kon haast niet anders of ze had Ethan in dat immense zwembad bij het huis van Kim McClusky, op die heerlijk warme meiavond, een totaal verkeerde indruk gegeven. Want zelfs als ze niet dronken was, was ze al veel te inschikkelijk. Het leed bijna geen twijfel dat ze in het zwembad inschikkelijk op het idiote af was geweest. Al met al had ze zichzelf heel wat kwalijk te nemen. Haar idee van romantiek had een veel te hoog film-en-tv-gehalte en hield het midden tussen Sneeuwwitje en Nancy Drew. En Ethan had ontegenzeggelijk de arrogante uitstraling waar ze normaal gesproken op viel. Hij leek zowat in alles op de held van een meisjesroman met zeilboten op het omslag. Na Patty te hebben verkracht zei hij dat het hem speet dat 'het' ruwer was gegaan dan 'het' hoorde te gaan, dat speet hem echt.

Pas toen de piña colada's waren uitgewerkt, de volgende ochtend vroeg, in de kamer die inschikkelijke Patty met haar jongste zusje deelde opdat hun middelste zus een eigen kamer kon hebben om Creatief en Artistiek in te zijn – pas toen was ze zich verontwaardigd gaan voelen. De verontwaardiging gold vooral het feit dat Ethan haar zo'n niemendal had gevonden dat hij haar na de verkrachting doodgemoedereerd thuis had gebracht, alsof er niks speciaals was voorgevallen. En ze was *geen* niemendal. Ze was, om maar wat te noemen, in haar derde jaar al de all-time recordhoudster voor assists van de Horace Greeley High School. En reken maar dat ze dat record in haar laatste jaar ging verbreken! Ook speelde ze in het eerste All State-team in een staat *waar Brooklyn en de Bronx onder vielen*. Maar een golf spelende onbenul die ze amper kende had het niettemin doodnormaal gevonden om haar te verkrachten.

Om haar kleine zusje niet wakker te maken liet ze pas onder de douche de tranen komen. Dit is, zonder overdrijving, het ellendigste uur van haar leven geweest. Zelfs tegenwoordig nog, als ze weleens aan de tallozen over de hele wereld denkt die het slachtoffer zijn van onrecht en onderdrukking, en hoe die mensen zich moeten voelen, gaan haar gedachten terug naar dat uur. Dingen waar ze eigenlijk nooit zo bij had stilgestaan, zoals het onrecht van een oudste dochter die een kamer moest delen en niet eens het oude kamertje van Eulalie in de kelder kreeg, omdat dat was volgestouwd met ouwe campagnetroep, of het onrecht van haar moeder die geen genoeg kon krijgen van de acteerprestaties van haar middelste dochter maar nooit eens naar een wedstrijd van Patty kwam kijken, drong zich nu in alle hevigheid aan haar op. Ze was zo verontwaardigd dat ze bijna de behoefte kreeg om iemand in vertrouwen te nemen, maar haar coach en ploeggenoten mochten niet weten dat ze had gedronken.

Dat het toch aan het licht kwam, ondanks de moeite die ze deed om het geheim te houden, kwam door coach Nagel die argwaan kreeg en haar na de training observeerde in de kleedkamer. Ze nam Patty mee naar haar kantoortje en wilde er de redenen weten voor die blauwe plekken en haar verdrietige houding. Patty vernederde zichzelf door meteen in snikken uit te barsten en alles eruit te gooien. En tot haar verbijsterde afschuw wilde coach Nagel vervolgens met haar naar het ziekenhuis gaan en de politie inlichten. Patty had net een prima oefenpartij neergezet, drie uit vier geslagen, twee runs gemaakt en een paar keer uitstekend gevangen, dus de coach had toch wel gezien dat ze niks mankeerde? En haar ouders waren bovendien politieke vrienden van Ethans ouders, dus dat zou allerlei complicaties opleveren, ze moest er niet aan denken. Ze hoopte dat de coach genoegen zou nemen met excuses voor haar houding, en dan zo begripvol zou zijn om de zaak te laten rusten. Maar niet dus.

Coach Nagel belde naar Patty's huis en kreeg Patty's moeder aan de lijn, die zoals altijd buiten adem was van de haast en net op het punt stond naar een vergadering te gaan en noch tijd had om te praten, noch de moed had om te zeggen dat ze geen tijd had om te praten, maar coach Nagel loste dit probleem op door deze onuitwisbare woorden in de beige telefoon van haar kamertje bij de sportzaal te spreken: 'Uw dochter heeft me zojuist verteld dat ze gisteravond verkracht is door een jongen met de naam Ethan Post.' Hierna luisterde de coach een volle minuut, en zei: 'Nee, ze heeft het me nu net verteld... Dat klopt, ja... Ja, gisteravond... Natuurlijk, hier komt ze.' En ze reikte Patty de hoorn aan.

'Patty?' zei haar moeder. 'Ben je... alles goed met je?'

'Ja hoor, prima.'

'Mevrouw Nagel zegt dat er gisteravond iets... gebeurd is?'

'Wat er gebeurd is, is dat ik ben verkracht.'

'O nee toch, o nee toch, o meisje. Gisteravond?'

'Ja.'

'Maar ik was thuis vanochtend. Waarom heb je niets tegen mij gezegd?'

'Weet ik niet.'

'Waarom, Patty, waarom, waarom? Waarom heb je niets tegen mij gezegd?'

'Misschien vond ik het toen nog niet zo erg.'

'O, maar je bent het dus wel aan mevrouw Nagel gaan vertellen.'

'Nee, die zag het aan me,' zei Patty. 'Zij let beter op, denk ik.'

'Maar ik heb je maar heel even gezien, vanochtend.'

'Ik neem je ook niks kwalijk, mam. Ik zeg alleen maar hoe het gegaan is.'

'En je denkt dus dat je... Je bent dus misschien...'

'Verkracht.'

'Ik weet niet wat ik hoor,' zei haar moeder. 'Ik kom je meteen ophalen.'

'Coach Nagel wil dat ik naar het ziekenhuis ga.'

'Is er wat met je dan?'

'Nee, ik zei toch dat er niks aan de hand was?'

'Blijf dan daar, en doe niets, jullie allebei niet, tot ik er ben.'

Patty legde de hoorn neer en zei tegen de coach dat haar moeder eraankwam.

'We gaan ervoor zorgen dat die jongen voor een hele tijd achter de tralies verdwijnt,' zei coach Nagel.

'Ooo nee, niks daarvan, dat gaan we *niet*,' zei Patty.

'Patty...'

'Dat gebeurt toch niet, coach Nagel.'

'Wel als jij het wilt.'

'Nee hoor, wat ik wil doet er niet toe. Mijn ouders en de Posts zijn politieke vrienden.'

'Luister naar me,' zei de coach. 'Dat heeft er niets mee te maken, helemaal niets.'

Patty was er tamelijk zeker van dat de coach zich vergiste. Dokter Post was cardioloog en zijn vrouw kwam uit een familie met heel veel geld. Ze woonden in het soort huis waar mensen als Teddy Kennedy, Ed Muskie of Walter Mondale op bezoek gingen als ze fondsen nodig hadden. Door de jaren heen had Patty haar ouders menigmaal over de 'achtertuin' van de Posts horen praten. Die 'achtertuin' scheen de afmetingen van Central Park te hebben, maar hij was mooier onderhouden. Misschien viel zo'n succesfamilie nog enigszins in verlegenheid te brengen als de zoon zich vergreep aan een van Patty's louter A's halende en kunstbeoefenende zussen, maar het was absurd te veronderstellen dat een B'tjes en C'tjes sprokkelende sportmeid ook maar het minste krasje op het pantser van de Posts kon maken.

'Ik raak gewoon nooit meer een druppel drank aan,' zei ze. 'Dan kom ik nooit meer in de problemen.'

'Jij misschien niet,' zei coach Nagel, 'maar anderen wel. Moet je je armen eens zien. Kijk eens wat hij heeft aangericht. Als jij hem niet tegenhoudt, zal hij dat anderen ook aandoen.'

'Het zijn gewoon wat schrammen en bloeduitstortingen.'

Maar de coach begon aan een peptalk over het steunen van je teamgenotes, in dit geval beeldspraak voor alle jonge vrouwen die ooit nog Ethans pad zouden kruisen. En de morele strekking van het verhaal was dat Patty zich voor het 'team' moest opofferen door de zaak aanhangig te maken en het de coach toe te staan contact op te nemen met de school in New Hampshire waar Ethan intern student was, zodat ze hem daar zouden wegsturen en hem zijn diploma zouden onthouden, en dat als Patty dit niet deed, ze het 'team' lelijk in de steek liet.

En Patty begon opnieuw te huilen, want ze stierf liever dan dat ze een team in de steek liet. Die winter nog had ze ondanks een zware griep bijna een hele eerste helft gebasketbald voor ze flauwviel en aan een infuus moest worden gelegd om haar lichaamsvocht aan te vullen. Ironisch genoeg was het probleem eigenlijk dat ze de vorige avond niet in het gezelschap van haar vertrouwde teamgenotes had doorgebracht. Ze was naar dat feest gegaan met haar vriendin Amanda, een veldhockeyster, die alles op alles had gezet om Patty eindelijk eens aan de piña colada te krijgen, een goedje dat met hectoliters voor hen klaar had gestaan bij het zwembad van de McClusky's. El ron me puso loca. Geen van de andere meisjes op het feest deed aan sport. Alleen al door erheen te gaan had Patty verraad gepleegd aan haar echte team, haar ware team. En ze was er hard voor gestraft. Ethan had niet een van die opgetutte meiden verkracht, een van die modepoppen, hij had Patty verkracht, omdat Patty niet op zo'n feest thuishoorde, niet eens tegen drank kon.

Ze beloofde coach Nagel dat ze erover na zou denken.

Het was schokkend om haar moeder de sportzaal te zien binnenkomen, en zo te zien was het voor haar moeder niet minder schokkend om er te zijn. Ze liep op haar dagelijkse pumps en leek een beetje op Goudhaartje in het Enge Bos zoals ze schichtig om zich heen keek naar de metalen oefentoestellen, de smoezelige vloer en de netten vol ballen. Patty liep naar haar toe en liet zich gedwee omhelzen. Omdat Patty een stuk langer was dan haar moeder, voelde ze zich net een staande klok in de armen van een veel te klein verhuizertje. Ze maakte zich los en voerde Joyce mee naar het kantoortje met de glazen wand, zodat het overleg van start kon gaan.

'Hallo, ik ben Jane Nagel,' zei de coach.

'Ja, wij, eh... kennen elkaar al,' zei Joyce.

'Ach ja, dat is ook zo,' zei de coach, 'we hebben elkaar al eens een hand gegeven.'

In aanvulling op haar overspannen dictie hield Joyce er een krampachtig rechte houding op na, en een maskerachtige Warme Glimlach, geschikt voor alle gelegenheden, privé en openbaar. Omdat ze nooit haar stem verhief, zelfs niet uit boosheid (als ze boos werd, ging ze alleen maar afgeknepener praten), kon ze haar Glimlach zelfs in hartverscheurende crisismomenten als deze handhaven.

'Nee, het was meer dan eens,' zei ze. 'Meerdere keren.'

'Werkelijk?'

'O ja.'

'Ik kan het me haast niet voorstellen,' zei de coach.

'Ik wacht buiten wel,' zei Patty, en ze trok de deur van het kantoortje achter zich dicht.

De coach-moedersamenspraak duurde niet lang. Joyce klakte al snel weer naar buiten op haar hakjes en zei: 'We gaan.'

Coach Nagel verscheen achter Joyce in de deuropening en keek Patty doordringend aan. *Niet vergeten wat ik over teamgeest heb gezegd*, zei haar blik.

Joyce's auto was nog de enige in zijn kwadrant van de bezoekersparkeerplaats. Ze stak het sleuteltje in het contact, maar draaide het niet om. Patty vroeg wat er nu ging gebeuren.

'Je vader zit op kantoor,' zei Joyce. 'We rijden nu meteen naar hem toe.'

Maar ze draaide nog steeds het contactsleuteltje niet om.

'Sorry voor alle gedoe,' zei Patty.

'Wat ik niet begrijp,' barstte haar moeder uit, 'is hoe zo'n goed getrainde jonge sportvrouw als jij zich... Ik bedoel, hoe kon Ethan nu, of wie het ook geweest mag zijn...'

'Ethan. Het was Ethan.'

'Hoe kan iemand... of nee, Ethan, want je zegt heel stellig dat hij het was,' zei Joyce, 'hoe kan, als het Ethan was, hoe kan hij nu...? Ik bedoel, je doet je hele leven al aan sport, elke dag weer, jaar in jaar uit. Je moet toch veel sterker zijn dan hij?'

'Nou, niet dus,' zei Patty. 'Hij is ontzettend groot en heel sterk.'

Haar moeder legde haar vingers tegen haar mond en schudde haar hoofd.

'O, dat het uitgerekend Ethan moest zijn en niet iemand anders. Dokter en mevrouw Post zijn zulke dierbare vrienden... ze doen zoveel goed, in zoveel opzichten. En nu ken ik Ethan niet echt goed, maar...'

'Ik ken hem zo goed als niet!'

'Maar hoe heeft het dan kunnen gebeuren?'

'Laten we nou maar gewoon naar huis gaan.'

'Nee, vertel me nu eens precies wat er gebeurd is. Ik ben je moeder.'

Joyce leek te schrikken van haar eigen woorden. Ze leek in te zien hoe navrant het zou zijn als Patty er werkelijk aan herinnerd moest worden wie haar moeder was. Maar Patty was eigenlijk wel blij dat de vanzelfsprekendheid van hun band nu eens in twijfel werd getrokken. Als Joyce een moeder als alle andere was, waarom had ze dan niet op de tribune gezeten bij de eerste ronde van het staatstoernooi van Horace Greeley High, toen Patty het toernooirecord aan diggelen scoorde met liefst 32 punten? De moeders van alle anderen hadden wel de tijd kunnen vinden om bij die wedstrijd aanwezig te zijn.

Ze liet Joyce haar onderarmen zien.

'*Dit* is wat er gebeurd is,' zei ze. 'Tenminste, een deel van wat er gebeurd is.'

Joyce keek naar haar blauwe plekken, huiverde en wendde zich haastig af, alsof ze Patty's privacy wilde respecteren. 'Verschrikkelijk,' zei ze. 'Je hebt gelijk, dit is verschrikkelijk.'

'Coach Nagel vind dat ik naar de eerste hulp moet gaan en de politie moet inlichten, en de directeur van Ethans school.'

'Ja, ik weet wat je coach wil. Ik kreeg zelfs de indruk dat zij castratie de enige gepaste straf vond. Maar wat ik graag zou willen weten is wat *jij* vindt.'

'Ik weet niet wat ik vind.'

'Als je nu naar de politie wilt,' zei Joyce, 'rijden we naar de politie. Zeg het maar als je dat echt wilt.'

'Laten we het eerst pap maar gaan vertellen.'

Dus reden ze de Saw Mill Parkway op. Joyce bracht Patty's broer en zusjes onophoudelijk naar schilderles, gitaarles, balletles, Japanse les, pianoles, de toneelclub, de debatteerclub en de rechtbankclub, maar Patty reed zelf haast nooit meer met haar moeder mee. Op doordeweekse avonden kwam ze meestal laat thuis met de sportersbus van school. En als ze ergens een wedstrijd had, bracht de vader of moeder van een teamgenote haar thuis. En als ze weleens ergens strandde, kon ze de centrale van Westchester Cab bellen en gebruikmaken van de twintigjes die haar moeder haar voor zulke gevallen bij zich liet dragen. Het kwam nooit bij haar op om die twintigjes voor iets anders dan een taxi te gebruiken, of om na een wedstrijd ergens anders heen te gaan dan regelrecht naar huis, waar ze om een uur of tien, elf de aluminiumfolie van haar opgewarmde maaltijd pulkte en naar de kelder ging om haar tenue te wassen terwijl ze at en naar herhalingen van oude tv-series keek. Ze viel daar ook vaak in slaap.

'Een hypothetische vraag,' zei Joyce onder het rijden. 'Zou je er genoegen mee kunnen nemen als Ethan je formeel zijn verontschuldigingen aanbood?'

'Hij heeft zich al verontschuldigd.'

'Voor... ?'

'Omdat hij zo ruw was geweest, zoals hij het uitdrukte.'

'En wat zei jij daarop?'

'Niks. Ik zei dat ik naar huis wilde.'

'Maar hij verontschuldigde zich dus omdat hij ruw was geweest.'

'Het was geen echte verontschuldiging.'

'Oké, als jij dat zegt, neem ik het zonder meer van je aan.'

'Ik wil alleen maar dat hij weet dat ik *besta*.'

'Wat jij wilt... liefje.'

Joyce sprak dat 'liefje' uit als het eerste woord van een cursus in een vreemde taal.

Om haar uit de tent te lokken, of in de val, zei Patty: 'Nou kijk, als hij misschien op een heel oprechte manier zijn excuses maakte, misschien zou dat genoeg zijn.' En ze keek aandachtig naar haar moeder, die de indruk maakte dat ze haar opgetogenheid amper kon bedwingen.

'Kijk, dat lijkt mij dus een vrijwel ideale situatie,' zei Joyce. 'Maar alleen als het echt zou volstaan voor je.'

'Natuurlijk niet,' zei Patty.

'Pardon?'

'Natuurlijk zou dat niet genoeg zijn.'

'En je zei net van wel.'

Patty begon opnieuw te huilen, ontroostbaar.

'Hè, liefje toch,' zei Joyce. 'Heb ik je verkeerd begrepen dan?'

'Hij heeft me verkracht alsof het doodnormaal was! Ik was waarschijnlijk niet eens de eerste!'

'Dat weet je niet, Patty.'

'Ik wil naar het ziekenhuis.'

'Luister, we zijn bijna bij papa's kantoor. Tenzij je echt pijn hebt, lijkt het me beter om...'

'Maar ik weet al wat hij zeggen gaat. Ik weet wat hij van me zal willen.'

'Hij zal alleen maar het beste voor je willen. Hij uit zich niet altijd zo makkelijk, maar je bent hem dierbaarder dan wat dan ook.'

Er was niets wat Patty liever wilde geloven dan dat laatste. Van dat laatste wenste ze met heel haar wezen dat het waar was. En zou het ook niet te wreed voor woorden zijn als haar vader haar altijd zo sarde en uitlachte zonder dat hij diep in zijn hart meer om haar gaf dan om wat dan ook? Maar nee, ze was al zeventien, en niet echt dom. Ze wist dat iemand je heel dierbaar kon zijn zonder dat je daadwerkelijk van hem of haar hield, gewoon omdat je het te druk had met andere dingen.

Het kantoor van haar vader lag om de hoek van het regionale gerechtsgebouw. Het rook altijd naar mottenballen in zijn werkkamer, die hij van zijn overleden senior-vennoot had overgenomen zonder de vloerbedekking en de gordijnen te vervangen. Waar die mottenballenlucht vandaan kwam was een van die mysteries.

'Die kleine... etterbak!' was Rays reactie op het nieuws van wat Ethan Post met zijn dochter had gedaan.

'Niet klein genoeg, helaas,' zei Joyce met een vreugdeloos lachje.

'Een stuk stront is het,' zei Ray, 'een waardeloos stuk vreten.'

'Dus gaan we nu eerst naar het ziekenhuis?' vroeg Patty 'Of naar de politie?'

Haar vader zei haar moeder dokter Sipperstein te bellen, de oude kinderarts die al sinds Roosevelt actief was voor de Democraten, om te vragen of hij beschikbaar was voor een spoedgeval. En terwijl Joyce dit telefoontje pleegde, vroeg Ray aan Patty of ze wel wist wat verkrachting eigenlijk inhield?'

Ze staarde hem aan.

'Ik vraag het maar even,' zei hij. 'Ik moet weten of je de juridische betekenis van de term kent.'

'Hij had tegen mijn wil seks met me.'

'Heb je dat goed duidelijk gemaakt? Heb je echt nee gezegd?'

'"Nee." "Niet doen." "Hou op." En afgezien daarvan was het ook wel duidelijk, dacht ik. Ik probeerde hem te krabben en van me af te duwen.'

'Dan is het een walgelijk stuk stront.'

Ze had haar vader nog nooit zo horen praten, en het deed haar goed, zij het op een abstracte, onwerkelijke manier, omdat hij niet als haar vader klonk.

'Dave Sipperstein zegt dat hij ons om vijf uur in zijn praktijk kan ontvangen,' meldde Joyce. 'Hij is zo op Patty gesteld... ik weet zeker dat hij anders zijn plannen voor de avond wel had omgegooid.'

'O vast,' zei Patty. 'Ik ben vast de nummer één van zijn twaalfduizend patiënten.' Ze draaide zich weer naar haar vader en deed hem haar verhaal, en haar vader legde haar uit waarom coach Nagel zich vergiste en het een slecht idee was om naar de politie te gaan.

'Chester Post is geen gemakkelijk heerschap,' zei Ray, 'maar hij doet veel goed werk voor deze regio. Gezien hun, eh, gezien de status van de Posts zou het een hoop publiciteit veroorzaken. Iedereen zou willen weten om welk meisje het gaat. Iedereen. Kijk, wat er met de Posts zou gebeuren is jouw zorg niet, maar ik weet haast wel zeker dat jij je door alle publiciteit, de voorbereidingen op het proces en het proces zelf nog veel erger aangetast zou voelen dan je je nu al voelt. Zelfs als er een schikking wordt getroffen. Zelfs als het tot een voorwaardelijke straf komt, zelfs als er een spreekverbod wordt opgelegd. Dan is er nog altijd een rechtbankverslag.'

Joyce zei: 'Maar dat neemt niet weg dat het háár beslissing is, niet...'

'Joyce.' Ray legde haar met een bezwerende hand het zwijgen op en bleef zijn dochter aankijken. 'De Posts kunnen zich de duurste advocaten veroorloven. En zodra de beschuldiging openbaar is gemaakt, heeft de beklaagde de ergste beschadiging achter de rug. Die heeft dan geen enkele reden meer om haast te maken met de zaak. Integendeel, het is in zijn voordeel dat jouw reputatie zo lang mogelijk ter discussie staat voor het proces begint.'

Patty boog haar hoofd en vroeg haar vader wat hij vond dat ze moest doen.

'Ik ga nu eerst Chester bellen,' zei hij. 'Ga jij met je moeder naar dokter Sipperstein en laat je goed nakijken.'

'Zodat hij ook kan getuigen,' zei Patty.

'Dat zou dan eventueel kunnen, ja. Maar er komt geen proces, Patty.'

'Dus hij komt er gewoon mee weg? Zodat hij het volgend weekend weer kan doen?'

Ray hief zijn beide handen op. 'Laat, eh, laat mij nu eerst met Chester Post bellen. Misschien stemt hij in met een voorwaardelijke vervolging. Een soort stille proeftijd, dat Ethan het zwaard van Damocles boven zijn hoofd voelt hangen.'

'Maar dat is *niks*.'

'Nou nee hoor, Pattycakes, dat is heel wat. Dan zou je bijvoorbeeld de zekerheid hebben dat hij het inderdaad niet nog eens flikt. En hij zou formeel schuld moeten bekennen.'

Het leek ook wel een absurde voorstelling, Ethan achter slot en grendel voor het toebrengen van pijn die voornamelijk geestelijk was. Ze had sprinttrainingen gedaan die pijnlijker waren geweest dan die verkrachting. Op dagen na een zware basketbalwedstrijd voelde ze zich gammeler dan nu. En als sportmeid was je het gewend om vreemde handen op je te voelen – gekneed worden bij een krampaanval, kort gedekt worden, in een mêlee om de bal vechten, handen die een rekverband om je enkel aanlegden, je houding corrigeerden, je hamstring voor je oprekten.

Maar toch: dit onrecht had ook iets fysieks. Ergens voelde het nog echter, concreter, dan pijn of uitputting. Het had gestalte, gewicht, warmte, en een hele vieze smaak.

In de praktijkruimte van dokter Sipperstein onderwierp ze zich met de gewilligheid van een sporter aan het lichamelijke onderzoek. Toen ze zich na afloop aankleedde, vroeg hij of ze al eens eerder gemeenschap had gehad.

'Nee.'

'Nee, hè, dacht ik ook al niet. En hoe zit het met voorbehoedmiddelen? Heeft die jongen iets gebruikt?'

Ze knikte. 'Dat was het moment waarop ik probeerde weg te komen, toen ik zag wat hij in zijn hand had.'

'Een condoom.'

'Ja.'

Dokter Sipperstein noteerde het allemaal op haar kaart. En toen nam hij zijn bril af, en zei: 'Er staat je een geweldig leven te wachten, Patty. Seks is iets heel moois, en je zult er je leven lang van genieten. Maar dit was geen prettige ervaring, hè?'

Bij thuiskomst stond haar broer in de achtertuin te jongleren met, zo leek het, een set schroevendraaiers. Haar zus las de onverkorte editie van Gibbons geschiedenis van het Romeinse Rijk. De andere zus, die al tijden op een dieet van Yoplait en radijsjes leefde, stond in de badkamer voor de zoveelste keer haar haarkleur te veranderen. Patty's ware thuis, te midden van al deze hoogbegaafde buitenissigheid, was een vlekkerige bank met schuimrubberen kussens in de tv-hoek van de kelder. De bank die nog altijd naar Eulalie's haarolie rook, al die jaren na haar ontslag. Patty nam een beker roomijs met butterscotch en pecannoten mee naar beneden en riep nee toen haar moeder vroeg of ze bovenkwam voor het avondeten.

Mary Tyler Moore was net begonnen toen haar vader na zijn maaltijd en zijn martini de keldertrap afkwam en het voorstel deed om een eindje te gaan rijden. Op dat ogenblik was Mary Tyler Moore nog het enige wat Patty van Minnesota wist, de staat waar haar toekomst als studente lag.

'Mag ik eerst dit afkijken?' vroeg ze.

'Patty.'

Vertwijfeld over deze zoveelste miskenning van haar rechten drukte ze de tv uit. Haar vader reed naar de high school en zette de auto stil onder een lantaarn van het parkeerterrein. Ze rolden beiden hun raam omlaag en lieten de geur binnen van besproeide gazons, nog geen vierentwintig uur nadat ze op zo'n zelfde gazon verkracht was.

'En?' zei ze.

'Ethan ontkent het,' zei haar vader. 'Hij zegt dat het gewoon een stoeipartij was die uit de hand liep, en dat jij dat net zo graag wilde als hij.'

De autobiografe zou Patty's tranenvloed willen omschrijven als een regenbui die vrijwel onmerkbaar begint maar alles in een oogwenk kletsnat maakt. Ze vroeg of haar vader met Ethan zelf had gesproken.

'Nee, met zijn vader, tot tweemaal toe,' zei hij. 'En ik zou liegen als ik zei dat het twee vlot verlopende gesprekken waren.'

'Dus meneer Post gelooft me niet.'

'Tja, Ethan is zijn zoon, Patty. En hij kent jou natuurlijk niet zo goed als wij dat doen.'

'Geloof jij me dan wel?'

'Ja, ik geloof je.'

'En mama?'

'Natuurlijk, zij ook.'

'En wat moet ik dan nu?'

Haar vader ging verder op de toon van een advocaat, sprak tegen haar als de ene volwassene tegen de andere. 'Je laat het rusten,' zei hij. 'Zet het van je af en ga door met je leven.'

'*Wat*?'

'Doorgaan met je leven. Niet meer aan denken, behalve dat je in het vervolg wel voorzichtiger moet zijn.'

'Doorgaan alsof er niks gebeurd is?'

'Patty, de anderen op dat feest waren allemaal vrienden van hem. Ze zullen verklaren dat je dronken was en hem zelf hebt uitgedaagd. Ze zullen zeggen dat jullie achter een schuurtje lagen op nog geen tien meter van het zwembad, en dat ze niets alarmerends hebben gehoord.'

'Maar het was heel lawaaiig, met geschreeuw en harde muziek.'

'En ze zullen bovendien zeggen dat ze jullie achteraf samen hebben zien vertrekken en in zijn auto hebben zien stappen. En dan zal de wereld een jongen van Exeter zien die binnenkort naar Princeton gaat, en zo verantwoordelijk was een voorbehoedmiddel te gebruiken, en zo fatsoenlijk was om het feest te verlaten en jou naar huis te brengen.'

Het bedrieglijke regenbuitje had intussen de boord van Patty's T-shirt doorweekt.

'Je staat niet echt aan mijn kant, hè?' zei ze.

'Natuurlijk wel.'

'Natuurlijk wel, natuurlijk wel, dat blijf je maar zeggen.'

'Luister naar me. De aanklager zal willen weten waarom je niet gegild hebt.'

'Ik was verlegen! Ik kende daar niemand!'

'Maar snap je dan niet dat een jury er moeite mee zal hebben om dat te begrijpen? Het enige wat je had hoeven doen was gillen. Dan zou je veilig zijn geweest.'

Patty kon zich niet meer herinneren waarom ze niet gegild had. Ze moest in stilte toegeven dat dat achteraf ook wel inschikkelijk op het bizarre af leek.

'Maar gevochten heb ik wel, dat kun je zelf zien.'

'Ja, maar je doet op het hoogste niveau aan highschoolsport. Kortestops zitten altijd onder de blauwe plekken, nietwaar? Op hun armen, op hun dijen.'

'Heb je meneer Post verteld dat ik nog maagd ben... was?'

'Nee, ik vond niet dat dat hem iets aanging.'

'Misschien moet je hem toch nog maar even bellen om het alsnog te zeggen.'

'Lieverd, luister naar me,' zei haar vader. 'Ik weet dat het vreselijk onrechtvaardig is. En ik heb ook vreselijk met je te doen. Maar soms is het gewoon het beste om lering te trekken en ervoor te zorgen dat iets je nooit meer overkomt. Om tegen jezelf te zeggen dat je een vergissing hebt begaan, of ontzettende pech hebt gehad, en het dan toch maar van je af te zetten en eh... de draad weer op te vatten.'

Hij draaide het contactsleuteltje half om, zodat het dashboardlicht aanging. Hij hield zijn hand op het sleuteltje.

'Hij heeft een misdaad gepleegd,' zei Patty.

'Zeker, en toch is het beter om... Het leven is niet altijd rechtvaardig, Pattycakes. Meneer Post zei dat Ethan misschien wel bereid was om zich ervoor te verontschuldigen dat hij zich niet als een gentleman heeft gedragen, maar... tja. Zou je dat willen?'

'Nee.'

'Dat dacht ik ook al niet.'

'Coach Nagel zegt dat ik de politie moet inschakelen.'

'Coach Nagel zou zich bij basketbal moeten houden.'

'Softbal,' zei Patty. 'Het is het softbalseizoen nu.'

'Tenzij je je hele vierde jaar het voorwerp van roddels en vernedering wilt zijn.'

'In de winter is er basketbal. In het voorjaar is er softbal, als het warmer wordt, weet je wel.'

'Wil je dat, Patty? Wil je zo je laatste jaar op de high school doorbrengen?'

'Coach Carver doet basketbal,' zei Patty. 'Coach Nagel doet softbal. Dring ik tot je door?'

Haar vader startte de motor.

In plaats van het voorwerp van vernederingen werd Patty als laatstejaars een echte topbasketbalster, meer dan zomaar een talent. Ze woonde zowat in de sportzaal. Ze liep tegen een schorsing voor drie wedstrijden aan toen ze haar schouder in de rug van een forward van New Rochelle zette, die even daarvoor Patty's teamgenote Stephanie een elleboog had gegeven, en ze werd bijna nummer één op de eeuwige topscorerslijst. In aanvulling op haar steeds betere afstandsworpen dribbelde ze steeds makkelijker naar de basket. Blessures en fysiek ongemak deden haar niets meer.

In de lente, toen de regionaal afgevaardigde voor de staatsassemblee er van ouderdom mee ophield en Patty's moeder een verzoek van de partijleiding kreeg om zich kandidaat te stellen voor zijn opvolging, boden de Posts aan een fundraiser voor haar te organiseren in hun vermaarde achtertuin. Joyce vroeg Patty of ze op dat aanbod mocht ingaan, en bezwoer haar dat ze niets wilde doen waar Patty zich ongemakkelijk bij zou voelen, maar het interesseerde Patty geen zier meer wat Joyce deed of niet deed, en dat zei ze haar ook. Op het feest werd er door niemand aanstoot aan genomen dat Patty zich onttrok aan de obligate familiefoto van de kandidate. Haar verbitterde gelaatsuitdrukking zou Joyce's zaak toch weinig goed hebben gedaan.

Hoofdstuk 2

Hartsvriendinnen

Gezien Patty's onvermogen om zich ook maar iets van haar bewustzijnstoestand in de eerste drie jaar op de universiteit te herinneren, neemt de autobiografe aan dat ze in die drie jaar nauwelijks een bewustzijn hád. Ze had wel het gevoel dat ze waakte, maar ze moet in feite hebben geslaapwandeld. Anders valt het ook maar moeilijk te begrijpen dat ze, om maar een voorbeeld te noemen, een intense vriendschap aanging met een geschifte trien die niet zozeer haar vriendin als wel haar stalkster was.

De autobiografe doet het niet van harte, maar aangenomen moet worden dat het bovenstaande voor een deel moet worden geweten aan de Big Ten-competities, die nu eenmaal een nogal kunstmatige leefwereld met zich meebrengen voor de studenten die als sporter voor de desbetreffende universiteiten uitkomen – vooral voor jongens, maar ook, en zelfs al aan het einde van de jaren zeventig, voor meisjes. Patty vertrok in juli naar Minnesota voor het speciale sportzomerkamp, gevolgd door de speciale introductieweken alleen voor sporters, en daarna nam ze haar intrek in een sportersdormitorium, maakte uitsluitend sportvrienden en koos nooit een vak zonder er zeker van te zijn dat er volop sporters waren om naast te zitten en mee te studeren (voor zover daar tijd voor was). Sporters hoefden allerminst zo te leven, maar op Minnesota deed de meerderheid dat wel, en Patty ging er zelfs nog verder in dan de meesten, gewoon omdat het kon! Omdat ze eindelijk ontsnapt was uit Westchester! 'Je mag gaan studeren waar je maar wilt,' had Joyce tegen Patty gezegd, en daarmee had ze bedoeld: het is bespottelijk en stuitend om naar zo'n middelmatige staatsuniversiteit als Minnesota te gaan als je ook nog eervolle aanbiedingen hebt van Vanderbilt en Northwestern (waarmee *ik* ook goede sier kan maken). 'Het is helemaal *jouw* beslissing en we steunen je in wat je maar kiest,' had Joyce gezegd, en daarmee had ze bedoeld: neem het je vader en mij niet kwalijk als je met een stom besluit je hele leven verknalt. Joyce's onmiskenbare afkeer van Minnesota, in combinatie met de grote afstand tussen Minnesota en New York, was een voorname factor in Patty's keuze voor die universiteit. Nu ze erop terugkijkt, ziet de autobiografe haar jongere zelf als zo'n wrokkige adolescente die zo boos was op haar ouders dat ze naar een sekte verlangde, waarbinnen ze de vriendelijkheid, vlotheid en meegaandheid zou kunnen opbrengen waartoe ze zich thuis niet meer kon zetten. En haar sekte was toevallig basketbal.

De eerste niet-sporter die haar uit de sekte lokte en belangrijk voor haar werd, was het geschifte meisje Eliza, van wie Patty uiteraard niet al bij het begin doorhad dat ze geschift was. Eliza was letterlijk halfmooi. Haar hoofd begon bovenaan beeldschoon om naar beneden toe steeds minder aantrekkelijk te worden. Ze had prachtig dik en krullend bruin haar en prachtige grote ogen, en dan een best wel leuk dopneusje, maar ter hoogte van haar mond begon haar gezicht op een onaangename manier in te vallen en samen te trekken en van een kin was amper sprake. Ze droeg altijd slobberende corduroybroeken die van haar heupen dreigden te glijden, en strak zittende hemden met korte mouwen die ze op de jongensafdelingen van tweedehandswinkels kocht en waarvan ze alleen de middelste knopen dichtdeed, en aan haar voeten rode Keds-sneakers, en een ruimvallende avocadogroen geverfde schapenvachtjas. Ze rook naar een asbak, maar deed haar best om niet in Patty's aanwezigheid te roken, tenzij ze buiten liepen. De ironie was (een ironie die Patty destijds ontging maar die nu volop zichtbaar is voor de autobiografe) dat Eliza heel veel gemeen had met Patty's kunstzinnige zussen. Ze bezat een zwarte elektrische gitaar en een lief klein versterkertje, maar de weinige keren dat Patty haar zover kreeg om er in haar aanwezigheid op te spelen, liepen eropuit dat ze woedend werd op Patty, wat anders nooit gebeurde, niet in het begin tenminste. Ze zei dat Patty haar onzeker maakte met haar overdreven aandacht, en dat ze daarom steeds al na twee maten de mist inging. Ze gebood Patty niet zo nadrukkelijk te luisteren, maar zelfs toen Patty zich afwendde en deed alsof ze een tijdschrift inkeek, maakte Eliza er een puinhoop van, en dat lag aan Patty. Eliza zwoer dat ze het nummer perfect zou kunnen spelen als Patty de kamer verliet. 'Maar met jou erbij, vergeet het maar.'

'Het spijt me,' zei Patty. 'Wat jammer toch dat ik dat effect op je heb.'

'Als jij niet luistert, speel ik dit nummer perfect.'

'O vast, dat weet ik zeker.'

'Dat is gewoon een feit, of je me nou gelooft of niet.'

'Maar ik geloof je, hoor.'

'Wat ik zeg,' snauwde Eliza, 'is dat het niet uitmaakt of je me gelooft of niet, want het is gewoon een feit, een nuchter *feit*, dat ik dit nummer perfect kan spelen als jij er niet bij zit te luisteren.'

'Probeer dan eens een ander nummer,' opperde Patty voorzichtig.

Maar Eliza had de plug al uit haar gitaar getrokken. 'Ophouden, oké? Ik heb je steun niet nodig!'

'Sorry, sorry,' zei Patty.

Ze had Eliza leren kennen bij het enige college waar een sportmeid en een dichteres met elkaar in contact konden komen, Inleiding Aardwetenschappen. Patty volgde dit grootschalige hoorcollege met tien andere eerstejaars sportmeiden, van wie de meesten nog langer waren dan zij, en allemaal met haar dat nog nat of in elk geval vochtig was van de douche en iedereen droeg hetzij een grijze sweater hetzij het bruinrode trainingspak van de Golden Gophers. Er bevond zich een aantal verdomd slimme meiden in dit groepje, onder wie Cathy Schmidt, de levenslange vriendin van de autobiografe, die later advocate zou worden en ooit landelijk op tv was in twee achtereenvolgende afleveringen van Jeopardy!, maar de veel te warm gestookte aula en al die vertrouwde trainingspakken en dat vochtige haar en de nabijheid van andere vermoeide sportlichamen bezorgden Patty telkens een soort dofheid, een onvermogen om oog te hebben voor wat zich buiten haar groepje bevond.

Eliza zat altijd in de rij achter de sportsters, recht achter Patty, maar zo diep ineengedoken dat alleen haar volumineuze bos donkere krullen zichtbaar was. En toen kwam de dag waarop ze, vlak voordat het college begon, haar eerste woorden in Patty's oor sprak: 'Jij bent de beste.'

Patty keek om naar de spreekster van die woorden en zag een heleboel haar. 'Pardon?'

'Ik zag je gisteravond spelen,' zei het haar. 'Hartstikke goed, en mooi ook.'

'Wauw, dankjewel.'

'Ze moeten je meer speeltijd geven.'

'Da's nou ook toevallig, ik denk er net zo over, haha.'

'Nee, je moet *eisen* dat ze je meer speeltijd geven, oké?'

'Tja, weet je, we hebben gewoon heel veel goeie speelsters in het team. Die keuze is niet aan mij.'

'Dat zal wel, maar jij bent het best van allemaal.'

'Nou zeg, heel erg bedankt voor het compliment!' zei Patty stralend, om er een eind aan te maken. Op dat moment geloofde ze nog dat het door haar teamgerichte opofferingsgezindheid kwam dat persoonlijke loftuitingen haar zo'n ongemakkelijk gevoel gaven. De autobiografe denkt nu echter dat ze onbewust zo intelligent was om complimenten als een drank te beschouwen waar ze geen druppel van wilde drinken, omdat haar dorst ernaar oneindig was.

Na afloop van het college zorgde ze ervoor dat ze midden in de groep sportmeiden terechtkwam, en ze waakte ervoor om te kijken naar de medestudente met al dat haar. Ze vond het weinig meer dan curieus toeval dat er een heuse fan pal achter haar verzeild was geraakt bij Aardwetenschappen. Er studeerden vijftigduizend mensen aan deze universiteit, maar nog geen vijfhonderd van hen (vroegere speelsters en familie of vrienden van huidige speelsters daargelaten) zagen het bekijken van sportwedstrijden voor vrouwen als een aanvaardbare vorm van vermaak. Ook hun tweede ontmoeting leek Patty eigenaardig, maar niet meer dan dat. Als je een fan was en je wilde direct achter de bank van de Gophers op de tribune belanden (zodat het niet anders kon of Patty zou bij het verlaten van het court jou en je haar herkennen terwijl je over een schoolschrift zat gebogen), dan hoefde je pas een kwartier voor het begin van de wedstrijd binnen te komen om je gewenste plekje in te nemen. En als de laatste zoemer geklonken had en de speelsters hadden het ritueel van hun low-fives afgewerkt, was het niet echt een kunst om Patty op weg naar de kleedkamer te onderscheppen en haar een stuk gelinieerd papier toe te stoppen en te zeggen: 'Heb je om meer speeltijd gevraagd, zoals ik zei dat je moest doen?'

Patty wist nog steeds niet hoe het meisje met de haarmassa heette, maar het meisje kende haar naam blijkbaar wel, want op het papier was het woord PATTY geschreven, niet één maar wel honderd keer, met concentrische potloodlijnen eromheen die het geheel op een uitstorting van aanmoedigingskreten deden lijken, alsof een menigte Patty's naam scandeerde, wat een weinig realistisch beeld was omdat de tribune meestal maar voor een tiende gevuld was en Patty als eerstejaars nog geen tien minuten per wedstrijd op het court kwam en dus nog allerminst een begrip onder liefhebbers van studentenbasketbal was. De potloodkreten vulden het hele vel papier op een tekeningetje van een dribbelende speelster na. Patty ging ervan uit dat zij dat poppetje was, aangezien het haar nummer droeg en waarom zou de rest van het vel anders vol staan met PATTY? Zoals alles wat Eliza deed (iets waar Patty al snel achter zou komen) was de tekening half fantastisch goed en half stumperig slecht. Zoals het poppetje ineendook en schuins de zwaartekracht trotseerde in een scherpe draai, dat was hartstikke goed, maar het hoofd en het gezicht waren anoniem als van een vrouwenfiguurtje in een eerstehulpbrochure.

Kijkend naar het papier kreeg Patty een voorproefje van het 'vallende' gevoel dat haar een paar maanden later zou overmannen na het eten van hasjbrownies met Eliza – een sensatie die heel verkeerd en griezelig voelde, maar waartegen je je toch niet kon verzetten.

'Mooie tekening zeg, bedankt,' zei Patty.

'Waarom maak je niet veel meer speelminuten?' zei Eliza. 'Je zat de laatste twee kwarten alleen nog maar op de bank.'

'Tja, toen we die grote voorsprong hadden...'

'Je speelt briljant en dan zetten ze je op de bank? Ik snap daar niets van.' Eliza's krullenbos zwiepte als een boomkruin in een storm, ze had zo te zien een sterke hals.

'Dawn en Cathy en Shawna waren ook goed,' zei Patty. 'Ze hebben de voorsprong prima vastgehouden.'

'Maar jij bent zóveel beter!'

'Ik moet gaan douchen nu. Nogmaals bedankt voor de tekening.'

'Dit jaar valt het misschien nog mee, maar vanaf volgend jaar zul je volop in de schijnwerpers staan en krijg je iedereen op je af,' zei Eliza. 'Je kunt maar beter alvast gaan leren hoe je jezelf daartegen beschermt.'

Dit klonk zo belachelijk dat Patty het niet onweersproken kon laten. 'Te veel aandacht, daar heb je met vrouwenbasketbal niet zo gauw last van, hoor.'

'En mannen? Weet je hoe je je daartegen moet wapenen?'

'Hoe bedoel je?'

'Of je inzicht hebt in mannen, dat bedoel ik.'

'Op dit moment heb ik alleen tijd voor mijn sport.'

'Volgens mij weet jij zelf niet hoe schitterend je bent. En hoe gevaarlijk dat is.'

'Wat ik begrijp is dat ik goed ben in basketbal.'

'Het is echt een wonder dat je niet allang door iemand misbruikt wordt.'

'Tja, ik drink niet. Dat helpt.'

'Waarom drink je niet?' wilde Eliza onmiddellijk weten.

'Omdat dat niet gaat als je veel traint. Dan is elke druppel er een te veel.'

'Train je dan elke dag van het jaar?'

'Nou, best vaak, en op de high school heb ik ook eens een slechte ervaring met drank gehad, dus...'

'Wat is je toen overkomen dan? Ben je verkracht?'

Patty's gezicht begon te gloeien en nam vijf uitdrukkingen tegelijk aan. 'Wauw,' was alles wat ze uit kon brengen.

'Ja? Is dat wat er gebeurd is?'

'Ik moet echt gaan douchen nu.'

'Kijk, zie je, dat is nou precies waar ik het over heb!' riep Eliza uit. 'Je kent mij totaal niet, we hebben hooguit een minuut of twee gepraat, en dan vertel je me al min of meer dat je ooit verkracht bent. Je bent volkomen weerloos jij!'

Patty was te geschrokken en gegeneerd om stil te willen staan bij de fouten in deze redenering.

'Ik denk eerlijk gezegd toch wel dat ik mezelf redelijk goed kan beschermen,' zei ze. 'Maak je om mij maar geen zorgen, ik kan mezelf prima redden.'

'Oké, zoals je wilt,' zei Eliza schouderophalend. 'Het is jouw veiligheid, niet de mijne.'

In de zaal gingen één voor één de lichtbalken uit, met zware klikken die door de ruimte weergalmden.

'Doe je zelf aan sport?' vroeg Patty om haar gebrek aan inschikkelijkheid een beetje goed te maken.

Eliza keek omlaag langs haar lichaam. Ze was breed in de heupen en had kleine voetjes in haar rode Keds. 'Zie ik er soms uit alsof ik een sport beoefen?'

'Ik zou het niet weten. Badminton misschien?'

'Ik haat sport,' zei Eliza lachend. 'Ik haat alle sporten.'

Patty lachte met haar mee, opgelucht dat ze van gespreksonderwerp waren veranderd, al werd haar verwarring er niet minder om.

'Op school had ik al een bloedhekel aan gym,' zei Eliza. 'Ik weigerde te rennen of met ballen te gooien of noem maar op. Als er met gym een bal in mijn handen belandde, bleef ik rustig staan wachten tot iemand hem van me afpakte. En als ik geacht werd naar het eerste honk te rennen of zo, dan liep ik er op mijn dooie gemak naartoe.'

'Jezus,' zei Patty.

'Ja. Het heeft me zelfs bijna mijn highschooldiploma gekost,' zei Eliza. 'Ik heb alleen maar kunnen afstuderen omdat mijn ouders de schoolpsycholoog kenden. Die heeft toen geregeld dat ik toch mijn punten voor lichamelijke opvoeding kreeg omdat ik elke dag op de fiets naar school kwam.'

Patty knikte onzeker. 'Maar, eh, van basketbal hou je dus wel, toch?'

'Klopt,' zei Eliza. 'Basketbal is te gek.'

'Ging je op de high school ook al naar wedstrijden?'

'Wat? Eh, ja, ook toen al.'

'Dus dan ben je niet echt een sporthaatster. Je vindt het alleen niet leuk om zelf te doen.'

'Ja, da's waar, je hebt gelijk.'

'Maar goed, zoals ik al zei...'

'Ja, je moet onder de douche. Zullen we vriendinnen worden?'

Patty schoot in de lach. 'Als ik daar zomaar ja op zei, zou ik inderdaad niet voorzichtig zijn met mensen die ik nauwelijks ken.'

'Dat klinkt als een nee, dus.'

'Zullen we maar gewoon afwachten hoe het loopt?'

'Goed! Heel verstandig van je. Zo mag ik het horen.

'Zie je?' Patty lachte alweer. 'Ik ben heus niet zo onnadenkend.'

De autobiografe is ervan overtuigd dat als Patty bedachtzamer was geweest, zich meer in zichzelf verdiept zou hebben en meer oog had gehad voor de wereld om haar heen, ze lang niet zo'n goede basketbalster was geworden. Een zekere leeghoofdigheid is een pluspunt als je iets bereiken wilt in de sport. Als ze diep genoeg over Eliza had nagedacht om te doorzien wat ze voor iemand was (lees: hoe gestoord ze was), dan zou dat zijn weerslag hebben gehad op haar spel. Je wordt geen vrijeworpspecialiste met een scoringspercentage van 88 als je uitgebreid bij alles stilstaat.

Eliza ontpopte zich niet tot een vriendin als alle andere. Ze bleek niets van doen te willen hebben met Patty's andere vriendinnen, die ze steevast 'die lesbiennes van je' of 'de potten' noemde, hoewel bijna de helft van hen hetero was. Patty ontwikkelde al snel het gevoel dat ze in twee volstrekt gescheiden en elkaar uitsluitende werelden leefde. Er was de Ultieme Sportwereld, waarin ze het overgrote merendeel van haar tijd doorbracht en waarin ze liever voor een psychologietentamen zakte dan dat ze het zou nalaten een verzorgingspakket bijeen te kopen voor een teamgenote met een verstuikte enkel of de griep, en er was Eliza's vreemde wereldje, waarin er niets van haar verwacht werd en ze nergens haar best voor hoefde te doen. Het enige raakpunt tussen die twee sferen was de Williams Arena, waar Patty, als ze weer eens moeiteloos door een defensie gleed en haar actie besloot met een feilloze lay-up of een sierlijke no-look-pass, een extra kick kreeg en zich extra trots voelde omdat Eliza zat te kijken. En zelfs dat aanrakingspunt was maar een kort leven beschoren, want hoe meer tijd Eliza met Patty doorbracht, des te meer leek ze te vergeten hoezeer de basketbalsport haar fascineerde.

Patty had altijd vriendinnen per gros gehad, nooit iets diepgaands. Haar hart maakte een vreugdesprongetje als ze Eliza voor het sportcentrum zag wachten na een training, omdat ze dan wist dat haar een leerzame avond wachtte. Eliza nam haar mee naar buitenlandse films met ondertiteling en liet haar heel aandachtig naar platen van Patti Smith luisteren ('Ik vind het zo te gek dat jij dezelfde naam hebt als mijn lievelingszangeres,' zei ze, ondanks het verschil in spelling en zonder te weten dat Patty's eigenlijke naam Patrizia was, een naam die Joyce haar gegeven had om anders te zijn dan anderen en die Patty te gênant vond om zelfs maar uit te spreken) en ze leende haar poëziebundels van Denise Levertov en Frank O'Hara. Toen het basketbalteam na de eerste competitieronde uitgeschakeld was met een score van acht overwinningen en elf nederlagen (ondanks de 14 punten en talloze assists van Patty), leerde Eliza haar een heel grote fan worden van Paul Masson Chablis.

Wat Eliza met de rest van haar tijd deed was ietwat onduidelijk. Er schenen diverse 'mannen' (lees: jongens) in haar leven te zijn en ze had het weleens over concerten waar ze naartoe was geweest, maar als Patty zich nieuwsgierig toonde naar die concerten, zei Eliza dat ze daar pas op in zou gaan als Patty eerst eens goed naar alle cassettes luisterde die Eliza voor haar had opgenomen, en Patty onderging die cassettes met gemengde gevoelens. Ze had veel waardering voor Patti Smith, die precies leek te begrijpen hoe zij zich op de ochtend na haar verkrachting in de badkamer had gevoeld, maar The Velvet Underground, bijvoorbeeld, maakte dat ze zich eenzaam voelde. Op een keer liet ze zich tegenover Eliza ontglippen dat ze zelf het liefst naar The Eagles luisterde. En Eliza zei: 'Is niks mis mee, The Eagles zijn te gek.' Maar in Eliza's kamer vond je toch echt geen platen van The Eagles.

Eliza's ouders behoorden beiden tot de hoogst aangeschreven psychotherapeuten van de Twin Cities en woonden in Wayzata, een voorstad van Minneapolis met alleen maar steenrijke inwoners, en ze had een oudere broer die derdejaars was op Bard College en die ze beschreef als een raar figuur. Toen Patty vroeg: 'Raar in welk opzicht?' zei Eliza: 'In ieder opzicht.' Eliza had op haar beurt drie high schools versleten eer ze haar diploma in de wacht sleepte, waarna ze zich bij de universiteit had ingeschreven omdat haar ouders haar weigerden te onderhouden als ze geen hoger onderwijs zou volgen. Ze was een tweederangsstudente, maar op een andere manier dan Patty een tweederangsstudente was. Patty haalde voor alles krappe voldoendes. Eliza bereikte haar studiegemiddelde door een A-plus voor Engelse taal- en letterkunde en D's voor alle andere vakken. Haar enige interesses buiten basketbal waren poëzie en pleziermaken.

Eliza was vastbesloten om Patty aan het blowen te krijgen, maar Patty waakte als een terriër over haar longen en zo kwam het van die uitspatting met de brownies. Ze waren in Eliza's Volkswagen kever naar het huis in Wayzata gereden, dat uitpuilde van de Afrikaanse houtsnijkunst maar verstoken was van Eliza's ouders, die een weekendcongres bijwoonden. Het idee was een copieuze Julia Child-maaltijd te bereiden, maar ze dronken te veel wijn om daar iets van terecht te brengen en eindigden met het eten van crackers met kaas en het bakken van brownies waarin Eliza een overmaat aan hasj stopte. In de zestien uur dat Patty vervolgens zo stoned als een aap was, riep een innerlijk stemmetje dat ze dit *nooit* meer zou doen. Ze vreesde dat ze haar trainingsopbouw zo ernstig verstoord had dat die nooit meer op de rails zou zijn te krijgen, een buitengewoon ellendige gedachte. En daarnaast voelde ze een eigenaardige angst omtrent Eliza – het idee bekroop haar dat ze een bizar soort verliefdheid voor Eliza had opgevat en dat het daarom van cruciaal belang was dat ze doodstil bleef zitten en zich voor alles afsloot, om niet te hoeven ontdekken dat ze biseksueel was. Eliza bleef maar vragen hoe het met haar ging, en zij bleef maar 'prima, dankjewel' antwoorden, wat hen beiden telkens weer een lachbui bezorgde. Luisterend naar The Velvet Underground begreep Patty die groep nu opeens veel beter. Ze waren een hele *smerige* groep, en hun smerigheid stemde op een troostrijke manier overeen met hoe ze zich zelf voelde, hier in Wayzata, omringd door al die Afrikaanse maskers. Toen ze weer wat begon te ontnuchteren was het een hele opluchting om vast te stellen dat ze zichzelf perfect had kunnen beheersen en dat Eliza haar met geen vinger had aangeraakt, dat er nooit iets lesbisch tussen hen zou plaatsvinden.

Patty was nieuwsgierig naar Eliza's ouders en wilde blijven plakken om hen te kunnen ontmoeten, maar Eliza was onwrikbaar in haar opvatting dat dit een bijzonder slecht idee was. 'Ze zijn de liefdes van elkaars leven,' zei ze. 'Ze doen alles samen. Ze hebben identieke spreekkamers, pal naast elkaar in hetzelfde gebouw, ze schrijven al hun artikelen en boeken samen, ze geven gezamenlijke presentaties op de congressen die ze bijwonen, en thuis praten ze nóóit over hun werk, vanwege de vertrouwensrelatie met hun patiënten. Ze hebben zelfs een tandem om tochtjes op te maken.'

'Dus?'

'Dus? Dus zijn het twee mafkezen en je zult ze niet kunnen uitstaan, en dat zal dan overslaan op mij.'

'Mijn ouders zijn ook niet zo geweldig, hoor,' zei Patty.

'Geloof me, dit is van een heel andere orde. Ik weet waar ik het over heb.'

Op de terugrit naar de stad, met de warmteloze lentezon van Minnesota op de achterruit van de kever, kregen ze hun eerste soort-van-ruzie.

'Je moet deze zomer hier blijven,' zei Eliza. 'Ik wil niet dat je weggaat.'

'Dan moet ik je toch teleurstellen,' zei Patty. 'Ik heb afgesproken dat ik een tijdje bij mijn vader op kantoor kom werken, en in juli zit ik in Gettysburg.'

'Waarom kun je niet blijven en vanhieruit naar dat kamp gaan? We nemen allebei een zomerbaantje en dan kun je hier elke dag naar het sportcentrum.'

'Ik zal naar huis moeten.'

'Maar waarom dan? Je vindt het daar vreselijk.'

'Als ik hier blijf, zit ik elke avond aan de wijn.'

'Welnee. We stellen gewoon strikte regels in. Wat voor regels je ook wilt.'

'Ik ben in de herfst weer terug, Eliza.'

'Kunnen we dan bij elkaar gaan wonen?'

'Nee, ik heb Cathy al beloofd dat ik bij haar intrek.'

'Dan zeg je toch gewoon dat je van gedachten bent veranderd?'

'Dat kan ik niet maken.'

'Maar dit is geen doen zo! Ik zie je amper!'

'Ik breng meer tijd met jou door dan met wie ook. En met heel veel plezier, dat weet je.'

'Waarom blijf je dan niet hier deze zomer? Vertrouw je me soms niet?'

'Waarom zou ik je niet vertrouwen?'

'Weet ik veel. Ik snap gewoon niet waarom je liever voor je vader gaat werken. Hij heeft zich nooit voor je ingespannen, hij heeft je nooit in bescherming genomen, en dat doe ik wel. Hij heeft geen oog voor je belangen en ik wel.'

Het was waar dat Patty alleen al bij de gedachte aan een thuisreis lood in de schoenen kreeg, maar het leek noodzakelijk dat ze zichzelf een straf oplegde voor het eten van de hasjbrownies. En haar vader had ook behoorlijk zijn best gedaan om haar op zijn kantoor te krijgen. Hij had haar echte, handgeschreven brieven gestuurd ('we missen je op de tennisbaan') en haar het gebruik van de auto van haar oma toegezegd, die hij te oud vond om nog auto te rijden. Bovendien had Patty er na een jaar op de campus spijt van dat ze op het laatst zo kribbig tegen hem gedaan had. Was die houding eigenlijk wel gerechtvaardigd geweest? Dus reisde ze naar huis om er de zomer door te brengen, en kwam er al snel achter dat er helemaal niets veranderd was en dat haar houding volstrekt gerechtvaardigd was geweest. Ze keek elke avond tot middernacht tv, stond elke ochtend om zeven uur op om vijftien kilometer te rennen en bracht elke dag door met het markeren van persoonsnamen in juridische documenten en het halsreikend uitzien naar de post, die vaker wel dan niet een lange getypte brief van Eliza bevatte, die schreef hoe erg ze haar miste en verhalen vertelde over haar 'viezerik' van een baas in het filmhuis waar ze een baantje als caissière had, en die elke brief besloot met een oproep aan Patty om onmiddellijk terug te schrijven, wat Patty zo trouw mogelijk deed, op oud briefpapier en met de Selectric in het naar mottenballen stinkende kantoor van haar vader.

In een van haar brieven schreef Eliza: 'Het lijkt me goed als we regels voor elkaar opstellen om elkaar te beschermen en vooruit te helpen.' Patty had hier zo haar bedenkingen bij, maar antwoordde met drie regels voor haar vriendin: 'Niet roken voor het avondeten. Elke dag een uurtje lichaamsbeweging nemen en aan je conditie schaven. En: Geen colleges meer overslaan en je goed voorbereiden op AL je vakken (niet alleen op Engels).' Het verbaast de autobiografe nu dat ze niet schrok van de regels die Eliza haar in ruil terugstuurde ('Alleen op zaterdagavond drinken, en alleen waar Eliza bij is. Niet naar feestjes gaan waar ook jongens komen, behalve samen met Eliza. En Eliza altijd ALLES vertellen.') maar haar oordeelskracht liet haar in de steek en in plaats van ongerust te worden was ze alleen maar blij dat ze zo'n intense vriendschap had. Niet in de laatste plaats omdat het hebben van zo'n goede vriendin haar wapende tegen haar middelste zus.

'En, hoe is het leven in Min-ne-soooo-ta?' Met die vraag begon een illustratief gesprek met deze zus. 'Heb je lekker veel maïs gegeten? Babe the Blue Ox ontmoet? Nog uitstapjes naar *Brainerd* gemaakt?'

Je zou denken dat Patty, gewend aan fikse tegenstand op het sportveld en drieënhalf jaar ouder dan de zus in kwestie (al liep ze maar twee schooljaren op haar voor), ondertussen over het vermogen beschikte om zich te verweren tegen dit soort laatdunkende flauwiteiten. Maar ten aanzien van haar zus leed Patty aan een aangeboren weerloosheid – het bleef haar verbijsteren hoe weinig zusterlijk haar zus was, en hoe graag ze nog altijd haar superieure Creativiteit benutte om Patty op het verkeerde been te zetten en de mond te snoeren.

'Waarom zet je altijd dat rare stemmetje tegen me op?' was het beste wat Patty in dit geval op kon brengen.

'Ik vraag gewoon hoe het leven is in het goeie ouwe Min-ne-soooo-ta.'

'Nee, je kakelt. Heel vervelend, dat gekakel.'

Dit werd beantwoord met ogen die fonkelden van pret. En toen: 'Het is het Land van de Tienduizend Meren, wist je dat?'

'Doe me een lol en hoepel op.'

'Heb je er al een vriendje eigenlijk?'

'Nee.'

'Een vriendinnetje dan?'

'*Nee*. Maar wel een hele goeie vriendin, beter dan jij ooit zult hebben.'

'Ja ja, die je al die brieven stuurt. Is zij ook zo sportief?'

'Nee. Ze is dichteres.'

'Wauw.' Dat leek zowaar een greintje interesse bij de zus te wekken. 'Hoe heet ze?'

'Eliza.'

'Eliza Doolittle. Ze schrijft wel érg veel brieven, hè? Weet je zeker dat ze toch niet je vrien*dinnetje* is?'

'Ze schrijft veel brieven, ja. Dat doen schrijfsters namelijk.'

'Tja, nou, ik weet niet hoor. Je weet wat ze zeggen van al die schrijfsters, hè?'

'Doe niet zo walgelijk, jij,' Zei Patty. 'Ze heeft wel drie verschillende vriendjes. Meer dan jij er in je hele leven zult hebben.'

'Brainerd, Min-ne-soooo-ta,' was de repliek van zusterlief. 'Als je weer eens in Brainerd komt, stuur me dan een ansicht van Babe the Blue Ox, oké?' En ze liep weg onder het zingen van 'I'm Getting Married in the Morning' met het vibrato van een volleerd zangeres.

Toen Patty na de zomer weer terug was op de universiteit, leerde ze Carter kennen, de jongen die, bij gebrek aan een beter woord, haar eerste vriendje zou worden. Het lijkt de autobiografe nu allesbehalve toevallig dat de eerste ontmoeting met Carter razendsnel op het moment volgde waarop ze Eliza's derde regel in acht nam en vertelde dat ze uit eten was gevraagd door een andere jongen, een tweedejaars die ze van het sportcentrum kende en die lid was van het worstelteam. Eliza had de worstelaar van tevoren willen ontmoeten om hem te kunnen beoordelen, maar Patty's inschikkelijkheid, hoe gigantisch ook, kende grenzen. 'Dat lijkt me niet nodig. Het is een heel aardige jongen,' zei ze.

'Het spijt me,' zei Eliza, 'maar wat jongens betreft zit jij nog steeds in je proeftijd. Je vond de klootzak die je verkrachtte eerst ook een heel aardige jongen.'

'Nou, ik betwijfel of ik zo over hem dacht. Ik was eigenlijk alleen maar opgetogen omdat hij belangstelling voor me had.'

'Goed, en nu is er een ander die belangstelling voor je heeft.

'Ja, maar dit keer ben ik nuchter.'

Ze kwamen op het compromis uit dat Patty direct na het etentje naar Eliza's kamer buiten de campus zou komen (een beloning van haar ouders omdat ze die zomer een baantje had genomen), en dat als ze daar om tien uur nog niet was, Eliza naar haar op zoek zou gaan. Toen ze om halftien bij het studentenhuis in de stad aankwam, na een niet al te memorabel diner, trof ze Eliza in haar kamer op de bovenste verdieping met de jongen die de naam Carter zou blijken te hebben. Ze zaten tegenover elkaar op Eliza's bank, met hun kousenvoeten tegen elkaar op het middelste kussen, en drukten elkaars pedalen in op een manier die je je bij een broer en zus kon voorstellen, maar ook wel bij mensen in een ander soort verhouding. Eliza had de nieuwe lp van DEVO op staan.

Patty bleef bedremmeld in de deuropening staan. 'O, eh, stoor ik?'

'Nee nee, o god nee, kom binnen,' riep Eliza uit. 'Carter en ik kennen elkaar al eeuwen, hè Carter?'

'Al vele eeuwen,' zei Carter op een plechtige toon, waarin Patty ook een zekere irritatie leek te horen. Hij zwaaide zijn benen van de bank en zette zijn voeten op de vloer.

'Een uitgedoofde vulkaan zijn wij,' zei Eliza terwijl ze opsprong om hen aan elkaar voor te stellen. Patty had haar vriendin nog nooit met een jongen gezien, en verbaasde zich over de drastisch andere indruk die Eliza opeens maakte – ze was rood aangelopen, struikelde over haar eigen woorden en liet ze vergezeld gaan van gemaakt klinkende giecheltjes. Ze leek totaal vergeten dat Patty hier was om verslag te doen van haar etentje. Alles draaide om Carter, die ze op een van haar high schools had leren kennen en die voor een tijdje zijn studie had onderbroken en in een boekhandel werkte en veel popconcerten bezocht. Carters haar was ongelooflijk sluik en het had een intrigerende donkere kleur (henna, naar later zou blijken), en hij had prachtige lange wimpers (mascara, naar later zou blijken) en geen uiterlijke tekortkomingen op zijn tanden na, die niet al te recht stonden en opvallend klein en nogal puntig waren (het voor de middenklasse gebruikelijke gebitsonderhoud was er voor hem bij ingeschoten door de nogal grimmige scheiding van zijn ouders, naar later zou blijken). Het nam Patty onmiddellijk voor hem in dat hij zich geenszins leek te generen voor zijn gebit. Ze besloot zich Eliza's vriendschap waardig te tonen door een zo gunstig mogelijke indruk op hem te maken, toen Eliza haar een enorme bel rode wijn voorhield.

'Nee, dank je,' zei Patty.

'Maar het is zaterdagavond,' zei Eliza.

Patty wilde erop wijzen dat de regels niet per se voorschreven dat ze op zaterdagavond móést drinken, maar Carters aanwezigheid had een ontregelend effect op haar denken en ze vond het opeens maar raar, die wederzijdse voorschriften. Was het bijvoorbeeld niet onzinnig dat ze zich bij Eliza had moeten melden om te vertellen hoe dat etentje met de worstelaar was verlopen? Dus liet ze de regels voor wat ze waren en dronk het enorme glas leeg en dronk een tweede en begon zich uiterst warm en behaaglijk te voelen. De autobiografe is zich ervan bewust dat het nogal saai is om over andermans wijnconsumptie te lezen, maar soms zijn dergelijke gegevens onmisbaar voor een goed begrip van het verhaal. Toen Carter tegen middernacht opstond om te vertrekken, bood hij Patty een lift aan naar haar woongebouw, en bij de ingang daarvan aangekomen vroeg hij of hij haar goedenacht mocht kussen (Welja, hij is een vriend van Eliza, was de gedachte die letterlijk door Patty's hoofd ging), en nadat ze een kwartiertje hadden staan flikflooien in de koude oktoberlucht vroeg hij of hij haar de volgende dag opnieuw kon zien en Patty dacht: Zo zo, die laat er geen gras over groeien.

De waarheid dient gezegd: dat najaar werd het beste sportseizoen uit haar loopbaan. Ze bleef verschoond van pijntjes en ongemakken, en na een indringend gesprek onder vier ogen met coach Treadwell, die van haar verlangde dat ze minder onzelfzuchtig en meer een leider werd, kreeg ze elke wedstrijd een basisplaats als guard. Patty kon er niet over uit hoe traag die grotere speelsters bij de tegenpartij opeens waren, hoe makkelijk het was om gewoon je hand uit te steken en ze de bal te ontfutselen, en hoe vaak haar jumpshots raak waren, elke wedstrijd weer. Zelfs als ze in de sandwich werd genomen, wat steeds vaker gebeurde, voelde ze een speciale connectie met de basket, wist altijd precies waar die hing en dat hij haar altijd gunstig gezind was, dat hij zijn ronde mond het liefst door haar liet voeden. Zelfs buiten het court was ze voortdurend in een flow – een aangename druk achter haar wenkbrauwen, een alerte achteloosheid, een ontspannen scherpte, hoe moest je het noemen, die er gewoon altijd was en waarvoor ze niets hoefde te doen. Ze sliep elke nacht heerlijk, die winter, zonder ook maar één keer wakker te worden. Zelfs als ze een elleboog kreeg, of na het eindsignaal al te enthousiast besprongen werd door haar teamgenotes, deed dat geen centje pijn.

En dat wat ze met Carter had, was hier een belangrijke factor in. Carter interesseerde zich hoegenaamd niet voor sport, liet haar helemaal haar gang gaan en leek er totaal niet mee te zitten als ze in drukke weken maar een paar uurtjes tijd voor hem had, net genoeg om seks met hem te hebben en weer terug te rennen naar de campus. In bepaalde opzichten lijkt dit de autobiografe nog altijd een ideale relatie, al wordt die inschatting minder florissant als ze zich met wijsheid achteraf aan een schatting waagt van het aantal meisjes met wie Carter zal zijn vreemdgegaan in die pakweg zes maanden dat ze in de veronderstelling leefde dat hij haar vriendje was. Die zes maanden vormden de eerste van de twee ontegenzeglijk gelukkige perioden in Patty's leven, waarin alles gewoon op zijn plaats viel en vanzelf ging. Ze hield innig van Carters ongecorrigeerde gebit, van het gemak waarmee hij zichzelf wegcijferde, van zijn bedrevenheid in bed en het geduld dat hij met haar had. O wat had hij veel geweldige kwaliteiten, die Carter! Of hij haar nu met hartverwarmende tederheid aanwijzingen gaf op seksgebied, of ruiterlijk toegaf dat hij nooit ook maar een seconde aan de toekomst dacht, laat staan aan een carrière ('Ik ben waarschijnlijk nog het meest geschikt voor afperser'), zijn stem was altijd zacht, half ingeslikt en doordesemd van zelfverachting. Arme immorele, doortrapte Carter, hij vond zichzelf bepaald geen verheffend mens.

Patty had hem echter hoog zitten, gevaarlijk hoog, tot die zaterdagavond in april toen ze vroeger dan verwacht terugkwam uit Chicago, waar ze met coach Treadwell naartoe was gevlogen voor de All-American ceremonie plus lunch (Patty was als guard in het tweede team opgenomen). Ze wilde Carter verrassen op het feestje dat hij voor zijn verjaardag gaf. Vanaf de straat zag ze licht branden in zijn appartement, maar ze moest viermaal op de bel drukken eer iemand iets zei in de intercom, en die iemand was Eliza.

'*Patty?* Je zat toch in Chicago?'

'Ik ben alweer terug, doe even open als je wilt.'

Er klonk gekraak in het luidsprekertje, gevolgd door een stilte die zo lang duurde dat Patty nog twee keer aanbelde. En ten slotte was daar Eliza die in haar schapenvachtjas en op haar rode Keds de trap af kwam hollen. 'Hai, hai, hai!' zei ze. 'Wat een verrassing dat je er bent!'

'Waarom heb je niet gewoon opengedrukt?' vroeg Patty.

'Ja, ik dacht, ik ren even naar beneden om met je te praten. Het is nogal een toestand boven.' Eliza's ogen flonkerden en ze wrong haar handen. 'Er wordt flink wat gesnoven en geblowd en zo, dus misschien is het beter als we ergens anders heen gaan, wat heerlijk dat ik je zie, hai, *hai*, hoe gaat het, hoe was Chicago, hoe was die lunch?'

Patty fronste haar wenkbrauwen. 'Wou je nou zeggen dat ik niet naar boven kan om mijn vriend te zien?'

'Nee, natuurlijk niet, maar eh... je vriend? Dat klinkt wel heftig, vind je ook niet? Ik dacht dat hij gewoon Carter was. Ik bedoel, ik weet dat je op hem gesteld bent, maar...'

'Wie zitten er nog meer boven?'

'O, gewoon, nog wat mensen.'

'Wie dan?'

'Niemand die jij kent. Kom op, we gaan gewoon ergens anders heen, oké?'

'Nee, wie dan?'

'Hij dacht dat je morgen pas terugkwam. Jullie gaan toch ergens eten morgenavond?'

'Ik heb speciaal een eerdere vlucht genomen omdat hij jarig is.'

'O jeetje, je bent toch niet, eh... je bent toch niet verliefd op hem, hè? Je moet jezelf echt wat minder kwetsbaar maken, hoor. Moeten we het toch maar weer eens over hebben. Ik dacht dat jullie gewoon lol maakten met elkaar. Ik heb je hem nooit je *vriend* horen noemen. Kijk, en als je niet open tegen me bent, kan ik je niet beschermen. We hadden toch een paar regels afgesproken?'

'Jij volgt mijn regels ook niet altijd,' zei Patty.

'Want jezus, echt hoor, dit zit anders dan jij denkt. Kijk, ik ben je vriendin, maar er zit boven iemand die geen vriendin van je is, zeker niet.'

'Een meisje?'

'Luister, ik zorg wel dat ze opstapt, oké? Ik werk haar de deur uit en dan feesten we met zijn drieën verder.' Eliza giechelde. 'Hij heeft echt hele, *hele* goeie coke gekocht.'

'Wacht nou even. Dus jullie zitten daar met zijn drieën? Is dat het feestje?'

'Echt te gek goed spul, moet je ook even proberen, echt. Je seizoen zit er nu op, toch? Ik werk haar de deur uit en dan kom jij boven meefeesten. Of nee, we gaan gewoon naar mijn huis, jij en ik. Wacht jij even hier, dan haal ik wat coke en gaan we naar mijn huis. Je moet het echt proberen, Patty. Je weet pas waar je over praat als je het ook eens geprobeerd hebt. Anders begrijp je niet wat het is.'

'Carter daar met een ander laten zitten en met jou meegaan om harddrugs te gebruiken, ja hoor, dat lijkt me een uitstekend idee.'

'O god, Patty, het spijt me. Maar dit is niet wat je denkt. Hij zei dat hij een feestje zou geven, maar toen hij die coke had gescoord kwam hij op heel andere gedachten. Ik merkte al snel dat ik ook alleen maar welkom was omdat die ander niet was gekomen als ze met hem alleen zou zijn geweest.'

'Dan zou ik zijn opgestapt,' zei Patty.

'Ja, maar toen waren we al begonnen. En je begrijpt pas waarom ik gebleven ben als je het zelf ook probeert. Ik zweer het je, dat is de enige reden.'

De nacht eindigde niet zoals hij waarschijnlijk had moeten eindigen: met een breuk of op zijn minst een bekoeling van Patty's vriendschap met Eliza, maar met Patty die Carter afzwoer en zich bij Eliza verontschuldigde omdat ze niet openhartiger was geweest over haar gevoelens voor hem, en met Eliza die zich er op haar beurt voor verontschuldigde dat ze niet beter had opgelet, en die beloofde dat ze zich zelf ook beter aan de regels zou houden en geen harddrugs meer zou gebruiken. Het is de autobiografe nu volstrekt duidelijk dat Carter zichzelf de verjaardag van zijn leven had willen bezorgen met een hoopje wit poeder op zijn nachtkastje en een triootje met twee gewillige snuifsters. Maar Eliza was zo overmand door wroeging en ongerustheid dat ze haar leugens een enorme overtuigingskracht meegaf. En ze was slim genoeg om Patty de volgende ochtend geen uurtje te geven om nog eens rustig na te denken en tot de conclusie te komen dat haar beste vriendin iets stuitends had uitgevreten met haar zogenaamde vriendje. Patty was nog maar nauwelijks wakker of Eliza verscheen hijgend en wel in de deuropening van haar kamer, gestoken in haar idee van een joggersoutfit (een T-shirt met de beeltenis van Lena Lovitch, een korte broek tot op haar knieën, zwarte sokken, rode Keds) om te melden dat ze zojuist driemaal de atletiekbaan had gedaan en of Patty haar alsjeblieft een paar goede rek- en strekoefeningen wilde leren. En ze deed Patty een gloedvol voorstel om voortaan elke avond samen te studeren, en ze stak een niet minder gloedvol betoog af over hoezeer ze wel niet aan Patty hing en hoe vreselijk ze het zou vinden om haar te verliezen. En Patty, die net genoeg tijd had gehad om haar ogen te openen voor Carters waardeloze karakter, was vertederd genoeg om ze voor Eliza's karakter te sluiten.

Eliza's sportfanatisme hield aan tot Patty op het voorstel inging om de zomer samen in Minneapolis door te brengen, waarna het joggen haar vrijwel meteen gestolen kon worden. Patty bracht een groot deel van die hete zomer alleen door in een van kakkerlakken wemelend onderhuurflatje in Dinkytown, gekweld door zelfmedelijden en gevoelens van onzekerheid. Ze kon maar niet begrijpen waarom Eliza met alle geweld met haar had willen samenwonen als ze de meeste nachten pas om twee uur thuiskwam, of helemaal niet. Eliza probeerde weliswaar haar leven te verrijken door haar onophoudelijk nieuwe drugs aan te raden of popconcerten waar ze heen kon om jongens te ontmoeten met wie ze naar bed zou kunnen, maar Patty had voor even genoeg van seks en voor eeuwig haar bekomst van drugs en sigarettenrook. En haar zomerbaantje als gymjuf leverde amper genoeg op voor de huur, en ze vertikte het Eliza na te volgen en bij haar ouders om geld te bedelen, dus begon ze zich almaar eenzamer en mislukter te voelen.

'Waarom zijn wij eigenlijk vriendinnen?' vroeg ze Eliza uiteindelijk, toen die zich op een avond weer eens zat op te dirken om uit te gaan.

'Omdat je schitterend en fantastisch bent,' zei Eliza. 'Er is niemand waar ik meer om geef dan om jou.'

'Ik ben een sporttrut. Ik ben saai.'

'Niets daarvan! Je bent Patty Emerson en we delen een flat met elkaar en dat is te gek.'

Dit waren letterlijk haar woorden, de autobiografe weet het nog goed.

'Maar we dóén niks samen,' zei Patty.

'Wat zou je willen doen dan?'

'Ik dacht erover om maar een tijdje naar mijn ouders te gaan.'

'Wat? Dat meen je niet. Je vindt ze vreselijk. Je moet hier bij mij blijven.'

'Maar je bent bijna elke avond de hort op.'

'Nou, laten we dan samen de hort op gaan.'

'Je weet toch dat ik niet om dat soort dingen geef?'

'Nou, dan gaan we naar een film. Nu meteen. Wat zou je willen zien? Zullen we naar *Days of Heaven* gaan?'

En zo vatte Eliza na basketbal kijken en joggen een nieuwe 'roeping' op, naar-de-film-en-nog-wat-drinken, die net lang genoeg standhield om Patty over het dode punt te helpen en ervoor te zorgen dat ze niet ontsnapte. Het was tijdens deze derde wittebroodstijd van dubbele hoofdfilms en spritzers van witte wijn en het grijsdraaien van Blondie-lp's dat Patty verhalen begon te horen over Richard Katz, popmuzikant en Eliza's nieuwe vlam. 'O mijn god,' zei Eliza, 'ik begin te denken dat ik verliefd ben. Als het zo doorgaat, moet ik nog een braaf en oppassend meisje gaan worden. Hij is zo *intens*, weet je, ik voel me gewoon platgewalst. Alsof ik word uitgevlakt door een reuzenvlakgom, zo voel ik me.'

De reuzenvlakgom was net afgestudeerd aan Macalester College, werkte bij een sloopbedrijf en had een punkband opgericht die The Traumatics heette en waarvan Eliza zeker wist dat ze het helemaal zouden gaan maken. Het enige krasje op Katz' perfectie was zijn vriendenkeuze. 'Hij deelt een appartement met ene Walter, een studentikoze sukkel die heel erg aan hem hangt. Net een hond, heel maf, ik snap er niets van. In het begin dacht ik dat hij Katz' manager was of zo, maar daar is het een veel te grote burgerlul voor. Kom ik 's ochtends de kamer van Katz uit, zit *Walter* in de keuken aan zijn zelfgemaakte fruitsalade, met de *New York Times* erbij, weet je wel, en dan vraagt-ie of ik de laatste tijd nog goed *theater* heb gezien. Toneel en zo. Ze passen echt totaal niet bij elkaar, die twee. Je zou Katz moeten kennen om te weten hoe maf het is.'

Weinig dingen zijn door de jaren heen pijnlijker voor de autobiografe gebleken dan de hechte band tussen Walter en Richard. Het was waar dat die twee, zeker op het oog, een nog vreemdere combinatie vormden dan Patty en Eliza. Een of andere mensenkenner van het huisvestingsbureau van Macalester had ze als eerstejaars een kamer laten delen – een hartverscheurend fatsoenlijke plattelandsjongen uit Minnesota en een volmaakt egocentrische, onbetrouwbare, altijd met drugs rommelende, gitaarspelende straatschooier uit Yonkers, New York. Het enige gemeenschappelijke kenmerk dat die huisvestingsmedewerker kan hebben gezien was dat ze allebei met een beurs studeerden. Walter had een bleke huid en een slungelige bouw, maar hoewel hij langer was dan Patty, was hij nog lang niet zo lang als Richard, die ruim één-negentig was en brede schouders had, en een teint die even donker was als die van Walter licht was. Richard vertoonde een sterke gelijkenis (niet alleen door Patty opgemerkt, maar door tal van mensen in de jaren dat ze hem kende) met de Libische dictator Moammar el-Khaddhafi. Hij had hetzelfde zwarte haar, dezelfde olijfkleurige en pokdalige wangen, hetzelfde voldane-despoot-bekijkt-zijn-troepen-en-raketten-glimlachje*, en hij leek wel vijftien jaar ouder dan zijn vriend. Walter deed

* Toen Patty jaren na haar studietijd filmbeelden van Khaddhafi zag, trof het haar opnieuw hoe sterk hij op Richard Katz leek, en kon ze zich weer niet tegen de gedachte verzetten dat geen land ter wereld zo'n sexy staatshoofd had als Libië.

in alles denken aan zo'n overgedienstige 'student-manager' die sommige high schools aan hun sportteams toewijzen – een volstrekt onatletische jongen die de coaches mag helpen en bij wedstrijden in een blazer met stropdas langs de lijn staat met een nutteloos klembord onder zijn arm. Sporters dulden zulke managers alleen omdat ze alles van hun sport en de spelregels afweten, en dat leek ook een voorname factor in de band die Walter en Richard hadden. Want Richard mocht dan in vrijwel alle opzichten wispelturig en onbetrouwbaar zijn, zijn muziek nam hij bloedserieus, en Walter had alle kennis en platen en apparatuur om zich een volwaardig fan te mogen noemen van het soort muziek dat Richard maakte.

Later, toen Patty hen beter leerde kennen, werd het haar duidelijk dat ze onder de oppervlakte helemaal niet zo verschillend waren – dat ze beiden, zij het ieder op zijn eigen manier, hun best deden een goed mens te zijn.

Patty ontmoette de Vlakgom op een benauwde augustusmorgen toen ze terugkwam van haar ochtendloop en hem op de bank in de woonkamer aantrof, een bank die met hem erop opeens heel nietig oogde, terwijl Eliza een douche nam in hun zwijnenstal van een badkamer. Richard droeg een zwart T-shirt en las een paperback met een grote V op het omslag. De eerste woorden die hij tot Patty richtte, pas nadat ze een glas ijsthee had ingeschonken en dat bezweet en wel stond te drinken, waren: 'En wat ben jij?'

'Pardon?'

'Wat doe jij hier zoal?'

'Ik *woon* hier,' zei ze.

'Ja, dat wist ik.' Richard nam haar van top tot teen op, onderdeel voor onderdeel. En elke keer dat zijn blik op een onderdeel bleef rusten, was het alsof ze vaster tegen de muur achter haar werd geprikt, zodat ze zich op het eind als een poster voelde, een tweedimensionale versie van zichzelf. 'Heb je het plakboek weleens gezien?' vroeg hij.

'Eh, welk plakboek?'

'Ik pak het even voor je,' zei hij. 'Vind je vast wel interessant.'

Hij liep Eliza's kamer binnen en kwam terug met een kloeke ringband die hij Patty in handen drukte, waarna hij weer in zijn roman ging zitten lezen alsof hij niet eens meer wist dat ze er was. Het was een ouderwetse ringband, met drie ringen en een blauw omslag waarop in koeienletters PATTY was geschreven. Ze kreeg na enig bladeren de indruk dat er elke foto van haar in zat die ooit op de sportpagina's van de *Minnesota Daily* had gestaan, en alle afgescheurde kaartjes van elke film die ze samen met Eliza had gezien, en alle ansichtkaarten die ze Eliza ooit had gestuurd, elk stripje pasfoto's waarvoor ze zich ooit samen in een automaat hadden geperst, alle snapshots die Eliza van haar genomen had in het brownieweekend. Het geheel was even bizar als overdonderend, maar Patty vond het vooral iets zieligs hebben – en het speet haar nu dat ze aan Eliza's aanhankelijkheid had getwijfeld.

'Het is een raar meisje, hoor,' zei Richard vanaf de bank.

'Waar heb je dit gevonden?' vroeg Patty. 'Snuffel je altijd door de spullen van mensen bij wie je overnacht?'

Hij lachte. 'Wat krijgen we nu, een kruisverhoor?'

'Geef eens antwoord, is dat een gewoonte van jou?'

'Rustig aan maar. Dat ding lag gewoon op de plank achter haar bed, vol in het zicht.'

Het ruisen van de douche was opgehouden.

'Leg het maar snel terug,' zei Patty. 'Als je wilt.'

'Ik dacht dat het je wel zou interesseren,' zei Richard zonder aanstalten te maken om op te staan.

'Alsjeblieft, leg het terug waar je het vandaan hebt.'

'Ik krijg zo het idee dat jij er geen plakboek over haar op nahoudt.'

'Snel, alsjeblieft.'

'Ja ja, het is een heel raar meisje,' zei Richard terwijl hij de ringband van haar aanpakte. 'Daarom vroeg ik wat jij nu eigenlijk was.'

De gemaaktheid van Eliza's gedrag tegenover jongens, haar constante gegiechel en gedweep en het aanstellerige gezwier met haar haar, het was iets waar je je als vriendin vrij snel aan ging storen. En haar welhaast onsmakelijke verafgoding van Richard kreeg nu voor Patty een tegenhanger in dit idiote plakboek en de extreme aanhankelijkheid die eruit sprak. Het maakte dat Patty zich er, voor het eerst, voor geneerde om Eliza's vriendin te zijn. En dat was raar, want Richard leek zich er allerminst voor te generen dat hij met Eliza naar bed ging. En waarom zou het Patty trouwens iets uitmaken wat hij van haar vriendschap met Eliza dacht?

Haar tweede ontmoeting met Richard was op een van haar laatste dagen in de kakkerlakkenflat. Hij zat weer op de bank, met zijn armen over elkaar, stampte demonstratief met zijn gelaarsde rechtervoet en maakte een gepijnigde grimas terwijl Eliza haar gitaar stond te bespelen op de enige manier die Patty van haar kende: haperend en onzeker. 'Hou de maat nou eens vast,' zei Richard. 'Beweeg je voet maar op en neer, dat helpt.' Maar toen de hevig zwetende Eliza in de gaten kreeg dat Patty binnen was gekomen, hield ze helemaal op met spelen.

'Ik kan niet spelen waar zij bij is.'

'Tuurlijk wel,' zei Richard.

'Nee, het klopt wat ze zegt,' zei Patty. 'Ik maak haar zenuwachtig.'

'Interessant. Waarom?'

'Geen idee,' zei Patty.

'Ze wil veel te graag dat ik het goed doe,' zei Eliza. 'Ik kan het gewoon voelen.'

'Dat is dan erg stout van je,' zei Richard tegen Patty. 'Je moet willen dat ze afgaat.'

'Oké,' zei Patty. 'Ik wil dat je afgaat, Eliza. Kom op meid, je weet dat je het kunt.'

Eliza keek haar stomverbaasd aan. Patty wist zelf ook niet hoe ze het had. 'Sorry, ik ga naar mijn kamer nu.'

'Nee, eerst kijken hoe ze afgaat,' zei Richard.

Maar Eliza had de plug al uit de versterker getrokken en tilde de draagband over haar hoofd.

'Je moet oefenen met een metronoom,' zei Richard tegen haar. 'Heb je een metronoom?'

'Dit was een heel slecht idee,' zei Eliza, en ze plofte misnoegd in een stoel neer.

'Waarom speel jíj niet even wat?' zei Patty tegen Richard.

'Ander keertje,' zei hij.

Maar Patty herinnerde zich de gêne die ze gevoeld had toen hij haar met het plakboek confronteerde. 'Eén nummer maar,' zei ze. 'Eén *akkoord*. Speel één akkoord voor me. Eliza zegt dat je fantastisch bent.'

Hij schudde zijn hoofd. 'Kom maar eens naar een optreden.'

'Patty gaat nooit naar concerten,' zei Eliza. 'Ze heeft een hekel aan al die rook.'

'Ik ben een sporter,' zei Patty.

'Ja, dat idee had ik al gekregen,' zei Richard, terwijl hij haar een veelzeggende blik schonk. 'Basketbal, hè? Wat speel je, forward of guard? Ben je wel lang genoeg, eigenlijk?'

'Voor een basketbalster ben ik niet echt lang, inderdaad.'

'Maar op zichzelf wel.'

'Ja, dat wel.'

'We zouden net gaan,' zei Eliza, die alweer opstond.

'Qua lengte zou jij ook wel basketballer kunnen zijn,' zei Patty tegen Richard.

'Basketbal is een goeie manier om een vinger te breken. Dank je feestelijk.'

'Dat is echt niet zo, hoor,' zei Patty. 'Komt haast nooit voor.'

Ze voelde dat dit geen onderwerp was om het gesprek mee te verlevendigen of zelfs maar aan de gang te houden – Richard straalde duidelijk uit dat basketbal hem geen moer interesseerde.

'Misschien moet ik toch maar eens naar een optreden van je,' zei ze. 'Wanneer is het volgende?'

'Niets voor jou, veel te rokerig voor je,' zei Eliza snibbig.

'Ach, dat zal wel meevallen.'

'Denk je?' zei Eliza. 'Goh, zo ken ik je niet.'

'Neem oordopjes mee,' zei Richard.

Toen ze in haar kamer zat en hen had horen vertrekken, begon Patty te huilen om redenen die haar niet echt duidelijk waren maar die ze liever niet onder de loep nam. Toen ze Eliza terugzag, zesendertig uur later, bood ze haar excuses aan omdat ze zo rottig had gedaan, maar Eliza was in een stralend humeur en wilde niets van excuses weten. Ze was van plan haar gitaar te verkopen en ze zou Patty met alle plezier meenemen naar Richards volgende optreden.

Het concert was op een doordeweekse avond in september, in een matig geventileerde club die de Longhorn heette en waar The Traumatics het voorprogramma waren van The Buzzcocks. Zowat de eerste die Patty en Eliza bij het betreden van de zaal zagen was Carter. Hij stond in een innige verstrengeling met een buitensporig mooi meisje in een mini-jurk met lovertjes. 'O shit,' zei Eliza, en ze trok Patty achter zich aan door een massa sigaretten rokende punks, helemaal tot aan het podium, waar ze uitkwamen bij een blonde jongen die Patty direct herkende van de omschrijvingen die Eliza van Richards huisgenoot had gegeven. 'Hé Walter, alles goed?' zei Eliza luid maar toonloos.

Omdat Patty hem nog niet kende, wist Patty niet hoe ongebruikelijk het was dat Walter de begroeting met een koel knikje beantwoordde in plaats van met een hartelijke middenwestelijke glimlach.

'Dit is mijn beste vriendin Patty,' zei Eliza tegen hem. 'Mag zij even bij jou blijven terwijl ik backstage ga?'

'Volgens mij kunnen ze elk moment opkomen,' zei Walter.

'Heel even maar,' zei Eliza. 'Pas goed op haar, oké?'

'Kunnen we niet met zijn drieën gaan?' vroeg Patty.

'Nee, jij moet mijn plek vrijhouden,' zei Eliza. 'Ben zo terug.'

Walter keek haar vol afkeer na terwijl ze in de menigte opging. Hij oogde lang niet zo sukkelig als Eliza hem had afgeschilderd, droeg een sweater met een v-hals, had een wilde bos rossig blonde krullen en leek eigenlijk nog het meest op wat hij was: een eerstejaars op de Law School van de universiteit – maar hij stak wel af tegen al die punks met hun verminkte kapsels en kleren, en Patty, die zich van de weeromstuit bewust werd van haar eigen kleren, waarin ze zich tot een minuut geleden altijd prettig had gevoeld, was hem dankbaar voor zijn gewoonheid.

'Bedankt dat je hier even blijft staan,' zei ze.

'Ik denk dat we hier voorlopig ook niet meer wegkomen,' zei Walter.

'Aangename kennismaking.'

'Insgelijks. Dus jij bent de basketbalvedette, hè?'

'Klopt.'

'Richard heeft me over je verteld.' Hij draaide zich naar haar toe. 'Gebruik jij ook zoveel drugs?'

'Ik? God nee, helemáál niet! Hoezo?'

'Omdat je vriendin dat wel doet.'

Patty wist niet hoe ze kijken moest. 'Nou, eh, niet als ik erbij ben, kan ik je zeggen.'

'Daarom is ze dus backstage gegaan.'

'O.'

'Sorry hoor. Ik weet dat ze een goede vriendin van je is.'

'Geeft niet. Het is eigenlijk wel goed om te weten, denk ik.'

'Ze schijnt behoorlijk in de slappe was te zitten.'

'Ja, haar ouders sturen haar veel geld.'

'Aha, haar ouders.'

Walter leek zo door Eliza's verdwijning in beslag te worden genomen dat Patty niet meer wist wat ze moest zeggen. Haar competitiedrang speelde opeens in alle hevigheid op. Ze was zich nauwelijks van enige interesse in Richard bewust, maar ze vond het niet eerlijk dat Eliza het niet van eigen kracht hoefde te hebben, van haar half-mooie uiterlijk en haar half-boeiende persoonlijkheid, om hem voor zich te winnen – dat ze het geld van haar ouders kon aanwenden om zijn aandacht te kopen. En wat snapte Patty zelf toch weinig van het leven! Wat was ze toch naïef! En trouwens, wat een lelijke rommel op dat podium! Die wirwar van snoeren, het kille chroom van de drums, de machinaal ogende microfoonstandaards, de cilindrische voetlichten die als geschut stonden opgesteld, alles omwikkeld met van dat brede kidnappersplakband, wat oogde het allemaal grimmig.

'Ga je vaak naar concerten?' vroeg Walter.

'Nee, nooit. Eén keer eerder.'

'Heb je oordopjes meegenomen?'

'Nee. Heb ik die nodig?'

'Richard speelt behoorlijk hard. Je mag de mijne wel gebruiken. Ze zijn zo goed als nieuw.'

Hij haalde een plastic zakje tevoorschijn dat twee larven van wit schuimrubber bevatte. Patty keek ernaar en deed haar best om dankbaar te glimlachen. 'Nee hoor, dank je,' zei ze.

'Ik ben een zeer hygiënisch persoon,' zei hij ernstig. 'Je zult er geen infectie aan overhouden.'

'Maar dan heb je zelf niks.'

'Ik trek ze wel in tweeën. Geloof me, je moet echt je gehoor beschermen.'

Patty keek toe terwijl hij de oordopjes nauwkeurig halveerde. 'Ik hou ze wel in mijn hand tot ik ze echt nodig heb,' zei ze.

Na een kwartier wurmde Eliza zich weer tussen het publiek door, met een stralende gelaatsuitdrukking, en ze had zich nog niet bij hen gevoegd of de zaallichten doofden en de mensenmassa rolde als een golf op het podium toe. Patty liet de oordopjes vallen. Er was veel meer gedrang dan de situatie leek te vereisen. Een in leer gestoken vetzak botste tegen haar rug en ze smakte tegen het podium aan. Eliza sprong al met zwiepende haren op en neer, dus was het aan Walter om de vetzak een gooi terug te geven en Patty te ontzetten.

The Traumatics holden het podium op: Richard, zijn trouwe bassist Herrera en twee graatmagere jongetjes die de high school nog maar amper ontgroeid leken. Richard toonde alle flair van de geboren showman, een houding die hij later, toen duidelijk werd dat er geen grootse carrière voor hem in zat, zou verruilen voor de ingekeerdheid van de typische antister. Hij hupte op zijn voorvoeten, maakte een paar halve pirouettes en kondigde aan dat zijn jongens en hij alle nummers gingen spelen die ze kenden, de volle vijfentwintig minuten. En toen gingen The Traumatics los, en ontketenden een orgie van lawaai waarin Patty geen enkel ritme kon ontdekken. De muziek was als eten dat te heet was om nog enige smaak te hebben, maar het ontbreken van een maat of melodie weerhield de punks voor het podium er niet van om als bezetenen te pogoën en om het hoogst tegen elkaar aan te springen en onveranderlijk, zo leek het, op Patty's voeten neer te komen. Ze raakte in een oogwenk gescheiden van Walter en Eliza. De herrie was niet te harden. Richard en twee andere

Traumatics krijsten in hun microfoons: *I hate sunshine! I hate sunshine!* En Patty, die een beetje zonneschijn altijd wel waarderen kon, wendde al haar basketbaltechnieken aan om weg te komen. Ze sprong met hoog opgeheven ellebogen door de massa, ontkwam aan het ergste tumult maar kwam daarbij oog in oog met Carter en zijn geloverde vriendin en sprong daarom maar verder tot ze buiten stond, in de weldadig frisse septemberavondlucht, onder een Minnesota-hemel die tot haar verbazing nog steeds sporen van de schemering in zich droeg.

Ze bleef bij de ingang staan, keek naar laat arriverende Buzzcocks-fans en wachtte om te zien of Eliza haar zou komen zoeken. Maar het was Walter die naar buiten kwam.

'Niks aan de hand, hoor,' zei ze tegen hem. 'Dit is alleen niet echt mijn smaak.'

'Zal ik je naar huis brengen?'

'Welnee joh, ga maar weer naar binnen. En zeg tegen Eliza dat ik zelf wel thuiskom en dat ze zich geen zorgen hoeft te maken.'

'Ze leek toch al niet zo bezorgd. Kom op, ik breng je wel even.'

Patty wees het aanbod opnieuw af, en Walter drong aan, maar zij hield voet bij stuk, maar hij ook. En toen drong het pas tot haar door dat hij geen auto had en aanbood om samen met haar de bus te nemen, waarop ze des te stelliger weigerde, maar hij van geen wijken wist. Later, veel later, zou hij haar vertellen dat hij toen al voor haar gevallen was, toen ze samen bij de bushalte stonden, maar op het moment zelf klonken er in Patty's hoofd geen violen. Ze voelde zich bezwaard omdat ze Eliza in de steek had gelaten en Walters oordopjes had laten vallen, en had spijt dat ze niet langer naar Richard was blijven kijken.

'Het voelt een beetje alsof ik voor een examen ben gezakt,' zei ze.

'Hou je eigenlijk wel van punk en new wave?'

'Nou eh, Blondie vind ik goed, en Patti Smith. Maar dit... nee, dit is niets voor mij.'

'Maar mag ik je dan vragen waarom je bent gekomen?'

'Omdat Richard me had uitgenodigd.'

Walter knikte alsof die woorden een geheime betekenis voor hem hadden.

'Is Richard eigenlijk aardig?' vroeg Patty.

'Hartstikke!' zei Walter. 'Maar het hangt er natuurlijk maar van af wat je onder aardig verstaat. Zijn moeder is 'm gesmeerd toen hij nog heel jong was, weet je. Ze ging bij een of andere sekte. Zijn vader was een postbode en alcoholist die longkanker kreeg toen Richard op de high school zat.

Richard heeft hem tot zijn dood verzorgd. Hij heeft een heel trouw karakter, al is hij misschien niet zo trouw waar het op vrouwen aankomt. Ja, voor vrouwen is hij niet altijd aardig, als ik eerlijk moet zijn.'

Patty had daar al zo'n vermoeden van gehad, en om de een of andere reden schrok het haar niet af nu ze het bevestigd kreeg.

'En jij?' vroeg Walter.

'Hoezo en jij?'

'Ben jij aardig? Zo lijk je wel. Terwijl ik...'

'Terwijl je wat?'

'Je vriendin kan ik niet uitstaan!' zei hij opeens fel. 'Volgens mij deugt ze voor geen meter. Ze is gemeen en ze liegt. Vreselijk.'

'Nou, ze is mijn beste vriendin,' zei Patty ietwat gebelgd. 'Tegen mij is ze nooit gemeen. Misschien klikt het gewoon niet tussen jullie.'

'Neemt ze je altijd mee uit om je aan je lot over te laten en coke te gaan snuiven met iemand anders?'

'Nee, ik kan je vertellen dat dat nooit eerder is gebeurd.'

Walter zei niets, stond alleen maar te zwelgen in zijn afkeer. Er was nog geen bus te zien.

'Het geeft me soms een heel, heel goed gevoel hoeveel ze om me geeft,' zei Patty na een poosje. 'Vaak merk ik er ook niets van, maar als ze het laat blijken...'

'Misschien vergis ik me, maar volgens mij kan het voor jou niet zo moeilijk zijn om mensen te vinden die om je geven.'

Ze schudde haar hoofd. 'Het is iets in mezelf. Mijn andere vriendinnen mag ik ook graag, maar ik heb altijd het gevoel dat er een muur tussen ons is. Alsof zij allemaal één soort mens zijn en ik een heel ander type. Veel meer op mezelf gericht, en altijd in competitie met anderen. Veel minder sociaal, eigenlijk. Met hen krijg ik altijd het gevoel dat ik een rol speel. Met Eliza hoeft dat nooit. Met haar kan ik gewoon mezelf zijn, en dan ben ik nog altijd, hoe moet ik het zeggen... *beter* dan zij. Want kijk, ik ben heus niet achterlijk, ik zie ook wel dat ze behoorlijk verknipt is. Maar op een bepaalde manier voel ik me heerlijk op mijn gemak met haar. Heb jij dat ook met Richard?'

'Nee,' zei Walter. 'Hij is meestal erg moeilijk in de omgang. Maar hij heeft iets wat me enorm aanspreekt. Was al meteen zo toen we elkaar als eerstejaars leerden kennen. Hij is enorm gedreven in zijn muziek, en daarnaast heeft hij een brede intellectuele belangstelling. Heb ik bewondering voor.'

'Dan ben jij dus oprecht aardig,' zei Patty. 'Je waardeert hem om wie hij is, niet om het gevoel dat hij je geeft. Dat is denk ik het verschil tussen jou en mij.'

'Maar jij lijkt juist hartstikke aardig!' zei Walter.

Patty wist diep vanbinnen dat hij zich in haar vergiste. En de fout die ze zou begaan, de grote fout in haar leven, was mee te gaan in het idee dat Walter van haar had, hoewel ze wist dat het onjuist was. Hij was zo overtuigd van haar goedheid, dat ze uiteindelijk haar verzet staakte.

Pas toen ze die eerste avond terugkwamen op de campus, realiseerde Patty zich dat ze ruim een uur over zichzelf had gesproken terwijl Walter alleen maar vragen stelde en zelf nergens op inging. Het leek gepast om op de valreep ook nog enige belangstelling voor hem te tonen, maar de gedachte alleen al vermoeide haar, omdat ze zich niet tot hem aangetrokken voelde.

'Mag ik je eens bellen?' vroeg hij bij de deur van haar woongebouw.

Ze zei dat ze de komende maanden hard moest trainen en weinig tijd zou hebben voor sociale contacten. 'Maar het was heel lief van je om me thuis te brengen,' zei ze. 'Ik waardeer het zeer.'

'Hou je van theater? Ik ga altijd met een stel vriendinnen, dus als je meegaat zou het geen date zijn of zo.'

'Tja, weet je, ik heb het gewoon ontzettend druk.'

'Dit is een echte theaterstad,' drong hij aan. 'Ik weet zeker dat het je bevallen zou.'

O, Walter. Wist hij werkelijk niet dat hij in al die maanden waarin ze hem zou leren kennen maar één aantrekkelijk punt voor haar had: dat hij de vriend van Richard Katz was? Viel het hem dan nooit op dat Patty zich bij elke ontmoeting in bochten wrong om het gesprek o zo terloops op Richard te brengen? Had hij echt geen enkel vermoeden, die eerste avond, dat ze Richard in gedachten had toen ze hem ten slotte toch maar toestemming gaf haar eens te bellen?

Toen ze bovenkwam, had iemand een briefje met een telefonische boodschap van Eliza op haar deur geplakt. Ze ging in haar kamer zitten, met tranende ogen van de rooklucht in haar haar en kleren, tot de telefoon in de gang rinkelde. Het was Eliza, met herrie van de club op de achtergrond, die haar kapittelde omdat ze haar had laten schrikken door zomaar te verdwijnen.

'Jij was het die zomaar verdween,' zei Patty.

'Alleen maar om Richard even gedag te zeggen.'

'Je was zowat een halfuur weg.'

'Waar is Walter?' vroeg Eliza. 'Is die samen met jou vertrokken?'

'Hij heeft me thuisgebracht.'

'*Ieww*, dat lijkt me geen pretje. Heeft hij je verteld hoe erg hij de pest aan me heeft? Ik denk dat hij jaloers op me is, wat Richard betreft. Misschien is hij homo.'

Patty keek links en rechts de gang in om zeker te weten dat niemand luisterde. 'Heb jij toen die drugs voor Carters verjaardag geleverd?'

'Wat? Ik versta je niet.'

'Was jij degene die voor die coke heeft gezorgd toen Carter jarig was?'

'Ik versta je niet!'

'*Die coke toen van Carter, had hij die van jou?*'

'Wát, nee, natuurlijk niet! Jezus, ben je daarom zo van streek? Heeft Walter je dat wijsgemaakt?'

Patty hing met een trillende onderkaak op, liep naar binnen en ging een uur lang onder de douche staan.

Eliza liet er weer een periode van verhoogde aandacht voor haar op volgen, maar ditmaal wat halfslachtig omdat ze ook Richard had om zich aan op te dringen. Toen Walter de daad bij het gedram voegde en belde, ging Patty zonder tegenstribbelen overstag – deels omdat hij in verband stond met Richard, deels omdat het voldoening schonk om Eliza te verraden door met hem uit te gaan (Walter was weliswaar veel te tactvol om Eliza nog ter sprake te brengen, maar Patty was niet vergeten hoe hij over haar vriendin dacht), en deels omdat haar betere ik het verheffend vond om eens iets cultureels te doen in plaats van hele avonden spritzers te drinken en steeds maar weer naar dezelfde lp's te luisteren. Het kwam dat najaar van drie avondjes uit met Walter, tweemaal naar toneel en eenmaal naar de film. En toen haar seizoen begon, zag ze hem in zijn eentje op de tribune zitten, met rode wangen van opwinding, elke keer zwaaiend als ze zijn kant op keek. Hij vatte de gewoonte op om haar op de dag na een wedstrijd te bellen en haar met haar uitstekende spel te complimenteren en een mate van tactisch inzicht te etaleren die Eliza zelfs nooit geprobeerd had te veinzen. Als ze er niet was, liet hij een boodschap achter, die zij dan weer aangreep om terug te bellen in de hoop niet hem maar Richard aan de lijn te krijgen. Maar helaas, Richard scheen nooit thuis te zijn als Walter dat ook niet was.

In de spaarzame seconden tussen haar antwoorden op Walters vragen wist Patty van hem aan de weet te komen dat hij uit Hibbing in Minnesota kwam en dat hij een deel van zijn studiekosten zelf opbracht door parttime als timmerman te werken voor dezelfde aannemer die Richard als bouwvakker in dienst had en dat hij daarom elke ochtend om vier uur opstond om te kunnen studeren. Tegen een uur of negen begon hij altijd te gapen, wat Patty, die zelf een druk dagschema had, als een pluspunt beschouwde in een uitgaanspartner. Zoals hij beloofd had, werden ze altijd vergezeld door drie medestudentes die hij nog van zijn highschooltijd kende, drie intelligente en creatieve meiden die Eliza, als zij was meegegaan, tot honende commentaren op hun overgewicht en slechtzittende jurken zouden hebben gebracht. Van dit adorerende drietal leerde Patty gaandeweg hoe ongehoord lief en zachtaardig en geweldig Walter was.

Volgens zijn dikke vriendinnen was Walter opgegroeid in de krap bemeten woonvertrekken achter het kantoor van een motel met de naam Whispering Pines, met een aan drank verslaafde vader, een oudere broer die hem regelmatig aftuigde, een jongere broer die de treiterijen en vernederingen van zijn oudere broer zo getrouw mogelijk imiteerde, en een moeder wier fysieke gebreken en neerslachtigheid zoveel afbreuk deden aan haar capaciteiten als schoonmaakster en nachtportier, dat het in het hoogseizoen vaak aan Walter toeviel om de kamers schoon te houden en late gasten in te schrijven terwijl zijn vader met diens mede-oorlogsveteranen zat te zuipen en zijn moeder sliep. Dit kwam boven op zijn vaste taken als hulpje van zijn vader, die varieerden van het beheren van het parkeerterrein tot het doorsteken van verstopte afvoeren en het opkalefateren van de boiler. Zijn vader rekende op zijn inzet, en Walter bleef zich onvermoeibaar inzetten in de hoop dat dit hem ooit nog eens de goedkeuring van zijn vader zou opleveren – volgens zijn vriendinnen een kansloze missie omdat Walter veel te gevoelig en intellectueel was en, in tegenstelling tot zijn broers, niet van jagen, trucks en bier hield. Ondanks dat zijn taken binnen het familiebedrijf op een onbetaalde voltijdbaan neerkwamen, was Walter erin geslaagd menige glansrol te spelen bij het schooltoneel, vele jeugdvrienden door tal van tegenslagen heen te helpen, koken en naaien te leren van zijn moeder, uiting te geven aan zijn liefde voor de natuur (met zijn tropische aquarium, zijn mierenboerderij, het redden van verweesde nestvogels en het drogen van bloemen) en met vlag en wimpel te slagen voor zijn highschoolexamen. Hij kreeg een beurs voor een universiteit uit de Ivy League aangeboden, maar ging in plaats daarvan naar Macalester, dat op een busrit van Hibbing lag zodat hij in de weekeinden naar huis kon om zijn moeder te helpen in haar strijd tegen het onstuitbare verval van het motel (zijn vader had intussen emfyseem en kon niets meer uitrichten). Walter had er altijd van gedroomd filmregisseur te worden, of desnoods acteur, maar deed nu de Law School omdat, zoals hij het volgens zijn vriendinnen had uitgedrukt, 'er in mijn familie toch *iemand* moet zijn met een fatsoenlijk inkomen.'

Patty voelde zich nog steeds niet in het minst tot Walter aangetrokken, maar ervoer toch een eigenaardige rivaliteit en zelfs een vage gekwetstheid door de aanwezigheid van de drie vriendinnen op de theateravonden die anders voor heuse afspraakjes hadden kunnen doorgaan, en het deed haar goed dat zij het was, niet die drie, die zijn ogen deed glanzen en zijn karakteristieke blos op zijn wangen deed komen als ze voor de voorstelling of in de pauze in de foyer stonden. Ze vond het nou eenmaal leuk om uit te blinken, onze Patty. In wat dan ook. Bij het laatste toneelstuk, in december in het Guthrie, arriveerde Walter op het laatste nippertje, helemaal onder de sneeuw, met paperbacks als kerstcadeautje voor de drie anderen en voor Patty een reusachtige poinsettia die hem in de bus en in de besneeuwde straten de grootste problemen had opgeleverd en die hij maar met moeite afgegeven kreeg bij de garderobe. Het was voor alle betrokkenen duidelijk, zelfs voor Patty, dat er geen minachting uit sprak maar juist het tegendeel dat die drie een interessant boek kregen en zij een mooie plant. Het feit dat Walter zijn enthousiasme niet in een slankere versie van zijn liefhebbende dikkerds wilde steken maar in Patty, die haar intelligentie voornamelijk besteedde aan het bedenken van onopvallende manieren om hun gesprekken op Richard Katz te brengen, was niet alleen raadselachtig en ietwat verontrustend, maar ook ontegenzeglijk strelend. Na de voorstelling droeg Walter de poinsettia helemaal tot aan de ingang van haar woongebouw, in de bus en door straten waarin de sneeuw ondertussen in glibberige drek was veranderd. Op het kaartje dat eraan vastzat en dat ze pas in haar kamer openvouwde, stond: 'Voor Patty, met grote genegenheid, van haar trouwste fan.'

Rond diezelfde tijd nam Richard het besluit Eliza te dumpen. En als je Eliza moest geloven, was hij een behoorlijk hardhandige dumper. Ze belde Patty in opperste ontreddering om het nieuws te melden en huilde dat 'die flikker' Richard tegen haar moest hebben opgezet, dat Richard haar 'totaal geen kans' meer wilde geven en dat Patty haar moest helpen om weer met hem in gesprek te komen, want hij weigerde haar nog te woord te staan of zelfs maar de deur van zijn appartement te openen of...

'Ik heb tentamens,' zei Patty koeltjes.

'Je hoeft er alleen maar naartoe te gaan met me,' zei Eliza. 'Ik moet hem gewoon even spreken en het uitleggen.'
'Wat uitleggen?'
'Dat hij me een kans moet geven! Dat ik een gesprek verdien!'
'Walter is niet homoseksueel,' zei Patty. 'Dat heb je jezelf maar wijsgemaakt.'
'O mijn god, heeft-ie jou ook al tegen me opgezet?'
'Welnee,' zei Patty. 'Zoiets zou hij nooit doen.'
'Ik kom nu naar je toe en dan maken we een plan.'
'Ik heb een tentamen geschiedenis morgen. Ik moet studeren.'
Hierop kreeg Patty te horen dat Eliza al zes weken geen colleges had gevolgd omdat ze al haar tijd in Richard had gestoken. Alles had ze voor hem opgegeven en nu had hij haar zomaar laten vallen en moest ze voorkomen dat haar ouders erachter kwamen dat ze niet één tentamen zou halen, dus ze kwam nu naar Patty toe en Patty moest blijven waar ze was en op haar wachten, want dan konden ze een plan maken.
'Ik ben hartstikke moe,' zei Patty. 'Ik moet studeren en mijn nachtrust pakken.'
'Niet te geloven! Hij heeft jullie allebei tegen me opgezet! De twee mensen van wie ik het meeste hou!'
Patty slaagde erin op te hangen, haastte zich naar de bibliotheek en bleef daar tot sluitingstijd. Ze was er zeker van dat Eliza voor haar woongebouw op haar zat te wachten, kettingrokend en vast van plan om haar de halve nacht wakker te houden. Ze zag ertegenop om deze tol van de vriendschap te betalen, maar legde zich erbij neer, en voelde daarom een eigenaardige teleurstelling toen Eliza nergens te bekennen was. Ze kreeg zowaar de neiging haar te bellen, maar haar vermoeidheid en opluchting wonnen het van haar schuldgevoel.
Drie dagen gingen voorbij zonder enig levensteken van Eliza. Op de avond voordat Patty vertrok voor de kerstvakantie, belde ze Eliza's nummer om zich ervan te vergewissen dat alles in orde was, maar er werd niet opgenomen. Ze vloog naar Westchester met een gemoed dat zwaar was van haar schuldgevoel en ongerustheid, en dat alleen maar zwaarder werd bij alle keren dat ze het nummer opnieuw vergeefs belde vanuit de keuken van haar ouders. Op kerstavond hield ze het niet meer en belde naar het Whispering Pines Motel in Hibbing, Minnesota.
'Wat een geweldig kerstcadeau om je even te horen!' zei Walter.
'O, eh, dank je. Maar ik bel eigenlijk over Eliza. Ik hoor niks meer van haar.'

'Wees blij!' zei Walter. 'Richard en ik hebben ten slotte de telefoonstekker er maar uitgetrokken.'

'Wanneer was dat?'

'Eergisteren.'

'O, nou, blij dat te horen.'

Maar daarmee was het gesprek allesbehalve afgelopen. Patty gaf antwoord op zijn vele vragen, beschreef de weerzinwekkende kersthebzucht van haar broer en zussen, en de jaarlijkse vernedering van haar familieleden die de herinnering ophaalden aan hoelang Patty in de Kerstman was blijven geloven, en de schunnige kerstwoordgrappen die haar vader met haar middelste zus uitwisselde, en het aanstellerige geweeklaag van diezelfde zus die haar eerste jaar aan Yale University als 'veel te makkelijk' ervoer, en de jaarlijks terugkerende crisis van haar moeder die rond kerst altijd spijt kreeg dat ze twintig jaar geleden was gestopt met het vieren van Chanoeka en andere joodse feestdagen. 'En hoe is het daar bij jou?' vroeg Patty na ruim een halfuur.

'Gezellig,' zei Walter. 'Mijn moeder en ik zijn aan het bakken, en Richard zit te dammen met mijn vader.'

'Dat klinkt leuk. Ik wou dat ik erbij kon zijn.'

'Zou ik ook wel willen. Dan konden we er met de sneeuwschoenen op uit trekken.'

'Dat lijkt me echt leuk.'

En ze meende het, en ze merkte dat het haar niet langer duidelijk was of Walter haar tot de verbeelding sprak door zijn connectie met Richard of door wie hij zelf was – door zijn vermogen om elke plek waar hij zich bevond een knusse plek te doen lijken.

Het gevreesde telefoontje van Eliza kwam op de avond van eerste kerstdag. Patty nam het aan op het extra toestel in de kelder, waar ze in haar eentje naar een wedstrijd uit de NBA zat te kijken. Voor ze haar excuses kon maken was het Eliza die zich voor haar stilzwijgen verontschuldigde en zei dat ze het druk had gehad met het raadplegen van allerlei artsen. 'Ik ben onderzocht en ze zeggen dat ik leukemie heb,' zei ze.

'Nee!'

'De behandeling gaat na oud en nieuw van start. Behalve jij weten alleen mijn ouders het en je mag het absoluut niet verder vertellen. Vooral niet aan Richard. Wil je me beloven dat je het aan niemand vertelt?'

Patty's bezwaarde gemoed sloeg om in een lawine van ontzetting. Ze huilde tranen met tuiten en vroeg Eliza of ze het echt wel *zeker* wist, of de dokters het echt wel *zeker* wisten. Eliza vertelde dat ze zich in de loop van de herfst steeds lamlendiger was gaan voelen, maar ze had het niemand willen zeggen, want ze was bang geweest dat Richard haar zou dumpen uit angst dat ze pfeiffer had of zo, maar uiteindelijk had ze zich zo moe gevoeld dat ze toch maar eens naar een dokter was gegaan, en het vonnis was eergisteren bekendgemaakt: leukemie.

'Is het de ernstige vorm?'

'Alle vormen zijn ernstig, Patty.'

'Ja, maar is het wel de vorm waar je van genezen kunt?'

'Ze zeggen dat er een goede kans is dat de behandeling aanslaat. Over een week weet ik meer.'

'Ik kom vroeger terug, en dan trek ik bij je in om voor je te zorgen.'

Maar heel vreemd: Eliza wilde niet langer dat Patty bij haar introk.

Over die Kerstmankwestie nog even dit. De autobiografe heeft een hekel aan liegende ouders, maar erkent dat de ene leugen de andere niet is. Je hebt leugens die je iemand vertelt die niets van een naderende surpriseparty mag weten, leugentjes met een feestelijk tintje, en je hebt leugens waarmee je iemand het gevoel geeft een goedgelovige stommeling te zijn. Op een kerstdag in haar tienertijd werd Patty het zo zat om er altijd maar mee geplaagd te worden dat ze zo lang in de Kerstman was blijven geloven (zelfs nadat haar jongste zusje dit geloof had afgezworen) dat ze niet meer van haar kamer wilde komen voor de kerstmaaltijd. Toen haar vader haar kwam overhalen, liet hij voor één keer dat smalende glimlachje achterwege en vertelde met een ernstig gezicht dat ze haar illusie in stand hadden gehouden omdat haar argeloosheid zo hartverwarmend was geweest, een reden temeer om zielsveel van haar te houden. Dit was zowel een weldaad om te horen als onmiskenbaar geouwehoer omdat ze het maar wát leuk hadden gevonden, al die jaren, om haar met die argeloosheid te pesten. De autobiografe vindt dat ouders een dure plicht hebben hun kinderen de werkelijkheid te leren herkennen als die duidelijk zichtbaar is. De autobiografe neemt het Patty's ouders kwalijk dat ze dat in haar geval hadden nagelaten.

Onnodig te zeggen, derhalve, dat Patty in al die winterse weken waarin ze Eliza naliep alsof ze Florence Nightingale zelf was, weken waarin ze zich een weg door sneeuwstormen baande om haar vriendin soep te brengen, en haar keuken en badkamer schoon te maken, en tot diep in de nacht tv met haar te kijken terwijl ze hoorde te slapen omdat ze de volgende dag een wedstrijd had, en soms zelfs in slaap viel met haar sterk vermagerde vriendin in haar armen, weken waarin ze zich de meest extreme aanhankelijkheidsbetuigingen ten deel liet vallen ('Jij bent mijn lieve engel', 'Als ik jouw gezicht zie is het alsof ik al in de hemel ben', et cetera) en waarin ze weigerde Walter terug te bellen omdat ze hem de reden niet kon vertellen waarom ze nooit meer tijd voor hem had – onnodig te zeggen dat Patty in al die weken niet één keer lont rook. Nee, zei Eliza, dit was een speciale chemotherapie waarbij je haar niet uitviel. En nee, het was niet mogelijk om het behandelingsschema op tijden af te stemmen waarop Patty in de gelegenheid was haar op te halen van het ziekenhuis. En nee, ze wilde niet uit haar appartement weg en bij haar ouders verblijven. En ja hoor, haar ouders kwamen om de haverklap op bezoek en het was gewoon stom toeval dat ze nooit kwamen als Patty er was. En nee hoor, het was helemaal niet vreemd dat een kankerpatiënte zichzelf antibraakmiddelen toediende met een injectiespuit zoals die op de vloer onder Eliza's nachtkastje.

Het meest frappante alarmsignaal was misschien nog wel de manier waarop Patty Walter ontliep. Ze zag hem bij twee wedstrijden in januari en sprak hem even heel kort, waarna hij een hele reeks wedstrijden moest laten schieten maar wel onophoudelijk belde en boodschappen achterliet, en de reden die ze zichzelf gaf voor haar onwil om hem terug te bellen was dat ze zich geneerde voor de vele tijd die ze bij Eliza doorbracht. Maar wat is er gênant aan om een vriendin met kanker bij te staan? De autobiografe vindt het vergelijkbaar met die tijd in groep vijf, toen Patty zich doof hield voor de scepsis van haar klasgenootjes omtrent de Kerstman. Waarom zou je dat doen als je een gezonde nieuwsgierigheid naar de waarheid hebt? Ze gooide de grote poinsettia weg, hoewel daar nog volop leven in zat.

Aan het eind van februari achterhaalde Walter haar dan toch, laat op de sneeuwrijke dag van de wedstrijd die de Gophers tegen UCLA speelden, de zwaarste tegenstander van het seizoen. Patty lag die dag toch al overhoop met de wereld, dankzij een telefoongesprek dat ze 's ochtends met haar jarige moeder had gevoerd. Patty had zich heilig voorgenomen om niets over zichzelf prijs te geven, wat immers alleen maar de constatering kon opleveren dat Joyce niet luisterde en dat het haar geen moer interesseerde hoe hoog de komende tegenstander geklasseerd stond. Maar in plaats van Patty's voornemen te beproeven was Joyce onmiddellijk in een jubelende monoloog uitgebarsten over Patty's middelste zus, die op aandringen van haar Yale-docent auditie had gedaan voor de hoofdrol in een Off-Broadwayversie van *The Member of the Wedding* en was aangenomen als doublure, kennelijk een reusachtig wapenfeit dat er zelfs toe kon leiden dat ze Yale een tijdje liet rusten om weer thuis te komen wonen en een heuse toneelcarrière op poten te zetten. Joyce was zowat gestikt in haar vreugde.

Toen ze Walter de geel-bakstenen hoek om zag komen van Wilson Library, deed ze alsof ze hem niet herkende, draaide zich om en liep haastig weg, maar hij rende haar achterna en hield haar staande. Er had zich sneeuw verzameld op zijn grote bontmuts. Zijn gezicht was zo rood als een boei. Hij probeerde uit alle macht te glimlachen en vriendelijk te zijn, maar zijn stem beefde toen hij Patty vroeg of ze zijn boodschappen soms niet gekregen had.

'Ik heb het gewoon zó druk gehad,' zei Patty. 'Het spijt me ontzettend dat ik je niet terug heb gebeld.'

'Heb ik soms iets verkeerds gezegd? Heb ik je ergens mee beledigd?'

Hij was boos en gegriefd en dat sneed haar door de ziel.

'Nee, welnee, hoe kom je erbij?' zei ze.

'Ik had vaker willen bellen, maar ik wilde je niet lastigvallen.'

'Ik had het gewoon heel erg druk,' mompelde ze door de sneeuwvlokken heen.

'Want het meisje dat altijd opnam begon geïrriteerd te klinken, omdat ik steeds dezelfde boodschap doorgaf.'

'Ja, de telefoon hangt vlak naast haar kamerdeur, dus ze is altijd de pineut, begrijp je.'

'Nee, ik begrijp het *niet*,' zei Walter met een snik in zijn stem. 'Wil je dat ik je met rust laat? Is dat het?'

Ze verfoeide dit soort confrontaties.

'Ik heb het gewoon vreselijk druk,' zei ze. 'Zo spelen we vanavond tegen UCLA, dus...'

'Nee,' zei Walter, 'er is iets mis, dat zie ik. Wat is er? Waarom kijk je zo verdrietig?'

Ze wilde niet over het gesprek met haar moeder beginnen, omdat ze zich mentaal op de wedstrijd wilde voorbereiden en dan was het beter om niet bij zulke dingen stil te staan. Maar Walter drong zo wanhopig op een uitleg aan, drong eropaan alsof het niet om zijn eigen gevoelens ging maar om de rechtvaardigheid zelve, dat ze toch iets moest zeggen.

'Luister,' zei ze, 'je mag het onder geen beding tegen Richard zeggen,' en terwijl ze dit zei drong het tot haar door dat ze dit verbod nooit echt begrepen had, 'maar Eliza heeft leukemie. Het gaat heel slecht met haar.'

Walter schoot tot haar stomme verbazing in de lach. 'Leukemie? Dat lijkt me niet erg waarschijnlijk.'

'Maar... het is echt waar,' stamelde ze. 'Of jij het nu waarschijnlijk vindt of niet.'

'Leukemie, oké. En gebruikt ze ook nog steeds heroïne?'

Een feit waaraan ze nooit veel aandacht had besteed, dat hij twee jaar ouder was dan zij, was opeens nadrukkelijk voelbaar.

'Ze heeft leukemie,' zei Patty. 'Ik weet niets van heroïne.'

'Zelfs Richard kijkt wel uit om met die rotzooi te beginnen. En geloof me, dat wil heel wat zeggen.'

'Ik weet er niets van.'

Walter knikte en glimlachte. 'Dan heb je dus echt een lief karakter.'

'Geen idee,' zei ze, 'maar nu moet ik eten en me op de wedstrijd voorbereiden.'

'Ik kan je vanavond niet zien spelen,' zei Walter toen ze zich van hem afwendde en weg wilde lopen. 'Ik zou wel willen, maar Harry Blackmun houdt een lezing, en daar moet ik bij zijn.'

Ze draaide zich geërgerd naar hem om. 'Geen probleem.'

'Hij zit in het Hooggerechtshof. Hij schreef Roe versus Wade.'

'Dat weet ik, hoor,' zei ze. 'Mijn moeder heeft zowat een huisaltaar voor die man. Je hoeft mij niet te vertellen wie Harry Blackmun is.'

'Tuurlijk niet, sorry.'

De sneeuw dwarrelde steeds dichter tussen hen neer.

'Goed, dan zal ik je verder niet meer lastigvallen,' zei Walter. 'Het spijt me van Eliza. Ik hoop dat het weer goed komt met haar.'

Wat er hierna gebeurde, wijt de autobiografe uitsluitend aan zichzelf en niet aan Eliza, Joyce of Walter. Zoals iedereen die op niveau aan sport doet, had ze ruime ervaring met mindere periodes en droogtes wat scoren betreft, maar zelfs op haar slechtste avonden had ze altijd het gevoel gehad te zijn opgenomen in iets wat groter was dan zijzelf (het team, de sport, het idee dat sport ertoe deed) en had ze troost geput uit de aanmoedigingen van haar teamgenotes en de ban-brekende toespraak in de rust, het onuitputtelijke arsenaal aan handgebaren, de standaardkreten die ze zelf ook om het hardst schreeuwde. Ze had altijd de bal gewild, want de bal had haar altijd weer uit de put gehaald, de bal was misschien wel het enige waar ze in haar leven echt zeker van geweest was, haar trouwe metgezel in alle eindeloze meisjeszomers. En het geheel van al die bijna kerkelijke rituelen waar ongelovigen graag zo schamper over doen, de low-fives na elke score, de groepsomhelzing na elke vrije worp, de high-fives voor elke teamgenote die van het court kwam, het oeverloze gekrijs van *Way to go SHAWNA* en *Way to play smart CATHY* of gewoon *WOO HOO WOO HOO*, het was haar tweede natuur geworden, was onmisbaar als een manier om tot gedachteloos presteren te komen, niets om je voor te generen, iets wat even vanzelfsprekend was als het feit dat je nu eenmaal bezweet raakte als je onophoudelijk over een basketbalcourt draafde. Wat natuurlijk niet wilde zeggen dat vrouwensport een en al pais en vree was. Onder de omhelzingen ging vaak hardvochtige rivaliteit schuil, en afkeuring, en ergernis. Shawna die het niet kon hebben dat Patty's outlet-passes vaker naar Cathy gingen dan naar haar, Patty die kookte van woede als de slome reserve-center Abbie Smith weer eens balbezit prijsgaf met een jumpball die ze niet beheerste, Mary Jane Rorabacker die een onverzoenlijke wrok jegens Cathy koesterde omdat die haar niet met Patty en Shawna in haar kamer had uitgenodigd terwijl ze samen geschitterd hadden in de ploeg van St. Paul Central, de schuldige opluchting van iedereen met een basisplaats als een getalenteerde nieuwkomer het moeilijk had om onder druk te presteren, et cetera, et cetera. Maar dat nam allemaal niet weg dat competitiesport gebaseerd was op georganiseerde devotie, een geloofssysteem, en als dat er eenmaal bij je was ingehamerd, op junior high op of zijn laatst op de high school, dan hoefde je je nooit meer af te vragen of het allemaal wel iets voorstelde als je op weg ging naar het sportcentrum en de kleedkamer, dan kende je het Antwoord op de Vraag, en het Antwoord was het Team, en alle persoonlijke overwegingen, hoe giftig ook, waren daar ondergeschikt aan.

Het is mogelijk dat Patty in alle opgefoktheid na de ontmoeting met Walter te weinig had gegeten, misschien was het alleen maar dat, maar hoe het ook zij, vanaf het moment dat ze de Williams Arena binnenging merkte ze dat er iets mis was. Het team van UCLA was ontzagwekkend om te zien, met drie speelsters van tegen de één-negentig, en de tactiek van coach Treadwell was erop gericht hen zich stuk te laten lopen en dan snelle rebounds te plaatsen via de kleinere Gophers, Patty voorop, die moesten toeslaan voordat de Bruins hun defensie op orde hadden. In het laatste kwart moest er extra agressief gespeeld worden om de twee grote scoorsters van de Bruins tot vroege fouten te verlokken. Er werd geen overwinning verwacht, maar als de Gophers wonnen, konden ze bij de bovenste twintig komen in de officieuze ranking – hoger dan ze ooit gestaan hadden sinds Patty's aantreden. Dus was dit wel een heel beroerd moment om van haar geloof te vallen.

Ze voelde zich krachteloos vanbinnen. Bij het stretchen kwam ze net zo ver als anders, maar haar spieren leken hun rekbaarheid kwijt. De oppepkreten van haar teamgenotes werkten op haar zenuwen, en de verwondering over wat haar overkwam omknelde haar als een band die haar belette mee te schreeuwen. Ze slaagde erin Eliza uit haar hoofd te werken, maar er kwam gepieker voor terug over haar middelste zus, die misschien een levenslange carrière als gevierd actrice tegemoet ging terwijl Patty's loopbaan over anderhalf seizoen ten einde kon zijn, dus wat waren al die trainingen en al dat sporten eigenlijk zonde van de moeite geweest, en wat was het eigenlijk onnozel geweest om geen acht te slaan op de toespelingen die haar moeder jaar in jaar uit op die verspilling had gemaakt. Onnodig te zeggen dat dit niet de best denkbare gedachten waren die je voor een belangrijke wedstrijd kon hebben.

'Wees jezelf, wees geweldig,' zei coach Treadwell tegen haar. 'Wie is onze leidster?'

'Ik ben onze leidster.'

'Harder.'

'*Ik* ben onze leidster.'

'Harder!'

'IK ben onze leidster.'

Wie ooit een teamsport heeft beoefend, zal weten dat Patty zich na deze uitwisseling meteen veel sterker, scherper en leidinggevender voelde. Grappig hoe dat trucje werkt – het oproepen van zelfvertrouwen met een paar simpele frasen. Tijdens de warming-up voelde ze zich weer prima, en dat bleef zo bij het handenschudden met de captains van de Bruins, toen ze hun monsterende blikken op zich voelde, wetend dat hun verteld was dat zij o zo makkelijk scoorde en daarnaast het offensieve brein van de Gophers was. Ze omgaf zich met haar reputatie als met een harnas. Maar als de wedstrijd vervolgens begint, en je je vertrouwen uit je weg voelt stromen als uit een gapende wond, valt er vanaf de kant niks meer op te roepen. Patty scoorde uit de allereerste rebound, maar daarmee was haar avond ook meteen ten einde. De tweede minuut was nog niet om of ze voelde aan het brok in haar keel dat ze ging falen zoals nooit tevoren. Haar directe tegenstandster was een halve kop groter en zeker dertig pond zwaarder en paarde dat alles aan de sprongkracht van een kangoeroe, maar het probleem was niet alleen maar fysiek of zelfs maar voor het grootste deel fysiek. Het probleem was de verslagenheid in haar hart. In plaats van een brandend verlangen om het onrechtvaardige fysieke voordeel van de Bruins teniet te doen door als een terriër op de bal te jagen, zoals de coach haar had opgedragen te doen, voelde ze zich verslagen door het onrecht, voelde ze niets dan zelfmedelijden. De Bruins besloten druk te zetten over het hele court, en merkten dat dat hoogst effectief was. Shawna passte in de omschakeling naar Patty, maar die liet zich onmiddellijk in een hoek dringen en gaf zich gewonnen. Ze kreeg de bal opnieuw maar stapte ermee buiten de lijn. Ze kreeg hem wederom, wilde faken en fakete hem regelrecht in de handen van een verdediger. De coach vroeg om een time-out en zei haar dat ze in de omschakeling naar de aanval dieper naar voren moest lopen. Maar daar werd ze door de Bruins opgewacht. Ze knokte uit alle macht met dat brok in haar keel, probeerde zichzelf kwaad te krijgen, maar dat leidde alleen maar tot overtredingen. Er zat geen veerkracht in haar jumpshot. Ze dribbelde tot tweemaal toe buiten de lijnen, en de coach haalde haar van het court voor overleg.

'Waar is mijn ster? Waar is mijn leidster?'

'Ik heb het niet vanavond.'

'Natuurlijk heb je het. Je moet het alleen maar even vinden. Het is er, geloof me. Vind het.'

'Oké.'

'Niks oké. Schreeuw tegen me, gooi het eruit.'

De coach zat op haar hurken voor haar, en Patty moest zich geweld aandoen om haar in de ogen te kijken.

'Wie is onze leidster?'

'Dat ben ik.'

'Schreeuw het.'

'Kan ik niet.'

'Moet ik je eraf halen? Is dat wat je wilt?'

'Nee!'

'Kom op dan, ga dat court op, want we hebben je nodig. Wat het ook is, we praten er later wel over, oké?'

'Oké.'

Dit infuus stroomde direct weer de gapende wond uit, zonder ook maar één keer door Patty's aderen te zijn gegaan. Om het team niet tekort te doen bleef ze in de wedstrijd, maar verviel wel in haar oude fout van zichzelf weg te cijferen, het spel te volgen in plaats van het te maken, van passen in plaats van de basket onder vuur te nemen, en vervolgens in de nog oudere fout van het rond de driepuntslijn te blijven hangen en alleen nog lange jumpshots te maken, die op een goede avond nog regelmatig raak zouden zijn geweest, maar niet op deze avond. Denk nooit dat je je kunt verstoppen op een basketbalcourt! Patty werd verdedigend keer op keer afgetroefd, en elk verlies maakte het volgende des te waarschijnlijker. Ze maakte iets door waarmee ze in later jaren maar al te vertrouwd zou raken, toen ze met ernstige depressies te kampen kreeg, maar op deze februari-avond was het onthutsend nieuw om de wedstrijd langs haar heen te zien zoeven, geheel buiten haar bereik, en aan te voelen dat alles wat er gebeurde, elke nadering en verwijdering van de bal, elke doffe bonk waarmee ze na een sprong op de vloer neerkwam, elke vergeefse poging om een superieure Bruin af te stoppen, elke bemoedigende schouderklop van een teamgenote in de rust, symbolisch was voor haar gebrekkigheid en de leegheid van haar toekomst en de zinloosheid van alles wat ze ooit zou doen om zich daartegen te verzetten.

Aan het eind van het derde kwart haalde de coach haar eindelijk naar de kant, bij een achterstand van vijfentwintig punten. Toen ze veilig op de bank zat leefde ze weer een beetje op. Ze vond haar stem weer en moedigde haar teamgenotes aan en high-fivede ze als een gretige nieuwkomer, dankbaar voor de vernedering om als cheerleader te eindigen in een wedstrijd die de hare had moeten worden, voor de schande van teamgenotes die haar al te meedogend probeerden op te beuren. Ze vond dat ze het zonder meer verdiend had om zo ontluisterd te worden, na zo'n drol van een wedstrijd te hebben gespeeld. Het zwelgen in haar afgang was aangenamer dan al het andere wat ze die dag beleefd had.

Na afloop, in de kleedkamer, onderging ze de toespraak van coach Treadwell zonder te luisteren, ging in een hoekje op de bank zitten en huilde een halfuur lang. Haar teamgenotes waren begripvol genoeg om geen vinger meer naar haar uit te steken.

In haar donsparka en met haar Gophers-muts tot vlak boven haar ogen liep ze naar Northrop Auditorium, in de hoop dat Blackmun nog niet klaar was met zijn lezing, maar het gebouw was al donker en afgesloten. Ze overwoog naar haar kamer te gaan en Walter te bellen, maar merkte dat ze nu liever haar trainingsopbouw wilde ontwrichten door zich vol te gooien met wijn. Ze liep door de besneeuwde straten naar Eliza's appartement, en daar aangekomen merkte ze dat ze nog veel liever haar vriendin verrot wilde schelden.

Eliza zei over de intercom dat het al laat was, en ze was hartstikke moe.

'Nee nee, niks daarvan,' zei Patty. 'Doe open.'

Eliza liet haar binnen en ging op haar bank liggen. Ze was in pyjama en had een jakkerend soort jazz op staan. De lucht in de kamer was doortrokken van apathie en verschaalde rook. Patty kwam voor de bank staan, dik ingepakt in haar parka, smeltende sneeuw op haar sneakers, en zag hoe langzaam Eliza ademhaalde en hoe lang ze erover deed om de impuls tot spreken in woorden om te zetten – een opeenvolging van spiertrekkingen in haar gezicht, die gaandeweg minder chaotisch werden en zich groepeerden tot een gemompeld: 'Hoe was je wedstrijd?'

Patty gaf geen antwoord. Na een poosje had het er alle schijn van dat Eliza niet eens meer wist dat ze er was.

Het leek weinig zin te hebben om haar nu verrot te schelden, en in plaats daarvan besloot Patty het appartement te doorzoeken. De drugsspullen had ze in een oogwenk gevonden, vlak naast de bank – Eliza had er simpelweg een kussen op gelegd. Onder een berg poëzietijdschriften en muziekbladen op het schrijfbureau vond ze de blauwe ringband. Zo te zien waren er sinds de zomer geen knipsels meer aan toegevoegd. Ze scharrelde door Eliza's papieren en rekeningen, op zoek naar iets medisch, maar trof niets aan. Patty zette de jazz-lp af en ging op de salontafel zitten, met het plakboek naast zich en de drugsspullen op de vloer voor haar. 'Word eens wakker,' gebood ze.

Eliza kneep haar ogen verder dicht.

Patty gaf haar een por tegen haar been. 'Wakker worden.'

'Geef even een sigaretje, als je wilt. De chemo heeft me dit keer echt gevloerd.'

Patty greep haar bij haar schouders en trok haar overeind.

'Hé,' zei Eliza met een troebele glimlach, 'leuk dat je er bent.'

'Ik wil niet langer je vriendin zijn,' zei Patty. 'Ik wil je nooit meer zien.'

'Waarom niet?'

'Daarom niet.'

Eliza sloot haar ogen en schudde haar hoofd. 'Maar ik heb je juist zo nodig,' zei ze. 'Ja, ik heb drugs genomen, maar dat kwam door de pijn. Door de kanker. Ik had het je willen vertellen, maar ik schaamde me te erg.' Ze liet zich opzij zakken en ging weer liggen.

'Je hebt geen kanker,' zei Patty. 'Dat heb je maar verzonnen, omdat je een of ander krankjorum idee over mij hebt.'

'Nee, ik heb leukemie, eerlijk waar.'

'Ik wilde het je recht in je gezicht komen zeggen. En dat heb ik nu gedaan, dus ik ga.'

'Nee, blijf alsjeblieft. Ik heb een drugsprobleem en je moet me helpen.'

'Ik kan je niet helpen. Ga maar naar je ouders.'

Er viel een lange stilte. 'Geef me even een sigaret,' zei Eliza.

'Ik walg van die sigaretten van jou.'

'Ik dacht dat jij wel iets van ouders begreep,' zei Eliza. 'Van hoe het is om niet de dochter te zijn die ze hadden gewild.'

'Van jou begrijp ik niets.'

Weer een stilte. En toen zei Eliza: 'Je weet wat er gebeurt als je weggaat, hè? Dan maak ik er een eind aan.'

'O ja, dat is een uitstekende reden om je vriendin te blijven,' zei Patty. 'Dat lijkt me ontzettend leuk voor ons allebei.'

'Ik zeg alleen maar wat ik dan waarschijnlijk doe. Jij bent alles wat ik heb, het enige mooie en echte in mijn leven.'

'Ik ben je eigendom niet,' zei Patty verontwaardigd.

'Heb je weleens iemand een shot zien nemen? Ik ben er behoorlijk handig in geworden.'

Patty pakte de injectiespuit en de drugs en stopte ze in de zak van haar parka. 'Wat is het nummer van je ouders?'

'Nee, niet mijn ouders bellen.'

'Reken maar dat ik ze ga bellen.'

'Maar blijf je dan mijn vriendin? Kom je me opzoeken?'

'Ja,' loog Patty, 'geef me hun nummer maar.'

'Ze vragen altijd naar je. Ze denken dat je een goede invloed op me hebt. Blijf je bij me?'

'Ja,' loog Patty opnieuw. 'Wat is hun nummer?'

Toen de ouders arriveerden, kort na middernacht, hadden ze de sombere blik van mensen die inzagen dat er een eind was gekomen aan een weldadige periode zonder kopzorg. Patty vond het fascinerend om hen eindelijk eens te zien, maar dat gevoel was duidelijk niet wederzijds. De vader had een volle baard en donkere, diepliggende ogen, de moeder was klein en tenger en droeg leren laarzen met hoge hakken, en als paar hadden ze een onmiskenbaar sensuele uitstraling die Patty aan Franse films deed denken, en aan Eliza's opmerking dat ze de liefde van elkaars leven waren. Patty zou het niet misplaatst hebben gevonden als ze enkele verontschuldigende woorden van hen gekregen had over de geschifte dochter die ze zomaar op haar los hadden gelaten, of een paar woorden van dank omdat ze hun die dochter twee jaar lang uit handen had genomen. Maar zodra het gezin bijeen was, ontvouwde zich een bizar ondervragingsdrama waarin er geen rol voor Patty leek weggelegd.

'Nou, vertel het maar, wat voor drugs?' zei de vader.

'Eh, heroïne,' zei Eliza.

‘Heroïne, sigaretten, drank, en wat nog meer? Of was dat alles?’

‘Een beetje coke af en toe. Maar de laatste tijd nauwelijks meer.’

‘En verder?’

‘Verder niks.’

‘En je vriendin hier, gebruikt die ook?’

‘Nee, natuurlijk niet, zij is topsporter,’ zei Eliza. ‘Heb ik toch verteld? Ze is zo clean als wat. Ze is *geweldig*.’

‘Wist ze dat jij gebruikte?’

‘Nee, ik heb haar wijsgemaakt dat ik kanker had. Ze wist nergens van.’

‘Hoe lang heeft dat geduurd?’

‘Sinds de kerst.’

‘En ze heeft je al die tijd geloofd. Jij hebt een waanzinnige leugen tegen haar opgehangen, en zij geloofde je.’

Eliza giechelde.

‘Ja, ik geloofde haar,’ zei Patty.

De vader keurde haar geen blik waardig. ‘En wat is dit?’ Hij hield het plakboek omhoog.

‘Dat is mijn Patty-boek,’ zei Eliza.

Haar vader keek het in. ‘Een of ander obsessief plakboek,’ zei hij tegen haar moeder.

‘Dus zij zei dat ze niks meer met je te maken wilde hebben,’ zei de moeder, ‘en toen zei jij dat je dan zelfmoord zou plegen.’

‘Zoiets ja,’ erkende Eliza.

‘Obsessief is nog zacht uitgedrukt,’ zei de vader, door het plakboek bladerend.

‘En ben je echt suïcidaal?’ zei de moeder. ‘Of was het een dreigement om je vriendin aan je te binden?’

‘Vooral een dreigement,’ zei Eliza.

‘Vooral?’

‘Oké, ik ben niet echt suïcidaal.’

‘Maar je begrijpt toch zeker wel dat wij daar nu rekening mee moeten houden, hè?’ zei de moeder. ‘We hebben geen keus.’

‘Goed, dan ga ik maar eens,’ zei Patty. ‘Ik heb morgenochtend vroeg college, dus.’

‘Wat voor kanker zei je dat je had?’ wilde de vader weten. ‘Waar in je lichaam zat de tumor?’

‘Ik zei dat het leukemie was.’

‘In je bloed dus. Een denkbeeldige kanker in je bloed.’

Patty legde de drugsspullen op de zitting van een leunstoel. 'Ik leg dit hier maar neer,' zei ze. 'Ik moet nu echt weg.'

De ouders keken naar haar, en vervolgens naar elkaar, en knikten.

Eliza kwam overeind van de bank. 'Wanneer zie ik je weer? Zie ik je morgen?'

'Nee,' zei Patty, 'dat denk ik niet.'

'Wacht!' Eliza holde op Patty af en greep haar hand. 'Ik heb er een puinhoop van gemaakt, maar ik kom hier weer overheen en dan kunnen we weer met elkaar omgaan, oké?'

'Ja, goed,' loog Patty terwijl de ouders bij hen kwamen staan om haar te ontzetten.

Buiten was de lucht opgeklaard en de temperatuur tot ver onder het vriespunt gezakt. Patty zoog haar longen vol zuiverheid. Ze was vrij! Vrij! En o, wat zou ze nu graag weer het court op gaan om de wedstrijd tegen UCLA opnieuw te spelen. Het was één uur in de nacht en ze had niets in haar maag, maar ze wist zeker dat ze nu zou uitblinken. Opgezweept door de blijdschap over haar vrijheid begon ze door Eliza's straat te rennen, en ze hoorde de toespraak van de coach nu pas echt, drie uur nadat de woorden waren uitgesproken, hoorde haar nu pas zeggen dat het maar één wedstrijd was geweest, één mindere wedstrijd, dat iedereen die weleens had en dat ze morgen heus wel weer zichzelf zou zijn. Ze was er klaar voor om intensiever dan ooit aan haar conditie en het verbeteren van haar techniek te werken, om weer voorstellingen te gaan zien met Walter, en om tegen haar moeder te zeggen hoe geweldig ze dat nieuws over *The Member of the Wedding* vond. Ze was er klaar voor om op alle fronten een beter mens te worden. En in haar opwinding rende ze zo onstuimig voort dat ze de ijsplek op de stoep pas in de gaten kreeg toen ze op haar rug lag, met haar linkerbeen in een griezelige hoek onder het rechter, en het besef dat haar knie finaal aan gort was.

Over de zes weken die volgden valt niet zo gek veel te vertellen. Ze werd tot twee keer toe geopereerd, de tweede keer om de schade van de infectie op te ruimen die na de eerste keer was opgetreden, en ontwikkelde zich tot een behendig krukkenloopster. Haar moeder kwam voor de eerste operatie overgevlogen en bejegende het ziekenhuispersoneel als een stel boerenkinkels met inteelthersenen, waardoor Patty zich gedwongen voelde om zich constant voor haar te verontschuldigen en extra dankbaar te doen als ze even haar kamer uit was. En toen bleek dat Joyce's argwaan misschien nog wel gegrond was geweest ook, had Patty zo de smoor in dat ze de noodzaak van de tweede operatie voor haar verzweeg tot op de dag voor de ingreep. Ze verzekerde haar moeder dat het volstrekt onnodig was om opnieuw het vliegtuig te nemen – ze had massa's vriendinnen die voor haar konden zorgen.

Walter Berglund had van zijn eigen moeder geleerd hoezeer getroffen vrouwen het waardeerden als je attent voor hen was, en hij benutte Patty's langdurige uitschakeling om zich weer een plek in haar leven te verwerven. Op de dag na haar eerste operatie maakte hij zijn opwachting met een ficus van twee meter en sprak de hoop uit dat ze liever een levende plant had dan een bos kwijnende snijbloemen. Daarna bezocht hij haar vrijwel elke dag, behalve in de weekeinden als hij in Hibbing zijn ouders terzijde stond, en hij won al snel haar sportvriendinnen voor zich met zijn vriendelijkheid. De niet-zo-knappen onder hen stelden het op prijs dat hij zoveel aandachtiger naar hen luisterde dan al die gozers die alleen maar op het uiterlijk afgingen, en volgens Cathy Schmidt, haar slimste vriendin, was hij bovendien intelligent genoeg om het nog eens tot het Hooggerechtshof te schoppen. Het was een novum in hun Sportmeidenwereldje om nu eens een jongen in hun midden te hebben met wie ze zich allemaal vertrouwd en op hun gemak voelden, een jongen die in de uren tussen de colleges bij hen kwam zitten en dan gewoon een van hen was. En iedereen kon zien dat hij stapel was op Patty, en op Cathy Schmidt na vond iedereen dat hartstikke enig.

Cathy was zoals gezegd een stuk scherpzinniger dan de rest. 'Je bent niet echt close met hem, hè?' vroeg ze.

'Ergens wel,' zei Patty, 'Maar ergens ook weer niet.'

'Maar, eh... jullie hebben dus niet echt...'

'Nee! Niets! Ik had hem waarschijnlijk nooit over die verkrachting moeten vertellen. Dat greep hem ontzettend aan. Hij werd helemaal... *teder* en... *behoedzaam* en... *beschermend*. Sindsdien is het net alsof hij op schriftelijke toestemming wacht om een stap te mogen zetten, of dat hij dat aan mij overlaat. Alsof stappen zetten al niet moeilijk genoeg is met die krukken. Maar goed, sindsdien gedraagt-ie zich als een heel erg trouwe en gehoorzame hond.'

'Dat lijkt me eigenlijk niet zo leuk,' zei Cathy.

'Is het ook niet. Maar ik wil hem ook niet kwijt, omdat hij echt ontzettend lief is voor me, en ik vind het heerlijk om met hem te praten.'

'Dus in die zin ben je aan hem gehecht.'

'Precies. En misschien ben ik ook wel meer dan dat. Maar...'

'Niet op een hartstochtelijke manier.'

'Precies.'

Walter had interesse voor alles. Hij las elk woord in de krant en in *Time*, en toen Patty in de loop van april weer wat mobieler werd, begon hij haar mee te vragen naar lezingen en kunstzinnige films en documentaires die ze uit zichzelf geen seconde zou hebben overwogen. En of het nu door zijn toewijding kwam of door de gaten die haar blessure in haar dagschema geslagen had, ze kreeg voor het eerst het idee dat iemand door haar sportieve buitenkant heen keek en vanbinnen licht zag branden. Ze voelde zich Walters mindere op zo'n beetje ieder kennisgebied behalve sport, en was hem er dan ook dankbaar voor dat hij haar erachter liet komen dat ze wel degelijk een mening over dingen had, een mening die bovendien van de zijne mocht verschillen. (Een verfrissend contrast met Eliza, die de vraag wie de zittende president was met een schouderophalen zou hebben beantwoord en een andere lp zou hebben opgezet.) Walter bruiste van de bloedserieuze en hoogstpersoonlijke zienswijzen – hij verafschuwde de paus en de katholieke kerk, maar stond achter de islamitische revolutie in Iran, waarvan hij hoopte dat die tot een zuiniger energiebeleid in de Verenigde Staten zou leiden; hij was het eens met de politiek van geboortebeperking in China en vond dat er in Amerika ook zoiets moest komen; hij vond het kernongeluk op Three Mile Island minder rampzalig dan de veel te lage benzineprijs; hij vestigde al zijn hoop op de ontwikkeling van een hogesnelheidsspoor dat de personenauto overbodig zou maken, et cetera, et cetera. En Patty vatte de gewoonte op om stelselmatig alles af te keuren wat zijn goedkeuring had. Ze schiep er vooral veel genoegen in om het met hem oneens te zijn over de Onderdrukking van de Vrouw. Op een middag tegen het einde van het semester hadden ze bij een kop koffie in de Student Union een gedenkwaardige discussie over Patty's docent Primitieve Kunst, wiens hoorcollege ze met veel enthousiasme samenvatte om Walter een subtiele hint te geven over wat ze in hem miste.

'Getver,' zei Walter, 'dat lijkt me weer typisch zo'n docent van middelbare leeftijd die er geen genoeg van kan krijgen om over seks te praten.'

'Nou ja, hij doceert nu eenmaal over vruchtbaarheidssymbolen,' zei Patty. 'Hij kan er ook niks aan doen dat we maar één sculptuur van vijftigduizend jaar geleden hebben, en dat die betrekking heeft op seks. En hij heeft een witte baard, wat ik op zich al een reden vind om met hem te doen te hebben. Stel je voor, staat zo'n man daar en voelt hij zich genoodzaakt de tegenstelling te schetsen met de "jonge vrouw van nu" met haar "onnatuurlijk dunne dijen", terwijl hij natuurlijk ook wel weet dat hij ons daarmee een ongemakkelijk gevoel geeft, én hij weet dat hij die witte baard heeft en een ouwe sok is, terwijl wij allemaal piepjong zijn. Maar hij wil toch zeggen wat hij vindt dat hij moet zeggen. Ik vind dat wel dapper, hoor, jezelf willens en wetens blootgeven voor een volle aula.'

'Maar het is zo stuitend allemaal!'

'En daar komt nog bij,' zei Patty, 'ik weet haast wel zeker dat hij gewoon dol is op dikke dijen. Volgens mij komt het daar in wezen op neer: hij staat daar vol vuur het primitieve schoonheidsideaal te verdedigen, maar wij voelen aan dat hij gewoon van stevige vrouwen houdt. Heel aandoenlijk vind ik dat, zo'n man voor wie primitieve kunst letterlijk *alles* is.'

'Maar gaat het dan niet tegen je feministische overtuiging in?'

'Ach, weet je, ik vind mezelf niet zo'n feministe.'

'Maar dat is ongelooflijk!' Walter liep rood aan. 'Jij staat niet achter de Equal Rights Advocates?'

'Tja, politiek zegt me gewoon niet veel.'

'Maar de reden waarom jij hier in Minnesota zit is dat je een sportbeurs hebt gekregen, wat vijf jaar geleden nog onmogelijk zou zijn geweest. Je kunt hier studeren dankzij een feministisch georiënteerde wetswijziging van de federale overheid. Je zit hier dankzij Statuut Negen.'

'Statuut Negen gaat gewoon over eerlijkheid,' zei Patty. 'Als de helft van de studenten van het vrouwelijk geslacht is, horen studentes de helft van het sportbudget te krijgen.'

'Maar dat is dus feminisme!'

'Welnee, het is gewoon een kwestie van redelijkheid, en méér mag het ook niet zijn. Neem nou Ann Meyers. Weleens van gehoord? Zij blonk uit in het team van de UCLA en heeft zojuist een contract getekend bij de NBA, wat dus volslagen belachelijk is. Het is een tenger meissie van onder de één-tachtig. Ze zal nooit een wedstrijd spelen. Mannen zijn gewoon sterker en atletischer dan vrouwen en dat zal altijd zo blijven. Daarom gaan er honderd keer zoveel mensen naar mannenbasketbal kijken. In de sport zijn mannen gewoon tot veel meer in staat, en het is pure domheid om dat te ontkennen.'

'Maar als jij nu dokter zou willen worden en je werd niet toegelaten tot de faculteit geneeskunde omdat ze daar liever mannelijke studenten hadden?'

'Dan zou dat natuurlijk heel oneerlijk zijn. Maar goed, ik zou voor geen goud dokter willen worden.'

'Wat wil je dan wel?'

Als reactie op de niet-aflatende dwang die Joyce altijd op haar kinderen had uitgeoefend om hen tot glorieuze carrières aan te zetten, en ook omdat ze haar altijd tekort had vinden schieten als ouder, was Patty geneigd niets anders dan een goede huisvrouw en moeder te willen worden. 'Ik wil in een mooi oud huis wonen en twee kinderen hebben,' zei ze tegen Walter. 'Een hartstikke goeie moeder worden, dát wil ik.'

'Maar wil je niet ook een carrière?'

'Kinderen grootbrengen zou mijn carrière zijn.'

Hij keek haar peinzend aan en knikte.

'Zie je nou wel?' zei ze. 'Ik ben niet bijzonder interessant. Lang niet zo interessant als je andere vriendinnen.'

'Niets is minder waar,' zei hij. 'Ik vind je mateloos interessant.'

'Dat is dan heel aardig van je, maar ik betwijfel eerlijk gezegd of het waar is.'

'Ik weet zeker dat jij veel meer in huis hebt dan je bereid bent onder ogen te zien.'

'En ik ben bang dat jij een weinig realistisch beeld van mij hebt,' zei Patty. 'Ik durf te wedden dat je niet één interessante eigenschap van me kunt opnoemen.'

'Nou, je aanleg voor sport, om maar eens wat te noemen.'

'O ja, dribbel dribbel, reuze interessant.'

'En je manier van denken,' ging hij verder. 'Het feit dat je die weerzinwekkende docent een aandoenlijke en authentieke man vindt.'

'Maar dat ben je niet me eens!'

'En de manier waarop je over je familie praat. De verhalen die je over ze vertelt. Het feit dat je zo ver bij ze vandaan woont en hier je eigen leven hebt. Dat vind ik allemaal behoorlijk interessant.'

Patty had nog nooit een jongen meegemaakt die zo overduidelijk verliefd op haar was. Waar dit gesprek in wezen over ging, was natuurlijk Walters verlangen om haar nou eindelijk eens te pakken. En omdat dat onuitgesproken bleef, was dit een schijndiscussie en meende zij al net zomin wat ze zei. Want hoe meer tijd ze met Walter doorbracht, hoe meer ze het gevoel kreeg dat ze ondanks haar moeilijke karakter (of misschien wel dankzij dat karakter, dankzij haar onverbeterlijke geldingsdrang en haar neiging om zich aangetrokken te voelen tot mensen die niet deugden) wel degelijk een interessante persoonlijkheid had. En omdat Walter zo hardnekkig aan haar interessantheid bleef vasthouden, werd hijzelf steeds interessanter voor haar.

‘Als jij zo feministisch bent,’ zei ze, ‘waarom ben je dan dikke maatjes met Richard? Ik heb niet de indruk dat die zoveel respect voor vrouwen heeft.’

Zijn gezicht betrok. ‘Daar heb je een punt. Als ik een zuster had, zou ik ten koste van alles voorkomen dat ze hem ooit ontmoette.’

‘Waarom?’ zei Patty. ‘Omdat hij haar slecht zou behandelen? Is hij zo gemeen tegen vrouwen dan?’

‘Niet opzettelijk. Hij aanbidt vrouwen. Hij verslijt alleen de een na de ander.’

‘Omdat we onderling verwisselbaar zijn? Zijn we alleen maar lustobjecten voor hem?’

‘Dat soort ideeën zit er bij hem niet achter,’ zei Walter. ‘Vrouwen zijn gewoon een verslaving voor hem, een van zijn verslavingen. Omdat zijn vader zoop drinkt hij zelf geen druppel, maar je kunt het vergelijken met een alcoholist die weer eens zwaar over de schreef is gegaan en dan zijn hele drankvoorraad door de gootsteen gooit. Zo is hij met meisjes als hij op ze uitgekeken is.’

‘Dat klinkt vreselijk.’

‘Ja, het staat mij ook niet echt in hem aan.’

‘Maar je bent toch goed met hem bevriend, ondanks dat je een feminist bent.’

‘Je houdt niet op iemands vriend te zijn omdat hij minpunten heeft.’

‘Nee, maar je helpt zo iemand dan wel een beter mens te worden, zou ik denken. Dan houd je hem voor dat het niet deugt wat hij doet.’

‘Heb jij dat met Eliza gedaan?’

‘Tja, daar heb jij weer een punt.’

De volgende keer dat ze Walter sprak vroeg hij haar eindelijk om een echt, naar-de-film-en-dan-ergens-eten-afspraakje. Alleen zij tweeën. De film in kwestie bleek (en dat was weer heel erg Walter) een artistiekerig zwartwitgeval, Grieks gesproken en in het Engels *The Fiend of Athens* geheten. Toen ze omringd door lege stoelen in de zaal van de kunstenfaculteit op het begin zaten te wachten, vertelde Patty hem haar plannen voor de zomer: in Edina bij Cathy Schmidt thuis logeren, doorgaan met fysiotherapie en naar een comeback toewerken voor het volgende seizoen. Waarop Walter haar verraste met de vraag of ze in plaats daarvan niet liever in de kamer van Richard zou trekken, die naar New York City ging verhuizen.

‘Gaat Richard weg?’

'Ja,' zei Walter. 'New York is toch de plek waar het allemaal gebeurt. Hij wil er met Herrera de band opnieuw op poten zetten en proberen het daar te maken. En ons huurcontract loopt nog drie maanden door.'

'Wauw.' Patty hield haar gezicht met moeite in de plooi. 'Dus dan zou ik in zijn kamer komen wonen?'

'Nee, want dan is het zijn kamer niet meer,' zei Walter, 'maar die van jou. Het is maar een klein eindje lopen naar het sportcentrum, dus dat lijkt me een stuk makkelijker dan elke keer die hele reis van en naar Edina.'

'Maar je vraagt me dus eigenlijk om met je te gaan samenwonen.'

Walter bloosde en meed haar blik. 'Je zou natuurlijk gewoon je eigen kamer hebben. Maar ja, als je zin zou hebben om samen te eten of een tijdje te kletsen of wat ook, dan zou dat ook prima zijn. Ik kan je wel verzekeren dat ik me nooit aan anderen opdring, maar wel altijd klaarsta als iemand gezelschap wil.'

Patty keek hem onderzoekend aan. Ze voelde een mengeling van onthutstheid dat Richard wegging en irritatie dat Walter zijn aanbod op zo'n lauwe toon deed. Ze had bijna gezegd dat hij haar eerst maar eens moest zoenen als hij wilde dat ze bij hem introk, maar de irritatie was zo groot dat een zoen nu wel het laatste was wat ze wilde. En toen ging het licht in de zaal uit.

Zoals de autobiografe het zich herinnert, ging *The Fiend of Athens* over een welgemanierde Atheense boekhouder met een hoornen brilmontuur, die op een ochtend naar zijn werk loopt en zijn eigen portretfoto op de voorpagina van een krant ziet staan, onder de kop: KWELGEEST VAN ATHENE NOG VOORTVLUCHTIG. Atheners op straat herkennen hem en zetten de achtervolging in en hebben hem bijna te pakken als hij gered wordt door een bende terroristen of criminelen die hem voor hun leider aanzien. De bende heeft het euvele voornemen het Parthenon op te blazen, of iets dergelijks, en de held blijft maar pogingen doen om duidelijk te maken dat hij slechts een welgemanierde boekhouder is en geen Kwelgeest, maar de boeven rekenen zo uitdrukkelijk op hem, en de rest van de stad is er zo nadrukkelijk op uit hem een kopje kleiner te maken, dat hij ten slotte zijn hoornen bril aftrekt en op slag *hun onverschrokken leidsman* wordt – de Kwelgeest van Athene! 'Welaan, luister mannen, zo gaan we ons plan ten uitvoer brengen.'

Patty zag bij die scène Walter in de boekhouder, fantaseerde dat hij het was die zo resoluut zijn bril van zijn hoofd trok. Toen ze later in Vescio's aan tafel zaten, duidde Walter de film als een parabel op het communisme in het Athene van na de oorlog, en legde Patty uit dat de Verenigde Staten zo graag bondgenoten in Zuidoost-Europa hadden gehad, dat ze jarenlang het Griekse kolonelsbewind hadden gesteund. De boekhouder, zei hij, stond model voor de Gewone Man die na lang aarzelen inziet dat ook hij tegen de rechtse onderdrukking in het geweer zal moeten komen.

Patty dronk wijn. 'Ik zie het helemaal anders,' zei ze. 'De boodschap was volgens mij dat de hoofdpersoon nooit echt geleefd had. Omdat hij zo beschaafd en timide was, en geen idee had van waar hij eigenlijk toe in staat was. Hij leefde niet totdat hij voor de Kwelgeest werd aangezien, en toen hij een paar dagen later het loodje legde, vond hij dat niet erg omdat hij eindelijk toch iets met zijn leven had gedaan, zich toch nog had laten gelden.'

Walter keek haar stomverbaasd aan. 'Hoezo laten gelden? Het was toch een zinloze dood?' zei hij. 'Hij bereikte er helemaal niets mee.'

'Maar waarom deed hij dán wat hij deed?'

'Uit solidariteit met de mannen die hem zijn leven hadden gered. Hij zag in dat hij hun iets verplicht was. Zij waren de underdogs en ze hadden hem nodig, en hij wilde hen niet in de steek laten. Hij wilde loyaal zijn en stierf voor zijn loyaliteit.'

'Jezus,' zei Patty, 'wat ben jij toch ongelooflijk hoogstaand.'

'Zo voel ik me anders niet, hoor,' zei Walter. 'Ik voel me vaak genoeg de grootste sukkel die er is. Ik *wou* dat ik schijt aan de hele wereld kon hebben. Ik *wou* dat ik net zo op mezelf gericht kon zijn als Richard, en ook artistiek kon zijn. En dat ik dat niet kan heeft niets met hoogstaandheid te maken. Ik ben er gewoon niet op gebouwd.'

'De boekhouder dacht ook dat hij er niet op gebouwd was, en toen overtrof hij zichzelf!'

'Ja, maar het was geen realistische film. De man op de krantenfoto leek niet op de hoofdpersoon, hij *was* het. En als hij zich meteen tot de autoriteiten had gewend, had hij het misverstand in no time uit de wereld kunnen helpen. De fout die hij maakte was te vluchten. Daarom noem ik het een parabel. Het was geen verhaal om letterlijk te nemen.'

Het was in het begin een beetje raar voor Patty geweest om wijn te drinken in Walters aanwezigheid, aangezien hij geheelonthouder was, maar ze had intussen al flink wat op en voelde zich kwelgeesterig worden. 'Zet je bril eens af,' zei ze.

'Nee, dan kan ik je niet meer zien.'

'Nou zeg, je weet zo langzamerhand wel hoe ik eruitzie. Zet eens af.'

'Maar ik vind het leuk om je te zien. Heerlijk zelfs.'

Ze keek hem doordringend aan. 'Wil je daarom dat ik bij je kom wonen?'
Hij bloosde. 'Ja.'

'Nou, dan moeten we er misschien maar even naartoe gaan, zodat ik kan beslissen.'

'Eh, nu?'

'Ja.'

'Ben je niet moe dan?'

'Nee hoor.'

'En je knie?'

'Geen centje pijn, dank je.'

Voor de verandering dacht ze eens aan niemand anders dan aan Walter. Als je haar gevraagd had, terwijl ze op haar krukken door Fourth Street liep in de zachte en verleidelijke meiavond, of ze niet stiekem hoopte dat ze Richard in het appartement zou treffen, dan had ze onomwonden nee gezegd. Ze wilde seks, en wel *nu*. En als Walter ook maar enig benul had gehad van wat ze wilde, en een beetje pit in zijn donder, dan zou hij voor de deur van het appartement rechtsomkeert hebben gemaakt toen hij aan de andere kant de tv hoorde. Dan was hij ergens anders met haar heen gegaan, naar haar kamer, of waarheen dan ook. Maar Walter geloofde in ware romantiek en vond kennelijk dat hij Patty met geen vinger mocht aanraken voordat hij zeker wist dat ze hem haar liefde wilde schenken. Dus maakte hij de deur open en ging haar voor naar de woonkamer, waar Richard op de bank zat, met zijn blote voeten op de salontafel, een gitaar op schoot en een notitieblok naast zich. Hij keek naar een oorlogsfilm, was halverwege een gezinsfles Pepsi en spuugde tabakssap in een leeg tomatenblik. Voor het overige was de kamer onberispelijk schoon en opgeruimd.

'Ik dacht dat je naar een concert was,' zei Walter.

'Was ik ook, maar het was klote.'

'Je kent Patty nog wel, hè?'

Patty krukte zich verlegen achter Walter vandaan. 'Dag, Richard.'

'Patty die zichzelf niet echt lang vindt voor een basketbalster,' zei Richard.

'Klopt,' zei ze.

'Maar die dat op zich natuurlijk wél is. Het doet me deugd dat Walter je eindelijk hierheen heeft gelokt. Ik begon al te vrezen dat het daar nooit van zou komen.'

'Patty denkt erover om hier van de zomer te komen wonen,' zei Walter.

Richard trok zijn wenkbrauwen op. 'Nee maar, werkelijk?'

Hij was slanker en jonger en sexier dan ze zich herinnerde. Het schokte haar hoe graag ze opeens wilde ontkennen dat ze hier haar intrek wilde nemen en deze nacht met Walter had willen doorbrengen. Maar haar aanwezigheid vormde een bewijs dat zich niet zomaar liet wegmoffelen. 'Ik zoek een plek die lekker dicht bij het sportcentrum ligt,' zei ze.

'Ik kan zien waarom, ja.'

'Ze had eigenlijk even jouw kamer willen bekijken,' zei Walter.

'Daar is het nu wel een beetje rommelig.'

'Da's nou ook toevallig, het is er anders altijd zo netjes!' zei Walter met een olijk lachje.

'Er zijn wel degelijk perioden van relatieve netheid,' zei Richard. Hij stak zijn grote teen uit om de televisie uit te schakelen. 'Hoe is het met je vriendinnetje Eliza?' vroeg hij Patty.

'Die is mijn vriendin niet meer.'

'Had ik je al verteld,' zei Walter.

'Ja, maar ik wilde het ook nog even van haarzelf horen. Het is een behoorlijk lijpe meid, hè? Ik moet bekennen dat ik niet meteen inzag hóé lijp, maar godallemachtig, dat is me meer dan duidelijk geworden.'

'Ik heb dezelfde fout gemaakt,' zei Patty.

'Alleen Walter doorzag haar vanaf het eerste moment. Mooie titel voor een nummer, trouwens. "The Truth About Eliza".'

'Ik had het geluk dat ik meteen een bloedhekel aan haar had,' zei Walter. 'Dat maakte het makkelijker om haar te doorzien.'

Richard klapte zijn notitieblok dicht en spuugde nog wat bruinkleurig speeksel in het blik. 'Ik zal jullie alleen laten, jongelui.'

'Waar werk je aan?' vroeg Patty.

'De gebruikelijke rotzooi. Ik wilde iets doen met die nieuwe chick Margaret Thatcher. Die nu premier van Engeland is, weet je wel?'

'Chick lijkt me een wat ongepast woord voor Margaret,' zei Walter. 'Douairière lijkt me beter.'

'Hoe sta jij tegenover het woord "chick"?' vroeg Richard aan Patty.

'O, ik ben niet zo kieskeurig.'

'Walter vindt dat ik het niet zou moeten gebruiken. Hij vindt het vernederend voor vrouwen, al heb ik de indruk dat de meeste chicks er weinig bezwaar tegen hebben.'

'Het klinkt wel erg zestiger jaren,' zei Patty.

'Ik vind het meer stenen tijdperk klinken,' zei Walter.

'Neanderthalers hadden een bijzonder grote schedelinhoud, wist je dat?' zei Richard.

‘Dat geldt ook voor runderen,’ zei Walter, ‘en andere herkauwers.’

Richard lachte.

‘Ik dacht dat pruimtabak alleen nog door honkbalspelers werd gebruikt,’ zei Patty. ‘Hoe smaakt het eigenlijk?’

‘Probeer het zelf maar eens, als je zin hebt om een keer lekker te kotsen,’ zei Richard terwijl hij overeind kwam. ‘Ik ga ervandoor, dan kunnen jullie je met elkaar verpozen.’

‘Wacht nog even, ik zou het inderdaad weleens willen proberen,’ zei Patty.

‘Ik betwijfel of dat een goed idee is,’ zei Richard.

‘Nee, ik wil het echt proberen.’

De stemming waarin ze met Walter had verkeerd was intussen spoorloos verdwenen, en ze was nieuwsgierig of ze het vermogen had Richard te laten blijven. Dit was een uitgelezen kans om Walter te tonen wat ze hem al bij hun eerste ontmoeting had gezegd – dat ze lang niet zo aardig was als hij dacht. En het was natuurlijk ook een goede kans voor Walter om met duivelse vastberadenheid zijn bril af te rukken en zijn rivaal te verdrijven. Maar Walter wilde wat hij altijd zou blijven willen: Patty haar zin geven.

‘Laat haar het maar proberen dan,’ zei hij.

Ze schonk hem een dankbaar glimlachje. ‘Dank je, Walter.’

De pruimtabak had een mintsmaak en leek al bij de eerste kauwbewegingen haar tandvlees weg te schroeien. Walter pakte een koffiebeker waar ze de klont in kon uitspugen, en ze ging ermee op de bank zitten als een proefpersoon bij een experiment, wachtend op het effect van de nicotine, genietend van de aandacht. Maar het ontging haar niet dat Walter ook Richard in de gaten hield, en terwijl haar hart begon te jagen, schoot haar de bewering van Eliza te binnen dat hij meer dan alleen vriendschappelijke gevoelens voor Richard koesterde. Ze herinnerde zich hoe jaloers Eliza was geweest.

‘Richard is helemaal in de ban van Margaret Thatcher,’ zei Walter. ‘Volgens hem is ze de verpersoonlijking van de ongebreidelde hebzucht die het kapitalisme uiteindelijk te gronde zal richten. Het zou me niet verbazen als hij een liefdeslied voor haar schreef.’

‘Wat ken je me toch goed,’ zei Richard. ‘Een liefdeslied voor de Dame met het Kapsel.’

‘We verschillen van mening over de waarschijnlijkheid van een marxistische eindoverwinning,’ legde Walter uit aan Patty.

‘Mmm,’ zei ze, en ze spoog een straaltje in de beker.

‘Walter denkt dat de liberale maatschappij zichzelf kan corrigeren,’ zei

Richard. 'Volgens hem komt er een punt waarop de Amerikaanse bourgeoisie vrijwillig akkoord zal gaan met de inperking van haar vrijheden.'

'Ik draag voortdurend ideeën aan voor nummers aan, maar Richard blijft ze afwijzen.'

'Het wees-zuinig-met-brandstofnummer,' zei Richard. 'Het openbaarvervoernummer. Het nationale-ziektekostenverzekeringnummer. Het babytaksnummer.'

'Uitstekend toch?' zei Walter. 'Weer eens wat anders dan die geijkte rockthema's.'

'*Two Kids Good, Four Kids Bad*, dat soort titels.'

'*Two Kids Good,* No *Kids Better*.'

'En dat dan gezongen door mij,' zei Richard. 'Het zou een hoop mensen aanspreken.'

'Nou ja, je moet natuurlijk wel eerst waanzinnig beroemd worden, maar dan luisteren ze, geloof mij maar.'

'Bedankt voor de tip.' Richard draaide zich naar Patty. 'En hoe gaat het hier?'

'Mm!' zei ze, en ze spuugde de klont in de koffiebeker. 'Ik snap wat je bedoelde met dat kotsen.'

'Niet op de bank, alsjeblieft.'

'Gaat het?' zei Walter.

De kamer golfde om Patty heen. 'Ik kan me niet voorstellen dat je hiervan geniet,' zei ze tegen Richard.

'En toch doe ik dat.'

'Gaat het?' vroeg Walter opnieuw.

'Ja hoor. Ik moet alleen even heel stil blijven zitten.'

De waarheid was dat ze zich ontzettend beroerd voelde. Er zat niets anders op dan te blijven zitten en naar het speelse gekibbel van Richard en Walter te luisteren. Walter liet haar met groot enthousiasme de maxi-single van The Traumatics zien, en dwong Richard beide kanten af te spelen op de stereo-installatie. Het eerste nummer was 'I Hate Sunshine', dat ze destijds in de club had gehoord, en dat nu op haar overkwam als het muzikale equivalent van een overdosis nicotine. Zelfs op een laag volume (onnodig te vermelden dat Walter ziekelijk veel rekening hield met zijn buren) bezorgde het haar een overdonderd en verdwaasd gevoel. Ze wist de ogen van Richard op zich gericht terwijl ze naar zijn gepijnigde bariton luisterde, en het werd haar duidelijk dat ze zich bij hun vorige ontmoetingen niet vergist had in de manier waarop hij naar haar keek.

Rond een uur of elf begon Walter te gapen.

'Het spijt me,' zei hij, 'maar ik moet je zo langzamerhand maar eens thuis gaan brengen.'

'Ach, ik loop wel in mijn eentje. Ik heb mijn krukken om van me af te slaan als dat nodig is.'

'Niks daarvan,' zei hij, 'we nemen Richards auto.'

'Je valt om van de slaap, joh. Misschien kan hij me zelf even brengen.' Ze keek naar Richard. 'Zou dat kunnen?'

Walter slaakte een zucht en sloot zijn ogen, alsof hij in een droevig lot berustte.

'Tuurlijk,' zei Richard.

'Ze moet eerst je kamer nog even bekijken,' zei Walter, zonder zijn ogen te openen.

'Ga je gang,' zei Richard. 'Let maar niet op de rotzooi.'

'Nee, ik wil een officiële rondleiding,' zei Patty, en ze keek Richard doordringend aan.

De muren en het plafond van zijn kamer waren zwart geschilderd, en de punkanarchie die Walter had weten te beteugelen in de woonkamer, heerste hier in volle hevigheid. Overal slingerden platen en platenhoezen rond, her en der stonden blikjes met tabaksspuug. Ze zag gitaren, een overvolle boekenkast, een chaos van sokken en ondergoed en een bed in opperste staat van wanorde, dat haar tegen wil en dank de gedachte opdrong dat Eliza er meermaals grondig in was uitgevlakt.

'Lekker fleurig!' zei ze.

Walter gaapte en zei: 'Ik zal het uiteraard eerst witten.'

'Misschien houdt ze het liever zwart,' zei Richard vanuit de deuropening.

'Een zwart interieur, nooit aan gedacht eigenlijk,' zei ze. 'Best interessant.'

'Heel rustgevend, is mijn ervaring,' zei Richard.

'Dus jij gaat naar New York verkassen,' zei ze.

'Zo is het.'

'Enerverend hoor. Wanneer?'

'Over twee weken.'

'O, dan ga ik ook die kant op. Mijn ouders zijn vijfentwintig jaar getrouwd en ze gaan een of ander afgrijselijk feest geven.'

'Kom jij uit New York?'

'Westchester County.'

'Ik ook, zij het waarschijnlijk uit een ander deel.'

'Ik ben een voorstadkind.'

'Ja, da's heel wat anders dan Yonkers.'
'Maar ik heb Yonkers vaak genoeg vanuit de trein gezien.'
'Dat lijkt me een mooie illustratie van wat ik bedoel.'
'Ga je met de auto naar New York?' vroeg Patty.
'Hoezo?' vroeg Richard. 'Wou je een lift?'
'Hangt ervan af. Bied je er een aan?'
Hij schudde zijn hoofd. 'Moet ik even over nadenken.'
De ogen van de arme Walter vielen zowat dicht, waardoor dit aftasten hem ontging. Patty zelf kreeg het benauwd van de schaamte en verwarring die haar erdoor bevingen, krukte haastig de kamer uit en riep bij de voordeur een bedankje over haar schouder.
'Het spijt me dat ik zo'n slaap heb,' zei Walter. 'Weet je zeker dat ik je niet even moet brengen?'
'Doe ik wel,' zei Richard. 'Kruip jij nou maar je bed in.'
Walter zag er miserabel uit, maar misschien was dat de vermoeidheid. Op straat, in de weldadige nachtlucht, liepen Patty en Richard stil naast elkaar tot ze zijn roestige Impala bereikten. Richard hielp haar nadrukkelijk níét bij het instappen. Pakte alleen haar krukken aan terwijl ze zich op de passagiersplaats werkte.
'Ik zou gedacht hebben dat je een busje had,' zei ze toen hij naast haar zat. 'Bands hebben toch altijd een busje?'
'Herrera heeft het busje. Dit is mijn persoonlijke vervoermiddel.'
'Dus hierin rijden we naar New York?'
'Oké, luister.' Hij stak het sleuteltje in het contact. 'Het wordt tijd dat je hom of kuit kiest, begrijp je wat ik bedoel? Anders is het niet fair tegenover Walter.'
Ze keek recht voor zich uit. 'Hoe bedoel je, niet fair?'
'Hem hoop geven. Hem aan het lijntje houden.'
'Doe ik dat dan volgens jou?'
'Het is een heel bijzondere jongen. Hij is dodelijk serieus, in alles. Je moet voorzichtig met hem omspringen.'
'Dat weet ik,' zei ze. 'Dat hoef je me niet te vertellen.'
'Maar waarom ben je dan met hem meegekomen? Ik had de indruk dat...'
'Wat voor indruk?'
'Ik had de indruk dat ik jullie in de weg zat. Maar toen ik wilde opstappen...'
'Jezus, je bent *echt* een klootzak.'
Richard knikte alsof het hem weinig kon schelen hoe ze over hem dacht,

of het moe was om het domme gezwets van domme vrouwtjes aan te horen. ‘Toen ik wilde opstappen,’ zei hij, ‘leek je je er niet echt op te verheugen om met Walter alleen te zijn. En dat is prima hoor, dat is aan jou. Je moet alleen wel beseffen dat je hem daarmee kapotmaakt.’

‘Ik voel er helemaal niets voor om hier met jou over te discussiëren.’

‘Mij best, discussie gesloten. Maar je gaat vrij intensief met hem om, nietwaar? Zo’n beetje elke dag als ik me niet vergis, en dat al wekenlang.’

‘We zijn bevriend, we brengen tijd door met elkaar.’

‘Leuk voor jullie. En je kent de situatie daar in Hibbing?’

‘Ja. Zijn moeder heeft hulp nodig in het motel.’

Richard keek haar aan met een schamper lachje. ‘En dat is alles volgens jou?’

‘Eh, ja... en dat zijn vader nogal ziek is, en dat zijn broers geen poot uitsteken.’

‘Dat is alles wat je weet. Dat is wat hij je verteld heeft...’

‘Zijn vader heeft emfyseem. Zijn moeder heeft een hele waslijst aan gebreken.’

‘En hij werkt vijfentwintig uur per week in de bouw, en hij haalt de ene A na de andere op de Law School. En toch komt hij elke dag opdraven om gezellig wat tijd met jou door te brengen. Wat een bof voor je, dat hij zoveel vrije tijd heeft. Maar je bent een lekkere chick, dus je hebt er ook wel recht op, nietwaar? En dan heb je ook nog eens die blessure, verdikkie. Een zere knie én een mooi uiterlijk, dat geeft je het volste recht om bevriend met hem te zijn maar hem nooit eens een paar serieuze vragen te stellen.’

Patty voelde haar wangen gloeien van verontwaardiging. ‘En weet je wat hij ook weleens verteld heeft?’ hakkelde ze. ‘Dat jij zo hufterig bent tegen vrouwen. Daar heeft hij het regelmatig over.’

Het scheen Richard niet in het minst te deren. ‘Ik probeer dit gewoon in de context te zien van jouw hechte band met die lieve kleine Eliza,’ zei hij. ‘En die begrijp ik nu een stuk beter. Toen ik je voor het eerst zag, snapte ik er niks van. Je leek me zo’n leuk, oppassend meisje uit een goed voorstedelijk milieu.’

‘Maar ik ben dus ook een hufter, is dat wat je zeggen wil? Dat we allebei hufters zijn?’

‘Als dat je plezier doet, prima. *Ik ben niet oké, jij bent niet oké*, uitstekend. Maar ik vraag je wel om geen hufter te zijn voor Walter.’

‘Dat ben ik ook niet!’

'Ik zeg je alleen maar wat ik zie.'

'Maar je ziet het dus verkeerd. Ik ben echt gesteld op Walter. Ik geef heel veel om hem.'

'En toch weet je kennelijk niet dat zijn vader ligt dood te gaan aan een kapotte lever en dat zijn oudere broer in de lik zit voor het veroorzaken van een verkeersongeluk onder invloed, en dat zijn andere broer al zijn soldij spendeert aan zijn oldtimer Corvette. En dat Walter hooguit vier uur per nacht slaapt om gezellige dingen met jou te kunnen doen, zodat jij met hem mee naar huis kunt komen om met mij te flirten.'

Patty werd heel stil.

'Dat is waar,' zei ze na een poosje, 'dat wist ik niet allemaal, al die dingen. Maar jij zou niet met hem moeten omgaan als je niet wilt dat er met je geflirt wordt waar hij bij is.'

'Aha, dus het is mijn schuld. Nou snap ik het.'

'Nou, het spijt me, maar zo is het wel.'

'Dan moeten we de discussie inderdaad maar staken,' zei Richard. 'En jij zou alles eens goed op een rijtje moeten zetten.'

'Daar ben ik me van bewust,' zei Patty. 'Maar jij bent een hufter.'

'Luister, ik rij je naar New York als je dat zo graag wilt. Twee hufters op reis, lijkt me enig. Maar doe me een groot plezier en laat Walter dan met rust.'

'Afgesproken. En breng me nu maar naar huis.'

Misschien kwam het door de nicotine, maar ze lag die hele nacht wakker en liet de avond keer op keer door haar gedachten gaan, in een poging Richard tegemoet te komen en alles op een rijtje te krijgen. Maar het was een onoplosbare geestelijke sudoku, want hoe ze ook haar best deed om haar zelfbeeld en toekomstverwachtingen op een overzichtelijke orde te krijgen, één feit bleef onwrikbaar het middelpunt vormen: ze moest en zou die rit met Richard maken. De navrante waarheid was dat hun gesprek in de auto haar enorm had opgewonden *en* had opgelucht – opgewonden omdat Richard opwindend was, en opgelucht omdat het een verademing was geweest om eindelijk eens zichzelf te zijn na al die maanden waarin ze zich had voorgedaan als iemand die ze niet (of niet echt) was. Het maakte haar er des te zekerder van dat ze bij Richard in de auto moest stappen. En om dat te kunnen hoefde ze alleen maar haar schuldgevoel jegens Walter opzij te zetten, en de teleurstelling over het feit dat ze niet aan het beeld voldeed dat hij en zijzelf van haar wensten te hebben. Wat had hij achteraf gelijk dat hij niet te hard van stapel was gelopen! Wat had hij haar innerlijke voosheid goed aangevoeld! Nu ze inzag hoe verstandig hij met haar was omgegaan, vond ze het des te vreselijker om hem te laten vallen en zakte ze weer diep weg in haar besluiteloosheid.

En toen hoorde ze bijna een week niets meer van hem. Ze vermoedde dat hij afstand nam op aanraden van Richard – dat Richard een misogyn betoog tegen hem had afgestoken over de onbetrouwbaarheid van vrouwen en de noodzaak zichzelf tegen haar te beschermen. In haar verbeelding was dat de grootste dienst die Richard haar had kunnen bewijzen, maar ook een daad van ultieme wreedheid jegens Walter. Ze kreeg onophoudelijk het beeld voor ogen van Walter die keer op keer met reusachtige kamerplanten op de bus was gestapt, van hoe hij daar gestaan moest hebben met zijn poinsettiarode wangen. Ze dacht aan alle avonden dat hij met haar in de recreatiezaal van haar woongebouw had gezeten en ten prooi was gevallen aan de dodelijk saaie Suzanne Storrs, die haar haar in een bizar model kamde, dwars over haar hoofd met een scheiding vlak boven haar oor. Hoe hij geduldig naar haar eindeloze gedrens had zitten luisteren over haar eeuwige dieet en de moordende inflatie en haar veel te warme kamer en haar niet-aflatende verbittering over alle docenten en administratiemedewerkers van de universiteit, terwijl Patty zich met Cathy en haar andere vriendinnen met *Fantasy Island* zat te vermaken. Hoe Patty zich achter haar knieblessure had verstopt en nooit was opgestaan om hem te ontzetten, uit angst dat Suzanne dan met hen mee zou komen en haar saaiheid op hen allemaal zou loslaten, en hoe Walter, ondanks alle grappen die hij onder vier ogen over Suzanne's gezanik maakte, en ondanks de wetenschap dat hij de volgende ochtend weer vroeg op zou moeten, zich keer op keer door Suzanne liet gijzelen omdat ze nou eenmaal dol op hem was en hij met haar te doen had.

Onnodig te zeggen dat Patty het dus niet kon opbrengen om de banden definitief door te snijden. Ze liet de stilte gewoon voortduren tot Walter vanuit Hibbing belde om zich ervoor te verontschuldigen dat hij zo lang niets van zich had laten horen, en te melden dat zijn vader in coma lag.

'O, Walter, ik mis je zo!' riep ze uit, in het volle besef dat dit nou precies het soort kreet was dat Richard haar gevraagd had niet meer te slaken.

'Ik mis jou ook!'

Ze dwong zichzelf naar details van zijn vaders toestand te informeren, hoewel ze wist dat ze dat niet zou moeten doen als ze niets met hem wilde. Walter stak een verhaal af over leverfalen, longoedeem en beroerde vooruitzichten.

'Wat vreselijk,' zei ze. 'Maar luister, over die kamer...'
'O, daar hoef je nu nog geen beslissing over te nemen.'
'Nee, maar jij moet ook weten waar je aan toe bent. Als je hem ook aan iemand anders kunt verhuren...'
'Ik verhuur hem liever aan jou!'
'O, nou, da's leuk om te horen, en ik wil misschien ook wel. Maar ik moet volgende week naar mijn ouders voor dat huwelijksfeest, en nu dacht ik erover om met Richard mee te rijden. Die moet toch die kant op.'
Al haar zorgen dat Walter misschien niet zou aanvoelen waar ze op aanstuurde, werden verdreven door zijn nadrukkelijke stilte.
'Maar je had toch al een vliegticket?' zei hij uiteindelijk.
'Dat kan ik teruggeven.'
'Nou, dat spaart dan een hoop geld uit,' zei hij. 'Maar je weet dat Richard niet erg betrouwbaar is, hè?'
'Weet ik, weet ik,' zei ze. 'Maar dat geld kan ik dan weer mooi voor de huur gebruiken.' (De ene leugen op de andere – haar ouders hadden dat ticket betaald.) 'Dus ik betaal sowieso voor juni, hoe het verder ook loopt.'
'Maar dat is zonde als je hier toch niet komt wonen.'
'Nee, maar de kans is natuurlijk groot dat ik dat wel doe. Ik weet het alleen nog niet zeker.'
'Oké.'
'Het lijkt me echt hartstikke leuk, ik weet het alleen nog niet zeker. Dus als je een andere kandidaat vindt, moet je daar maar mee in zee. Maar ik betaal hoe dan ook voor juni.'
Het bleef weer even stil, waarna Walter zei dat hij moest ophangen. Hij klonk verslagen.
Verkwikt door de succesvolle afronding van dit moeilijke gesprek belde ze Richard en verzekerde hem dat ze alles op een rijtje had en ook gelijk maar duidelijkheid had geschapen, waarop Richard haar meedeelde dat zijn vertrekdatum nog niet helemaal vaststond en dat hij onderweg een stop in Chicago wilde maken om een paar optredens te zien.
'Als ik volgende week zaterdag maar in New York ben,' zei ze.
'Ja ja, dat feest. Waar houden ze het eigenlijk?'
'In het Mohonk Mountain House, maar ik ben al blij als je me naar Westchester brengt.'
'Ik zal mijn best doen.'
Het is geen onverdeeld genoegen om een lange autorit te maken met iemand die jou, en alle vrouwen met jou, als een onuitputtelijke bron van

gezeik beschouwt, maar daar kwam Patty pas achter toen het te laat was. Het gehannes begon met de vertrekdatum die speciaal voor haar vervroegd moest worden. En toen werd Herrera opgehouden door een of ander mankement aan het busje, en aangezien ze in Chicago bij vrienden van Herrera zouden logeren, die Richard niet kenden en dus al helemaal nooit van Patty hadden gehoord, dreigde dat voor de nodige verlegenheid te gaan zorgen. Patty was geen held in het inschatten van afstanden, dus toen Richard haar drie uur later dan afgesproken kwam ophalen en ze pas laat in de middag uit Minneapolis wegreden, begreep ze niet hoe laat ze in Chicago dreigden aan te komen en hoe belangrijk het was om flink op te schieten op de I-94. Het was bovendien niet háár schuld dat ze zo laat vertrokken waren, dus achtte ze het geenszins bezwaarlijk om ter hoogte van Eau Claire om een sanitaire stop te vragen, en om een uur later, ter hoogte van helemaal niks, het verzoek te doen om ergens wat te gaan eten. Dit was ook háár tochtje en ze was vast van plan ervan te genieten! Maar de achterbank lag vol geluidsapparatuur die Richard niet onbeheerd wilde achterlaten, en zijn eigen honger werd ruimschoots gestild door zijn pruim (hij had een spuugblikje naast zich op de vloer staan), en hoewel hij geen moment klaagde over het vertragende effect van haar krukken op alles wat ze deed, zei hij evenmin dat ze rustig aan kon doen en alle tijd moest nemen die ze nodig had. Door heel Wisconsin heen beperkte hij zich tot kortaffe opmerkingen en liet hij non-verbaal merken hoezeer hij zich ergerde aan haar nochtans doodnormale behoeften. En daar kwam de bijna tastbare druk bij van de behoefte die ze bij hem voelde om haar te *neuken*, wat de sfeer er bepaald niet luchtiger op maakte. Niet dat ze zich niet mateloos tot hem aangetrokken voelde, maar ze had toch wel een zweem van ontspannenheid nodig om in de stemming te komen. En nu wil de autobiografe weliswaar rekening houden met Patty's jeugdige onervarenheid, maar ze schrijft niet zonder gêne dat Patty deze ontspannenheid zocht te bewerkstelligen door het gesprek keer op keer, en tegen beter weten in, op Walter te brengen.

Richard wilde eerst niet over hem praten, maar toen ze hem aan de gang kreeg kwam ze een hoop aan de weet over Walters jaren op Macalester College. Over de symposia die hij er had georganiseerd, met onderwerpen als het vraagstuk van de overbevolking en de noodzaak tot vernieuwing van het kiesstelsel, symposia waar haast geen sterveling op af was gekomen. Over de New Wave-show die hij vier jaar lang gepresenteerd had voor de radiozender van de campus. Over zijn petitie voor dubbel glas in de vensters van de dormitoria. Over de opiniestukken die hij voor de collegekrant had geschreven, gebaseerd op zijn ervaringen als mensa-medewerker – zijn berekening van het aantal arme gezinnen in St. Paul dat gevoed kon worden met de restjes die studenten op hun bord lieten liggen; zijn oproep aan eenieder om de taak van de mensen in de afwaskeuken te verlichten door eens wat minder met pindakaas te knoeien; zijn filosofische bespiegeling over de gewoonte van zijn medestudenten om driemaal zoveel melk op hun ontbijtgraan te gieten als nodig was, waardoor de meeste dienbladen terugkwamen met een kom waar nog melk in rondklotste – dachten ze soms dat melk net zoiets was als water, vrijelijk verkrijgbaar, zonder het milieu te belasten? Richard vertelde het allemaal op dezelfde beschermende toon waarop hij twee weken eerder over hem gesproken had. Ook klonk er een verrassend mededogen in door. Verrassend voor iemand als Richard. Alsof hij de pijn kon voelen die Walter zichzelf toebracht door voortdurend met zijn kop tegen de muur te lopen.

'Had hij vriendinnetjes daar?' vroeg Patty.

'Hij viel altijd op de verkeerde,' zei Richard. 'Altijd op chicks die onbereikbaar voor hem waren, die al iemand hadden, of van die kunstzinnige types die zich in heel andere kringen bewogen. In het tweede jaar was er een meid om wie hij tot aan het einde van het derde jaar in de vernieling heeft gelegen. Hij gaf haar zijn radio-uur op de vrijdagavond en nam zelf de dinsdagmiddag. Ik kwam er te laat achter om het te kunnen voorkomen. Hij schreef haar scripties voor haar, nam haar mee naar concerten. Het was vreselijk om te zien hoe ze hem gebruikte. Ze kwam alleen maar onze kamer binnen als ik er ook was.'

'Nee maar,' zei Patty, 'ik vraag me af waarom.'

'Hij luistert nooit als ik hem waarschuw. Zo koppig als wat. Je zou het niet aan hem zeggen, maar hij gaat altijd op het uiterlijk af. Loopt altijd achter chicks aan met een knap smoeltje en een lekker lijf. Is-ie heel ambitieus in. En op Macalester heeft het hem alleen maar narigheid opgeleverd.'

'En dat meisje dat steeds kwam als jij er ook was, vond jij haar leuk?'

'Ik vond het niet leuk wat ze met Walter flikte.'

'Dat is een vast thema bij jou, hè?'

'Ze had totaal geen smaak, maar wel een uur zendtijd op vrijdagavond. Op een gegeven moment zag ik nog maar één manier om hem duidelijk te maken wat er aan de hand was, met wat voor soort hij te maken had.'

'Aha, dus je bewees hem er een dienst mee. Ik snap het.'

'Je hebt me door, Patty. Tegen zoveel scherpzinnigheid kan ik niet op.'

'Nee, serieus, ik begrijp heus wel waarom je geen respect voor ons hebt.

Als je jaar in jaar uit alleen maar meisjes meemaakt die je beste vriend bedriegen, kan ik me voorstellen dat je zo gaat denken.'

'Jou respecteer ik wel, hoor.'

Patty schoot in de lach.

'Nee, serieus. Je hebt een goed stel hersens. Ik zou van de zomer best met je willen optrekken, als je bereid zou zijn om naar New York te komen.'

'Dat lijkt me niet haalbaar gezien mijn seizoensvoorbereiding.'

'Ik zeg ook alleen maar dat het me wel leuk zou lijken.'

Ze had een uur of drie om deze fantasie door haar hoofd te laten gaan, starend naar de achterlichten van het verkeer dat massaal naar de grote metropool zoefde, en zich afvragend hoe het haar zou bevallen om Richards chick te zijn, zich afvragend of een vrouw die hij wél respecteerde hem kon veranderen, zich voorstellend hoe het zou zijn om nooit meer terug te gaan naar Minnesota, zich voorstellingen makend van het appartement waarin ze zouden gaan samenwonen, inwendig lachend om hoe het zou zijn om haar verwaande middelste zus met Richard te confronteren, het beeld oproepend van de consternatie die het bij haar ouders zou wekken als ze plotsklaps de vriendin van een punkidool werd, zwijmelend bij het idee van Richard die haar elke nacht weer finaal zou uitvlakken – en toen was daar opeens de grimmige werkelijkheid van de Southside van Chicago. Het was twee uur in de nacht en Richard zocht zich een ongeluk naar het gebouw waar de vrienden van Herrera woonden. Ze stuitten telkens weer op onheilspellende rangeerterreinen en een donker dreigende rivier. De straten waren verlaten op een enkele taxi na, en groepjes Ongure Zwarte Jongeren van het soort waar je tijdschriftartikelen over las.

'Een stadskaart zou wel handig zijn geweest,' zei Patty.

'Het is een genummerde straat, we komen er heus wel.'

De vrienden van Herrera waren kunstenaars. Hun gebouw, dat Richard uiteindelijk vond dankzij de aanwijzingen van een taxichauffeur, oogde onbewoond. De deurbel bungelde aan twee draadjes, maar bleek het warempel te doen. Boven hen werd een gordijn opzijgetrokken en er kwam iemand de trap af om open te doen en blijk te geven van zijn ongenoegen.

'Sorry, man,' zei Richard. 'We hebben oponthoud gehad. Kunnen we hier een paar nachtjes pitten?'

De kunstenaar was gekleed in een vale, ruimvallende onderbroek. 'We zijn die kamer net aan het opknappen,' zei hij. 'Het is er een puinhoop. Jullie zouden toch pas dit weekend komen?'

'Als het goed is heeft Herrera gisteren gebeld.'

'Klopt, en toen zei ik dat de logeerkamer op dit moment een puinhoop is.'

'Maakt niet uit. We zijn allang blij. Ik heb alleen nog wat spullen die ik niet in de auto wil laten liggen.'

Omdat Patty als krukkenloopster niks kon dragen, bewaakte zij de auto terwijl Richard die langzaam leeghaalde. Toen ze de kamer binnenkwam, hing er de vochtige geur van verse pleisterkalk, een geur die haar later o zo vertrouwd zou worden maar die ze nu nog niet met liefde en onderlinge verbondenheid associeerde. Het enige licht kwam van een ronde aluminium werklamp die aan een met kalk besmeurde ladder was geklemd.

'Jezus,' zei Richard, 'wie heeft er hier staan pleisteren, een stel chimpansees?'

Onder een plastic zeiltje vol gruis en spatten lag een tweepersoonsmatras, kaal en vlekkerig.

'Niet bepaald het Sheraton, hè?' zei Richard.

'Zijn er lakens?' vroeg Patty beduusd.

Hij liep naar de zitkamer, rommelde er wat in rond en kwam terug met een paar gehaakte spreien en een fluwelen sierkussen. 'Ga jij maar hier slapen,' zei hij. 'Ik kruip daar wel op de bank.'

Ze keek hem vragend aan.

'Het is al laat,' zei hij. 'Je hebt je rust nodig.'

'Weet je het zeker? Dat matras is groot genoeg en die bank is veel te klein voor jou.'

Ze tolde van de slaap, maar ze had haar zinnen op hem gezet en had haar pessarium al in, en ze wilde het zo snel mogelijk met hem gedaan hebben, wilde het in de boeken voor ze de tijd kreeg om na te denken en misschien wel van gedachten te veranderen. En het zou vele jaren duren, zowat een half mensenleven, eer ze achter de verbluffende reden kwam waarom Richard zich opeens een gentleman toonde. Op het moment zelf, in die klamme werkplaats van een kamer, kon ze niets anders bedenken dan dat ze zich toch in hem vergist had, of hem zijn lust moest hebben ontnomen door zo oeverloos te zeuren en niet mee te kunnen helpen met dragen.

'Op de gang hebben ze iets wat voor een badkamer moet doorgaan,' zei hij. 'Ik wens je sterkte met het vinden van de lichtknop.'

Ze schonk hem een verlangende blik, waar hij zich haastig van afwendde. Het was even pijnlijk als verrassend, en samen met de vermoeienissen van de reis, het weinig hartelijke onthaal en de onherbergzaamheid van de kamer was het genoeg om meteen de lamp uit te knippen, in haar kleren op het matras te gaan liggen en een tijdlang stilletjes te janken tot haar teleurstelling overging in slaap.

Toen ze de volgende ochtend al om zes uur werd gewekt door een onbarmhartig felle zon, en vervolgens nog uren moest wachten eer iemand anders zich in het appartement roerde, begon het avontuur haar pas echt tegen te staan. Er volgde een dag die één lange aansporing leek om haar inschikkelijkheid voor eens en altijd overboord te zetten. Herrera's vrienden waren bot en lomp en gaven haar het gevoel één centimeter groot te zijn omdat ze zich niet van hun hippe taaltje bediende en hun kunstzinnige termen niet begreep. Ze kreeg drie vluchtige mogelijkheden om zichzelf te bewijzen, waarna ze haar vierkant negeerden. Na een poosje vertrokken ze ten slotte met Richard, die even later terugkwam met een doos donuts als ontbijt.

'Ik ga vandaag wat aan die kamer doen,' zei hij. 'Onverdraaglijk wat een puinhoop ze ervan maken. Heb jij zin om te schuren?'

'Ik had gehoopt dat we naar het meer zouden gaan, eerlijk gezegd. Het is zo heet hier. Of anders misschien een museum?'

Hij keek haar peinzend aan. 'Jij wilt naar een museum?'

'Nou ja, gewoon eropuit en van Chicago genieten.'

'Dat kan vanavond. Dan treedt Magazine hier op. Ken je Magazine?'

'Ik ken niks. Dat weet je zo langzamerhand toch wel?'

'Ik snap het, je hebt een rothumeur en je wilt er het liefst weer vandoor.'

'Ik wil helemaal niets.'

'Als we die kamer een beetje opknappen, slaap je vannacht vast een stuk beter.'

'Het zal me een zorg zijn hoe ik vannacht slaap. Ik voel er gewoon niets voor om hier met schuurpapier aan de slag te gaan.'

De keuken was een misselijkmakend varkenshok dat waarschijnlijk nog nooit was opgeruimd en waar een lucht hing die je met gekkenhuizen associeerde. Patty ging op de bank zitten waarop Richard had geslapen en probeerde een boek te lezen dat ze had meegenomen om indruk op hem te maken, een roman van Hemingway waar ze geen seconde haar aandacht bij kon houden door de hitte en haar moeheid en het brok in haar keel en de Magazine-platen die Richard onder het werken op had staan. Toen ze de hitte niet langer kon harden, liep ze de kamer binnen waar hij stond te pleisteren, en zei dat ze een eindje om ging.

Hij had zijn hemd uitgetrokken. Zijn behaarde borst glom van het zweet. 'Volgens mij is deze buurt daar niet echt geschikt voor,' zei hij.

'Nou, loop dan even met me mee.'

'Over een uurtje, oké?'

'Nee, laat dan maar zitten,' zei ze. 'Dan ga ik wel alleen. Hebben we een sleutel van dit krot?'

'Wil je hier werkelijk in je eentje over straat, op krukken?'

'Ja, tenzij je met me meegaat.'

'Dat kan over een uurtje, zei ik.'

'Maar ik heb dus geen zin om nog een uur te wachten.'

'In dat geval,' zei Richard, 'ligt de sleutel op de keukentafel.'

'Waarom doe je zo lullig tegen me?'

Hij sloot zijn ogen en leek tot tien te tellen. Het was nu duidelijker dan ooit hoezeer hij de pest aan vrouwen had en aan alles wat ze zeiden.

'Waarom ga jij niet even lekker onder de douche,' zei hij, 'en laat je mij ondertussen mijn klus afmaken?'

'Weet je, gisteren had ik echt een poosje het idee dat je me aardig vond.'

'Ik vind je ook aardig, maar ik ben nu aan het werk.'

'Mooi zo,' zei ze. 'Werk ze dan maar.'

De middagzon maakte de straten nog heter dan het in het appartement was. Patty zwaaide zichzelf in een pittig tempo voort, probeerde zo discreet mogelijk te huilen en eruit te zien alsof ze wist waar ze heen ging. Toen ze de rivier bereikte, bleek die minder luguber dan in de voorafgaande nacht – eerder vervuild en vol algen dan boosaardig en alles verzwelgend. Aan de overkant lag een Mexicaanse wijk met straten die versierd waren voor een of andere feestdag, of misschien wel gewoon voor de feestelijkheid. Ze vond een taqueria met airconditioning, waar men haar aangaapte maar niet lastigviel en ze op haar gemak haar Coke kon drinken en zich kon overgeven aan haar meisjesverdriet. Haar lichaam hunkerde onverminderd naar Richard, maar de rest van haar zag in dat het een kapitale fout was geweest om met hem mee te gaan – dat alle hoop die ze in hem en Chicago had gesteld één groot hersenspinsel was geweest. In het geroezemoes om haar heen doken voortdurend frasen op die ze herkende van de lessen Spaans op haar high school: *lo siento* en *hache mucho calor* en *qué quiere la señora*? Ze verzamelde moed, bestelde drie taco's en verorberde die terwijl ze naar de talloze stadsbussen keek die buiten voorbijhobbelden, elk met een kielzog van opwarrelend straatvuil. De tijd verstreek op een zonderlinge manier die de autobiografe, intussen maar al te bekend met zulke kwijnende middagen, als *depressief* kan kenschetsen – zowel eindeloos traag als duizelingwekkend snel, overvolle seconden die zich aaneenregen tot lege uren – tot de werkdag ten einde liep en er groepjes jonge arbeiders binnenkwamen die haar veel te veel aandacht schonken en over haar *muletas* wilden praten, zodat ze zich gedwongen zag op te stappen.

Toen ze weer bij het appartement aankwam was de zon al een oranje bol aan het westelijke uiteinde van de straten. Ze stond zichzelf toe in te zien dat ze zo lang was weggebleven om Richard dol van ongerustheid te maken. En bij het betreden van het appartement werd het haar duidelijk dat die onbewuste opzet volledig was mislukt. Er was niemand aanwezig. De muren van haar kamer waren bijna afgewerkt, de vloer was netjes aangeveegd, en het bed was voor haar opgemaakt met echte lakens en kussens. Op de gehaakte sprei lag een briefje waarop Richard in minuscule blokletters het adres van een club had opgeschreven, en aanwijzingen voor hoe ze er komen kon met de bovengrondse metro. Het werd besloten met: WEES GEWAARSCHUWD, IK HEB HERRERA'S VRIENDEN MEEGENOMEN.

Alvorens te besluiten of ze naar het concert zou gaan ging Patty even liggen voor een dutje, en werd vele uren later in opperste verwarring wakker door de terugkeer van Herrera's vrienden. Ze hinkte zonder krukken naar de zitkamer, waar de onvriendelijkste van het stel, het stuk chagrijn dat de vorige nacht had opengedaan in zijn onderbroek, haar liet weten dat Richard nog ergens anders naartoe was met een paar andere mensen, en dat hij gezegd had dat ze niet moest opblijven om op hem te wachten, maar dat hij ruim op tijd terug zou zijn om haar naar New York te rijden.

'Hoe laat is het nu?' vroeg ze.

'Een uur of één.'

'Wat, is het al nacht?'

Herrera's vriend keek haar misprijzend aan. 'Nee, er is een zonsverduistering.'

'En waar is Richard?'

'Hij ging weg met een paar meiden die hij was tegengekomen. Hij zei niet waarheen.'

Zoals gezegd was Patty geen kei in het inschatten van rijtijden. Om op tijd aan te komen in Westchester, vroeg genoeg om met haar familie naar het Mohonk Mountain House te kunnen reizen, moesten Richard en zij om vijf uur vertrekken. Dat tijdstip was allang verstreken toen ze ontwaakte in wat een heel ander jaargetij leek – het was grauw en stormachtig in Chicago. En Richard was nog altijd nergens te bekennen. Ze at een paar muffe donuts en werkte zich door een paar bladzijden Hemingway, en toen het tegen elven liep begreep zelfs zij dat op tijd komen er niet meer in zat.

Ze haalde diep adem en belde haar ouders, op hun kosten.

'Chicago!' riep Joyce uit. 'Niet te geloven... Ben je in de buurt van een vliegveld? Kun je een vliegtuig nemen? We hadden je hier allang verwacht. Papa wil tijdig op weg, voor de weekendspits.'

'Het spijt me ontzettend,' zei Patty.

'Tja, nou, kun je er in de loop van morgen zijn? Het diner begint pas om een uur of acht.'

'Ik zal mijn uiterste best doen,' zei Patty.

Joyce zat nu drie jaar in de assemblee. Als ze niet aan een opsomming was begonnen van alle familieleden en bekenden die naar Mohonk zouden komen voor dit onvergetelijke eerbewijs aan een fantastisch huwelijk, en niet uitgebreid verteld had hoezeer Patty's broer en zussen zich op deze ontroerende samenkomst van vrienden en verwanten uit het hele land verheugden, had Patty misschien wel echt alles op alles gezet om op tijd in Mohonk te zijn. Maar terwijl haar moeder die litanie afstak, kwam er een merkwaardige rust over Patty, een kalme zekerheid. Het begon te regenen in Chicago. De aangename geuren van Lake Michigan en afgeblust asfalt dreven naar binnen door de openstaande ramen. Zonder enige ergernis of rancune, met een koele blik die volstrekt nieuw voor haar was, nam Patty de situatie in ogenschouw en kwam tot de slotsom dat het niemand kwaad of zelfs maar veel verdriet zou doen als ze die hele zilveren bruiloft aan zich voorbij liet gaan. Ze zag in dat het meeste voorwerk was gedaan, dat ze bijna vrij was, en dat het ergens best wel griezelig was om de laatste stap te nemen, maar ergens ook weer niet.

Ze ging bij een raam zitten, snoof de geuren van de regen op en keek naar het wuivende onkruid op het dak van een tot ruïne vervallen fabrieksgebouw, en toen belde Richard.

'Sorry hoor,' zei hij. 'Ik ben er binnen een uur.'

'Haast je maar niet,' zei ze. 'Het is nu toch al veel te laat.'

'Maar dat feest is toch pas morgenavond?'

'Nee, Richard, dat was het diner. Ik had er *vandaag* moeten zijn. Vandaag om vijf uur.'

'Shit, dat meen je niet.'

'Was je dat echt vergeten?'

'Ik heb het nodige aan mijn hoofd momenteel, en nu ook nog slaapgebrek.'

'Oké, maakt allemaal niet uit. Je hoeft je in elk geval niet te haasten, en ik denk dat ik nu maar naar huis ga.'

En naar huis ging ze. Ze liet haar koffer van de trap glijden en volgde op haar krukken, hield een taxi aan op Halstead Street en nam een Greyhound-bus naar Minneapolis, en vervolgens een naar Hibbing, waar Gene Berglund op sterven lag in een lutheraans ziekenhuis. Het was ruim dertig graden en het goot van de regen in de stille straten van hartje Hibbing. Walter wachtte haar op voor het busstation, met wangen die roder waren dan ooit. Toen Patty in de naar sigaretten stinkende benzineslurper van zijn vader was gestapt, sloeg ze haar armen om zijn nek en besloot er maar eens achter te komen hoe hij zoende, en dat bleek hij heel behoorlijk te kunnen.

Hoofdstuk 3

De vrije markt bevordert concurrentie

Mocht er in het voorafgaande een toon van ontevredenheid of zelfs verwijt zijn geslopen ten aanzien van Joyce en Ray, dan haast de autobiografe zich haar ouders op één punt haar innige dank te betuigen: dat ze haar nooit hebben aangemoedigd om Creatief en Kunstzinnig te worden, zoals ze dat haar zussen wel altijd deden. Hoezeer het de jonge Patty ook stak dat Joyce en Ray haar maar wat lieten aanmodderen, die veronachtzaming lijkt meer en meer een zegen nu haar zussen allebei in de veertig zijn en moederziel alleen in New York wonen, veel te wereldvreemd en/of verwaand om een relatie van enige duur en inhoud aan te kunnen, en nog altijd afhankelijk van financiële ondersteuning door hun ouders terwijl ze nog steeds, en nog steeds vergeefs, naar het artistieke succes streven dat hun als kind in het vooruitzicht werd gesteld. Achteraf mag Patty er dus blij om zijn dat zij door haar ouders dom en saai werd gevonden in plaats van briljant en buitengewoon. Want als Patty zich nu weleens een beetje Creatief toont, zoals bij het schrijven van deze autobiografie, is dat een aangename verrassing en niet langer een bron van schaamte omdat ze niet veel Creatiever is.

Een geweldige eigenschap van de jonge Walter was dat hij altijd het beste voor Patty wilde en altijd op haar hand was. Waar Eliza vaak toch wat gemakzuchtig was geweest in haar uitingen van partijdigheid, liet Walter niet de minste twijfel bestaan over zijn vijandschap jegens iedereen (haar ouders, broer en zussen voorop) die het waagde Patty een rotgevoel te geven. En omdat hij zich nooit over dingen uitsprak zonder er eerst grondig over na te denken en nooit iets beweerde waar hij niet volledig achter stond, was hij volstrekt geloofwaardig als hij haar familie hekelde en haar steunde in het streven zich ertegen af te zetten. Hij was misschien wel niet helemaal wat Patty in een man zocht, maar meer nog dan een geliefde had ze een fan nodig, en als fan viel Walter niet te overtreffen.

Met wijsheid achteraf kan nu makkelijk worden gezegd dat Patty er goed aan had gedaan om eerst eens een paar jaar aan een carrière te werken en een nieuwe identiteit na die van sportmeid te ontwikkelen, en ervaring op te doen met verschillende soorten mannen, en meer in het algemeen een zekere rijping door te maken alvorens moeder te worden. Maar hoewel haar basketbaltijd voorgoed voorbij was, had ze nog steeds een scorebord in haar hoofd en scoringsdrift in haar bloed en was haar drang om te winnen zelfs heviger dan ooit. En de beste manier om te winnen, haar moeder en zussen het onderspit te laten delven, was trouwen met de aardigste knul uit Minnesota, en een groter, mooier en karaktervoller huis te bezitten dan wie ook in haar familie, en mooie baby's te krijgen, en als moeder alles te doen wat Joyce had nagelaten. En hoewel Walter het feminisme bleef omhelzen en elk jaar zijn contributie bleef storten als lid van Zero Population Growth, schaarde hij zich zonder voorbehoud achter Patty's plannen om een gezin te stichten – omdat zij *precies* was wat hij in een vrouw zocht.

Ze trouwden drie weken na hun afstuderen, iets minder dan een jaar nadat ze de bus naar Hibbing had genomen. Aangezien Walter zich klakkeloos naar de wensen van zijn aanstaande schikte, zag zijn moeder Dorothy zich gedwongen om op haar eigen, ingetogen maar daarom niet minder vasthoudende wijze tegengas te geven aan Patty's voornemen om het huwelijk zonder gedoe in het gerechtsgebouw van Hennepin County te laten sluiten, in plaats van haar ouders een echte trouwerij te laten verzorgen in Westchester. Zou het niet beter zijn, vroeg Dorothy met zachte stem, om de Emersons er ook bij te betrekken? Ze begreep dat Patty niet erg close was met haar familie, maar toch, zou ze er later misschien geen spijt van krijgen als ze hen van zo'n belangrijke gebeurtenis buitensloot? Patty probeerde Dorothy het beeld te schetsen van een trouwerij in Westchester: rond de tweehonderd vrienden van Joyce en Ray, plus de rijkelui die de verkiezingskas van Joyce hadden gespekt; Joyce die Patty onder zware druk zou zetten om haar middelste zus als bruidsmeisje te kiezen en haar jongste zus te vragen of ze tijdens de voltrekking een interpretatieve solodans wilde doen; Ray die ongebreideld aan de champagne ging en lesbo-moppen tapte in de nabijheid van Patty's basketbalvriendinnen. Dorothy's ogen werden vochtig, maar het werd niet duidelijk of dat op medelijden met Patty wees of op verdriet over de hardvochtigheid waarmee Patty over haar ouders sprak. Zou het dan niet mogelijk zijn, drong ze zachtjes aan, om een kleine en besloten ceremonie onder regie van Patty zelf te houden?

Een misschien nog wel voornamere reden waarom Patty geen trouwerij wilde, was het feit dat Richard dan Walters getuige zou zijn. Naast de voor de hand liggende afkeer van dat idee had ze angst voor wat er zou gebeuren als Richard haar middelste zus ontmoette. (De autobiografe moet nu maar eens door de zure appel bijten en de naam van de betreffende zus noemen: Abigail.) Het was al erg genoeg dat Eliza Richard had gehad – als hij nu ook nog Abigail zou 'uitvlakken', al was het maar gedurende één nacht, dan overleefde Patty dat niet. Onnodig te zeggen dat ze deze overweging verzweeg voor Dorothy. Ze zei dat ze gewoon niet zo'n ceremoniemens was.

Als gebaar van goede wil nam ze Walter dat voorjaar mee naar het oosten om hem als haar verloofde voor te stellen aan haar ouders. De autobiografe bekent het niet graag, maar ze vond het een tikje gênant om hem aan haar familie te laten zien, en ze bekent nog veel minder graag dat die gêne óók een reden was om geen groots huwelijksfeest te willen. Ze hield wel degelijk van hem (en ze houdt nog steeds van hem, *nog steeds*), maar dan vooral om de eigenschappen die hij etaleerde wanneer ze met hem alleen was en die waarschijnlijk niet zichtbaar waren voor het kritische oog dat haar zussen, en met name Abigail, op hem zouden richten. Zijn nerveuze lachje, zijn veel te snelle blos, het was haar allemaal dierbaar binnen de context van wat ze met elkaar hadden. En op zijn ongehoorde aardigheid was ze zelfs trots. Maar haar sombere zelf, de kant van haar die altijd zo nadrukkelijk naar voren kwam als ze met haar familie te maken kreeg, vond het toch wel reuze jammer dat hij geen één meter negentig en een geweldig stuk was.

Maar eerlijk is eerlijk, Joyce en Ray gedroegen zich voorbeeldig – wellicht uit stille opluchting omdat Patty toch nog heteroseksueel bleek te zijn (en dan stil omdat Joyce zich binnen de assemblee altijd met veel bombarie voor de rechten van Anders Geaarden uitsprak). Toen ze hoorden dat Walter nog nooit in New York was geweest, wierpen ze zich direct op als bevlogen ambassadeurs van de stad en stuurden Patty met hem op pad om er alle exposities af te lopen waar Joyce het zelf 'helaas' te druk voor had, en elkaar dan 's avonds te treffen voor gezamenlijke etentjes in door de *Times* goedgekeurde restaurants, waaronder een tent in SoHo, dat toen nog een spannende, ietwat sinistere buurt was. Patty's vrees dat haar ouders zich vrolijk zouden maken om Walter maakte plaats voor de vrees dat ze Walter zouden inpalmen en dat hij hun kant zou kiezen en niet zou begrijpen waarom Patty zo'n hekel aan hen had. Dat hij zelfs het idee zou krijgen dat het probleem bij Patty lag, wat dan afbreuk zou doen aan zijn onvoorwaardelijke loyaliteit aan haar – en daar was Patty nu al, na amper een jaar, hopeloos van afhankelijk.

Gelukkig was er Abigail, een maniakale restaurantliefhebster intussen, die zich direct uit alle macht opdrong en erin slaagde om bij een paar van die etentjes de vijfde gast aan tafel te zijn, en zich onuitstaanbaarder dan ooit te gedragen. Niet in staat zich een wereld voor te stellen waarin zij níét in het middelpunt van de belangstelling stond, ratelde ze aan één stuk door over het New Yorkse theatercircuit (waarin iedereen tegen haar samenspande, want ze was sinds die periode als doublure geen meter opgeschoten); over haar 'stuitende onbenul' van een Yale-professor, met wie ze onoverkomelijke Artistieke meningsverschillen had; over een of andere Tammy, een vriendin van haar, die op eigen kosten een productie van *Hedda Gabler* had opgezet en zelf een 'briljante' hoofdrol speelde; over de katers waarmee ze regelmatig wakker werd, en haar veel te hoge huur, en haar seksuele escapades, waarover Ray, onder het vullen en hervullen van zijn wijnglas, alle onverkwikkelijke details wilde horen. Halverwege het laatste etentje, in SoHo, kreeg Patty er zo schoon genoeg van dat Abigail continu de aandacht opeiste die bestemd was voor Walter (die welwillend aan haar lippen hing), dat ze haar zuster het verzoek deed om nou eindelijk eens haar bek te houden en anderen aan het woord te laten. Hierop volgden enkele minuten van bedremmeld stilzwijgen en het ingetogen tikken van bestek op porselein, waarna Patty Walter aanstootte en hem met gebaren alsof ze water uit een bron putte aan het praten kreeg. Wat achteraf een vergissing bleek. Want Walter had enerzijds een passie voor politiek en maatschappelijke vernieuwing, en anderzijds geen benul van hoe echte politici denken, waardoor hij in de veronderstelling verkeerde dat een lid van de staatsassemblee geïnteresseerd zou zijn in zijn ideeën.

Hij vroeg Joyce of ze de Club van Rome kende. Joyce bekende ruiterlijk dat ze daar nog nooit van gehoord had. Walter legde uit dat de Club van Rome (waarvan hij één der leden ooit naar Macalester had gehaald voor een lezing) zich toelegde op het onderzoek naar de grenzen aan de groei van de economie. De belangrijkste politieke stromingen, zowel het marxisme als het vrijemarktdenken, gingen er volgens Walter van uit dat economische groei onder alle omstandigheden gewenst was. Een jaarlijkse toename van het bnp van één of twee procent werd door beide kampen gunstig geacht, alsook een bevolkingsgroei van één procent, maar als je die groeicijfers volgens Walter over een eeuw doorrekende, ontstond er een afschrikwekkend toekomstbeeld: een wereldbevolking van 18 miljard en een mondiaal energieverbruik dat tienmaal hoger lag dan het huidige. En als je de lijn nóg een eeuw doortrok, dan tekende zich een regelrechte catastrofe af. Daarom zocht de Club van Rome naar rationele en humane maatregelen om een rem op de groei te zetten en te voorkomen dat de aarde uitgeput raakte en het mensdom aan honger en oorlogen ten onder ging.

'De Club van Rome,' kirde Abigail. 'Is dat een soort van Italiaanse Playboy Club?'

'Nee,' zei Walter kalm, 'het is een groep mensen die onze obsessie met groei aan de kaak stelt. Iedereen zweert tegenwoordig bij groei, maar dat is eigenlijk heel eigenaardig. Groei is lang niet altijd gunstig, immers. Als er in een volwassen lichaam groei optreedt, in de mond of een orgaan, dan noemen we dat een tumor en snijden we die zo snel mogelijk weg, nietwaar? En daarom is er dus dat gezelschap van goedwillende intellectuelen die buiten de geijkte kaders proberen te denken en invloed willen uitoefenen op het overheidsbeleid bij ons en aan de andere kant van de wereld.'

'De Bunnies van Rome,' gnuifde Abigail.

'Ik heb een orgaan waarin ook weleens groei optreedt,' grinnikte Ray, 'maar die is nooit blijvend gebleken.'

Joyce schraapte luidruchtig haar keel. Als Ray in gezinsverband aangeschoten raakte en schunnige grappen ging maken, kon ze daar eenvoudig aan ontkomen door zich in haar Joyceaanse mijmeringen terug te trekken, maar nu zat haar aanstaande schoonzoon erbij en schaamde ze zich dood. 'Niet zo flauw doen,' zei ze. 'Walter heeft het over een interessante materie. Ik kan niet zeggen dat ik er veel van weet en dat ik die, eh, club ken, maar ik vind het beslist een, eh, confronterende kijk op de tijd waarin we leven.'

Het ontging Walter dat Patty stiekem een gebaar maakte alsof ze zich de keel afsneed, en hij ging verder. 'Het belangrijke van zoiets als de Club van Rome,' zei hij, 'is dat een debat over economische groei alleen iets kan opleveren als het buiten de politieke arena op gang wordt gebracht. Jij zult dat als geen ander begrijpen, Joyce. Als je gekozen moet zien te worden, kun je niet eens over een *vertraging* van de groei beginnen. Dat zou electorale zelfmoord zijn.'

'Dat kun je wel zeggen, ja,' zei Joyce met een droog lachje.

'Maar *iemand* zal er toch over moeten beginnen, en een poging moeten doen om de politiek te beïnvloeden, omdat we anders deze wereld naar de knoppen helpen. Dan zijn we straks met zovelen dat iedereen gebrek lijdt.'

'Over gebrek lijden gesproken,' zei Abigail, 'is dat jouw privéfles, pap, of mogen wij ook nog een drupje?'

'Ik bestel er nog wel een,' zei Ray.

'Dat lijkt me geen goed idee,' zei Joyce.

Ray hief zijn Joyce-bezwerende hand. 'Tuurlijk wel. We zitten hier toch gezellig onder elkaar?'

Patty keek met een starre glimlach de andere tafels rond, naar de elegante en zichtbaar steenrijke gasten in het koesterend zachte licht van het restaurant. Het was eens te meer duidelijk: geen stad ter wereld kon tippen aan New York City. Die wetenschap vormde het fundament van de eigendunk van haar familie, het platform vanwaar ze op alle anderen konden neerkijken, de waarborg van mondain aanzien die hun het recht gaf zich als boerenkinkels te gedragen. Hier in dit luxe restaurant in SoHo moest zij als sportieve Patty toegeven dat de overmacht veel te groot was. Haar familie had New York achter zich en zou nooit ook maar een duimbreed toegeven. Gewoon nooit meer hiernaartoe, domweg vergeten dat zulke restaurants bestonden, iets anders zat er voor haar niet op.

'Jij bent geen wijndrinker, hè?' zei Ray tegen Walter.

'Misschien later, als ik groot ben,' zei Walter.

'Dit is een verdomd aardige Amarone. Proberen?'

'Nee hoor, dank u.'

'Weet je het zeker?' Ray hield de fles uitnodigend naar hem op.

'Ja, hij weet het zeker!' viel Patty uit. 'Hij weigert nu al vier avonden achtereen, Ray, heb je het nou nog niet door? Er zijn ook mensen die zich géén stuk in hun kraag willen zuipen en gore taal willen uitslaan. Sommige mensen voeren liever een volwassen gesprek.'

Ray grinnikte alsof ze iets geestigs had gezegd. Joyce klapte haar leesbril uit om het dessertmenu te bekijken, terwijl Walter bloosde en Abigail theatraal haar wenkbrauwen optrok en een spastische halsbeweging maakte. 'Ray? Ray? Spreken we pap tegenwoordig met Ray aan?'

De volgende ochtend nam Joyce Patty apart en zei met haar beverigste stem: 'Walter is veel... ik weet niet of conservatief het juiste woord is... nee, conservatief zou ik hem toch niet willen noemen, maar aan de andere kant, ten aanzien van het democratische proces, de gedachte dat de macht bij de gewone mensen moet liggen, en dat iedereen recht heeft op een zekere welstand, tja, *autocratisch* is ook het woord niet... dus ja, in die zin vind ik hem toch wel een stuk conservatiever dan ik had verwacht.'

En twee maanden later, toen Patty afstudeerde, nam Ray haar apart en zei met onverholen napret: 'Wat werd Walter toen rood zeg, tijdens dat groeiverhaal. Mijn hemel, ik was even bang dat hij een beroerte ging krijgen.'

En zes maanden daarna, toen Patty en Walter zo dom waren om Thanksgiving in Westchester te vieren, wat ze overigens nooit meer zouden doen, zei Abigail onder het eten tegen Patty: 'En, hoe gaat het met de *Club van Rome*? Zijn jullie daar nou al lid van, van de *Club van Rome*? Hebben jullie het wachtwoord al gekregen? En de geheime handdruk geleerd?'

Op LaGuardia Airport snikte Patty tegen Walter: 'Ik *haat* mijn familie.'

En Walter antwoordde: 'We beginnen gewoon onze eigen familie.'

Arme Walter. Eerst had hij zijn acteer- en regiedromen opzijgezet voor een studie die hem draagkrachtig genoeg zou maken om zijn ouders te ondersteunen, en vervolgens had zijn vader hem nog niet van die ondersteuningsplicht ontslagen door dood te gaan of hij kwam vast te zitten aan Patty, zette zijn ambities als redder van de planeet opzij en ging voor 3M werken, zodat Patty in een mooi, karaktervol oud huis kon wonen en thuis kon blijven om voor de kindjes te zorgen. Hier werden nauwelijks woorden aan vuilgemaakt. Het gebeurde gewoon. Hij was enthousiast over alles wat haar enthousiasme opwekte, hij wierp zich vol overgave op de verbouwing van het huis, hij schaarde zich vierkant achter haar in de strijd met haar familie. Pas jaren later, toen Patty begonnen was hem te Ontgoochelen, werd hij wat milder ten aanzien van de andere Emersons en hield hij haar voor dat zij juist de gelukkige was, dat zij als enige Emerson-telg heelhuids kon terugkijken op de schipbreuk die haar opvoeding was geweest. Dat ze Abigail de gewoonte moest vergeven om altijd maar weer elk gesprek naar zich toe te trekken, want Abigail was gestrand op een onherbergzaam eiland (Manhattan Island!) waar ze helemaal alleen haar emotionele kostje bij elkaar moest zien te scharrelen. Hij zei dat Patty eerder medelijden met haar broer en zussen moest hebben dan dat ze hun verwijten maakte, omdat zij de kracht niet hadden gehad, of het geluk, om een goed heenkomen te vinden, omdat zij nu altijd honger moesten lijden. Maar als gezegd: dat kwam allemaal pas veel later. In de beginjaren was hij zo van Patty in de ban dat ze geen kwaad bij hem kon doen. En wat waren het mooie jaren.

Walters eigen prestatiedrang kwam niet uit de competitie met zijn familie voort. Toen Patty hem leerde kennen, had hij die strijd allang gewonnen. Bij het pokerspel van zijn leven als een Berglund had hij elke aas in handen gekregen, behalve die van een knap uiterlijk en een vlotte omgang met vrouwen. (Die kaart belandde bij zijn oudere broer, die ondertussen aan zijn derde huwelijk toe is, met een veel jongere vrouw die hard werkt om hem te onderhouden.) Walter was niet alleen bekend met de Club van Rome, de grote romans uit de wereldliteratuur en het werk van Igor Stravinsky, hij kon ook koperen leidingen solderen, fijn timmerwerk doen, vogels herkennen aan hun zang en een gecompliceerde vrouw heel gelukkig maken. Hij was zo overduidelijk de kampioen van zijn familie, dat het hem weinig moeite kostte om regelmatig naar Hibbing terug te keren en de anderen ergens in bij te staan.

'Zo, nu ga je dus de plek zien waar ik ben opgegroeid,' had hij tegen Patty gezegd toen ze na haar debacle met Richard in Chicago op het busstation van Hibbing was aangekomen. Ze zaten in de Crown Victoria van zijn vader, waarvan de ruiten waren beslagen door hun verhitte adem.

'Ja, ik wil alles zien,' zei Patty, 'want ik vind je een fantastische gozer!'

Dat laatste was reden voor hem om nog maar eens langdurig te zoenen, maar zijn ongerustheid keerde meteen weer terug. 'Fantastisch of niet,' zei hij, 'ik geneer me er wel een beetje voor om het je te laten zien.'

'Onzin. Je zou míjn ouderlijk huis eens moeten zien, en de idioten die er wonen.'

'Dat zal best, maar het mijne is een stuk minder interessant, en een heel stuk armzaliger.'

'Kom op, ernaartoe. Ik wil het zien. En ik wil morgen naast je wakker worden.'

'Dat lijkt me heerlijk,' zei hij, 'maar ik denk dat mijn moeder daar wel moeite mee zou hebben.'

'Dan wil ik *dicht bij* je wakker worden. En daarna met je ontbijten.'

'Dat valt te regelen!'

De autobiografe moet hier eerlijkheidshalve zeggen dat de kennismaking met Whispering Pines inderdaad nogal ontnuchterend was voor Patty, die zich zelfs even afvroeg of ze er nu wel goed aan had gedaan om naar Hibbing te komen. Het maakte inbreuk op de overtuiging waarmee ze in de armen van een jongen was gevlucht, die in fysiek opzicht nog geen fractie van de aantrekkingskracht had die zijn beste vriend op haar uitoefende. Vanbuiten zag het motel er nog niet eens zo beroerd uit, en het aantal auto's op het parkeerterrein was nog niet eens zo ontmoedigend, maar de woonvertrekken achter het kantoortje vormden inderdaad een wereld van verschil met Westchester, een wereld die zo met de luxe van haar eigen, voorstedelijke achtergrond contrasteerde dat ze zowaar een scheut van heimwee kreeg. Overal lag versleten vloerbedekking, en de vloeren zelf helden merkbaar af in de richting van het beekje dat achter het motel langs liep. In de zit/eetkamer stond een asbak zo groot als een wieldop onder handbereik van de bank waarop Gene Berglund zich verpoosd had met zijn jacht- en hengelsportbladen en wat er aan programma's te ontvangen viel van tv-zenders uit Duluth en de Twin Cities (de schotelantenne van het motel was in de achtertuin aan een spar geschroefd, die daarvoor van zijn top en bovenste takken was ontdaan). Aan de tuinkant van het scheve huis lag het kamertje dat Walter had moeten delen met zijn jongere broer. Op de vloerbedekking zaten nog de kleverige resten van het brede plakband waarmee hij als kind zijn territorium had afgebakend. De achterwand zat vol vochtplekken (de beek liep er vlak achter) en planken met de overblijfselen van zijn ambitieuze jeugd: handboeken en prijzen van de padvinderij, een complete reeks verkorte presidentenbiografieën, een niet-complete *World Book Encyclopedia*, een paar dierenskeletjes, een leeg aquarium, zijn postzegel- en muntencollectie, een elektrische thermo/barometer met draadjes die door het venster naar buiten staken. Op de verwrongen kamerdeur hing een vergeeld, zelfgetekend NO SMOKING-teken in rood vetkrijt, met de N en de S in beverige maar opstandig grote hoofdletters.

'Mijn eerste daad van verzet,' zei Walter.

'Hoe oud was je?' vroeg Patty

'Weet ik niet precies meer, een jaar of tien. Mijn broertje had zware astma.'

Buiten regende het dat het goot. Dorothy was al naar bed, maar bij Walter en Patty zoemde de wellust nog door hun aderen. Hij liet haar de aan het inschrijfkantoor gebouwde 'lounge' zien die zijn vader had bestierd, de opgezette reuzensnoekbaars aan de muur, de bar van berkenhout en multiplex die hij zijn vader had helpen timmeren. Gene had tot voor kort elke namiddag achter die bar staan roken en drinken, wachtend op de klandizie van zijn vrienden, die dagelijks een tussenstop bij hem maakten als ze van hun werk kwamen.

'Nou, dat was het wel zo'n beetje,' zei Walter. 'Nu weet je waar ik vandaan kom.'

'Ik vind het fantastisch dat je hiervandaan komt.'

'Ik weet niet precies wat je daarmee bedoelt, maar elk compliment is er één.'

'Gewoon, dat ik je zo bewonder.'

'Blij dat te horen, denk ik.' Hij liep naar de balie en nam het bord met kamersleutels in ogenschouw. 'Wat zou je zeggen van kamer 21?'

'Is dat een mooie kamer?'

'Tja, hij verschilt niet zo gek veel van alle anderen, moet ik bekennen.'

'Ik ben eenentwintig jaar, dus hij lijkt me perfect.'

Kamer 21 was een geheel van vale oppervlakten, gladgesleten door tientallen jaren van grondig boenen en poetsen om het gebrek aan geld voor opknapwerk te compenseren. De vochtigheid van de beek was ook hier voelbaar, maar niet overweldigend. De twee bedden waren laag en eenpersoons.

'Je hoeft niet te blijven, hoor,' zei Walter terwijl hij haar reistas neerzette. 'Als je wilt, breng ik je morgenochtend gewoon weer naar het busstation.'

'Nee, dit is prima. Ik ben hier niet op vakantie, maar om jou te zien en mezelf nuttig te maken.'

'Mooi zo, maar ik vraag me nog steeds af of ik nu wel ben wat jij zoekt.'

'Daar hoef je je echt niet ongerust over te maken.'

'Maar dat doe ik toch.'

Ze duwde hem op een bed en probeerde hem gerust te stellen met haar lichaam. Maar het duurde niet lang of zijn ongerustheid nam toch weer de overhand. Hij ging rechtop zitten en vroeg waarom ze nu eigenlijk die autorit met Richard had gemaakt. Ze had gehoopt dat hij die vraag niet zou stellen.

'Weet ik niet,' zei ze. 'Voor de ervaring, misschien.'

'Hm.'

'Er was gewoon iets waar ik achter moest zien te komen, Walter. Beter kan ik het niet uitleggen. Ik wilde ergens achter komen, en ik ben erachter gekomen, en nu ben ik hier.'

'Waar ben je dan achter?'

'Waar ik wil zijn, en met wie.'

'Nou, dat heb je redelijk snel uitgevonden dan.'

'Het was een stomme fout,' zei ze. 'Hij kan je op een heel aparte manier aankijken. Je weet vast wel wat ik bedoel. Soms heb je even tijd nodig om inzicht te krijgen in wat je nu eigenlijk wilt, ik tenminste wel, en ik hoop dat je me dat niet kwalijk neemt.'

'Natuurlijk niet, maar het verbaast me gewoon dat je er zo weinig tijd voor nodig hebt gehad.'

Ze voelde de drang opkomen om in tranen uit te barsten, en gaf eraan toe, en Walter deed meteen wat hij zo ontzettend goed kon: hij troostte haar.

'Hij was zo *onaardig* tegen me,' snikte ze. 'En jij bent precies het tegenovergestelde. En dat heb ik nu heel erg hard nodig. Wil je alsjeblieft aardig tegen me zijn?'

'Ja, dat wil ik.' Hij aaide over haar haar.

'Je krijgt er geen spijt van, dat zweer ik je.'

Dat waren haar precieze woorden – de autobiografe herinnert ze zich vol spijt.

En hier is nog iets wat de autobiografe zich heel precies herinnert: de ruwheid waarmee Walter haar toen bij haar schouders pakte en neerdrukte en met zijn knie haar benen uit elkaar dwong, met een blik die ze nooit in zijn ogen had gezien. Een razernij was het, die hem bijzonder goed stond. Een rauwe mannelijke schoonheid die doorbrak op zijn gezicht.

'*Dit gaat niet om jou*,' zei hij. 'Ik hou van je, Patty. Ik ben stapelgek op je, vanaf het allereerste moment al, weet je dat dan niet?'

'Ja,' zei ze. 'Ik bedoel, daar ben ik blij om. Ik had wel een vermoeden, maar ik ben blij dat je het zegt.'

Maar hij was nog niet klaar.

'Weet je dan niet dat ik een... een...' Hij zocht naar het goede woord. 'Een *probleem* met hem heb, met Richard?'

'Wat voor probleem dan?'

'Ik vertrouw hem niet. Hij is mijn beste vriend en ik heb alles voor hem over, maar vertrouwen kan ik hem niet.'

'O god, Walter,' zei Patty, 'je kunt hem juist volkomen vertrouwen. Hij geeft ook ontzettend veel om jou. Je moest eens weten hoe hij voor je opkomt.'

'Niet altijd.'

'Nou, tegenover mij wel. Heb je enig idee hoezeer hij je bewondert?'

Walter keek woedend op haar neer. 'Waarom ben je dan met hem meegegaan? Wat moest je dan in Chicago met hem, *godverdomme*. Ik *snap* het gewoon niet.'

Ze merkte hoezeer zijn woede hem ontredderde, zag hem eronder lijden, en het maakte haar opnieuw aan het huilen. 'O god, Walter, o jezus, alsjeblieft,' zei ze door haar tranen heen. 'Ik ben nu hier bij jou, oké? Ik ben bij jou! En in Chicago is niets gebeurd, helemaal niets.'

Ze trok hem op zich, legde haar handen op zijn heupen. Maar in plaats van haar borsten te kneden of haar jeans omlaag te trekken, wat Richard ongetwijfeld zou hebben gedaan, stond hij op en begon door kamer 21 te ijsberen.

'Ik weet niet of ik dat wel geloven kan,' zei hij. 'Want ik ben niet achterlijk, weet je. Ik heb ogen in mijn hoofd, en ik ben niet *dom*. Ik weet echt niet wat ik hiermee moet.'

Het was een opluchting te horen dat hij niet onnozel was ten aanzien van Richard, maar ze wist niet wat ze nu nog kon zeggen om hem gerust te stellen. Ze bleef op het bed liggen, luisterde naar de regen op het dak en wist dat ze dit had kunnen voorkomen door niet bij Richard in de auto te stappen, wist dat dit haar straf was en dat ze die verdiende. En ondanks die wetenschap bleef de verleiding groot om zich een ander verloop van de voorbije dagen met Richard voor te stellen.

Wat ze zich niet kon voorstellen was dat dit zich in later jaren nog vaak zou herhalen: de verspilling van Walters prachtige, opwindende woede terwijl zij huilde en hij tekeerging en spijt kreeg en zijn excuses aanbood, tot het zo laat werd dat het in feite vroeg was.

'Ik ga een bad nemen,' zei ze ten slotte.

Hij zat op de rand van het andere bed, met zijn gezicht in zijn handen. 'Het spijt me,' zei hij. 'Dit gaat echt niet om jou.'

'Dat heb je nu al tien keer gezegd, en ik vind het niet zo prettig klinken, om eerlijk te zijn.'

'Sorry. Geloof het of niet, maar het is aardig bedoeld.'

'En "sorry" en "het spijt me" heb ik nu ook wel vaak genoeg gehoord.'

Hij vroeg, zonder zijn gezicht op te heffen, of hij moest helpen met het bad.

'Nee hoor, ik red me wel,' zei ze, hoewel het een hele toer was om een bad te nemen en het verband en de brace om je knie droog te houden. Toen ze ruim een halfuur later in haar pyjama de badkamer uitkwam, leek Walter geen vin te hebben verroerd. Ze ging voor hem staan, keek naar zijn blonde krullen en smalle schouders. 'Luister, Walter,' zei ze, 'als je wilt kan ik morgenochtend weer weggaan, maar ik wil nu echt gaan slapen. En jij moet ook naar je bed.'

Hij knikte en stond op.

'Nachtzoen?' zei ze.

En die kreeg ze, en dat was aangenamer dan ruziemaken, zoveel aangenamer dat ze binnen de kortste keren met elkaar in een bed lagen. Toen hij de lamp uitknipte, lekte er al daglicht door de gordijnen – de dageraad in mei kwam vroeg in het noorden.

'Ik weet in wezen niets van seks,' bekende Walter.

'O, nou, zo ingewikkeld is het niet,' zei ze.

En zo begon het gelukkigste jaar van hun leven. Vooral voor Walter was het een duizelingwekkend mooie tijd. Hij nam bezit van het meisje dat hij zo zielsgraag had willen hebben, het meisje dat ook met Richard had geflirt, maar uiteindelijk voor hem had gekozen. En drie dagen later kwam er een eind aan de levenslange strijd met zijn vader, toen die overleed in het lutherse ziekenhuis. (Doodgaan is de duidelijkste nederlaag die een vader kan lijden.) Patty was die ochtend met Walter en Dorothy in het ziekenhuis, werd zo geroerd door hun tranen dat ze zelf ook moest huilen, en toen ze in bijna-stilte terugreden naar het motel, voelde ze zich eigenlijk al getrouwd.

Dorothy ging bij thuiskomst naar haar kamer om alleen te zijn met haar verdriet. Walter en Patty bleven achter op het parkeerterrein van het motel, waar hij iets vreemds begon te doen. Hij trok sprints over het terrein, maakte telkens een sprongetje als hij aan de rand kwam, landde op zijn tenen en rende naar de andere kant. Het was een stralende ochtend, met een stevige noordenwind die de bomen langs de beek met elkaar deed fluisteren. Na een paar keer heen en weer te zijn gesprint, maakte Walter een draai en rende zonder iets te zeggen Route 73 op, verdween in de bocht en bleef meer dan een uur weg.

Die middag lagen ze met zijn tweeën in kamer 21, met de ramen open en de gordijnen bollend in de wind, lachten en huilden en neukten met een vreugde, een intensiteit en een onschuld die de autobiografe de tranen in de ogen doen springen bij de herinnering, waarna ze opnieuw huilden en nog eens neukten en na afloop glimmend van het zweet en met een overvol hart naar het zuchten van de sparren lagen te luisteren. Patty voelde zich alsof ze in de roes verkeerde van een krachtige drug die maar niet uitgewerkt raakte, of gevangen was in een intense droom waaruit ze maar niet ontwaakte, behalve dat ze zich er van seconde tot seconde ten volle van bewust was dat het geen drug of droom was, maar haar hoogst eigen en hoogst reële leven, een leven dat zich volledig in het hier en nu afspeelde, niet langer in het verleden, en dat haar nu een liefde bracht die alles overtrof wat ze zich ooit van de liefde had voorgesteld. Want... kamer 21, dat kon geen inbeelding zijn! Het was een vertederend schone en ouderwetse kamer, en Walter was een vertederend lieve en degelijke jongen. En zij was eenentwintig en voelde haar eenentwintigheid in de jeugdige, verkoelende wind die vanuit Canada door de gordijnen kwam – haar hoogst eigen voorproefje van de hemel.

De begrafenis van zijn vader werd door meer dan vierhonderd mensen bijgewoond. Zonder Gene te hebben gekend was Patty trots op die opkomst. (Als je veel mensen op je begrafenis wilt, doe je er goed aan jong te sterven.) Gene was een joviale vent geweest, die van vissen en jagen hield en graag optrok met zijn maten, meest oorlogsveteranen die zo onfortuinlijk waren om geen noemenswaardige scholing en veel aanleg voor alcoholisme te hebben, en een vrouw die haar hoop en dromen niet zozeer in hem als in hun tweede zoon investeerde. Walter zou het Gene nooit vergeven dat hij Dorothy zo had laten sloven in het motel, maar de autobiografe moet hier eerlijk zeggen dat ze Dorothy weliswaar ongelooflijk lief vond, maar ook een uitgesproken martelaarstype. Na de teraardebestelling was er een receptie in het lutherse ontmoetingscentrum, waar Patty een allesineens-spoedcursus kreeg in het leren kennen van Walters familie; een orgie van plakken cake en een collectieve vastbeslotenheid om alles hoe dan ook van de positieve kant te bekijken. Alle vijf nog levende broers en zusters van Dorothy waren er, alsook Walters oudere broer, net uit de lik, met zijn hoerig-knappe (eerste) vrouw en hun twee kinderen, en zijn zwijgzame jongere broer in militair kostuum. De enige nadrukkelijk afwezige was Richard.

Walter had hem uiteraard meteen gebeld met het droeve bericht van zijn vaders overlijden, wat nog heel wat voeten in de aarde had gehad omdat hij Richard moest opsporen via de immer ongrijpbare Herrera. Richard was net in Hoboken, New Jersey aangekomen. Na Walter zijn telefonische deelneming te hebben betuigd, zei hij dat hij volkomen blut was en onmogelijk kon overkomen voor de begrafenis. Walter verzekerde hem dat dat absoluut geen punt was, om het hem achteraf (en nog jarenlang) kwalijk te nemen dat hij niet wat meer zijn best had gedaan om toch te komen – niet echt fair, omdat Walter in zijn hart al kwaad op Richard was geweest en niet eens gewild had dat hij kwam. Maar Patty wist wel beter dan hem daarop te wijzen.

Toen Patty en Walter een jaar later een trip naar New York maakten, vroeg ze of hij Richard nog ging opzoeken om een middag met hem door te brengen, waarop Walter erop wees dat hij Richard in de voorbije maanden tweemaal had gebeld en dat er van de andere kant niet één telefoontje was gekomen. 'Maar je vriendschap met hem gaat toch boven alles?' zei Patty. En Walter zei: 'Nee, jij gaat boven alles.' En Patty zei: 'Ja, maar hij blijft je beste vriend en het zou heel raar zijn als je hem niet opzocht.' Waarop Walter zei dat het altijd zo gegaan was tussen hem en Richard, dat hij altijd de eerste stap had moeten nemen, dat het altijd net een wedstrijd was wie het langst passief kon blijven, wie de ander zover kreeg dat die als eerste een gebaar maakte – en dat hij dat beu was. Hij had geen zin meer in die verdwijntrucs, en als Richard zo graag vrienden wilde blijven, dan werd het de hoogste tijd dat hij eens het initiatief nam. Patty vermoedde echter dat Richard het nog steeds moeilijk vond om zich na 'Chicago' in Walters huiselijke geluk te mengen, en dat het daarom Walter zou moeten zijn die hem liet merken dat hij nog welkom was, maar ook nu wist ze wel beter dan aan te dringen.

Waar Eliza ooit iets homoseksueels tussen Walter en Richard had vermoed, ziet de autobiografe nu iets broederlijks. Nadat Walter te oud was geworden om nog met zich te laten sollen door zijn oudere broer, en zelf met zijn jongere broer te willen sollen, bood zijn familiekring geen competitieprikkel meer. Hij had behoefte gekregen aan een nieuwe broer om lief te hebben, te haten en mee te wedijveren. En de vraag die Walter immer kwelde, volgens de autobiografe, was of Richard nu een jongere of een oudere broer was, de sukkel of de held, de beminde brekebeen of de gevaarlijke rivaal.

Zoals hij op slag verliefd was geworden op Patty, zo was hij ook meteen voor Richard gevallen. Dit was gebeurd, beweerde hij, op zijn eerste avond in Macalester, nadat zijn vader hem bij het College had afgezet en ijlings was teruggereden naar Hibbing, zijn lounge en zijn Canadian Club. Walter had Richard al in de zomer een kennismakingsbrief gestuurd, nadat hij van het huisvestingsbureau een bericht had ontvangen waarin het adres van zijn toekomstige kamergenoot stond, maar Richard had niet gereageerd. Toen hij de kamer in het woongebouw binnenkwam, lagen er op een van de twee bedden een gitaarkoffer, een sporttas en een rugzak. De eigenaar van deze minimale bagage zag hij pas na het eten bij de bijeenkomst in de hal van het gebouw, een ontmoeting die hij Patty menigmaal zou beschrijven. Ergens in een hoek, afgezonderd van alle anderen, stond een intrigerende jongen met een lang en atletisch lijf, puistjes, een zwarte krullenbos en een Iggy Pop T-shirt, die in geen enkel opzicht op de andere eerstejaars leek en die niet lachte, zelfs geen beleefd glimlachje, tijdens de lollig bedoelde speech van de decaan. Walter had zelf altijd veel erbarmen met mensen die tegen de klippen op grappig probeerden te zijn, en lachte altijd gul om ze ter wille te zijn, maar hij wist meteen dat hij die lange norse jongen als vriend wilde. Hij hoopte van harte dat het zijn kamergenoot was, en dat bleek ook het geval.

Opmerkelijk genoeg mocht Richard hem ook meteen. Dat had voor een belangrijk deel met het feit te maken dat Walter uit de plaats kwam waar

Bob Dylan was opgegroeid. Toen ze na de bijeenkomst in hun kamer zaten, overstelpte Richard hem met vragen over Hibbing. Hoe het er was, hoe de mensen er waren, of Walter er mensen kende die Zimmerman heetten. Walter legde uit dat het motel kilometers buiten de stad lag, maar het idee van een motel sprak Richard óók aan, plus het feit dat Walter een beursstudent met een alcoholistische vader was. Richard vertelde dat hij Walter niet had teruggeschreven omdat zijn eigen vader vijf weken geleden aan longkanker was gestorven. Hij begon weer over Dylan, die volgens hem een etterbak was, maar dan wel het goede, pure soort etterbak, iemand die jonge muzikanten ertoe inspireert om zelf ook een etterbak te worden, en daarom had hij zich Hibbing altijd voorgesteld als een stad vol etterbakken. Hoe ironisch. De Walter die met zijn donzige wangen tegenover hem zat, en zo aandachtig naar zijn nieuwe kamergenoot luisterde en zo hard zijn best deed indruk op hem te maken, was de levende ontkrachting van die veronderstelling.

Die eerste avond al zei Richard dingen over meisjes, die Walter nooit meer zou vergeten. Hij zei onaangenaam te zijn getroffen door de overmaat aan veel te dikke chicks op Macalester. Hij zei dat hij die middag door de omringende straten had gewandeld om erachter te komen waar de plaatselijke chicks zich ophielden. Hij zei verbaasd te zijn geweest over het grote aantal mensen dat naar hem had geglimlacht en hallo had gezegd. Zelfs lekkere chicks hadden hem gegroet en naar hem geglimlacht. Was dat in Hibbing ook zo? Hij vertelde dat hij op de begrafenis van zijn vader een ontzettend lekker en geil nichtje had leren kennen, dat helaas pas dertien was maar hem nu wel brieven schreef over haar masturbatiefantasieën. Arme Walter. Hij hoefde toch al niet echt tot terughoudendheid met vrouwen te worden gedwongen, maar de autobiografe denkt hier onwillekeurig aan het polariserende effect dat broederlijke wedijver vaak heeft, en ze kan zich niet aan het vermoeden onttrekken dat Richards succes bij de vrouwen een extra prikkel voor Walter vormde om zich maar niet met hem te meten op dat vlak.

Belangrijk feit: Richard onderhield geen banden met zijn moeder. Ze was niet eens op de begrafenis van zijn vader gekomen. Zoals Richard het zelf (jaren later) aan Patty vertelde, was zijn moeder een labiel mens dat op haar negentiende bezwangerd was door zijn vader, wiens leven ze daarna geruime tijd tot een hel had gemaakt om hem uiteindelijk te verruilen voor de Here Jezus. Bij hun ontmoeting was Richards vader een saxofonist en bohemien uit Greenwich Village geweest. Zijn moeder was afkomstig uit een gegoede familie, lang van gestalte, opstandig van karakter en gespeend van zelfbeheersing. Na vier huwelijksjaren vol drankmisbruik en overspel had ze de opvoeding van hun zoontje aan meneer Katz overgelaten en was zelf naar Californië getogen, waar ze Jezus had gevonden en nog vier andere kinderen op de wereld had gezet. Richards vader verhuisde van de Village naar Yonkers, hing zijn sax aan de wilgen, maar ging helaas door met zuipen. Hij ging bij de posterijen werken en bleef alleenstaand, maar bepaald niet celibatair, en het laat zich raden dat de kleine Richard weinig moederlijke zorg kreeg van de talrijke jonge vrouwen die zijn vader versleet voordat de drank hem definitief de das omdeed. Een van hen roofde hun appartement leeg voordat ze met de noorderzon verdween, en een ander beroofde Richard van zijn maagdelijkheid toen ze een avondje op hem paste. Kort na dat laatste voorval stuurde meneer Katz zijn zoon naar Californië om de zomer bij diens moeder en stieffamilie door te brengen, maar daar hield Richard het nog geen week uit, want hij was nog niet binnen of de hele familie kwam hand in hand om hem heen staan om gezamenlijk de Heer te danken voor zijn behouden aankomst, en van daaraf werd het alleen nog maar krankzinniger.

Walters ouders, die voornamelijk uit gemeenschapszin naar de kerk gingen, stelden hun huis met liefde open voor de lange wees. Vooral Dorothy was dol op Richard (wellicht had ze zelfs een zedig, Dorothy-achtig oogje op hem) en nodigde hem uit om zijn vakanties in Hibbing te komen doorbrengen. Richard had weinig aansporing nodig, met name omdat hij nergens anders terechtkon. Hij verrukte Gene door interesse aan de dag te leggen voor de jacht- en hengelsport en zich niet de 'duffe boekenwurm' te tonen die Gene als studievriend van Walter had verwacht, en hij nam Dorothy voor zich in door te helpen met schoonmaken en andere klusjes. De autobiografe schreef het al eerder: Richard had een sterke (zij het zeer onregelmatige) wens om een goed mens te zijn, en hij was bijna angstvallig beleefd tegen mensen zoals Dorothy, die hij als Goed beschouwde. Zijn houding tegenover haar, als hij haar de oren van het hoofd vroeg over een eenvoudige stoofschotel die ze had gemaakt, hoe ze aan dat recept kwam en waar ze haar kennis van een evenwichtige voeding vandaan had, trof Walter als weinig oprecht en zelfs een tikje neerbuigend, aangezien de kans nihil was dat Richard ooit zelf stoofschotels zou gaan bereiden of zijn voedingsmiddelen met zorg zou gaan kiezen, en omdat hij prompt weer zijn gewone, onverschillige zelf werd zodra Dorothy de kamer uit was. Maar het valt te bezien of die argwaan terecht was. Walter wedijverde immers met Richard. En Walter was dan wel geen ster in het versieren van chicks, in het met ongeveinsde belangstelling naar vrouwen luisteren was hij wél een kei, en op dat vlak wenste hij zich niet naar de kroon te laten steken. Om die reden acht de autobiografe zich beter geschikt dan Walter om over de authenticiteit van Richards respect voor Goedheid te oordelen.

Wat ontegenzeglijk bewonderenswaardig was in Richard, was zijn wil om zichzelf te verbeteren en de leemte te vullen die ontstaan was doordat hem een opvoeding was onthouden. Hij had zijn jeugd overleefd door als een bezetene muziek te maken en in het wilde weg boeken te lezen, en een van de dingen die hem in Walter aantrok was Walters gedisciplineerde leergierigheid. Richard was op meerdere terreinen zeer belezen (het Franse existentialisme, de literatuur van Zuid-Amerika), maar hij had geen methode, geen systeem, en hij koesterde een oprecht ontzag voor Walters intellectuele doelgerichtheid. Hoewel hij tegenover Walter nooit de ongebreidelde beleefdheid toonde die hij voor Goede Mensen opbracht, vond hij het heerlijk om Walters ideeën aan te horen en drong hij er altijd bij hem op aan zijn ongebruikelijke politieke opvattingen te belichten.

De autobiografe is er overigens van overtuigd dat Richard op zijn beurt ook een curieuze streling van zijn ego ervoer door zo hecht bevriend te zijn met de sukkelige Walter. Daarmee onderscheidde hij zich namelijk van het modieuze en steenrijke deel van de studentenpopulatie op Macalester. Richard verachtte deze hippe types (de vrouwelijke incluis, wat hem er overigens niet van weerhield ze een beurt te geven als de gelegenheid zich voordeed), en wel met dezelfde felheid als waarmee de hippe types op Walter neerkeken. De documentaire *Don't Look Back* over Bob Dylan vormde in dit verband zo'n inspiratiebron voor zowel Walter als Richard, dat Patty op een dag (de kinderen waren nog klein) de video huurde om er samen met Walter naar te kijken en zelf ook eens de beroemde scène te zien waarin Dylan op een sterrenparty in Londen de zanger Donovan overvleugelt en vernedert, puur om het plezier dat die vernedering hem schenkt. Hoewel Walter die avond medelijden kreeg met Donovan, en het zichzelf verweet dat hij niet meer op hem wilde lijken en minder op Dylan, vond Patty het een zeer opwindende scène. De adembenemende openlijkheid van Dylans geldingsdrang! Haar idee na afloop van de film was: zo zie je maar weer, winnen is heel veel leuker dan verliezen. De scène hielp haar begrijpen waarom Richard zo nadrukkelijk de onmodieuze Walter boven de hippe types had verkozen.

In intellectueel opzicht was Walter zonder meer de grote broer en

Richard de volgeling. Maar waar het op zijn gevoel voor eigenwaarde aankwam was intelligentie, net als goedheid, niet meer dan een belangrijke bijzaak voor Richard, die eerst en vooral *de baas* wilde zijn. Dat bedoelde Walter als hij zei dat hij zijn vriend niet vertrouwde. Hij kon nooit het gevoel van zich afzetten dat Richard dingen voor hem verborgen hield, een duistere kant had die geheime doeleinden nastreefde, dat hij het prima vond om Walters beste vriend te zijn, zolang hij maar haantje-de-voorste bleef. Die onbetrouwbaarheid kwam vooral naar voren als Richard weer eens een meisje leerde kennen, en Walter haatte die meisjes omdat ze dan, hoe kortstondig ook, belangrijker voor zijn vriend waren dan hij. Richard zelf beleefde dit heel anders, omdat hij zijn chicks altijd razendsnel zat werd en afdankte, waarna hij zich weer opgewekt aan Walter wijdde, omdat die hem nooit ging tegenstaan. Maar Walter voelde zich tekortgedaan als zijn vriend zich met meiden bezighield die hij niet eens mocht, en vernederd door het vanzelfsprekende gemak waarmee Richard zich bij hem aandiende als hij zijn pleziertje had gehad. Hij had het knagende gevoel dat hij meer om Richard gaf dan andersom, en zich veel meer moeite voor hun vriendschap getroostte.

De eerste grote crisis diende zich aan in hun laatste jaar op Macalester, twee jaar voordat Patty hen leerde kennen, toen Walter tot over zijn oren verliefd raakte op Nomi, een boosaardige tweedejaars. Zoals Richard het later aan Patty zou beschrijven was de situatie overduidelijk: zijn seksueel naïeve vriend werd uitgebuit door een waardeloze meid die niets voor hem voelde, en Richard nam het ten slotte op zich om haar waardeloosheid aan te tonen. Volgens Richard had het niets met rivaliteit te maken. Dat was die chick ook helemaal niet waard. Het was gewoon een mug die even platgeslagen moest worden. Maar Walter zag het allemaal heel anders. Hij werd zo kwaad op Richard dat hij wekenlang geen woord tegen hem zei. Ze deelden intussen een ruimte voor laatstejaars, met twee kamers, en elke avond als Richard binnenkwam en Walters vertrek door moest om in dat van hemzelf te komen, hield hij even halt voor een eenzijdige conversatie die neutrale luisteraars een meewarige glimlach zou hebben bezorgd.

Richard: ‘Praat je nog steeds niet met me? Ongelooflijk. Hoe lang duurt die ongein nog?’

Walter: stilte.

Richard: ‘Zal ik even gezellig bij je komen zitten om je te zien lezen?’

Walter: stilte.

Richard: ‘Interessant boek? Ik zie je anders geen bladzijden omslaan.’

Walter: stilte.

Richard: 'Weet je wat dit voor gedrag is? Wijvengedrag. Dit is wat gekwetste wijven doen. Dit is gewoon achterlijk, Walter. Dit begint me behoorlijk mijn keel uit te hangen.'

Walter: stilte.

Richard: 'Als je soms op excuses wacht, vergeet het maar, die krijg je niet. Ik vind het rot dat je je gekrenkt voelt, maar ik heb een zuiver geweten.'

Walter: stilte.

Richard: 'Je begrijpt toch wel dat jij de enige reden bent waarom ik hier nog rondloop, hè? Als je me vier jaar geleden had gevraagd hoe groot de kans was dat ik zou afstuderen, zou ik die op nul komma nul hebben geschat.'

Walter: stilte.

Richard: 'Serieus hoor, je stelt me echt teleur zo langzamerhand.'

Walter: stilte.

Richard: 'Oké, wees maar een wijf dan, mij een zorg.'

Walter: stilte.

Richard: 'Luister. Als ik een drugprobleem had en jij gooide mijn drugs weg, dan zou ik kwaad op je zijn, maar ik zou ook begrijpen dat je het voor mijn bestwil had gedaan.'

Walter: stilte.

Richard: 'Oké, slecht voorbeeld, want ik heb de drug in kwestie zelf gebruikt in plaats van haar weg te gooien. Maar jij liep het gevaar verslaafd te raken en voor mij was het gewoon recreatief gebruik, en dan is het zonde om zomaar spul weg te flikkeren.'

Walter: stilte.

Richard: 'Oké, dat maakt de vergelijking niet minder mank.'

Walter: stilte.

Richard: 'Maar hij was wel geestig, geef toe.'

Walter: stilte.

Als de autobiografe mag afgaan op latere getuigenissen van beide partijen, duurde het stilzwijgen voort tot de paasvakantie, toen Walter naar huis ging en zich door Dorothy de reden liet ontfutselen waarom hij Richard niet had meegenomen. 'Je moet mensen nemen zoals ze zijn,' wees Dorothy haar zoon terecht. 'Richard is een goede vriend en je zou loyaal aan hem moeten zijn.' (Dorothy had iets met loyaliteit, waarschijnlijk het idee dat het betekenis gaf aan haar weinig florissante bestaan, en Patty heeft Walter menigmaal haar terechtwijzing horen citeren; hij leek er een welhaast Bijbelse status aan toe te kennen.) Hij verweerde zich door te zeggen dat Richard zelf bijzonder *deloyaal* was geweest door hem het meisje af te pikken waar hij zoveel om gaf, maar Dorothy zei niet te kunnen geloven dat Richard dat gedaan had om hem te kwetsen – wellicht een teken dat ze meer in de ban van Richard Katz was dan ze zelf ooit vermoed heeft. 'Vrienden moet je koesteren in dit leven,' zei ze. 'En als je vrienden wilt hebben, moet je niet vergeten dat niemand volmaakt is.'

Een bijkomend pijnpunt van de meisjeskwestie was het feit dat Richards veroveringen vrijwel altijd grote muziekliefhebsters waren*, wat voor extra naijver zorgde tussen hen en Walter, Richards trouwste fan. Meisjes die anders misschien wel vriendelijk hadden willen zijn tegen de beste vriend van hun vlam, of hem op zijn minst hadden willen dulden, vonden het nodig om tegen Walter kil en kattig te zijn, want fans koesteren vaak de fanatieke wens om een exclusieve band met hun idool te hebben, dus plegen ze hoogst onverdraagzaam te zijn jegens eenieder die deze exclusiviteit bedreigt. De meisjes hadden het niet geheel onbegrijpelijke idee dat je niet inniger met Richard in verband kon staan dan door met hem naar bed te gaan en lichaamssappen uit te wisselen, en Walter was in hun ogen weinig meer dan een insect dat hinderlijk om Richard en hen heen zoemde. En zo behandelden ze hem dan ook. Maar het was *Walter* die Richard naar Anton Webern en Benjamin Britten had leren luisteren, het was *Walter* die Richard het maatschappijkritische kader voor zijn felste songteksten had gegeven, en het was *Walter* op wie Richard echt gesteld was in plaats van alleen maar geil. En enerzijds was het dus al erg genoeg dat die sexy meiden hem zo ijzig en laatdunkend bejegenden, maar hij werd anderzijds ook nog door de vraag gekweld of hij eigenlijk wel zoveel beter was – of hij niet óók een parasiet was, die alleen maar een band met Richard wilde om zichzelf de hoogte in te steken. En dat Richard dat misschien wel diep vanbinnen doorhad en zich er des te eenzamer door voelde, en zich door Walters toedoen des te meer afschermde voor relaties met echte diepgang. (Dit alles zou Walter pas aan Patty prijsgeven toen hun huwelijk in de fase kwam te verkeren waarin ze geen enkel geheim meer voor elkaar hadden.)

De spanning liep hoger op dan ooit toen Eliza haar intrede deed. Eliza, die niet met een ijzige houding wenste te volstaan maar er alles aan deed

---

* In de bus van Chicago naar Hibbing bekroop Patty de gedachte dat hij haar misschien wel versmaad had omdat ze niet echt kapot was van zijn muziek. Niet dat ze daar iets aan had kunnen veranderen.

om Walter tot de grond toe af te breken. Hoe, vroeg hij zich vertwijfeld af, kon Richard naar bed blijven gaan met iemand die zo ontzettend rot deed tegen zijn beste vriend? Walter was ondertussen volwassen genoeg om niet meer in stilzwijgen te vervallen, maar hij hield wel op met maaltijden voor Richard te koken, en hij ging alleen nog naar Richards optredens om opzichtig blijk te geven van de hekel die hij aan Eliza had. En later probeerde hij Richard een schaamtegevoel aan te praten, waardoor hij niet langer de coke zou gebruiken waarvan Eliza hem voorzag. Maar Richard liet zich uiteraard geen enkele schaamte over wat dan ook aanpraten, toen niet en nooit niet.

De bijzonderheden van hun gesprekken over Patty zijn helaas niet te achterhalen, maar de autobiografe streelt zich met de gedachte dat het vast heel andere gesprekken waren dan die over Nomi of Eliza. Het is denkbaar dat Richard er bij Walter op aandrong om wat daadkrachtiger met haar te zijn, en dat Walter zijn houding rechtvaardigde door erop te wijzen dat Patty ooit verkracht was en dat ze op krukken liep, maar weinig dingen laten zich zo moeilijk voorstellen als gesprekken van anderen over jou. Wat Richard zelf van Patty vond, wat hij écht van Patty vond, zou haar pas veel later duidelijk worden – de autobiografe werkt daar wel degelijk naartoe, maar voor een goed begrip is enige omslachtigheid geboden. Voor nu wil ze volstaan met te zeggen dat hij in New York bleef hangen, en dat Walter zo druk was met het opbouwen van een leven voor hemzelf en Patty, dat hij hem nauwelijks leek te missen.

Wat er in feite gebeurde is dat Richard steeds meer Richard werd en Walter steeds meer Walter. Richard vestigde zich in Jersey City, vond dat hij intussen oud en wijs genoeg was om zich aan alcohol te kunnen wagen, bleek dat niet te zijn en maakte een periode door die hij later 'tamelijk ontluisterend' zou noemen. In zijn jaren als Walters kamer- en huisgenoot had hij drank gemeden als het spul waar zijn vader kapot aan was gegaan, had alleen coke gesnoven als die door anderen werd gekocht en had niets, en zeker geen genotmiddelen, tussen hem en zijn muziek laten komen. Maar eenmaal op zichzelf wonend raakte hij in minder dan geen tijd en vrij langdurig in de versukkeling. Herrera en hij deden er drie jaar over om The Traumatics weer op poten te zetten, nu in een bezetting met Molly Tremain, een mooie maar getroebleerde blondine, als zangeres naast Richard. Ze brachten hun eerste lp uit, *Greetings from the Bottom of the Mine Shaft*, op een minuscuul label. Walter ging naar hun concert in de Entry toen ze op hun promotietournee Minneapolis aandeden, maar hij kwam al om halftien thuis bij Patty en baby Jessica – zij het wel met zes exemplaren van de lp onder zijn arm. Richard voorzag ondertussen in zijn onderhoud met een eenmans timmerbedrijfje. Hij bouwde dakterrassen voor Manhattan-yuppen die het interessant vonden om met kunstenaars en muzikanten om te gaan en geen bezwaar maakten als hun terrassenbouwer pas om twee uur 's middags begon, er een paar uur later alweer mee ophield en ruim drie weken deed over een klus van vijf dagen. De tweede Traumatics-lp, *In Case You Hadn't Noticed*, trok al net zo weinig aandacht als de eerste, maar de derde, *Reactionary Splendor*, kwam op een iets minder minuscuul label uit en belandde op jaarlijstjes in diverse popbladen. Toen de band voor de promotie van deze plaat naar Minnesota kwam, belde Richard van tevoren op en bracht vervolgens een middag bij Patty en Walter thuis door, met de beleefde maar zichtbaar verveelde en weinig pratende Molly, van wie niet duidelijk werd of ze nu wel of niet zijn vriendin was.

De autobiografe herinnert zich verrassend weinig van dat bezoek, maar weet nog wel dat het voor Walter een regelrechte topdag werd. Patty had haar handen vol aan de kinderen en aan haar pogingen om Molly meer dan een lettergreep te ontlokken, maar Walter kon al het werk laten zien dat hij aan het huis had verricht, en pronken met de schitterende en van gezondheid blakende nakomelingen die hij bij Patty had verwekt, en trots toekijken toen Richard en Molly zich te goed deden aan de beste maaltijd van hun hele tournee, en niet minder belangrijk: hij kon Richard uithoren over de laatste ontwikkelingen in de alternatieve muziekscene, zich laten bijpraten over nieuwe namen en titels, wat hem in staat stelde om in de maanden daarna de platenwinkels af te stropen en thuis te komen met nieuw spul dat hij tijdens het opknapwerk af kon spelen en waarmee hij indruk kon maken op buren en collega's die zichzelf als fijnproever beschouwden, wat hem het gevoel zou bezorgen dat hij het beste van twee werelden genoot. In de competitie tussen hen beiden bleek hij die dag met afstand de leiding te hebben. Richard was straatarm, sterk vermagerd en zichtbaar moe, en dat vrouwtje van hem was een tikkeltje vreemd en zichtbaar ongelukkig. Walter was nu ontegenzeglijk de grote broer en hij kon met een gerust hart genieten van het bescheiden succes dat Richard met zijn band boekte, omdat het alleen maar leuk op hem afstraalde en hem geenszins in de schaduw stelde.

Op dit punt in Walters leven was het vrijwel ondenkbaar dat iets hem nog terug kon werpen in de vertwijfeling van zijn dagen als student, toen hij zo bang was geweest om overvleugeld te worden door de vriend die veel te belangrijk voor hem was om het niet erg te vinden als die hem overvleugelde. Slechts een opeenvolging van bizarre wendingen kon hem weer de Walter van toen maken. Daarvoor moest zijn vaderlijke trots bijvoorbeeld een knauw krijgen doordat hij opeens hevig zou botsen met Joey, niets meer van zijn zoon zou begrijpen en op zijn beurt het respect van de jongen zou verspelen. En net als hij dan moest erkennen dat zijn relatie met Joey weinig meer verschilde van die welke hij met zijn eigen vader had gehad, zou Richards carrière een meer dan bescheiden vlucht moeten nemen. En bij wijze van platmaker zou Patty het dan ook nog eens, na al die jaren, zwaar te pakken moeten krijgen van Richard. En hoe groot was de kans dat *dat* allemaal zou gebeuren?

Tja, helaas niet nul.

De autobiografe rekent zich tot degenen die de verklarende waarde van seks niet willen overschatten bij het duiden van wat mensen doen of laten, maar ze zou aan haar plicht verzaken als ze er hier toch niet een ongemakkelijke alinea aan wijdde. De treurige waarheid is dat Patty al vroeg in haar huwelijk een zekere lusteloosheid over zich kreeg. Ze vond seks eigenlijk maar saai (altijd hetzelfde liedje) en deed het vooral om Walter ter wille te zijn, zonder er veel genot aan te ontlenen, en ongetwijfeld ook zonder er veel van te bakken. Er was altijd wel iets wat ze liever had gedaan. Vaak was ze zelfs liever gaan slapen. Of ze liet zich afleiden of alarmeren door een geluidje in de kamer van een van de kinderen. Of ze lag in gedachten de minuten af te tellen tot de tv weer aan mocht en ze de rest van een spannende basketbalwedstrijd kon zien. Zelfs banale huishoudelijke klusjes als tuinieren, schoonmaken of boodschappen doen leken soms opwindender en bevredigender dan neuken, en als het eenmaal in je kop zat dat je je zo snel mogelijk moest ontspannen om klaar te zijn voor de penetratie, zodat je weer snel naar beneden kon om de eenjarigen te planten die stonden te verkommeren in hun plastic potjes, dan was de lol er *helemaal* af. Ze probeerde weleens een stuk af te snijden op het seksuele traject, probeerde hem voortijdig te laten komen met haar mond, of ze probeerde hem wijs te maken dat ze slaap had en zei dan dat hij zich niets van haar aan hoefde te trekken en maar lekker zijn gang met haar moest gaan. Maar Walter, arme Walter, was er gewoon niet op gebouwd om zijn eigen gerief belangrijker te vinden dan het hare, en ze vond nooit de woorden om hem op een tedere, niet-kwetsende wijze aan zijn verstand te krijgen dat hij het daarmee alleen maar moeilijker voor haar maakte. Want hoe ze het ook bracht, het zou er altijd op neerkomen dat zij veel minder naar hem verlangde dan hij naar haar – dat begeerte en genot nu eenmaal dingen waren die ze voor zichzelf had opgegeven om een goed leven met hem te kunnen opbouwen. En hoe legde je dat uit aan de man van wie je wel degelijk hield? Walter probeerde alles wat hij maar kon om de seks beter voor haar te maken, behalve datgene wat misschien nog gewerkt zou hebben ook: ophouden met tobben over hoe hij het aangenaam voor haar kon maken en haar op een avond gewoon over de keukentafel duwen om haar eens flink van achteren te pakken. Maar de Walter die dat had gedaan zou niet Walter zijn geweest. Hij was wie hij was, en wat hij wilde was de man zijn die Patty wilde. Hij wilde wederzijdsheid! Dus had pijpen het nadeel dat hij haar daarna wilde beffen, wat alleen maar vreselijk kietelde. Uiteindelijk kreeg ze het na jaren van voorzichtig tegenstribbelen voor elkaar dat hij ermee ophield. Wat haar niet alleen een verzengend schuldgevoel gaf, maar ook woedend op zichzelf maakte omdat ze het niet eleganter had kunnen oplossen. Toen Richard en Molly zo vermoeid oogden op de middag van hun bezoek, leek dat Patty de vermoeidheid van twee mensen die het de hele nacht met elkaar gedaan hadden, en het zegt veel over haar gesteldheid in die tijd, over haar verstorven seksualiteit, haar totale onderdompeling in het moederschap, dat ze hen er niet eens om benijdde. Seks leek haar op dat moment een tijdverdrijf voor jonge mensen die niets beters te doen hadden. En het leek die twee in elk geval geen goed te hebben gedaan.

En toen trokken The Traumatics weer verder. Op weg naar hun volgende optreden, in Madison. Onderweg naar volgende platen met wrange titels, waar bepaalde popjournalisten en wereldwijd zo'n vijfduizend andere mensen graag naar luisterden, en optredens in kleine zalen, voor een publiek van slordig geklede en hoogopgeleide blanke fans die hun jonge jaren alweer geruime tijd achter zich hadden liggen – terwijl Walter en Patty vol overgave aan een bestaan werkten waarin het wekelijkse halfuurtje van seksuele stress een chronisch maar niet ondraaglijk ongemak was, vergelijkbaar met de luchtvochtigheid in Florida. Dat wil overigens niet zeggen dat de autobiografe ieder verband uitsluit tussen dat kleine ongemak en de grove fouten die ze in deze jaren als moeder maakte. Waar de ouders van Eliza ooit hadden gefaald door te intensief met elkaar bezig te zijn en niet genoeg met Eliza, treft Patty wellicht het verwijt dat ze ten aanzien van Joey de omgekeerde fout maakte. Maar er zijn nog zoveel andere, niet-ouderlijke vergissingen en uitglijers die op deze bladzijden aan de orde dienen te komen, dat het domweg te pijnlijk zou worden als ze ook nog bij haar fouten met Joey moest verwijlen. De autobiografe vreest dat ze dan weleens in bed zou kunnen kruipen om er nooit meer uit te komen.

Om te beginnen was daar de verwikkeling dat Walter en Richard weer dikke vrienden werden. Walter kende een hoop mensen, maar de stem die hij bij thuiskomst het liefst op het antwoordapparaat hoorde was die van Richard, met boodschappen als: 'Hé man, Jersey City hier. Ik vroeg me af hoe jij over die toestand in Koeweit denkt. Bel me effe.' Zowel de toegenomen frequentie van Richards telefoontjes als de hartelijke toon die hij nu bezigde, en zulke dingen zei als dat hij niemand kende die bij Patty en hem in de buurt kwam, of dat Patty en hij zijn enige bakens van stabiliteit waren in een doorgedraaide wereld, gaven Walter eindelijk de overtuiging dat Richard echt om hem gaf en hem echt nodig had en er niet slechts passief mee instemde om zijn vriend te zijn. Telkens als een tour The Traumatics naar de Twin Cities voerde, kwam Richard bij hen langs. Meestal alleen. Hij vatte vooral een interesse op voor Jessica, die hij als een Waarachtig Goed Mens zag, qua innerlijk het evenbeeld van haar grootmoeder, en die hij overstelpte met vragen over haar favoriete schrijvers en haar vrijwilligerswerk voor de plaatselijke daklozenopvang. Patty vond het weleens jammer dat ze aan Jessica geen dochter had die in niets van haar verschilde en voor wie ze een bron van goede raad had kunnen zijn op het gebied van verkeerde keuzes en de gevolgen daarvan, maar ze was toch vooral trots op Jessica's vroege wereldwijsheid. En ze genoot ervan om Jessica bewonderd te zien worden door Richard. En als hij afscheid nam en nog even ergens heen ging met Walter, dan gaf het haar een voldaan gevoel om ze in de auto te zien stappen, de geweldige vent die de hare was geworden en de sexy vent die dat niet was geworden. Richards charisma werkte als een soort vergrootglas – zijn genegenheid voor Walter vergrootte Patty's eigen genegenheid voor haar man.

Toch was er iets wat de vreugde enigszins temperde: de bedenkingen die Walter had bij Richards omgang met Molly Tremain. Ze had een prachtige zangstem maar was een neerslachtige en mogelijk zelfs labiele jonge vrouw, die veel te vaak en dan ook veel te lang moederziel alleen in haar appartement in de Lower East Side zat, waar ze 's nachts als freelance correctrice werkte en overdag sliep. Molly was altijd beschikbaar als Richard zin had om langs te komen, en Richard beweerde dat ze het prima vond om zijn parttime geliefde te zijn, maar Walter kon het vermoeden niet van zich afzetten dat hun relatie gebaseerd was op misverstanden. Door de jaren heen wist Patty hem een aantal storende citaten te ontlokken uit de gesprekken die hij onder vier ogen met Richard had, zoals: 'Ik denk weleens dat ik geen andere levenstaak heb dan mijn penis in zoveel mogelijk vagina's te stoppen' of: 'Als ik me voorstel hoe het zou zijn om vanaf nu nog maar met één vrouw seks te hebben, komt dat dicht bij het idee dat ik van de dood heb.' Volgens Walter ging Molly ervan uit dat hij die veranderlijkheid wel zou ontgroeien, en dat bleek ze inderdaad te doen. Ze was twee jaar ouder dan Richard, en toen ze plotseling een baby wilde voordat het te laat zou zijn, had hij geen andere keus dan haar uit de droom te helpen, waarna het snel bergafwaarts ging tussen hen, en hij haar dumpte, en zij de band verliet.

En nu wilde het toeval dat Molly's moeder sinds jaar en dag kunstredactrice was bij de *New York Times* – wat wellicht verklaart waarom The Traumatics ondanks een platenverkoop van nooit meer dan drieduizend stuks en optredens voor nooit meer dan honderd man toch een paar interviews in de *Times* hadden gekregen, met koppen als 'Klein publiek, grootse muziek' en 'The Traumatics geven niet op', plus besprekingen van al hun platen sinds *In Case You Hadn't Noticed*. En toeval of niet: *Insanely Happy*, hun eerste plaat zonder Molly, die uiteindelijk ook hun laatste zou blijken, werd niet alleen door de *Times* genegeerd maar ook door de gratis wijkkrantjes die daarvoor altijd zwaar op de hand van The Traumatics waren geweest. Toen de band weer eens in de buurt was, verwoordde Richard het als volgt: zonder het te weten hadden ze die aandacht van de pers altijd op krediet gekregen, en de pers had nu kennelijk besloten dat ze geen culturele kredietwaardigheid meer hadden.

Patty ging die avond, gewapend met oordopjes, mee naar het concert in de 400 Bar in Minneapolis. De openingsact waren The Sick Chelseas, een viertal luidruchtige meiden die niet veel ouder oogden dan Jessica, en Patty betrapte zich op de vraag wie er de prooi zou zijn van Richard. Niet dat ze jaloers was op die meissies, ze had te doen met Richard. Het drong nu pas tot haar door dat Richard ondanks zijn talent een schamel leventje leidde, en dat er onder het eten minder ironie in zijn zelfspot had gescholen dan ze erin had beluisterd. Toen The Sick Chelseas klaar waren, stroomden hun piepjonge fans de zaal uit en bleven er niet meer dan dertig trouwe volgelingen van The Traumatics over – blank, slordig gekleed, en met hun jeugd verder achter zich dan ooit. Richard hield een praatje ('Bedankt dat jullie vanavond naar deze 400 Bar zijn gekomen, want die andere 400 Bar is vast een stuk gezelliger. En in ieder geval een heel stuk drukker, denk ik zo') en de band zette het springerige titelnummer van de laatste plaat in...

What tiny little heads in those big fat SUV's!
My friends, you look insanely happy at the wheel!
And the Circuit City smiling of a hundred Kathy Lees!
A wall of Regis Philbins! I tell you I'm starting to feel
INSANELY HAPPY! INSANELY HAPPY!

En later een schijnbaar eindeloos nummer dat als vanouds de grens van het muzikale overschreed: 'TCBY' – gierende gitaren die het beeld opriepen van scheermessen en glasscherven, en daaroverheen de stem van Richard die een vrij vers declameerde...

They can buy you
They can butcher you

Tritely, cutely branded yogurt
The cat barfed yesterday

Techno cream, beige yellow
Treat created by yes-men

They can bully you
They can bury you

Trampled choked benighted youth
Taught consumerism by yahoos

This can't be the country's best
This can't be the country's best

En ter afsluiting een langzaam, country-achtig nummer, 'Dark Side of the Bar', dat Patty vochtige ogen van medelijden bezorgde...

There's an unmarked door to nowhere
On the dark side of the bar
And all I ever wanted was
To be lost in space with you
The reports of our demise
Pursue us through the vacuum

We took a wrong turn at the pay phones
We were never seen again

De band klonk uitstekend (Richard en Herrera speelden al bijna twintig jaar samen), maar geen band had goed genoeg kunnen zijn om de naargeestigheid van dat handjevol publiek te doen vergeten. Na één enkele toegift, 'I Hate Sunshine', nam Richard niet de moeite om door de zijdeur af te gaan, maar zette zijn gitaar in de standaard, stak een sigaret op en sprong van het podium op de zaalvloer.

'Wat aardig dat jullie gebleven zijn,' zei hij tegen de Berglunds. 'Ik weet dat jullie morgen weer vroeg op moeten.'

'Het was geweldig! Jij was geweldig!' zei Patty.

'Serieus man, ik vind dit jullie beste plaat tot nu toe,' zei Walter. 'Stuk voor stuk geweldige nummers. Het is weer een grote stap vooruit.'

'Ja...' Patty zag Richard vanuit zijn ooghoeken de zaal afspeuren, ongetwijfeld op zoek naar een Sick Chelsea. En ja hoor. Het was alleen niet de knappe bassiste die op hem wachtte, zoals Patty had durven wedden, maar de lange en verongelijkt kijkende drumster, wat bij nader inzien ook wel logischer was. 'Er staat daar iemand die nog wat wil napraten,' zei Richard. 'Ik neem aan dat jullie nu naar huis willen, maar we kunnen ook met zijn vieren ergens heen.'

'Nee hoor, ga maar,' zei Walter.

'Het was fantastisch om je te zien optreden, Richard,' zei Patty. Ze gaf hem een vriendschappelijk kneepje in zijn arm en keek hem na terwijl hij naar de korzelige drumster liep.

Op de terugweg naar Ramsey Hill, in de gezins-Volvo, zette Walter een boom op over de klasse van *Insanely Happy* en de verloedering van het Amerikaanse poppubliek dat met tienduizenden kwam opdraven voor de Dave Matthews Band en niet eens wist dat Richard Katz *bestond*.

'Eh, wacht even,' zei Patty, 'wat is er mis met Dave Matthews?'

'Nou, alles eigenlijk. Al zijn het heel bekwame muzikanten, hoor.'

'Aha.'

'Maar het ergst vind ik die teksten. "Gotta be free, so free, yeah, yeah, yeah. Can't live without my freedom, yeah, yeah." Verder komt Dave nooit.'

Patty lachte. 'Denk jij dat Richard straks met dat meisje naar bed gaat?'

'Hij zal het in elk geval proberen,' zei Walter. 'En het zal hem ook wel lukken ook.'

'Ik vond ze niet bijzonder goed, die meisjes.'

'Waren ze ook niet. Als Richard haar straks pakt, moet ze dat vooral niet als een uiting van bewondering opvatten.'

Thuis nam ze een kijkje bij de kinderen, trok een mouwloos topje aan en een nietig slipje, en kroop bij Walter in bed. Dit was vrij ongebruikelijk voor haar doen, maar gelukkig niet zo ongehoord dat het vragen opriep, en Walter ging er maar al te graag in mee. Het was geen opzienbarende uitspatting, gewoon een leuke afronding na een avondje uit, maar in autobiografisch perspectief lijkt het nu haast wel het hoogtepunt in hun leven samen. Of misschien accurater: het eindpunt daarvan – de laatste keer dat Patty zich zeker en geborgen voelde in haar huwelijk. De uren die ze vlak naast Walter naar de muziek had staan luisteren, de herinnering aan hun allereerste ontmoeting in een andere zaal, het gemak waarmee ze met Richard omgingen, de warme vriendschap, het voorrecht om als stel zo'n dierbare vriend te hebben, en dan nu ook nog zo'n ongedwongen vrijpartij, haar plotse en hevige verlangen om Walter in zich te voelen: *dit was een goed huwelijk*. En ze kon zich niet voorstellen waarom het ooit minder goed zou kunnen worden. Het leek alleen maar beter te kunnen worden.

Een paar weken later zakte Dorothy in elkaar in de damesmodezaak in Grand Rapids. Patty hoorde zichzelf als haar eigen moeder klinken toen ze tegen Walter haar twijfel uitsprak over de aanpak van het ziekenhuis, en ze kreeg het tragische gelijk aan haar kant toen Dorothy nog verder wegzakte en overleed. Walters verdriet was alomvattend, hij treurde niet alleen om de dood van zijn moeder maar ook om de armzaligheid van het leven dat ze had geleid, en het werd slechts zwakjes verzacht door de opluchting dat hij niet langer als enige voor haar hoefde te zorgen, dat hij van die verantwoordelijkheid ontslagen was. Patty werd verrast door de hevigheid van haar eigen verdriet. Net als Walter had Dorothy altijd onvoorwaardelijk in haar geloofd, en Patty vond het vreselijk om te bedenken dat deze ruimhartige vrouw net als ieder ander alleen had moeten zijn in het aangezicht van de dood. Ook de altijd lieve en immer zorgzame Dorothy had zonder gezelschap naar de andere kant gemoeten, en dat was een wetenschap die Patty door de ziel sneed.

Dus had Patty ook medelijden met zichzelf, omdat je dat automatisch hebt wanneer je verdriet voelt om zoiets universeels als de eenzaamheid van het sterven. In de week rond de begrafenis verkeerde ze dan ook in een uiterst broze geestestoestand, waarvan de autobiografe hoopt dat die althans voor een deel kan verklaren waarom Patty zo slecht reageerde op de ontdekking dat een ouder buurmeisje, Connie Monaghan, haar zoon Joey seksueel uitbuitte. Een opsomming van alle fouten die Patty in de nasleep van die ontdekking maakte, zou dit toch al lijvige document veel te omvangrijk maken. Bovendien schaamt de autobiografe zich nog altijd zo diep voor wat ze Joey toen heeft aangedaan, dat ze geen samenhangend verhaal zou kunnen opschrijven. Als je zover heen raakt dat je in het holst van de nacht met een stanleymes naar de auto van je buurman sluipt om zijn banden door te snijden, dan kun je achteraf misschien ontoerekeningsvatbaarheid aanvoeren als juridisch verweer. Maar is dat ook een moreel verweer? Er is veel dat voor haar pleit, maar er pleit ook veel tegen haar.

PRO: Ze had Walter in het begin duidelijk genoeg gewaarschuwd dat ze geen puur goed mens was.

CONTRA: En Walter had ook afstand genomen. Het was Patty die op een dag alsnog naar Hibbing reisde om zich op hem te storten.

PRO: Maar toen was ze ook vast van plan zich te beteren en een toekomst met hem op te bouwen. En ze zette er daarna ook alles voor opzij om een goede echtgenote en moeder te zijn.

CONTRA: Maar haar redenen daarvoor deugden niet. Ze deed het om met haar moeder en zussen te wedijveren. Ze wilde kinderen en een gelukkig gezin om hen mee af te troeven.

PRO: Ze hield van haar kinderen!

CONTRA: Ze gaf Jessica een normale hoeveelheid moederliefde, maar Joey veel te veel. En ze voelde soms zelf ook wel aan dat ze hem overvoerde, maar ze bleef ermee doorgaan. Deels uit frustratie, omdat ze Walter niet van ganser harte lief kon hebben, en deels uit het wrokkige gevoel dat ze recht had op wat extra glans in haar leven omdat ze als voormalige vedette gevangenzat in het huisvrouwenbestaan.

PRO: Welnee, liefde overkomt je gewoon! Zij kon er toch ook niets aan doen dat ze zo intens van Joey genoot?

CONTRA: Onzin. Van zoetigheid houden is ook niet je eigen keuze. Maar als je geen maat houdt, is het toch echt je eigen schuld als je op een dag honderdvijftig kilo weegt.

PRO: Maar ze wist niet dat ze geen maat hield! Ze dacht er gewoon goed aan te doen de kinderen alle liefde en aandacht te geven die haar eigen ouders haar hadden onthouden.

CONTRA: Ze wist het wél, want Walter had het haar keer op keer op keer gezegd.

PRO: Maar daar kon ze Walter niet serieus in nemen, want Walter was veel te streng voor Joey. Ook dat was een reden om extra moederlijk voor Joey te zijn.

CONTRA: Het probleem had niets met Walter en Joey te maken, het had met Walter en *haar* te maken, en dat wist ze zelf ook wel.

PRO: Ze houdt van Walter!

CONTRA: De feiten lijken anders op het tegendeel te wijzen.

PRO: Nou, in dat geval houdt Walter ook niet van haar. Hij houdt niet van de echte Patty, maar van een of andere voorstelling die hij van haar heeft.

CONTRA: Dat zou een geldig argument zijn als het waar was. Maar Walter wist verdomd goed met welke Patty hij trouwde. Hij hield van haar om wie ze was, niet om wie hij wilde dat ze was. Het is niet zo dat aardige mensen alleen maar verliefd kunnen worden op mensen van wie ze denken dat die ook aardig zijn.

PRO: Het is niet fair om te zeggen dat ze niet van hem houdt!

CONTRA: Als ze zich niet normaal kan gedragen, doet het er niet toe of ze wel of niet van hem houdt.

Walter wist dat Patty de banden van de afschuwelijke buurman had doorgesneden. Ze spraken er nooit over, maar hij wist het. Het feit dat ze er nooit over spraken was voor haar het bewijs dat hij het wist. De buurman, Blake geheten, timmerde tot achterlijk laat aan een uitbouw van het huis van zijn afschuwelijke vriendin, de afschuwelijke moeder van Connie Monaghan, en Patty had die winter de gewoonte opgevat om elke avond één tot anderhalve fles wijn te drinken en dan midden in de nacht zweterig van woede en frustratie wakker te worden en met bonkend hart voor het raam te gaan staan om naar het huis van de buren te loeren. Blake had een stompzinnige eigendunk over zich, die de slapeloze en oververmoeide Patty sterk deed denken aan de stompzinnige eigendunk van de aanklager die Bill Clinton zo in het nauw had gedreven dat hij was gaan liegen over Monica Lewinsky, en aan de stompzinnige eigendunk van de Congresleden die hem daar onlangs voor ge-impeached hadden. En Bill Clinton was nou juist een van de weinige politici die niet schijnheilig op Patty overkwamen, nooit de fatsoensrakker uithing, en zij was een van de miljoenen Amerikaanse vrouwen die geen seconde zouden aarzelen om met Bill tussen de lakens te kruipen. Het doorsnijden van Blake's banden leek haar daarom wel het minste wat ze kon doen om voor haar president op te komen. De autobiografe schrijft dit niet om Patty vrij te pleiten, maar gewoon om haar geestestoestand van die tijd te illustreren.

Een directere bron van irritatie was het feit dat Joey die winter deed alsof hij Blake enorm bewonderde. Joey was veel te intelligent om Blake écht te kunnen bewonderen, maar hij ging door een fase van adolescente opstandigheid die hem dwong alles te omhelzen wat Patty verfoeide, gewoon zich tegen haar af te zetten en haar van zich te vervreemden. Ze verdiende dit waarschijnlijk ook wel, na de ontelbare fouten die ze in haar overmatige moederliefde had gemaakt, maar het voelde op dat moment alsof ze het allerminst verdiende. Het voelde alsof ze er met een zweep van langs kreeg. En omdat ze ondertussen wist wat voor vreselijke dingen ze tegen Joey kon zeggen als ze zich door hem liet stangen, deed ze haar uiterste best om haar pijn en woede op anderen af te reageren, zoals Blake en Walter.

Ze vond zichzelf geen alcoholiste. Welnee, ze was geen alcoholiste. Ze begon wat drinken betrof gewoon op haar vader te lijken, die weleens een glaasje te veel nam om aan het gezinsleven te ontkomen. En in het begin had Walter het ook toegejuicht dat ze een paar wijntjes dronk als de kinderen in bed lagen. In zijn jeugd had hij de geur van alcohol leren verafschuwen, maar bij haar vond hij het juist heerlijk als haar adem naar wijn rook, want haar adem kwam van diep uit haar binnenste en hij hield van haar tot in de diepste diepten. Dat was het soort dingen dat hij altijd tegen haar zei, de liefdesbetuigingen die ze niet kon beantwoorden maar evenmin kon missen. Maar toen de paar wijntjes in zes tot acht glazen veranderden, veranderde al het andere ook. Walter had haar 's avonds nuchter nodig om naar zijn bespiegelingen te luisteren over alle karakterfouten die hij in hun zoon bespeurde, en zij had haar wijn nodig om het niet te hoeven horen. Het was geen alcoholisme, het was zelfverdediging.

Want over karakterfouten gesproken, dit was er een van Walter: hij kon maar niet aanvaarden dat Joey niet net zo was als hij. Als Joey ook verlegen en onhandig met meisjes was geweest, als Joey zich met graagte in zijn rol van kind had geschikt, als Joey een vader had gewild die hem dingen leerde, als Joey tegen de klippen op eerlijk was geweest, als Joey voor de underdogs van deze wereld had willen opkomen, als Joey gek op dieren en de natuur was geweest, als Joey niet om geld had gegeven, dan hadden Walter en hij het fameus met elkaar kunnen vinden. Maar Joey was vanaf zijn vroegste jeugd een persoonlijkheid in de trant van Richard Katz (: onweerstaanbaar zonder daar enige moeite voor te hoeven doen, overlopend van zelfvertrouwen, recht en onverstoorbaar op zijn doelen afgaand, ongevoelig voor moreel gezever, niet bang voor meisjes) en dat vervulde Walter steeds meer met teleurstelling en ergernis, en al die onvrede wilde hij afwentelen op Patty, alsof zij er wat aan doen kon dat Joey anders in elkaar zat. Walter smeekte haar al vijftien jaar lang zijn kant te kiezen als hij Joey in het gareel probeerde te krijgen, als hij de verboden trachtte te handhaven op videospelletjes, slechte tv en vrouwonvriendelijke muziek, maar Patty hield nou eenmaal van Joey zoals hij was. Ze bewonderde zijn vindingrijkheid in het omzeilen van al die verboden. Vond ze razend knap van hem, zoals het toch een uitzonderlijke jongen was. Een vlotte leerling en een harde werker, een uitblinker op school en geliefd bij al zijn medeleerlingen, en een geboren ondernemer. Als alleenstaande moeder was ze misschien strenger voor hem geweest, maar ze stond er niet alleen voor, er was Walter die streng voor hem moest zijn, en zij nam de vrijheid om van de onbelemmerde vriendschap met haar zoon te genieten. Ze lachte hartelijk om zijn vileine imitaties van leraren die hij niet mocht; ze bedeelde hem ruimhartig met ongecensureerde buurtroddels; ze zat op zijn bed met haar armen om haar opgetrokken benen, praatte honderduit en gaf niet op tot ze hem ook aan het lachen had gekregen. Zelfs Walter was dan vogelvrij. Ze vond niet dat ze hem ondermijnde als ze Joey liet grinniken om zijn eigenaardigheden: dat hij nooit een druppel dronk; dat hij in weer en wind, en zelfs tijdens sneeuwstormen, op de fiets naar zijn werk ging; dat hij een weerloze prooi was voor iedereen die hem de oren van zijn hoofd wilde kletsen; dat hij een ziekelijke hekel aan katten had; dat hij papieren handdoekjes afkeurde; dat hij verzot was op moeilijke toneelstukken – want dit waren allemaal dingen in hem waar ze zelf van had leren houden of die ze op zijn minst amusant of aandoenlijk had leren vinden, en ze wilde dat Joey ook zo naar hem zou kijken. Althans, zo rechtvaardigde ze het altijd voor zichzelf, terwijl ze heel goed wist dat het haar eigenlijk alleen om Joey's lach was te doen.

En toen kwam dat gedoe met Connie Monaghan. Patty kon maar niet begrijpen waarom Joey het buurmeisje zo *toegewijd* was. Het kon haast niet anders of dat sluwe en achterbakse wicht had hem ergens mee ingepalmd, en wat dat ook was, het zou hem snel genoeg weer gaan vervelen. Het was niet minder dan rampzalig hoe lang Patty erover deed om het Conniegevaar in zijn ware proporties te onderkennen. Maandenlang onderschatte ze Joey's gevoelens en dacht dat het wel zou volstaan om Connie te negeren en luchtige grapjes te maken over haar sletterige moeder met haar debiel van een vriend, want dan kreeg ze Joey ook wel over hen aan het grinniken. Het was een tactiek waarmee ze alles tenietdeed wat ze in vijftien jaar moederschap had opgebouwd. Ze verklootte het grandioos, onze Patty, en raakte vervolgens finaal de kluts kwijt. Ze kreeg knallende ruzies met Walter, waarbij hij schreeuwde dat Joey door haar schuld onhandelbaar was geworden, waar ze geen goede repliek op had, want wat zij hem verweet kwam neer op een gevoel dat niet hard viel te maken: dat hij haar vriendschap met Joey had verpest. Het viel niet te staven, maar ze was er wel van overtuigd. Door met haar in één bed te slapen, door haar man te zijn, door te verwachten dat ze zijn kant koos, had Walter hun zoon de indruk gegeven dat Patty bij het vijandelijke kamp hoorde. Daar haatte ze Walter om, en ze verfoeide haar huwelijk, en Joey verliet het huis, trok bij de Monaghans in en veroordeelde hen beiden tot bittere tranen van spijt.

Hoewel het bovenstaande lang niet zo diep gaat als er gegaan zou kunnen worden, is het al veel meer dan de autobiografe over deze periode kwijt wilde, dus is ze nu maar zo vrij om verder te gaan met de gebeurtenissen die volgden.

Voor Patty had het één miniem voordeeltje om het huis voor zich alleen te hebben: ze kon elke soort muziek opzetten die ze wilde horen – zelfs country, waartegen Joey altijd met veel misbaar geprotesteerd had, terwijl Walter alleen de 'betere nummers' tolereerde van 'interessante' vertegenwoordigers van het genre, zoals Patsy Cline, Hank Williams, Roy Orbison of Johnny Cash. Van die artiesten hield Patty ook, maar ze hield niet minder van Garth Brooks en The Dixie Chicks. Zodra Walter 's ochtends op weg ging naar zijn werk, zette ze de volumeknop op een stand die ieder denken onmogelijk maakte en verzadigde zichzelf met hartzeer dat voldoende op het hare leek om troost te bieden en anders genoeg was om vermakelijk te zijn. Patty was puur een liefhebster van meezingbare melodieën en teksten met een kop en een staart (Walter had al jaren terug zijn pogingen gestaakt om haar voor Ligeti en Yo La Tengo te winnen), en ze kreeg nooit genoeg van country met zijn ontrouwe mannen en sterke vrouwen en de onverwoestbare geestkracht van de mens.

In diezelfde tijd zette Richard zijn eigen alternative country band op poten, Walnut Surprise, met drie jochies die bij elkaar opgeteld maar net iets ouder waren dan hij. Richard zou wellicht tot in de eeuwigheid met The Traumatics zijn doorgegaan en de ene geflopte plaat na de andere hebben uitgebracht, als er niet iets vreemds en ellendigs was gebeurd met Herrera, zijn oude vriend en bassist, vergeleken bij wiens morsige warrigheid Richard een man in driedelig grijs was. Na tot de slotsom te zijn gekomen dat Jersey City te bourgeois (!) en niet deprimerend genoeg was, had Herrera zijn spullen gepakt om zich in een achterbuurt te vestigen van Bridgeport, Connecticut. Kort daarna was hij naar Hartford gereden om er een verkiezingsbijeenkomst van Ralph Nader en de Green Party op te luisteren met een speciaal project dat hij de Dopplerpus noemde: een gehuurde kermisdraaimolen met acht stoeltjes waar luidsprekers onder gemonteerd waren en waarin Herrera en zeven andere muzikanten plaatsnamen om deuntjes te spelen terwijl ze op hoge snelheid in het rond zwierden, wat een interessant muzikaal dopplereffect tot gevolg had. Herrera's vriendin vertelde Richard later dat Dopplerpus 'fantastisch' was geweest en 'gigantisch' was aangeslagen onder de 'meer dan honderd' bezoekers van de bijeenkomst, maar dat het na afloop mis was gegaan toen het busje heuvelafwaarts in de richting van een muur begon te rollen terwijl Herrera nog bezig was met het inladen van de apparatuur. Hij had een sprint ingezet, het openstaande raam bereikt en het stuurwiel gegrepen, waardoor het busje weliswaar op het laatste nippertje opzij was gedraaid maar Herrera geplet werd tussen het portier en de muur. Hij slaagde er wonder boven wonder in om toch nog zijn spullen in te laden en terug te rijden naar Bridgeport, maar had onderweg al bloed opgehoest en was bijna bezweken aan de gescheurde milt, de vijf gebroken ribben, het gebroken sleutelbeen en de longperforatie die hij bleek te hebben toen zijn vriendin hem nog net op tijd in het ziekenhuis afleverde. Het ongeluk, kort na het debacle van *Insanely Happy*, was voor Richard het teken geweest om de stekker er maar eens uit te trekken wat The Traumatics betrof. Maar aangezien hij niet kon leven zonder muziek te maken, was hij aan de slag gegaan met een jonge fan die een beul was op de pedal steel guitar, met Walnut Surprise als gevolg.

Persoonlijk stond Richard er overigens niet veel gunstiger voor dan Walter en Patty. Hij had duizenden dollars moeten toeleggen op de laatste Traumatics-tournee, en had de onverzekerde Herrera nog eens duizenden 'geleend' om zich te kunnen laten behandelen. En privé, zo vertelde hij Walter over de telefoon, dreigde het deerlijk uit de klauwen te lopen. Hij had zijn bestaan bijna twintig jaar lang naar believen kunnen leiden dankzij het grote parterre-appartement dat hij voor een habbekrats huurde in Jersey City. Richard had er een hekel aan om dingen weg te gooien, en dat appartement bood hem de ruimte om dat ook niet te hoeven doen. Walter was er bij een van zijn trips naar New York geweest en had naderhand verteld dat de hal voor Richards voordeur vol lag met ouwe hifi-apparatuur, matrassen en reserveonderdelen voor zijn pickuptruck, en dat de binnenplaats vol lag met voorraden en restanten van zijn timmerbedrijfje. Maar het mooiste was de kelder onder het appartement, waar The Traumatics hadden kunnen oefenen (en later zelfs opnemen) zonder de buren al te veel overlast te bezorgen. Richard hechtte veel waarde aan een goede verstandhouding met zijn buren, en had daar ook altijd zijn best voor gedaan. Maar in de nasleep van zijn breuk met Molly had hij de kapitale fout begaan om het met één van hen niet bij een goede verstandhouding te laten.

Op het moment zelf had niemand daar nog een fout in gezien, op Walter na, die er prat op ging als geen ander de bullshit in Richards omgang met vrouwen te kunnen bespeuren. Toen Richard hem telefonisch vertelde dat het tijd was om zijn puberale gedoe achterwege te laten en een echte relatie met een volwassen vrouw aan te gaan, was er in Walters hoofd meteen een alarmbel gaan rinkelen. De vrouw in kwestie was een Ecuadoraanse met de naam Ellie Posada. Ze was achter in de dertig en had twee kinderen van wie de vader, een limousinechauffeur, tragisch aan zijn eind was gekomen toen zijn auto er midden op de Pulaski Skyway de brui aan gaf. (Het was Patty al vaker opgevallen dat Richard voor eenmalig gebruik het liefst prille meisjes had, maar langere relaties beperkte tot vrouwen van zijn eigen leeftijd of zelfs ouder.) Ellie werkte voor een verzekeringsmaatschappij en woonde in het appartement aan de andere kant van de hal. Walter hoorde bijna een jaar lang rooskleurige telefoonverhalen over hoe goed het klikte tussen Richard en Ellie's kinderen, en hoe graag hij zijn vrije uren met Ellie doorbracht, en hoe oninteressant andere vrouwen nu voor hem waren, en dat hij niet meer zo goed had gegeten en zich zo fit had gevoeld sinds hij een kamer met Walter had gedeeld, en hoe fascinerend het verzekeringswezen eigenlijk was, en bij dat laatste deed Walters alarmbel dan bijna pijn aan zijn oren. In dat ogenschijnlijk gelukkige jaar zei Walter na elk telefoongesprek dat het hem allemaal veel te abstract en bedacht had geklonken, en hij was dan ook geenszins verbaasd toen Richards ware aard uiteindelijk toch weer de kop opstak. De muziek die uit de oefensessies met Walnut Surprise voortkwam bleek toch een stuk fascinerender dan het verzekeringswezen, en de sprietige meisjes in het gevolg van zijn jonge bandleden bleken toch niet zo oninteressant, en Ellie bleek een nogal ouderwetse hang naar seksuele exclusiviteit te hebben, zodat hij al snel bang werd om 's avonds laat thuis te komen, omdat Ellie dan steevast de deur aan de andere kant van de hal opengooide en op hoge toon vroeg wat hij had uitgevreten. Het duurde niet lang of Ellie kreeg de andere bewoners achter zich in een klacht over zijn onrechtmatige gebruik van de gemeenschappelijke ruimte, waarop de tot dan toe altijd laconieke huisbaas aangetekende brieven met dreigende inhoud begon te sturen, en het eindigde ermee dat

Richard op 44-jarige leeftijd in hartje winter op straat kwam te staan, zonder bestedingsruimte op zijn creditcards en met een maandelijkse rekening van driehonderd dollar voor de opslag van al zijn troep.

Het luidde Walters finest hour als Grote Broer in. Hij bood Richard tijdelijk onderdak, vrij van huur, met volop gelegenheid om ongestoord nummers te schrijven en ook nog wat geld te verdienen terwijl hij zijn leven weer op orde bracht. Walter had namelijk Dorothy's lieve kleine huisje geërfd aan de oever van een meertje nabij Grand Rapids, en zijn plannen voor een paar ingrijpende verbeteringen kwamen maar niet van de grond omdat hij sinds zijn overstap van 3M naar de Nature Conservancy tot over zijn oren in het werk zat. Hij stelde Richard voor zijn intrek in het huis te nemen, een begin te maken met de renovatie van de keuken en na het smelten van de sneeuw een terras te bouwen aan de achterkant, met uitzicht op het water – voor dertig dollar per uur, plus gratis gas en licht, en hij mocht zelf zijn tijd indelen. Richard was op een dieptepunt in zijn leven aanbeland, en omdat hij de Berglunds toch al (zoals hij het later met ontroerende openhartigheid tegen Patty zou zeggen) als zijn eigen familie beschouwde, had hij geen noemenswaardige bedenktijd nodig om het aanbod aan te nemen. Voor Walter was dat een bevestiging te meer dat Richard echt van hem hield. En voor Patty, tja, voor Patty was het een ontwikkeling die op dit punt in haar leven behoorlijk gevaarlijk was.

Op weg naar het noorden hield Richard voor één nacht halt in St. Paul. Toen hij om drie uur 's middags uit zijn overbeladen Toyota pickup stapte, was Patty al halverwege een fles en kweet zich matig van haar taken als gastvrouw. Walter maakte eten voor hen drieën terwijl zij genoeg dronk voor drie. Het was alsof ze met smart op de komst van hun oude vriend hadden gewacht, zodat ze hem konden bombarderen met hun strijdige visies op de reden waarom Joey niet aan tafel zou verschijnen maar luchthockey speelde met de extreem rechtse boerenlul in het huis naast hen. Richard onderging het bedremmeld en stapte met grote regelmaat naar buiten om een sigaretje te roken en zich te sterken voor het volgende bombardement.

'Het komt heus wel weer goed,' zei hij toen hij voor de zoveelste keer binnenkwam. 'Jullie zijn uitstekende ouders. Maar ja, als een jongen zo'n sterke persoonlijkheid heeft, kan de adolescentie een verwarrende periode zijn. Dan heb je gewoon tijd nodig om erachter te komen wie je eigenlijk bent.'

'Goh!' zei Patty. 'Hoe kom jij opeens zo wijs?'

'Richard is een van die hoogst ongewone mensen die nog weleens een boek lezen en over dingen nadenken,' zei Walter.

'Ja ja, in tegenstelling tot mij, nietwaar?' Ze draaide zich naar Richard. 'Ik waag het weleens niet meteen de boeken te lezen die hij me aanbeveelt. Soms sla ik er eentje over, weet je. Dus zo moet je die opmerking begrijpen, als een toespeling op mijn beperkte intelligentie.'

Richard keek haar scherp aan. 'Ik zou het wat rustiger aan doen met drinken als ik jou was.'

Hij had haar net zo goed een stoot op haar middenrif kunnen geven. Waar Walters afkeuring haar alleen nog maar recalcitranter maakte, trof die van Richard haar als de ontmaskering van haar kinderachtigheid. Ze voelde zich te kijk gezet.

'Patty maakt een moeilijke tijd door,' zei Walter zachtjes. Het klonk als een waarschuwing dat zijn loyaliteit, hoe onverdiend ook, nog altijd naar Patty uitging.

'Van mij mag ze drinken zoveel ze wil,' zei Richard. 'Ik wil alleen maar zeggen dat als jullie die jongen weer snel thuis willen hebben, het geen kwaad kan om voor rust in de tent te zorgen.'

'Op dit moment weet ik niet eens of ik hem hier wel wil,' zei Walter. 'Het is een verademing om even verlost te zijn van zijn minachting.'

'Oké,' zei Patty, 'dus voor Joey hebben we nu bedenktijd geregeld, Walter mag van de rust genieten, maar hoe zit het met Patty? Krijgt Patty ook nog wat? Ja, wijn. Patty krijgt haar wijntje.'

'Sjongejonge,' zei Richard, 'bespeur ik hier enig zelfmedelijden?'

'Jongens, in godsnaam,' zei Walter.

Het was verschrikkelijk voor Patty om door Richards ogen te kijken en te zien hoe ze eraan toe was. Op 2000 kilometer afstand was het makkelijk geweest om te glimlachen om Richards amoureuze perikelen, zijn eeuwige geslachtsdrift en zijn onvermogen om het 'puberale gedoe' achter zich te laten, en het idee te koesteren dat het er hier in huize Berglund veel volwassener aan toeging. Maar nu zat hij hier in de keuken (zoals altijd verrassend veel groter dan het beeld dat ze van hem had, zijn Khadaffi-trekken verweerd en verdiept, mooie vleugjes grijs in zijn zwarte krullen) en legde hij in een flits bloot wat voor een egocentrisch meisje ze was gebleven binnen de muren van haar mooie huis. Ze was de kinderachtigheid van haar ouderlijk huis ontvlucht om zelf een groot kind te worden. Ze had geen baan, geen verantwoordelijkheden, en haar kinderen hadden al meer levenservaring dan zij. Ze had nauwelijks ervaring met seks! Het vervulde haar met schaamte om zo door hem gezien te worden. Al die jaren had ze de herinnering gekoesterd aan hun autorit, had die ergens diep vanbinnen bewaard, had het idee van wat er toen had kunnen gebeuren laten rijpen als wijn, had het met hen mee laten verouderen in zijn afgesloten fles, had de essentie ervan bewaard en symbolisch drinkbaar gehouden: de geruststellende wetenschap dat de losbandige Richard Katz haar ooit gevraagd had mee te komen naar New York, en dat zij toen nee had gezegd. En nu zag ze opeens hoe weinig die oude wijn waard was. Ze was tweeënveertig en hard op weg een rooie drankneus te krijgen.

Ze stond omzichtig op, probeerde niet te wankelen en goot een halfvolle fles leeg in de gootsteen. Ze zette haar lege glas op het aanrecht en zei dat ze even ging liggen en dat zij maar moesten gaan eten.

'Patty...' zei Walter.

'Nee, het gaat wel. Ik heb een beetje te veel op, da's alles. Misschien kom ik straks wel weer naar beneden. Sorry, Richard, het is heerlijk om je weer eens te zien, maar ik ben een beetje teut.'

Hoewel ze verzot was op hun huisje aan het meer, en er weken achtereen in haar eentje had doorgebracht, bleef ze er weg in de lente waarin Richard er aan het werk was. Walter kon af en toe een lang weekeinde vrijmaken en ging er dan heen om een handje te helpen, maar Patty was nog steeds te verlegen om mee te gaan. Ze bleef thuis en werkte aan zichzelf: had Richards advies over het drinken ter harte genomen, was weer gaan rennen, en eten, en was intussen alweer genoeg aangekomen om de ergste groeven in haar gezicht uit te vullen. En daar bleef het niet bij. Ze dwong zichzelf de feiten omtrent haar uiterlijk onder ogen te zien, die ze in haar fantasiewereld had kunnen negeren. Ze had er nooit ook maar een seconde aan gedacht om eens iets aan haar uiterlijk te laten doen, en al helemaal niet na de metamorfose die de afschuwelijke Carol Monaghan had ondergaan toen die haar afschuwelijke vriendje Blake leerde kennen. Alles wat Carol deed, was voor Patty taboe geweest. Maar nu koos ze eieren voor haar geld en volgde Carols voorbeeld. Gaf haar paardenstaart op, nam een kleurspoeling, en een kapsel dat bij haar leeftijd paste. En ze dwong zichzelf weer eens contact te leggen met haar oude basketbalvriendinnen, die haar beloonden met complimenten voor hoeveel beter ze eruitzag.

Richard was van plan geweest om eind mei terug te keren naar de oostkust, maar Richard bleef Richard, dus was hij half juni nog volop bezig toen Patty voor een paar weken van ontspanning naar het buitenhuis toog. Walter vergezelde haar de eerste vier dagen, maar moest daarna door naar

Saskatchewan om geld los te praten bij de rijkelui die er voor een luxe visvakantie waren uitgenodigd door een belangrijke sponsor van de Nature Conservancy. Om zich te revancheren voor haar slechte beurt in de winter, ontpopte Patty zich tot een gastvrouw uit duizenden, bereidde de heerlijkste maaltijden terwijl Walter en Richard er achter het huis op los zaagden en timmerden. Ze was de hele tijd nuchter, en trots omdat ze nuchter was. 's Avonds had ze geen zin in tv, Joey was er toch niet om mee naar oude series te kijken, zat in Dorothy's oude leunstoel *Oorlog en vrede* te lezen (op jarenlang aanraden van Walter) terwijl de mannen schaak speelden. Het was een situatie die iedereen tot voordeel strekte: Walter was de betere speler en ook steevast de winnaar, en dus een uitdaging voor Richard, die niet van wijken wist en voortdurend om een nieuw potje vroeg, waardoor Patty er gerust op kon zijn dat Walter zich tot het uiterste inspande om de beste te blijven en daardoor doodmoe naar bed zou komen.

'Heeft-ie wéér het hele midden volgebouwd,' foeterde Richard. 'Je hoopt altijd alles op in het midden. Gek word ik daarvan.'

'Ik ben een gewiekst ophoper,' zei Walter, hees van de inspanning om niet te gnuiven.

'Horendol word ik ervan.'

'Natuurlijk word je er horendol van. Het is uiterst effectief.'

'Dat is het alleen maar omdat ik het geduld mis om je ervoor af te straffen.'

'Maar je bent een inventieve tegenstander, hoor. Ik weet nooit wat me te wachten staat.'

'Ja, en je veegt elke keer de vloer met me aan.'

De dagen waren zonnig en lang, de nachten heerlijk koel. Patty was dol op de beginnende zomer van het noorden, die haar altijd deed denken aan haar eerste dagen in Hibbing met Walter. De frisse lucht en de vochtige aarde, de geur van de pijnbomen – het was de ochtend van haar leven geweest. Ze had zich nooit jonger en nieuwer gevoeld dan toen op haar eenentwintigste, en het was nog steeds alsof haar jeugd in Westchester van later datum was, in een periode van ontgoocheling en verval thuishoorde. In het huis was er de vagelijk muffe geur die dierbare herinneringen aan Dorothy opriep. Buiten lag het meer dat Joey de naam Nameless had gegeven, nog maar net ontdooid, een spiegel voor de schapenwolkjes erboven. In de zomer verhulde het gebladerte van loofbomen het enige andere huis op de oever, eigendom van een familie Lundner die er alleen in de weekeinden van augustus verbleef. Aan de andere kant was er een grazig heuveltje met een paar volgroeide berken, en als de zon of een briesje de muggen verdreef kon Patty daar urenlang met een boek in het gras liggen en zich afgescheiden wanen van de bewoonde wereld, afgezien van de vliegtuigen die heel af en toe overkwamen, en de nog schaarsere auto's op de onverharde weg.

Op de dag voor Walters vertrek naar Saskatchewan begon haar hart te jagen. Dat had ze wel vaker, niets bijzonders. De volgende ochtend, nadat ze Walter in alle vroegte naar het vliegveld in Grand Rapids had gereden en weer thuis was, jaagde het zo wild dat ze bij het maken van flensjesbeslag een ei uit haar hand liet vallen. Ze moest even op het aanrecht leunen en een paar keer diep ademhalen voor ze op haar knieën kon gaan om het op te vegen. Er was afgesproken dat Walter de afwerking van de keuken zelf voor zijn rekening zou nemen, maar het voegen van de nieuwe tegelvloer was iets wat Richard ook wel had kunnen doen. Was hij nog niet aan toegekomen. Maar daar stond tegenover, had hij olijk gezegd, dat hij zichzelf banjo had leren spelen.

De zon was al urenlang op, maar het was nog steeds vroeg toen hij uit zijn slaapkamer kwam in zijn spijkerbroek en een T-shirt dat steun betuigde aan Subcomandante Marcos en de bevrijding van Chiapas.

'Boekweitflensjes?' vroeg Patty stralend.

'Klinkt goed.'

'Ik kan ook een paar eieren bakken, als je dat liever hebt.'

'Nou, een bord flensjes gaat er best in, hoor.'

'Ik kan er wat bacon in mee bakken.'

'Zeg ik geen nee tegen.'

'Oké, flensjes met bacon voor meneer.'

Als Richards hart ook jaagde, liet hij daar weinig van merken. Ze zag hem twee stapels flensjes wegwerken, met zijn vork in de beschaafde greep die Walter hem nog geleerd had toen ze eerstejaars waren.

'Wat zijn je plannen voor vandaag?' vroeg hij op een toon die geen overmatige nieuwsgierigheid verried.

'Goh, nog niet over nagedacht. Niks! Ik heb vakantie. Ik ga vanochtend lekker nietsdoen, en dan maak ik een lunch voor je.'

Hij knikte en at verder, en de gedachte drong zich aan haar op dat ze zich weer eens in fantasieën dreigde te verliezen die niets met de werkelijkheid uitstaande hadden. Ze ging naar de badkamer en zat er met een jagende hartslag op de klep van het toilet tot ze Richard buiten aan de slag hoorde gaan. Er kleeft een zekere triestheid aan de geluiden van werk dat in de ochtend op gang komt, alsof het de stilte pijn doet verbroken te worden. Bovendien doet zo'n eerste arbeidzame minuut je denken aan alle andere minuten die nog zullen volgen tot de dag weer voorbij is, en het is nooit goed om je de tijd in afzonderlijke minuten voor te stellen. Pas als zich andere minuten bij die eenzame eerste minuut hebben gevoegd, hervindt de dag iets van zijn vertrouwde alledaagsheid. Patty wachtte tot dat moment en verliet toen pas de badkamer.

Ze pakte *Oorlog en vrede* en liep ermee naar het heuveltje met de berken, gedreven door de vage wens om indruk op Richard te maken met haar belezenheid, maar ze raakte al snel verstrikt in een taai militair gedeelte en moest steeds opnieuw dezelfde bladzijde lezen. Een melodieus vogeltje, Walter had de pogingen gestaakt haar er de naam van te leren, het was zoiets als viro of verio, was gewend aan haar aanwezigheid en hief zijn lied aan op een tak vlak boven haar hoofd. Steeds dezelfde noten, als een gedachte die het maar niet uit zijn kopje kon krijgen.

Patty voelde dat zich in de donkere diepten van haar geest een groepje vastberaden rebellen schuilhield. En het was van cruciaal belang dat het zoeklicht van haar geweten hen niet ontdekte, of zelfs maar in hun buurt kwam. Haar liefde voor Walter en haar trouw aan hem, haar plichtsbesef als echtgenote, het begrip dat ze had voor Walters levenslange competitiedrang ten aanzien van Richard, haar kennis van Richards karakter, en gewoon het besef dat het door en door fout was om naar bed te gaan met de beste vriend van je man – al die overwegingen stonden klaar om de rebellen tot de laatste man uit te roeien. Dus moest ze deze oppermachtige strijdkrachten van het geweten afleiden en op een dwaalspoor brengen. Ze mocht zelfs niet over haar kleding nadenken. Meteen uitbannen, dat idee om iets luchtigs en uitdagends aan te trekken als ze Richard straks koffie met een bord koekjes ging brengen. Niet overwegen, nog geen seconde! Want de minste wuftheid, de minste flirt, kon het zoeklicht aantrekken en het schijnsel ervan op de rebellen werpen, en wat het dan verlichtte zou té beschamend zijn, té afstotend, té zielig. En als Richard het zag en haar weer terechtwees zoals die keer toen ze te veel wijn op had... ontluistering, vernedering, erger nog.

Maar haar hart wist het, en maakte het kenbaar met zijn geroffel tegen haar ribben – dat ze wel nooit meer een kans zou krijgen als deze. Althans niet voordat ze definitief op haar retour zou zijn als vrouw. Haar jagende hartslag hield haar voor dat het hengelaarskamp in Saskatchewan alleen bereikbaar was per watervliegtuig, radio of satellietverbinding, en dat Walter haar de komende vijf dagen niet zou bellen als het niet heel erg dringend was.

Ze liet Richards lunch op de keukentafel staan en stapte in haar auto om naar Fen City te rijden, het dichtstbijzijnde stadje. Onderweg drong het tot haar door hoe groot het risico was dat ze in deze toestand een ongeluk zou krijgen, en ze verloor zich zozeer in de voorstelling van haar verminkte lichaam en Walter die zich er huilend over boog en Richard die kalm een troostende hand op zijn schouder legde, dat ze bijna het enige stoplicht van Fen City miste. Ze trapte op de rem en hoorde in de verte haar banden gillen.

Het zat allemaal tussen haar oren, het was allemaal fantasie, toch? Het enige wat nog hoop schonk was dat ze zo bekwaam haar inwendige verwarring wist te verbloemen. Misschien had ze de afgelopen vier dagen wat afwezig en nerveus geleken, maar verder was er niets aan haar te merken geweest en ze stak sowieso in een veel betere vorm dan in februari. En als zij zulke duistere gevoelens in zich had, en die zo goed verborgen wist te houden, dan had Richard ze misschien ook wel en verborg hij ze net zo knap. Maar dat was inderdaad de enige hoop die ze kon hebben, en het viel niet te onderscheiden van de manier waarop krankzinnigen met waanvoorstellingen redeneerden.

Even later stond ze in het plaatselijke supermarktje het beperkte assortiment bieren te bekijken, de Millers, Coors en Budweisers, en probeerde tot een keuze te komen. Ze hield monsterend een sixpack in haar hand, alsof ze door het aluminium heen alvast het effect kon voelen dat de inhoud op haar zou hebben. In Ramsey Hill had Richard haar gezegd dat ze rustiger aan moest doen met drinken – hij had haar weerzinwekkend gevonden met een slok op. Ze zette het sixpack weer terug en dwong zichzelf in de richting van minder verlokkelijke afdelingen, maar het viel niet mee om het avondeten te plannen als je zowat moest kotsen van de zenuwen. Voor ze wist wat ze deed keerde ze weer terug naar de schappen met bier, als een vogeltje dat zijn lied herhaalde. Alle blikken hadden hun eigen fleurige ontwerp, maar hun inhoud was hetzelfde slappe brouwsel. De gedachte drong zich op om naar Grand Rapids te rijden en wat wijn in te slaan. En daarop volgde de gedachte om zonder wat dan ook terug naar huis te rijden. Maar wat moest ze dan? Ze kreeg het gevoel dat geen enkele beslissing voldoende verlichting of plezier kon brengen om een eind te maken aan de vertwijfeling die haar hart zo genadeloos opjaagde. Het leek, met andere woorden, een voorproefje van hoe het moest zijn om een uitzichtloos en diep ongelukkig bestaan te leiden. En toch benijdt de autobiografe deze nog altijd jonge Patty, zoals ze daar stond in de Fen City Co-op. Omdat ze de argeloze overtuiging had dat de bodem nu bereikt moest zijn en dat de crisis in de komende vijf dagen hoe dan ook, linksom of rechtsom, bezworen zou worden.

Haar besluiteloosheid had intussen de nieuwsgierigheid gewekt van het mollige tienermeisje achter de kassa. Patty schonk haar een geforceerde glimlach, kwam in beweging en kocht een in plastic verpakte kip, vijf misvormde aardappels en wat slappe preitjes. En daar liet ze het bij, want het enige wat erger leek dan deze ellende nuchter door te maken, was hem dronken door te maken.

'Ik ga een kip voor ons braden,' zei ze toen ze weer thuis was en het achterterras op liep.

Er zat zaagsel in Richards haar en wenkbrauwen, en aan zijn brede bezwete voorhoofd. 'Dat klinkt goed,' zei hij.

'Het terras ziet er geweldig uit,' zei ze. 'Een hele verbetering, hoor. Hoe lang denk je er nog mee bezig te zijn?'

'O, een dag of wat.'

'Maar weet je, als je terug wilt naar New York kunnen Walter en ik het ook wel samen afmaken, hoor. Ik weet dat je intussen al terug had willen zijn.'

'Nou, het is leuker om een klus afgerond achter te laten,' zei hij. 'Ik heb nog maar een paar dagen nodig. Of wil je hier liever alleen zijn?'

'Waarom zou ik alleen willen zijn?'

'Omdat ik een hoop herrie maak met dat getimmer.'

'O, maar dat vind ik wel een prettig geluid. Het heeft iets gezelligs, vind ik.'

'Tenzij het door je buren wordt gemaakt.'

'Aan die buren heb ik een bloedhekel, dus dat ligt anders.'

'Aha.'

'Nou, dan denk ik dat ik die kip maar eens te lijf ga.'

Ze moest iets verraden hebben met de toon waarop ze dat zei, want Richard keek haar onderzoekend aan. 'Weet je het zeker?'

'Wat? O, ja, natuurlijk! Als ik hier ben, kan ik veel meer hebben. Ik voel me altijd heerlijk hier. Niet dat het wat oplost, uiteraard, maar ik vind het heerlijk om hier 's ochtends wakker te worden, en die zuivere lucht in te ademen.'

'Weet je zeker dat je mij hier wilt, bedoel ik.'

'O, hartstikke zeker, god nou, reken maar! Je weet zelf hoe gek Walter op jou is, en ik heb zelf ook het gevoel dat wij al heel lang bevriend zijn, dus ja, dit is een mooie kans om ook eens onder vier ogen met elkaar te praten. Maar je moet echt niet blijven als je liever terug naar New York gaat, hoor. Ik ben het gewend om hier alleen te zijn, ik red me uitstekend.'

Het voelde alsof ze er een eeuwigheid over gedaan had om aan het eind te komen van dit antwoord. Er volgde een korte stilte op.

'Nou weet ik eerlijk gezegd nog steeds niet of je me hier nou wel of niet om je heen wilt hebben,' zei Richard.

'Jezus, dat zeg ik toch? Zei ik dat dan niet?'

Ze zag hem het einde naderen van het geduld dat hij met vrouwen kon opbrengen. Hij rolde met zijn ogen en bukte zich om een balkje te pakken. 'Ik maak dit af en dan ga ik even zwemmen.'

'Het water is koud, hoor.'

'Ja, maar elke dag iets minder.'

Ze liep weer naar binnen en voelde een scheut van jaloezie jegens Walter, die vrijelijk tegen Richard kon zeggen wat hij voor hem voelde, en die dan niets gevaarlijks terug hoefde, niets anders dan de bevestiging dat de gevoelens wederzijds waren. Wat hadden die twee het toch makkelijk met elkaar! In vergelijking met hen was zij net een eenzame spin die jaar in jaar uit haar web weefde en vruchteloos afwachtte. Ze begreep opeens hoe de meisjes van destijds zich hadden gevoeld, de studentes die Walter hadden benijd om zijn hechte band met Richard, die zich hadden geërgerd aan zijn constante aanwezigheid. Heel even zag ze Walter zoals Eliza hem moest hebben gezien.

Misschien moet het er toch maar van komen, misschien wel, misschien toch maar wel, prevelde ze terwijl ze de kip afspoelde en zichzelf in gedachten verzekerde dat ze er niets van meende. Ze hoorde een plons en zag Richard uit de schaduw van de bomen zwemmen, naar water dat nog schitterde in het licht van de middag. Als hij echt de pest had aan zonlicht, zoals hij beweerde in dat oude nummer van The Traumatics, dan was Minnesota in juni wel de laatste plek op aarde waar je wilde zijn. De dagen duurden hier zo lang dat je je aan het eind afvroeg of de zon nog wel brandstof over had voor de volgende dag. Hij bleef maar stralen en stralen. Ze verdrong de wens om zelf ook het water in te gaan, maar gaf toe aan een opwelling om zichzelf tussen haar benen te grijpen, geschokt door haar eigen verwarring. Leef ik eigenlijk nog wel? Heb ik nog steeds een lichaam?

Ze had de aardappels in grillige partjes gesneden. Het leken wel stukjes uit een driedimensionale puzzel.

Richard kwam na zijn douche de keuken binnen in een opdrukloos T-shirt dat lang geleden helrood moest zijn geweest.

'Je bent van de winter behoorlijk van look veranderd, hè?' zei hij tegen Patty.

'Welnee.'

'Hoezo nee? Je haar zit heel anders. Je ziet er geweldig uit zo.'

'Een klein veranderingetje maar, toch?'

'En eh, kan het zijn dat je wat bent aangekomen?'

'Nee. Nou ja, een beetje misschien.'

'Staat je prima. Ik vond je de laatste keer echt te mager.'

'Is dat een aardige manier om te zeggen dat ik dik ben?'

Hij kneep zijn ogen dicht en maakte een grimas alsof hij uit alle macht zijn geduld probeerde te bewaren. En toen keek hij haar weer aan, en vroeg: 'Wat is dit toch allemaal voor moeilijk gedoe?'

'Pardon?'

'Wil je dat ik ga? Is dat het? Je hebt iets gemaakts over je, dat me het idee geeft dat je niet op je gemak bent met mij om je heen.'

De bradende kip rook naar een gerecht uit vroeger dagen, waarvan de naam vergeten was. Ze waste haar handen, droogde ze, rommelde door een onafgewerkt keukenkastje en vond een fles kooksherry, overdekt met stof van de verbouwing. Ze schonk een vruchtensapglas vol en ging ermee aan de tafel zitten. 'Nou goed, om eerlijk te zijn ben ik wel een beetje nerveus.'

'Hoeft niet.'

'Maar ik ben het toch.'

'Is geen enkele reden voor.'

En dat was precies wat ze niet had willen horen. 'Ik neem even een glaasje,' zei ze ten overvloede. 'Een maar, hoor.'

'Je verwart me met iemand die het ene moer uitmaakt hoeveel je drinkt.'

Ze knikte. 'Oké. Goed om te weten.'

'Heb je de hele tijd naar een glas sherry gesnakt? Jezus, neem er dan een.'

'Doe ik nu dus ook.'

'Je bent toch echt een hele rare, hoor. En dat bedoel ik als een compliment.'

'Dan vat ik het ook maar zo op.'

'Walter heeft het toch maar getroffen met jou.'

'Dat zeg jij. Maar ik ben er helaas niet meer zo zeker van dat hij het ook zo ziet.'

'Nou, dat doet-ie hoor. Geloof me, dat doet-ie.'

Ze schudde haar hoofd. 'Wat ik wilde zeggen was dat ik betwijfel of hij mijn raarheid nog wel zo waardeert. Het leuke rare vindt hij nog wel leuk, denk ik, maar het slechte rare bevalt hem allerminst. En daar confronteer ik hem tegenwoordig het vaakst mee. Eigenlijk is het ironisch dat ik niet met jou ben getrouwd. Jij hebt nooit bezwaar gehad tegen het slechte rare van mensen.'

'Ik ben de laatste met wie jij getrouwd zou willen zijn, neem dat maar van mij aan.'

'Ja, het zou natuurlijk geen pretje zijn geweest. Ik ken de verhalen.'

'Het spijt me dat te horen, maar verbazen doet het me niet.'

'Walter vertelt me altijd alles, Richard.'

'Ongetwijfeld.'

Op het meer klonk gekwaak. In het riet aan de overkant nestelden veel wilde eenden.

'Heeft Walter jou verteld dat ik de banden van die vreselijke buurman heb doorgesneden?'

Richard trok zijn wenkbrauwen op, en ze vertelde hem het verhaal.

'Dat is behoorlijk gestoord,' zei hij toen ze klaar was. Het klonk bewonderend.

'Vind je ook niet?'

'Weet Walter dit ook allemaal?'

'Hm. Goeie vraag.'

'Ik neem aan dat jij hem *niet* alles vertelt.'

'God, Richard, ik vertel hem nooit wat.'

'Dat zou je volgens mij best kunnen doen. Dan kwam je er misschien wel achter dat hij veel meer weet dan je denkt.'

Ze haalde diep adem en vroeg welk geheimen Walter van haar kende.

'Hij weet dat je ongelukkig bent,' zei Richard.

'Tja, daar hoef je ook niet echt helderziend voor te zijn, hè. En wat nog meer?'

'Hij weet dat je hem er de schuld van geeft dat Joey uit huis weg is.'

'O dat,' zei ze. 'Dat heb ik hem wél verteld, min of meer, dus dat was geen geheim.'

'Oké, vertel mij dan maar eens wat dingen. Wat weet Walter nog meer niet van je, afgezien van die manie om banden door te snijden?'

Patty dacht diep na, maar al wat haar voor de geest kwam was de leegte van haar leven, het lege nest in Ramsey Hill, de nutteloosheid van haar bestaan nu de kinderen de deur uit waren. De sherry had haar droevig gemaakt. 'Weet je, zing maar even een liedje voor me terwijl ik het eten afmaak. Wil je dat voor me doen?'

'Ik weet niet,' zei Richard. 'Dat voelt wel een beetje ongemakkelijk.'

'Waarom?'

'Geen idee, dat doet het gewoon.'

'Maar je bent zanger van beroep. Zingen is toch iets natuurlijks voor jou?'

'Ja, maar ik heb nooit zo het idee gehad dat jij het mooi vond wat ik zong.'

'Doe "Dark Side of the Bar" maar. Dat vind ik fantastisch.'

Hij slaakte een zucht, vouwde zijn armen en liet zijn hoofd zakken.

'Wat nou?'

'Ik denk dat ik morgen toch maar wegga, als je het niet erg vindt.'

'Oké.'

'Dat terras is nog maar een dag of twee werk. Je kunt het al gebruiken.'

'Oké.' Ze stond op en zette het glas in de gootsteen. 'Maar mag ik vragen waarom? Ik bedoel, het is echt leuk om je hier te hebben.'

'Het is gewoon beter als ik ga.'

'Oké. Wat jou het beste lijkt. Die kip moet nog een minuut of tien. Kun jij alvast de tafel dekken?'

Hij bleef met zijn armen over elkaar zitten. Het leek wel of hij sliep.

'Dat nummer heeft Molly geschreven,' zei hij na een poosje. 'Het was stijlloos van me om het op te nemen. Een echte klotestreek. Bewuste, opzettelijke klootzakkerigheid van mijn kant.'

'Het is een prachtig, ontroerend nummer. Had je het dan soms niet moeten gebruiken?'

'Inderdaad. Niet gebruiken was wel zo netjes geweest.'

'Ik vind het rot dat het toen zo met jullie is afgelopen. Jullie zijn een hele tijd samen geweest.'

'Nou, samen en niet samen.'

'Ja, dat weet ik, maar toch.'

Hij zat peinzend voor zich uit te kijken terwijl zij de tafel dekte, de salade husselde en de kip voorsneed. Ze dacht dat ze geen honger had, maar bij haar eerste hap drong het tot haar door dat ze sinds de vorige avond niets meer gegeten had, en dat haar dag al om vijf uur 's ochtends was begonnen. Richard at ook, zwijgend. Na een tijdje begon de stilte opmerkelijk te worden, en toen spannend, en ten slotte vermoeiend en ontmoedigend. Ze ruimde de tafel op, gooide de restjes weg, deed de afwas en zag dat Richard was gaan zitten roken op de kleine veranda aan de voorkant van het huis. De zon was al onder, maar de lucht was nog helder. Ja, dacht ze, het is beter als hij gaat. Beter, veel beter, echt.

Ze trok de hordeur open en stapte de veranda op. 'Ik denk dat ik maar naar bed ga. Nog een stuk Tolstoj lezen.'

Richard knikte. 'Klinkt goed. Ik zie je morgenochtend wel weer.'

'De avonden zijn hier eindeloos,' zei ze. 'Het wil gewoon niet donker worden.'

'Het was geweldig om hier een tijd te zitten. Ik ben jullie ontzettend dankbaar.'

'O, dat was puur Walter. Ik moet bekennen dat het bij mij niet eens opkwam dat we je hiermee konden helpen.'

'Hij vertrouwt je,' zei Richard. 'Als jij hem nu ook vertrouwt, komt alles goed.'

'Tja, misschien, maar misschien ook niet.'

'Wil je niet met hem door dan?'

Dat was een goede vraag.

'Ik wil hem zeker niet kwijt,' zei ze, 'als je dat soms bedoelt. Ik loop niet met het idee rond om hem te verlaten of zo. Eigenlijk tel ik gewoon de dagen af tot het Joey begint te vervelen bij de Monaghans. Hij heeft nog een heel jaar high school voor de boeg.'

'Het is me niet helemaal duidelijk wat je daarmee wilt zeggen.'

'Gewoon, dat mijn gezin me nog altijd dierbaar is.'

'Mooi zo. Het is ook een prachtig gezin.'

'Dat is het. Goed, tot morgenochtend dan maar.'

'Patty.' Hij drukte zijn sigaret uit in Dorothy's Deense kerstkom, die hij al die tijd als asbak had gebruikt. 'Ik pieker er niet over om het huwelijk van mijn beste vriend kapot te maken.'

'Nee! God nee, natuurlijk niet!' Ze kreeg bijna tranen in haar ogen van teleurstelling. 'Neem me niet kwalijk, Richard, maar wat zei ik dan verkeerd? Ik zei toch alleen maar dat ik naar bed ging en tot morgen? Meer heb ik niet gezegd! Ik zei dat mijn gezin me dierbaar was, waar of niet?'

Hij schonk haar een blik vol scepsis en ongeduld.

'Ja toch zeker?' riep ze uit.

'Ja hoor,' zei hij. 'Ik wil je ook geen woorden in de mond leggen. Ik probeer gewoon grip te krijgen op die rare spanning tussen ons. Je zult je herinneren dat we ooit eerder een gesprek als dit hebben gehad.'

'Natuurlijk herinner ik me dat.'

‘Dus leek het me verstandig om maar even hardop te zeggen wat ik zojuist gezegd heb.’

‘Snap ik. En ik waardeer het ook. Je bent een heel goede vriend. En voor mij hoef je morgen echt niet te vertrekken. Er is hier niets om bang voor te zijn. Niets om voor te vluchten.’

‘Dank je. Maar ik ga misschien toch.’

‘Ook goed.’

En ze ging naar binnen, naar het bed van Dorothy, waarin Richard had geslapen tot Walter en zij hem er met hun komst uit hadden verdreven. Door de openstaande ramen kwam al een koele nachtbries, maar in de kamer heerste nog het blauwige licht van de schemering. Een droomlicht was het, een waanzinlicht, dat weigerde te versterven. Ze knipte de lamp naast het bed aan om het te verdrijven. De rebellen waren ontdekt! Het spel was uit! Ze trok haar flanellen pyjama aan, liet in bed de voorafgaande uren door haar gedachten gaan en kromp steeds verder ineen van schaamte. Ze hoorde de melodieuze weergalm van het toilet toen Richard daar zijn blaas in leegde, en toen het doortrekken, het melodieuze water in de leidingen en het nijvere gonzen van de waterpomp die de stortbak weer vulde. Om aan zichzelf te ontkomen pakte ze *Oorlog en vrede* en ging er langdurig in liggen lezen.

De autobiografe heeft zich menigmaal afgevraagd of alles anders zou zijn gelopen als Patty niet bij het gedeelte was gekomen waarin Natasja Rostov, die zo duidelijk lijkt voorbestemd voor de sullige maar trouwhartige Pierre, verliefd wordt op zijn dierbare en flamboyante vriend Prins Andrej. Het was een wending die Patty niet had zien aankomen. Pierre’s verlies ontvouwde zich voor haar ogen als een catastrofe in slow motion. Nee, het is niet waarschijnlijk dat alles anders zou zijn gelopen, maar het effect dat deze bladzijden op Patty hadden, hun indringendheid, was bijna psychedelisch. Ze las tot na middernacht, werd nu zelfs gegrepen door het militaire gedoe, en zag tot haar opluchting dat het schemerlicht verdwenen was toen ze eindelijk de lamp uitknipte.

Uren later, de nacht was geruisloos en aardedonker, kwam ze al slapende uit haar bed, liep naar de kamer van Richard en kroop bij hem in bed. Het was koud in de kamer en ze drukte zich tegen hem aan.

‘Patty,’ zei hij.

Maar ze sliep en wilde niet ontwaken, dus kroop ze alleen nog maar dichter tegen hem aan. De slaap maakte haar vastbesloten. Ze werkte zich op hem, wilde zichzelf helemaal over hem uitspreiden, hun aanraking maximaal maken, voelde zich groot genoeg om hem te kunnen bevatten, drukte haar gezicht in zijn hals.

'Patty.'

'Mmm.'

'Slaap je? Word wakker, alsjeblieft.'

'Nee, ik slaap... ik slaap. Niet wakker maken.'

Zijn penis probeerde door het katoen van zijn boxershort te breken. Ze wreef er met haar buik overheen.

'Het spijt me,' zei hij, 'maar je moet echt wakker worden.'

'Nee, wil ik niet, neuk me nou maar.'

'O jezus.' Hij probeerde onder haar vandaan te komen, maar ze bewoog als een amoebe met hem mee. Hij greep haar bovenarmen beet om haar weg te duwen. 'Sorry, maar vrouwen die diep in slaap zijn, daar trek ik de grens.'

'Mm,' zei ze, haar pyjama losknopend. 'We slapen allebei, toch? We hebben gewoon een mooie droom.'

'Ja, maar dit is het soort droom dat je je achteraf herinnert.'

'Maar als het nou alleen maar een droom is... Ik slaap, en ik ga weer verder dromen. Moet jij ook doen. Straks ga ik weer weg en slapen we alleen verder.'

Dat ze dit allemaal kon zeggen, en het nu allemaal woord voor woord kan opschrijven, werpt natuurlijk wel enige twijfel op de echtheid van haar slaaptoestand, die nacht. Maar de autobiografe stelt met kracht dat ze *niet* wakker was op het moment dat ze Walter bedroog en voelde hoe zijn vriend haar openspleet. Ze heeft hier weliswaar geen hardere aanwijzingen voor dan dat ze niet in staat was haar ogen te openen, en dat haar na afloop geen genotsgevoel bijbleef, alleen het abstracte besef dat ze het met elkaar hadden gedaan, maar als ze zich bij wijze van gedachte-experiment voorstelt dat tijdens de daad de telefoon was gaan rinkelen, dan ziet ze zichzelf niet opschrikken maar wakker schrikken, wat alleen maar kan betekenen dat ze het zich oprecht herinnert als iets wat zich toen in een slaaptoestand heeft afgespeeld.

Echt wakker werd ze pas toen het voorbij was en ze zich onmiddellijk, onthutst en zwijgend, naar haar eigen bed terugtrok. En het volgende wat ze zich herinnert is de dageraad op de ramen en het geluid van Richard die opstond en naar de badkamer liep, zijn klaterende straal in de toiletpot. Ze luisterde ingespannen naar de geluiden die hij vervolgens maakte, probeerde eraan af te horen of hij zijn pickup aan het inladen was of aan het werk ging. Het klonk alsof hij weer aan het werk ging! Toen ze eindelijk genoeg moed had vergaard om haar schuilplaats te verlaten, trof ze hem op zijn hurken op het achterterras, waar hij hout zat te sorteren. De zon was op, maar nog weinig meer dan een bleke schijf achter het dunne wolkendek. Een weersverandering deed de oppervlakte van het meer rimpelen. Zonder zonneschijn en schitteringen op het water leek het omringende bos een stuk minder dicht en weelderig.

'Hé, goeiemorgen,' zei Patty.

'Môgge,' zei Richard zonder op te kijken.

'Heb je al ontbeten? Zal ik wat voor je maken? Een paar eieren?'

'Ik heb koffie genomen, dank je.'

'Ik zal wat eieren voor je bakken.'

Hij kwam overeind, zette zijn handen op zijn heupen en nam de stapels hout in ogenschouw, had haar nog steeds niet aangekeken. 'Ik leg alles even op orde voor Walter, dan weet hij wat hij zoal in huis heeft.'

'Oké.'

'En daarna heb ik nog wel een paar uur nodig om mijn spullen te pakken, dus ga jij maar gewoon je eigen gang.'

'Zal ik doen. Heb je hulp nodig?'

Hij schudde zijn hoofd.

'En je weet zeker dat je geen ontbijt wilt?'

Hij gaf geen antwoord meer.

Er ontrolde zich een soort PowerPoint-lijst voor haar geestesoog, met de namen van mensen in volgorde van goedheid. Bovenaan prijkte natuurlijk de naam van Walter, direct gevolgd door die van Jessica en op iets grotere afstand die van Joey en Richard. Helemaal onderaan stond, moederziel alleen, haar eigen lelijke naam.

Ze nam haar koffie mee naar de slaapkamer en luisterde daar naar de geluiden van Richards sorteerwerk, het gerinkel van spijkers die op maat in dozen werden gegooid, het gerammel van gereedschapskisten. Later op de ochtend waagde ze zich weer naar beneden om te vragen of hij bleef lunchen voor hij vertrok. Hij stemde in, maar zonder enthousiasme. Ze was te ontredderd om verdrietig te worden, laat staan om te huilen, dus zette ze eieren op voor een eiersalade. Het was die nacht haar liefste hoop geweest, voor zover ze zich aan hoop of fantasie had kunnen overgeven, dat het een aangename dag zou worden en dat Richard zou afzien van zijn voornemen om te vertrekken, maar dat ze geen woorden zouden vuilmaken aan wat ze hadden gedaan, en dat ze de volgende nacht weer naar hem toe zou slaapwandelen, en dat daarop opnieuw een aangename dag zonder moeilijke gesprekken zou volgen, en dan wéér slaapwandelen en nóg een aangename dag, en dat Richard dan zijn spullen zou pakken en terug zou rijden naar New York, en dat zij zich ooit als oude vrouw de intense dromen zou herinneren die ze enkele nachten achtereen aan de oever van Nameless Lake had gehad, en dat ze zich dan altijd zou afvragen of het wel of niet echt gebeurd was. Die hoop (of fantasie) lag nu aan flarden. Haar nieuwe hoop was dat het haar snel zou lukken de voorgaande nacht te vergeten. Ze nam zich voor daar in elk geval haar uiterste best voor te doen.

De autobiografe weet niet meer precies hoe Patty dit voornemen gestalte wilde geven, maar haar plan zal er zeker *niet* in hebben voorzien dat de eiersalade even later half opgegeten op tafel stond en Patty's spijkerbroek op de vloer lag en het kruis van haar badpak ruw opzij werd getrokken waarna Richard haar staand tegen het lieflijke behang van Dorothy's oude zitkamer naar een gillend orgasme neukte – en dat alles op klaarlichte dag, terwijl beide betrokkenen klaarwakker waren. Het liet geen sporen na op het behang, maar voor Patty zou de plek zich altijd scherp blijven aftekenen, als een punt in ruimte en tijd dat voor eeuwig een ingrijpende wending in de geschiedenis van het universum markeerde. Dat stukje van de muur zou altijd een stille aanwezigheid blijven in de weekeinden die ze in later jaren met Walter in het huis doorbracht. In Patty's beleving was het voorgoed de plek waar ze voor het eerst van haar leven echte seks had gehad – waar ze, om het zo maar uit te drukken, haar onschuld had verloren. Ze was voor altijd getekend, al zou het nog enige tijd duren eer dit ten volle tot haar doordrong.

'Nou,' zei ze, toen ze op de vloer zat, met haar hoofd tegen de plek waar zich nog maar kort tevoren haar achterste had bevonden, 'dat was, eh, interessant.'

Richard had zijn broek alweer aan en liep doelloos rond. 'Ik denk dat ik maar even binnen een sigaretje opsteek, als dat mag.'

'Onder deze omstandigheden wil ik dat wel door de vingers zien.'

Het was intussen zwaarbewolkt geworden, met een koude wind die door de kieren van de ramen en deuren drong. Het vogelgezang was verstomd en het meer lag er desolaat bij, de natuur in afwachting van de zon.

'Waarom draag je eigenlijk een badpak onder je kleren?' zei Richard terwijl hij zijn aansteker aanknipte.

Patty lachte. 'Ik zou na je vertrek zijn gaan zwemmen.'

'Maar het is steenkoud.'

'Ik had ook geen urenlange zwemtocht in gedachten.'

'Even een koud bad bij wijze van boetedoening.'

'Precies.'

De tocht en de rook van Richards Camel mengden zich als vreugde en spijt. Patty schoot opnieuw in de lach, zonder reden ditmaal, en verzon er een geestigheid bij om zich een houding te geven.

'Schaken kun je niet,' zei ze, 'maar hiermee ben je de onbetwiste winnaar.'

'Doe normaal, mens.'

Ze kon de toon van zijn stem niet goed duiden, maar vreesde dat hij boos was en probeerde met lachen op te houden.

Richard ging op de rand van de salontafel zitten en nam een lange haal. 'Dit moeten we dus nooit meer doen,' zei hij.

Er ontglipte haar toch weer een lachje. 'Of nog een paar keer en dán nooit meer.'

'En wat zouden we daarmee opschieten, volgens jou?'

'Dan zou de dorst gelest zijn en konden we allebei weer verder.'

'Nou, in mijn ervaring werkt dat toch anders.'

'Tja, dan zal ik me naar jouw oordeel moeten voegen, want ervaring is iets waar ik zelf niet op kan bogen.'

'Kijk, het is één van de twee,' zei Richard. 'We houden er nu mee op óf jij gaat weg bij Walter. En aangezien dat laatste onaanvaardbaar is, houden we ermee op.'

'Of misschien is er nog een derde keuze: we houden er niet mee op en verzwijgen het voor hem.'

'Zo zou ik niet willen leven. Jij?'

'Tja, wij zijn twee van de drie mensen van wie hij het meeste houdt.'

'De derde is Jessica, neem ik aan.'

'Ja,' zei Patty. 'Ze zou onvoorwaardelijk zijn kant kiezen en mij voor de rest van haar leven verafschuwen. Die troost zou hij wel hebben.'

'Maar dat lijkt me een wel heel schrale troost, en ik pieker er ook niet over om het hem aan te doen.'

De gedachte aan Jessica deed Patty opnieuw in de lach schieten. Haar dochter was een bloedserieuze, uiterst integere en vroegwijze jonge vrouw die soms op het lachwekkende af vertwijfeld raakte over Patty en Joey, haar moeder die niets presteerde en haar broer die niet wilde deugen. Patty hield zielsveel van haar en kon zich niets ergers voorstellen dan dat Jessica een hekel aan haar zou krijgen, maar om haar terechtwijzingen en afkeurende blikken kon ze altijd alleen maar grinniken. Storen deed ze zich er nooit aan, het hoorde gewoon bij Jessica, die zichzelf op haar beurt veel te serieus nam om zich aan de vrolijkheid van haar moeder te storen.

'Zeg,' zei ze tegen Richard, 'zit er eigenlijk toch niet iets homoseksueels in jou?'

'Dat vind ik een wat wonderlijke vraag na wat we zojuist hebben gedaan.'

'Nou, ik weet niet. Mannen die de ene vrouw na de andere pakken proberen daar toch vaak iets mee te bewijzen, of beter gezegd: te weerleggen. En ik krijg de indruk dat jij Walters geluk wel heel ver boven het mijne stelt.'

'Neem één ding van mij aan: ik voel niet de minste behoefte om het met Walter te doen.'

'Nee, dat weet ik ook wel, en ik bedoel eigenlijk iets anders. Wat ik bedoel is dat je op mij waarschijnlijk snel zou zijn uitgekeken. Als je me op mijn vijfenveertigste naakt zag, zou je je ongetwijfeld afvragen of ik nog wel was wat je wilde. En het antwoord zou nee zijn. Maar Walter zul je nooit beu worden, juist omdat je het niet met hem wilt doen. Daarom kun je met hem wél altijd close blijven.'

'Dit is wel heel erg D.H. Lawrence, hoor,' zei Richard korzelig.

'Alweer een schrijver die ik hoognodig moet lezen.'

'Of niet.'

Ze wreef haar ogen, en haar lippen die nog tintelden van zijn stoppels. Al met al was ze zeer te spreken over de wending die de zaken hadden genomen.

'Maar goed, mijn complimenten nog voor dat van daarnet. Ik wist niet dat je zó goed overweg kon met je gereedschap.'

Richard stond op en begon weer te ijsberen. 'Probeer een *beetje* serieus te blijven, Patty. Doe een *beetje* je best.'

'Dit is onze kans, Richard, dat is alles wat ik zeg. We hebben een paar dagen met elkaar en die gebruiken we of niet. Het zal snel genoeg weer voorbij zijn.'

'Het was een vergissing van me,' zei hij. 'Heel onverstandig. Ik had gisterochtend moeten weggaan.'

'En dat zou ik ook met heel mijn wezen hebben toegejuicht, op één onderdeel na. En dat is wel een tamelijk belangrijk onderdeel, moet ik zeggen.'

'Ik mag je graag,' zei hij. 'Ik vind het leuk om met je om te gaan. Ik vind het leuk voor Walter dat hij je heeft. Zo iemand ben je. Ik dacht dat het wel kon om een paar dagen langer te blijven, maar dat was dus een vergissing.'

'Welkom in Patty-land,' zei ze. 'Het land der vergissingen.'

'Nooit geweten dat jij slaapwandelde.'

'Heb ik volgens mij ook nooit gedaan.' Ze lachte. 'Maar geef toe, het was een goed moment om ermee te beginnen, nietwaar?'

'Jezus, mens, doe nou even normaal. Je irriteert me.'

'En het mooie is dat dat me niet eens wat kan schelen. Wat is het ergste dat me nu nog kan gebeuren? Dat je boos wordt en weggaat? Weggaan doe je toch.'

Hij keek haar aan, glimlachte en de kamer vulde zich met (metaforisch) zonlicht. Hij was in haar ogen een bijzonder aantrekkelijke man.

'Ik mag je echt,' zei hij. 'Heel graag, en dat heb ik ook altijd gedaan.'

'Insgelijks.'

'Ik wilde gewoon dat je een goed leven zou krijgen, begrijp je? Ik vond je iemand die het waard was haar leven met Walter te delen.'

'Dus daarom ben je de hele nacht weggebleven, toen in Chicago?'

'Het zou niks geworden zijn in New York. Het zou helemaal verkeerd zijn afgelopen tussen ons.'

'Als jij het zegt.'

'Ik zeg het met volle overtuiging.'

Patty knikte. 'Maar eigenlijk had je die avond dus wel met me naar bed gewild.'

'Nou en of. Maar ik wilde meer dan dat. Ik wilde met je praten, naar je luisteren. En dat ik dat óók wilde was nou juist het probleem.'

'Nou, dat is dan toch nog goed om te weten. Kan ik die vraag eindelijk van mijn lijst schrappen, twintig jaar na dato.'

Richard stak nog een sigaret op en kwam naast haar zitten op het oude Perzische tapijt van Dorothy. Buiten ging een zucht door de bomen, de stem van een herfst die nooit veraf was in noordelijk Minnesota.

Het was Patty die de stilte verbrak. 'Dus in potentie is dit een gevaarlijke situatie, als ik het goed begrijp.'

'Ja.'

'Gevaarlijker dan ik had gedacht.'

'Ja.'

'Dus zou het beter zijn geweest als ik niet had geslaapwandeld.'

'Ja.'

Ze begon te huilen. Om Walter. Ze hadden in al die jaren haast nooit een nacht zonder elkaar doorgebracht, dus had ze nooit geweten hoe het was om hem te missen en te waarderen, en nu miste en waardeerde ze hem opeens ontzettend. Het was het begin van een diepe gevoelsverwarring – een verwarring waarmee de autobiografe nog altijd te kampen heeft. Toen al, op dat moment aan de stille oever van Nameless Lake, in het licht van die bewolkte dag, kwam haar opeens duidelijk het probleem voor ogen. Ze was gevallen voor de enige man ter wereld die net zoveel om Walter gaf als zijzelf. Ieder ander zou nu een poging hebben gedaan om haar van Walter af te pakken, maar Richard wilde hem net zo graag van verdriet vrijwaren als zij dat zelf wilde. En voor haar kwam daar nog de verantwoordelijkheid bij die ze voor Richard voelde, die buiten Walter niemand anders had die hem dierbaar was, en die naast zijn muziek alleen zijn kameraadschap met Walter had om trots op te kunnen zijn. En dat alles had zij in haar slaap en haar egoïsme op het spel gezet. Ze had misbruik gemaakt van iemand die aan de grond zat en kwetsbaar was maar niettemin zijn uiterste best deed om nog enige morele orde in zijn leven te houden. Dus huilde ze ook om Richard, maar nog het meest om Walter, en om haar eigen gebrekkige en slechte zelf.

'Huilen lucht op,' zei Richard. 'Al kan ik niet zeggen dat ik het zelf ooit geprobeerd heb.'

'Overschat het maar niet,' snifte Patty. 'Het is een put waar je bijna niet meer uit komt.' Ze had het opeens koud in haar badpak, en voelde zich miserabel. Ze schoof naar Richard toe, sloeg haar armen om zijn warme, brede schouders en trok hem met zich mee terwijl ze zich naar het Perzische tapijt liet zakken. En zo verstreek de grauwe middag.

Drie keer in totaal. Een, twee, drie. De eerste keer slapend, toen ongeremd en woest, en de derde keer met vol orkest. Maar toch, drie – een mager aantal. De autobiografe is nu eind veertig en heeft menige hertelling gepleegd, maar ze komt telkens weer op drie uit.

Veel meer valt er verder niet over te vertellen, en het meeste van dat weinige komt neer op verdere fouten. De eerste beging ze samen met Richard terwijl ze nog samen op het Perzische tapijt lagen. Ze vonden, waren het er roerend over eens, dat hij inderdaad moest vertrekken. Hij moest weg voordat ze zichzelf nog dieper in de nesten zouden werken, waarna ze beiden de tijd zouden nemen om over de situatie na te denken en een weloverwogen besluit te nemen, dat, mocht het negatief uitvallen, alleen maar pijnlijker zou worden als hij nog langer bleef.

Nadat ze het hierover eens waren geworden, richtte Patty zich op en zag tot haar verbazing dat de bomen en het terras kletsnat waren. De regen was zo fijn dat ze geen geruis op het dak hadden gehoord. Ze trok Richards verschoten rode T-shirt aan en vroeg of ze het mocht houden.

'Waarom wil je mijn T-shirt?'

'Het ruikt naar jou.'

'Ik ken niet zoveel mensen die dat als een pluspunt zouden zien.'

'Ik wil gewoon iets van jou bij me houden.'

'Mij best. Laten we hopen dat het niet het enige is wat ik bij je achterlaat.'

'Ik ben tweeënveertig,' zei ze. 'Het zou me twintigduizend dollar kosten om nog zwanger te worden, Richard. Zó goed ben je nou ook weer niet.'

'Blij dat te horen. Ik heb een blanco strafblad op dat punt, en dat wil ik graag zo houden.'

'En ik?' zei ze. 'Moet ik me zorgen maken of ik geen gastvrouw ben geworden voor een legertje ziektekiemen?'

'Lijkt me niet. Ik ben tegen alles ingeënt, en doorgaans voorzichtig op het paranoïde af.'

'Dat zeg je vast tegen alle meisjes die je tegenkomt.'

En zo babbelden ze voort. Heel luchtig en ontspannen allemaal, en het werd zelfs zo luchtig dat ze hem opnieuw vroeg iets te zingen, waarom niet, één liedje voordat hij ging. Hij pakte zijn banjo uit en ging zitten tokkelen terwijl zij sandwiches voor hem maakte en in folie wikkelde.

'Misschien moet je toch nog maar een nachtje blijven en dan morgenochtend vroeg op pad gaan,' zei ze.

Hij glimlachte, ten teken dat hij het voorstel geen antwoord waardig keurde.

'Nee, serieus,' zei ze. 'Het regent nog steeds en het wordt zo donker.'

'Geen schijn van kans, meisje. Je hebt mijn vertrouwen voorgoed verspeeld, leer daar nou maar mee leven.'

Ze lachte. 'Waarom zing je niet? Ik wil je stem horen.'

Hij haalde zijn schouders op en hief 'Shady Grove' aan. Ze had het destijds nooit kunnen denken, maar hij had zich door de jaren heen tot een bekwame zanger ontwikkeld, met een soepele stem vol nuances. En zijn longvolume was groot genoeg om de ramen te laten trillen in hun sponningen.

'Oké, nou snap ik waarom je eerst niet wilde,' zei ze toen hij klaar was. 'Dit maakt het afscheid er niet makkelijker op voor me.'

Maar als je muzikanten eenmaal op gang hebt gebracht, zijn ze niet makkelijk meer af te stoppen. Richard stemde zijn gitaar en zong drie countrynummers die Walnut Surprise later op zou nemen voor *Nameless Lake*. De teksten waren nog weinig meer dan onzin op rijm, in afwachting van iets veel beters, maar zijn zang, in de countrystijl die Patty zo goed kende en liefhad, greep haar zo aan dat ze midden in het derde liedje begon te schreeuwen. '*Stoppen, oké. Genoeg. Ophouden nu.*' Maar hij hield niet op, was zo in zijn muziek verdiept dat ze zich buitengesloten en verlaten begon te voelen. Ze barstte ten slotte in tranen uit en huilde zo woest dat hij wel op moest houden (met duidelijk zichtbare tegenzin) en haar zonder succes probeerde te kalmeren.

'Hier zijn je sandwiches.' Ze duwde hem het pakje in zijn handen. 'En daar is het gat van de deur. Je zou weggaan, en nou ga je ook, oké? Wegwezen, ik meen het, nu! Ik weet ook wel dat ik je zelf gevraagd heb te zingen, *mijn fout, wederom*, maar nu moeten we ook maar eens van onze fouten leren.'

Hij ademde diep in en rechtte zijn rug alsof hij een hartig woordje met haar te spreken had, maar zijn schouders zakten weer af en hij liet de woorden onuitgesproken uit zijn longen lopen.

'Je hebt gelijk,' zei hij geïrriteerd, 'het wordt hoog tijd dat ik ga.'

'We hebben de juiste beslissing genomen, toch?'

'Waarschijnlijk wel, ja.'

'Nou, ga dan.'

En hij ging.

En zij werd een betere lezeres. Eerst puur uit escapisme, later uit het verlangen naar inzicht. Toen Walter terugkwam uit Saskatchewan, had ze de rest van *Oorlog en vrede* in een marathonsessie van drie dagen weggelezen. Natasja had Andrej haar hand beloofd maar was vervolgens verleid door de boosaardige Anatole, waarop Andrej uit wanhoop was afgereisd om zich dodelijk te laten verwonden in een veldslag, maar nog wel lang genoeg te leven om door Natasja verpleegd te worden en haar vergiffenis te schenken, waarna de onkreukbare Pierre, in de tussentijd een stuk wijzer geworden door lang en diep na te denken tijdens zijn krijgsgevangenschap, zijn opwachting maakte als Natasja's troostprijs, met een hele stoet kinderen als gevolg. Voor Patty was het alsof ze in die drie dagen een compleet, samengebald leven doormaakte, en toen haar eigen Pierre terugkeerde uit de wildernis, zwaar verbrand ondanks de liters sunblock waarmee hij zich doorlopend had ingesmeerd, was ze er klaar voor om weer met hart en ziel van hem te houden. Ze haalde hem op in Duluth en hoorde hem uit over zijn tijd met de natuurminnende miljonairs, bij wie hij bakken met sponsorgeld bleek te hebben losgepraat.

'Ongelooflijk,' zei Walter toen ze bij het huis aankwamen en hij het bijna-klare achterterras zag. 'Vier maanden zit hij hier, en de laatste acht uur werk laat hij voor mij liggen.'

'Ik had de indruk dat het bos hem zijn keel uitkwam,' zei Patty. 'Ik heb hem zelf gezegd dat het zo wel goed was en dat hij maar weer naar New York moest rijden. Was hij echt aan toe. Hij heeft hier trouwens prachtige nummers geschreven.'

Walter keek haar fronsend aan. 'Heeft hij je nummers voorgespeeld?'

'Drie,' zei ze, terwijl ze zich van hem afwendde.

'En die waren goed?'

'Heel erg goed.' Ze liep naar het meer en Walter volgde haar. Het was niet moeilijk om hem op afstand te houden. Ze waren alleen in de begintijd een stel geweest dat elkaar bij elke thuiskomst in de armen viel.

'Konden jullie het een beetje uithouden met elkaar?' vroeg Walter.

'Het ging soms wel een beetje moeizaam. Ik was uiteindelijk ook blij dat hij ging, moet ik bekennen. Er was één avond waarop ik een flink glas sherry heb moeten drinken.'

'Eén glas in al die tijd, dat is toch prima?'

Deel van de afspraak die ze met zichzelf gemaakt had, was dat ze Walter geen leugens zou vertellen, zelfs geen kleintjes – geen woorden zou spreken waarvan ze niet zeker wist dat ze waar waren.

'Ik heb ontzettend veel gelezen,' zei ze. 'Volgens mij is *Oorlog en vrede* het beste boek dat ik ooit gelezen heb.'

'Ik ben jaloers,' zei Walter.

'Pardon?'

'Dat boek voor het eerst te lezen. En er alle tijd voor te hebben.'

'Het was geweldig. Ik voel me er ook echt een beetje door veranderd.'

'Je klinkt ook veranderd, eerlijk gezegd.'

'Niet ten kwade, mag ik hopen?'

'Nee, alleen maar anders.'

In bed trok ze die nacht haar pyjama uit en merkte tot haar opluchting dat ze meer naar hem verlangde, niet minder, na wat er was gebeurd. Het was aangenaam om seks met hem te hebben. Er was helemaal niets mis mee.

'Dit zouden we vaker moeten doen,' zei ze.

'Wanneer je maar wilt, hoor. Wanneer je maar wilt.'

Ze beleefden die zomer een soort van tweede wittebroodstijd, gevoed door Patty's schuldgevoel en haar tot leven gewekte seksualiteit. Ze deed haar uiterste best een goede vrouw te zijn voor haar meer dan goede man, maar voor de volledigheid dient hier ook het feit te worden vermeld dat er al enkele dagen na Richards vertrek een heimelijk e-mailverkeer tussen hem en Patty tot stand kwam. Deze uitwisseling leidde er een paar weken later toe dat Patty hem permissie gaf, om het zo maar uit te drukken, het vliegtuig naar Minneapolis te nemen en vandaar naar Nameless Lake te rijden om haar daar te treffen terwijl Walter er weer op uit was met een groep rijkelui, ditmaal in de Boundary Waters. Ze wiste de mail met Richards vluchtgegevens onmiddellijk, zoals ze al zijn mails onmiddellijk wiste, maar niet voordat ze het vluchtnummer en de aankomsttijd in haar hoofd had geprent.

Een week voor de dag in kwestie reed ze in haar eentje naar Dorothy's huis en raakte er finaal van slag. In haar ontreddering dronk ze zich elke avond ladderzat, werd 's nachts een paar keer in paniek wakker, overmand door spijt en twijfel, en sliep dan tot in de middag, waarna ze opstond en een tijdlang in een toestand van valse rust zat te lezen, tot ze opeens weer bloednerveus werd en ruim een uur heen en weer liep voor het tafeltje met de telefoon, dubbend of ze Richard wel of niet af moest bellen, om dan tot slot maar weer een fles open te trekken en het gewoel in haar hoofd voor een paar uur te bezweren.

De dagen sleepten zich voort, de een na de ander, naar het moment van de waarheid. Op de laatste avond bezatte ze zich tot kotsens toe, viel in slaap op de bank en werd een paar uur voor zonsopgang met een schok wakker, klaarwakker. Om het beven van haar handen en armen voldoende te bedwingen om Richards nummer te kunnen intoetsen, moest ze even op de nog steeds niet gevoegde keukenvloer gaan liggen.

Ze kreeg zijn voicemail. Hij had een nieuw, kleiner appartement gevonden op een paar straten van het oude. Ze kon het zich niet anders voorstellen dan als een zwart geheel, zoals zijn kamer in het appartement dat hij als student met Walter had gedeeld. Ze belde nog eens, en kreeg opnieuw zijn voicemail. Ze belde een derde keer, en toen nam hij op.

'Niet komen,' zei ze. 'Ik kan het niet.'

Hij zei niets, maar ze hoorde hem ademhalen.

'Het spijt me,' zei ze.

'Bel me over een paar uur nog maar even terug. Dan is het ochtend en denk je er misschien anders over.'

'Ik moest overgeven, gisteravond.'

'Da's beroerd voor je.'

'Alsjeblieft, Richard, niet komen. Ik beloof dat ik je niet meer lastigval. Ik heb het blijkbaar op het laatste moment moeten laten aankomen om in te zien dat ik het niet kan.'

'Dat zou kunnen.'

'Het is gewoon beter om het niet te doen, vind je ook niet?'

'Waarschijnlijk wel, ja.'

'Ik kan het hem gewoon niet aandoen.'

'Oké. Dan blijf ik hier.'

'Het is niet dat ik niet wíl dat je komt. Ik vraag je alleen daar te blijven.'

'Als jij het niet wilt, doen we het niet.'

'Nee! God, Richard, luister nou. Ik vraag je te doen wat ik *niet* wil.'

Ze ging ervan uit dat hij nu in Jersey City met zijn ogen rolde. Maar ze wist dat hij haar wilde zien, dat hij over een paar uur het vliegtuig had willen nemen, en ze was ervan overtuigd dat ze het allebei nodig hadden om nog minstens een uur of twee over dit onoplosbare probleem door te praten, het van alle kanten te belichten, keer op keer, tot ze er allebei zo schoon genoeg van zouden hebben en elkaars stemgeluid zo beu zouden zijn, dat ze er niet eens meer aan moesten dénken om elkaar nog op te zoeken.

Toen ze eindelijk hadden opgehangen voelde Patty zich miserabel, en een hoofdbestanddeel van haar misère was het besef dat ze Richards liefde verspilde. Ze kende hem als een man die ontzettend slecht tegen vrouwengezeur kon, en het feit dat hij liefst twee uur lang naar haar gezeur had willen luisteren, 119 minuten méér dan hij doorgaans in staat was op te brengen, vervulde haar niet alleen met voldaanheid maar vooral ook met afschuw over de verspilling, de *verspilling*... De verspilling van zijn liefde.

Dus zal het geen verwondering wekken dat ze hem twintig minuten later opnieuw belde en hem aan een ietwat kortere maar zo mogelijk nog treuriger versie van de eerste telefonade blootstelde. Het was een voorproefje van wat ze later in nog veel extremere mate met Walter zou meemaken in Washington: hoe harder ze haar best deed om zijn geduld uit te putten, des te meer geduld hij toonde, en hoe meer geduld hij toonde, hoe moeilijker het voor haar werd om hem los te laten. Gelukkig was Richards geduld lang niet zo onuitputtelijk als dat van Walter. Hij hing op een gegeven moment gewoon op, en toen ze hem een uur later opnieuw belde, nam hij niet meer op, en liet het haar net zo lang opnieuw proberen tot ze inzag dat het geen zin meer had omdat hij zijn vlucht vanaf Newark Airport toch niet meer zou kunnen halen.

Ondanks dat ze nauwelijks had geslapen, en ondanks haar leeggekotste maag, voelde ze zich meteen een stuk frisser en helderder en energieker. Ze maakte het huis aan kant, las de helft van een roman van Joseph Conrad die Walter haar had aanbevolen, deed boodschappen en kocht geen wijn. Toen Walter terugkwam van de Boundary Waters had ze een copieuze maaltijd in voorbereiding, vloog hem om zijn hals en zoende hem met zo'n uitzonderlijke heftigheid dat hij haar ietwat beduusd aankeek.

Wat ze daarna had moeten doen was een baan zoeken, een opleiding volgen of zich nuttig maken als vrijwilliger. Maar er was altijd wel iets wat haar tegenhield. Zo was er de mogelijkheid dat Joey zich toch nog gewonnen zou geven en thuis kwam wonen voor zijn laatste highschooljaar. Er waren het huis en de tuin die ze verwaarloosd had in haar jaar van neerslachtigheid en dronkenschap. Er was haar teerbeminde vrijheid om naar Nameless Lake te rijden wanneer ze maar wilde, en er te blijven zolang ze maar wilde. En er was de meer algemene vrijheid waarvan ze wist dat die haar geen goed deed, maar die ze toch niet kon loslaten. En er was dat ouderweekeinde op Jessica's universiteit in Philadelphia, waar Walter helaas geen tijd voor had en waar Patty zich toen maar alleen voor opgaf, zeer tot Walters blijdschap omdat hij zich weleens bezorgd afvroeg of de band tussen zijn vrouw en dochter wel hecht genoeg was. En vervolgens waren er de weken van voorbereiding op dat ouderweekeinde, weken vol geheime e-mails van en naar Richard, weken waarin Patty zich verlustigde aan de voorstelling van de hotelkamer in Philadelphia waarin Richard en zij voor aanvang van het ouderweekeinde *een hele dag en nacht* met elkaar zouden doorbrengen. En daarna waren er de diep ontgoochelde en zwaar depressieve weken na het ouderweekeinde.

Ze vloog al op donderdag naar Philadelphia om daar, zoals ze Walter omstandig had uitgelegd, ook eens te ervaren hoe het was om als eenzame toeriste door een vreemde stad te dolen. In de taxi op weg naar het centrum beving haar de verrassende, en verrassend scherpe, spijt dat ze dat inderdaad niet ging doen: onbekommerd door de straten dwalen, voor één dag een volwassen bestaan leiden, een vrijmoedige en nieuwsgierige toeriste zijn in plaats van een op seks beluste stumper.

Ongelooflijk als het wellicht klinken mag: sinds haar dagen in Kamer 21 had Patty nooit meer alleen in een motel of hotel verbleven, en ze was diep onder de indruk van haar weelderige en hypermoderne kamer in het Sofitel. In afwachting van Richards komst nam ze opgetogen alle luxe voorzieningen in ogenschouw, om alles overnieuw in ogenschouw te nemen toen het uur waarop hij komen zou verstreek. Ze zette de tv aan en ging alle zenders af, maar kon nergens haar aandacht bij houden. Toen de telefoon eindelijk overging, was ze op van de zenuwen.

'Er is iets tussen gekomen,' zei Richard.

'Aha, er is iets tussen gekomen, oké.' Ze liep naar het raam en keek uit over Philadelphia. 'En wat dan wel, als ik vragen mag? En is ze een beetje de moeite waard?'

'Reuze geestig,' zei Richard.

'O, het kan nog veel geestiger,' zei ze. 'Hoe jaloerser ik ben, hoe lachwekkender ik word.'

'Er is geen andere vrouw.'

'O nee? Helemaal niemand sinds die keer met mij? Dan ben je kuiser dan ik. Maar ja, ik ben natuurlijk ook getrouwd.'

'Ik zei niet dat ik niet geneukt heb. Ik zei dat er geen ander was.'

Ze duwde haar voorhoofd tegen de ruit. 'Neem me niet kwalijk,' zei ze. 'Ik voel me gewoon zo oud opeens, zo lelijk, zo kleinzielig en stom. Ik gruw zelf ook van wat ik uitkraam.'

'Hij belde me vanochtend,' zei Richard.

'Wie?'

'Walter. Ik had niet moeten opnemen, maar dat deed ik dus wel. Hij zei dat hij in alle vroegte was opgestaan om jou naar het vliegveld te brengen, en dat hij je nu al miste. Hij zei dat het hartstikke goed ging tussen jullie. "Gelukkiger dan we in jaren zijn geweest", zo zei hij het geloof ik.'

Patty zweeg.

'Hij zei dat je Jessica ging opzoeken, en dat Jessica hem stiekem verteld had dat ze zich daar enorm op verheugde, maar ook een beetje bang was dat je iets idioots ging zeggen of haar voor schut zou zetten, of dat haar nieuwe vriendje je niet zou aanstaan. Maar al met al was hij dolblij dat je dit voor haar deed.'

Patty streek door haar haar, moest moeite doen om te blijven luisteren.

'Hij had spijt van een paar dingen die hij van de winter over jou gezegd had. Die moest ik uit mijn hoofd zetten. Ik moest vooral niet het verkeerde idee van jou krijgen. De afgelopen winter was verschrikkelijk geweest door die toestand met Joey, maar het ging nu veel beter. "Gelukkiger dan we in jaren zijn geweest". Ja, zo zei hij het.'

Patty probeerde zo verwoed haar tranen weg te slikken dat ze er een oprisping door kreeg en een boer liet.

'Wat was dat?' vroeg Richard.

'Niks. Sorry.'

'Maar goed, vandaar.'
'Vandaar?'
'Vandaar dat ik besloot niet te gaan.'
'Ja, ik snap het, natuurlijk.'
'Blij dat te horen.'
'Maar waarom kom je niet alsnog? Ik bedoel, ik zit hier nu toch. En dan kan ik daarna weer terug naar mijn ongelooflijk gelukkige leven, en jij weer naar New Jersey.'
'Ik vertel je alleen maar wat hij zei.'
'Ja, ons onvoorstelbaar goede en gelukkige leven.'
Ah, wat kan zelfmedelijden toch verlokkelijk zijn. Het was zo troostrijk, het luchtte haar zo op om het te uiten, en het was zo afstotend voor hem. Ze kon precies het moment horen waarop ze een stap te ver was gegaan. Als ze haar zelfbeheersing zou hebben bewaard, had ze hem misschien kunnen verleiden om toch nog naar Philadelphia te komen. Wie weet? En misschien was ze dan wel nooit meer naar huis gegaan. Maar ze verklootte alles met haar zelfmedelijden. Ze hoorde hem steeds koeler en afstandelijker worden, waardoor ze alleen nog maar meer zelfmedelijden kreeg, et cetera, enzovoort, en zo verder, tot ze ten slotte maar ophing om zich over te geven aan die andere verlokking.
Waar kwam dat zelfmedelijden vandaan? In die buitensporige mate? Ze leidde volgens vrijwel iedere norm een luxueus bestaan. Ze had elke dag weer de hele dag om een manier van leven te verzinnen die haar bevrediging zou schenken, maar het enige waar haar vrijheid toe leek te leiden was een almaar schrijnender uitzichtloosheid. De autobiografe zou zich haast tot de slotsom gedwongen voelen dat Patty zelfmedelijden had omdat ze zo vrij was.
Die avond in Philadelphia verliep geheel in stijl. Ze ging naar de bar van het hotel om zich door iemand te laten versieren. En ze kwam er al snel achter dat het mensdom in twee delen uiteenvalt: zij die de kunst verstaan om zich op hun gemak te voelen als ze in hun eentje op een barkruk zitten, en zij die geen flauw idee hebben hoe je dat klaarspeelt. En daarbij kwam nog dat de aanwezige mannen gewoon *te* stompzinnig leken. Het deed haar van lieverlee terugdenken aan hoe het ooit geweest was om bezopen te zijn en verkracht te worden, waarop ze zich in haar kamer terugtrok en nieuwe hoogten van zelfmedelijden bereikte.
De volgende ochtend nam ze een forenzentrein naar Jessica's universiteit en verkeerde daarbij in een bijna ziekelijke staat van emotionele behoeftig-

heid. Hoewel ze negentien jaar lang haar uiterste best had gedaan om Jessica alles te geven wat ze bij haar eigen moeder tekort was gekomen (door nooit een sportwedstrijd over te slaan, haar dochter te overladen met instemming en goedkeuring, altijd oog te hebben voor de details van Jessica's sociale leven en haar te steunen bij het kleinste beetje tegenslag of verdriet), waren de zorgen van Walter terecht: de ware innigheid ontbrak tussen hen. Dit lag deels aan Jessica's aangeboren zelfstandigheid, maar deels ook aan Patty's overdrijving met Joey. Het was voor Joey, niet Jessica, dat haar hart was overgelopen van affectie. Maar de deur naar Joey zat nu door haar eigen toedoen dicht en op slot, en toen ze de prachtig onderhouden campus van Haverford College op liep, kon dat hele ouderweekeinde haar geen lor schelen en wilde ze alleen maar een tijdje alleen zijn met haar dochter.

Het jammere was alleen dat Jessica's nieuwe vriendje, William, geen ster was in het aanvoelen van behoeftige gevoelens. William was een blijmoedige blonde jongeman met een sportbeurs als voetballer. Zijn ouders waren niet in de gelegenheid om over te komen uit het verre Calfornië, dus schoof hij aan toen Patty en Jessica gingen lunchen, waarna hij hen vergezelde naar de lezing van een kunsthistoricus, en naar Jessica's kamer in het woongebouw, en toen Patty haar dochter voor zich alleen trachtte te krijgen door haar uit te nodigen voor een etentje in Philadelphia, antwoordde Jessica dat ze al een tafel voor drie had gereserveerd in een plaatselijk restaurant. Toen ze daar aan tafel zaten hield William, daartoe aangespoord door Jessica, een eindeloos lijkende uiteenzetting over de liefdadigheidsorganisatie die hij in zijn highschooltijd had opgericht: een Hoogst Edelmoedig programma dat inhield dat voetbalclubs uit San Francisco de scholing betaalden van arme meisjes in Malawi. Patty had geen andere keuze dan stoïcijns te luisteren en van haar wijn te nippen, maar halverwege haar vierde glas besloot ze William te laten weten dat zijzelf vroeger ook had uitgeblonken in studentensport. Jessica had hem kennelijk nooit verteld dat haar moeder het tweede All-American College Basketball Team had gehaald, dus bracht Patty dat feit zelf maar ter tafel, en omdat het uit haar eigen mond als opschepperij zou kunnen klinken, besloot ze er als luchtige noot het verhaal aan toe te voegen over haar al te fanatieke fan, wat haar op verdere verhalen bracht over Eliza's drugsgebruik en leukemieverzinsels, en dat bracht haar weer op de knieblessure die een eind aan haar carrière had gemaakt. Ze vond dat ze er een vermakelijk geheel van maakte, maar in plaats van te lachen wierp William voortdurend schichtige blikken naar Jessica, die met haar armen over elkaar zat en stuurs voor zich uit keek.

'En waarom vertel je dit nou eigenlijk?' vroeg ze ten slotte.

'Nergens om,' zei Patty. 'Ik vertel gewoon hoe het in mijn studietijd was. Ik had niet door dat het je niet interesseerde.'

'Ik vind het wel interessant, hoor,' was William zo vriendelijk te zeggen.

'Wat ik interessant vind,' zei Jessica, 'is dat ik dit nooit eerder heb gehoord.'

'Wat, heb ik jou nooit over Eliza verteld?'

'Nee, dat zal Joey zijn geweest.'

'Kom op, ik heb er vast weleens over gepraat.'

'Nee mam, sorry, maar dat heb je niet.'

'Tja, nou, dan praat ik er nu over, hoewel ik misschien wel genoeg heb gepraat.'

'Misschien wel, ja.'

Patty wist dat ze zich misdroeg, maar ze kon zich niet bedwingen. De tederheid tussen Jessica en William deed haar denken aan het leven dat zijzelf op hun leeftijd had gehad, aan haar middelmatige studieprestaties, haar waardeloze relaties met Eliza en Carter. Het deed haar met spijt op die jaren terugkijken. Het vervulde haar weer eens met zelfmedelijden. Ze voelde zichzelf wegzakken in een neerslachtigheid die de volgende dag nog veel erger werd, toen ze met talloze ouders een rondleiding kreeg over de oogstrelende campus, met een lunch op het gazon voor de woning van de rector en 's middags een hoorcollege ('Behoud van identiteit in een meerduidige wereld') waarbij al die andere ouders zaten te glunderen en zich oneindig veel meer in hun element leken te voelen dan zij. Allemaal mensen die je waarschijnlijk geen groter plezier kon doen dan ze in hun eentje op een barkruk te laten zitten. Allemaal zó trots op hun van zelfverzekerdheid blakende kinderen, en zó blij om niet alleen hun ouder maar ook hun vriend te zijn. De hele campus leek met hen mee te glimmen. Patty wist dat ze het goed had gedaan als moeder, dat ze haar dochter een opvoeding had gegeven die Jessica een beter en gelukkiger leven zou brengen dan dat van haarzelf – maar de lichaamstaal van al die andere gezinnen maakte duidelijk dat ze het *niet* goed had gedaan in opzichten die eigenlijk veel belangrijker waren. Terwijl de andere moeders en dochters schouder aan schouder over de paden van de campus liepen, met elkaar lachten of hun mobieltjes vergeleken, liep Jessica steeds twee stappen voor haar uit. De enige rol die ze Patty dit weekeinde gunde, was die van bewonderaarster van haar schitterende College. Patty deed haar uiterste best om die rol naar behoren te vervullen, maar haar weemoed werd haar uiteindelijk te machtig. Ze ging in een van de luxe dekstoelen zitten waarmee het gras was volgezet, en smeekte haar dochter mee uit eten te gaan in de stad, zonder William, die er gelukkig niet bij was omdat hij een wedstrijd moest spelen.

Jessica stond op een afstandje voor haar en nam haar argwanend op. 'William en ik moeten studeren vanavond. Eigenlijk had ik gisteren en vanmiddag ook moeten studeren.'

'Dan spijt het me dat ik je daarvan heb afgehouden,' zei Patty deemoedig.

'Nee, geeft niet,' zei Jessica. 'Ik vind het leuk dat je gekomen bent. Ik wilde je graag de plek laten zien waar ik vier jaar van mijn leven doorbreng. De studiedruk is alleen erg hoog.'

'En ik ben trots dat je het zo goed doet. Ik ben echt trots op je, Jessica. Ik vind je geweldig.'

'Dank je.'

'Maar... als we nou eens naar mijn hotelkamer gingen? Die is heel luxueus. Dan kunnen we de roomservice iets laten brengen en een film kijken en wat drinken uit de minibar. Jij dan. Ik drink vanavond niet. Maar dan hebben we even een avondje met elkaar. Eén avondje maar. Je kunt dit hele najaar nog studeren.'

Ze hield haar ogen neergeslagen in afwachting van Jessica's beslissing. Ze was zich er pijnlijk van bewust dat ze haar nog nooit zoiets had voorgesteld.

'Ik kan toch maar beter aan het werk gaan, denk ik. Ik had het William ook al beloofd.'

'Ah, toe nou, Jessie. Eén avondje kan toch geen kwaad? Het zou heel veel voor me betekenen.'

Toen Jessica geen antwoord gaf, dwong Patty zichzelf op te kijken. Haar dochter stond met bedroefde zelfbeheersing naar het hoofdgebouw van de campus te staren. Het had een gevelsteen met wijze woorden uit het jaar 1920: USE WELL THY FREEDOM.

'Alsjeblieft?' zei Patty.

'Nee,' zei Jessica zonder haar aan te kijken. 'Nee, geen zin in.'

'Het spijt me dat ik gisteravond zoveel dronk en zulke rare dingen vertelde. Dat zou ik ontzettend graag goedmaken.'

'Ik weiger niet om je te straffen,' zei Jessica. 'Maar het is me gewoon duidelijk dat je het hier niks vindt, en dat je mijn vriend maar niks vindt.'

'Welnee, hoe kom je daar nou bij? Ik vind het een hele leuke jongen. Maar ik ben hier voor jou gekomen, niet voor hem.'

'Mam, ik maak het je altijd zo gemakkelijk. Heb je enig idee hoe gemakkelijk ik het je maak? Ik gebruik geen drugs, ik haal nooit het soort ongein uit dat je van Joey bent gewend, ik zet je nooit in je hemd, ik maak geen ruzie, al die dingen heb ik *nooit* gedaan...'

'Dat weet ik! En daar ben ik je ook heel dankbaar voor.'

'Oké, maar zeur dan niet als ik mijn eigen leven wil leiden, met mijn eigen mensen, en als ik geen zin heb om voor jouw plezier alles overhoop te gooien. Je hebt er altijd de vruchten van geplukt dat ik mijn eigen boontjes dop, dus probeer me daar nu dan geen schuldgevoel over te bezorgen.'

'Jessie, we hebben het over één avondje. Ik zie niet in waarom daar zo'n punt van gemaakt moet worden.'

'Nou, maak er dan geen punt van.'

Jessica's starheid en onaangedaanheid leken Patty het verdiende loon voor de kilheid waarmee ze zelf haar moeder had bejegend toen ze negentien was. Maar ze had intussen zo'n lage dunk van zichzelf, dat alles haar een terechte straf zou hebben geleken. Ze besloot haar tranen voor later te bewaren (omdat ze het niet *verdiende* om emotioneel voordeel te putten uit een huilbui of een treurige aftocht naar het station) en nam genoegen met een vroege avondmaaltijd in het campusrestaurant met Jessica en haar kamergenote. Ze zorgde ervoor dat ze zich volwassen gedroeg, al overheerste het gevoel dat Jessica van hen beiden de echte volwassene was.

Terug in St. Paul won haar vrije geestelijke val alleen nog maar aan snelheid. Richard stuurde geen e-mails meer. En de autobiografe zou maar al te graag melden dat Patty dat ook niet meer deed, maar het zal de lezer onderhand duidelijk zijn dat haar vermogen om te blunderen en zichzelf te vernederen geen grenzen kent. Het enige bericht waar ze zich niet voor schaamt, stuurde ze nadat Walter haar vertelde dat Molly Tremain zich met slaappillen van het leven had beroofd in haar appartement in de Lower East Side. En in die e-mail liet Patty zich van haar beste kant zien, en ze hoopt dat Richard zich toch ook die kant zal blijven herinneren.

Wat er die winter en in het daaropvolgende voorjaar met Richard gebeurde, is elders genoegzaam uit de doeken gedaan, met name in bladen als *People*, *Spin* en *Entertainment Weekly*. Na de release van *Nameless Lake* ontstond er een ware cult rond Richard Katz. Walnut Surprise werd geprezen door zulke kopstukken als Michael Stipe en Jeff Tweedy, die eraan toevoegden dat ze The Traumatics ook altijd wel interessant hadden gevonden. En Richards blanke, slordig geklede en hoogopgeleide fans waren weliswaar niet de jongsten meer, maar een aantal van hen had ondertussen stevig carrière gemaakt in de popjournalistiek.

Walter onderging het op zijn zachtst gezegd met gemengde gevoelens. De wrevel van iedere muziekliefhebber die zijn favoriete onbekende bandje opeens gemeengoed ziet worden, werd door hem duizendvoudig gevoeld. Natuurlijk was hij trots dat de nieuwe plaat naar Dorothy's meer was vernoemd, en dat de meeste nummers in haar huis waren geschreven. En Richard had de teksten zo kunstig gesmeed dat de 'you' in elk nummer, met wie hij op Patty doelde, ook zeer wel voor de dode Molly kon worden gehouden. Die draai gaf hij er ook voor iedere interviewer aan, in de wetenschap dat Walter elk artikeltje over hem las en bewaarde. Maar Walter voelde zich toch vooral teleurgesteld en gegriefd door Richards plotse faam. Hij zei goed te begrijpen waarom Richard bijna nooit meer belde, want er kwam nu natuurlijk heel veel op Richard af – maar diep vanbinnen begreep hij er niets van. In plaats van begrip was er het gevoel dat hun vriendschap alsnog zo in elkaar bleek te steken als hij altijd had gevreesd. Hoe slecht het soms ook met Richard had lijken te gaan, hij was er nooit zo slecht aan toe geweest dat hij zijn carrière uit het oog was verloren. Hij was nooit van zijn strategie als muzikant afgedwaald, en van die strategie had Walter nooit deel uitgemaakt. Enkele grondige journalisten spoorden Walter op en belden voor een achtergrondverhaal, en zijn naam viel hier en daar in gespecialiseerde media, meestal op internet, maar in belangrijke interviews had Richard het altijd alleen maar over 'een heel goede vriend uit mijn studietijd'. Walter had het niet erg gevonden om iets meer eer te krijgen voor alle morele, intellectuele en financiële steun die hij Richard door de jaren heen gegeven had, maar veel pijnlijker was het gevoel dat hij kennelijk maar weinig voor Richard betekende, terwijl Richard altijd zoveel voor hem had betekend. En Patty kon hem natuurlijk niet uitleggen hoezeer hij zich vergiste en wat Richard wel niet voor hem had overgehad. Als Richard weleens de tijd vond om even te bellen, deed Walters wrokkigheid zoveel afbreuk aan het gesprek dat Richard steeds minder genegen was om nog eens te bellen.

En zo stak Walters wedijver de kop weer op. Hij had een tijdlang in de dwaze veronderstelling geleefd dat hij Richards grote broer was, maar de schellen waren hem nu voorgoed van de ogen gevallen. Richard mocht dan niet kunnen schaken, geen langdurige relaties met vrouwen kunnen aangaan en maatschappelijk een onbenul zijn, hij was nu wel alom geliefd en werd door iedereen bewonderd om zijn taaiheid, zijn integriteit als artiest en zijn schitterende nieuwe nummers. Het zorgde ervoor dat Walter opeens de pest kreeg aan zijn huis en zijn tuin en het natuurbehoud waarvoor hij zich met zoveel geestdrift had ingezet. Patty schrok van de bitterheid waarmee hij opeens over zijn prestaties schamperde. Binnen een paar weken na de release van *Nameless Lake* vloog hij naar Washington DC voor zijn eerste sollicitatiegesprek met de multimiljonair Vin Haven. Patty had direct door wat Walter zelf totaal ontging: dat zijn besluit om naar Washington te verkassen en er voor Haven de Cerulean Mountain Trust van de grond te tillen, voortkwam uit de drang om zich met Richard te meten. Toen Walnut Surprise op een vrijdagavond in december een double bill vormde met Wilco in het Orpheum Theatre, vloog hij niet eens op tijd naar St. Paul terug om erbij te kunnen zijn.

Patty liet het concert zelf ook schieten. Ze vond *Nameless Lake* onverdraaglijk, kon zich maar niet verzoenen met de verleden tijd in de tekst van het tweede nummer:

There was nobody like you
For me. Nobody
I live with nobody. Love
Nobody. You were that body
That nobody was like
You were that body
That body for me
There was nobody like you

Dus deed ze haar best om Richards voorbeeld te volgen en hem op haar beurt ook verleden tijd te maken. Er was iets opwindends, iets Kwelgeest van Athene-achtigs aan Walters nieuwe energie, en het lukte haar de hoop op te vatten dat ze samen een nieuw leven zouden kunnen beginnen in Washington. Ze hield nog steeds van het kleine huis aan Nameless Lake, maar had haar bekomst van het grote huis in Barrier Street, dat Joey niet binnen zijn muren had kunnen houden. Eén middag in het stadsdeel Georgetown volstond. Het was een stralende herfstmiddag, met een wind die door de vergelende bomen speelde, en ze zei: ja, oké, dit zie ik zitten. (Was ze zich ook bewust van de nabijheid van de University of Virginia, waar Joey net aan zijn studie was begonnen? Was ze misschien toch niet zo slecht in het inschatten van afstanden en reistijden als ze altijd had gedacht?) Geloof het of niet, maar het was pas na haar definitieve overkomst naar Washington, tijdens de taxirit door Rock Creek, met twee koffers in de achterbak, dat zich een eerste negatieve gedachte opdrong met de herinnering dat ze altijd een bloedhekel aan politiek en politici had gehad. En toen ze even later het huis in 29th Street binnenstapte en om zich heen keek, bekroop haar het beklemmende gevoel dat ze haar zoveelste fout had gemaakt.

2004

Bergtopmijnbouw

Pas toen het de allerhoogste tijd was, geen verder uitstel mogelijk, nu of nooit, dat Richard Katz met zijn gretige jonge bandleden de studio indook voor een tweede album van Walnut Surprise, toen hij alle vormen van getalm en ontwijking had uitgeput, optredens had gedaan in elke Amerikaanse stad die de band maar wilde ontvangen en daarna de ene na de andere buitenlandse tournee had ondernomen, naar steeds exotischer oorden, tot zijn bandleden in opstand kwamen omdat hij Cyprus wilde toevoegen aan de concerten in Turkije en hij tijdens de hoogoplopende ruzie in zijn hotelkamer in Ankara een wijsvinger brak bij het afweren van Samantha Power's lijvige paperback over de wereldgeschiedenis van de genocide, die hem naar zijn hoofd werd gegooid door Tim, de drummer van de band, waarop hij zich terugtrok in een blokhut in de Adirondacks om een soundtrack te schrijven voor een Deense kunstfilm, en tijdens dit werk zo verveeld raakte dat hij contact opnam met een cokedealer in Plattsburgh en 5000 euro aan Deens subsidiegeld versnoof, wat leidde tot een kostbare dooltocht door New York en Florida, die pas eindigde toen hij in Miami werd opgepakt voor drugsbezit en rijden onder invloed, en gedwongen werd opgenomen in de Gubser Clinic in Tallahassee, waar hij zich gedwee liet ontgiften maar verder geen boodschap had aan het ontwenningsprogramma, en vervolgens moest herstellen van de gordelroos die hij opliep omdat hij zich niet aan de hygiënevoorschriften hield tijdens een uitbraak van waterpokken in de kliniek, en daarna pas toekwam aan zijn taakstraf van 250 uur in een park in Dade County, gevolgd door een periode waarin hij zich in zijn appartement verschanste en geen mail opende en de telefoon niet opnam en alleen maar zat te lezen omdat dit hem de enige manier leek om zich te wapenen tegen de overmaat aan chicks en drugs waar zijn jonge bandleden zoveel beter mee overweg konden dan hij – toen pas stuurde hij Tim een kaartje met het verzoek de boodschap over te brengen dat hij blut was en weer fulltime aan het werk ging als dakterrassenbouwer, en pas toen zagen de anderen in dat ze al die tijd voor niets op hem hadden gewacht.

Niet dat het van veel belang was voor dat inzicht, maar Katz was daadwerkelijk blut. In het anderhalve jaar waarin de band rondtoerde hadden de inkomsten en uitgaven elkaar min of meer in evenwicht gehouden. Zodra ze winst dreigden te maken, had hij duurdere hotels geboekt en rondjes gegeven in bars vol fans en volstrekte onbekenden. En hoewel *Nameless Lake* en de heropgeleefde belangstelling voor oude Traumatics-platen meer geld in het laatje brachten dan zijn muziek hem in alle twintig jaar daarvoor had opgeleverd, was hij erin geslaagd alles te spenderen aan zijn zoektocht naar de Richard die hij onderweg kwijt was geraakt. Dat de voormalige frontman van The Traumatics met dat gevoel van verlies rondliep, kwam door een aantal traumatische ervaringen die hem als frontman van Walnut Surprise ten deel waren gevallen: 1) genomineerd worden voor een Grammy Award, 2) zijn muziek horen op National Public Radio, en 3) uit de decemberverkoop afleiden dat honderdduizenden NPR-luisteraars *Nameless Lake* als een ideaal kerstgeschenk hadden beschouwd. Vooral die Grammynominatie had er danig bij hem ingehakt.

Tijdens zijn retraite had Katz flink veel sociobiologische boeken gelezen, die hem hadden geleerd dat het depressieve persoonlijkheidstype zo prominent in de menselijke genenpoel aanwezig was omdat depressie de beste genetische aanpassing was aan ontberingen en tegenspoed. Pessimisme, gevoelens van nietswaardigheid en overbodigheid, het onvermogen kracht te putten uit plezier, een rotsvast geloof in de uitzichtloosheid van het bestaan, zowel voor Katz' joodse voorouders aan vaderskant, die door onvermoeibare antisemieten van sjtetl naar sjtetl waren verjaagd, als voor de Angelen en Saksen aan moederskant, die slechts hadden geleefd om in de korte zomers van noordelijk Europa hun schrale graanoogst bijeen te zwoegen, was een allesoverheersende somberheid de natuurlijke manier om in harmonie te geraken met hun miserabele wereld. Niets bood het depressieve menstype meer houvast, vastere grond onder de voeten, dan het vernemen van slecht nieuws en de verwachting van nog meer slecht nieuws. Dit was uiteraard niet de leukste manier van leven, maar het behoud van de soort was er beslist mee gediend. Depressieven hielden het onder de meest barre omstandigheden vol om, hoe wanhopig ook, nieuwe generaties voort te brengen, terwijl zelfverbeteraars zich tot een godsdienst bekeerden of zonniger oorden opzochten en daarmee uit beeld verdwenen. Barre omstandigheden waren zodoende de natuurlijke leefomgeving voor Katz, een biotoop waarin hij zich als een karper in troebel water voelde. Het kon geen toeval zijn dat zijn beste jaren met The Traumatics waren samengevallen met de twee termijnen van Reagan en de ene van Bush senior. In de dagen van Bill Clinton (en zeker die vóór Monica Lewinsky) had hij het een stuk zwaarder gehad. En nu er met Bush junior het ergste regime ooit was aangetreden, leek dat een perfecte aanleiding om weer muziek te gaan maken – ware het niet dat hij als muzikant ondertussen veel te geslaagd was. Hij spartelde als een karper op het droge, met kieuwen die vruchteloos inspiratie probeerden op te nemen uit een atmosfeer van bewondering en erkenning. Aan de ene kant genoot hij een ongekende vrijheid, aan de andere kant was hij de zelfmoord nog nooit zo nabij geweest. In de laatste dagen van 2003 ging hij weer terrassen timmeren.

Hij bofte met zijn eerste twee klanten, een stel beurshandelaren die de Chili Peppers onwijs gaaf vonden en Richard Katz niet van Ludwig van Beethoven konden onderscheiden. Hun dakterrassen zaagde en spijkerde hij in relatieve vredigheid in elkaar. Pas bij zijn derde klus, begin februari, had hij de pech om voor mensen aan het werk te gaan die meenden te weten wie hij was. Het gebouw bevond zich in White Street, tussen Church en Broadway, en zijn opdrachtgever was een welgestelde uitgever van kunstboeken, die alles van The Traumatics op vinyl had en hevig teleurgesteld was toen Katz hem niet herkende als een vast gezicht in het handjevol publiek dat jaar na jaar de Maxwell's in Hoboken had bevolkt.

'Ik heb zoveel gezichten gezien,' zei Katz verontschuldigend. 'En ik ben slecht met gezichten.'

'Die avond dat Molly van het podium viel en we achteraf nog wat gedronken hebben met zijn allen. Ik heb nog steeds een servetje met haar bloed eraan. Weet je dat ook niet meer?'

'Ik vrees van niet, sorry.'

'Goh... Nou, het was in ieder geval geweldig om te zien dat je eindelijk een beetje erkenning kreeg met Walnut Surprise.'

'Ach, daar praat ik eigenlijk liever niet meer over,' zei Katz. 'Laten we het maar over je dakterras hebben.'

'Kan ik kort over zijn. Wat ik wil is dat je helemaal je eigen gang gaat en me daarna de rekening geeft,' zei de klant. 'Ik wil een dakterras naar eigen ontwerp van Richard Katz. Het moet helemaal jouw ding zijn, ook al omdat ik me niet kan voorstellen dat je dit lang blijft doen. Ik kon mijn oren niet geloven toen ik hoorde dat je weer was gaan timmeren.'

'Toch zou het wel handig zijn als je me een idee gaf van het oppervlak, en de materialen die je erin verwerkt wilt hebben.'

'Volg je creatieve instinct maar, het maakt mij allemaal niet uit.'

'Doe mij dan een plezier en doe alsof het je wél wat uitmaakt,' zei Katz. 'Want als het je echt niet uitmaakt, weet ik eigenlijk niet of ik...'

'Gewoon een terras op het dak, oké? Hoe groter hoe liever.' De klant was opeens zichtbaar geïrriteerd. 'Lucy wil hier feesten geven. Dat was een van de redenen waarom we dit gekocht hebben.'

De klant had een zoon, Zachary, een laatstejaars op Stuy High die volgens zijn vader al heel verdienstelijk gitaar speelde. Op dag één van de klus kwam hij na schooltijd het dak op en bestookte Katz van een afstandje (alsof hij een leeuw aan een ketting was) met vragen die geen ander doel dienden dan duidelijk te maken hoeveel kennis hij had van vintage gitaren. Katz vond vintage gitaren typisch iets voor snobs en dilettanten, hetgeen hij ook liet blijken, waarop de jongen zichtbaar geïrriteerd het dak verliet.

Op dag twee van de klus sjouwde Katz hout en platen mdf naar het dak toen hij op de overloop van de tweede verdieping werd onderschept door Zachary's moeder, Lucy, die hem ongevraagd liet weten dat ze The Traumatics altijd maar een puberaal stelletje poseurs had gevonden met die flauwe doemteksten, waarop ze met een wulpse fonkeling in haar ogen en haar mond een beetje open voor hem bleef staan, wachtend tot haar formidabele allure, haar adembenemende présence ten volle tot hem zou zijn doorgedrongen. Zoals al dit soort chicks verkeerde ze in de veronderstelling dat ze volstrekt origineel was met haar provocatie, maar Katz had die al honderden keren, vrijwel woordelijk, eerder gehoord – wat hem in de ridicule positie bracht dat hij zelfs geen getergdheid kon *acteren*. Het enige wat ze bij hem opwekte was vertedering met haar egootje dat zich zo dapper drijvende probeerde te houden in een zee van onzekerheid. Hij betwijfelde of hij iets kon zeggen dat haar tevreden zou stellen, maar wilde haar niet kwetsen door onaangedaan te blijven, en besloot het over de ironische boeg te gooien.

'Ik weet het,' zei hij, terwijl hij de plaat mdf tegen de muur zette. 'Daarom was het ook zo'n doorbraak voor me om een album vol authentieke en volwassen emoties te maken, die vrouwen ook zouden kunnen waarderen.'

'Wat brengt je op de gedachte dat ik *Nameless Lake* goed zou vinden?'

'Wat brengt jou op de gedachte dat je mening me iets kan schelen?' antwoordde hij olijk. Hij had de hele ochtend al de trappen op en af gesjouwd, maar dit overbekende spelletje maakte hem opeens doodmoe.

'Ik vond het best een goeie cd,' zei ze. 'Maar misschien wel een beetje overschat.'

'Tja, wat moet ik daar op zeggen.'

Ze keerde zich zichtbaar geïrriteerd om en liep weg.

In de jaren tachtig en negentig had zijn status van timmerman-uit-noodzaak, een muzikant die moest timmeren omdat zijn muziek niets opleverde, hem verplicht zich zo onprofessioneel mogelijk te gedragen. Zijn klanten waren vrijwel zonder uitzondering kunstenaars en filmmensen uit de Tribeca-buurt geweest, die hem behalve geld ook eten en soms zelfs drugs gaven, en die zijn artistieke niveau in twijfel zouden hebben getrokken als hij al 's ochtends was komen opdagen, niet achter hun vrouw had aangezeten en de klus op tijd en binnen het budget had geklaard. Maar nu Tribeca geannexeerd was door rijkelui uit de financiële sector, met vrouwen als Lucy die de hele ochtend in een haltertopje en een piepklein slipje op het dure DUX-bed zat te lummelen, met gekruiste benen de *Times* las of met vriendinnen belde, en die telkens naar hem zwaaide als hij langs het daklicht liep, haar schaamhaar en imposante dijen volop in het zicht, was hij een toonbeeld van professionalisme en protestantse deugdzaamheid, arriveerde 's ochtends stipt om negen uur en werkte tot na donker door om een paar dagen eerder klaar te zijn en ervandoor te kunnen.

Hij was uit Florida teruggekeerd met een afkeer van zowel seks als muziek. Beide aversies waren ongekend voor hem, al was hij rationeel genoeg om te vermoeden dat ze bij zijn geestestoestand hoorden en geen objectieve waarheid vertegenwoordigden. Zoals de fundamentele eenvormigheid van de vrouwelijke gestalte niets afdeed aan de eindeloze variëteit van individuele vrouwenlichamen, zo was er geen enkele reden om in wanhoop te geraken over de bouwstenen van de popmuziek, de vaste majeur- en mineurakkoorden, de eeuwige tweekwartsmaat en vierkwartsmaat, het onveranderlijke a-b-a-b-c. Op ieder uur van de dag was er ergens in New York wel een gedreven jong talent dat aan een nummer werkte dat, althans bij de eerste paar keer luisteren, of misschien zelfs wel na dertig keer luisteren, zo fris zou klinken als de Schepping zelve. Sinds het verstrijken van zijn proeftijd in Florida en zijn afscheid van de rondborstige Marta Molina, zijn taakstrafbegeleidster, moest Katz er niet meer aan denken om zijn hifi aan te zetten of een gitaar te pakken of ooit nog iemand in zijn bed te dulden. Er ging weliswaar geen dag voorbij dat hij op straat zijn aandacht niet liet trekken door klanken die uit iemands oefenkelder lekten of een nieuw deuntje dat uit de openstaande deur van een Banana Republic of Gap dreef, en op zijn gang door zuidelijk Manhattan zag hij altijd wel een chick lopen die alle kwaliteiten had om iemands leven finaal op zijn kop te zetten – hij kon zich alleen niet meer voorstellen dat hij die iemand zou kunnen zijn.

Maar toen kwam er een steenkoude donderdagmiddag op het dak van Lucy en haar man, onder een hemel van effen grijs, in natte sneeuw die de leemtes in de skyline opvulde en een sluier wierp over het Woolworth Building met zijn sprookjestorentjes, sneeuw die schuins neerdaalde over de Hudson en de donkere oceaan daarachter, en die Katz afzonderde van het gewoel van de voetgangers en auto's vier verdiepingen onder hem. De natheid van de straten versterkte de hoge tonen van het verkeer, met als weldadig effect dat zijn tinnitus hem minder hinderde. Hij voelde zich dubbel gekoesterd, door de sneeuw en door zijn werk, terwijl hij mdf op maat zaagde en in de ruimtes tussen de drie schoorstenen paste. De middag vergleed zonder dat hij eenmaal trek kreeg in een sigaret, en aangezien zijn rookpauzes doorgaans de tijdmaat van zijn dag vormden, voelde het alsof hij nog maar net zijn middagboterhammen op had toen Zachary zijn ongewenste opwachting maakte.

Het joch droeg een trainingsjack met capuchon en het laaghangende soort van broek dat Katz voor het eerst in Londen had gezien. 'Wat vind jij van Tutsi Picnic?' wilde hij van Katz weten.

'Ken ik niet.'

'Schei uit, dat geloof ik niet!'

'En toch is het zo,' zei Katz.

'En The Flagrants dan? Zijn die niet vet? Dat nummer van 37 minuten van ze!'

'Heb het genoegen nog niet mogen smaken.'

Zachary liet zich niet ontmoedigen. 'Wat vind je dan van die psychedelische Houston-bands die in de late jaren zestig op Pink Pillow uitkwamen? Sommige van die platen doen mij sterk aan jouw vroege werk denken.'

'Ik heb die plaat nodig waar je op staat,' zei Katz.

'Dus ik dacht dat het misschien invloeden voor je zijn geweest. Vooral Peshawar Rickshaw.'

'Kun je heel even je linkervoet optillen?'

'Zeg, mag ik je nog wat anders vragen?'

‘En deze cirkelzaag gaat nu een hoop herrie maken.’
‘Eén vraagje.’
‘Vooruit dan maar.’
‘Hoort dit hier bij jouw muzikale proces? Je oude vak weer uitoefenen?’
‘Niet dat ik me bewust ben, nee.’
‘Want mijn vrienden vroegen het, weet je, wat je hier deed. En ik zei dat het volgens mij bij je proces hoorde. Teruggaan naar je roots als arbeider of zo, om ideeën op te doen voor je volgende album.’
‘Het zou mooi zijn als je je vrienden vertelde dat hun ouders me kunnen bellen voor een dakterras. Ik werk overal ten zuiden van Fourteenth en ten westen van Broadway.’
‘Nee, even serieus nu, is dat de reden waarom je dit karwei doet?’
‘Die zaag maakt enorme herrie, hoor.’
‘Oké, maar nog één vraag? Dat is echt de laatste, ik zweer het. Kan ik een interview met jou doen?’
Katz liet de cirkelzaag even lopen.
‘Alsjeblieft?’ zei Zachary. ‘Er zit een meisje in mijn klas dat helemaal lijp is van *Nameless Lake*. Het zou me echt helpen om contact met haar te krijgen als ik een kort interviewtje met jou online kon zetten.’
Katz zette de zaag neer en keek Zachary vorsend aan. ‘Wacht eens even, je speelt gitaar en dan vertel je me dat je problemen hebt om de interesse van meisjes te wekken?’
‘In haar geval wel, ja. Ze is nogal mainstream in haar smaak, dus we hebben weinig raakvlakken, weet je.’
‘En zij is nou juist de vrouw van je dromen. Zonder haar heeft je leven geen zin meer.’
‘Zoiets ja.’
‘En ze zit dus ook in het laatste jaar,’ zei Katz in een berekenende reflex, voor hij zich ertegen kon verzetten. ‘En ze heeft geen klassen overgeslagen?’
‘Niet dat ik weet.’
‘Hoe heet ze?’
‘Caitlyn.’
‘Neem haar morgen maar mee na schooltijd.’
‘Maar ze gelooft nooit dat ze jou dan te zien krijgt. Daarom wilde ik je interviewen, om te bewijzen dat je echt hier bent. Dan komt ze vast mee om kennis te maken.’
Katz was nog twee dagen verwijderd van acht volle weken celibaat. In de voorgaande weken had het afzweren van seks een natuurlijke aanvulling ge-

leken op het streven clean en nuchter te blijven – de ene deugd als ondersteuning van de andere. Nog geen vijf uur geleden had de aanblik, door het dakraam, van Zachary's exhibitionistische moeder weinig meer dan een milde walging bij hem gewekt. Maar nu zag hij met welhaast helderziende zekerheid dat hij die acht weken niet vol ging maken, dat hij zich vol overgave op de verovering van Caitlyn ging storten, dat hij de uren tussen nu en morgenmiddag ging vullen met fantasieën over hoe Caitlyn eruit zou zien, waarna hij haar ongeacht haar uiterlijk en vanaf het eerste moment van hun kennismaking op meesterlijke wijze zou inpalmen, genietend van zijn meesterschap en met het nobele tweeledige doel de onuitstaanbare Zachary te vermorzelen en een achttienjarige mainstreamliefhebster een illusie te ontnemen. Kortom, hij zag opeens in dat zijn deugdzaamheid slechts tijdelijke lusteloosheid was geweest.

'Oké, we doen het zo,' zei hij. 'Jij gaat nu je vragenlijstje opstellen en de opname voorbereiden, en dan ben ik over een paar uur beneden. Maar ik wil morgen meteen resultaat zien. Laat ik niet merken dat je maar wat uit je nek hebt staan lullen.'

'Supervet!' zei Zachary.

'Je hoort wat ik zeg, hè? Ik heb mijn bekomst van interviews. Als ik voor jou een uitzondering maak, moet dat een navenant resultaat opleveren.'

'Ik zweer je dat ze morgen meekomt. Ze zal je zeker willen zien.'

'Mooi zo. Ga je dan nu maar realiseren wat voor enorme dienst ik je bewijs. Ik ben rond zeven uur beneden.'

De schemer was gevallen. De sneeuw was uitgedund tot verdwaalde natte vlokken en de dagelijkse nachtmerrie van het verkeer door de Holland Tunnel nam een aanvang. Bijna alle metrolijnen plus de onvolprezen PATH-trein deden de buurt aan waar Katz op het dak stond. Dit stukje van de stad was nog altijd het knooppunt van de wereld. Hier baadde het litteken van het World Trade Center in een schijnwerpergloed, hier had je de immense goudvoorraad van de Federal Reserve, hier bevonden zich de Tombs, de Stock Exchange en City Hall, hier waren Morgan Stanley en American Express en de vensterloze monolieten van Verizon, hier reikte het uitzicht over de haven tot aan Liberty in haar groen uitgeslagen huid. De mollige vrouwelijke en magere mannelijke bureaucraten die de stad draaiende hielden, verdrongen zich hier onder hun kleurige paraplu's in Chambers Street, op weg naar hun huis in Queens of Brooklyn. In het korte ogenblik voordat hij zijn werklamp aanzette voelde Katz zich bijna gelukkig, bijna weer vertrouwd met zichzelf. Maar toen hij twee uur later zijn gereedschap opruimde, was hij zich bewust van de vele opzichten waarin hij Caitlyn nu al verfoeide. Wat zat de wereld toch vreemd en wreed in elkaar als je een chick wilde neuken omdat je haar verfoeide. Hoe zeker was het alweer dat het net zo verkeerd zou aflopen als al die vorige keren. Wat was het nu al zonde van zijn moeizaam opgezamelde cleanheid. Die verspilling deed hem Caitlyn nog meer verfoeien.

En toch was het van groot belang dat Zachary vermorzeld werd. Het joch had thuis zijn eigen oefenruimte, een vierkante ruimte met eierdooswanden en meer gitaren dan Katz in dertig jaar had bezeten. Wat Katz in het voorbijgaan uit die oefenruimte opving, had hem duidelijk gemaakt dat het joch al een virtuozer solist was dan hijzelf ooit zou worden. Maar dat gold voor honderdduizenden highschooljochies, dus wat dan nog? In plaats van zijn rockminnende vader te tarten door entomologie of financiële derivaten als hobby op te vatten, aapte Zachary plichtsgetrouw Hendrix na. Hij was gespeend van iedere fantasie, dat joch.

Zachary zat hem in zijn oefenruimte op te wachten met een Apple laptop en een uitgeprint lijstje vragen. Toen Katz met een druipneus van de kou binnenkwam, en handen die pijn deden door de plotse warmte, wees het joch hem de vouwstoel waarin hij plaats diende te nemen. 'Ik vroeg me af,' zei hij, 'of je om te beginnen even een nummer kon doen, en dan misschien nog een als we klaar zijn.'

'Geen denken aan.'

'Eén nummer maar. Dat zou echt tof zijn.'

'Stel gewoon je vragen, oké? Dit is al vernederend genoeg.'

Vraag: Goed, Richard Katz, het is nu drie jaar na het uitkomen van *Nameless Lake*, en precies twee jaar sinds Walnut Surprise een Grammynominatie kreeg. Kun je me vertellen hoe je leven sindsdien veranderd is?

Antwoord: Daar ga ik niet op in. Betere vragen stellen.

Vraag: Oké, kun je dan iets vertellen over je beslissing om weer als timmerman te gaan werken? Heeft dat met inspiratiegebrek te maken?

Antwoord: Ik zou het echt over een andere boeg gooien als ik jou was.

Vraag: Oké. Hoe denk jij over de mp3-revolutie?

Antwoord: Ah, revolutie, wow. Heerlijk om het woord 'revolutie' weer eens te horen. Nou, het is geweldig dat een nummer nu evenveel kost als een pakje Freedent, en net zo snel zijn smaak verliest, zodat je weer een nieuwe dollar moet uitgeven. Juich ik echt toe. Het tijdperk dat, wanneer was het, gisteren of zo, voorgoed ten einde is gekomen, het tijdperk waarin we onszelf wijsmaakten dat rock de gesel was van conformisme en consumentisme, in plaats van er de dienaar van te zijn, dat tijdperk irriteerde me mateloos. Het lijkt me goed voor de eerlijkheid van rockmuziek, en goed voor ons allemaal, dat we eindelijk doorhebben wat mensen als Bob Dylan en Iggy Pop nu eigenlijk doen, namelijk Freedentjes met mintsmaak produceren.

Vraag: Dus je wilt zeggen dat rock zijn subversieve karakter kwijt is?

Antwoord: Nee. Wat ik zeg is dat rock nooit subversief is gewéést. Het was altijd al Freedent Mint, maar we vonden het leuk om te doen alsof het iets anders was.

Vraag: Maar die tijd dan toen Dylan opeens een elektrische gitaar ging gebruiken?

Antwoord: Als je het per se over oude geschiedenis wilt hebben, laten we dan teruggaan naar de Franse Revolutie. Weet je nog dat die Franse rocker, ben zijn naam kwijt, Jean Jacques En Nog Wat, dat die een nummer had dat de 'Marseillaise' heette en dat dat opeens zoveel airplay kreeg in 1792, en dat boeren en burgers toen in opstand kwamen en de adel een kopje kleiner maakten? Dat was nog eens een nummer dat de wereld veranderde! Tot dan ontbrak het die boeren en burgers aan de juiste houding. Al het andere hadden ze al: rechteloosheid, schrijnende armoede, onbetaalbare schulden, mensonterende arbeidsomstandigheden. Maar zonder een lekker nummer om mee te brullen leidde dat tot niets. Ja ja, die sansculottestijl heeft de wereld toen echt op zijn kop gezet.

Vraag: Goed, en wat wordt de volgende stap voor Richard Katz?

Antwoord: Ik ga politiek actief worden voor de Republikeinen.

Vraag: *lacht*

Antwoord: Nee, serieus. Genomineerd worden voor een Grammy was zo'n geweldige eer dat ik me verplicht voel iets terug te doen in dit verkiezingsjaar. Ik zie het als een voorrecht dat ik onderdeel heb mogen worden van de mainstream popmuziek, de kans heb gekregen om mijn eigen merk kauwgompjes op de markt te brengen, en heb mogen meehelpen bij het overtuigen van veertienjarigen dat het uiterlijk en bedieningsgemak van Apple-producten een bewijs is dat Apple een betere wereld wil voor ons allemaal. Want de wereld willen verbeteren, dat is cool, ja toch? En het kan niet anders of Apple wil harder zijn best doen voor een betere wereld dan wie ook, want iPods zien er véél gelikter uit dan andere mp3-spelers. En daarom zijn ze ook veel duurder, en niet compatibel met de software van andere bedrijven, want eh... tja, het is me niet helemaal duidelijk waarom het in een betere wereld de norm zou moeten zijn dat gelikte apparaatjes een obscene winst opleveren voor een piepklein groepje bewoners van die betere wereld. Om dat te begrijpen moet je het misschien ruimer zien en accepteren dat het bezitten van een iPod op zichzelf al dé manier is om de wereld te verbeteren. Kijk, en dat vind ik nou zo inspirerend aan de Republikeinse partij. Zij willen het aan het individu overlaten om zelf te bepalen hoe een betere wereld eruit moet zien. Zij zijn de partij van de persoonlijke vrijheid, nietwaar? En daarom vind ik het zo raar dat die intolerante christenmoralisten tegenwoordig zoveel invloed hebben binnen de partij. Niemand is zó tegen keuzevrijheid als die christenen. Sommigen onder hen zijn zelfs tegen het aanbidden van geld en materiële bezittingen. Ik daarentegen vind de iPod het ware gezicht van de Republikeinse politiek, en ik vind dat de muziekindustrie zich in dezen volop zou moeten manifesteren, politiek actief zou moeten worden, de artiesten voorop. Die moeten zich ondubbelzinnig uitspreken: wij kauwgomproducenten maken ons niet druk om sociale rechtvaardigheid, wij bekommeren ons niet om objectieve en accurate overheidsinformatie, of om zinvolle arbeid voor de werkende mens, ons hoor je niet over een samenhangend geheel van nationale idealen, laat staan over wijsheid. Waar wij voor staan is het recht om naar niets anders te luisteren dan je favoriete nummer van het moment, en maling te hebben aan al het andere in de wereld. Wij staan voor het recht om iedereen belachelijk te maken die niet zo cool is als wij. Wij staan voor het recht om jezelf om de vijf minuten op een nieuw flauwekullerig clipje of muziekje te trakteren. Wij staan voor de onbegrensde en nietaflatende exploitatie van de rechten op onze onbeduidende kunstjes. Wat wij willen is tienjarige kinderen ertoe overhalen om vijfentwintig dollar te betalen voor een plastic iPod-houder waar Apple zelf negenendertig cent productiekosten aan kwijt is.

Vraag: Maar nu even echt serieus. Bij de Grammy-uitreiking van vorig jaar was er een sterke antioorlogsstemming. Veel genomineerden waren heel uitgesproken in hun mening. Vind jij dat succesvolle muzikanten de plicht hebben om zich als rolmodel op te werpen?

Antwoord: Ik ik ik, koop koop koop, feesten feesten feesten. Blijf lekker in je eigen wereldje zitten met je iPod op topvolume en je ogen dicht. Wat ik duidelijk probeer te maken is dat wij allang ideale Republikeinse rolmodellen zíjn.

Vraag: Als dat zo is, waarom was er bij die uitreiking van vorig jaar dan een censor die moest voorkomen dat mensen leuzen tegen de oorlog riepen? Wou je soms zeggen dat Sheryl Crow een Republikein is?

Antwoord: Ik hoop in elk geval van wel. Het lijkt me een hartstikke aardige vrouw, dus ik zou het een afknapper vinden als ze Democraat was.

Vraag: Ze heeft zich verschillende keren duidelijk tegen de oorlog uitgesproken.

Antwoord: Tja, ach, wat mensen zeggen en wat ze denken... Geloof jij dat George Bush écht de pest heeft aan homo's? Denk je dat abortus hem persoonlijk ene moer interesseert? Denk je dat Dick Cheney werkelijk gelooft dat Saddam Hussein het brein achter 9/11 was? Sheryl Crow is een kauwgompjesfabrikante, en dat zeg ik als iemand die zelf ook al jarenlang kauwgompjes fabriceert. De mensen die zich interesseren voor wat Cheryl Crow over de oorlog in Irak zegt, zijn dezelfde mensen die absurde bedragen ophoesten voor een mp3-speler omdat Bono Vox daar reclame voor maakt.

Vraag: Maar de samenleving heeft toch leiders nodig? Was dat niet wat de heersende macht probeerde te onderdrukken bij de Grammies? De stemmen van potentiële aanvoerders van een antioorlogsbeweging?

Antwoord: Wil jij dat de CEO van Freedent zich opwerpt als leider in de strijd tegen tandbederf? Dat hij al zijn marketinginstrumenten inzet om mensen duidelijk te maken dat Freedent slecht is voor hun tanden? Ik weet dat ik net sarcastisch deed over Bono, maar in wezen is hij integerder dan de rest van de muziekwereld bij elkaar. Als je steenrijk bent geworden met het verkopen van kauwgompjes, dan is het wel zo integer om nóg steenrijker te worden door reclame te maken voor veel te dure iPods, en vervolgens je geld en status te gebruiken om een plekje tussen de groten der aarde af te dwingen met wat liefdadigheid voor hongerend Afrika. Met andere woorden: wees eerlijk en kom ervoor uit dat je het geil vindt om bij de gevestigde orde te horen, en dat je gelóóft in de gevestigde orde, en bereid bent alles te doen om je positie te consolideren.

Vraag: Maar wil dit nu zeggen dat jij voorstander was van de invasie van Irak?

Antwoord: Wat het wil zeggen is dit: als die invasie iets was geweest dat door mensen zoals ik werd gesteund, dan zou Irak nooit zijn binnengevallen.

Vraag: Goed, en dan nu even terug naar de persoon Richard Katz.

Antwoord: Nee, en dan nu je apparaat uitzetten. Ik vind het wel genoeg zo.

'Dat was gaaf,' zei Zachary al links- en rechtsklikkend. 'Dat was echt te gek. Ik zet het meteen op mijn blog en dan mail ik Caitlyn een link.'

'Heb je haar e-mailadres dan?'

'Nee, maar ik ken iemand die dat wel heeft.'

'Mooi, dan zie ik jullie morgen na schooltijd.'

Toen Katz even door Church Street naar de PATH-trein liep, beving hem de vertrouwde spijt over een zojuist gegeven interview. Niet dat hij bang was aanstootgevend te zijn geweest – aanstoot geven was zijn vak en zijn roeping. Hij was bang dat hij zielig had geklonken: als een verwelkt talent dat niets anders meer kon dan rotopmerkingen maken over mensen die het veel beter deden dan hij. Hij had een intense hekel aan de man die hij zojuist weer eens aangetoond had te zijn. En dat was natuurlijk ook een hoofdkenmerk van het depressieve type: een intense hekel aan jezelf hebben.

Terug in Jersey City liep hij de shoarmatent binnen waar hij drie tot vier avondmaaltijden per week haalde, liep er weer uit met een plastic tasje vol pitabroodjes met sterk riekende vleesschraapsels, en liep de trap op naar het appartement waarin hij de laatste tweeënhalf jaar zo weinig tijd had doorgebracht dat het zich tegen hem leek te hebben gekeerd, niet langer zijn thuis leek te willen zijn. Hij wist dat een half grammetje coke die indruk snel kon wegnemen en vervangen door een gevoel van knusheid, maar slechts voor enkele uren, hooguit een paar dagen, waarna de kilte des te venijniger zou terugkeren. Het enige vertrek dat hem nog een beetje aanstond was de keuken, waar het harde tl-licht perfect bij zijn stemming paste. Hij ging aan zijn oeroude tafel met het formica blad zitten en leidde zijn aandacht van de smaak van zijn maaltijd af door Thomas Bernhard te lezen, zijn nieuwe lievelingsschrijver.

Achter hem, op het aanrecht vol vuile borden, ging opeens zijn vaste telefoon. Op het display verscheen de naam WALTER BERGLUND.

'Ah, Walter, stem van mijn geweten,' zei hij tegen de beltoon. 'Waarom kom je me uitgerekend nu lastigvallen? Dat komt heel slecht uit, jongen.'

Hij was desondanks geneigd op te nemen, want hij had de laatste tijd gemerkt dat hij Walter miste, maar hij bedacht net op tijd dat het net zo goed Patty kon zijn. En zijn ervaringen met Molly Tremain hadden hem geleerd dat je nooit moest proberen een vrouwelijke drenkeling te redden tenzij je zelf bereid was te verdrinken. Dus bleef hij naar de telefoon zitten kijken als naar een spartelende en om hulp roepende Patty. Hoe ze zich ook voelde, dit was niet het moment om daarvan in kennis te komen. Het grote voordeel van het uitmelken van *Nameless Lake* (de tournee had zich zo lang voortgesleept dat hij op het laatst in staat was geweest om tijdens optredens onbeperkt te mijmeren – de financiële huishouding van de band, de vraag waar hij nu weer aan drugs moest komen, zijn spijt over het interview van die middag, hij had het allemaal moeiteloos door zijn hoofd kunnen laten gaan zonder een couplet te missen of de maat kwijt te raken) was dat alle persoonlijke betekenis uit de teksten was weggelekt. De nummers waren helemaal losgeraakt van de droefheid (over Molly, over Patty) die hij gevoeld had toen hij ze schreef. Hij was er zelfs van overtuigd dat die droefheid er in het geheel niet meer was, helemaal was opgebrand door dat eindeloze rondtoeren. Maar hij was beslist niet van plan om nu die telefoon op te nemen.

Wat hij echter wel deed was achteraf zijn voicemail beluisteren.

'Richard? Walter hier. Berglund. Geen idee of je er bent, misschien zit je wel weer ergens in het buitenland, maar ik zou je morgen graag even spreken. Dan ben ik voor zaken in New York en ik heb een voorstel voor je. Sorry dat ik het pas zo laat laat weten. In ieder geval de hartelijke groeten. Ook van Patty. Hoop dat alles goed gaat met je!'

Om deze boodschap te wissen, toets 3.

Het was twee jaar geleden dat hij voor het laatst iets van Walter had gehoord. Bij het aanhouden van de stilte was hij gaan denken dat Patty haar echtgenoot in een moment van berouw of pure stomheid had verteld wat er aan Nameless Lake was voorgevallen. Zo ja, dan was het Walter waarschijnlijk wel toevertrouwd om zijn feministische moraal aan te spreken, haar het verraad niet kwalijk te nemen en de schuld eenzijdig bij Katz te leggen. Dat was het gekke met Walter: door de jaren heen hadden zich altijd dingen voorgedaan waardoor Katz, die verder niemand vreesde, zich inferieur aan hem voelde. Door Patty prijs te geven, zijn eigen genot te offeren en haar keihard te verstoten teneinde haar huwelijk te redden, had hij zich destijds op Walters verheven niveau begeven, maar de voldoening daarover had binnen de kortste keren plaatsgemaakt voor afgunst jegens zijn vriend, die zo onbekommerd zijn leven met haar kon delen, alsof zijn huwelijk de gewoonste zaak van de wereld was. Hij had zichzelf proberen wijs te maken dat hij de Berglunds een dienst bewees door hen te mijden, maar hij wist dat hij dat vooral deed om niet getuige te hoeven zijn van hun onafscheidelijkheid en geluk.

Katz kon nog altijd niet verklaren waarom Walter belangrijk voor hem was. Het moest voor een deel gewoon een kwestie zijn van beïnvloeding in een ontvankelijke fase. Walter had in zijn leven kunnen komen omdat ze elkaar leerden kennen voordat Katz zich definitief bij de buitenbeentjes en drop-outs schaarde – toen de deur naar de wereld van de doorsneefiguren nog niet helemaal in het slot zat. Maar daar stond tegenover dat Walter nu ook weer niet zó doorsnee was. Een wat burgerlijke jongen, jawel, maar buitengewoon in zijn naïviteit, en daarnaast uitzonderlijk intelligent, leergierig en ontwikkeld. En Patty maakte het beeld nog complexer omdat ze weliswaar zielsgraag gewoon wilde zijn, maar dat in feite nog veel minder was dan Walter. Om maar te zwijgen van de complicatie dat Katz zich minstens zo sterk tot Patty aangetrokken had gevoeld als Walter, en de overtreffende complicatie dat Walter een veel grotere aantrekkingskracht op Katz uitoefende dan op Patty. Geen andere man had ooit zo'n fysiek effect op Katz gehad, hem zo'n warme gloed in zijn kruis bezorgd als Walter wanneer ze elkaar na een tijdje afwezigheid terugzagen. Echt seksueel of homo-erotisch waren die gewaarwordingen niet, althans niet seksueler dan de stijve die Katz kreeg als hij na een tijd smachten die eerste verkwikkende snuif coke nam – maar het had ontegenzeglijk een fysieke dimensie. Er was sprake van een chemie die liefde wilde heten. Katz had met veel plezier het groeien van het gezin Berglund gevolgd, had het plezierig gevonden hen te kennen, te weten dat ze daar met zijn viertjes in het Midden-Westen woonden en een goed leven hadden, waaraan hij zich kon komen optrekken in tijden dat het hemzelf wat minder goed ging. En toen had hij dat alles verpest door zo dom te zijn een nacht in een afgelegen zomerhuis door te brengen met een voormalige basketbalster die als geen ander de bedrevenheid had om door een onoplettende defensie te glippen. Zijn huiselijke toevluchtsoord, de wereld die hij altijd had kunnen opzoeken om zich voor even aan zijn levenswijze te onttrekken, was in één nacht tijd teloorgegaan, verzwolgen door de hongerige microkosmos van Patty's kut. En hij kon er nog steeds niet over uit dat hij daar maar zo kort in had mogen verblijven.

Ook van Patty.

'Ja? Nou, de groeten terug,' zei hij tussen twee happen door. Maar zodra hij zijn honger had verruild voor de gebruikelijke inwendige protesten tegen zijn maaltijdkeuze, belde hij terug, en hoorde tot zijn opluchting dat Walter opnam.

'Hé, hoe gaat het?' zei Katz.

'Hoe gaat het met jóú?' zei Walter enthousiast. 'Je hebt het nodige achter de rug, als ik de berichten mag geloven.'

'Ja ja, ik heb weer heel wat van de wereld gezien. De binnenkant van een cel in Dade County, om maar wat te noemen.'

'Heb ik over gelezen, ja. Maar wat bezielt je ook om naar Florida te trekken?'

'Een Zuid-Amerikaanse chick die ik voor een menselijk wezen aanzag.'

'Aha,' zei Walter. 'Tja, het hoort er allemaal bij, hè. Geen roem zonder excessen.'

'Nou, voor mij niet meer, gelukkig.'

'Hoezo?'

'Ik maak weer dakterrassen.'

'Terrassen, echt waar? Dat méén je niet! Jij hoort nu hotelkamers te verwoesten en je aanstootgevendste nummers ooit op te nemen!'

'Heb ik allemaal wel gezien, man. Ik doe gewoon weer eerlijk handwerk.'

'Maar dat is doodzonde!'

'Fijn te horen dat je achter me staat.'

'Nee, serieus, Richard. Je barst van het talent. Je kunt toch niet kappen omdat je laatste plaat toevallig in de smaak is gevallen?'

'Barsten van het talent... we hebben het wel over popmuziek, hoor. Dan kun je ook wel talent voor punniken hebben.'

'Ho ho ho,' zei Walter. 'Dit had ik niet verwacht te horen. Ik ging ervan uit dat je een nieuwe plaat aan het afronden was en plannen voor een tournee maakte. Als ik geweten had dat je weer terrassen bouwt, had ik je veel eerder gebeld. Ik wilde je niet storen.'

'Jij hoeft nooit bang te zijn dat je me stoort.'

'Blij dat te horen, maar ik vernam nooit meer wat van je. Ik dacht dat je hartstikke druk was.'

'Mea culpa,' zei Katz. 'Maar vertel eens, hoe gaat het met jullie? Alles goed?'

'Gaat wel, ja. Je weet dat we naar Washington zijn verhuisd, hè?'

Katz sloot zijn ogen en probeerde zich uit alle macht te herinneren dat dit hem bekend was. 'Ja,' zei hij, 'wist ik.'

'Nou, ik heb hier ook niet stilgezeten en het begint allemaal wat ingewikkeld te worden. En daarom belde ik je eigenlijk. Ik zou je een voorstel willen doen. Heb je morgen misschien tijd, wat later op de middag?'

'Dat gaat niet lukken. Kan het niet 's ochtends?'

Walter vertelde dat hij rond het middaguur een lunchafspraak had met Robert Kennedy Jr., en 's avonds terug moest naar Washington om daar op zaterdag het vliegtuig naar Texas te nemen. 'We zouden het nu over de telefoon kunnen doen,' zei hij, 'maar mijn assistente zou je dolgraag ontmoeten. En zij is degene met wie je zou samenwerken, dus het lijkt me ook beter om het in haar aanwezigheid te bepraten.'

'Je assistente,' zei Walter.

'Lalitha. Piepjong en buitengewoon pienter. Ze woont hier op de bovenste etage. Ik weet haast wel zeker dat ze bij je in de smaak zal vallen.'

Het ontging Katz niet dat er een zweem van verlegenheid of opwinding in Walters stem was gekomen.

'Lalitha,' zei hij. 'Wat is dat nou weer voor naam?'

'Indiaas. Bengali om precies te zijn. Maar ze is opgegroeid in Missouri. En beeldschoon is ze ook nog eens.'

'Zo zo. En waar heeft dat voorstel betrekking op?'

'Op het redden van deze planeet.'

'Natuurlijk, domme vraag.'

Katz kon zich niet aan het gevoel onttrekken dat die Lalitha als lokaas moest dienen, en het irriteerde hem dat Walter hem zo makkelijk dacht te kunnen manipuleren. Maar manipulatie of niet, hij kende Walter als iemand die niet snel het woord 'beeldschoon' in de mond nam als hij over vrouwen sprak, dus was hij alsnog geïntrigeerd.

'Oké, jij wint,' zei hij. 'Ik zal zien of ik morgenmiddag wat tijd kan vrijmaken.'

'Fantastisch,' zei Walter.

Het maakte waarschijnlijk weinig uit, en in Katz' ervaring kon het bijna nooit kwaad om chicks op je te laten wachten. Hij belde naar White Street en liet Zachary weten dat de ontmoeting met Caitlyn moest worden uitgesteld.

De volgende dag liep Katz om kwart over drie, slechts vijftien minuten te laat, de Walker's binnen waar hij met Walter had afgesproken, en zag hem met de Indiase chick aan een tafel in de hoek zitten. En hij was nog niet bij die tafel aangekomen of hij wist dat hij geen schijn van kans bij haar maakte. De menselijke lichaamstaal had zo'n achttien woorden waarmee vrouwen beschikbaarheid en onderwerping kenbaar maakten, en Lalitha gebruikte er wel twaalf tegelijk tegen Walter. Ze vormde een levende illustratie van de frase 'aan iemands lippen hangen'. Toen Walter overeind kwam om Katz te omhelzen, bleven de ogen van het meisje op Walter gericht – de wereld op zijn kop. Katz kende hem niet in de rol van een man die de blik van vrouwen gevangenhield. Hij droeg een mooi donker pak en had intussen een middelbare volheid in zijn postuur, die hem uitstekend stond. Zijn schouders leken breder, zijn bovenlichaam robuuster. 'Richard, Lalitha,' zei hij met een armgebaar.

'Heel aangenaam kennis te maken,' zei Lalitha terwijl ze Katz een haastig handje gaf. Ze voegde er niets aan toe over vereerd of 'een grote fan' te zijn.

Katz liet zich op een stoel zakken en voelde een verrassend besef opkomen: het was altijd zelfbedrog geweest dat hij *ondanks* zijn vriendschap met Walter op diens vriendinnetjes viel – het tegendeel was waar. Twee jaar lang had iedere uiting van bewondering hem met weerzin vervuld, en nu was hij opeens teleurgesteld omdat Lalitha zo'n uiting achterwege liet, teleurgesteld om de manier waarop ze naar Walter keek. Ze had een donkere teint en een slanke bouw, rank van hals en armen, tenger bijna, maar alles aan haar was niettemin rond: haar ogen, haar gezicht, en haar borsten. Een ruime A-plus, die ze met een kleine aanpassing makkelijk voor een B-min kon laten doorgaan. Katz streek met zijn vingers door zijn haar en er viel nog wat mdf-zaagsel uit. Zijn oude vriend keek hem aan en straalde van het plezier om hun weerzien.

'Nou,' zei Katz, 'ben benieuwd naar wat je allemaal te vertellen hebt.'

'Heel veel,' zei Walter. 'Ik weet nauwelijks waar ik moet beginnen.'

'Mooi pak, trouwens. Staat je goed.'

'Vind je?' Walter keek omlaag naar zijn jasje. 'Gekocht in opdracht van Lalitha.'

'Ik heb eindeloos moeten herhalen dat zijn kleren niet meer kónden,' zei het meisje. 'Hij had in geen tien jaar een nieuw pak gekocht!'

Ze had een vaag Indiaas accent, zangerig, melodieus, en ze klonk bezitterig ten aanzien van Walter. Als er niet zoveel behaagzucht uit haar houding had gesproken, zou Katz hebben gedacht dat ze hem allang in de knip had.

'Je ziet er zelf ook goed uit,' zei Walter.

'Dat lieg je, maar toch bedankt.'

'Nee, echt, een soort Keith Richards-look.'

'Ah, nou ben je eerlijker. Die Keith met zijn haarband... het is net de Boze Wolf met Grootmoeders kapje op zijn kop.'

Walter wendde zich tot Lalitha. 'Vind jij Richard op een grootmoeder lijken?'

'Nee...' zei ze met argeloze ronde ogen.

'Maar goed, je zit dus in Washington tegenwoordig,' zei Katz.

'Ja, en dat heeft zich tot een vreemde situatie ontwikkeld,' zei Walter. 'Ik werk voor ene Vin Haven, een schatrijke olie- en gasmagnaat die zijn thuishaven heeft in Houston. De vader van zijn vrouw was een vooraanstaand Republikein die onder Nixon, Ford en Reagan had gediend en haar een herenhuis in DC naliet, waar ze nooit gebruik van maakten. Toen Vin de Trust stichtte, liet hij het kantoor daarvan op de benedenverdieping inrichten en verkocht Patty en mij de verdiepingen daarboven, voor een boterzacht prijsje mag ik wel zeggen. Op de bovenste verdieping bevindt zich een voormalig dienstmaagdenverblijf, waar Lalitha haar intrek heeft genomen.'

'Ik heb het op twee na beste woon-werkverkeer in heel Washington,' zei Lalitha. 'Alleen de President en Walter zelf zijn korter onderweg. Ik deel de keuken met hen!'

'Klinkt gezellig,' zei Katz met een veelbetekenende blik naar Walter, die het niet leek op te merken. 'Maar wat is dat voor trust?'

'Volgens mij had ik je daar bij ons laatste gesprek al wat over verteld.'

'Kan zijn, maar ik gebruikte toen nogal wat dope, zoals je weet. Je zult me alles helemaal opnieuw moeten vertellen.'

'Wij heten voluit de Cerulean Mountain Trust,' zei Lalitha. 'Een volstrekt nieuwe manier van natuurbehoud. Het is Walters idee.'

'Nou, het was in eerste instantie Vins idee,' zei Walter.

'Maar alles wat er nieuw en origineel aan is, komt uit de koker van Walter,' vulde Lalitha onverstoorbaar aan.

Een serveerster (niets bijzonders, al bekend bij Katz en geen nadere bestudering waard) nam hun bestellingen voor koffie op en Walter stak van wal met zijn verhaal over de Trust. Vin Haven, begon hij, was een weinig alledaagse man. Hij en zijn vrouw Kiki waren hartstochtelijke vogelliefhebbers, die daarnaast persoonlijk bevriend waren met George en Laura Bush en Dick en Lynne Cheney. Vin had een miljardenvermogen opgebouwd door op winstgevende wijze verlies te lijden op olie- en gaswinningsprojecten in Texas en Oklahoma. Hij was ondertussen op leeftijd, en omdat Kiki en hij geen kinderen hadden, was hij op de gedachte gekomen om pakweg de helft van zijn poen voor het behoud van één enkele vogelsoort in te zetten: de azuurzanger, Latijnse naam *Dendroica cerulea*, en volgens Walter niet alleen een betoverend mooi wezentje maar ook een van de ernstigst bedreigde zangvogelsoorten van Noord-Amerika.

'Hier is onze kleine held,' zei Lalitha terwijl ze een brochure uit haar koffertje haalde.

De vogel op het omslag zag er wat onbepaald uit, vond Katz. Blauwachtig, scharminkelig en dommig. 'Nou zeg, dat is me de vogel wel,' zei hij.

'Maar pas op,' zei Lalitha, 'het gaat niet alleen om dit vogeltje maar om iets veel groters. Wacht maar af tot je Walters visie hebt gehoord.'

Visie. Katz begon het vermoeden te krijgen dat Walter deze ontmoeting voornamelijk had geregeld om hem te laten zien dat hij aanbeden werd door een lekker ding van in de twintig.

De azuurzanger, zei Walter, broedde uitsluitend in oude loofbossen, met name die in de Appalachians. Er was nog een gezonde populatie in de bergen en heuvels van zuidelijk West Virginia, en Vin Haven had mogelijkheden gezien om een landtrust op te richten en dan als levende brandstoflegende een samenwerking aan te gaan met de steenkoolindustrie in de regio, die moest resulteren in een omvangrijk particulier reservaat voor de Dendroica cerulea en andere bedreigde soorten. Het leek een onwaarschijnlijk idee, de steenkoolindustrie als redder van een vogeltje, maar de opzet was heel simpel. De kolenbedrijven waren bang dat de azuurzanger ieder moment als beschermd soort kon worden aangewezen, met alle gevolgen van dien voor hun vrijheid om bossen te kappen en bergen, heuvels en richels op te blazen voor het plegen van bergtopmijnbouw, en Vin wilde die vrees benutten door hen ertoe over te halen zelf iets voor de zanger te doen, om het beestje zo in stand en van de lijst van beschermde soorten te houden, wat positieve publiciteit te scoren én door te kunnen gaan met het winnen van steenkool. En zo was Walter aan zijn baan als directeur van de Cerulean Mountain Trust gekomen. In zijn werk als natuurbeschermer in Minnesota had hij goede banden gesmeed met de mijnbouwwereld, waardoor hij als geen ander in staat was om tot constructief overleg met kolenmensen te komen.

'Meneer Haven had voor Walter al een stuk of vijf andere kandidaten gesproken,' zei Lalitha. 'Sommigen waren midden in het gesprek opgestaan en weggelopen. Zo bekrompen, zo bang voor reputatieschade! Alleen Walter zag in wat er bereikt kon worden door risico's te nemen en buiten de gebaande paden te treden.'

Walter maakte een grimas bij dit compliment, maar hij was er zichtbaar mee ingenomen. 'Die anderen hadden een veel betere baan dan ik. Ze hadden meer te verliezen.'

'Wat ben je voor milieubeschermer als je je drukker maakt om je carrière dan om de natuur?'

'Tja, de meesten doen dat helaas. Ze hebben een gezin, en verantwoordelijkheden.'

'Maar die heb jij ook!'

'Geef nou maar toe, man, je bent gewoon te geweldig voor woorden,' zei Katz, zonder erbij te glimlachen. Hij had er zijn hoop op gevestigd dat Lalitha, als ze straks klaar waren en opstonden, een vette reet en plompe dijen zou blijken te hebben.

Walter hervatte zijn verhaal. Om het voortbestaan van de azuurzanger te waarborgen, mikte de Trust op een natuurreservaat van honderd vierkante mijl (voorlopige naam: Haven's Hundred) in Wyoming County, West Virginia, met daaromheen een 'bufferzone' die zou openstaan voor jagers en gemotoriseerde recreatie. Om de oppervlakterechten en minerale rechten van zo'n enorm terrein te kunnen bekostigen, zou de Trust in de beginperiode toestemming verlenen voor kolenwinning door bergtopmijnbouw op een derde van het totale oppervlak. Dat laatste had de andere kandidaten afgeschrikt. Bergtopmijnbouw werd beschouwd als een ecologische wandaad: bergruggen opblazen om de onderliggende steenkoollagen bloot te leggen en af te graven, waarbij enorme hoeveelheden rots en puin in de valleien terechtkwamen en stromen verstopt raakten die van vitaal belang waren voor de flora en fauna. Walter geloofde echter dat er veel leed verzacht kon worden door achteraf een goed gecoördineerd programma voor natuurherstel te starten. En het grote voordeel van een uitgemijnd gebied was dat niemand het ooit nog geweld aan zou doen.

Katz bedacht dat dit een van de dingen was die hij het meest had gemist: Walter die ideeën spuide die echt ergens over gingen. 'Maar willen we die steenkool niet liever onder de grond laten zitten?' zei hij. 'Ik dacht dat steenkool zo slecht was.'

'Dat is een discussie voor een ander moment,' zei Walter.

'Walter heeft uitstekende ideeën over fossiele brandstof versus kern- en windenergie,' zei Lalitha.

'Laat ik het er voor nu op houden dat we *realistisch* moeten zijn over steenkool,' zei Walter.

Het project had nog meer opwindende kanten, ging hij verder. Zo wilde de Trust flinke investeringen doen in Zuid-Amerika, waar de azuurzanger, zoals zoveel Amerikaanse zangvogels, overwinterde. De bossen in het Andesgebied verdwenen in een alarmerend tempo, en Walter was de laatste twee jaar bijna maandelijks naar Colombia gevlogen om er grote percelen land op te kopen en overleg te voeren met non-gouvernementele organisaties die er het ecotoerisme wilden bevorderen en de boerenbevolking hielpen hun houtkachels te verruilen voor zonnepanelen en elektrische verwarming. De dollar was op het zuidelijk halfrond nog heel wat waard en de Zuid-Amerikaanse helft van het pan-Amerikaanse zangvogelreservaat stond al op poten.

'Meneer Haven was aanvankelijk niets van plan geweest in Zuid-Amerika,' zei Lalitha. 'Dat element had hij compleet over het hoofd gezien tot Walter hem erop wees.'

'Los nog van de vogeltrek,' zei Walter, 'leek het me van grote educatieve waarde om een reservaat op te zetten dat twee werelddelen omspande. Om nou eens goed zichtbaar te maken dat alles op deze planeet met elkaar in verband staat. Uiteindelijk hopen we nog wat kleinere reservaten langs de trekroute te kunnen sponsoren, in Texas en Mexico.'

'Goed zeg,' zei Katz, zonder het al te oprecht te menen. 'Lijkt me een goed idee.'

'Een ontzéttend goed idee,' zei Lalitha met haar blik strak op Walter.

'Het punt is namelijk,' zei Walter, 'dat de natuur zo snel verdwijnt dat het geen zin meer heeft om te wachten tot de overheden iets aan het behoud ervan doen. Het probleem met regeringen is dat ze worden gekozen door meerderheden die geen moer om biodiversiteit geven. En miljardairs doen dat wel. Die hebben er belang bij dat deze planeet niet compleet naar god gaat, want zij en hun erfgenamen zullen altijd het geld hebben om ten volle van de planeet te genieten. De reden waarom Vin Haven aan natuurbehoud ging doen op zijn ranches in Texas, is dat hij het leuk vindt om op grote vogels te jagen en naar kleintjes te kijken. Eigenbelang dus, maar dat leidt wel tot een win-winsituatie. Als je leefgebieden wilt afsluiten om ze in stand te kunnen houden, is het een stuk makkelijker om daar een paar miljardairs voor te interesseren dan het Amerikaanse stemvee, dat volmaakt tevreden is met zijn kabel-tv, zijn Xbox en zijn breedband.'

'Ook al omdat je geen driehonderd miljoen Amerikanen door je mooie wildernis wilt zien banjeren,' zei Katz.

'Precies. Dan zou het geen wildernis meer zijn.'

'Dus wat je me eigenlijk vertelt is dat je tegenwoordig heult met de vijand.'

Walter lachte. 'Precies!'

'Je zou meneer Haven echt eens moeten ontmoeten,' zei Lalitha tegen Katz. 'Het is een heel bijzondere man.'

'Ik betwijfel of ik hem zou willen leren kennen,' zei Katz. 'Dat hij vriendjes is met George en Dick zegt me genoeg.'

'Nee, Richard,' zei ze, 'dat zegt lang niet alles.'

De fonkeling in haar ogen maakte het verlokkelijk om tegen haar in te blijven gaan. 'En hij schiet weerloze dieren dood,' zei hij. 'Ik stel me zo voor dat hij weleens gezellig met Dick uit jagen gaat.'

'Dat doet hij inderdaad weleens,' zei Walter. 'Maar de Havens eten altijd wat ze schieten. En ze zorgen goed voor de wildstand op hun land. Het jagen is niet het probleem, Richard. En de Bushes trouwens ook niet. Als Vin in Washington moet zijn, gaat hij op visite in het Witte Huis en kijkt er naar wedstrijden van de Longhorns, en in de rust daarvan bewerkt hij Laura. Hij heeft haar al gewonnen voor de zeevogels in Hawaï, en het zou me niet verbazen als er binnenkort een overheidsprogramma voor wordt aangekondigd. Nee, de Bush-connectie is ook het probleem niet.'

'Wat is het probleem dan wel?' vroeg Katz.

Walter en Lalitha wisselden een blik van verstandhouding.

'Nou, er zijn er meerdere,' zei Walter. 'Het geld, bijvoorbeeld. Met alle kosten die we in Zuid-Amerika hebben zou het zo langzamerhand wel prettig zijn geweest om wat subsidie te vangen in West Virginia, maar dat wordt danig gedwarsboomd door het verzet tegen die plannen voor mijnbouw in het gebied. De plaatselijke actiegroepen hebben de steenkoolindustrie, en vooral het afgraven van bergtoppen, behoorlijk gedemoniseerd.'

'Het is echt een rel aan het worden,' zei Lalitha.

'De *New York Times* laat Bush en Cheney ongestoord hun gang gaan in Irak, maar je leest het ene na het andere commentaar over het kwaad van de bergtopmijnbouw,' zei Walter. 'Er komt geen stuiver los. De staatsoverheid, de federale overheid, de private sector, niemand wil zijn vingers branden aan de verminking van bergen en heuvels, en de gedwongen verhuizing van arme gezinnen. Ze willen niets weten van natuurherstel, ze willen niets weten van permanente en milieuvriendelijke arbeidsplaatsen. Wyoming County is dunner dan dunbevolkt – in totaal zouden nog geen tweehonderd huishoudens met onze plannen te maken krijgen. Maar alles wordt uit zijn verband gerukt en het beeld is ontstaan van de kleine man die gemangeld wordt door boosaardige grootindustriëlen.'

'Zo stom, zo onredelijk,' zei Lalitha. 'Ze lúísteren niet eens naar Walter. Hij heeft echt goed nieuws over de mogelijkheden van natuurherstel, maar mensen sluiten zich gewoon voor ons af als we ergens binnenkomen.'

'Er is een nieuw programma voor herbebossing in de Appalachians,' zei Walter. 'Zal ik je daar iets over vertellen?'

'Heb ik een keus?'

'Nou, heel kort dan. Bergtopmijnbouw heeft zo'n slechte naam omdat er bijna nooit fatsoenlijk natuurherstel wordt verlangd door de bezitters van de oppervlakterechten van de betreffende terreinen. Voordat een steenkoolmaatschappij zijn winningsrecht mag benutten en bergtoppen kan gaan opblazen, moet ze een borgsom storten die pas terugvorderbaar is nadat het gebied weer volgens de afspraken is hersteld. En die afspraken deugen bijna nooit omdat de eigenaren maar al te graag genoegen nemen met vlak en armzalig grasland, in de hoop dat er dan een of andere projectontwikkelaar op afkomt die er luxe koopwoningen wil neerzetten, ook al ligt het mijlenver van de bewoonde wereld. En dat terwijl er wel degelijk natuurherstel kan worden gepleegd dat een weelderig en biodivers bos oplevert. Stort anderhalve meter aarde en gemalen zandsteen in plaats van de gebruikelijke vijftig centimeter, voorkom dat die bovenlaag te veel inklinkt, en plant dan in het juiste seizoen de juiste combinatie van snel en traag groeiende boomsoorten. Wij kunnen aantonen dat zulke nieuwe bossen vaak nog beter geschikt zijn voor zangvogels dan de secundaire bossen waarvoor ze in de plaats komen. Dus draait ons plan niet zozeer om het redden van de azuurzanger, maar om het creëren van een trend om de zaken nu eens goed aan te pakken. Maar het gros van de milieumensen wil helemaal niet dat de zaken goed worden aangepakt. Ze wilden er niet eens over praten, omdat het ertoe zou leiden dat bergtopmijnbouw wat minder onacceptabel werd en de steenkoolindustrie wat minder boosaardig zou overkomen. Dus kregen we nergens geld los en blijft de publieke opinie tegen ons.'

'En zonder hulp van buitenaf,' zei Lalitha, 'zouden we een veel kleiner reservaat krijgen, te klein om een echt toevluchtsoord voor de azuurzanger te zijn, of we zouden veel te veel concessies moeten doen aan de steenkoolindustrie.'

'Die in feite natuurlijk wel degelijk boosaardig is,' zei Walter.

'Dus konden we ook niet te veel vragen stellen over het geld van meneer Haven.'

'Nou, zo te horen zit het jullie niet echt mee,' zei Katz. 'Als ik miljardair was, zou ik nu meteen mijn chequeboekje trekken.'

'Maar je hebt het ergste nog niet gehoord,' zei Lalitha. De fonkeling in haar ogen begon een eigenaardige intensiteit te krijgen.

'Verveelt het je al?' vroeg Walter.

'Allerminst,' zei Katz. 'Ik was wel weer eens toe aan wat hersengymnastiek.'

'Nou goed, de grootste tegenvaller was dat Vin na verloop van tijd niet al te zuiver in zijn motieven bleek te zijn.'

'Rijke mensen zijn zó labiel!' zei Lalitha. 'Graag de weldoener willen uithangen, maar wel altijd geil op meevallertjes en cadeautjes.'

'Zeg dat nog eens,' zei Katz.

'Zeg wat nog eens?'

'Geil. Je spreekt het zo grappig uit.'

'Geil, geil, geil,' zei ze welwillend. 'Ik heb net als Walter bij de Nature Conservancy gewerkt, en als we ons jaarlijkse gala organiseerden, betaalden de rijkelui grif 20.000 dollar voor een tafel, maar dan wilden ze op het eind van de avond wél hun cadeautasje. Dat zat vol goedkope rommel, maar als ze geen cadeautasje kregen, doneerden ze het volgende jaar geen 20.000 dollar meer.'

'Je moet me trouwens beloven,' zei Walter tegen Katz, 'dat dit allemaal onder ons blijft. Mondje dicht, alsjeblieft.'

'Erewoord.'

Het idee voor een landtrust, vertelde Walter, was geboren in de zomer van 2001, toen Vin Haven voor een week naar Washington was gereisd om zitting te nemen in de beruchte energiewerkgroep van Dick Cheney – waarvan de samenstelling nog altijd geheim was, ondanks de nieuwe wet op de openbaarheid van bestuur, en dankzij het belastinggeld dat de vice-president aan proceskosten besteedde om die wet te omzeilen. Toen het op een avond tijd was voor cocktails, na weer een dagje pittig te hebben gewerkgroept, raakte Vin in gesprek met de bestuursvoorzitters van Nardone Energy en Blasco en liet een vlieger op over de azuurzanger. En toen hij hen er eenmaal van overtuigd had dat ze niet in de maling werden genomen, dat het hem inderdaad ernst was met het behouden van een vogeltje waar je niet eens op kon jagen, werd er al snel een principeovereenkomst gesloten: Vin zou op zoek gaan naar een enorme lap grond waarvan het centrale gedeelte zou worden opengesteld voor mijnbouw, maar dat vervolgens voorgoed aan de natuur zou worden teruggegeven. Walter kende die overeenkomst toen hij de post van directeur van de Trust aanvaardde, maar wat hij niet had geweten, en pas kortgeleden had ontdekt, was dat het Vin in diezelfde week tijdens een onderonsje met de vice-president ter ore was gekomen dat de president een aantal wetswijzigingen en fiscale maatregelen in voorbereiding had, die het winnen van aardgas in de Appalachians rendabel en zelfs financieel aantrekkelijk zouden maken. En dat Vin vervolgens een fiks aantal minerale rechten had gekocht, niet alleen in Wyoming County maar in andere gedeelten van West Virginia waar nauwelijks steenkool in de grond zat of die al waren uitgemijnd. Zo'n grote serie aankopen van ogenschijnlijk waardeloze rechten had de argwaan van de bevoegde instanties moeten wekken, zei Walter, ware het niet dat Vin het had kunnen doen voorkomen alsof hij opties nam op toekomstige reservaten voor de Trust.

'Om een lang verhaal kort te maken,' zei Lalitha, 'hij gebruikte ons als dekmantel.'

'Waarbij je overigens niet uit het oog moet verliezen,' zei Walter, 'dat hij echt van vogels houdt en hele goeie dingen doet voor de azuurzanger.'

'Maar hij wil toch ook zijn cadeautasje,' zei Lalitha.

'En in dit geval mag je gerust spreken van een cadeautas,' zei Walter. 'Het wordt allemaal nog zorgvuldig stilgehouden, dus je zult er nog niets over hebben gelezen, maar West Virginia wordt binnenkort finaal ondersteboven geboord. Honderden vierkante kilometers natuurgebied, waarvan iedereen aannam dat die beschermd waren, staan op het punt naar de klote te worden geholpen. Qua verstoring en verwoesting wordt het misschien nog wel erger dan wat de steenkoolindustrie ooit heeft aangericht. Als je de minerale rechten op een gebied bezit, kun je er uitvreten wat je wilt, zelfs op openbaar terrein. Overal nieuwe wegen, duizenden boorputten, lawaaiige installaties die dag en nacht draaien, elk nacht felle schijnwerpers.'

'En die minerale rechten van je baas zijn opeens heel wat meer waard,' zei Katz.

'Precies.'

'Dus hij zal ook heel wat grond verpatsen, waarvan hij deed alsof hij die voor jullie kocht?'

'Reken maar.'

'Ongelooflijk.'

'Nou ja, alles bij elkaar investeert hij nog steeds een vermogen. En hij zal ook heus wel stappen nemen om de boorschade te beperken op land waarvan hij de minerale rechten in zijn bezit houdt. Maar hij heeft al heel wat rechten moeten verkopen om kosten te dekken die we niet hadden hoeven maken als we de publieke opinie aan onze kant hadden gekregen. Waar het op neerkomt is dat hij nooit van plan is geweest om zoveel geld in de Trust te stoppen als ik aanvankelijk dacht.'

'Met andere woorden: hij heeft je in de zeik genomen.'

'Een beetje wel, ja. We krijgen nog steeds ons reservaat, maar we zijn inderdaad wel ietwat in de zeik genomen. En ik zou het uitermate prettig vinden als je dat aan niemand doorvertelde.'

'Maar goed, wat betekent dit nu allemaal?' zei Katz. 'Behalve dan dat ik altijd gelijk heb gehad met mijn bewering dat Bush en zijn vriendjes een stel ratten zijn.'

'Wat het betekent is dat Walter en ik hém ook gaan naaien,' zei Lalitha, met nog steeds die merkwaardige schittering in haar ogen.

'Nou nou, we gaan hem niet echt naaien,' zei Walter sussend. 'Naaien vind ik te sterk uitgedrukt.'

'Ik niet. Niet echt.'

'Hoe je "naaien" zegt vind ik ook leuk,' zei Katz tegen haar.

'We zijn nog steeds op Vin gesteld, hoor,' zei Walter. 'Het is een unieke kerel. Maar we hebben inderdaad wel het gevoel dat hij niet helemaal eerlijk tegen ons geweest is, en dat wij dat nou ook niet meer hoeven zijn.'

'We hebben wat kaarten en grafieken die we je willen laten zien,' zei Lalitha, en ze begon in haar koffertje te rommelen.

Het werd druk in de Walker's. Vrachtwagenchauffeurs en agenten van het bureau om de hoek legden beslag op tafeltjes en belegerden de bar. Buiten, in het duurzamer wordende namiddaglicht van februari, vulde de straat zich met verkeer op weg naar de tunnel. In een parallelle wereld, wazig in zijn onechtheid, zat Katz nog steeds op het dak in White Street en flirtte intussen met de gewillige Caitlyn, maar hij moest erkennen dat ze hem lang niet meer zo tot de verbeelding sprak. Om de vogeltjes en de natuur kon hij zich niet al te druk maken, maar hij voelde een bewonderende afgunst jegens Walter, die kennelijk de strijd was aangegaan met de handlangers van Bush. Vergeleken met het produceren van kauwgompjes of het bouwen van dakterrassen voor duffe yuppen leek dat verdomd interessant!

'Ik heb die baan vooral genomen omdat ik steeds zwartgalliger werd,' zei Walter. 'Het kostte me mijn nachtrust hoe het met dit land ging. Clinton had nul komma nul voor het milieu gedaan. Geen ene moer. Clinton wilde ons allemaal alleen maar laten dansen op Fleetwood Mac, weet je wel, *Don't stop thinking about tomororow*. Maar wat het milieu betreft dacht hij geen ogenblik aan de dag van morgen. En Gore was veel te loyaal en hield zijn groene ideeën voor zich, en vervolgens bleef hij veel te beleefd en liet hij zich piepelen met die stembiljetten in Florida. Zolang ik in St. Paul zat, verdroeg ik het nog wel, maar ik moest om de haverklap de hele staat door rijden voor de Conservancy, en telkens als ik buiten de stad kwam, was het alsof ik een klap in mijn gezicht kreeg. Overal die megaboerderijen, terwijl niets zo schadelijk voor het milieu is als industriële landbouw en veeteelt. En overal die wildgroei aan voorsteden, en overal SUV's, en terreinwagens, en in de winter overal sneeuwmobielen, en in de zomer jetski's, en van die gifgroene grasvelden vol bestrijdingsmiddelen.'

'Hier zijn de kaarten,' zei Lalitha.

'Ja, kijk, dit laat de fragmentatie zien.' Walter schoof Katz twee geplastificeerde landkaarten toe. 'Deze toont de ongerepte natuur anno 1900, en deze de ongerepte gebieden in 2000.'

'Tja, je moet wat over hebben voor de welvaart,' zei Katz.

'Maar de cultivering is zo stompzinnig aangepakt,' zei Walter. 'Met wat minder versnippering was er nog voldoende natuur geweest om allerlei soorten te laten overleven.'

'Mooie gedachte, maar de werkelijkheid is dus anders,' zei Katz. Hij bedacht dat het waarschijnlijk onafwendbaar was geweest dat zijn vriend iemand zou worden die met geplastificeerde kaarten rondliep, maar het verbaasde hem hoe bóós Walter was.

'Dit hier hield me dus echt uit mijn slaap,' zei Walter. 'Deze fragmentatie. Want het is overal hetzelfde. Het is net als internet: er is geen centrum, geen gemeenschappelijke basis, niets dan ontelbare snippertjes niksigheid. Er valt geen gesprek te voeren om blijvende uitgangspunten te bepalen, het is een en al hapsnapwerk en goedkope rommel. Alles wat echt is, al het authentieke, waarachtige en eerlijke sterft af. Intellectueel en cultureel vliegen we door elkaar heen als miljoenen flipperkastballen, reagerend op de laatste willekeurige prikkels.'

'Nou, er is wel behoorlijk goeie porno op internet,' zei Katz. 'Heb ik me laten vertellen, tenminste.'

'Het lukte me in Minnesota nooit om iets blijvends tot stand te brengen. Al wat we voor elkaar kregen waren afzonderlijke stukjes natuurbehoud, mooie plaatjes zonder enig onderling verband. Er zijn ongeveer zeshonderd vogelsoorten die in Noord-Amerika broeden, en ruim een derde daarvan dreigt te bezwijken door fragmentatie. Vins idee was dat als tweehonderd rijke stinkerds ieder één soort zouden adopteren en de fragmentatie van hun leefgebied zouden tegengaan, dat misschien wel genoeg zou zijn om álle soorten te redden.'

'De azuurzanger is een heel kieskeurig vogeltje,' zei Lalitha.

'Hij broedt uitsluitend in de boomtoppen van volwassen loofbossen,' zei Walter. 'En zodra de jongen kunnen vliegen, verkast het hele gezin naar de ondergroei, waar ze veiliger zijn. Maar de oerbossen in dit land zijn bijna allemaal gekapt voor hout en houtskool, en de secundaire bossen hebben niet de goede ondergroei en zijn bovendien gefragmenteerd door wegen en boerenbedrijven en verkaveling en mijnbouw, wat deze soort kwetsbaar maakt voor katten, wasberen en kraaien.'

'Dus tja, voor je het weet zijn we dat mooie blauwe zangvogeltje kwijt,' zei Lalitha.

'Dat lijkt me heel beroerd,' zei Katz, 'al is het natuurlijk maar één vogeltje.'

'Elke soort heeft een onvervreemdbaar recht op voortbestaan,' zei Walter.

'Tuurlijk, tuurlijk. Ik zit me alleen af te vragen waar dit allemaal vandaan komt. In onze studententijd was je volgens mij nog niet zo'n vogelliefhebber. Als mijn geheugen me niet bedriegt, maakte je je toen drukker om de overbevolking en de noodzaak van geboortebeperking.'

Walter en Lalitha wisselden opnieuw een blik.

'En geboortebeperking is nu precies waar we jouw hulp bij willen hebben,' zei Lalitha stralend.

Katz schoot in de lach. 'Geloof me, daar kan ik niet harder mijn best voor doen dan ik altijd al gedaan heb.'

Walter scharrelde door wat geplastificeerde kaarten. 'Ik begon erover te filosoferen,' zei hij, 'want ik deed nog steeds geen oog dicht. Herinner je je Aristoteles nog, zijn leer van de verschillende oorzaken? Werkende, vormgevende en doeloorzaken? Nou, zoals ik het zie is nestroof door kraaien en verwilderde katten een werkende oorzaak van de achteruitgang van de azuurzanger. En fragmentatie is dáár de vormgevende oorzaak van. Maar wat is de voornaamste oorzaak, de doeloorzaak? De doeloorzaak is de wortel van zowat elk probleem waarvoor we ons tegenwoordig gesteld zien. De doeloorzaak is dat we gewoon veel te veel mensen op deze planeet hebben. Dat word je helemáál duidelijk als je door Zuid-Amerika reist. Ja, het is waar dat de consumptie er per hoofd van de bevolking toeneemt. En ja, het is waar dat de Chinezen er illegaal alle bodemschatten opslorpen. Maar het echte probleem is de bevolkingsdruk. Zes kinderen per gezin in plaats van anderhalf. De mensen proberen er wanhopig de mondjes te voeden van al de koters die de paus hen in zijn oneindige wijsheid bij elkaar laat fokken, dus helpen ze van lieverlee het milieu om zeep.'

'Je zou eens met ons mee moeten komen,' zei Lalitha. 'Dan rijd je over die smalle weggetjes door enorme wolken uitlaatroet, want de meeste auto's zijn stokoud en de benzine is inferieure troep, en de hellingen zijn bijna allemaal kaalgekapt, en elk gezin heeft acht tot tien kinderen, verdrietig word je ervan. Je zou eens mee moeten komen om te zien of het je bevalt, want het zal niet lang meer duren of het ziet er hier ook zo uit.'

Hysterisch, dacht Katz. Mooi, geil en hysterisch.

Walter schoof hem een geplastificeerde kaart toe met een staafdiagram. 'In Amerika alleen,' zei hij, 'zal de bevolking in de komende vier decennia met vijftig procent groeien. Denk eens aan hoe druk de steden nu al zijn, denk eens aan het verkeer en de bebouwing en de afbraak van het milieu en onze afhankelijkheid van buitenlandse olie, en stel je dat dan anderhalf keer zo erg voor. En dat is dan nog Amerika, dat in theorie zo'n bevolkingsgroei moet kunnen verwerken. Maar denk dan eens aan de wereldwijde CO_2-uitstoot, de genocides en hongersnoden in Afrika, de geradicaliseerde onderklasse in de Arabische wereld, de overbevissing van de zee, de illegale Israëlische nederzettingen, de Han-Chinezen die Tibet overlopen, honderd miljoen straatarme inwoners van de kernmogendheid Pakistan: er is geen probleem ter wereld dat niet zou worden opgelost, of op zijn minst ingrijpend zou worden verlicht, als we minder mensen ter wereld lieten komen. Maar zie...' – hij schoof Katz een nieuwe kaart toe – 'tegen 2050 zullen er weer drie miljard méér zijn. Drie miljard mensen, Richard. Zo groot was de totale wereldbevolking toen jij en ik nog in korte broek rondliepen en penny's in de collectebussen van UNICEF stopten. Alle dingetjes die we nu kunnen doen om hier en daar wat natuur te behouden of de kwaliteit van het leven wat op te vijzelen, zullen worden weggevaagd door de bevolkingsgroei. Want mensen kunnen weliswaar met veel pijn en moeite en na lang aandringen hun consumptiegedrag aanpassen, maar als de aantallen in hetzelfde tempo blijven toenemen, zal dat er niets toe doen. En toch heeft níémand het nog in het openbaar over het bevolkingsvraagstuk. Het is de olifant in de kamer waar niemand over praat, maar hij zal ons wel verpletteren.'

'Ah, kijk, dit klinkt weer vertrouwd,' zei Katz. 'Hier staan me nog een paar fikse discussies van bij.'

'Ja, als student hield het me erg bezig. Maar je weet, daarna ben ik zelf ook aan het voortplanten geslagen.'

Katz trok zijn wenkbrauwen op. *Voortplanten* was een opmerkelijke woordkeuze als je het over je eigen gezin had.

'In zekere zin,' zei Walter, 'maakte ik daarmee deel uit van de cultuuromslag die plaatsvond in de jaren tachtig en negentig. In de jaren zeventig vormde overbevolking een voornaam onderwerp binnen het publieke debat, met mensen als Paul Ehrlich en groepen als de Club van Rome en Zero Population Growth. Maar toen verstilde het opeens. Het kwam zelfs in de taboesfeer terecht. Enerzijds omdat er nog wel hongersnoden waren, maar niet meer van apocalyptische omvang, en anderzijds omdat geboortebeperking een ontzettend slechte naam kreeg door het totalitaire bewind in China met zijn één-kind-beleid, door Indira Ghandi die gedwongen sterilisaties liet uitvoeren en door de mode om ZPG als een stel nationalisten en racisten af te schilderen. Progressief Amerika schrok zich rot en deed er het zwijgen toe. Zelfs de Sierra Club durfde het er niet meer over te hebben. En de conservatieven hadden er al nooit iets mee gehad, want hun ideologie komt nou eenmaal neer op eigenbelang, kortetermijndenken en niets doen wat tegen Gods regelgeving ingaat. En zo veranderde de hele kwestie in een kanker waarvan je weet dat die in je voortwoekert, maar waar je uit angst niet over wilt praten.'

'Goed,' zei Katz, 'en wat heeft dit ook alweer te maken met jullie zangvogeltje?'

'Het heeft er álles mee te maken,' zei Lalitha.

'Zoals ik al zei,' zei Walter, 'besloten we de missie van de Trust maar wat ruimer te gaan interpreteren. Kijk, we blijven ons natuurlijk inzetten voor de azuurzanger, maar het leek ons zinvol om ook aandacht te geven aan de achterliggende problemen, op zoek te gaan naar de diepere oorzaken. En de finale oorzaak waar we ten slotte op uitkwamen, datgene wat Aristoteles de Eerste Beweger zou noemen, was dat het anno 2004 politiek zeer ín-correct en hoogst *uncool* is om het over het terugdringen van de bevolkingsgroei te hebben.'

'Dus vroeg ik Walter,' zei Lalitha, 'of hij niet iemand kende die cool genoeg was om het tij te helpen keren.'

Katz begon te lachen en schudde zijn hoofd. 'O nee. Nee, nee, geen denken aan.'

'Luister, Richard,' zei Walter. 'De conservatieven hebben gewonnen. Ze hebben de Democraten in een centrumrechtse partij veranderd. Ze laten de hele natie voor iedere honkbalwedstrijd 'God Bless America' zingen, met de klemtoon op God. Ze hebben op alle fronten gewonnen, maar met name op het front van de nationale cultuur, en vooral op het voortplantingsfront. In 1970 was het nog hip om je zorgen te maken om de toekomst van de aarde en geen kinderen te nemen. Nu is iedereen, van links tot rechts, het over één ding eens: dat kindjes krijgen het mooiste van het mooiste is. Hoe meer hoe liever. Is Kate Winslett zwanger? Hiep hiep hoera! Heeft een of ander debiel wijf in Iowa een achtling gebaard? Hiep hiep hoera. Het debat over de waanzin van het rijden in SUV's valt stil zodra mensen zeggen dat ze ze kopen om de veiligheid van hun schatten van kindjes te waarborgen.'

'Nou ja, een verongelukt kindje is natuurlijk ook geen prettig gezicht,' zei Katz. 'Ik mag hopen dat jullie geen kindersterfte voorstaan.'

'Natuurlijk niet,' zei Walter. 'Maar wat we wél willen is dat het krijgen van kinderen weer met een zekere gêne wordt omgeven. Zoals het roken van sigaretten gênant is. En vetzucht. Zoals het rijden in een Escalade gênant zou zijn als dat kindjes-argument niet ieders mond snoerde. Zoals het wonen in een huis van 400 vierkante meter op een lap grond van 8 vierkante kilometer gênant zou moeten zijn.'

'"Doe het als je dat per se wilt",' zei Lalitha, '"maar verwacht er geen schouderklopjes meer voor." Die boodschap willen we verspreiden.'

Katz keek haar doordringend aan. 'Wil je zelf dan geen kinderen?'

'Nee,' zei ze zonder haar fonkelende ogen neer te slaan.

'En je bent, hoe oud, vijfentwintig?'

'Zevenentwintig.'

'Dan denk je er over vijf jaar misschien toch anders over. Rond je dertigste gaat het kookwekkertje namelijk af. Althans, die ervaring heb ik met vrouwen.'

'Zo zal het bij mij niet gaan,' zei ze, en ze zette haar woorden kracht bij door haar toch al ronde ogen nog verder open te sperren.

'Kinderen zijn geweldig,' zei Walter. 'Kinderen zijn altijd de hele bedoeling van het leven geweest. Je wordt verliefd, je plant je voort, en dan worden je kinderen verliefd en planten zij zich voort. Daar heeft het bestaan altijd om gedraaid, nageslacht voortbrengen, het leven continueren. Maar het probleem is ondertussen dat nieuw leven op het persoonlijke vlak nog altijd prachtig en betekenisvol is, maar voor de wereld als geheel juist de dood naderbij brengt. En dan hebben we het niet over een mooie dood. In de komende eeuw dreigen we hier op aarde de helft van alle soorten te verliezen. We staan voor de grootste uitstervingsgolf sinds de Krijttijd. Als eerste gaan we de totale teloorgang beleven van de grote ecosystemen, gevolgd door massale sterfte door honger en/of ziekte en/of strijd. Wat op het persoonlijke vlak nog altijd heel normaal is, en dierbaar, is in globaal perspectief van een ongehoorde gruwelijkheid.'

'Vergelijk het met onze lieve poesjes,' zei Lalitha.

'Poesjes?' zei Katz. 'Interessant, vertel eens.'

'Huiskatten bedoel ik,' zei ze onverstoorbaar. 'Iedereen aanbidt zijn kat en laat hem lekker vrij rondlopen buiten het huis. Maar dat is dus geen goed nieuws voor de vogels. In de Verenigde Staten worden jaarlijks één *miljard* zangvogels gedood door tamme en verwilderde katten. Het is een van de voornaamste oorzaken van de achteruitgang van de zangvogelstand in dit land. Maar daar trekt geen sterveling zich iets van aan, want iedereen is dol op zijn lieve poezenbeest.'

'Niemand wil erover nadenken,' zei Walter, 'want iedereen wil zijn normale leventje leiden.'

'En wat wij nu van jou willen is dat je ons helpt de mensen weer aan het denken te krijgen,' zei Lalitha. 'Over de overbevolking. Wij hebben de middelen niet om educatieve programma's voor geboorteregeling op te zetten. Niet hier, laat staan in het buitenland. En formeel gezien zijn we natuurlijk ook alleen maar een fonds dat het overleven van een vogelsoort nastreeft. Dus wat kunnen wij in breder verband uitrichten? Hoe zouden wij regeringen en ngo's op het spoor van de geboortebeperking kunnen brengen?'

Katz glimlachte naar Walter. 'Heb je haar dan niet verteld dat we dit vroeger al ik-weet-niet-hoe-vaak hebben besproken? Al die nummers die je me altijd wilde laten schrijven?'

'Nee,' zei Walter, 'maar weet jij dan niet meer wat je dan altijd zei? Dan zei je dat het niemand wat zou interesseren omdat je niet beroemd was.'

'We hebben je gegoogeld,' zei Lalitha. 'Heb je enig idee hoeveel beroemdheden uit de popmuziek jou en The Traumatics bewonderen?'

'The Traumatics zijn allang wijlen, lieve schat. En Walnut Surprise is ondertussen ook wijlen.'

'Maar nu ons voorstel,' zei Walter. 'Hoeveel je ook verdient met het maken van dakterrassen, wij betalen je een veelvoud, en je mag zelf bepalen hoe lang je voor ons blijft werken. We denken aan een zomerfestival voor muziek en politiek, in West Virginia misschien, met een hele rits topacts om bewustzijn te wekken voor het bevolkingsvraagstuk. Specifiek gericht op jonge mensen.'

'We willen studenten uit het hele land, plus Canada en Zuid-Amerika, een zomerstage aanbieden,' zei Lalitha. 'Uit de middelen die Walter ter beschikking staan kunnen we twintig tot dertig stages bekostigen. Maar we moeten er eerst voor zorgen dat die stages cool worden gevonden. Het moet komende zomer dé bezigheid voor coole jonge mensen zijn.'

'Vin laat me helemaal vrij in hoe ik onze financiële middelen besteed,' zei Walter. 'Zolang we de azuurzanger maar op het promotiemateriaal zetten, kan ik doen en laten wat ik wil.'

'Maar we zullen snel iets op poten moeten zetten,' zei Lalitha. 'Die jongelui denken nu al na over wat ze de komende zomer willen doen, dus we moeten ze in de komende paar weken bereiken.'

'We hebben op z'n minst jouw naam en je beeltenis nodig,' zei Walter. 'Als je een video voor ons zou willen opnemen, des te beter. Als je wat nummers zou willen schrijven, nóg veel beter. En als je wat belletjes zou kunnen plegen naar mensen als Jeff Tweedy, Ben Gibbard en Jack White, om ze over te halen pro bono mee te doen aan het festival, of het te steunen, helemáál fantastisch.'

'En het zou geweldig zijn als we kandidaat-stagiairs konden vertellen dat ze direct met jou zouden samenwerken,' zei Lalitha.

'Alleen al de toezegging van een korte ontmoeting zou schitterend zijn,' zei Walter.

'Dat we zoiets op de poster konden zetten als: "Schaar je deze zomer achter rocklegende Richard Katz",' zei Lalitha.

'Het moet gaaf zijn, maar ook ballen hebben,' zei Walter.

Katz werd een tikje droevig van het bombardement. Walter en het meisje leken te zijn doorgedraaid onder hun getob over hoe de wereld moest worden gered. Er was een gedachte bij hen opgekomen, waarvan ze elkaar hadden wijsgemaakt dat die zaligmakend was. En zo hadden ze samen een enorme zeepbel geblazen, die nu de werkelijkheid ontsteeg en hen met zich meevoerde. Ze schenen niet te beseffen dat ze in een universum vertoefden dat alleen door henzelf werd bevolkt.

'Ik weet niet goed wat ik hierop zeggen moet,' zei hij.

'Zeg ja!' zei Lalitha stralend.

'Ik moet de komende paar dagen in Houston zijn,' zei Walter. 'Maar ik zal je een paar links mailen, en dan praten we dinsdag verder.'

'Of je zegt nu gewoon ja,' zei Lalitha.

Hun hoopvolle verwachting was als een veel te helle lamp. Katz wendde zich ervan af en zei: 'Ik zal erover nadenken.'

Toen hij voor de Walker's afscheid nam van het meisje, stelde hij vast dat er niets mis was met haar onderlichaam, maar dat interesseerde hem al niet meer. Het maakte hem alleen maar bezorgder en bedroefder om Walter. Lalitha ging naar Brooklyn om een oude studievriendin op te zoeken, en omdat Katz net zo makkelijk de PATH vanaf Penn Station kon nemen, liep hij met Walter mee op naar Canal Street. Het schemerde. Rondom hen verhieven zich in de schemer de talloze verlichte vensters van het meest overbevolkte eiland ter wereld.

'God, wat hou ik toch van New York,' zei Walter. 'Washington is een door en door foute stad.'

'Het is hier ook niet ideaal, hoor,' zei Katz, opzij springend voor een overhaaste moeder met wandelwagen.

'Maar het is tenminste wel een echte, levende stad. Washington is zielloos, een en al abstractie. Er heersen geen andere impulsen dan de lust naar macht. Ik bedoel, het zal hier best grappig zijn als je vlak naast Seinfeld, Tom Wolfe of Mike Bloomberg woont, maar dat is niet waar New York om drááit. In Washington laten mensen zich daadwerkelijk voorstaan op hoe dicht hun huis bij dat van John Kerry ligt. De buurten zijn er allemaal zo karakterloos, zo leeg. Het enige wat mensen opwindt is de nabijheid van macht. Fetisjisten zijn het, allemaal. Ze komen zowat klaar als ze je kunnen vertellen dat ze bij een conferentie naast Paul Wolfowitz hebben gezeten, of zijn uitgenodigd voor een ontbijt met Grover Norquist. Iedereen is vierentwintig uur per dag met niets anders bezig dan een gunstiger positie ten aanzien van de macht te verwerven. Zelfs de zwarten zijn erdoor besmet. Het is nergens een pretje om zwart en kansarm te zijn, maar in Washington hoor je dan écht nergens meer bij, zelfs niet bij je eigen mensen. Daar ben je als arme zwarte niet eens angstaanjagend. Je bestáát er niet eens.'

'Mag ik je eraan herinneren dat Bad Brains en Ian Mackaye uit DC kwamen?'

'Ja, maar dat was gewoon toeval.'

'Toch maakte dat onze bewondering niet minder groot.'

'God, wat hou ik toch van de ondergrondse van New York!' zei Walter toen ze over het naar pis stinkende perron voor treinen naar het noorden liepen. 'Dit is hoe mensen moeten leven. Bedrijvigheid! Doelgerichtheid!' Hij keek glunderend naar de afgepeigerde reizigers.

Katz wist dat hij eigenlijk naar Patty hoorde te informeren, maar hij had de moed niet eens om haar naam uit te spreken. 'Vertel eens,' zei hij, 'heeft ze een vriendje, die chick van je?'

'Wie, Lalitha? Jazeker, sinds haar studietijd al.'

'Woont hij ook bij jullie boven?'

'Nee, hij zit in Nashville. Hij heeft medicijnen gestudeerd in Baltimore, en nu loopt hij daar zijn coschappen.'

'En zij is doodleuk in Washington achtergebleven?'

'Ze is enorm met dit project begaan,' zei Walter. 'En om je de waarheid te zeggen denk ik dat dat vriendje zijn langste tijd gehad heeft. Hij komt uit een traditioneel Indiaas nest en was ontzettend op zijn teentjes getrapt toen ze niet met hem mee wilde naar Nashville.'

'En wat heb jij haar geadviseerd?'

'Ik heb gezegd dat ze voor zichzelf moest kiezen. Als hij echt zijn best had willen doen, zou hij ook wel iets in Washington hebben gevonden. Ik zei dat ze niet alles hoefde op te offeren voor zijn carrière. We zijn een beetje als vader en dochter. Haar eigen ouders zijn ook ontzettend conservatief, en ik denk dat ze het wel prettig vindt om voor iemand te werken die een andere rol voor haar ziet weggelegd dan die van iemands echtgenote.'

'En even voor alle duidelijkheid,' zei Katz, 'je hebt in de gaten dat ze verliefd op je is?'

Walter bloosde. 'O, dat weet ik niet hoor. Een beetje misschien. Ik denk eerder dat het een vorm van idealiseren is. Meer vader-dochter, zoals ik al zei.'

'Kom op, Walter. Dus je hebt je nooit voorgesteld hoe die mooie ogen naar je opkeken terwijl haar hoofd op en neer ging ter hoogte van je kruis?'

'Jezus, nee. Zulke dingen probeer ik me nooit voor te stellen, en al helemaal niet met een employee.'

'Maar lukt het je ook altijd om het je niet voor te stellen?'

Walter keek schichtig om zich heen of er niemand luisterde, en ging zachter praten. 'Los daarvan vind ik het nogal vernederend, zo'n beeld van een vrouw op haar knieën.'

'Tja, misschien moet je haar dát ook maar eens zelf laten bepalen. Waarom niet?'

'Omdat,' zei Walter nog steeds blozend, maar ook met een ongemakkelijk lachje, 'ik meen te weten dat vrouwen anders in elkaar zitten dan mannen op dat punt.'

'Werkelijk? Wat is er met de gelijkheid van man en vrouw gebeurd? Ik dacht dat je altijd zo'n aanhanger was van die gedachte.'

'Nee, serieus, Richard. Als je zelf een dochter had, zou je vast niet zo over vrouwen denken.'

'Dat is dan misschien wel mijn beste reden om geen dochter te willen.'

'Maar als je er wel een had gehad, dan zou je vast ook wel hebben ingezien dat jonge vrouwen hun bewondering voor een man nogal snel met liefde en begeerte kunnen verwarren, en dan niet begrijpen...'

'Wat begrijpen ze niet?'

'Dat ze voor zo'n man alleen maar een lustobject zijn. Dat zo'n man er alleen maar op uit is om zijn, je weet wel...' – hij ging over op gefluister – 'om zich te laten pijpen door een lekker jong ding.'

'Sorry, maar hier kan ik níks mee, goede vriend,' zei Katz. 'Wat is er verkeerd aan om bewonderd te worden? Dit slaat echt nergens op, vind ik.'

'O, nou, ik wil het er verder niet over hebben.'

Er kwam een A-trein voorrijden en ze stortten zich samen in het gedrang. Katz was nog niet binnen of hij zag een blik van herkenning in de ogen van een jongen van een jaar of twintig. Hij draaide zich om, maar de jongen had de durf om hem op zijn schouder te tikken. 'Neem me niet kwalijk,' zei hij, 'maar ben jij niet Richard Katz?'

'Ik ben bang van wel,' zei Katz.

'Ik zal je niet lastigvallen, hoor. Ik wou alleen even zeggen hoe goed ik je vind.'

'Oké man, bedankt,' zei Richard met neergeslagen ogen.

'Vooral je oudere werk met The Traumatics. Heb ik net pas leren kennen en jezus wat is dat goed. *Reactionary Splendor*, fantastisch! Ik heb het allemaal op mijn iPod. Wacht, ik zal het laten zien.'

'Nee joh, ik geloof je wel.'

'Ach ja, tuurlijk. Nou, ik laat je verder met rust. Wou alleen even zeggen dat ik een grote fan ben.'

'Goed man, leuk om te horen.'

Walter volgde het gesprekje met de gelaatsuitdrukking van vele jaren geleden, toen hij altijd zo masochistisch was geweest om samen met Katz naar studentenfeestjes te gaan: een uitdrukking waarin verbazing was vermengd met trots, liefde, afgunst en de eenzaamheid van de onzichtbare. Katz had het toen al nooit een prettige aanblik gevonden, en dat was het nu nog minder.

'Het moet toch een wonderlijke ervaring zijn, die ontmoetingen,' zei Walter toen ze bij 34th Street uitstapten.

'Ik weet niet beter meer,' zei Katz.

'Ja, maar geeft het toch niet ook voldoening? Ergens diep vanbinnen moet het toch ook wel een kick voor je zijn.'

Katz nam de vraag serieus in overweging. 'Het is eerder iets wat je zou missen als het er niet meer was, terwijl je er toch ook niet van geniet.'

'Nou, ik denk dat ík ervan genieten zou,' zei Walter.

'Ja, dat denk ik ook wel.'

Omdat hij Walter geen beroemdheid kon schenken, liep Katz maar helemaal met hem mee tot aan het mededelingenbord van Amtrak, waarop te lezen was dat zijn trein naar het zuiden 45 minuten vertraging had.

'Ik ben nog altijd een fervent voorstander van treinen,' zei Walter, 'en daar moet ik nog altijd zwaar voor boeten.'

'Ik hou je nog wel even gezelschap,' zei Katz.

'Ben je mal,' zei Walter, 'nergens voor nodig.'

'Nee kom op, we gaan even wat drinken. Jij een coke? Of heeft DC je toch nog aan de drank doen raken?'

'Nee hoor, nog steeds geheelonthouder, hoe idioot ik dat woord ook vind.'

Voor Katz was de vertraging van de trein een teken dat Patty nu een onontkoombaar onderwerp van gesprek vormde. Maar toen hij het aanroerde in de stationsrestauratie, onder de hemeltergende klank van een Alanis Morissette-nummer, werden Walters ogen opeens hard en kil. Hij ademde in alsof hij iets wilde gaan zeggen, maar sprak geen woord.

'Dat moet toch een beetje vreemd voor jullie zijn,' drong Katz aan. 'Om dat meissie boven je hoofd te hebben, en jouw kantoor op de benedenverdieping.'

'Ik weet niet wat ik je moet vertellen, Richard. Ik weet bij god niet wat er te vertellen valt.'

'Nou, hoe het gaat, bijvoorbeeld. Gaat het nog altijd goed tussen jullie? Doet Patty iets interessants tegenwoordig?'

'Ze werkt in een fitnesscentrum. Geldt dat als interessant?' Walter schudde mismoedig zijn hoofd. 'Ik deel mijn leven nu al heel erg lang met een depressieve vrouw. Vraag me niet waarom ze zo ongelukkig is. Geen idee. Geen idee waarom ze zichzelf maar niet uit dat moeras kan trekken. Er is een korte periode geweest, rondom onze verhuizing naar Washington, dat het wat beter met haar leek te gaan. Ze had bij een therapeut aangeklopt in St. Paul, die haar aan een of ander schrijfproject had gezet. Een persoonlijke geschiedenis of zo, haar eigen levensverhaal. Deed ze heel geheimzinnig over, maar in de tijd dat ze eraan schreef ging het vrij redelijk. Maar sinds een jaar of twee is het één doffe ellende. Het was de bedoeling dat ze een baan zou zoeken zodra we naar Georgetown waren verhuisd, dat ze er alsnog een soort van carrière zou beginnen. Maar dat valt op haar leeftijd niet mee, en al helemaal niet zonder speciale vaardigheden. Ze is bijzonder intelligent en bijzonder trots, en ze vond het vreselijk om voortdurend te worden afgewezen en wilde absoluut niet helemaal onderaan de ladder beginnen. Vervolgens probeerde ze het als vrijwilligerster, naschoolse gymles geven voor een paar scholen in DC, maar dat ging ook al de mist in. Uiteindelijk heb ik haar zover gekregen dat ze een antidepressivum uitprobeerde, dat volgens mij zou hebben geholpen als ze ermee was doorgegaan, maar ze voelde zich er niet lekker bij, en ik moet toegeven dat ze inderdaad onuitstaanbaar was zolang ze het slikte. Het maakte haar ontzettend buiig en labiel, en ze hield ermee op voordat de juiste dosering was gevonden. En zo kwam het er de afgelopen herfst van dat ik haar min of meer dwong een baantje te nemen. Niet in mijn belang, want ik krijg een bespottelijk hoog salaris, Jessica is allang afgestudeerd en Joey is ook niet langer van ons afhankelijk. Maar ze had zo weinig omhanden dat ze er volgens mij kapot aan dreigde te gaan. En het baantje dat ze koos was dat van gastvrouw in een fitnesscentrum. Prima centrum, hoor, niets op aan te merken. Een lid van mijn raad van toezicht komt er vaak, en minstens één van mijn grotere geldgevers. Maar daar staat zij dan, mijn intelligente vrouw, hun pasjes te scannen en ze een prettige workout toe te wensen. En tot overmaat van ramp heeft ze er ook nog eens een fitnessverslaving opgelopen. Ze werkt zich er minstens één uur per dag in het zweet, en ze ziet er dan ook fantastisch uit. Maar ze komt pas om elf uur thuis, met een afhaalmaaltijd. Als ik in de stad ben, eten we samen. En als we dan samen aan tafel zitten, vraagt ze me waarom ik nog steeds niet met mijn assistente naar bed ga. Net zoals jij daarnet deed, maar dan niet zo grof, in iets verhuldere termen.'

'Sorry, dat wist ik niet.'

'Natuurlijk niet. Wie had dat ook ooit kunnen denken? Ik geef haar elke keer hetzelfde antwoord, namelijk dat zij de enige is van wie ik hou, de enige die ik wil. En dan veranderen we maar weer van onderwerp, waarbij ze het de laatste paar weken steevast over haar voornemen heeft om een paar borstimplantaten te nemen. Terwijl er dus níéts mis is met haar uiterlijk, Richard. Krankjorum is het, en ik hoop eigenlijk maar dat het vooral bedoeld is om mij te sarren. Maar ze zegt het idee te hebben dat ze niet lang meer te leven heeft, en voor ze doodgaat wil ze graag nog eens weten hoe het is om een flinke boezem te hebben. Ze zegt dat het haar een doel zou geven om haar salaris voor opzij te leggen, nu dat...'

'Nu dat wat?'

'Nee, laat maar. Ze zou eigenlijk eerst iets anders met haar geld gaan doen, iets wat ik bijzonder slecht vond.'

'Is ze ziek? Is er een medisch probleem?'

'Nee. Niet lichamelijk. Met niet lang meer te leven hebben, bedoelt ze volgens mij dat ze ergens in de komende veertig jaar denkt dood te gaan. Op die manier hebben we geen van allen meer lang te leven.'

'Beroerd om dat allemaal te horen, man. Ik had geen idee.'

In Katz' zwarte Levi's kwam een navigatiebaken tot leven, een zender die heel lang geen signaal had afgegeven maar zich nu opeens weer roerde. Hij had zich er schuldig om moeten voelen, maar hij voelde alleen maar hoe stijf hij werd. O, de helderziendheid van de pik – die had de toekomst in een oogwenk doorzien en dwong de hersenen nu de beste route uit te stippelen van het benarde heden naar dat wat voorbestemd was te gebeuren. Katz zag iets in Walters verhaal dat voor Walter zelf onzichtbaar bleef. Hij zag voor zich hoe Patty met haar ogenschijnlijk grillige bewegingen de korenaren tot een boodschap had getrapt die Walter ontging omdat hij zich naast haar op de akker bevond, maar die voor Katz, hoog boven hen, niets aan duidelijkheid te wensen overliet: het kan nog altijd, het kán nog. De parallellen tussen zijn leven en het hare waren al te frappant: een korte periode van creatieve productiviteit, gevolgd door een ingrijpende verandering die op een teleurstelling en verloedering was uitgedraaid, gevolgd door drugs en wanhoop, gevolgd door het gaan doen van stompzinnig werk. Katz was ervan uitgegaan dat hij gewoon een voorbeeld was van iemand die onder zijn succes was bezweken, maar hij realiseerde zich nu opeens dat zijn slechtste jaren als songwriter waren samengevallen met de tijd waarin hij van de Berglunds was vervreemd. En ja, hij had weliswaar nauwelijks aan Patty gedacht in de voorbije twee jaar, maar aan de bobbel in zijn broek te voelen had hij dat alleen maar niet gedaan omdat hij geloofd had dat hun verhaal uit was.

'Hoe gaat het tussen Patty en dat meisje?'

'Die wisselen geen woord met elkaar,' zei Walter.

'Niet echt hartsvriendinnen dus.'

'Nee, ze wisselen letterlijk geen woord met elkaar. Ze weten allebei precies wanneer de ander in de keuken is, en blijven daar dan weg. Ze mijden elkaar als de pest.'

'En wie is daarmee begonnen?'

'Praat ik liever niet over.'

'Oké.'

De boxen van het restaurant braakten nu 'That's What I Like About You' uit. Het leek Katz de perfecte achtergrondmuziek voor de Bud Light-neonreclame, het nep-glas-in-lood van de lampenkappen en het onverwoestbare plastic meubilair met zijn vastgekoekte forenzenvuil.

'Patty heeft besloten een hekel te hebben aan iedereen onder de dertig,' zei Walter. 'Ze heeft een vooroordeel opgevat jegens een complete generatie. Die neiging tot vooroordelen heeft ze altijd wel gehad, maar het had vroeger altijd koddige trekjes. Dat is er nu wel vanaf. Nu is het behoorlijk venijnig en ziekelijk.'

'En jij kunt het daarentegen uitstekend vinden met de jongere generatie,' zei Katz.

'De weerlegging van een algemene wet vergt maar één tegenvoorbeeld. Ik heb er zelfs twee, in Jessica en Lalitha.'

'En niet in Joey dan?'

'En als je er twee kent,' vervolgde Walter alsof hij de naam niet eens had gehoord, 'zijn er vast nog veel meer. Die gedachte ligt ten grondslag aan wat ik deze zomer wil gaan doen. Erop vertrouwen dat jonge mensen nog steeds verstand en sociaal besef hebben, en hun dan iets geven om mee aan het werk te gaan.'

'Je weet toch nog wel dat jij en ik nogal verschillen, hè?' zei Katz. 'Dat ik niet aan visies doe. En dat ik weinig geduld heb met jonkies. Dat herinner je je toch nog wel, hè?'

'Wat ik me vooral herinner is jouw neiging om je in jezelf te vergissen. Volgens mij geloof jij in meer dingen dan je onder ogen wenst te zien. Je hebt een grote schare fans die je bewonderen om je integriteit.'

'Integriteit is een ethisch neutrale eigenschap. Hyena's zijn ook integer. Ze zijn puur zichzelf, puur hyena.'

'Dus wat probeer je nu te zeggen? Dat ik je niet had moeten bellen?' zei Walter met een trilling in zijn stem. 'Ik had ook mijn twijfels, moet ik bekennen. Maar Lalitha heeft me overgehaald.'

'Nee, het is goed dat je hebt gebeld. We hebben elkaar te lang niet gezien.'

'Ik ben er denk ik van uitgegaan dat je ons ontgroeid was of zo. Ik bedoel, ik weet dat ik geen tot de verbeelding sprekende figuur ben. Ik nam aan dat je het wel gezien had met ons.'

'Sorry man. Ik had het gewoon hartstikke druk.'

Maar Walter raakte alleen maar meer van streek. Er blonken tranen in zijn ogen. 'Het leek wel alsof je je voor me geneerde. En daar had ik nog begrip voor ook, maar erg prettig voelde het niet. Ik dacht altijd dat wij goede vrienden waren.'

'Ik zei toch dat het me speet?' zei Katz. Hij ergerde zich aan Walters emotie, en aan de ironie dat hij zich moest verontschuldigen, tot tweemaal toe, terwijl hij hem in feite een dienst had bewezen. Het was zijn stijl niet om zelfs maar eenmaal zijn excuses aan te bieden.

'Ik weet zelf ook niet wat ik verwachtte,' zei Walter. 'Misschien enige erkenning voor hoe Patty en ik je hadden geholpen. Voor het feit dat je die nummers in het huis van mijn moeder had geschreven. Voor het feit dat wij je oudste en beste vrienden waren. Ik wil er niet te lang bij stilstaan, maar het is misschien wel goed om de lucht te zuiveren en je te laten weten hoe ik me al die tijd gevoeld heb. Zodat ik dat gevoel voorgoed van me af kan zetten.'

Katz' ergernis was onlosmakelijk verbonden aan de gewaarwording in zijn broek. Goed dan, dierbare ouwe vriend, dacht hij, dan zal ik je nu een heel andere dienst bewijzen. Dan ga ik nu iets afronden wat ik jaren geleden heb laten liggen, en jij en je meissie zullen me dankbaar zijn.

'Het is altijd goed om de lucht te zuiveren,' zei hij.

Vrouwenland

In al zijn achttien jeugdjaren in St. Paul had Joey Berglund niet anders geweten of er wachtte hem een glansrijke toekomst. Zoals footballgrootheden over hun onstuitbare open-field-runs kunnen vertellen, het gevoel op volle snelheid door een defensie-in-slowmotion te snijden en het wedstrijdbeeld te overzien als een videogame op beginnersniveau, zo had Joey alle facetten van zijn jonge leven ervaren. De wereld vroeg niets en gaf slechts, en hij had er geen enkel probleem mee om alleen maar te nemen. Toen hij zich als eerstejaarsstudent in Charlottesville meldde, deed hij dat in modieuze kleren en met een perfect kapsel, en hij vond het niet meer dan vanzelfsprekend dat het huisvestingsbureau hem gekoppeld had met een uiterst coole kamergenoot uit NoVa (zoals coole mensen de Virginiaanse voorstedenaanwas van DC noemden). In de eerste tweeënhalve week ervoer hij zijn universiteit als een nieuwe versie van de wereld die hij altijd had gekend, maar dan beter. Hij achtte die universele goedgunstigheid zo vanzelfsprekend dat hij het op de ochtend van de elfde september aan zijn kamergenoot Jonathan liet om naar de tv-beelden van het brandende World Trade Center en Pentagon te staren, en zelf onbekommerd op weg ging naar een hoorcollege. Pas toen hij de aula binnenliep en zag dat die nagenoeg verlaten was, drong het tot hem door dat er écht iets loos was.

Hoezeer hij ook zijn best deed in de weken en maanden die volgden, hij kon zich niet meer voorstellen wat hem bezield had toen hij op die onzalige ochtend over de stille campus liep. Het was niets voor hem om zo onnozel te zijn, en de ergernis die hem vervolgens op de treden van het scheikundegebouw had bekropen, ontwikkelde zich tot een diepe *persoonlijke* wrok jegens de terroristen die de aanslagen hadden gepleegd. Later, toen zijn problemen zich begonnen op te stapelen, kreeg hij weleens het idee dat de voorspoed die hij in zijn jeugd als een geboorterecht had beschouwd, was weggevaagd door een tegenspoed van zo'n kolossale omvang en onrechtvaardigheid, dat die afkomstig moest zijn van een hogere, de werkelijkheid ontstijgende orde. Hij wachtte lijdzaam op het moment dat de onterechtheid en absurditeit ervan aan het licht zouden komen en rechtgezet zouden worden, zodat hij alsnog het studentenleven kon gaan genieten waarop hij zich had ingesteld. En toen dit moment achterwege bleef, raakte hij in de greep van een intense woede waarvan het voorwerp maar niet goed duidelijk wilde worden. Het léék Bin Laden te zijn, maar de ware hoofdschuldige, de echte reden voor zijn ontzetting was iets diepers, iets wat verderging dan ideologie of fanatisme, iets wat grondeloos was in zijn wreedheid, als een omhoogstekende stoeptegel die je plat op je gezicht doet vallen als je argeloos over straat loopt.

In de dagen na 9/11 was alles opeens uitermate stompzinnig in Joey's ogen. Het was stompzinnig dat er een 'Wake van Verontrusting' werd gehouden, die geen enkele praktische betekenis had, het was stompzinnig dat mensen onophoudelijk naar steeds dezelfde tv-beelden van de aanslagen zaten te kijken, het was stompzinnig dat die gasten van Chi Phi een spandoek met een 'steunbetuiging' aan hun gevel hadden opgehangen, het was stompzinnig dat de footballwedstrijd tegen Penn State was afgelast, het was stompzinnig dat zoveel studenten de 'Grounds' verlieten om bij hun ouders thuis te zijn (en het was stompzinnig dat ze op de University of Virginia van de Grounds spraken in plaats van gewoon de campus). Die vier progressieve eerstejaars van Joey's woongebouw voerden even stompzinnige als eindeloze discussies met de twintig conservatieve eerstejaars, alsof het iemand ene reet interesseerde hoe een stelletje achttienjarigen over het Midden-Oosten dacht. Er werd een stompzinnige ophef gemaakt over studenten die bij de aanslagen vrienden of verwanten hadden verloren, alsof de dagelijkse slachtingen elders op de wereld er opeens niet meer toe deden, en er klonk een stompzinnig applaus op toen een busje ouderejaars met sombere gezichten naar New York vertrok om assistentie te verlenen op Ground Zero, alsof er in New York niet genoeg mensen waren om puin te ruimen. Joey wilde niets liever dan dat het normale leven weer snel terug zou keren. Het was alsof hij zijn oude discman ergens tegenaan had gestoten en dat de laser van zijn lievelingsnummer was overgesprongen naar een track die hij niet kende, niet om aan te horen vond, maar ook niet kon afzetten. Hij ging zich ten slotte zo eenzaam en geïsoleerd en behoeftig aan iets vertrouwds voelen dat hij de niet geringe fout beging om Connie Monaghan toestemming te geven een Greyhound-bus te nemen en hem te komen opzoeken in Charlottesville – een vergissing waarmee hij in één klap al het voorwerk tenietdeed dat hij die zomer had verricht om met haar te kunnen breken.

Die hele zomer had hij zich tot het uiterste ingespannen om Connie voor het idee te winnen dat ze elkaar maar eens negen maanden niet moesten zien, om de waarachtigheid van hun gevoelens voor elkaar te testen. Het was de bedoeling, had hij haar wijsgemaakt, dat ze een eigen, onafhankelijk bestaan opbouwden en dan zouden bekijken of ze echt zo goed bij elkaar pasten. Maar voor Joey zelf was dit net zomin een 'test' als de scheikunde-experimenten op de high school 'research' waren geweest. Het was in feite de bedoeling dat Connie in Minnesota zou achterblijven terwijl hij een zakencarrière op poten zette en meisjes leerde kennen die mooier en ontwikkelder en van betere komaf waren dan zij. Althans, zo had hij het zich voorafgaand aan 9/11 voorgesteld.

Hij had nog wel de tegenwoordigheid van geest om Connie's bezoek op een tijdstip af te spreken waarop Jonathan thuis in NoVa zou zijn voor een of andere joodse feestdag. Ze bracht dat hele weekeinde op Joey's bed door. Op de vloer daarnaast stond haar reistas, waarin ze al haar spulletjes direct na gebruik opborg, als om zo min mogelijk inbreuk te maken. Terwijl Joey een college over Plato probeerde voor te bereiden, bekeek zij de foto's in zijn eerstejaarsboek en lachte om iedereen met een gek gezicht of een rare naam. Bailey Bodsworth, Crampton Ott, Taylor Tuttle. Volgens Joey's nauwgezette telling hadden ze achtmaal seks in veertig uur, afgewisseld met het roken van de op water geteelde weed die Connie had meegenomen. Toen het tijd werd om haar weer naar het busstation te brengen, zette hij een massa nieuwe nummers op haar mp3-speler voor de twintig uur die de rit terug naar Minnesota zou vergen, een gebaar dat voortkwam uit een knagend schuldgevoel – hij wist dat hij het nu uit moest maken, maar kon de goede woorden maar niet vinden.

Bij het busstation aangekomen bracht hij het onderwerp ter sprake van het onderwijs dat ze beloofd had te zullen gaan volgen, een belofte die ze stilzwijgend had gebroken, zoals ze in zowat alles passief en stilzwijgend was.

'Je moet in januari echt eens aan de gang,' zei hij tegen haar. 'Begin op Inver Hills, dan kun je het jaar daarop misschien naar de universiteit.'

'Oké,' zei ze.

'Je bent een hartstikke slimme meid,' zei hij. 'Je kunt niet je hele leven serveerster blijven.'

'Oké.' Ze wierp een treurige blik naar de rij die zich voor de bus begon te vormen. 'Ik zal het doen. Voor jou.'

'Nee, niet voor mij. Voor jezelf. Zoals je beloofd hebt.'

Ze schudde haar hoofd. 'Je wilt alleen maar dat ik je vergeet.'

'Hoe kom je daar nou bij? Wat is dat nou voor onzin?' zei Joey, hoewel hij wist dat het bepaald geen onzin was.

'Ik zal een opleiding gaan doen,' zei ze. 'Maar denk maar niet dat ik jou dan vergeet. Niets kan mij jou ooit doen vergeten.'

'Tuurlijk niet,' zei hij. 'Maar we moeten er wel, ieder voor onszelf, zien achter te komen wie we nu eigenlijk zijn. Het is belangrijk dat we een zekere groei doormaken.'

'Ik weet al wie ik ben.'

'Maar misschien vergis je je wel. Misschien heb je het toch nog nodig om...'

'Nee,' zei ze. 'Ik vergis me niet. Ik wil alleen maar met jou zijn. Dat is het enige wat ik wil in mijn leven. Jij bent het best van allemaal. Jij kunt alles, en ik zal er altijd zijn om je te helpen. Je kunt een heleboel bedrijven oprichten, en dan kan ik voor je werken. Of je kunt je verkiesbaar stellen als president, en dan zal ik voor je campagne werken. Ik zal alle dingen doen waar anderen geen zin in hebben. Als je iemand nodig hebt die de wet voor je overtreedt, dan doe ik dat óók. Als je kinderen wilt, zal ik die voor je opvoeden.'

Joey besefte dat hij al zijn scherpzinnigheid nodig had voor een adequate reactie op deze nogal alarmerende verklaring, maar helaas, hij was nog steeds een beetje stoned.

'Ik wil dat je maar één ding doet,' zei hij. 'Ik wil dat je een universitaire studie gaat volgen. Want kijk,' voegde hij er ietwat overhaast en niet zo verstandig aan toe, 'als je later voor mij wilt werken, zul je toch het een en ander moeten weten.'

'Daarom zei ik ook dat ik het voor jóú zou doen,' zei Connie. 'Ik hoop wel dat je luistert.'

Er begon Joey iets te dagen wat hem in St. Paul altijd ontgaan was: dat dingen soms een hogere prijs bleken te hebben dan verwacht – dat hij misschien wel een akelig hoge rente voor zijn highschoolpleziertjes zou moeten betalen.

'We kunnen maar beter in de rij gaan staan,' zei hij, 'als je een goed plekje wilt.'

'Oké.'

'En ik stel voor,' zei hij, 'dat we nu een hele week niet bellen. We moeten onze discipline weer terugkrijgen.'

'Oké,' zei ze, en ze liep gedwee naar de bus. Joey volgde met haar reistas. Hij hoefde tenminste niet voor een scène te vrezen. Connie had hem nooit in verlegenheid gebracht, had nooit gedramd dat ze hand in hand wilde lopen, was nooit een kleefster geweest, een pruilster, of een verwijtenmaakster. Ze spaarde altijd al haar passie op voor de uren waarin ze met hem alleen was. Daar was ze bijzonder goed in. Toen de deuren van de bus openzwaaiden, liet ze hem lichtjes schrikken met een smeulende blik, maar gaf vervolgens braaf haar tas aan de bestuurder en stapte in. Geen bullshit met zwaaien achter het raam of luchtzoentjes geven. Ze deed haar oordopjes in, zakte onderuit en verdween uit het zicht.

De week die volgde bleef ook vrij van bullshit. Connie onthield zich van telefoontjes, en terwijl de nationale koorts wat begon te temperen en de herfst zich verdiepte boven de Blue Ridge, met hooikleurig zonlicht en de geuren van warme gazons en vergelende bladeren, zag Joey de Cavaliers hun daverende footballnederlagen lijden, werkte zich in het zweet in het sportcentrum en won diverse pondjes aan biergewicht. Bij het socialiseren in zijn woongebouw neigde hij het meest naar welgestelde dormgenoten die voorstander waren van bommentapijten op de islamitische wereld tot die zich leerde gedragen. Zelf was hij niet uitgesproken rechts, maar hij voelde zich het best op zijn gemak tussen medestudenten die dat wel waren. Het leek hem weliswaar niet waarschijnlijk dat het platbombarderen van Afghanistan een eind zou maken aan zijn gevoel van vervreemding, maar een zekere bevrediging zou het toch wel schenken.

Pas als er voldoende bier door de kelen was gegaan om een groepsgesprek op seks te brengen, begon hij zich weer geïsoleerd te voelen. Wat hij met Connie had was veel te intens en te ingewikkeld (te *oprecht*, te veel vermengd met echte affectie) om een bron van gepoch te vormen. Hij verachtte zijn medestudenten om de openhartigheid waarmee ze hun seksuele wensen en wapenfeiten bespraken, maar benijdde hen daar ook wel om, luisterde met een zekere afgunst naar wat ze zeiden te willen doen met de lekkerste babes uit het jaarboek, of beweerden te hebben gedaan met dronken gevoerde sletjes op hun high school of voorbereidingsschool, zonder dat dit consequenties had gehad of tot berouw had geleid. Hun lustbeleving was overigens nog voornamelijk gericht op het ondergaan van een pijpbeurt – Joey was klaarblijkelijk de enige die dit als een veredelde vorm van masturbatie beschouwde, als weinig meer dan een verzetje op het parkeerterrein in de middagpauze.

Masturbatie als zodanig had hij altijd een vernederend tijdverdrijf gevonden, maar nu nam hij er alsnog zijn toevlucht toe in het streven zich Connie te ontwennen. Zijn favoriete plek was het invalidentoilet in de bibliotheek voor wetenschap en technologie, waar hij $7.65 per uur verdiende als medewerker van de inzage-balie, een baantje waarbij hij niets anders hoefde te doen dan te studeren, de *Wall Street Journal* te lezen en af en toe een boek of tekst te pakken voor een wetenschapsnerd. Zijn vervreemding ten spijt leek dat baantje hem een teken dat hij wel degelijk voor het geluk was geboren. Hij vond het verbazingwekkend dat de bibliotheek nog over drukwerk beschikte dat enerzijds zo bijzonder en anderzijds zo in trek was, dat het apart werd bewaard en niet mocht worden uitgeleend. Er was zelfs zoveel van dat het onmogelijk allemaal gedigitaliseerd kon worden. De meeste teksten waren geschreven in voormalige wereldtalen en voorzien van kleurige illustraties. Vooral de negentiende-eeuwse Duitsers waren noeste vastleggers van de menselijke kennis geweest, en Joey had het gevoel dat zelfbevrediging toch nog een zweem van waardigheid kreeg als je je erbij liet inspireren door een Duitse anatomische atlas van meer dan honderd jaar oud. Hij wist dat hij vroeg of laat zijn stilte jegens Connie zou moeten verbreken, maar als hij aan het eind van de avond de zwenkkraan van het invalidentoilet gebruikte om zijn dagelijkse uitstoot aan prostaatvloeistof en geslachtscellen door de afvoer te spoelen, kwam hij telkens weer tot het besluit om toch nog maar een dagje te wachten met bellen, tot hij op een avond laat, de bibliotheek was al bijna verlaten, op zijn mobieltje werd gebeld en aan een blik op het display genoeg had om te weten dat hij één dagje te lang had gewacht. Het was Connie's moeder.

'Hé Carol, hallo,' zei hij amicaal.

'Dag Joey. Je begrijpt zeker wel waarom ik bel, hè?'

'Nou nee, eigenlijk niet.'

'Omdat je het hart van ons vriendinnetje hebt gebroken. Daarom.'

Hij kreeg een zwaar gevoel in zijn maag en trok zich terug in het magazijn. 'Ik was net van plan haar te bellen,' zei hij tegen Carol.

'Vanavond nog? Meen je dat nou?'

'Jazeker.'

'Maar waarom geloof ik je dan niet?'

'Geen idee.'

'Nou, het hoeft niet meer want ze slaapt al. Ze is zonder eten naar bed gegaan, Joey, om zeven uur al.'

'Ah, maar goed dat ik niet gebeld heb dan.'

'Dit is niet iets om lollig over te doen, Joey. Ze is heel erg depri. En dat heb jij haar aangedaan, en het is tijd dat je ophoudt met die spelletjes van je. Hoor je me? Mijn dochter is geen hond die je aan een boom kunt vastbinden en dan kunt vergeten.'

'Misschien moet je haar een antidepressivum geven.'

'Ze is geen huisdier dat je in de auto kunt achterlaten met alle ramen dicht,' handhaafde Carol haar beeldspraak. 'Wij maken deel uit van jouw leven, Joey. Ik vind dat we meer verdienen dan jij ons geeft. Het is dit najaar een hele nare tijd voor iedereen in dit land, en jij laat níks van je horen.'

'Maar ik heb het ook erg druk, Carol. Studeren, college lopen, noem maar op.'

'Te druk voor een belletje van vijf minuten? Nadat je drieënhalve week niks hebt laten horen?'

'Ik was echt van plan om haar straks nog even te bellen.'

'En het gaat niet alleen om Connie,' zei Carol. 'Los nog van Connie: jij en ik hebben bijna twee jaar met elkaar doorgebracht. Ik had nooit gedacht dat ik het nog eens zou zeggen, maar ik begin zowaar een idee te krijgen van wat je moeder met jou te stellen heeft gehad. Serieus, ik heb nooit geweten dat jij zo kil kon zijn.'

Joey wierp het plafond een smartelijke glimlach toe. De verhouding tussen Carol en hem had van meet af aan iets raars gehad, iets bedenkelijks. Ze was wat zijn mede-eerstejaars een MILF noemden (volgens Joey een nogal debielig acroniem, omdat de t van 'to' eruit was weggelaten), en hoewel hij over het algemeen zeer goed en rustig sliep, waren er tijdens zijn verblijf bij de Monaghans nachten geweest waarin hij naast Connie was wakker geschrokken uit vreemde, woelige dromen waarin hij, bijvoorbeeld, naast zijn eigen zuster in bed bleek te liggen, of Blake per ongeluk met diens eigen spijkerpistool een drieduims spijker door zijn voorhoofd schoot, of nog vreemder: waarin hij een reusachtige hijskraan in een haven aan een van de Great Lakes was, en zijn stijve een hefboom waarmee hij containers van het dek van grote vrachtboten naar binnenvaartschepen overzwaaide. Dat soort dromen waren altijd gevolgd op pikante of spannende momenten met Carol: als de slaapkamerdeur van haar en Blake op een kier had gestaan en hij een glimp van haar blote kont had opgevangen, of als ze hem een samenzweerderig knipoogje had gegeven na een keiharde boer van Blake aan de eettafel, of als ze hem weer eens omstandig had uitgelegd (met onnodig veel nodeloos wufte voorbeelden uit haar eigen onbekommerde jeugd) waarom ze Connie de anticonceptiepil liet slikken. Daarnaast had ze de taak op zich genomen de spreekbuis te zijn van Connie, die zelf ten enenmale het vermogen miste om Joey ook maar enigerlei vorm van ongenoegen kenbaar te maken, met als gevolg dat Joey op doordeweekse avonden, als Blake op stap was met zijn vrienden, zich regelmatig de overbelaste middenpartij in een driehoeksverhouding voelde – eerst Carol die hem voor zich opeiste om hem in onbedekte termen alles te zeggen dat Connie zelf niet over haar lippen kon krijgen, en daarna Connie die in hun kamer alle dingen met hem deed die hij nooit met Carol zou kunnen doen, en dan hijzelf die in de kleine uurtjes wakker werd met het gevoel ergens in verwikkeld te zijn dat niet echt gezond kon worden genoemd. *Mom I'd Like to Fuck*.

'Goed, wat wil jij dan dat ik doe?'

'Nou, om te beginnen zou ik wat meer betrokkenheid tonen als haar vriend.'

'Ik ben momenteel haar vriend niet. We hebben een denkpauze ingelast.'

'Een denkpauze ingelast? Wat wil dát nou weer zeggen?'

'Dat we een tijdje willen nagaan hoe het is om niet meer samen te zijn.'

'Dat is niet wat ik van Connie hoor. Connie zei dat ze een opleiding van je moest gaan volgen, zodat ze je beter kon bijstaan in je zakencarrière.'

'Luister, Carol,' zei Joey, 'ik was stoned toen ik dat zei. Ik drukte me ongelukkig uit omdat ik onder invloed was van de supersterke weed die Connie altijd koopt.'

'Ja, ze blowt ja. Dacht je soms dat ik dat niet wist? Dacht je soms dat Blake en ik geen neus hebben? Daar vertel je me echt niets nieuws mee, Joey. Je zet jezelf alleen maar voor schut door zo over haar te klikken.'

'Ik wil alleen maar zeggen dat ik me onzorgvuldig heb uitgedrukt. En dat heb ik nog niet recht kunnen zetten omdat we hadden afgesproken dat we elkaar een tijdje met rust zouden laten.'

'Maar wiens idee was dat nou echt? Je weet dat ze je verafgoodt, Joey. Dat je letterlijk een god voor haar bent. Als je zegt dat ze haar adem moet inhouden, doet ze dat totdat ze flauwvalt. Als je zegt dat ze in een hoekje moet gaan zitten, doet ze dat totdat ze omvalt van de honger.'

'En wiens schuld is dat?'

'De jouwe, zou ik denken.'

'Nee, Carol, dat is jouw schuld. Jij bent haar moeder. Ze woont bij jou in huis. Ik heb daar alleen maar een tijdje gelogeerd.'

'Ja, en nu wil je weer verder trekken, zonder je verantwoordelijkheid op je te nemen. Terwijl jullie zowat een echtpaar zijn geweest. Terwijl je een lid van ons gezin bent geweest.'

'Ho ho, Carol. Ik ben eerstejaars student, besef je dat wel? Besef je wel hoe raar dit gesprek is?'

'Wat ik besef is dat ik op jouw leeftijd al een dochtertje had en er helemaal alleen voor stond.'

'Ja, en hoe is het je sindsdien vergaan?'

'Nou, niet zo slecht, Joey. Helemaal zo slecht nog niet. Ik wou het je nog niet vertellen omdat het eigenlijk nog te vroeg is, maar nu je vraagt hoe het met me gaat, heb ik behoorlijk goed nieuws. Blake en ik gaan een kleintje krijgen. Ons gezinnetje wordt weer wat groter.'

Het duurde even voor het tot Joey doordrong dat ze hem vertelde zwanger te zijn.

'Luister,' zei hij, 'ik ben hier nog volop aan het werk. Gefeliciteerd en zo, maar ik moet nu echt weer even door.'

'Je moet weer aan het werk, ja ja.'

'Ik beloof je dat ik haar morgen bel.'

'Nee,' zei Carol. 'Nee, Joey, het spijt me, maar zo gemakkelijk gaat het niet. Je moet hier onmiddellijk naartoe komen en een paar dagen met haar doorbrengen.'

'Dat is uitgesloten.'

'Dan kom je een week met Thanksgiving. Dan vieren we gezellig Thanksgiving met z'n viertjes. Dan heeft zij iets om naar uit te kijken en kun jij met eigen ogen zien hoe slecht ze eraan toe is.'

Joey was van plan Thanksgiving in Washington te vieren, in het ouderlijk huis van zijn kamergenoot Jonathan, die een oudere zuster had, een derdejaars op Duke, die hetzij bedrieglijk fotogeniek, hetzij een ongelooflijk stuk was. De naam van deze zuster was Jenna, waardoor Joey haar onwillekeurig met de Bush-tweeling associeerde, en dus met alle wildheid en losheid van zeden waarmee de naam Bush omgeven was.

'Ik heb nu geen geld voor het vliegtuig,' zei hij.

'Dan neem je de bus maar, net als Connie. Of is de bus niet goed genoeg voor Joey Berglund?'

'En ik had bovendien al andere plannen.'

'Dan verander je die maar,' zei Carol. 'Het meisje met wie je de laatste vier jaar je leven hebt gedeeld is ernstig depressief. Ze huilt uren achter elkaar, ze eet haast niks. Ik heb op haar baas bij Frost's moeten inpraten om haar niet te ontslaan, want ze heeft er totaal haar hoofd niet bij, ze kan geen bestellingen meer onthouden en glimlachen ho maar. Misschien blowt ze ook wel op haar werk, zou me niks verbazen. En dan komt ze thuis en gaat meteen naar haar bed. Als ze middagdienst heeft, moet ik in mijn pauze helemaal naar huis rijden om ervoor te zorgen dat ze opstaat en naar haar werk gaat, want ze neemt de telefoon niet op. En dan rij ik haar naar Frost's en blijf zitten kijken tot ze naar binnen is. Blake kan dat niet voor me doen, want met hem wisselt ze geen woord meer. Hij heeft totaal geen vat meer op haar. Ik denk weleens dat ze puur uit wrok mijn relatie kapot probeert te maken, puur omdat jij weg bent. En als ik zeg dat ze naar een dokter moet, zegt ze dat ze geen dokter nodig heeft. En als ik vraag wat ze nou eigenlijk duidelijk probeert te maken, en wat ze nou eigenlijk voor toekomstplannen heeft, dan zegt ze dat ze alleen maar met jou wil zijn. Dat is haar enige plan. Dus wat je ook voor Thanksgiving in gedachten had, je gooit je plannen maar mooi om.'

'Ik zei toch dat ik haar morgen bel?'

'Denk je nou werkelijk dat je mijn dochter vier jaar lang als speeltje hebt kunnen gebruiken en dat je nu zomaar weg kunt lopen? Denk je dat nou echt? Ze was nog maar een kínd toen je met haar begon om te gaan.'

Joey dacht aan de gedenkwaardige dag in zijn oude boomhut, toen Connie in het kruis van haar afgeknipte jeans had zitten wrijven en zijn iets kleinere hand had gepakt en naar de plek had geleid waar ze door hem aangeraakt wilde worden, en aan het enthousiasme waarmee hij haar ter wille was geweest. 'Ik was toen zelf natuurlijk ook nog maar een kind,' zei hij. 'Een jaar jonger zelfs.'

'Lieffie, jij bent nooit een kind geweest,' zei Carol. 'Je was van kleins af aan een koele kikker. Als baby en peuter huilde je niet eens, denk maar niet dat ik dat vergeten ben. Je huilde geeneens! Als je je stootte of viel, trok je even een lelijk gezicht, maar je gaf geen kik.'

'Onzin, natuurlijk huilde ik weleens. Ik herinner me nog heel goed dat ik heb gehuild.'

'Je hebt haar gebruikt, Joey. En je hebt mij ook gebruikt, en Blake ook. En nu denk je dat je ons zomaar kunt afdanken? Denk je nou echt dat het zo werkt? Denk je soms dat wij op de wereld zijn gezet om door jou gebruikt en weggegooid te worden?'

'Ik zal haar proberen over te halen om naar de dokter te gaan voor die depressiviteit. Maar nogmaals, Carol, ik vind dat we een heel eigenaardig gesprek met elkaar hebben. Geen goed gesprek.'

'Nou, wen er maar aan, want we zullen het morgen opnieuw hebben, en overmorgen, en de dag daarop, net zolang tot ik hoor dat je hierheen komt voor Thanksgiving.'

'Ik kom niet voor Thanksgiving.'

'Oké, dan zullen we elkaar nog vaak spreken de komende tijd.'

Toen de bibliotheek sloot, liep hij de koude nachtlucht in en ging op een bankje voor zijn woongebouw zitten, streelde zijn mobieltje en probeerde iemand te bedenken die hij kon bellen. In St. Paul had hij het al zijn vrienden duidelijk gemaakt dat zijn relatie met Connie taboe was als gespreksonderwerp, en in Virginia had hij het geheim gehouden. Bijna iedereen in zijn dorm belde of mailde dagelijks, zoniet om het uur, met zijn ouders, en hoewel hij zijn eigen ouders steeds dankbaar was geweest voor hun afstandelijkheid sinds hij uit huis was getrokken, vervulde die afstand hem nu met een zekere angst. Hij had hen om vrijheid gevraagd, had die gekregen, en kon nu niet meer terug. Na de aanslagen van 9/11 was er een korte periode van intensief telefonisch contact geweest, maar die gesprekken waren nooit persoonlijk geworden – zijn moeder die vermakelijke monologen hield over dat ze zo vaak naar CNN keek, veel vaker dan ze zelf voor gezond hield, zijn vader die tirades afstak over het kwaad van de georganiseerde godsdienst, en Jessica die met haar kennis van niet-westerse culturen pronkte en betoogde dat die mensen in veel gevallen een gerechtvaardigde wrok jegens het Amerikaanse imperialisme koesterden. Jessica was wel de allerlaatste die Joey wilde bellen als hij problemen had. Misschien als ze zijn enige nog levende familielid was en hij zou zijn opgepakt in Noord-Korea of zo, misschien dat hij dan van haar kennis gebruik zou maken. Heel misschien.

Als om zichzelf ervan te overtuigen dat Carol een verkeerd beeld van hem had, begon hij lichtjes te huilen in het donker. Hij huilde om Connie's ellende, huilde omdat hij haar aan Carol had uitgeleverd, omdat hij haar niet had kunnen redden. En toen bette hij zijn ogen en belde zijn moeder, wier telefoon zeer wel hoorbaar zou zijn voor Carol als die bij een open raam stond te luisteren.

'Joseph Berglund,' zei zijn moeder. 'Hmm, die naam komt me vagelijk bekend voor.'

'Dag mam.'

Nu al een stilte.

'Het spijt me dat ik zo lang niet gebeld heb,' zei hij.

'Ach ja,' zei ze, 'er is hier natuurlijk ook maar weinig gaande, op wat antrax-alarms na, en een makelaar van niks die geen flauw idee heeft hoe hij ons huis moet verkopen, en je vader die continu op en neer moet vliegen naar Washington. Wist je dat je op vluchten naar Washington nu vanaf een uur voor de landing op je plaats moet blijven zitten? Wat zou daar de bedoeling van zijn, dat de terroristen hun snode plannen laten varen omdat het lampje van de gordels brandt? Volgens je vader zijn ze nog niet opgestegen of de stewardessen roepen iedereen op gebruik te maken van het toilet, voor het te laat is. En dan gaan ze vervolgens met blikjes fris rond.'

Ze klonk als een babbelziek oud dametje, als het tegendeel van de geduchte krachtfiguur die hij nog altijd voor ogen kreeg als hij haar even in zijn gedachten toeliet. Hij moest zijn ogen dichtknijpen tegen een nieuwe tranenvloed. Alles wat hij in de afgelopen drie jaar tegen haar had ondernomen, was erop gericht geweest het veel te intensieve contact te verbreken dat hij als jongen met haar had gehad. Hij had haar de mond willen snoeren, zelfbeheersing bij willen brengen, had zich willen bevrijden van haar overvolle gemoed en onbekookte uitingen. En nu hij eindelijk in die opzet geslaagd leek en ze zich gehoorzaam beperkte tot trivia en geestigheden, voelde hij zich beroofd van zijn moeder en wilde hij haar terug.

'Is het me toegestaan te vragen of alles goed met je gaat?' vroeg ze.

'Met mij gaat alles goed.'

'Is het leven aangenaam in de voormalige slavenstaat?'

'Bijzonder aangenaam. Erg mooi weer ook.'

'Ja, dat is het grote voordeel van opgroeien in Minnesota. Waar je daarna ook komt, het weer is er altijd beter dan je gewend bent.'

'Zo is het.'

'Heb je al veel nieuwe vrienden gemaakt?'

'Massa's.'

'Nou, blij dat te horen. Blij dat te horen. Blij ook dat je belt, Joey. Ik weet dat je je daar geenszins toe verplicht voelt, dus het is leuk dat je het even doet. Je hebt nog steeds een paar trouwe fans hier, hoor.'

De deuren van het woongebouw vlogen open en er stroomde een kudde eerstejaars uit over het gazon, hun stemmen versterkt door bier. '*Joo-eeey, Joo-eeey*,' joelden ze amicaal. Hij schonk ze een welwillend knikje.

'Zo te horen heb je daar ook al de nodige fans,' zei zijn moeder.

'Reken maar.'

'Mijn populaire zoon.'

'Zo is het.'

Het bleef weer even stil aan de andere kant van de lijn, terwijl de kudde op zoek ging naar een nieuwe drenkplaats. Joey keek hen na met een scheut van jaloezie. Hij zou niet met hen mee hebben kunnen gaan, want hij liep al bijna een maand voor op zijn uitgavenschema voor het semester. Hij wilde niet de arme sloeber zijn die maar één biertje dronk terwijl alle andere er zes namen, en hij wilde al helemáál niet bietsen. Hij wilde dominant en vrijgevig zijn. En daar was geld voor nodig.

Hij dwong zichzelf tot een vraag aan zijn moeder. 'Hoe vindt pap zijn nieuwe baan?'

'Volgens mij bevalt het hem wel, al is het ook nogal verwarrend voor hem. Hij kan nu opeens sloten van andermans geld uitgeven om alles te verhelpen wat er naar zijn idee mis is met de wereld. Vroeger klaagde hij alleen maar dat niemand er wat aan deed, en nu kan hij er zelf wat aan doen en merkt hij dat het vechten tegen de bierkaai is. Hij stuurt me soms midden in de nacht e-mails. Ik heb niet de indruk dat hij veel slaapt.'

'En met jou? Hoe gaat het met jou?'

'Met mij? Tja, lief dat je het vraagt, maar dat wil je vast niet weten.'

'Tuurlijk wel.'

'Nee, geloof me, je wilt het echt niet weten. En dat bedoel ik dus niet hatelijk. Het is geen verwijt of zo. Maar jij hebt gewoon jouw leven en ik het mijne. Ik red me prima, houd het daar maar op.'

'O vast, maar wat doe je zoal op een dag?'

'Joey, nogmaals, geen verwijt, maar dat is best een netelige vraag. Een beetje alsof je een kinderloos stel vraagt waarom ze geen kind hebben, of ongetrouwde mensen waarom ze alleen zijn. Moet je mee oppassen, met zulke vragen, hoe onschuldig ze misschien ook lijken.'

'Hm.'

'Ik zit momenteel maar zo'n beetje de tijd door te komen. Het valt niet mee om een nieuwe draai aan je leven te geven als je weet dat je binnenkort gaat verhuizen. Ik heb de laatste tijd wat zitten schrijven, puur voor mijn eigen vermaak. En ik moet het huis natuurlijk tiptop en blinkend schoon houden voor het geval dat er een makelaar of een potentiële koper aanklopt. Het moet er hier uitzien als een ideaal vakantiepension, met mijn tijdschriften mooi uitgewaaierd op de salontafel.'

Joey's gevoel van verweesdheid had intussen plaatsgemaakt voor irritatie, want hoe ze het ook verpakte, uit alles wat ze zei sprak verwijt. Moeders en hun geklaag, het zou wel nooit veranderen. Hij belde haar voor een beetje morele steun, en het enige wat hij hoorde was dat ze in hem was teleurgesteld.

'En hoe zit het met je budget?' vroeg ze alsof ze zijn ergernis kon ruiken. 'Kun je een beetje rondkomen?'

'Nou, ik zit wel een beetje krap,' gaf hij toe.

'Ja, dat zal best.'

'Als ik hier eenmaal ingezetene ben, gaat het collegegeld fors omlaag, maar dat duurt een jaar en ondertussen valt het niet mee om de eindjes aan elkaar te knopen.'

'Zal ik je wat toesturen?'

Hij glimlachte in het donker. Hij was dol op haar, ondanks alles – hij kon er niets aan doen. 'Papa heeft toch gezegd dat ik niet op geld van jullie hoefde te rekenen?'

'Je vader hoeft niet per se alles te weten.'

'En als ik geld van jullie aanneem, beschouwt de universiteit me niet als inwoner van de staat.'

'En je universiteit hoeft ook niet per se alles te weten. Ik zou je een cheque aan toonder kunnen sturen, als je daar wat aan hebt.'

'Natuurlijk zou ik daar wat aan hebben. Maar wat dan?'

'Wat dan? Dan niks. Dat beloof ik, Joey. Er worden geen tegenprestaties verlangd. Je hebt duidelijk genoeg je punt gemaakt tegenover je vader en het lijkt me onzin om een torenhoge schuld op te bouwen, tegen een obscene rente, alleen maar om dat punt te blíjven maken.'

'Ik zal erover nadenken.'

'Laat me je nu gewoon een cheque sturen. Dan moet je zelf maar zien of je die verzilvert of niet. Hoef je met mij geen woord meer over te wisselen.'

Hij glimlachte opnieuw. 'Waarom doe je dit?'

'Omdat ik je, geloof het of niet, het leven gun dat je wilt gaan leven. Ik heb de afgelopen tijd niet alléén maar de salontafel afgestoft en tijdschriften in een waaier gelegd. Ik heb tijd gehad om na te denken en mezelf een paar vragen te stellen. Bijvoorbeeld of ik je nog steeds het beste zou wensen als je je vader en mij nooit meer zou willen zien.'

'Dat is een idiote hypothetische vraag. Dat is totaal niet aan de orde.'

'Blij dat te horen, maar dat is niet waar ik op doel. Waar ik op doel is dat het antwoord op die vraag zo duidelijk lijkt: ouders zijn erop geprogrammeerd het beste voor hun kinderen te willen, onafhankelijk van wat ze daarvoor terugkrijgen. Daar zou ouderliefde op neerkomen, nietwaar? Maar als je erover nadenkt, is dat een rare gedachtegang. Mensen zijn van nature egoïstisch, kortzichtig en veeleisend. Waarom zou je dan op slag anders worden als je kinderen krijgt? Raar idee, en het is ook niet waar. Ik heb je weleens over mijn eigen ouders verteld, die...'

'Over je ouders? Nee. Er staat me tenminste niet veel bij.'

'O, nou, als je het vriendelijk vraagt, vertel ik je ooit alsnog over ze. Wat ik maar wilde zeggen is dat ik grondig over ouderliefde heb nagedacht, en wat ik voor mezelf heb besloten...'

'Mam, vind je het goed als we het over iets anders hebben?'

'Ik ben tot de slotsom gekomen dat...'

'Een andere keer graag, mam. De volgende week of zo. Ik heb hier nog het een en ander te doen voor ik naar bed ga.'

Aan de andere kant van de lijn werd St. Paul in een gekwetste stilte gedompeld.

'Ik probeerde je alleen maar uit te leggen,' zei zijn moeder zachtjes, 'waarom ik je die cheque stuur.'

'Oké, dank je. Hartstikke lief van je.'

Met een nog zachter en gegriefder stemmetje bedankte zijn moeder hem voor zijn telefoontje en hing op.

Joey speurde de randen van het gazon af naar een paar struiken of een hoekje waar hij kon gaan zitten huilen zonder betrapt te worden. Toen hij geen geschikte schuilplaats zag, sprintte hij zijn woongebouw binnen, schoot op een andere verdieping dan de zijne de toiletten in en sloot zich op in een wc, waar hij begon te snikken van afschuw om zijn moeder. Enkele meters van hem af stond iemand te douchen in een wolk van deo-gel en schimmelgeur. Op de wc-deur was met viltstift een steigerende erectie getekend, met een lachend gezichtje en een fonteinachtige ejaculatie.

Zijn moeders verwijten waren ingewikkelder van aard dan die van Carol Monaghan. In tegenstelling tot haar dochter was Carol niet al te snugger. Connie had een ingetogen, compacte intelligentie, een hypergevoelig clitorisje van schranderheid en oordeelkunde, waarvan Joey alleen achter gesloten deuren had mogen genieten. Als ze 's avonds bij Carol en Blake aan de eettafel zaten, was Connie altijd de eenzelvigheid zelve geweest, had stilletjes en met neergeslagen ogen haar maaltijd naar binnen gewerkt, schijnbaar verdiept in haar eigen gedachten, maar als ze later met elkaar alleen waren in haar kamer, was ze vaak tot in de kleinste details ingegaan op Carols en Blake's abjecte tafelgedrag. Zo had ze Joey op een keer gevraagd of het hem ook niet stoorde dat Blake's opmerkingen er bijna altijd op neerkwamen dat de hele wereld achterlijk was en dat hij zwaar onder al die achterlijkheid te lijden had. Volgens Blake had de weerman van KSTP er die ochtend weer achterlijk ver naast gezeten, hadden de Paulsens hun compostvat op een achterlijke plek neergezet, had Ford een achterlijk waarschuwingssignaal in zijn pickup geplaatst, dat achterlijk lang bleef doorpiepen als hij zijn gordel los liet hangen, hadden de forenzen op Summit Avenue zich weer met achterlijke nauwkeurigheid aan de snelheidslimiet gehouden, waren de stoplichten op de kruising van Summit en Lexington achterlijk afgesteld, had hij een achterlijke voorman op zijn werk en hanteerden de Twin Cities achterlijke bouwverordeningen. Joey had grinnikend zitten luisteren terwijl Connie met feilloze precisie haar lijst voorbeelden had uitgebreid: de nieuwe afstandsbediening voor de tv zat achterlijk in elkaar; de nieuwe programmering van NBC was ronduit achterlijk; de nieuwe slagmanregel van de National League was te achterlijk voor woorden; het was een achterlijk besluit van de Vikings om Brad Johnson en Jeff George te laten vertrekken; die achterlijke gespreksleider van het tweede verkiezingsdebat had Al Gore achterlijk veel ruimte geboden om zijn leugens te spuien; het was achterlijk dat Minnesota de hardwerkende belastingbetaler liet opdraaien voor gratis geneeskundige hulp aan illegale Mexicanen. *Gratis geneeskundige hulp*, hoe achterlijk wou je het hebben?

'En weet je wat?' zei Connie ten slotte.

'Nou?' zei Joey.

'Dat zul jij nooit doen. Jij bent echt intelligenter dan andere mensen, dus hoef jij ze nooit achterlijk te noemen.'

Joey had zich ietwat ongemakkelijk gevoeld bij dit compliment. Om te beginnen had die vergelijking met Blake een onaangenaam zweem van rivaliteit, het wekte de indruk dat hij een pion was in een schaakpartij tussen dochter en moeder. En bovendien had hij er zelf ook wel een handje van om allerlei dingen en mensen stom te vinden, zijn moeder voorop, die in zijn ogen zelfs het zinnebeeld van hemeltergende ezelachtigheid was geworden – en nu leek Connie te zeggen dat het een blijk van eigen domheid was als je over de domheid van anderen klaagde.

Op de keper beschouwd was Joey's moeder trouwens alleen maar stom geweest in hoe ze met hém omging. Natuurlijk, het was ook niet bijster intelligent om Tupac zo af te kraken, volgens Joey een genie van ongeëvenaarde omvang, en zo laatdunkend te doen over *Married with Children*, waarin de menselijke domheid zo werd uitvergroot dat het de meest briljante televisie ooit opleverde. Maar ze zou *Married* nooit zo hebben afgekamd als Joey er niet aan verslaafd was geweest, en ze zou zich nooit tot zulke schandelijke opmerkingen over Tupac hebben verlaagd als Joey hem niet zo had bewonderd. De ware reden voor haar oliedomme gedrag was de wens om Joey voor altijd als haar kleine boezemvriendje te behouden, de wens dat hij zijn moeder altijd leuker en fascinerender zou blijven vinden dan welke comedyserie of rapper ook. Dat was de ziekelijke grondoorzaak van haar domheid: die *geldingsdrang* van haar.

In zijn wanhoop was hij er ten slotte toe overgegaan haar op ruwe wijze in te prenten dat hij niet langer haar boezemvriendje was. Het was niet eens bewust gegaan, was eerder voortgevloeid uit de irritatie die hem al langere tijd zijn moralistische zus deed treiteren, met als culminatiepunt die paar avonden toen hun ouders in Grand Rapids bij zijn zieke oma zaten. Op de eerste avond had hij een stel vrienden over de vloer gehaald en dronken gevoerd met een fles Jim Beam, en op de avond daarna had hij Connie een serie extra-rumoerige beurten gegeven tegen de muur tussen zijn kamertje en dat van Jessica, waardoor ze eerst het geluidsvolume van haar onuitstaanbare Belle & Sebastian-cd tot boven de pijngrens had moeten opschroeven, en later, na middernacht, op zijn kamerdeur was komen bonzen.

'Godverdomme, Joey, hou daarmee op! Ophouden, nu!'

'Wat nou? Ik bewijs je juist een dienst!' had hij teruggeschreeuwd.

'Wát?'

'Nu kun je eindelijk over me klikken. Dat wil je toch zo graag?'

'Ophouden, Joey, ik waarschuw je. Ophouden, anders bel ik papa!'

'Daarom doe ik het juist! Heb jij eindelijk je zin!'

'Klootzak. Verwaande klóótzak. Ik ga nu papa bellen!' En dat alles terwijl Connie, spiernaakt, haar lippen en tepels rauw van alle vurigheid, haar adem zat in te houden en naar Joey keek met een mengeling van angst, verbazing, opwinding, trouw en verrukking, die hem er definitief van overtuigde dat er voor haar geen norm, waarde of zedelijke wet bestond die ook maar voor een duizendste opwoog tegen het voorrecht zijn uitverkorene en handlangster te zijn.

Hij had niet verwacht dat zijn oma die week zou sterven. Zo oud was ze nog niet. Door zich zo vlak voor haar dood zo ernstig te misdragen, had hij zich behoorlijk in de nesten gewerkt. Hoe diep, dat bleek wel uit het feit dat er niet eens tegen hem tekeer werd gegaan. In Hibbing, op zijn oma's begrafenis, hadden zijn ouders hem botweg genegeerd. Hij moest helemaal in zijn eentje gaarkoken in het sop van zijn schuldgevoel, terwijl de anderen zich overgaven aan een gezamenlijke rouw die hem nooit onthouden had mogen worden. Dorothy was zijn enige echte grootouder geweest. Ze had ooit grote indruk op hem gemaakt toen hij nog klein was, door haar verminkte hand in zijn handjes te leggen en hem te laten zien dat het een gewone mensenhand was en niets om bang voor te zijn. Daarna had hij nooit meer geprotesteerd als zijn ouders hem vroegen dingen voor haar te doen als ze op visite was. Ze was iemand geweest, misschien wel de enige in zijn leven, voor wie hij zonder voorbehoud lief wilde zijn. En nu was ze opeens dood.

Op haar begrafenis waren enkele weken gevolgd waarin zijn moeder koeltjes en afstandelijk deed. Een welkom respijt. Maar langzamerhand was ze zich toch weer gaan opdringen. Ze buitte zijn provocatieve eerlijkheid omtrent Connie uit door op haar beurt een ongepaste mate van openhartigheid over hem uit te storten. Ze probeerde hem tot haar Begripvolle Klankbord te maken, wat nog veel kwalijker zou blijken dan haar pogingen om hem als haar kleine vriendje te behouden. Het was even doortrapt als onweerstaanbaar. Het begon met een ontboezeming: op een middag kwam ze op de rand van zijn bed zitten en deed het verhaal van hoe ze als studente was ingepalmd door een drugsverslaafde pathologische leugenaarster die door zijn vader werd verfoeid maar voor wie zij ondanks alles heftige gevoelens had gekoesterd. 'En weet je, Joey... ik moet dit iemand vertellen,' zei ze. 'En ik kan er niet mee bij je vader terecht. Ik ging gisteren mijn rijbewijs vernieuwen en zag opeens dat ze voor me in de rij stond. Ik had haar nooit meer gezien sinds die avond waarop ik mijn kniebanden afscheurde, wat is het, twintig jaar geleden. Ze was behoorlijk aangekomen, maar het was haar zonder enige twijfel. En ik werd opeens zo báng toen ik haar zag. Ik realiseerde me dat ik me schuldig voelde.'

'Waarom bang?' hoorde hij zichzelf zeggen, op de toon van Tony Soprano's psychiater. 'En waarom schuldig?'

'Ik weet niet. Ik holde stilletjes naar buiten voor ze me kon ontdekken. Ik moet nog steeds terug voor mijn rijbewijs. Maar ik was als de dood dat ze zich om zou draaien en me zou zien. Ik was doodsbang voor wat er dan gebeuren zou. Want weet je, als ik één ding niet ben, dan is het lesbisch. Als ik het wel zou zijn, was ik daar allang achter gekomen. De helft van mijn basketbalvriendinnen is lesbisch, en ik ben het dus zeker níét.'

'Blij dat te horen,' zei hij met een nerveus lachje.

'Maar toch, toen ik haar gisteren zag staan, realiseerde ik me opeens dat ik destijds verliefd op haar was. En dat heb ik mezelf nooit willen toegeven, weet je, heb er nooit mee overweg gekund. En nu was ze hartstikke dik. Die plompheid van iemand die lithium slikt.'

'Wat is lithium?'

'Dat moet je slikken als je manisch-depressief bent.'

'Aha.'

'En ik heb haar toen dus keihard in de steek gelaten, omdat je vader zo'n hekel aan haar had. Ze ging door een hel, maar ik heb haar nooit meer gebeld, en haar brieven gingen ongeopend in de vuilnisbak.'

'Maar ze loog toch ook tegen je? Het was zo'n achterbakse griezel, zeg je zelf.'

'Is ook zo, was ze ook. Maar ik voel me toch schuldig.'

In de maanden daarna vertelde ze hem nog tal van andere geheimen. Smakelijke geheimen, maar het zouden giftige snoepjes blijken te zijn. De eerste tijd vond hij het geweldig dat zijn moeder nu zo vrij en open was in haar gesprekken met hem. Hij reageerde erop door haar over de perversies en kleine criminaliteit van een aantal klasgenoten te vertellen, om haar te imponeren met hoeveel verder zijn leeftijdgenoten durfden te gaan dan de jongelui van de jaren zeventig. En toen ze het op een dag over date-rape hadden, leek het heel natuurlijk dat zij vertelde daar ook ooit het slachtoffer van te zijn geweest. Hij mocht er niets over zeggen tegen Jessica, want Jessica begreep haar lang niet zo goed als hij – niemand begreep haar zo goed als hij. Na dat gesprek lag hij nachtenlang wakker, woedend op de verkrachter van zijn moeder, furieus over een wereld waarin zijn moeder verkracht had kunnen worden, vol wroeging over al het lelijks dat hij ooit van haar gezegd en gedacht had, en trots dat ze hem toegang had verschaft tot de sfeer waarin mensen elkaar zulke volwassen geheimen vertelden. Maar op een ochtend was hij wakker geworden met zo'n haat jegens haar, dat het hem kippenvel en maagpijn bezorgde om met haar in dezelfde kamer te zijn. Hij voelde zich opeens vergiftigd, alsof er arsenicum in zijn organen en beenmerg terecht was gekomen.

Het ergerlijke aan hun telefoongesprek van daarstraks was dat ze hoorbaar haar best had gedaan om allesbehalve dom te klinken. De boodschap was duidelijk: al leidde ze dan een weinig florissant leven, dat kwam níét omdat ze dom was. Dat tragikomische gevoel voor eigenwaarde van haar, en die onbeteugelbare drang tot zelfrechtvaardiging. Met het idiote gevolg dat ze alle verantwoordelijkheid op hem afschoof. Alsof ze een weliswaar bijna dode maar nog altijd waardevolle taal sprak, en het aan Joey was om die taal levend te houden dan wel schuldig te zijn aan het verdwijnen ervan. Alsof ze een van de bedreigde vogels van zijn vader was, diep in een donker bos haar vergeten lied zong en een verwante ziel (: Joey) nodig had om naar haar op zoek te gaan en haar te beluisteren. Je had haar en je had de rest van de wereld, en de manier waarop ze met hem sprak ademde het verwijt dat hij voor de rest van de wereld had gekozen. Maar was het hem kwalijk te nemen dat hij voor de wereld koos? Had hij niet zijn eigen leven te leiden? Het probleem was dat hij als kind, argeloos, had laten zien dat hij haar taal sprak en haar lied herkende – waardoor zij het nu niet laten kon om hem er constant aan te herinneren dat hij die vaardigheden in zich droeg en nog steeds zou kunnen benutten, als hij maar wilde.

Degene die onder de afdelingsdouche had gestaan, was nu klaar en stond zich af te drogen. De gangdeur ging open en weer dicht, en nogmaals open en weer dicht, er werden wastafelkranen opengedraaid en de geur van tandpasta dreef zijn wc binnen. Zijn gehuil had hem een stijve bezorgd, die hij nu uit zijn broek haalde om zich er als een drenkeling aan vast te klampen. Als hij hem onderaan beetpakte en flink kneep, zwol de kop gigantisch op en werd donker van het veneuze bloed. Hij hield van de aanblik van zijn erecties, genoot zo van de gevoelens van vitaliteit en macht die ze hem gaven, dat het hem soms tegenstond om zich af te trekken en die hardheid te verliezen. Maar om nou de hele dag met een stijve rond te lopen... dat zou je een soort Blake maken. Joey wilde beslist niet zoals Blake zijn, bijna net zomin als hij het Begripvolle Klankbord van zijn moeder wilde zijn. Hij staarde naar zijn hardheid terwijl hij zich geruisloos afrukte, ejaculeerde in de gapende toiletpot en trok haastig door.

Boven, in zijn kamer op de hoek van de gang, trof hij Jonathan die zijn aandacht verdeelde tussen John Stuart Mill en de negende inning van een wedstrijd uit de World Series. 'Verwarrende ervaring,' zei Jonathan, 'ik voel zowaar enig medelijden voor de Yankees.'

Joey, die uit zichzelf nooit naar honkbal keek, maar niet ongenegen was er samen met anderen naar te kijken, ging op zijn bed zitten terwijl Randy Johnson fastballs afvuurde op een geknakt ogende Yankee. De stand was 4 – 0. 'Ze kunnen nog wel terugkomen,' zei hij.

'Vergeet het maar,' zei Jonathan. 'Trouwens, wat is dat toch voor onzin dat nieuwe teams al na vier seizoenen in de Series kunnen uitkomen? Ik ben er nog maar net aan gewend dat Arizona überhaupt een team hééft.'

'Helemaal mee eens. Je begint eindelijk verstandig te worden.'

'Begrijp me goed, ik kan me nog steeds niets vermakelijkers voorstellen dan een nederlaag van de Yankees, bij voorkeur met één run verschil, en dan nog het liefst na een klutsbal van Jorge Posada, 's werelds enige profhonkballer zonder kin. Maar dit jaar zou het toch ook wel wat hebben als ze de Series wonnen. Dat offer zou je nu als Amerikaan voor New York moeten overhebben.'

'Ik wil ze ieder jaar zien winnen,' zei Joey, al kon het hem in werkelijkheid weinig tot niets schelen.

'Hoezo dat? Jij zou toch voor de Twins moeten zijn?'

'Het zal vooral komen omdat mijn ouders de Yankees haten. Mijn vader is dol op de Twins omdat ze zulke lage spelerssalarissen hanteren, en de Yankees zijn juist de vijand omdat daar alleen maar multimiljonairs rondlopen. En mijn moeder is sowieso anti-New York, op het maniakale af, mag ik wel zeggen.'

Jonathan keek hem nieuwsgierig aan. Tot dusver had Joey nauwelijks iets losgelaten over zijn ouders. Net genoeg om geen mysterieuze indruk te wekken. 'Waarom heeft ze zo'n hekel aan New York?'

'Geen flauw idee. Misschien omdat ze ervandaan komt.'

Op Jonathans tv liep Derek Jeter uit bij het tweede honk en de wedstrijd was voorbij.

'Nou, leuk, maar ook weer niet,' zei Jonathan terwijl hij op de aan/uitknop van zijn afstandsbediening drukte.

'Wist je dat ik mijn grootouders van moederskant amper ken?' zei Joey. 'Mijn moeder heeft een hele rare verhouding met ze. In mijn hele jeugd zijn ze één keer bij ons op bezoek geweest, voor een dag of twee, en mijn moeder was de hele tijd opgefokt. Aan één stuk door praten, gemaakt vrolijk, niet te harden was ze. En wij zijn ook een keer bij hen langs geweest, toen we in New York op vakantie waren. Was ook een ramp. Elk jaar krijg ik een paar weken te laat een verjaardagskaart van ze, waar mijn moeder dan des duivels over is. Maar in wezen kunnen ze er niets aan doen. Hoe moet je de verjaardag onthouden van iemand die je nooit ziet?'

Jonathan knikte aandachtig. 'Waar wonen ze in New York?'

'Weet ik niet. Ergens in een voorstad. Mijn grootmoeder zit in de assemblee van de staat, geloof ik. Ze is zo'n elegante, goed geconserveerde joodse dame, weet je wel, maar mijn moeder kan haar bloed wel drinken.'

'Hè, wat zeg je me nou?' Jonathan ging rechtop zitten. 'Is jouw moeder joods?'

'Voor de helft dan, hè.'

'Gast, je bent joods! Daar had ik geen idee van!'

'Nou, eh, ik dus nog maar voor een kwart,' zei Joey. 'Dus bij mij is het wel héél sterk verwaterd.'

‘Je zou nu direct naar Israël kunnen emigreren. Ze zouden je geen strobreed in de weg leggen.’

‘Heb ik altijd van gedroomd, naar Israël emigreren.’

‘Als je zou willen, was dat totaal geen punt. Je zou er zo beroepsmilitair kunnen worden, of piloot in zo’n gevechtsvliegtuig, en de ene na de andere *sabra* kunnen daten.’

Om zijn woorden te illustreren opende Jonathan zijn laptop en surfte naar een site met foto’s van gebronsde Israëlische godinnen met gekruiste kogelriemen tussen hun blote D-cup-borsten.

‘Niet echt mijn ding, dat soort plaatjes,’ zei Joey.

‘Nee voor mij hoeft het ook niet,’ zei Jonathan iets te stellig, ‘maar ik wil maar zeggen: jij zou je er dus probleemloos kunnen vestigen.’

‘Nou, probleemloos,’ zei Joey. ‘Is er niet van alles mis met illegale nederzettingen en de rechteloosheid van de Palestijnen?’

‘En of er iets mis is! Wat er mis is, is dat Israël als piepklein democratisch en pro-westers eilandje omgeven wordt door moslimfanatici en vijandige dictators.’

‘Tja, maar ze hebben het eilandje natuurlijk ook wel op een stomme plek neergelegd,’ zei Joey. ‘Als de joden niet naar het Midden-Oosten waren gegaan, waar wij ze voortdurend moeten blijven steunen, misschien had de Arabische wereld dan niet zo’n hekel aan ons.’

‘Gast, heb jij weleens van de Holocaust gehoord?’

‘Natuurlijk heb ik dat. Maar waarom zijn ze niet met z’n allen naar New York gekomen. Wij zouden ze gastvrij hebben ontvangen, en ze hadden hier probleemloos hun synagogen en wat al niet meer kunnen hebben, en wij zouden normale betrekkingen met de Arabieren hebben gehad.’

‘Maar de Holocaust voltrok zich in Europa, dat ook gastvrij heette te zijn. Een volk dat voor de helft wordt uitgeroeid door genocide, leert het wel af om op gastheren te vertrouwen voor zijn veiligheid. Dat vertrouwt daarna liever op het vermogen zichzelf te beschermen.’

Joey was zich er onaangenaam van bewust dat zijn houding meer die van zijn ouders was dan die van hemzelf, en dat hij daardoor op het punt stond een debat te verliezen dat hij helemaal niet wilde winnen. ‘Dat zal best,’ hield hij niettemin vol, ‘maar waarom zou dat óns probleem moeten zijn?’

‘Omdat het onze taak is democratieën te steunen waar die zich ook mogen bevinden,’ zei Jonathan. ‘Dat is het grote probleem in Saoedi-Arabië: geen democratie, en veel te veel boze mensen zonder economische vooruitzichten. Daarom kan Bin Laden er zijn mensen werven. Ik ben het helemaal met je eens wat de Palestijnen betreft. Hoe daarmee wordt omgesprongen, dat is één grote kweekvijver voor terroristen. Daarom moeten we ook vrijheid brengen in alle Arabische landen. Maar dat doe je dus niet door de enige functionerende democratie in de hele regio in de steek te laten.'

Joey bewonderde Jonathan niet alleen omdat hij zo cool was, maar omdat hij zichzelf geen geweld aandeed en zich niet dommer hield dan hij was om zijn coole image in stand te houden. Hij slaagde erin slimheid als een coole eigenschap te laten overkomen – een waar kunststukje. 'Zeg,' zei Joey, om het gesprek naar een ander onderwerp te verleggen, 'ben ik nog steeds uitgenodigd voor Thanksgiving?'

'Uitgenodigd? Gast, je bent nu dubbel uitgenodigd. Mijn familie heeft weinig last van joodse zelfhaat. Integendeel, mijn ouders zijn echt dol op alles wat joods is. Ze zullen de rode loper voor je uitrollen.'

Toen Joey de volgende dag alleen op hun kamer zat, met een knagend gevoel omdat het al in de middag was en hij Connie nog steeds niet gebeld had, bezweek hij voor de verleiding om Jonathans laptop te openen en op zoek te gaan naar foto's van zijn zuster Jenna. Hij beschouwde het niet als gluren als hij rechtstreeks naar de familiefoto's ging die Jonathan hem al eerder had laten zien. De opwinding van zijn kamergenoot over zijn kwartjoodsheid leek de voorbode van een navenant warme ontvangst door Jenna, en hij kopieerde haar twee mooiste foto's naar zijn eigen harddrive, waarbij hij de extensies van de bestanden veranderde om ze onherkenbaar te maken – zodat hij op zijn gemak een concreet alternatief voor Connie kon bekijken alvorens haar te bellen.

Het vrouwvolk op de universiteit viel tot dusver tegen. In vergelijking met Connie leken de mooiere exemplaren allemaal bol te staan van de argwaan jegens zijn motieven. Hij gleed op ze af alsof ze met teflon waren bespoten, waar nog bijkwam dat ze veel te ouwelijk waren opgemaakt en veel te stijve kleding droegen – ze kleedden zich voor wedstrijden van de Cavaliers als voor de Kentucky Derby. In de B-categorie liepen weliswaar wat meiden rond die hem op feesten, als ze te veel op hadden, lieten merken dat ze versierbaar waren. Maar om de een of andere reden (misschien had hij er een te grote hekel aan om over luide muziek heen te schreeuwen, misschien was hij te verwaand, of misschien kon hij zijn afkeer van dronken sletjes onvoldoende uitschakelen) waren die campusfeesten hem al snel gaan tegenstaan en trok hij liever met de jongens van zijn dorm op.

Hij zat een tijdlang, een halfuur misschien wel, met zijn mobieltje in zijn hand terwijl de hemel buiten grijzer en grijzer werd en naar regen begon te neigen. Hij treuzelde zo lang, in zo'n verdwazing van tegenzin, dat zijn duim ten slotte als in een soort zen-handeling zelf de snelkeuzeknop voor Connie's nummer koos en het overgaan hem uit zijn roes haalde.

'Hoi!' zei ze met de vrolijke stem waarmee ze altijd opnam, een stem die hij gemist had, merkte hij. 'Waar ben je?'

'In mijn kamer.'

'Hoe is het daar?'

'Beetje druilerig, en kil.'

'Bij ons snééuwde het vanochtend. Het is hier nu al winter.'

'Ja, zeg luister,' zei hij. 'Alles goed met jou?'

'Met mij?' De vraag leek haar te verrassen. 'Ja hoor. Ik mis je natuurlijk elke minuut van de dag, maar daar begin ik aan gewend te raken.'

'Het spijt me dat ik zo lang niet gebeld heb.'

'Geeft niet. Het is heerlijk om met je te praten, maar ik begrijp waarom we onszelf in acht moeten nemen. Ik zat net aan mijn aanvraag voor Inver Hills te schrijven. En ik heb me ook aangemeld voor het toelatingsexamen in december, zoals je me had aangeraden.'

'Heb ik je dat aangeraden?'

'Jazeker. Als ik volgend najaar naar een echte universiteit wil, zal ik eerst examen moeten doen, zei je. Ik heb al een boek gekocht over hoe ik me moet voorbereiden. Ik ga drie uur per dag studeren.'

'Dus... het gaat echt goed met je?'

'Tuurlijk! En met jou?'

Joey had moeite Carols verhaal over Connie te rijmen met hoe opgewekt en helder ze nu klonk. 'Ik werd gisteravond door je moeder gebeld,' zei hij.

'Weet ik. Heeft ze me verteld.'

'Ze zei dat ze zwanger was.'

'Ja ja, gezinsuitbreiding op komst. Volgens mij wordt het een tweeling.'

'O ja? Waarom?'

'Heb ik zo'n voorgevoel van. Dat het nog erger wordt dan het nu al lijkt.'

'Het was trouwens een moeizaam gesprek, met je moeder.'

'Ik heb haar al onder handen genomen,' zei Connie. 'Ze zou je niet meer bellen. Doet ze het toch, laat het me dan weten. Dan zorg ik ervoor dat het ophoudt.'

'Ze zei dat je depressief was,' liet Joey zich ontvallen.

Het bracht een abrupte stilte teweeg. Zo'n diepe zwarte-gatenstilte waarop Connie het patent had.

'Ze zei dat je de hele dag lag te slapen en nauwelijks iets at,' zei Joey. 'Ze klonk heel ongerust.'

De stilte duurde nog even voort, maar toen begon Connie weer te praten. 'Ik ben inderdaad een tijdje somber geweest. Maar mijn gevoelens gaan haar niks aan. En ik voel me nu weer beter.'

'Maar moet je misschien niet toch een antidepressivum gaan slikken?'

'Welnee, het gaat alweer veel beter.'

'Nou, gelukkig maar,' zei Joey, al was hij er niet onverdeeld gelukkig mee – als ze wél neerslachtig en ziekelijk afhankelijk was geweest, zou dat hem een aanvaardbare uitweg hebben geboden.

'Vertel eens,' zei Connie, 'ben je met iemand anders naar bed geweest? Ik dacht dat dat misschien de reden was waarom je belde.'

'Ik? Nee! Hoe kom je daar nou bij?'

'Dat zou ik heus wel begrijpen, namelijk. Had ik je vorige maand nog willen zeggen. Je bent een man, je hebt behoeftes, en ik verwacht heus niet dat je daar als een monnik gaat leven. Het is ook maar seks, dus wat maakt het uit?'

'O, nou, dat geldt voor jou ook,' zei hij dankbaar, een andere uitweg bespeurend.

'Tuurlijk, alleen is het voor mij niet weggelegd,' zei Connie. 'Niemand ziet mij zoals jij me ziet. Het lijkt wel alsof ik onzichtbaar ben voor mannen.'

'Daar geloof ik niks van.'

'Nee, echt. In het restaurant probeer ik soms heus wel aardig te doen, of zelfs te flirten. Maar ze zien me gewoon niet staan. Doet er ook niet toe, ik wil toch alleen jou. Misschien voelen ze dat ook wel aan.'

'Ik wil ook alleen maar jou,' hoorde hij zichzelf mompelen, in strijd met zijn eigen veiligheidsvoorschriften.

'Dat weet ik,' zei ze. 'Maar mannen zitten nu eenmaal anders in elkaar. Doe er niet te moeilijk over, wil ik maar zeggen.'

'Ik masturbeer wel veel, eerlijk gezegd.'

'Ja, ik ook,' zei ze. 'Uren achter elkaar. Op sommige dagen doe ik bijna niets anders. Misschien denkt Carol daarom wel dat ik depressief ben.'

'Maar misschien ben je dat ook wel.'

'Welnee, ik vinger mezelf gewoon vaak. Dan denk ik aan jou en kom klaar. En daarna denk ik opnieuw aan je, en kom weer klaar. Heb ik dan gewoon behoefte aan, meer moet je er niet achter zoeken.'

Deze wending in het gesprek leidde al snel tot telefoonseks, wat ze niet meer hadden gedaan sinds de begintijd, toen Joey nog thuis woonde en ze stiekem, ieder in hun eigen kamer, met elkaar hadden liggen fluisteren. Het was nu een stuk interessanter, omdat ze wisten wat ze tegen elkaar moesten zeggen, wisten wat de ander wilde horen. En het was tegelijkertijd alsof het hun eerste seks was. Overrompelend was het zelfs.

'Ik zou het van je vingers willen likken,' zei Connie toen het voorbij was.

'Ik lik het wel voor je.'

'Goed zo, lik het maar voor me op. Is het lekker?'

'Ja.'

'Ik kan het gewoon proeven, weet je dat?'

'Ik kan jou ook proeven.'

'O, schatje.'

Dit leidde tot een tweede ronde. Gehaaster nu, nerveuzer, omdat Jonathans college zo'n beetje afgelopen moest zijn en hij elk moment kon binnenkomen.

'O schatje,' zei Connie. 'O, schatje van me, o schatje, o schatje, o schatje.'

Bij zijn tweede orgasme had Joey het gevoel dat hij Connie was in haar kamer daar in Barrier Street. Zijn gewelfde rug was de hare. Hij had haar tietjes. Ze lagen als één uit te hijgen in hun mobieltjes, en hij wist dat hij zich de vorige avond vergist had toen hij Carol voor de voeten had geworpen dat zij, en niet hij, verantwoordelijk was voor wat Connie doormaakte. Hij voelde nu lichamelijk dat ze elkaar maakten tot wie ze waren.

'Je moeder wil dat ik Thanksgiving bij jullie kom vieren,' zei hij na een poosje.

'Dat is nergens voor nodig,' zei ze. 'En we hadden afgesproken dat we het negen maanden zouden volhouden om elkaar niet te zien.'

'Ja, maar ze deed er behoorlijk opgefokt over.'

'Zo is ze nou eenmaal, opgefokt. Maar ik heb haar toegesproken en als het goed is, zul je geen last meer van haar hebben.'

'Dus het maakt jou niet uit?'

'Je weet wat ik wil. Thanksgiving heeft daar niets mee te maken.'

Het antwoord maakte zijn verwarring compleet. Enerzijds wilde hij haar wel weer eens zien en met haar naar bed, maar hij had ook gehoopt dat ze net als haar moeder zou zeuren dat hij overkwam, wat de irritatie zou oproepen die hij nodig had om haar definitief aan de kant te schuiven. Wat ze nu deed, met haar redelijke opstelling en haar klare taal, was hem vaster dan ooit aan een haak slaan waar hij zich in de voorbije weken stukje bij beetje van had proberen los te wurmen.

'Ik kan maar beter ophangen,' zei hij. 'Mijn kamergenoot kan elk moment terugkomen.'

'Oké,' zei ze, en ze klikte af.

Hun gesprek was zo anders verlopen dan verwacht, dat hij niet eens meer wist wát hij ervan had verwacht. Toen hij opstond van zijn bed was het alsof hij door een astronomisch wormgat een nieuw gedeelte van het universum binnenging. Met een bonkend hart en een waas voor zijn ogen liep hij door de kamer, vorsend gadegeslagen door Tupac en Nathalie Portman. Hij had altijd veel om Connie gegeven. Altijd. Dus waarom was daar uitgerekend nu, op dit ongelegen moment, opeens het gevoel dat hij écht veel om haar gaf? Hoe kon hij na al die jaren van seks en genegenheid opeens zo'n vloedgolf van echte *verbondenheid* ervaren? Vanwaar opeens die alarmerende gewaarwording? En waarom juist nu?

Het was onzin, die gewaarwording, echt onzin, hij wist zeker dat het onzin was. Hij ging aan zijn computer zitten om de foto's van Jonathans zuster te bekijken en het allemaal weer een beetje in perspectief te krijgen. Hij speelde met de gedachte om de extensies weer in jpg te veranderen, maar gelukkig voor hem kwam Jonathan binnen voordat hij dat idee ten uitvoer kon brengen en op heterdaad zou zijn betrapt.

'Hé, grote joodse vriend van me,' zei Jonathan, die zich op zijn bed liet vallen alsof hij was neergeschoten. 'Hoe is-tie?'

'Hé, hoe is-tie?' zei Joey terwijl hij ijlings zijn venster sloot.

'Jezus, wat een chloorlucht hangt er hier,' zei Jonathan. 'Heb jij gezwommen of zo?'

Het scheelde weinig of Joey had hem alles verteld, het hele verhaal van Connie en hem, inclusief wat er zojuist was gebeurd. Maar de droomwereld waarin hij had vertoefd, de schimmige dimensie van vervlochten identiteiten, verdampte snel in Jonathans mannelijke aanwezigheid.

'Geen idee waar je het over hebt,' zei hij met een glimlach.

'Nou, doe me een lol en zet de volgende keer even een raam op een kier. Ik mag je graag, maar nou ook weer niet zo graag dat ik je... lichaamssappen wil ruiken.'

Joey nam deze klacht ter harte en zette daarna telkens de ramen open. Hij belde Connie de volgende dag opnieuw, en twee dagen daarna weer. Hij negeerde zijn eigen argumenten tegen veelvuldig bellen, want telefoonseks was een meer dan aanvaardbaar alternatief voor zijn eenzame bibliotheekmasturbatie, die hem nu voorkwam als een beschamende perversiteit die hij zo snel mogelijk wilde vergeten. Hij wist zichzelf wijs te maken dat deze inbreuk op hun onderlinge embargo toelaatbaar was zolang ze geen nieuwtjes uitwisselden en zich uitsluitend aan hun seksuele fantasieën overgaven. Maar terwijl ze dat met grote regelmaat bleven doen, en oktober plaatsmaakte voor november, en de dagen almaar korter werden, ging hij inzien dat het hun band alleen maar versterkte. Wat hij met Connie had werd des te echter en dieper doordat hij haar nu hardop de dingen hoorde benoemen die ze met elkaar hadden gedaan en die zij in haar fantasie met hem wilde doen. Het was een wonderlijke verdieping, aangezien ze niets anders deden dan elkaar klaarpraten, maar hij zag nu in dat Connie's vroegere zwijgzaamheid een verdoezelend effect had gehad. Door nooit iets te zeggen over wat ze bij haar moeder thuis deden, had ze er iets van gemaakt dat kon worden geloochend. Maar nu seks, hun seks, een verwoordbare betekenis voor haar bleek te hebben, nu ze er met woorden gestalte aan kon geven, elke gestalte die ze maar wenste, kreeg zijzelf daar als persoon ook meer gestalte door. Joey kon niet langer doen alsof ze twee dartele jonge dieren waren die er zomaar wat op los rommelden. Woorden maakten alles minder onschuldig, woorden kenden geen grenzen, woorden schiepen hun eigen wereld. Op een middag beschreef Connie hoe haar clitoris groter en groter werd, een staafje van pure gevoeligheid, waarmee ze de lippen van zijn eikel uit elkaar dwong om zich diep in hem te boren. Een paar middagen daarna moest Joey van haar beschrijven hoe haar glanzende warme drollen uit haar anus in zijn mond gleden, waar ze, omdat het maar om woorden ging, naar de lekkerste chocola smaakten. Met haar dwingende, opzwepende woorden in zijn oor durfde hij alles te zeggen, schaamde zich nergens voor. Hij ging nu drie, vier en soms wel vijfmaal per week het wormgat binnen om naar de wereld te ontsnappen die ze voor elkaar creëerden. En als hij weer terug was, sloot hij de ramen en ging naar de eetzaal of de recreatiezaal om daar moeiteloos de oppervlakkige joligheid op te brengen die het studentenleven verlangde.

Het was maar seks, had Connie zelf gezegd. De vrijbrief die ze hem gegeven had om op jacht te gaan speelde onophoudelijk door zijn gedachten toen hij met Jonathan naar diens ouders in NoVa reed om daar Thanksgiving te vieren. Ze zaten in Jonathans Land Cruiser, die zijn ouders hem hadden gegeven na het behalen van zijn highschooldiploma en die hij altijd vlak voor de campus parkeerde, in openlijk verzet tegen de eerste-jaar-geen-autoregel. Joey had aan tal van films en boeken de indruk overgehouden dat er in korte tijd veel kon gebeuren als studenten tijdens Thanksgiving de vrije teugel werd gelaten. Hij had er het hele najaar voor gewaakt om het met Jonathan over diens zuster Jenna te hebben, had zich niet willen laten kennen en geen argwaan willen wekken. Maar toen hij haar quasiterloops ter sprake bracht in de Land Cruiser, zag hij dat al zijn zelfbeheersing voor niets was geweest. Jonathan keek hem veelbetekenend aan en zei: 'Ze heeft heel serieus verkering.'

'O, daar twijfel ik niet aan.'

'Of laat ik me duidelijker uitdrukken: ze is heel serieus over een vriend die zelf een belachelijke oetlul is. Ik zal maar niet vragen waarom je over haar begint, want je weet heus wel dat ik weet waarom.'

'Gewoon, uit beleefdheid,' zei Joey.

'Haha. Het was een heel leerzame tijd toen ze uit huis trok om te gaan studeren. Ik kwam er binnen de kortste keren achter wie mijn echte vrienden waren en wié er alleen maar bij ons over de vloer kwam in de hoop dat zij er was. Dat bleek ongeveer de helft te zijn.'

'Ik heb hetzelfde meegemaakt, al had mijn zus daar niets mee te maken,' zei Joey, glimlachend bij de gedachte aan Jessica. 'In mijn geval ging het om tafelvoetbal, luchthockey en een biertap.' Het bevrijdende gevoel van de autorit deed hem er het verhaal aan vastknopen van zijn laatste twee highschooljaren. Jonathan luisterde met gepaste aandacht, maar veerde pas echt op toen hij over zijn tijd in Connie's kamer vertelde.

'En waar is die Connie nu?' vroeg hij toen het verhaal ten einde was.

'Nog altijd thuis, in St. Paul.'

'Goh,' zei Jonathan, hoorbaar geïmponeerd. 'Zeg, maar wacht eens even. Dat meisje dat Casey op Jom Kippoer onze kamer zag binnenglippen, dat was zíj, nietwaar?'

'Eerlijk gezegd wel, ja,' zei Joey. 'We hadden het uitgemaakt, maar dat was even een soort terugval.'

'Vuile leugenaar die je bent! Je zei dat het zomaar een losse scharrel was.'

'Is niet waar. Ik zei dat er niets over te vertellen viel.'

'Je deed het voorkomen alsof dat een eenmalig verzetje was. Niet te geloven dat je haar expres liet komen toen ik bij mijn ouders thuis zat.'

'Zoals ik zei, het was een terugval. En nu zijn we definitief uit elkaar.'

'Serieus? Je belt ook niet meer met haar?'

'De laatste tijd een paar keer. Ze is nogal neerslachtig.'

'Nou, petje af hoor. Ik had geen idee dat je zo'n meesterlijke leugenaar was.'

'Ik ben geen leugenaar,' zei Joey.

'Zei de leugenaar. Heb je een foto van haar op je laptop?'

'Nee,' loog Joey.

'Joey de geheime dekhengst,' zei Jonathan. 'Joey de wegloper. Godsamme, ik weet nu pas wat voor vlees ik met jou in de kuip heb.'

'Ja, maar ik ben joods, dus je moet me toch aardig blijven vinden.'

'Ik zeg toch niet dat ik je niet aardig meer vind? Ik zeg alleen maar dat ik je nu veel beter begrijp. En het zal me een zorg zijn of je nou wel of niet een vriendin hebt. Dat zal ik heus niet aan Jenna verklappen, al was het maar omdat je toch geen schijn van kans bij haar maakt. Je mist de sleutel tot haar hart, jongen.'

'En dat is?'

'Een baan bij Goldman Sachs. Die heeft haar vriendje namelijk. Zijn doel is voor zijn dertigste honderd miljoen waard te zijn.'

'Komt hij ook met Thanksgiving?'

'Nee, hij zit in Singapore, momenteel. Hij is vorig jaar pas afgestudeerd, en ze sturen hem nu al helemaal naar Singapore voor een of andere miljardendeal. En mijn arme zusje maar thuis zitten smachten.'

Jonathans vader was de oprichter en welbespraakte spreekbuis van een denktank die de eenzijdige uitoefening van de militaire Amerikaanse overmacht voorstond, teneinde de wereld vrijer en veiliger te maken, met name voor Amerika en Israël. Er was in oktober en november bijna geen week voorbijgegaan of Jonathan had Joey op een ingezonden stuk in de *Times* of de *Journal* gewezen, waarin zijn vader de gevaren van de radicale islam uiteenzette. Ook hadden ze hem in *Newshour* gezien, en op Fox News. Hij had een mond vol uitzonderlijk witte tanden die je tegemoet blonken zodra hij het woord nam, en hij leek oud genoeg om Jonathans grootvader te zijn. Naast Jonathan en Jenna had hij drie veel oudere kinderen uit eerdere huwelijken, plus twee ex-vrouwen.

Het huis van zijn derde huwelijk stond in McLean, Virginia, in een door bos omgeven woonkern die Joey trof als een visioen van waar hij wilde wonen als hij zelf rijk werd. Binnen liepen ze door een onafzienbare reeks kamers met vloeren van glanzend eiken en uitzicht op een bosrijk dal waarin spechten over de kale boomtoppen zeilden. Joey had zich bepaald niet hoeven schamen voor de grootte en inrichting van zijn eigen ouderlijk huis, maar was nu overdonderd door de immense boekenkasten vol hardcovers en de multiculturele rijkdom die Jonathans vader had vergaard in zijn buitenlandse jaren. Zoals Jonathan zich verbaasd had over Joey's avonturen in de voorbije twee jaar, zo verbouwereerd was hij nu zelf over de smaakvolle weelde waarin zijn slordig geklede en soms weinig fijnbesnaarde kamergenoot bleek te zijn opgegroeid. Het enige wat uit de toon viel waren de protserige judaica die her en der waren neergezet. Toen Jonathan hem een grimas zag maken bij het zien van een kitscherig verzilverde menora, verzekerde hij hem dat het een oeroud stuk van onschatbare waarde was.

Jonathans moeder Tamara, die vroeger een ongelooflijke babe moest zijn geweest en dat eigenlijk nog steeds wel was, liet hem zijn luxe logeerkamer-met-badruimte zien. 'Jonathan vertelde dat je joods was,' zei ze.

'Ja, klaarblijkelijk,' zei hij.

'Maar niet praktiserend?'

'Nee. Ik had er tot voor een maand niet eens weet van.'

Tamara schudde haar hoofd. 'Daar begrijp ik nou niets van, hè,' zei ze. 'Ik weet dat het heel vaak voorkomt, maar ik zal het nooit begrijpen.'

'Ik was ook geen christen of zo,' zei Joey verontschuldigend. 'We deden thuis überhaupt niet aan godsdienst.'

'Nou, je bent hier van harte welkom. Hopelijk vind je het leuk hier iets van de cultuur te proeven die ook jouw achtergrond vormt. Je zult merken dat Howard en ik bepaald niet conservatief zijn, maar we vinden het wel belangrijk om je afkomst te kennen en niet te vergeten.'

'Met andere woorden: ze kneden je in no-time tot een rasechte jood,' lachte Jonathan.

'Maar maak je geen zorgen, hoor, we kneden met heel zachte hand,' zei Tamara met een milferig glimlachje.

'Prima,' zei Joey. 'Ik ben overal voor in.'

Zodra het kon, namen beide jongens de wijk naar de ontspanningsruimte in de kelder, met voorzieningen waarbij de Grote Kamer van Carol en Blake in het niet viel. Het blauw vilten laken van de pooltafel leek groot genoeg voor een partij tennis. Jonathan liet Joey kennismaken met een ingewikkelde en mateloos frustrerende biljartvorm die Cowboy Pool heette en een tafel vergde zonder centraal opvangmechanisme voor de ballen. Er leek geen einde aan te komen en Joey wilde net het verzoek doen over te stappen op luchthockey, waarin hij een moordende bekwaamheid had, toen de fameuze zuster Jenna de keldertrap afdaalde. Ze schonk Joey een schier onwaarneembaar knikje, recht op meer leek hij niet te hebben met zijn leeftijdsachterstand van twee jaar, en begon een discussie over dringende familieaangelegenheden met haar broer.

Joey begreep opeens, als nooit tevoren, wat mensen bedoelden met 'adembenemend'. Jenna was van een schoonheid die alles in haar nabijheid tot nul leek te reduceren, zelfs de basale lichaamsfuncties van de toeschouwer. Haar rondingen, teint en gestalte degradeerden het uiterlijk van alle meisjes die hij zich als 'mooi' herinnerde tot weinig meer dan ruwe schetsen van wat mooi mocht heten. Zelfs haar foto's hadden haar geen recht gedaan. Haar haar was dik en glanzend en rossig blond, en ze droeg een bovenmaatse Duke-sweater en een slobberige joggingbroek die ieders figuur zouden hebben verhuld maar in haar geval juist duidelijk maakten dat haar lichaam van een onverhulbare perfectie was. Joey deed zijn uiterste best om van haar weg te kijken, maar al het andere in de recreatieruimte was op slag doorsnee en onbeduidend, viel alleen nog maar op omdat het niet Jenna was. Maar als hij dan toch weer stiekem naar haar keek, waren zijn hersens te zeer in de war om alles goed te registreren. Het was even uitputtend als bizar, ook al omdat hij er maar niet in slaagde zijn gezicht in de plooi te krijgen. Hij was zich er pijnlijk van bewust dat hij stompzinnig naar de vloer stond te grijnzen terwijl zij en haar onthutsend onaangedane broer stonden te kibbelen over de winkelsafari die zij op vrijdag in New York City wilde ondernemen.

'Je kunt het niet maken om ons met de cabriolet op te schepen,' zei Jonathan. 'Joey en ik lijken een stel homo's in dat ding.'

Jenna's enige schoonheidsfoutje school in haar stem, die ietwat schel en meisjesachtig klonk. 'Ja ja,' zei ze, 'twee homo's met jeans die half op hun kont hangen.'

'Ik snap werkelijk niet waarom je niet met de cabriolet naar New York kunt rijden,' zei Jonathan. 'Dat heb je al zo vaak gedaan.'

'Het kan niet omdat mam het niet wil hebben. Niet in een weekend waarin iedereen volgevreten en met een slok op de weg opgaat. De Land Cruiser is veel veiliger, en je hebt hem op zondag alweer terug.'

'De Land Cruiser veilig? Schei uit, één stuurfoutje en hij gaat over de kop.'

'Ga dat dan maar aan mam uitleggen. Vertel haar maar dat jouw examencadeau een levensgevaarlijke rammelbak is en dat ik er daarom niet mee naar New York kan.'

Jonathan draaide zich naar Joey. 'Hé, heb jij zin om dit weekend naar New York te gaan?'

'Tuurlijk!' zei Joey.

'Neem de cabriolet nou maar,' zei Jenna. 'Drie daagjes, dat overleef je echt wel.'

'Nee, ik heb een veel beter idee,' zei Jonathan tegen haar. 'We gaan gewoon met z'n allen naar New York in de Land Cruiser. Kun jij me een broek helpen uitzoeken die aan je normen voldoet.'

'Moet ik je echt uitleggen waarom dat nergens op slaat?' zei Jenna. 'Om te beginnen hebben jullie er geen plek om te overnachten.'

'Waarom kunnen we dat niet bij jou doen in Nicks appartement. Die zit nu toch in Singapore of zo?'

'Nick zal niet willen dat ik een stelletje eerstejaars studentjes in zijn appartement laat rondlopen, en trouwens, misschien komt hij zaterdagavond al terug.'

'We zijn maar met z'n tweeën, hoor. Ik en mijn ongelooflijk welopgevoede kamergenoot uit een degelijke familie in Minnesota.'

'Ik ben reuze netjes,' verzekerde Joey haar.

'Ongetwijfeld,' zei ze, koeltjes vanaf haar ijle hoogte. Toch leek Joey's aanwezigheid het haar niet makkelijker te maken – een vreemde kon ze niet zo rigoureus afserveren als haar eigen broertje. 'Nou goed, mij persoonlijk kan het niet schelen. Ik zal Nick bellen om het te vragen, maar als hij nee zegt is het nee.'

Ze was de keldertrap nog niet op of Jonathan stak zijn hand omhoog voor een high-five. 'New York, New York,' zei hij. 'Als Nick zich weer de lul toont die hij altijd is, kunnen we altijd nog bij Casey thuis overnachten. Zijn ouders wonen ergens in de Upper East Side.'

Joey was nog altijd verdwaasd door Jenna's schoonheid. Hij drentelde naar de plek waar zij had gestaan. Het rook er vagelijk naar patchouli. Dat hij misschien wel een heel weekeinde in haar nabijheid zou doorbrengen, door het blinde toeval dat hij Jonathans kamergenoot was, kwam hem als een regelrecht wonder voor.

'O o, ik zie het al. Jij dus ook,' zei Jonathan met een bedroefd hoofdschudden. 'Het is weer eens zover.'

Joey voelde zichzelf blozen. 'Wat ik niet snap is waarom jij zo lelijk bent uitgevallen.'

'Tja, je weet wat ze zeggen over oudere vaders. De mijne was eenenvijftig toen ik geboren werd. Tussen Jenna en mij zaten twee jaar van genetische degeneratie. Maar goed, niet alle jongens kunnen zo mooi zijn als jij.'

'Nooit geweten dat je zulke gevoelens voor me had.'

'Je vergist je, brave borst, het was niet als compliment bedoeld.'

'Val dood, rijkeluiszoontje.'

'O, wat is-ie mooi, wat een beeldschoon jongetje.'

'Weet je wat, laat me jou maar eens op je kloten geven met luchthockey.'

'Jij fantaseert graag over mijn uitwendige geslachtsorganen, hè?'

Tamara's dreigende woorden ten spijt werd er weinig moeite gedaan om

Joey te stichten. Er was sowieso niet veel ouderlijke bemoeienis tijdens Joey's verblijf in McLean. Jonathan en hij nestelden zich in de huisbioscoop die in de kelder was ingericht, met luxe vliegtuigstoelen en een projectiescherm van twee meter, en vermaakten zich tot vier uur 's nachts met inferieure actiefilms en het in twijfel trekken van elkaars heteroseksualiteit. Toen ze op Thanksgiving uit hun bed kwamen, was er al een toevloed van verwanten op gang gekomen. Omdat Jonathan als zoon des huizes verplicht was praatjes met hen te maken, zweefde Joey als een eenzaam heliummolecuul door de luisterrijke kamers, overal een positie kiezend vanwaaruit hij zicht op Jenna had of kon krijgen. Het vooruitzicht van hun weekeinde in New York, waarmee haar vriend zich verrassend genoeg akkoord had verklaard, voelde als een kans uit vele duizenden – hij zou op z'n minst twee lange autoritten de tijd krijgen om indruk op haar te maken. Maar voor nu wilde hij alleen maar vertrouwd raken met haar aanblik, om naar haar te kunnen kijken zonder finaal van slag te raken. Ze droeg een zedige, hooggesloten jurk, een *genadige* jurk, en was óf geniaal in het aanbrengen van make-up óf had gewoon weinig op. Hij observeerde haar welgemanierdheid, zoals die tot uiting kwam in haar geduld met kaalhoofdige ooms en gefacelifte tantes die haar eindeloos veel te vertellen leken te hebben.

Voordat het diner werd opgediend glipte hij weg naar zijn kamer om met St. Paul te bellen. Niet met Connie, dat was uitgesloten in zijn huidige gemoedstoestand, waarin hun scabreuze telefoongesprekken hem nu met een schaamte vervulden die al die weken volstrekt afwezig was geweest. Maar zijn ouders, dat was te doen, en ook wel gepast, niet in de laatste plaats vanwege de cheques die zijn moeder hem had gestuurd.

Zijn vader nam op, stond hem zoals gebruikelijk een minuut of twee te woord en gaf hem daarna zijn moeder, wat Joey altijd als een soort verraad ervoer. Hij had redelijk veel respect voor zijn vader (voor hoe die vasthield aan zijn afkeuring van Joey's keuzes, voor de striktheid van zijn principes) maar zou dat nog meer hebben gehad als zijn vader niet zo slap was tegenover zijn moeder. Joey kon wat mannelijke steun best gebruiken, maar zijn vader bleef hem maar afschuiven naar zijn moeder, alsof hij zijn handen altijd zo snel mogelijk van hen beiden wilde aftrekken.

'Dag jongen,' zei ze met een warmte die Joey ineen deed krimpen. Hij nam zich voor hard voor haar te zijn, maar ze vermurwde hem als zo vaak met haar humor en haar gulle lach. Voor hij het wist beschreef hij haar het hele gebeuren in McLean, Jenna incluis.

‘Een huis vol joden!’ riep ze uit. ‘Wat interessant voor je.’

‘Je bent zelf ook joods, hoor,’ zei hij. ‘En daardoor ben ik het ook, en Jessica ook, en haar kinderen als ze die ooit krijgt.’

‘Nou, op voorwaarde dat je koosjere Kool-Aid drinkt,’ zei ze. Na drie maanden in het oosten hoorde Joey voor het eerst dat ze een zwak Minnesota-accent had. ‘Wat ik maar zeggen wil,’ zei ze toen ze was uitgelachen om zichzelf, ‘is dat je op godsdienstig vlak alleen maar bent wat je zelf denkt te zijn. Dat kan niemand anders voor je beslissen.’

‘Maar jij hebt helemáál geen godsdienst.’

‘Precies, dat bedoel ik dus. Dat was een van de weinige dingen waar mijn ouders en ik het over eens waren. Dat godsdienst iets idioots is, en zonde van je tijd. Hoewel, mijn zuster schijnt dat ondertussen met ons oneens te zijn. En ook dat is prettig om te weten, want het betekent dat zij en ik nog altijd nergens hetzelfde over denken.’

‘Welke zuster?’

‘Je tante Abigail. Naar verluidt is die tegenwoordig helemaal in de kabbala en bezig haar joodse wortels te ontdekken, voor zover ze die heeft. Hoe weet ik dat, zul je je afvragen. Welnu, dat weet ik omdat we hier onlangs een *kettingbrief* van haar kregen, of beter gezegd een kettingmail, over de kabbala. Ik vond dat nogal onbeschoft, dus heb ik haar een reply gestuurd met het verzoek op te houden met spammen, en toen kreeg ik een persoonlijke mail over haar Zoektocht.’

‘Ik weet niet eens wat dat is, de kabbala,’ zei Joey.

‘O, dat zou zij je vast dolgraag vertellen als je haar ooit opzocht. Het is heel erg Belangrijk en Mystiek. Madonna doet er geloof ik aan. En als je het mij vraagt, zegt dat je al alles wat je erover zou moeten weten.’

‘Is Madonna joods?’

‘Jazeker, Joey. Vandaar de naam, hè,’ lachte zijn moeder.

‘Enfin,’ zei hij, ‘ik probeer er onbevangen tegenover te staan. Ik voel er weinig voor iets af te wijzen waar ik nog nauwelijks iets van afweet.’

‘Zit wat in. En wie weet, misschien komt het je nog eens van pas.’

‘Ja, wie weet,’ zei hij korzelig, want het onderliggende verwijt (*opportunist!*) ontging hem niet.

Aan de langgerekte eettafel zat hij aan dezelfde kant als Jenna, waardoor haar aanblik hem bespaard bleef en hij in staat was zijn hoofd bij het gesprek met een kale oom te houden, die hem vergastte op een verslag van zijn vakantie-schuine-streep-zakenreis in Israël. Joey wendde voor alles te weten van dingen die hem geen snars zeiden: de Westelijke Muur en zijn tunnels, de Toren van David, Masada, Yad Vasjem. Maar een combinatie van verlate ergernis over zijn moeder, de fabelachtigheid van het huis, de betovering van Jenna en een voor zijn doen opmerkelijke nieuwsgierigheid maakte dat hij daadwerkelijk de behoefte begon te voelen om joodser te zijn, althans te ervaren hoe het zou zijn om joodser te zijn.

Aan het hoofd van de tafel zat de vader van Jenna en Jonathan met zoveel gezag en uithoudingsvermogen over de internationale politiek te praten, dat de andere tafelgesprekken één voor één uitdoofden en iedereen naar hem begon te luisteren. De kalkoenachtige plooien in zijn hals waren in het echt opvallender dan op tv, en Joey constateerde dat zijn overwitte glimlach zo prominent was omdat zijn mond een onevenredig groot onderdeel vormde van een hoofd dat voor de rest wel verschrompeld leek. Het feit dat zo'n verweerde man een zo beeldschone dochter als Jenna en een zo voortreffelijke zoon als Jonathan had verwekt, maakte hem des te eminenter in Joey's ogen. Hij sprak over een 'nieuwe bloedlaster' die de ronde deed in de Arabische wereld: de bewering dat er op elf september niet één jood in de Twin Towers aanwezig zou zijn geweest, en over de noodzaak om zulke boosaardige leugens in tijden van crisis met weldoordachte halve waarheden de kop in te drukken. Hij haalde er Plato bij en sprak over hem alsof hij persoonlijk onderricht had ontvangen aan zijn Atheense voeten. Hij voerde kabinetsleden op bij hun voornaam en vertelde hoe 'we' de president 'op het hart hadden gedrukt' dit unieke historische moment aan te grijpen voor de oplossing van een hardnekkig geopolitiek probleem door een radicale introductie van vrijheid in de regio. In normale tijden, zei hij, was het grote Amerikaanse publiek te isolationistisch en onwetend, maar de terroristische aanslagen hadden 'ons' een gouden kans geboden, de eerste sinds het einde van de Koude Oorlog, om de 'filosoof' aan bod te laten komen (welke filosoof, dat was Joey niet duidelijk, wellicht omdat hij het betoog niet vanaf het begin had gevolgd) en het land massaal achter een missie te krijgen waarvan de juistheid en noodzakelijkheid rechtstreeks voortvloeiden uit zijn filosofie. 'We zullen aan het idee moeten wennen dat het soms nodig is bepaalde feiten op te rekken,' zei hij, overwit glimlachend naar een oom die voorzichtig had tegengeworpen dat er nog veel onduidelijkheid bestond over de nucleaire slagkracht van Irak. 'Onze moderne media zijn uiterst vage schaduwen op de wand van de grot, en de filosoof zal bereid moeten zijn die schaduwen te manipuleren om een hogere waarheid te dienen.'

Tussen Joey's drang om indruk te maken op Jenna en de ontlading van die drang in daadwerkelijk uitgesproken woorden, lag maar een halve seconde van angst voor de sprong in het diepe. 'Maar hoe weet je of er wel zo'n hogere waarheid ís?' riep hij uit.

Alle hoofden draaiden zijn kant op, en zijn hart begon te bonken.

'Dat weten we inderdaad nooit zeker,' zei Jenna's vader door zijn glimlach heen. 'Daar heb je gelijk in. Maar als we vaststellen, na tientallen jaren van grondig empirisch onderzoek door de knapste koppen onder ons, dat ons begrip van de wereld een treffende overeenkomst vertoont met het leidende beginsel van de universele menselijke vrijheid, dan is dat een goede indicatie, dunkt mij, dat ons denken zich op z'n minst in de goede richting beweegt.'

Joey knikte geestdriftig om zijn totale en voorbehoudloze instemming te betuigen, en was daarom nogal verrast toen hij zichzelf hoorde zeggen: 'Maar als we zouden liegen over Irak, dan zouden we toch geen haartje beter zijn dan die Arabieren die de leugen verspreiden dat er op elf september geen joodse slachtoffers waren?'

Jenna's vader glimlachte onverstoorbaar door, en zei: 'Jij bent een uitzonderlijk intelligent jongmens, nietwaar?'

Het was Joey niet echt duidelijk of dit ironisch bedoeld was.

'Volgens Jonathan ben je in ieder geval een uiterst begaafd student,' ging de oude man op vriendelijke toon verder. 'En ik vermoed dan ook dat je, zo jong als je bent, de frustratie kent van het met mensen te moeten praten die niet zo intelligent zijn als jij. Mensen die niet alleen het vermogen maar ook de wíl ontberen om dingen in te zien die jouzelf volstrekt logisch lijken. Mensen die het niet eens erg lijken te vinden dat hun logica tekortschiet. Die frustratie ken je vast, hè?'

'Maar die vrijheid hebben ze natuurlijk wel,' zei Joey. 'Is dat niet het mooie van vrijheid? Het recht te hebben om net zo gebrekkig te denken als je zelf wilt. Al geef ik toe dat het af en toe knap ergerlijk is.'

Hier werd rondom de tafel om gegrinnikt.

'Precies, je zegt het goed,' zei Jenna's vader. 'Vrijheid is soms knap ergerlijk. En dat is dus precies de reden waarom we de gelegenheid moeten aangrijpen die ons geboden is door de gebeurtenissen in september. Om een natie van vrije mensen zover te krijgen dat ze hun gebrekkige denken verruilen voor een beter denken, met wat voor middelen dan ook.'

Joey kon de algehele aandacht niet langer aan en knikte nog gretiger dan de eerste keer. 'U heeft gelijk,' zei hij. 'Ik begrijp wat u bedoelt, en u heeft gelijk.'

Jenna's vader ging opgewekt verder met het oprekken van feiten en het verkondigen van straffe standpunten die nauwelijks meer tot Joey doordrongen. Zijn hele lichaam zinderde door de wetenschap dat hij het woord had genomen en door Jenna was beluisterd. Een gevoel dat hij heel de herfst kwijt was geweest, het gevoel mensen, en vooral vrouwen, naar believen om zijn vinger te kunnen winden, kwam weer over hem. Toen Jonathan van tafel ging, stond hij ook op en volgde zijn vriend naar de keuken, waar Jonathan alle wijnresten in twee fikse tumblers begon te verzamelen.

'Gast,' zei Joey, 'je kunt rood en wit niet door elkaar gooien.'

'Natuurlijk wel, sukkel, dan krijg je rosé. Ben je nu ook al vinoloog?'

Even later liepen ze met tot de rand gevulde glazen de keldertrap af en dronken hun wijncocktail bij een potje luchthockey. Joey was nog zo hyper dat de alcohol amper effect sorteerde, wat maar goed was ook omdat Jonathans vader na een tijdje de trap af kwam om zich bij hen te voegen. 'Wat zouden jullie zeggen van een spelletje Cowboy Pool?' zei hij handenwrijvend. 'Joey, ik neem aan dat mijn zoon je al heeft uitgelegd hoe ons favoriete spel gespeeld moet worden?'

'Ja, en ik kan er niks van, vrees ik.'

'Het is de koningin van alle biljartvormen, die het beste van pool en gewoon biljart in zich verenigt,' zei de oude man terwijl hij de 1-bal, de 3-bal en de 5-bal op hun plek legde voor de afstoot. Jonathan leek zich ietwat voor hem te generen, wat Joey opmerkelijk vond omdat hij in de veronderstelling was opgegroeid dat alleen hij ouders had om je voor kapot te schamen. 'We plegen hier overigens een speciale huisregel te hanteren, die ik voor deze gelegenheid bereid ben alleen op mezelf toe te passen. Mee eens, Jonathan? Met deze regel wordt voorkomen dat spelers met een surplus aan techniek zich achter de 5-bal kunnen verschansen om hun score op te voeren. Jullie beiden zal dat zijn toegestaan, ervan uitgaande dat jullie in staat zijn de speelbal te trekken, terwijl ik verplicht ben telkens na het potten van de 5-bal een carambole te maken of een van de andere ballen te potten.'

Jonathan rolde met zijn ogen. 'Uitstekend, pap.'

'Welnu, heren, nemen wij onze stok ter hand,' zei zijn vader, die met krijten was begonnen.

Joey en Jonathan wisselden een blik en proestten het uit, maar de oude man leek het niet eens op te merken.

Het was een kwelling voor Joey om ergens zo slecht in te zijn, en het effect van de wijn werd alsnog voelbaar toen de oude man hem een paar aanwijzingen gaf waardoor hij helemáál geen bal meer raakte. Jonathan gooide ondertussen zijn ziel en zaligheid in de partij. Hij had een ernst in zijn blik, die Joey nog nooit eerder bij hem had gezien. Tijdens een van zijn langere beurten nam zijn vader Joey apart en informeerde naar zijn plannen voor de zomer.

'Dat is nog zo ver weg,' zei Joey.

'Voor je het weet is het zover, hoor. Wat zou je het liefst doen?'

'Wat ik móét doen is in Virginia blijven en geld verdienen. Ik betaal mijn studie zelf.'

'Dat had Jonathan me al verteld, ja. Daar spreekt een gezonde ambitie, vind ik. En vergeef het me als ik te ver ga, maar volgens mijn vrouw begin je belangstelling te krijgen voor je afkomst, na buiten het geloof te zijn opgevoed. Ik weet niet of dat een rol heeft gespeeld bij het besluit om zelf je weg te vinden, maar zo ja, dan complimenteer ik je graag met je moed en zelfstandigheid. Misschien komt het er ooit nog eens van dat jij je familie helpt hún weg te vinden.'

'Ik vind het in elk geval jammer dat ik er niets van weet.'

De oude man schudde zijn hoofd met dezelfde bedroefdheid die zijn vrouw had getoond. 'Wij hebben de mooiste en meest bestendige traditie van de wereld,' zei hij. 'In mijn optiek zou er voor de jongelui van vandaag extra aantrekkingskracht van moeten uitgaan, omdat alles draait om persoonlijke keuzes. Niemand zal een jood vertellen wat hij moet geloven. Dat beslis je allemaal zelf. Je kunt in alle vrijheid je eigen apps kiezen, zogezegd.'

'Is dat zo? Interessant,' zei Joey.

'Maar wat zijn je plannen voor de verdere toekomst? Wil je het zakenleven in, zoals mensen van jouw leeftijd allemaal lijken te willen tegenwoordig?'

'Ja, zonder meer. Ik denk erover om economie als hoofdvak te nemen.'

'Prima. Er is niets mis mee om fortuin te willen maken. Zelf heb ik dat weliswaar niet hoeven doen, al meen ik in alle bescheidenheid te mogen stellen dat ik een goed beheerder ben geweest van wat mij werd doorgegeven. Ik dank veel aan mijn overgrootvader in Cincinatti, die als straatarme immigrant dit land binnenkwam. Hij vond hier de vrijheid om zijn talenten te ontplooien, een kans die hij met beide handen aangreep, en daarom zie ik het als mijn levenstaak om die vrijheid te eren en mee in stand te helpen houden voor de nieuwe Amerikaanse eeuw. Met geld verdienen is niets mis, helemaal niets, maar voor een zinvol leven is toch méér nodig. Je zult ook moeten beslissen aan welke kant je staat, en daarvoor in het strijdperk moeten treden.'

'Dat is waar,' zei Joey.

'Er zijn van de zomer wel een paar goed betalende baantjes bij het Instituut, als jij ook iets voor je land wilt doen. Met onze fondsenwerving gaat het sinds de aanslagen geweldig. Het geld stroomt binnen, heel bemoedigend om te zien. Misschien is het wat voor je om je daarvoor aan te melden.'

'Dat lijkt me zeker wat!' zei Joey. Hij begon zich meer en meer als een van de jonge gespreksgenoten van Socrates te voelen, die van bladzij tot bladzij geen andere inbreng in de dialogen hadden dan instemmende frasen als 'dat is ongetwijfeld het geval' en 'dat behoeft wel geen betoog'. Hij verzekerde de oude man dat hij zich zou aanmelden.

Jonathan wilde de speelbal intussen zoveel effect geven dat hij een misstoot plaatste en alle punten kwijt was die hij in zijn beurt bijeen had gespeeld. 'Kut!' riep hij uit. 'Kut, kut, *kut*!' Hij mepte met zijn keu op de tafelrand en er viel een pijnlijke stilte.

'Bij een hoge score moet je met des te meer overleg spelen,' zei zijn vader.

'Weet ik, pap, wéét ik. En ik spéélde ook met overleg. Ik werd alleen afgeleid door dat gepraat van jullie.'

'Jouw beurt, Joey.'

Joey zag Jonathans kwaadheid en kon een grijns maar ternauwernood onderdrukken – de gedachte dat hij gespaard bleef voor dit soort botsinkjes met zijn eigen vader, bezorgde hem een weldadig gevoel van bevrijding. Hij voelde zijn voorspoed met elke seconde verder terugkeren. Hij was blij voor Jonathan dat hijzelf meteen zijn eerste bal miste.

Maar Jonathan was evengoed pissig op hem. Toen zijn vader na twee overwinningen weer naar boven was gegaan, zei hij ijzig dat het achteraf toch niet zo'n goed idee leek om met Jenna naar New York te gaan.

'Waarom niet?' vroeg Joey verbouwereerd.

'Weet niet. Ik heb er helemaal geen zin in, eigenlijk.'

'Maar het zou juist schitterend zijn, man. We kunnen op Ground Zero proberen te komen om het met eigen ogen te zien.'

'Die hele omgeving is afgezet, sukkel.'

'En ik wil zien waar ze de *Today Show* opnemen.'

'Dat is gewoon een raam, geen moer aan.'

'Kom op, gast, we hebben het wel over New York, hoor. Wie wil er nou niet naar New York?'

'Nou, ga maar met Jenna dan. Daar was het je toch al om te doen. Ga maar lekker naar Manhattan met mijn zus, en dan van de zomer voor mijn vader werken. En mijn moeder is dol op paarden, dus misschien wil je met haar een dagje uit rijden.'

Het enige minpunt aan Joey's voorspoed waren de momenten waarop anderen zich erdoor tekortgedaan voelden. Omdat hij zelf geen ervaring met afgunst had, stoorde hij zich aan de uitingen daarvan bij anderen. Op de high school had hij meer dan eens een eind gemaakt aan vriendschappen met jongens die er niet tegen konden dat hij zoveel andere vrienden had. Doe een beetje normaal, zeg, had hij dan altijd gedacht. Maar zijn vriendschap met Jonathan kon niet worden verbroken, althans niet voor het einde van het studiejaar – en hoewel Joey zijn gemok stompzinnig vond, kon hij de aanleiding wel begrijpen. Hij wist zelf ook hoe zwaar het was een zoon te zijn.

'Ook goed,' zei hij, 'dan blijven we hier. Kun je me DC laten zien. Doe je dat liever?'

Jonathan schokschouderde.

'Nee, serieus, dan gaan we gewoon wat in DC rondkijken.'

Jonathan deed alsof hij het overwoog, en zei opeens: 'Je had hem in het nauw, lul. Al die bullshit over liegen voor een hoger doel. Je had hem klem, en toen kroop je hem opeens in zijn hol. Misselijkmakend vond ik het, dat geslijm en gelik.'

'Tja, je was zelf anders behoorlijk stil,' zei Joey.

'Ik heb al zoveel nutteloze discussies met hem gehad.'

'En waarom zou ik dan óók een nutteloze discussie moeten blijven voeren?'

'Omdat je het recht niet hebt om níét tegen hem in te gaan. Dat recht moet je verdienen, en jij hebt helemaal níks verdiend.'

'Zei het jongetje met de Land Cruiser.'

'Oké, we houden erover op. Ik ga naar boven, wat lezen.'

'Prima.'

'Ik ga wel met je naar New York. En voor mijn part neuk je er mijn zus, mij best. Jullie verdienen elkaar eigenlijk wel.'

'Wat moet dat nou weer betekenen?'

'Kom je nog wel achter.'

'Kom op, Jonathan, laten we nou gewoon vrienden zijn. Ik hoef niet per se naar New York.'

'Nee, we gaan,' zei Jonathan. 'Al was het maar omdat ik écht niet in die kloterige cabriolet wil rijden.'

Boven, in zijn naar kalkoen ruikende kamer, trof Joey een stapeltje boeken op het nachtkastje. Elie Wiesel, Chaim Potok, *The History of the Jews* – en een briefje van Jonathans vader: 'Wat leesvoer voor je. Neem ze gerust mee, en schroom niet ze uit te lenen. Howard.' Terwijl hij ze doorbladerde, met een volmaakt gebrek aan interesse maar een groeiend respect voor mensen die dit soort boeken wel interessant vonden, begon Joey opnieuw kwaad te worden op zijn moeder. Haar gebrek aan religiositeit leek hem een voorbeeld te meer van haar ikke ikke ikke: haar Copernicaanse wens om de zon te zijn waar alles omheen moest draaien. Voor hij ging slapen, belde hij 411 en vroeg om het nummer van Abigail Emerson in Manhattan.

De volgende ochtend, terwijl Jonathan nog sliep, belde hij Abigail, stelde zich voor als de zoon van haar zuster en zei dat hij naar New York zou komen. Waarop zijn tante reageerde met een kakelend lachje en de vraag of hij goed was in loodgieterswerk.

'Pardon?'

'De afvoeren werken hier uitstekend,' zei Abigail, 'maar wat omlaag gaat, komt vaak ook weer omhoog. Een beetje zoals bij mezelf als ik te veel cognac op heb.' Ze stak een wijdlopig verhaal af over de lage ligging en verouderde riolering van Greenwich Village, over haar conciërge die met vakantie was, de voor- en nadelen van het wonen op de begane grond, en over het 'twijfelachtige plezier' om op Thanksgiving om middernacht thuis te komen en het pleewater van de bovenburen in haar badkuip en gootsteen aan te treffen, compleet met restanten van wat men zoal door de plee had getrokken. 'Heeelll plezierig allemaal,' zei ze. 'Het ideale begin van een lang weekend zonder conciërge.'

'Wat vervelend, zeg. Ik had nog wel willen vragen of het gelegen kwam als ik u een bezoek bracht,' zei Joey, die intussen zijn twijfels had over het idee. Zijn tante was echter op slag haar leidingen vergeten en toonde zich enthousiast.

'Je weet dit waarschijnlijk niet,' zei ze, 'maar ik heb al heeelll wat foto's van jou en je zusje gezien, en van jullie fantástische huis. Ik zou je op straat waarschijnlijk zo herkennen.'

'Aha.'

'Maar goed, mijn appartement is momenteel dus níét zo fantastisch, en het ruikt er ook niet al te fris, maar als je zou willen afspreken in mijn lievelingscafé, waar je bediend wordt door de nichterigste kelner van de hele Village, die bovendien mijn dierbaarste vriend is, dan zou mij dat heeelll erg leuk lijken. Ik kan je dingen over je familie vertellen waarvan je moeder vast liever niet heeft dat je ze weet.'

Dat laatste leek Joey wel wat, dus maakten ze een afspraak.

Voor haar trip naar New York bleek Jenna een oude highschoolvriendin te hebben meegevraagd, Bethany, die er in vergelijking met Jenna nogal gewoontjes uitzag, maar dan ook alleen in vergelijking met haar. Ze zaten met z'n tweeën achterin, waardoor Joey geen zicht op hen had, noch kon hij hun gesprekken volgen door het monotone gedrens van Slim Shady op de hifi, gecombineerd met Jonathan die uit volle borst meerapte. De enige interactie tussen voor en achter bestond uit de herhaaldelijke aanmerkingen van Jenna op de rijstijl van haar broer. Terechte kritiek, want de vijandigheid die hij de vorige avond tegen Joey had gericht, leek te zijn uitgegroeid tot algehele hufterigheid. Bumperkleven met 120 km/u, schelden op minder agressieve weggebruikers, het leek hem niet asociaal genoeg te kunnen. 'Toch bedankt dat je ons in leven hebt gelaten,' zei Jenna toen de SUV tot stilstand was gekomen in een verbijsterend dure parkeergarage en de kwelling van Eminem eindelijk voorbij was.

De trip beloofde al snel een aaneenschakeling van dompers te worden. Het appartement van Jenna's vriend bleek een veredelde bouwval in 54th Street, die hij ook nog eens deelde met twee Wall Street-stagiairs, al brachten die het weekeinde gelukkig elders door. Joey wilde dolgraag de stad zien, en meer nog dan dat wilde hij Jenna laten zien dat hij geen eeuwige puber was voor wie Eminem het toppunt van cultuur vormde, maar de woonkamer was voorzien van een reusachtige plasma-tv en de allernieuwste Xbox, die Jonathan onmiddellijk met hem wilde beproeven. 'Tot kijk, jongetjes,' zei Jenna toen ze met Bethany vertrok om een paar vriendinnen op te zoeken. Na drie uur Xboxen opperde Joey een wandeling voordat het te laat zou worden, waarop Jonathan zei dat hij niet zo'n mietje moest zijn.

'Zeg, wat ís er met jou?' zei Joey.

'Nee, wat is er met jóú? Als je per se meisjesvertier wilt, had je met Jenna moeten meegaan.'

Het idee van meisjesvertier was op dat moment verre van onaantrekkelijk voor Joey. Hij hield van meisjes, hij miste hun gezelschap en de manier waarop ze over dingen spraken. Hij miste Connie. 'Jij was het die wilde gaan winkelen, weet je nog?'

'Wat is er, homo? Spant mijn broek niet strak genoeg om mijn billetjes voor je?'

'En het zou ook wel prettig zijn om wat te eten.'

'Hè ja, romantisch. Een etentje voor twee.'

'New York Pizza? Wordt daar niet van gezegd dat het de beste ter wereld is?'

'Nee, dat is New Haven Pizza.'

'Oké, een snackbar dan. Gewoon een New Yorkse snackbar. Ik rammel.'

'Kijk dan in de ijskast, sukkel.'

'Kijk jij maar in de ijskast. Ik ga de straat op.'

'Je gaat je gang maar.'

'Ben je er wel als ik terugkom, zodat ik erin kan komen?'

'Ja, schatje, ik zal op je wachten.'

Met een meisjesachtig brok in zijn keel liep Joey de avond in. De plotseling volstrekt uncoole Jonathan was een enorme teleurstelling voor hem. Hij was zich er opeens pijnlijk bewust van hoe volwassen hij zelf al was, en slenterend tussen het late winkelpubliek op Fifth Avenue vroeg hij zich af hoe hij die volwassenheid aan Jenna kon laten blijken. Hij kocht twee broodjes Poolse worst bij een straatventer, begaf zich tussen de nog dichtere drommen op Rockefeller Center en vergaapte zich aan de schaatsers, de kolossale onverlichte kerstboom en de immense NBC-toren in zijn schijnwerpergloed. Oké, dus hij hield van meisjesvertier, wat dan nog? Dat maakte hem nog geen sukkel, hoor. Het maakte hem alleen maar erg eenzaam. Kijkend naar de schaatsers, en overmand door heimwee naar St. Paul, pakte hij zijn mobieltje en belde Connie. Die draaide een avonddienst in de Frost's en kon hem net lang genoeg te woord staan om hem te laten zeggen dat hij haar miste, om hem te laten beschrijven waar hij stond en de wens te laten uitspreken dat hij er samen met haar zou staan.

'Ik hou van je, schatje,' zei ze.

'Ik ook van jou.'

De volgende ochtend kreeg hij zijn kans bij Jenna. Ze bleek een matineus type en was er al uit geweest om dingen voor het ontbijt te kopen toen hij, zelf ook vroeg uit de veren, de keuken binnendrentelde in een University of Virginia T-shirt en een veelkleurige boxershort. Toen hij haar een boek zag lezen aan de keukentafel, voelde hij zich nog net niet spiernaakt.

'Ik heb wat bagels meegenomen voor jou en mijn kwal van een broertje,' zei ze.

'Dank je,' bracht hij uit, zich verwilderd afvragend of hij terug moest om een broek aan te trekken of gewoon maar het risico van inkijk moest lopen. Aangezien ze hem amper een blik waardig keurde, besloot hij tot het laatste. Maar terwijl hij een bagel roosterde en zijn blik over haar haar, schouders en blote benen liet dwalen, begon hij een stijve te krijgen. Hij wilde alsnog de wijk nemen naar de zitkamer toen ze plotseling naar hem opkeek. 'Dodelijk saai, zeg, dit boek.'

Hij zocht dekking achter een keukenstoel. 'Ja? Waar gaat het over?'

'Ik dacht eerst dat het over slavernij ging, maar nu weet ik niet eens meer waarom ik dat dacht.' Ze hield het opengeslagen boek naar hem op, twee pagina's vol ondoordringbaar ogend proza. 'Het gekke is dat ik het al voor de tweede keer lees. Het staat in zowat alle syllabussen van Duke. Syllabi. En ik heb nog steeds geen idee waar het nou eigenlijk over gaat, wat er met de personages gebeurt, weet je.'

'Ik heb vorig jaar *Song for Solomon* voor mijn lijst gelezen,' zei Joey. 'Dat vond ik ijzersterk, zo'n beetje het beste wat ik ooit gelezen heb.'

Ze trok een gezicht waaruit tegelijkertijd ergernis over het boek en onverschilligheid jegens hem moest spreken. Hij ging tegenover haar aan de tafel zitten, nam een hap van zijn bagel en kauwde er een poosje op, en toen nog maar een poosje, en zag toen onder ogen dat doorslikken een probleem zou gaan worden. Maar er was geen haast bij, want Jenna had haar poging hernomen het boek te lezen.

'Wat denk jij dat er aan de hand is met je broer?' vroeg hij toen hij het kauwsel eindelijk had weten weg te werken.

'Hoe bedoel je?'

'Hij doet zo hufterig. Zo onvolwassen opeens, vind jij ook niet?'

'Moet je mij niet vragen. Het is jouw vriend.'

Ze bleef naar de bladzijden staren. Haar koele ongenaakbaarheid was identiek met die van de schoonheidselite van de studentes in Virginia. Met als enige verschillen dat Jenna nog veel aantrekkelijker was en dat hij dicht genoeg bij haar zat om haar shampoo te kunnen ruiken. Onder het tafelblad nam zijn erectie intussen een alarmerende hardheid aan.

'Wat ga jij vandaag doen?' vroeg hij.

Ze sloeg haar boek dicht met een gebaar alsof ze in zijn hardnekkige aanwezigheid berustte. 'Shoppen,' zei ze. 'En vanavond heb ik een feestje in Brooklyn. En jij?'

'Niet zo bar veel, vrees ik, want je broer schijnt niet van plan te zijn om ook maar één stap buiten de deur te zetten. Ik tref om vier uur vanmiddag een tante van me, maar dat is het wel zo'n beetje.'

'Voor jongens is het denk ik moeilijker,' zei Jenna peinzend. 'Mijn vader is echt een grootheid, en ik vind dat prima. Ik vind het prima dat hij zo beroemd is. Maar Jonathan heeft volgens mij altijd het gevoel dat hij iets moet bewijzen.'

'Door tien uur aan één stuk tv te kijken?'

Ze fronste haar wenkbrauwen en keek Joey aan, voor de eerste keer misschien wel. 'Mág je mijn broer eigenlijk wel?'

'Tuurlijk, heel graag zelfs. Hij doet alleen zo raar sinds donderdagavond. Zoals hij gisteren ook reed... Ik dacht dat jij het misschien kon uitleggen.

'Wat hem volgens mij dwarszit is dat hij nooit weet of mensen hem aardig vinden om wie hij zelf is of vanwege onze vader.'

'Aha,' zei Joey, en in een flits van inspiratie: 'Of vanwege zijn zus.'

Ze bloosde! Heel lichtjes, maar toch. 'Ik stel niks voor,' zei ze.

'Och, dat valt wel mee,' zei hij, en nu voelde hij zijn eigen wangen ook gloeien.

'Nou, je kunt me zeker niet met mijn vader vergelijken. Ik heb geen grootse ideeën of ambities of zo. Eigenlijk ben ik maar een heel gewoon tiepje dat alleen aan zichzelf denkt. Een paar hectare grond in Connecticut, wat paarden en een stalknecht, misschien nog een leuk privévliegtuigje en dan zul je mij niet meer horen.'

Het ontging Joey niet dat het maar één simpele toespeling op haar schoonheid had gevergd om haar los en aan de praat te krijgen. En als de deur eenmaal op een kier stond, net voldoende om naar binnen te kunnen glippen, dan wist hij wel hoe het verder moest. Hoe hij moest luisteren en begrijpen. En het was niet eens gespeelde aandacht en begrip. Het was Joey in Vrouwenland. Binnen de kortste keren liet hij zich door Jenna uitleggen hoe hij een bagel lekker kon maken, met gerookte zalm, uitjes en kappertjes. Er kwam een zekere knusheid in het zwakke winterochtendlicht in de keuken, en hij voelde zich niet minder op zijn gemak dan hij met Connie zou zijn geweest, of met zijn moeder, oma of Connie's moeder. Jenna's schoonheid was nog net zo bedwelmend, maar zijn stijve liet het hoofd hangen en gaf zich over. Hij trakteerde haar op een korte schets van de relatie met zijn ouders, en zij vertelde in ruil dat haar familie verre van blij was met haar vriend.

'Ze zijn er heel idioot in,' zei ze. 'Het zou me ook niets verbazen als het een van de redenen is waarom Jonathan per se mee wilde naar New York en waarom hij nu de hele tijd binnenblijft. Zo denkt hij waarschijnlijk tussen Nick en mij te komen, dat hij ons uit elkaar kan drijven door voortdurend in de buurt te zijn.'

'Waarom hebben ze zo'n afkeer van je vriend?'

'Nou, om te beginnen is hij katholiek. En hij zat in het lacrosse-team van zijn universiteit. Hij is superslim, maar niet slim op de manier die zij graag zien.' Ze schoot in de lach. 'Ik vertelde hem eens over de denktank van mijn vader, en op het eerstvolgende feestje van zijn corps hadden ze een bierton waarop "denk tank" stond geschreven. Ik vond het reuze komisch, maar voor mijn ouders is dat het verkeerde soort grappenmakerij.'

'Drink je zelf veel?'

'Nee, ik kan totaal niet tegen alcohol. Nick drinkt ook niet meer sinds hij werkt. Hij neemt misschien nog één cola-Jack Daniel's per week, maar daar blijft het bij. Hij gaat helemaal voor zijn carrière. Hij was de eerste in zijn familie die zijn studie afmaakte, terwijl je bij ons een minkukel bent als je maar één graad hebt.'

'En hoe is hij voor jou?'

Er kwam iets onbestemds in haar blik en ze keek van hem weg. 'Ik voel me ongelooflijk... veilig bij hem. Ik weet bijvoorbeeld zeker dat als wij op elf september in een van de Towers waren geweest, ergens op een van de bovenste verdiepingen, dat hij dan een manier zou hebben gevonden om ons daar weg te krijgen. Hij zou ons gered hebben, dat voel ik gewoon.'

'Er waren nogal wat gasten zoals hij bij Cantor Fitzgerald,' zei Joey. 'Heel gehaaide handelaars. En zij zijn niet weggekomen.'

'Nou, dan waren ze dus toch niet zoals Nick,' zei ze.

Nu hij haar zich zo voor alle twijfel zag afsluiten, vroeg Joey zich af hoe hard en gehaaid hij zelf zou moeten worden, en hoeveel geld hij zou moeten gaan verdienen, om ooit voor vrouwen als zij in aanmerking te kunnen komen. Zijn pik begon zich toch weer te roeren in zijn boxershort, als om duidelijk te maken dat híj de uitdaging wel aan wilde. Maar de zachtere delen van hem, zijn hart en zijn hersens, werden overspoeld door de reusachtigheid van die uitdaging.

'Misschien moet ik vandaag zelf maar naar Wall Street, om het eens met eigen ogen te kunnen zien,' zei hij.

'Op zaterdag is alles dicht.'

'Nee, gewoon om eens te kijken hoe het er daar uitziet, omdat ik er zelf ooit ook wil gaan werken.'

'Nou, neem me niet kwalijk,' zei Jenna terwijl ze haar boek weer opende, 'maar daar lijk je me echt veel te aardig voor.'

Vier weken later was Joey terug in Manhattan, ditmaal als house-sitter voor zijn tante Abigail. Dat hele najaar had hij erover ingezeten waar hij met de kerstvakantie naartoe moest, aangezien zijn twee thuizen in St. Paul elkaar als keuze diskwalificeerden en het al te bezwaarlijk was om zich voor drie hele weken aan de familie van een studievriend op te dringen. Hij had vage plannen om bij een van zijn beste highschoolvrienden te logeren en vanaf dat adres afzonderlijke bezoeken aan zijn ouders en de Monaghans te brengen, maar bij zijn ontmoeting in het Thanksgiving-weekeinde met Abigail had die verteld dat ze voor de kerst naar een internationale mime-workshop in Avignon ging en iemand hoopte te vinden die in haar appartement in Charles Street wilde trekken om er voor Tigger en Piglet te zorgen, twee katten met een voedingspatroon waar nogal wat haken en ogen aan zaten.

De ontmoeting met zijn tante was tamelijk interessant geweest, al had de conversatie een nogal eenzijdig karakter gehad. Hoewel Abigail jonger was dan zijn moeder, oogde ze een stuk ouder, waardoor ze er nogal potsierlijk uitzag in haar kleding die veel te jeugdig en jammerlijk pikant was. Ze stonk naar sigaretten, en het was meelijwekkend geweest om te zien hoe ze haar vork gebruikte om piepkleine stukjes van haar chocoladetaartpunt af te breken en verzaligd op haar tong te laten smelten, als was dat het beste wat haar die dag te wachten stond. De enkele keer dat ze Joey iets vroeg, gaf ze zelf een antwoord voordat hij dat kon doen. Voor het overige verloor ze zich in een vrijwel ononderbroken monoloog, met hier en daar een ironisch commentaar of een besmuikt terzijde – als een trein waar hij op mocht springen om een poosje mee te rijden, en zelf maar moest zien hoe hij het passerende landschap duidde. Met haar oeverloze gebabbel leek ze hem een trieste cartoonversie van zijn moeder, een waarschuwing voor wat die zou kunnen worden als ze zich niet in acht nam.

Abigail leek het loutere feit van Joey's bestaan als een aantijging aan haar adres te beschouwen, waartegen ze zich moest verweren met een uitgebreide verklaring omtrent haar stijl van leven. Het traditionele 'trouwen, huisje kopen, kindjes krijgen' was niets voor haar, zei ze, zoals ze zich ook niet thuisvoelde in de vercommercialiseerde wereld van het conventionele theater met zijn voorgeprogrammeerde open doekjes en zijn casting directors die alleen fotomodellen wilden en geen flauw benul hadden van authenticiteit en uitdrukkingskracht. Ook had ze haar bekomst van de standupwereld, na de vele jaren waarin ze keihard haar best had gedaan om er een eigen plek te vinden met zelfgeschreven materiaal over het wáre verhaal van een voorstedelijke jeugd, tot ze was gaan inzien dat je er alleen maar wat bereikte met schunnigheid en poep-en-pieshumor. Ze haalde omstandig Tina Fey en Sarah Silverman over de hekel en stak daarna minstens zo omstandig de loftrompet over enkele 'ware artiesten' (Joey kon slechts raden naar hun kunstvorm, maar kreeg de indruk dat het om clowns of mimespelers ging), wier genialiteit wat haar betrof onomstreden was en met wie ze tot haar vreugde steeds vaker contact had, zij het voornamelijk door deel te nemen aan hun workshops. Terwijl ze voortratelde betrapte hij zichzelf op een zekere bewondering voor haar vastbeslotenheid te overleven zonder uitzicht op succes van het soort dat hijzelf nog haalbaar mocht achten. Ze was zo geschift en vol van zichzelf dat hij met haar te doen kon hebben zonder zich bezwaard te voelen omdat hij zelf zo bevoorrecht was. Hij gaf haar grootmoedig de ruimte voor haar zelfrechtvaardiging, maakte haar blij met de belofte snel eens naar een optreden van haar te komen, en werd beloond met de vraag of hij niet op haar appartement wilde komen passen.

Zijn eerste dagen in de stad, die hij vulde met het aflopen van zoveel mogelijk winkels en warenhuizen met zijn dormgenoot Casey, trokken aan hem voorbij als hyperrealistische voortzettingen van de grootstedelijke dromen die hij 's nachts had. De mensheid kwam van alle kanten op hem af. Muzikanten uit de Andes met hun fluiten en trommels op Union Square. Brandweermannen die plechtig de menigte toeknikten bij het 9/11-gedenkteken voor hun kazerne. Een paar in bont gehulde dames die brutaal de taxi inpikten die Casey had aangehouden voor Bloomingdale's. Vroegrijpe middleschoolmeisjes met jeans onder hun minirokjes, die met hun benen wijd onderuitzaten in de ondergrondse. Ongure gettonegers met strak gevlochten haar onder hun capuchons, mannen van de National Guard die met hypermodern wapentuig door Grand Central Station patrouilleerden. De Chinese oma die op straat met dvd's leurde van films die nog in première moesten gaan, de breakdancer die een spier scheurde en krimpend van pijn op de vloer van de 6-train neerzonk, de opdringerige saxofoonspeler aan wie Joey vijf dollar gaf om hem op tijd te helpen komen voor zijn optreden, ondanks Casey's waarschuwing dat hij werd opgelicht – alles wat hij zag, elke ontmoeting, was als een gedicht dat hij meteen uit zijn hoofd kende.

Casey's ouders bewoonden een appartement dat je direct vanuit de lift betrad – verplichte kost, vond Joey, als hij het zelf ooit zou maken in New York. Hij mocht zowel op kerstavond als op eerste kerstdag mee-eten, wat onverwacht de smoesjes waarmaakte die hij zijn ouders op de mouw had gespeld. Maar Casey en zijn ouders zouden de volgende ochtend op skivakantie gaan, dus keerde hij die tweede avond al vroeg terug naar Abigails rommelige appartement, waar hij tot de ontdekking kwam dat Tigger en/of Piglet er uit protest tegen zijn afwezigheid flink in het rond hadden gekotst, en alsnog geconfronteerd werd met de ondoordachtheid van zijn beslissing om twee hele weken moederziel alleen in een vreemde omgeving te gaan zitten.

Hij maakte er meteen de fout overheen zijn moeder te bellen en te vertellen dat sommige van zijn plannen niet waren doorgegaan en dat hij 'in plaats daarvan' op het huis van haar zuster paste.

'Het appartement van Abigail?' zei ze verbijsterd. 'Zit je daar helemaal alleen? Zonder dat ze dat met mij besproken heeft? In New York, in je eentje?'

'Ja,' zei hij.

'Nou, het spijt me,' zei ze, 'maar daar komt dus niks van in. Zeg haar maar dat ze me meteen moet bellen. Vanavond nog. Nu. Geen uitvluchten, nu meteen.'

'Dat zal niet gaan, ze zit allang in Frankrijk. Maar het valt allemaal wel mee, hoor. Dit is een hele veilige buurt.'

De geruststelling was aan dovemansoren gericht. Zijn moeder stond met zijn vader te praten. Joey kon niet verstaan wat er gezegd werd, maar het klonk behoorlijk opgefokt. En toen kwam zijn vader aan de lijn.

'Joey? Luister eens even, ben je daar?'

'Ja, waar zou ik anders zijn?'

'Luister. Als je niet eens het fatsoen hebt om een paar dagen hier in St. Paul door te komen brengen, in het huis dat zoveel voor je moeder betekend heeft en dat we binnenkort gaan verlaten, dan moet je dat zelf weten. Mij best. Jouw eigen miskleun, waar je later nog lang genoeg spijt van zult hebben. En alle spullen die hier nog altijd in je kamer liggen en waarvan we hoopten dat je ze nog zou komen uitzoeken, die geven we nu wel aan het Leger des Heils of we zetten alles aan de straat. Jouw verlies, niet het onze. Maar om daar helemaal alleen in een stad te zitten waar iemand van jouw leeftijd niet alleen hoort te zijn, een stad die weken achtereen het doelwit van terroristen is geweest, niet één of twee keer maar *weken achtereen*, dat is dé manier om je moeder zenuwziek te maken.'

'Het is hier hartstikke veilig, pap. Het is in Greenwich Village.'

'Nou, je hebt haar Kerstmis in ieder geval goed verknald. En haar laatste dagen in dit huis verknal je ook. Ik begrijp zelf niet waarom ik toch altijd hogere verwachtingen van je blijf hebben, maar je bent walgelijk egoïstisch tegenover iemand die meer van je houdt dan je beseffen kunt.'

‘Waarom kan ze me dat zelf niet zeggen?’ zei Joey. ‘Waarom moet jij dat voor haar doen? Hoe kan ik op die manier weten of het waar is?’

‘Als je ook maar een greintje inlevingsvermogen had, zou je weten dat het waar was.’

‘Niet als ze het zelf nooit zegt! En als jij een probleem met me hebt, waarom praat je dáár dan niet over in plaats van altijd dat gezeur over haar?’

‘Omdat ik me eerlijk gezegd niet zo ongerust maak als zij,’ zei zijn vader. ‘Volgens mij ben je lang niet zo slim als je zelf denkt te zijn, ik heb tenminste niet de indruk dat je begrijpt hoe gevaarlijk de wereld kan zijn, maar ik geloof wel dat je slim genoeg bent om geen al te grote rampen over jezelf af te roepen. En als je toch ooit in de knoei zou komen, dan hoop ik dat wij de eersten zijn die je belt. Maar daarmee houdt het wat mij betreft op. Ik weet dat je je keuze gemaakt hebt, en ik weet ook dat ik daar niets meer aan veranderen kan.’

‘Dankjewel,’ zei Joey, en het voelde minder sarcastisch dan hij het bedoeld had.

‘Mij hoef je niet te danken, jongen. Ik heb geen greintje waardering voor wat je doet. Ik zie alleen maar onder ogen dat je achttien bent en de vrijheid hebt om te doen wat je wil. Het enige wat mij nog dwarszit is dat ik een zoon heb die het niet kan opbrengen om een beetje aardiger te zijn voor zijn moeder.’

‘Vraag haar dan zelf maar eens waarom ik dat niet kan!’ snauwde Joey. ‘Dat weet ze namelijk best! Dat weet ze heel goed, pap. Als je je dan echt zo druk maakt om hoe ze zich voelt, vraag háár dan eens naar de reden in plaats van tegen míj te zeiken!’

‘Zo praat je niet tegen mij, Joey.’

‘Nee? Nou, praat dan ook niet zo tegen mij.’

‘Oké, dan houden we erover op.’

Zijn vader leek blij dat hij het onderwerp kon laten rusten, en Joey was dat ook. Hij voelde zich graag zelfverzekerd en meester over zijn leven, en het was onprettig te merken dat er nog iets anders in hem school, dit reservoir van woede, dit complex van familiegevoelens dat kennelijk zomaar kon uitbarsten om alles te ontregelen. De boze woorden tegen zijn vader hadden weinig spontaan gevoeld, eerder voorgeprogrammeerd, alsof er een wrokkige tweede ik in hem huisde, dat zich doorgaans verborgen hield maar altijd op een kans loerde om van zijn ongenoegen blijk te geven. Het riep de verontrustende vraag op wie nu de echte Joey was.

'Als je toch nog van gedachten mocht veranderen,' zei zijn vader toen ze beiden door hun beperkte voorraad kerstprietpraat heen waren, 'betaal ik graag een vliegticket voor je, zodat je alsnog een paar dagen kunt overkomen. Daar zou je je moeder zielsgelukkig mee maken. En, eh, mij natuurlijk ook, ik zou het ook leuk vinden.'

'Bedankt,' zei Joey, 'maar dat lukt niet. Ik zit hier met die katten.'

'Die kun je voor een dag of wat naar het asiel brengen, zal je tante niks van merken. Betaal ik dan ook wel voor.'

'Oké, misschien. Waarschijnlijk niet, maar ik zal erover denken.'

'Nou, goed dan, prettige kerst nog,' zei zijn vader. 'Ook van je moeder.'

Joey hoorde het haar roepen op de achtergrond, vrolijk kerstfeest. Waarom kwam ze niet even aan de lijn om het rechtstreeks tegen hem te zeggen? Echt weer een blijk van wie ze was, van hoe ze in elkaar stak. Ten overvloede.

Abigails appartement kon bepaald niet klein worden genoemd, maar er was geen vierkante centimeter die niet nadrukkelijk van Abigail getuigde. De katten liepen er rond als haar persoonlijke plaatsbekleders en lieten overal plukken haar achter. Haar garderobekast was een chaos van broeken en truien in wankele stapels waartussen haar jurken en jassen in de verdrukking hingen, en de laden zaten te vol om open te kunnen. Haar cd's, louter ongenietbare chanteuses en New Age-geneuzel, stonden schots en scheef in dubbele rijen in de boekenkast, naast typische Abigailboeken over zelfinzicht, creatieve visualisatie en het overwinnen van onzekerheid. Ook stonden er overal mystiek-religieuze snuisterijen van allerlei aard: judaica, oosterse wierookbranders en beeldjes van goden met olifantenkoppen. Tegenover al die overmaat stond een opmerkelijke schaarste aan voedingsmiddelen. Een zoektocht in de keuken leerde Joey dat hij voor de keus stond tussen driemaal per dag naar een pizzatent of zelf boodschappen doen om te kunnen koken. Abigails voorraadkast was alleen voorzien van rijstwafels, zevenenveertig soorten chocola en cacao, en instantnoedels van het soort dat hooguit een minuut of tien je honger wegnam.

Hij dacht aan het ruime huis in Barrier Street, en aan de voortreffelijke kookkunst van zijn moeder. Hij speelde met de gedachte om bakzeil te halen en zijn vaders aanbod van een vliegticket te aanvaarden, maar besloot zijn verborgen ik geen kans op nieuwe spreektijd te gunnen en St. Paul voor alle zekerheid uit zijn gedachten te bannen, wat nog behoorlijk moeilijk bleek, zodat hij zich bij wijze van noodgreep op Abigails namaak-antieke bed ging liggen afrukken, en daarna nog maar eens, terwijl de katten klaaglijk miauwden achter de slaapkamerdeur. En toen ook die tweede keer niet volstond, en hij met zijn laptop niet op het net bleek te komen, zette hij zijn tantes pc aan en ging op zoek naar porno als brandstof voor een derde keer. En zoals dat gaat bij internetporno, verwees elke gratis site naar een andere die nog beter en pittiger beloofde te zijn, tot een van die pittiger sites opeens uit eigen beweging het ene na het andere venster begon te openen, in een razend tempo, als in de nachtmerrie van een tovenaarsleerling die zich aan een verboden spreuk had gewaagd, tot Joey niet anders meer kon dan de computer uitzetten. En toen hij hem weer opstartte, ongeduldig, met zijn kleverige, gemaltraiteerde en verslappende leuter in zijn vrije hand, bleek het besturingssysteem te zijn overgenomen door boosaardige software die geen enkele inmenging van de muis en het toetsenbord duldde. De schrik dat hij de pc van zijn tante had geïnfecteerd viel in het niet bij zijn ontzetting over het feit dat hij nu was afgesloten van dat wat hij liever wilde dan wat ook: nog één mooi en van extase vertrokken vrouwengezicht om zich voor de vijfde keer bij af te rukken, zodat hij misschien eindelijk moe genoeg zou zijn om de slaap te kunnen vatten. Hij sloot zijn ogen en begon toch maar aan die vijfde keer, probeerde genoeg beelden boven te halen om de klus te kunnen klaren, maar het gemiauw leidde te veel af. Hij liep naar de keuken en verbrak het zegel van een fles cognac die hopelijk niet te duur zou zijn om te vervangen.

Toen hij de volgende ochtend laat met een fikse kater wakker werd, rook hij iets waarvan hij hoopte dat het alleen maar kattenstront was, maar toen hij de kleine badkamer met de veel te grote en bloedhete radiator binnenstapte, bleek de badkuip in een open riool te zijn veranderd. Hij belde de conciërge, meneer Jimenez, die twee uur later aan kwam kloppen met een boodschappenkarretje vol loodgietersgereedschap.

'Diet ouwe gebouw vele probleem,' zei meneer Jimenez met een gelaten hoofdschudden. Hij was iel van bouw en onbestemd van leeftijd, met een zwarte banditosnor. Hij drukte Joey op het hart dat hij de stoppen van de badkuip en wasbak stevig in de afvoeren moest laten zitten, en ze er alleen uit moest halen als hij waswater wilde laten weglopen – een instructie die Abigail inderdaad ook op haar lijstje had gezet, naast alle voorschriften omtrent het voeden van haar katten, maar die Joey de vorige dag vergeten was in zijn haast om op tijd bij de Casey's te zijn.

'Vele, vele probleem,' zei meneer Jimenez terwijl hij met de ontstopper aan het werk ging om alle drek door de weerbarstige afvoer te krijgen.

Toen Joey weer alleen was en zich geconfronteerd zag met het schrikbeeld van twee weken eenzaamheid en overmatige cognac-consumptie en/of masturbatie, belde hij Connie en zei dat hij haar busticket zou betalen als ze naar hem toe wilde komen om al die tijd bij hem te blijven. Ze ging onmiddellijk met alles akkoord, behalve het betalen van haar ticket, en zijn vakantie was gered.

Hij nam een mannetje in de arm om de computer van zijn tante in orde te maken en die van hemzelf opnieuw te configureren, hij gaf zestig dollar uit aan traiteursmaaltijden bij Dean & DeLuca, en toen hij naar de Port Authority ging en Connie bij haar gate zag staan, kon hij zich niet herinneren ooit zo blij te zijn geweest om haar te zien. In de voorafgaande maand had hij haar vergeleken met de onvergelijkbare Jenna, waardoor hij uit het oog was verloren dat ze er wel degelijk mocht zijn, slank, goed geproportioneerd en hartstochtelijk als ze was. Ze droeg een gloednieuw duffels jack, liep recht op hem af en drukte haar gezicht tegen het zijne als tegen een spiegelbeeld. Hij verloor zich in haar wijd open ogen en kreeg een gevoel alsof al zijn inwendige organen vervloeiden. Er lagen minstens veertig wippen in het verschiet, maar dat was niet de enige reden. Het was alsof het busstation, compleet met alle reizigers die zich langs hen heen haastten, knoppen voor kleur en contrast had, die in één keer terug werden gedraaid door de aanwezigheid van dit meisje dat hij al zijn hele leven kende. Alles leek opeens vaal en vaag terwijl hij haar door gangen en ruimten leidde die nog geen halfuur eerder vol levensechte kleuren waren geweest.

In de uren die volgden deed Connie een aantal verrassende onthullingen. De eerste kreeg hij in de ondergrondse op weg naar Charles Street te horen, nadat hij gevraagd had hoe ze zo snel twee weken vrij had kunnen krijgen in het restaurant, waar ze de mensen vandaan had gehaald die voor haar wilden invallen.

'O, ik heb gewoon ontslag genomen,' zei ze.

'Ontslag genomen? Is dit geen ongunstige tijd van het jaar om ze opeens in de steek te laten?'

Ze haalde haar schouders op. 'Jij had me hier nodig. Ik heb je altijd gezegd dat je maar hoefde te bellen en dat ik er dan voor je zou zijn.'

Het nieuws gaf de metrowagon al zijn kleur en contrast terug, een sensatie alsof hij geblowd had en opschrok uit een stonede mijmering – hij zag opeens haarscherp dat de andere reizigers echte levens hadden, waarin ze echte doelen najaagden, en dat hij dat ook zou moeten doen en zich niet moest laten inkapselen door iets waar hij geen controle over zou hebben.

Terugdenkend aan een van hun wildere telefoonseksfantasieën, waarin haar schaamlippen zo onwaarschijnlijk ver uiteenweken dat zijn hele gezicht ertussen verdween en zijn tong de mysterieuze achterwand van haar vagina bereikte, had hij zich grondig geschoren voordat hij haar ging afhalen. Maar nu ze in levenden lijve naast elkaar zaten werd de absurditeit van die fantasieën pijnlijk duidelijk, en de herinnering eraan onsmakelijk. In het appartement aangekomen troonde hij Connie niet meteen mee naar het bed, zoals hij in zijn kamer in het woongebouw had gedaan, maar zette de tv aan om op teletekst de uitslag van een wedstrijd uit het college-football op te zoeken (die hem niets interesseerde) en sloeg zijn laptop open om te zien of hij in de voorbije drie uur was gemaild (alsof hem dat iets interesseerde). Connie zat ondertussen geduldig op de bank, in het gezelschap van de katten.

'O ja,' zei ze, 'je moet de groeten hebben van je moeder.'

'Wát?'

'Je moeder doet je de groeten. Ze stond buiten ijs te schaven toen ik vertrok, en toen zag ze mijn tas en vroeg waar ik heen ging.'

'En dat heb je haar vertéld?'

Connie's verbazing was ongespeeld. 'Had dat niet gemogen dan? Ze wenste me veel plezier en zei dat ik je de groeten moest doen.'

'Op een sarcastische toon, neem ik aan.'

'Weet ik niet. Misschien wel, achteraf. Ik was alleen maar blij dat ze weer eens wat tegen me zei, want ik weet wat voor hekel ze aan me heeft. Ik dacht nog: misschien begint ze eindelijk aan het idee te wennen van jou en mij.'

'Dat betwijfel ik.'

'O, nou, sorry dan. Je weet dat ik het nooit zou hebben verteld als ik wist dat dat niet de bedoeling was. Dat weet je toch wel, hè?'

Joey stond op van zijn laptop en probeerde niet kwaad te worden. 'Trek het je maar niet aan,' zei hij. 'Het valt jou niet te verwijten. Niet echt, tenminste.'

'Schatje, schaam je je soms voor me?'

'Nee.'

'Schaam je je voor de dingen die we over de telefoon hebben gezegd? Is dat het?'

'Nee.'

'Ik namelijk wel, een beetje. Sommige dingen gingen behoorlijk ver. Ik weet niet of ik in het vervolg opnieuw zo ver wil gaan.'

'Jij begon ermee!'

'Dat weet ik. Weet ik ook wel. Maar je kunt het niet alleen mij kwalijk nemen, we deden het samen, toch?'

Als om de waarheid daarvan te erkennen liep hij naar haar toe, knielde voor haar neer en legde zijn hoofd op haar schoot. Met zijn neus tussen de pijpen van haar jeans, haar mooiste strakke jeans, dacht hij aan al die uren die ze in een Greyhound-bus had gezeten terwijl hij naar waardeloze footballwedstrijden keek en met vrienden belde. Hij had een probleem, hij was over de rand van een afgrond gestapt die zich onverwachts voor hem had geopend. Hij durfde niet naar haar op te kijken. Ze liet haar handen op zijn hoofd rusten en bood geen weerstand toen hij stukje bij beetje naar voren schoof en zijn gezicht tegen haar met denim afgeschermde rits drukte. 'Het geeft niet,' zei ze, over zijn haar aaiend. 'Het komt wel goed, schatje. Alles komt goed.'

In zijn dankbaarheid voor die woorden pelde hij de jeans van haar benen en liet zijn gesloten ogen op haar slipje rusten, dat hij vervolgens ook uittrok zodat hij zijn gladgeschoren bovenlip en kin in het kriebelige haar kon duwen, waarvan hij merkte dat ze het speciaal voor hem had bijgeknipt. Hij voelde hoe een van de katten zich tegen zijn voeten schurkte, aandacht eiste.

'Zo wil ik een uur of drie blijven zitten,' zei hij, haar geur opsnuivend.

'Al blijf je de hele nacht zo zitten,' zei ze. 'Ik hoef nergens heen.'

Maar toen ging zijn mobieltje af. Toen hij het uit zijn zak haalde om het uit te zetten, zag hij het nummer van zijn ouderlijk huis op het display en moest een aanvechting bedwingen om het, woedend op zijn moeder, kapot te gooien. Hij trok Connie's benen uit elkaar en viel met zijn mond op haar aan, boorde zijn tong bij haar naar binnen, dieper en dieper, probeerde in haar op te gaan.

De derde en meest alarmerende onthulling kwam in een postcoïtale rustpauze, later die avond. Boven hen klonken de bonkende voetstappen van tot dan toe onopgemerkte buren. De katten miauwden verbitterd achter de slaapkamerdeur. Connie vertelde hem over haar toelatingsexamen, waar ze nauwelijks bij had stilgestaan totdat ze het moest afleggen, en hoe verrassend gemakkelijk de vragen waren geweest, veel makkelijker dan de oefenvragen in haar studieboeken. Het had haar de moed geschonken om zich aan te melden bij enkele particuliere colleges op een paar uur rijden van Charlottesville, waaronder Morton College, dat geografische diversiteit nastreefde en daarom voorrang gaf aan studenten uit het Midden-Westen. Ze geloofde dat ze een goede kans maakte om toegelaten te worden.

Joey was hier allerminst gelukkig mee. 'Ik dacht dat je gewoon naar Minnesota zou gaan,' zei hij.

'Doe ik misschien ook wel,' zei ze. 'Maar ik bedacht opeens hoeveel leuker het zou zijn om dichter bij jou te studeren, zodat we elkaar konden opzoeken in de weekeinden. Als alles goed gaat en we nog steeds met elkaar door willen, bedoel ik. Zou dat niet leuk zijn?'

Joey rolde op zijn zij en deed een poging om duidelijkheid te scheppen. 'Tuurlijk, maar weet je, die privécolleges zijn verschrikkelijk duur.'

Dat was waar, zei Connie, maar Morton had aangeboden haar financieel te steunen en ze had Carol naar de studierekening gevraagd die haar vader ooit voor haar had opgezet, en daar zat nog een hoop geld in.

'Hoeveel dan?'

'Heel veel. Iets van vijfenzeventigduizend. Als Morton me inderdaad steunt, kan ik daar drie jaar van studeren. En dan heb ik zelf nog twaalfduizend dollar spaargeld, en ik kan in de zomers een baantje nemen.'

'Nou, da's geweldig,' dwong Joey zich te zeggen.

'Ik was eigenlijk van plan om tot mijn eenentwintigste te wachten en dan dat geld van die studierekening te halen, maar ik heb goed nagedacht over wat jij zei en je hebt gelijk: een goede opleiding is best belangrijk.'

'Maar als je naar de staatsuniversiteit gaat, krijg je ook een goede opleiding en heb je nog steeds dat geld als je klaar bent.'

Boven hen begon een televisie te schetteren. Het gebonk ging door.

'Het lijkt wel alsof je me niet bij je in de buurt wilt hebben,' zei Connie op neutrale toon, niet verwijtend maar als feitelijke constatering.

'Nee, nee,' zei hij. 'Welnee. Natuurlijk zou het hartstikke leuk zijn. Ik probeer het alleen maar praktisch te bekijken.'

'Ik kan er nu al niet meer tegen om in dat huis te zitten, en Carol moet nog bevallen. Als die tweeling er is, wordt het nog veel erger. Ik hou het daar niet meer uit.'

Hij merkte niet voor het eerst dat hij een zekere vijandigheid koesterde jegens haar vader. De man was al jaren dood, Connie had geen noemenswaardig contact met hem gehad en sprak ook nooit over hem, maar om de een of andere reden zag Joey hem juist daarom als een rivaal. Hij was de man die er eerst was geweest. Hij had zijn dochter weliswaar aan haar lot overgelaten en Carol afgescheept met een goedkoop huurhuis, maar hij was wel geld blijven sturen, geld waarmee Connie's scholing was betaald. Hij vormde een aanwezigheid in haar leven waarop Joey geen vat kon krijgen, en hoewel Joey blij had moeten zijn dat ze over eigen middelen bleek te beschikken, en dus nooit van hem afhankelijk zou zijn, bleef zijn gevoel van afkeuring over haar vader de overhand houden – afkeuring voor een man die naar Joey's gevoel de bron was van al het afkeurenswaardige aan Connie zelf: haar eigenaardige onverschilligheid voor regels en conventies, haar onbedwingbare neiging tot idolate liefde, haar onweerstaanbare intensiteit. En daar kwam nu de afgunst nog bij dat de vader ervoor gezorgd had dat ze financieel veel beter af was dan hij. En dat haar belangstelling voor geld nog geen fractie was van die van Joey, maakte die afgunst des te bitterder.

'Doe eens iets nieuws met me,' fluisterde ze in zijn oor.

'Ik word gek van die herrie boven.'

'Vergeet die herrie, schatje. Doe dat eens waar we zo vaak over gefantaseerd hebben. Ik wil je in mijn kont.'

Hij was de tv op slag vergeten en het suizen van het bloed in zijn oren overstemde alles terwijl hij aan haar verzoek voldeed. En toen deze nieuwe drempel overschreden was, de fysieke limieten verkend, beider genot onderkend en uitgesproken, stapte hij het bed uit om zich te wassen in Abigails badkamer, gaf eindelijk de katten te eten en bleef in de zitkamer rondhangen, omdat hij opeens behoefte had aan een zekere afstand. Hij wekte zijn laptop uit de slaap, maar had slechts één nieuwe e-mail. Van een onbekende afzender @duke.edu, met als onderwerp weer hier? Pas toen hij de mail had geopend en begon te lezen, drong het tot hem door dat het afkomstig was van Jenna, was getypt, letter voor letter, door de uitzonderlijke vingers van Jenna.

> ha meneer berglund. ik hoor van jonathan dat je weer in de grote stad bent, net als ik. nooit geweten dat er rond deze tijd zoveel football op tv is, en dat jonge bankiers er zoveel geld op inzetten. misschien heb je het druk met gezellige kerstdingen, in de traditie van je blonde protestantse voorouders, maar nick zegt dat je welkom bent als je vragen hebt over wall st. als ik jou was, zou ik toehappen zolang hij die goede bui (en vakantie!) heeft. zelfs goldman blijkt in deze tijd dicht te gaan, ook nooit geweten. groet! jenna.

Hij moest het vijfmaal lezen voor het de gedaante van een e-mail aannam. De tekst leek hem net zo schoon en fris als hij zichzelf smerig en verlopen voelde. Jenna was óf buitengewoon attent óf, als ze hem wilde inpeperen hoe dik ze was met Nick, buitengewoon gemeen. Maar één ding stond vast: ze was hem niet vergeten.

Er kwam weedrook uit de slaapkamer, die gevolgd werd door Connie, naakt en net zo lichtvoetig als de katten. Joey sloot zijn laptop en nam een haal van de joint die ze hem voorhield, en toen nog een, en nog een, en nog een, en nog een, en nog een.

De woede van een aardige man

Laat op een gure en druilerige middag in maart reed Walter met zijn assistente Lalitha van Charleston naar de bergen van zuidelijk West Virginia. Hoewel Lalitha een snelle en ietwat roekeloze automobiliste was, had Walter er de voorkeur aan leren geven haar passagier te zijn op dit soort ritten. Liever dat dan de verontwaardigde woede die hem verteerde als hij zelf achter het stuur zat – het schijnbaar onontkoombare gevoel dat hij als enige verkeersdeelnemer de juiste snelheid aanhield, als enige op de weg het juiste evenwicht bewaarde tussen het al te strikt gehoorzamen aan de verkeersregels en een al te grote minachting ervoor. In de voorbije twee jaar had hij heel wat nijdige uren op de wegen van West Virginia doorgebracht, aan de bumpers van onuitstaanbaar trage torren gekleefd en afgeremd om de etterbakken te straffen die aan zijn eigen bumper kleefden. Als een terriër had hij de middenstrook van interstates afgeschermd voor schoften die hem rechts probeerden in te halen, om zelf rechts voorbij te scheuren als een treuzelaar, bellende zwamneus of maximumsnelheidsneuroot de middenstrook verstopte. Hij had smalende psychologische beschouwingen gewijd aan het soort bestuurder dat het verdomde zijn remlichten of richtingaanwijzers te gebruiken – vrijwel altijd jonge mannen met een ziekelijke stoerheidsdwang, getuige ook de patserige SUV's en pickups waarin ze zich doorgaans verplaatsten. Hij had een aan moordzucht grenzende haat opgevat jegens de kolentruckchauffeurs die met hun wegpiraterij voor een gemiddelde van één verkeersdode per week zorgden in West Virginia, en had talloze malen zijn machteloze frustratie geuit over de ongetwijfeld corrupte autoriteiten die weigerden een maximumgewicht van vijftig ton voor kolentrucks in te stellen, ondanks de overvloed aan bewijzen dat die gevaartes levensgevaarlijk waren. 'Ongelooflijk, on-ge-lo-fe-lijk,' had hij gefoeterd als voorliggers vaart minderden bij groen en alsnog gas gaven bij geel, zodat hij moest stoppen voor rood, en dan kokend van woede *een volle minuut* voor een kruising moest staan terwijl er links noch rechts een auto te bekennen was. Met een pijnlijk verkrampte keel had hij omwille van Lalitha een scheldkanonnade ingeslikt als er voor hem een sukkel halthield bij een stoplicht terwijl hij wel degelijk rechtsaf de kruising op mocht. 'Hallo? Even opletten misschien? Je bent niet alleen op de wereld, hoor. Neem de verkeersregels nog eens door!' Nee, liever de adrenalinestoot als Lalitha weer eens plankgas een heuvelopwaarts zwoegende truck voorbijraasde, dan zijn hersenen aan een ongezonde bloeddruk blootstellen door er zelf achteraan te moeten sukkelen. Op die manier kon hij vrijelijk naar de grauwe, dunstammige bossen van de Appalachians en de door mijnbouw verwoeste berg- en heuvelruggen kijken, en zich boos maken om zaken die zijn boosheid zoveel meer waard waren.

Lalitha was in een stralend humeur terwijl ze in hun huurauto over de weidse I-64 zoefden, een waanzinnig staaltje geldverkwisting door de federale overheid, binnengehaald door senator Byrd. 'Ik kan niet wachten tot we het gaan vieren,' zei ze. 'We gaan het toch wel vieren, hè, vanavond?'

'Eerst maar eens zien of ze in Beckley een fatsoenlijk restaurant hebben,' zei Walter. 'Ik zou daar maar niet te vast op rekenen als ik jou was.'

'Wie heeft het nou over restaurants? Er moet op gedronken worden! We gaan naar een bar en dan worden er martini's besteld.'

'Ook goed. Jij krijgt een joekel van een martini. Of meer. Zoveel je op kan.'

'Nee, jij ook,' zei ze. 'Voor deze ene keer. Als dít geen goede gelegenheid is om eens een uitzondering te maken, dan weet ik het ook niet meer.'

'Op dit punt in mijn leven vraag ik me af of ik een martini zou overleven.'

'Oké, een biertje dan. En ik neem drie martini's, waarna je me naar mijn kamer mag dragen.'

Walter hield er niet van als ze dit soort dingen zei, ook al bedoelde ze er verder niets mee. Al zei ze het dan maar uit blijdschap (want zo was ze, een levensblije jonge vrouw, en als zodanig zelfs de enige bron van vrolijkheid in zijn leven op dit moment), ze hoorde in te zien dat lichamelijk contact tussen werkgever en werkneemster niets was om grappen over te maken.

'Drie martini's, toe maar. Als ik die nam, zou ik morgen zelf rijp zijn voor de sloop,' zei hij, een flauwe toespeling op de start van sloopwerkzaamheden in Wyoming County, die ze gingen bekijken.

'Wanneer heb je voor het laatst iets gedronken?' vroeg ze.

'Nooit. Ik heb nog nooit gedronken.'

'Zelfs niet op de high school?'

'Nooit. Geen druppel.'

'Walter, dat is niet te geloven! Moet je toch echt eens proberen dan. Drinken is heerlijk op z'n tijd, en één biertje zal heus geen alcoholist van je maken, hoor.'

'Dat is ook niet waar ik bang voor ben,' zei hij, en terwijl hij het zei vroeg hij zich af of het wel waar was. Zijn vader en oudere broer, die samen de gesel van zijn jeugd hadden gevormd, waren zwaar aan de drank geweest, en zijn vrouw, die hard op weg was de gesel van zijn middelbare jaren te worden, neigde onmiskenbaar tot alcoholisme. Hij had zijn eigen onthouding altijd als een reactie op hun drankmisbruik ervaren – eerst had het bij zijn streven gehoord om zoveel mogelijk van zijn vader en broer te verschillen, en later was het deel gaan uitmaken van zijn aandrift om een zo goed mogelijke man voor Patty te zijn, net zo lief voor haar te zijn als zij lelijk tegen hem kon zijn als ze gedronken had. Het was een onderdeel geworden van hoe ze het met elkaar uithielden: hij was altijd nuchter, zij was soms dronken, en geen van beiden gaf ooit ook maar het minste signaal dat ze de ander wilden zien veranderen.

'Waar ben je dan wel bang voor?' vroeg Lalitha.

'Ach, het is geen kwestie van angst. Ik voel er gewoon weinig voor om aan een houding te morrelen waar ik zevenenveertig jaar lang baat bij heb gehad. Waarom zou ik dat doen?'

'Omdat het lekker is!' Ze gaf een ruk aan het stuur om een vrachtwagen voorbij te schieten die omgeven werd door een nevel van opspattend regenwater. 'Ik ga jou een biertje laten bestellen en net zo lang zeuren tot je op ons succes drinkt, al is het maar één slokje.'

Zelfs nu nog, één dag voor de astronomische lente, was het loofbos ten zuiden van Charleston een mistroostig geheel van grijs- en zwarttinten. Over een week of twee zou hier de warme lucht uit het zuiden arriveren en het bos opgroenen, en de maand daarop zou er de zang weerklinken van vogels die taai genoeg waren voor de overtocht vanuit de tropen, maar in Walters beleving vormde deze grijsheid de ware staat van het noordelijke bos, en was de zomer niets anders dan een jaarlijks terugkerende onderbreking.

Eerder op de dag hadden Lalitha en hij in Charleston een ontmoeting gehad met vertegenwoordigers van Nardone en Blasco, de bedrijven waarmee de Cerulean Mountain Trust in zee was gegaan. Onder het toeziend oog van hun advocaten hadden ze de bedrijven formeel de documenten overhandigd die nodig waren om met de sloop van Forster Hollow te beginnen en vijfentwintig hectare van het toekomstige reservaat open te stellen voor bergtopmijnbouw. De vertegenwoordigers hadden vervolgens de stapel contracten getekend waaraan de advocaten van de Trust twee jaar hadden gewerkt en waarmee de steenkoolbedrijven zich verbonden aan een herbebossingsproject en een overdracht van rechten waardoor het uitgemijnde gebied voorgoed 'wild' zou blijven. Vin Haven, oprichter en voorzitter van de Trust, was 'aanwezig' geweest via een videolink en had Walter achteraf mobiel gebeld om hem te feliciteren. Maar Walter had allerminst het gevoel dat er iets te feliciteren of te vieren viel. Door zijn toedoen zou nu de verwoesting volgen van tientallen beboste bergen en heuvels, met fatale gevolgen voor ettelijke stromen en stroompjes van onschatbare biotische waarde. En om dat heuglijke feit tot stand te brengen had Haven ook nog eens twintig miljoen dollar aan minerale rechten voor gebieden elders in de staat verkocht, aan gaswinningsbedrijven die stonden te popelen om die gebieden overhoop te boren, waarna de opbrengsten ten goede zouden komen aan weer andere partijen met zo mogelijk nog kwalijker oogmerken. En waarvoor allemaal? Om uiteindelijk een 'beschermd leefgebied voor een bedreigde vogelsoort' te creëren, dat je met een postzegel kon afplakken op de wegenkaart van West Virginia.

Walters woede en vertwijfeling maakten dat hij zich voelde als het armetierige, winters grijze bos waar hij doorheen werd gereden door Lalitha, geboren in de Indiase warmte, die met haar zonnige humeur tenminste nog een sprankje zomer in zijn ziel bracht. Het enige wat hij die avond het vieren waard achtte, was dat ze na hun 'succes' in West Virginia de handen vrij zouden hebben voor hun campagne tegen de overbevolking. Maar hij moest rekening houden met de jeugd van zijn assistente, en wilde geen domper op haar blijdschap zetten.

'Nou vooruit,' zei hij. 'Eén biertje, te jouwer ere.'

'Niets daarvan, Walter, alle eer gaat naar jou. Dit was geheel en al jouw prestatie.'

Hij schudde glimlachend zijn hoofd, want niets was verder van de waarheid. Zonder haar charme en moed zou de deal met Nardone en Blasco vrijwel zeker zijn afgeketst. Het was waar dat hij het basisidee had aangedragen, maar meer dan basisideeën leek hij niet in huis te hebben. Voor de rest was het Lalitha die ervoor zorgde dat er dingen van de grond kwamen en hij voelde zich niet alleen letterlijk haar passagier. Ze droeg een nylon regenjack, waarvan de capuchon een draagbuidel vormde voor haar glanzende zwarte haar, over het streepjesbroekpak dat ze had aangetrokken voor de formaliteiten van die ochtend. Haar handen en blote polsen lagen tien-voor-twee op het stuurwiel, haar zilveren armbanden waren weggezakt in de mouwen van het jack. Walter had ontelbare bezwaren tegen de moderne tijd in het algemeen en de autocultuur in het bijzonder, maar de zelfbewustheid van jonge vrouwelijke automobilisten, de autonomie die ze in de loop van de voorbije eeuw voor zich hadden opgeëist, was iets wat hem zeer tot de verbeelding sprak. De gelijkheid van man en vrouw, zoals die tot uiting kwam in de resolute druk van Lalitha's ranke voet op het gaspedaal, maakte hem blij dat hij in de eenentwintigste eeuw leefde.

Het grootste probleem dat hij voor de Trust had moeten zien op te lossen, was gevormd door de pakweg tweehonderd families, de meeste straatarm, die in huisjes of trailers woonden op lapjes eigen grond binnen de toekomstige grenzen van het zangvogelreservaat. Sommige mannen werkten nog in de steenkoolindustrie, onder de grond of als chauffeur, maar de meeste waren werkloos en sleten hun dagen door met hun terreinwagen de bossen in te trekken en wild te schieten, al dan niet ter aanvulling van het gezinsmenu. Walter had geen tijd willen verspillen en was zoveel mogelijk families gaan uitkopen voordat de Trust in de publiciteit zou komen, wat soms gelukt was voor zulke schijntjes als $500 per hectare. Maar toen hij faalde in zijn poging om de plaatselijke milieubeweging voor zich te winnen, en een bloedfanatieke activiste met de naam Jocelyn Zorn campagne begon te voeren tegen de Trust, waren er nog meer dan honderd families die standhielden, vooral in de vallei van Nine Mile Creek, die doorliep tot aan Forster Hollow.

Forster Hollow vormde het enige pijnpunt in de 25.000 hectare die Vin Haven als het gebied bij uitstek voor zijn reservaat beschouwde. De oppervlakterechten ervan waren voor 98 procent in het bezit van slechts drie rechtspersonen: twee anonieme holdings en een firma die geheel en al in handen was van de familie Forster, die de staat al meer dan een eeuw geleden ontvlucht was en in welstand leefde aan de kust. Alle drie de eigenaren beheerden hun grond slechts voor bosbouwdoeleinden en zagen er daarom geenszins een been in om er tegen de marktprijs afstand van te doen. En daar kwam het grote pluspunt bij dat zich ongeveer in het midden van Haven's

Hundred een enorm, zandlopervormig netwerk van uitzonderlijk rijke steenkooladers bevond. Tot nu toe had niemand ooit de ontginning van deze 5600 hectare overwogen omdat Wyoming County zo afgelegen en bergachtig was, zelfs voor West Virginiaanse begrippen. Er slingerde ook maar één smalle en voor kolentrucks onbegaanbaar slechte weg door de vallei van Nine Mile Creek, met als eindpunt, vlak bij de taille van de zandloper, Forster Hollow – woonoord van een aantal families die ene Coyle Mathis als hun opperhoofd beschouwden.

Door de jaren heen had zowel Nardone als Blasco zijn tanden stukgebeten op deze Mathis. Al hun pogingen hem te vermurwen hadden geen ander resultaat opgeleverd dan zijn onverzoenlijke vijandschap, en toen Vin Haven in overleg trad met de twee bedrijven, had hij hen dan ook gepaaid met de belofte dat hij het probleem Coyle voor eens en altijd zou oplossen. 'Dat is een mooi voorbeeld van de synergie die we met Nardone en Blasco hebben,' had Haven tegen Walter gezegd. 'Wij zijn een nieuwe speler, waar die Mathis nog niets tegen kan hebben. Vooral bij Nardone heb ik behoorlijk wat toezeggingen aangaande de herbebossing losgekregen door ze te garanderen dat wij er wél met die vent zullen uitkomen. De goodwill die wij nog bij hem hebben, domweg omdat we geen Nardone zijn, heeft ons daarom nu al een paar miljoen opgeleverd.'

Goodwill? Had je gedacht.

Coyle Mathis was de belichaming van het negativisme waarvan landelijk West Virginia was doortrokken. Coyle maakte geen onderscheid – hij had een rothekel aan iedereen. Het had geen zin de vijand van zijn vijand te worden, want dat had enkel als gevolg dat hij jou óók als vijand zag. De steenkoolindustrie, de mijnwerkersvakbond, de milieubeweging, de overheid in al haar vormen, zwarten, bemoeizieke blanke Yankees, ze mochten zich allemaal in zijn universele afkeer verheugen. Zijn lijfspreuk was: *sodemieter op of het zal je berouwen*. Liefst zes generaties van zijn sikkeneurige voorgeslacht lagen begraven op een steile helling langs het riviertje, een van de eerste plekken die zou worden opgeblazen als de mijnbouwers aan de slag zouden gaan. (Niemand had Walter van tevoren op dat kerkhofprobleem gewezen toen hij directeur van de Trust werd, maar hij was er snel genoeg achter gekomen.)

Vertrouwd als hij zelf was met een breed georiënteerde woede, had hij misschien nog tot een dialoog met Mathis kunnen komen, maar dat zat er geen moment in omdat de man hem al te zeer aan zijn vader deed denken. Dezelfde koppige, zelfdestructieve bitterheid. Op een hete juliochtend waren Walter en Lalitha naar de vallei van Nine Mile Creek gereden, ongenodigd, na geen enkele reactie te hebben gekregen op hun talrijke vriendelijke brieven. Walter had een klinkend pakket aanbiedingen bij zich. Hij was bereid Mathis en zijn buren $2000 per hectare te geven, plus gratis grond in een vergelijkbare vallei aan de zuidkant van het reservaat, plus een volledige verhuisvergoeding, plus een geheel verzorgde opgraving en herbegrafenis van al het Mathisgebeente. Maar Coyle Mathis wachtte de opsomming van al dat moois niet eens af. Hij zei: 'Vergeet het maar,' en voegde eraan toe dat hij voornemens was ooit zelf begraven te worden op het familiekerkhof op de helling, en dat er in de tussentijd nergens over te praten viel. En Walter was opeens weer zestien, en duizelig van woede. Niet alleen woedend op Mathis, om zijn gebrek aan goede manieren en gezond verstand, maar paradoxaal genoeg ook op Vin Haven, omdat die hem tot de confrontatie had gedwongen met een man die schijt had aan geld, een eigenschap waarvoor Walter toch ook wel weer grote bewondering had. 'Tja, neem me niet kwalijk,' had hij gezegd, badend in het zweet aan de rand van een met autowrakken bezaaid erf, waar Mathis hen had opgevangen en niet van zins leek hen binnen te vragen, 'maar dat is gewoon stóm.'

Lalitha stond naast hem met een koffertje vol documenten waarvan ze zich hadden voorgesteld dat Mathis ze zou tekenen, en schraapte haar keel in hoorbare schrik om deze betreurenswaardige woordkeus.

Mathis, een magere en verrassend knappe man van achter in de vijftig, keek met een verrukte glimlach omhoog naar de muur van lichtgroen lover die hen omgaf. Het bos gonsde van de insecten. Een van de honden op het erf, een harig mormel met boosaardig glimmende ogen, begon te grommen. 'Stom!' zei Mathis nagenietend. 'Dat woord hoor ik niet vaak, jongen. De mensen hier kijken wel uit om zoiets tegen mij te zeggen.'

'Nee, zo bedoel ik het niet, u bent ongetwijfeld een intelligent man,' zei Walter. 'Waar ik op doelde...'

'Intelligent genoeg om tot tien te kunnen tellen,' zei Mathis. 'En jij? Je ziet eruit alsof je behoorlijk goed geschoold bent. Kun jij tot tien tellen?'

'Sterker nog, ik kan tot tweeduizend tellen,' zei Walter. 'En dat kan ik vermenigvuldigen met het aantal hectaren dat u bezit, en daar kan ik dan ook nog eens twee ton financiële ondersteuning bij optellen. Dus als u even de tijd zou nemen om te luisteren...'

'Maar nu dit,' zei Mathis. 'Kun je ook terugtellen? Luister, ik zal het voordoen. Tien, negen...'

'Excuses voor mijn woordkeus. Ik kan niet zo goed tegen die felle zon en ik wilde u uiteraard niet...'

'Acht. Zeven.'

'Misschien moeten we maar eens een andere keer terugkomen,' zei Lalitha. 'Dan laten we nu wat papieren bij u achter, zodat u die op uw gemak kunt bestuderen.'

'O, dus jullie gaan er wel van uit dat ik kan lezen?' Mathis keek hen stralend aan. Zijn twee andere honden gromden nu ook. 'Ik was bij zes, niet-waar? Of was ik al bij vijf? Straal vergeten. Dat krijg je met die felle zon.'

'Meneer Mathis,' zei Walter, 'als ik u heb gekwetst, bied ik u graag mijn oprechte...'

'Vier. Drie. Twee.'

De honden, blijkbaar ook intelligent genoeg om te tellen, kwamen naderbij met hun oren plat tegen hun kop.

'We komen nog weleens terug,' zei Walter terwijl hij zich met Lalitha uit de voeten maakte.

'Ik heb hier een hagelgeweer, dus dan krijg je wel lakschade!' riep Mathis hen vrolijk na.

Op de helse rit terug over het eindeloze zandpad naar de snelweg, had Walter luidkeels zijn eigen stomheid en gebrek aan zelfbeheersing vervloekt, terwijl Lalitha, normaliter een onuitputtelijke bron van lof en bijval, stilletjes voor zich zat te peinzen op de passagiersplaats. Het was geen overdrijving te stellen dat als Mathis niet akkoord ging, al hun werk voor Haven's Hundred voor niets zou zijn geweest. Aan het einde van de stoffige vallei kwam Lalitha met haar inschatting van de situatie. 'Hij wil behandeld worden als een belangrijk man.'

'Het is een asociale boerenkinkel,' zei Walter.

'Dat mag dan zo zijn,' zei ze (haar lievelingszinnetje, praktisch en nuchter als ze was, en een lust voor zijn oor in haar zangerige Indiase accent), 'maar we zullen toch zijn ego moeten strelen. Hij wil de redder van zijn gemeenschap zijn, niet iemand die zich zomaar laat uitkopen.'

'Ja, maar laat dat nou net het enige zijn wat we van hem willen, dat hij zich laat uitkopen.'

'Als ik er nu eens alleen naartoe ging en met een paar vrouwen sprak?'

'Vrouwen hebben daar niets te vertellen, Lalitha. Het is een patriarchaat, zo primitief als wat.'

'Nee, daar vergis je je in. De vrouwen in zo'n gemeenschap zijn heel sterk. Waarom laat je me niet eens een praatje met ze maken?'

'Wat een nachtmerrie is dit. Wat een náchtmerrie.'

'Dat mag dan zo zijn, maar mij lijkt het een goed idee als ik met wat mensen in gesprek ga.'

'Hij heeft er al nee op gezegd, Lalitha. Daar komt-ie echt niet op terug.'

'Dan moeten we hem iets beters aanbieden. Als jij nu eens naar Washington ging om met meneer Haven over een verbeterde aanbieding te overleggen, dat heeft meer zin dan dat je nog eens naar dat dorpje gaat. Maar mij zullen ze minder bedreigend vinden.'

'Dat kan ik je niet laten doen.'

'Ik ben niet bang voor die honden, hoor. Op jou zou hij die loslaten, maar niet op mij, denk ik.'

'Het is hopeloos.'

'Misschien, maar misschien ook niet,' zei Lalitha.

In de maanden die volgden bewonderde Walter haar lef om in haar eentje als frêle, donkerhuidige schoonheid naar een gehucht vol armoedig blank schorem terug te keren, waar ze eerder met fysiek geweld was bedreigd. En ze toonde niet alleen lef – als dochter van een elektrotechnisch ingenieur, opgegroeid in een voorstad, slaagde ze erin een wonder te verrichten in Forster Hollow, waar hij als zoon van een plattelandsdronkaard geen poot aan de grond had kunnen krijgen. Zijn jeugd had hem een onoverkomelijke weerstand tegen mensen zoals Mathis bezorgd. Hij werd dol van woede om de botheid en bekrompen domheid die zo typerend waren voor zulke arme blanke sloebers, terwijl zij met een open geest en een welwillende instelling terug had kunnen gaan. Ze was op de sloebers afgegaan zoals ze auto reed: alsof haar montere optimisme een garantie vormde dat haar niets kon overkomen. En de sloebers hadden haar het respect betoond dat ze de boze Walter hadden onthouden. Haar succes gaf hem het gevoel dat hij niet aan haar kon tippen, en haar bewondering onwaardig was, wat hem des te dankbaarder maakte. Het leidde er zelfs toe dat hij enthousiaster werd over jonge mensen in het algemeen, meer ging geloven in hun vermogen om goed te doen. En het leidde er ook toe, al verzette hij zich ertegen, dat hij steeds meer om haar ging geven, veel meer zelfs dan raadzaam was.

Op basis van de informatie waarmee Lalitha uit Forster Hollow terugkeerde, kwamen Walter en Vin Haven tot een nieuw en uiterst royaal aanbod. Maar Lalitha hield hun voor dat het met alleen maar meer geld niet ging lukken. Mathis moest zijn gezicht kunnen redden, en dat kon hij alleen in de rol van een Mozes die zijn volk naar het beloofde land voerde, een nieuwe toekomst. Walter kon zich daar niets concreets bij voorstellen, want de mensen van Forster Hollow leken geen noemenswaardige vaardigheden te hebben buiten het schieten van wild, het sleutelen aan auto's, het telen van groente, het plukken van kruiden en het innen van de cheques die ze opgestuurd kregen door hun uitkeringsinstanties. Vin Haven ging echter te rade in zijn brede kring van zakenvrienden en keerde bij Walter terug met een onverwachte en interessante mogelijkheid: kogelwerende vesten.

Totdat hij in de zomer van 2001 naar Houston vloog voor zijn eerste kennismaking met Haven, was het voor Walter nagenoeg ondenkbaar geweest dat er zoiets bestaan kon als een goede Texaan – zozeer werd het nationale nieuws beheerst door slechte. Haven bezat een grote ranch in de Hill Country en een nog grotere ten zuiden van Corpus Christi, en op beide waren kosten noch moeite gespaard om een leefgebied voor allerhande vogels te creëren. Haven was zo'n typisch Texaanse natuurliefhebber die met groot plezier kaneeltalies uit de lucht schoot, maar ook urenlang in vervoering naar een computerscherm kon turen om er de groei te volgen van kerkuiljongen in een nestkast met een webcam, en hij kon lyrisch uitweiden over het vlekkenpatroon in het winterkleed van de Bairds strandloper. Hij was een kleine man met een rond kaal hoofd en kortaffe manieren, en Walter was vanaf de eerste minuut van dat eerste gesprek op hem gesteld geraakt. 'Een startbedrag van honderd miljoen voor één enkele zangvogelsoort,' had Walter gezegd, 'dat mag opmerkelijk heten.'

Haven had hem schuins aangekeken. 'Heb je er soms bezwaar tegen?'

'Nee hoor. Maar aangezien het een vogel is die nog niet eens op de federale lijst van beschermde soorten staat, ben ik benieuwd naar de achterliggende gedachte.'

'De achterliggende gedachte is dat het míjn honderd miljoen is, waar ik mee kan doen wat ik wil.'

'Goed punt.'

'Onze research wijst uit dat de totale populatie van de azuurzanger de laatste veertig jaar met drie procent per jaar is afgenomen. Of ze nu wel of niet op een federale lijst staan, je hoeft geen wiskundige te zijn om die lijn richting nul te zien gaan. En daar gaat-ie dus ook heen, naar nul.'

'Aha. Maar...'

'Maar er zijn nog andere soorten die de nul veel dichter zijn genaderd. Dat weet ik, ja. En ik hoop van ganser harte dat iemand anders zich dáár druk om maakt. Ik vraag me weleens af: zou ik bereid zijn mijn eigen strot af te snijden als ik daarmee een vogelsoort kon redden? We weten allemaal dat een mensenleven meer waard is dan dat van een vogel. Maar mijn miezerige leventje voor een hele soort?'

'Dat is gelukkig een keuze die niemand ooit zal hoeven maken.'

'Niemand persoonlijk, nee,' zei Haven. 'Maar met z'n allen staan we wél voor die keuze. Ik kreeg in februari een telefoontje van Martin Jay, de directeur van de Audubon Society, die vroeg of ik misschien een ontmoeting met Karl Rove voor hem kon regelen in het Witte Huis. Eén uur, zegt-ie, meer heeft-ie niet nodig om Rove ervan te doordringen dat natuurbehoud een politieke goudmijn zou zijn voor de nieuwe regering. Nou, zeg ik, dat uurtje heb ik zo voor je geregeld, maar dan moet jij eerst wat doen. Dan moet je een gerenommeerde opiniepeiler onderzoek laten doen naar hoe belangrijk het milieu is voor zwevende kiezers. Als jij Karl Rove een paar sexy cijfers kan laten zien, zal hij één en al oor zijn. En Martin Jay is één en al dankbaarheid, geweldig, fantastisch, komt voor elkaar. En ik zeg: maar bedenk wel, Martin, voor je zo'n duur onderzoek laat verrichten, lijkt het me raadzaam om zelf eerst een idee te krijgen van hoe die cijfers eruit gaan zien. Zes maanden geleden was dat dus, en ik moet nog steeds van hem horen.'

'Zo te horen hebben wij dezelfde kijk op hoe het er in dat wereldje aan toegaat,' zei Walter.

'Mijn vrouw Kiki en ik praten altijd op Laura Bush in als we haar ergens treffen,' zei Haven. 'Dat zou weleens een stuk vruchtbaarder kunnen blijken.'

'Dat lijkt mij ook! Geweldig.'

'Maar verwacht er voorlopig nog niet te veel van. Ik denk weleens dat Dubya meer met Rove is getrouwd dan met Laura. En wee je gebeente als je dat doorvertelt.'

'Maar goed, waarom de Dendroica cerulea?'

'Omdat ik het een mooi vogeltje vind. Het weegt minder dan het eerste kootje van mijn duim, maar vliegt wel ieder jaar naar Zuid-Amerika en terug. Is dat niet genoeg reden? Stel je voor dat we zeshonderdtwintig andere kerels zoals ik in actie konden krijgen, dan hadden we een beschermheer voor alle Noord-Amerikaanse soorten. En als jij dan de mazzel had dat je het roodborstje kreeg toegewezen, dan zou je dat geen centen kosten. Maar ik hoef niet op een paar centen te kijken, en ik hou bovendien wel van een uitdaging. En het kolengebied in de Appalachians vormt een uitdaging, hoor, neem dat van mij aan. Dat zal jij ook moeten aanvaarden als je deze tent voor me gaat runnen. Dan zul je bijvoorbeeld moeten openstaan voor het idee van bergtopmijnbouw.'

In zijn veertig jaar in de fossiele-brandstoffenhandel, als topman van een bedrijf met de naam Pelican Oil, had Haven banden aangeknoopt met zowat iedereen in Texas die de moeite van het kennen waard was, van Ken Lay en Rusty Rose tot Ann Richards en Father Tom Pincelli, de 'vogelpriester van de Rio Grande'. Hij was vooral goede maatjes met de top van LBI, de oliewinningsgigant die zich net als aartsrivaal Halliburton vertakt had naar de militaire en civiele dienstverlening aan de overheid, en daarin een grote speler was geworden in de jaren van Reagan en Bush senior. Het was tot LBI dat Haven zich had gewend voor een oplossing van het probleem Mathis. In tegenstelling tot Halliburton, waarvan de voormalige bestuursvoorzitter nu feitelijk de dienst uitmaakte in het land, was LBI er nog steeds niet in geslaagd intiem te worden met de nieuwe regering, en dus maar al te graag bereid om een persoonlijke vriend van George junior en Laura een plezier te doen.

Een dochter van LBI, ArDee Enterprises, had recentelijk een vet contract bij Defensie in de wacht gesleept voor de productie en levering van hoogwaardige kogelwerende vesten, een artikel waaraan het leger een schreeuwende behoefte had nu er in alle hoeken en gaten van Irak bermbommen en boobytraps ontploften. West Virginia, een staat die een overmaat aan goedkope arbeidskrachten koppelde aan lakse regelgeving, een staat ook die Bush en Cheney in 2000 aan de verkiezingsoverwinning had geholpen door voor het eerst sinds de zegetocht van Nixon in '72 naar de Republikeinse kandidaat te gaan, mocht zich in de warme sympathie verheugen van de kringen waarin Vin Haven zich bewoog. ArDee was in allerijl een fabriek voor beschermende kleding uit de grond aan het stampen in Whitman County, moest nog met de werving van personeel beginnen, en Haven kon bedisselen dat ze honderdtwintig vaste arbeidsplaatsen reserveerden voor de mensen van Forster Hollow, in ruil voor een pakket tegemoetkomingen dat zo gunstig was dat ze die honderdtwintig man bijna voor niets in dienst konden nemen. Haven deed Coyle Mathis bij monde van Lalitha de belofte van gratis huisvesting en scholing voor hem en de andere families, en verguldde de pil van de verhuizing nog verder door ArDee een bedrag te verstrekken waarmee ze iedereen een ziektekostenverzekering en een pensioenplan konden aanbieden. En wat de toekomst van de werkgelegenheid betrof, volstond het op de verklaringen van de ene na de andere minister te wijzen dat Amerika nog generaties lang in het Midden-Oosten zou moeten blijven om zijn veiligheid te bevechten. Het einde van de War on Terror liet zich niet voorzien, en de vraag naar beschermende militaire kleding dus ook niet.

Walter, die een uiterst negatieve kijk had op het avontuur dat Bush en Cheney in Irak waren begonnen, had een nog negatievere kijk op de moraal van bedrijven in de militaire dienstverlening en was slecht te spreken over de connectie met LBI: een extra stok waar de linkse milieuactivisten hem mee konden slaan. Maar Lalitha was dolenthousiast geweest. 'Het is perfect!' zei ze tegen Walter. 'Op deze manier zijn we méér dan een succesverhaal van wetenschappelijk verantwoorde herbebossing. Nu geven we ook nog het voorbeeld van een veelomvattend sociaal plan, met herhuisvesting en nieuwe werkgelegenheid voor mensen die moeten verhuizen in het kader van natuurbehoud.'

'Wel zuur voor de mensen die zich al hebben laten uitkopen, vind je ook niet?'

'Als die het moeilijk hebben, kunnen we ze ook banen aanbieden.'

'Welja, dan smijten we er gewoon nog een paar miljoen tegenaan.'

'En het is bovendien vaderlandslievend!' zei Lalitha. 'De mensen uit Forster Hollow doen iets voor hun land in tijd van oorlog.'

'Ik kreeg niet de indruk dat het mensen waren voor wie het vaderland een hoge prioriteit had.'

'Dan vergis je je, Walter. Luanne Coffey heeft twee zoons die in Irak vechten. Ze haat de overheid omdat die niet meer doet voor hun veiligheid. Daar hebben we uitgebreid over gesproken. Ze haat de overheid, maar ze haat de terroristen nog meer. Nee, dit is perfect.'

Dus was Vin Haven in december met zijn privéjet naar Charleston gevlogen om Lalitha hoogstpersoonlijk naar Forster Hollow te vergezellen, terwijl Walter inwendig kokend van verongelijktheid en vernedering in een motelkamer in Beckley achterbleef. Ook meegaan was geen optie, want Lalitha had hem na elk bezoek moeten melden dat Coyle Mathis hem nog steeds een arrogante kwal vond. Zijzelf praatte Coyle bekwaam naar de mond en kon daarom geen kwaad bij hem doen. En ook Vin Haven, die zich met de meest uiteenlopende mensen op zijn gemak voelde (getuige zijn vriendschap met George W.) was gastvrij ontvangen in Forster Hollow. Buiten het schoolgebouwtje waar de ontmoeting plaatsvond had een groepje demonstranten van buiten de Nine Mile Valley onder aanvoering van milieugekkin Jocelyn Zorn met protestborden staan zwaaien, maar binnen hadden alle acht gezinshoofden middels een paar handtekeningen afstand van hun rechten gedaan en in ruil een moddervette cheque aan toonder ontvangen, ten laste van de Cerulean Mountain Trust in Washington.

En nu, negentig dagen later, was Forster Hollow een spookgehucht, eigendom van de Trust en klaar voor de sloop die de volgende dag om zes uur 's ochtends zou beginnen. Walter had geen reden gezien om die start bij te wonen, had diverse redenen gezien om hem níét bij te wonen. Maar Lalitha verkneukelde zich op de verwijdering van de laatste bouwsels uit het reservaat. Door haar in dienst te nemen had hij haar laten kennismaken met het visioen van driehonderd vierkante kilometer zonder een spoortje van menselijke bewoning, en aan dat visioen was ze intussen danig verslingerd geraakt. En aangezien zij er zowat in haar eentje voor gezorgd had dat het visoen werkelijkheid ging worden, kon hij haar bezwaarlijk de voldoening onthouden van een rit naar Forster Hollow. Hij wilde haar sowieso alles geven wat hij fatsoenshalve geven kon, omdat hij haar geen regelrechte liefde kon geven. Hij gaf aan haar toe zoals hij vaak aan Jessica had willen toegeven, maar zelden had gedaan omdat dat van slecht ouderschap zou hebben getuigd.

Lalitha zat verwachtingsvol naar voren gebogen terwijl ze de huurauto Beckley binnenstuurde, waar het harder begon te regenen.

'Die zandweg naar Forster Hollow is morgenochtend een blubberzooi,' zei Walter met zijn blik op de grijze hemel. Hij hoorde hoe mopperig hij klonk en verfoeide er zichzelf om.

'Dan gaan we om vier uur op pad en doen we het rustig aan,' zei Lalitha.

'Hoor haar! Heb jij het ooit weleens rustig aan gedaan achter het stuur?'

'Ik ben opgetogen, Walter!'

'Ik zou hier niet eens moeten zijn,' bromde hij. 'Hoe heb ik het in mijn hoofd kunnen halen om morgen die persconferentie te geven?'

'Volgens Cynthia zijn maandagen beter voor de nieuwscyclus,' sprak Lalitha hun pr-vrouw na, die haar salaris tot nu toe voornamelijk had verdiend met het mijden van publiciteit.

'Ik weet niet wat me erger lijkt,' zei Walter. 'Dat er niemand op komt dagen, of dat we een zaal vol journalisten hebben.'

'O, we willen beslist een volle zaal. Als je het goed uitlegt, zal het nieuws zijn dat inslaat als een bom.'

'Nou, ik weet alleen maar dat ik ertegenop zie.'

Met Lalitha in hotels en motels verblijven was wat hem onderhand het zwaarst viel in hun werkrelatie. In Washington, waar ze boven hem woonde, zat ze tenminste nog op een andere verdieping en was Patty er altijd om inbreuk te maken. Bij de Day's Inn in Beckley haalden ze hun anonieme sleutelkaarten door de sloten van hun anonieme kamerdeuren en gingen hun aanpalende motelkamers binnen, waarvan de mistroostigheid alleen verdrongen had kunnen worden door de opwinding van een heimelijke affaire. Walter kon het beeld niet verdringen van hoe Lalitha daar vlak naast hem helemaal alleen in haar kamer zat, die in niets verschilde van de zijne. Het gevoel dat hij niet aan haar kon tippen berustte voor een deel op onvervalste afgunst – op haar jeugd, op haar argeloze idealisme, en op de eenvoud van haar persoonlijke situatie, vergeleken met de ingewikkeldheid van de zijne. En haar kamer mocht dan identiek zijn aan die van hem, voor zijn gevoel was het een ruimte die vervuld werd door een mooi, oprecht en verdedigbaar verlangen, terwijl zijn kamer een plaats was van leegheid en laakbare emoties. Hij zette CNN op om de stilte te verbreken en keek naar een item over de laatste bloedbaden in Irak terwijl hij zich uitkleedde voor een eenzame douche.

De vorige ochtend was Patty kort voor hun vertrek naar het vliegveld in de deuropening van hun slaapkamer verschenen. 'Ik zal het kort maar krachtig houden,' had ze gezegd. 'Mijn zegen heb je.'

'Je zegen voor wat?'

'Dat weet je best. En van mij mag het.'

Hij zou het misschien nog hebben geloofd ook, als ze niet zo diepbedroefd gekeken had, en niet zo meelijwekkend had staan handenwringen.

'Ik heb geen idee waar je op doelt,' zei hij. 'Maar ik hoef geen zegen.'

Ze had hem even smekend aangekeken, en toen radeloos, en was weggelopen. Een halfuur later had hij op weg naar buiten op de deur van het kamertje geklopt waar ze altijd zat te schrijven en te mailen en, steeds vaker, urenlang sliep. 'Tot donderdagavond, lieverd,' had hij door de deur gezegd. En toen ze geen antwoord gaf, klopte hij opnieuw en liep naar binnen. Ze zat op de slaapbank, omklemde met haar ene hand de vingers van de andere. Haar gezicht was rood, geteisterd, nat van de tranen. Hij hurkte voor haar neer en pakte haar handen, die veel ouder leken dan zijzelf, benig, met een ruwe huid. 'Ik hou van je,' zei hij. 'Dat weet je toch wel?'

Ze knikte vluchtig, op haar onderlip bijtend, dankbaar maar niet overtuigd. 'Oké,' piepte ze. 'Ga nou maar.'

Hoeveel duizenden keren, had hij gedacht toen hij de trap af liep naar het kantoor van de Trust, zal ik me nog van mijn stuk laten brengen door deze vrouw?

Arme Patty, arme competitieve maar murwgebeukte Patty, die haar dagen in Washington sleet zonder ook maar iets te doen wat ook maar in de verte opmerkelijk of bewonderenswaardig kon worden genoemd, die kon het natuurlijk niet ontgaan zijn hoezeer hij Lalitha bewonderde. De reden waarom hij zichzelf niet kon toestaan nader tot Lalitha te komen, of ook maar iets te ondernemen wat hen nader tot elkaar zou kunnen brengen, was Patty. Het was niet alleen zijn strikte huwelijkstrouw, hij moest er ook niet aan denken dat Patty ooit gedwongen zou worden in te zien dat hij Lalitha hoger aansloeg dan haar. Lalitha wás beter dan Patty. Dat was simpelweg een feit. Maar Walter had het idee dat hij liever zou sterven dan dat hij Patty dat onmiskenbare feit onder de neus wreef. Want hoeveel hij misschien ook om Lalitha zou blijken te geven als hij zijn gevoelens aan de oppervlakte liet komen, en hoe onmogelijk zijn leven met Patty ook was geworden, hij hield van Patty op een heel andere manier – een bredere, meer abstracte, maar daarom niet minder wezenlijke manier die samenhing met leven in verantwoordelijkheid, met de wil een goed mens te zijn. Als hij Lalitha zou wegsturen, letterlijk of figuurlijk af zou wijzen, dan zou ze een paar maanden verdrietig zijn en dan de draad van haar leven weer oppakken en tot goede dingen komen met iemand anders. Lalitha was nog jong, en gezegend met een helder verstand, waar Patty, hoe vaak ze hem ook kwetste en hoezeer ze ook zijn aanrakingen vermeed, het nog altijd bitter hard nodig had dat hij haar het belangrijkste in zijn leven vond. Dat wist hij zeker, want waarom was ze anders nog altijd bij hem? Waarom was ze dan niet allang bij hem weggegaan? Hij wist het heel, heel erg zeker. Patty droeg een leegte in zich mee, en het was zijn lot dat hij zijn leven lang zijn best moest blijven doen om die leegte op te vullen met zijn liefde. Alleen hij kon het tere vlammetje van haar hoop brandende houden. Dus hoe onmogelijk zijn situatie ook was, en hoeveel onmogelijker die nog dreigde te worden, er stond hem geen andere weg open dan te proberen vol te houden.

Toen hij onder de douche vandaan kwam, met zijn blik afgewend van het onsmakelijk witte middelbare-mannenlichaam in de spiegel, keek hij op zijn BlackBerry en zag dat hij een e-mail van Richard Katz had.

dag vent, klus geklaard hier. wil je me nu in wasington hebben? en slaap ik dan in een hotel of bij jullie op de bank? ik wil natuurlijk wel vertroeteld worden. veel liefs voor je moie vrouwen. rk.

Walter bekeek het bericht met een onbestemde argwaan. Misschien waren het alleen de tikfouten, die hem aan Richards karakteristieke slordigheid herinnerden, maar het kon ook de nasmaak zijn van hun ontmoeting in Manhattan, twee weken eerder. Hoewel Walter dolblij was geweest zijn oude vriend weer eens te zien, was het achteraf blijven knagen hoe Richard in het restaurant naar Lalitha had gekeken en haar gevraagd had het woord 'geil' te herhalen, en hoe hij Walter daarna, toen ze met z'n tweeën naar de ondergrondse liepen, had willen laten toegeven dat hij weleens over orale seks met haar fantaseerde, en hoe Walter ten slotte zichzelf in die bar in Penn Station had zitten verlagen door Patty af te kraken – zijn vrouw, over wie hij nog nooit een onvertogen woord had gezegd. Zevenenveertig jaar oud en dan je voormalige studievriend willen imponeren door je eigen vrouw door het slijk te halen en uit de school te klappen over zaken die niemand iets aangingen – het was gewoon zielig. En hoewel het Richard ook deugd leek te doen om hem weer eens te zien, kon Walter zich niet aan het oude gevoel onttrekken dat Richard hem zijn eigen wereldbeeld had willen opdringen om zich zo boven hem te kunnen stellen. Nadat Richard hem bij hun afscheid had verrast door hun zijn naam en beeltenis toe te zeggen voor hun campagne tegen de overbevolking, had Walter direct Lalitha gebeld met het goede nieuws. Maar alleen zij was daar echt verrukt over geweest – hij was zelf met gemengde gevoelens op de trein naar Washington gestapt, zich afvragend of hij er nu eigenlijk wel goed aan had gedaan.

En waarom had Richard het in deze mail over de *mooie* Lalitha en Patty? En waarom was er 'liefs' voor hen en geen groet voor Walter? Was dat ook gewoon slordigheid? Walter kon het zich nauwelijks voorstellen.

Op een paar minuten rijden van de Day's Inn bevond zich een steakhouse zonder enige allure maar met een ruim voorziene bar. Het was een belachelijke plek om hun succes te vieren, want Walter noch Lalitha aten koe, maar de receptionist van het motel wist niets beters. In een box met plastic stoelbekleding tikte Walter met de rand van zijn bierglas tegen Lalitha's martini, waar zij vervolgens korte metten mee maakte. Hij gebaarde naar hun serveerster voor een tweede en richtte zijn aandacht met tegenzin op het menu. Denkend aan het aandeel van methaangas aan het broeikaseffect, de mest van varkens- en kippenfokkerijen die het oppervlaktewater verpestte, de catastrofale overbevissing van de wereldzeeën, de ecologische nachtmerrie van garnalen- en zalmkwekerijen, de orgie van antibiotica in de intensieve veehouderij, de obscene brandstofverspilling door de globalisering van de landbouw, was er weinig dat hij met een zuiver geweten kon bestellen, behoudens aardappels, bonen en een tilapiafiletje.

'Ach, naar de hel ermee,' zei hij, het menu dichtklappend, 'ik neem de rib-eye.'

'Zo mag ik het horen!' zei Lalitha, die al blosjes op haar wangen had van de martini. 'En ik neem die heerlijke cheeseburger van het kindermenu.'

Het bier was, mild uitgedrukt, een interessante ervaring. Verrassend bitter, verre van lekker, net vloeibaar deeg, en na het derde voorzichtige slokje begonnen er onvermoede aders in zijn hoofd te kloppen.

'Ik heb een mailtje van Richard Katz gehad,' zei hij. 'Hij was klaar met zijn karwei en wilde hierheen komen voor overleg. Ik heb komend weekend voorgesteld.'

'Ha, zie je nou wel! En het leek jou nog wel zinloos om hem te benaderen.'

'Ja ja, je had het weer eens bij het rechte eind.'

Lalitha keek hem onderzoekend aan. 'Ben jij dan niet blij dat hij meedoet?'

'Natuurlijk, zeker wel,' zei hij. 'Er is alleen iets wat ik niet helemaal... vertrouw. Ik snap eigenlijk niet goed waaróm hij meedoet.'

'Omdat wij heel overtuigend zijn geweest!'

'Ja, misschien. Of misschien omdat jij heel mooi bent.'

Dat laatste leek ze leuk maar ook verwarrend te vinden. 'Hij is toch je beste vriend?'

'Is-ie heel lang geweest, ja. Maar toen werd hij beroemd. En nu zie ik vooral dingen die ik niet vertrouw.'

'Waarin vertrouw je hem dan niet?'

Walter schudde zijn hoofd, wilde er niet op ingaan.

'Vertrouw je hem soms niet met míj?'

'Nee, o nee, dat zou buitengewoon stom zijn, nietwaar? Ik bedoel, wat gaat mij het nou aan wat jij doet? Je bent een volwassen vrouw en je kunt heel goed op jezelf passen.'

Lalitha lachte, alleen nog maar geamuseerd nu, niet de minste verwarring meer.

'Ik vond hem heel geestig en charismatisch,' zei ze. 'Maar ik had vooral met hem te doen, als je begrijpt wat ik bedoel. Het lijkt me typisch zo'n man die alleen maar bezig is met hoe hij overkomt, omdat hij vanbinnen heel onzeker is. In dat opzicht is hij het tegenovergestelde van jou. Toen we zaten te praten viel me voortdurend op hoeveel bewondering hij voor je had, en hoe hard hij zijn best deed om dat niet te laten blijken. Had jij dat zelf dan niet door?'

Het plezier dat ze hem met die woorden deed, voelde gevaarlijk aan. Hij wilde het dolgraag geloven, maar durfde dat niet, omdat hij Richard maar al te goed kende als iemand die volmaakt zelfbewust was en zich door niemand van de wijs liet brengen.

'Serieus, Walter. Dat soort mannen is ontzettend primitief. Het enige wat hij heeft is die bekendheid van hem, zijn image en zijn eigendunk. Hij heeft alleen dát, en jij hebt al het andere.'

'Maar wat hij heeft is wat de hele wereld wil,' zei Walter. 'Je hebt zelf al die artikelen over hem gelezen, dus je weet waar ik het over heb. De wereld beloont geen ideeën en gevoelens, de wereld kijkt naar innerlijke kracht en ongenaakbaarheid. En dat is precies waarom ik hem niet vertrouw. Hij heeft het spel zo opgezet dat hij alleen maar kan winnen. Vanbinnen zal hij misschien bewondering hebben, of denken te hebben, voor wat jij en ik doen. Maar in de openbaarheid zal hij dat nooit echt laten blijken, omdat hij zijn image van de coole rockster moet bewaken. Omdat de wereld dát wil, en dat weet hij maar al te goed.'

'En daarom ben ik juist zo blij dat hij met ons wil samenwerken. Want ik zou niet willen dat jij cool was. Ik hou niet van coole mannen, maar van mannen zoals jij. Maar Richard kan publicitair van enorme waarde voor ons zijn.'

Walter was opgelucht toen de serveerster hun bestellingen kwam opnemen en daarmee een eind maakte aan Lalitha's veel te aangename lofzang op hem. Maar het gevaar nam alleen maar toe terwijl ze haar tweede martini dronk.

'Zou ik je een persoonlijke vraag mogen stellen?' vroeg ze.

'Eh... natuurlijk.'

'Vind jij dat ik mijn eileiders moet laten afbinden?'

Ze had het hard genoeg uitgesproken om hoorbaar te zijn buiten hun box en Walter hield in een reflex zijn wijsvinger voor zijn mond. Hij voelde zich toch al zo opgelaten in dit restaurant, waar hij als goedgeklede-middelbare-man-uit-de-grote-stad met een meisje van een ander ras tussen de West-Virginiaanse plattelanders zat: allemaal blank, allemaal sjofel gekleed en allemaal óf veel te dik óf griezelig mager.

'Het lijkt me gewoon logisch,' zei ze op zachtere toon, 'omdat ik toch geen kinderen wil.'

'Tja,' zei hij, 'ik weet niet... hoe moet ik dat nou...' Wat hij wilde zeggen was dat ze haar vriend Jairam maar zo zelden zag dat de kans op een zwangerschap nihil leek, en dat als ze dan toch per ongeluk zwanger mocht raken, ze altijd nog een abortus kon laten verrichten. Maar het leek te ongepast voor woorden om met zijn assistente over haar eileiders te discussiëren. Ze zat hem aan te kijken met een vage, verlegen glimlach, alsof ze naar zijn instemming hunkerde, of zijn afkeuring vreesde. 'Weet je,' zei hij ten slotte, 'ik denk dat Richard wel gelijk had met wat hij in New York zei. Dat mensen op dat punt vaak van gedachten veranderen in de loop der jaren. Het zou misschien toch het beste zijn om geen definitieve stappen te nemen.'

'Maar als ik nou wéét dat ik op dit moment gelijk heb, en wil uitsluiten dat de toekomstige Lalitha in de fout gaat?'

'Tja, maar die toekomstige Lalitha zal dán weer denken dat ze het bij het rechte eind heeft, en misschien toch een andere afweging maken.'

'Dan kan de toekomstige Lalitha de pot op! Als die zich zonodig wil voortplanten, heb ik geen greintje respect voor haar.'

Walter keek star voor zich uit om de andere gasten niet te hoeven zien. 'Waarom kom je eigenlijk met die vraag? Je ziet Jairam toch maar zelden momenteel?'

'Omdat hij wél kinderen wil, daarom. En hij weigert gewoon te geloven dat het me ernst is. Dus moet ik het hem maar op die manier duidelijk maken, zodat hij eindelijk eens doorkrijgt hoe laat het is. Ik wil geen relatie meer met hem.'

'Ik betwijfel eerlijk gezegd of wij dit gesprek moeten hebben.'

'Vind je? Maar met wie moet ik er dán over praten? Jij bent de enige die me begrijpt.'

'O god, Lalitha.' Walters hoofd tolde van het bier. 'Het spijt me. Echt, het spijt me verschrikkelijk. Ik ben bang dat ik je op ideeën heb gebracht waar ik je nooit op had moeten brengen. Je hebt je hele leven nog voor je, en ik... ik heb het gevoel dat ik je op een dwaalspoor heb gebracht.'

Dat kwam er helemaal verkeerd uit. Hij had haar duidelijk willen maken dat ze het bevolkingsvraagstuk los moest proberen te zien van haar persoonlijke leven, maar het klonk eerder alsof hij op hen beiden zinspeelde. En daarmee leek hij bovendien een deur in het slot te gooien die hij helemaal niet dicht wilde hebben. Nog niet. Ook al wist hij dat er niet eens een deur viel dicht te gooien, omdat er tussen hen niets mogelijk was.

'Het is mijn eigen idee, niet het jouwe,' zei Lalitha. 'Jij hebt me niets in mijn hoofd geplant. Ik vroeg je alleen maar om advies.'

'Nou, mijn advies is het niet te doen.'

'Oké. Dan neem ik nog maar een martini, of ontraad je me dat ook?'

'Dat ontraad ik je ook, ja.'

'Nou, bestel er toch maar eentje voor me.'

Er opende zich een afgrond voor Walter, die uitnodigde tot springen. Hij was geschokt door de abruptheid waarmee die verlokkende diepte zich voor hem geopend had. De enige andere keer... of nee, nee, de *enige keer* dat hij verliefd was geworden, had hij er bijna een jaar over gedaan om er gehoor aan te geven, en dat dan nog voornamelijk omdat Patty al het zware werk deed. En nu bleek opeens dat zoiets ook in een paar minuten kon gebeuren! Nog een paar ondoordachte woorden, nog één slok bier, en god mocht weten...

'Ik bedoelde alleen maar te zeggen,' zei hij, 'dat ik je misschien té bewust heb gemaakt van het bevolkingsvraagstuk. Dat mijn fanatisme, waarin mijn eigen woede en frustratie weleens een al te hoog aandeel zouden kunnen hebben, dat ik je daarmee misschien heb aangestoken. Meer dan dat heb ik niet willen zeggen.'

Ze knikte. Er blonken kleine druppeltjes in haar wimpers.

'Ik voel me erg vaderlijk tegenover jou,' hakkelde hij.

'Ik begrijp het.'

Maar 'vaderlijk' was ook weer verkeerd! Het wierp een blokkade op voor een soort liefde, waarvan hij het nog niet verdragen kon dat die definitief buiten zijn bereik zou komen te liggen.

'Nou ja,' hakkelde hij verder, 'ik ben natuurlijk te jong om echt je vader te kunnen zijn, of bijna te jong dan, en trouwens, je hébt een vader. Ik wil ermee zeggen dat ik me als je baas, en als aanzienlijk oudere man, dat ik me heel erg... verantwoordelijk voor je voel. Dus "vaderlijk" in die zin, niet in de zin van een of ander taboe of zo.'

Het klonk hem zelf als baarlijke nonsens in de oren. Als hij érgens mee behept was, dan waren het wel de taboes die hij zichzelf oplegde. Lalitha leek zijn gedachten te raden, sloeg haar prachtige ogen naar hem op en keek hem doordringend aan. 'Je hoeft niet van me te houden, Walter. Dan hou ik wel gewoon van jou, oké? Je kunt me niet verbieden van je te houden.'

Waarmee de kloof voor zijn voeten duizelingwekkend wijd en diep was geworden.

'Ik hou wel degelijk van je!' zei hij. 'Natuurlijk hou ik van je, in zekere zin. Heel veel zelfs. Ontzettend veel. Maar ik zie gewoon geen perspectief. Ik bedoel, als we willen blijven samenwerken, kunnen we dit soort gesprekken absoluut niet met elkaar hebben. Wat we nu hebben gezegd is al heel, heel, heel erg verkeerd.'

'Dat weet ik.' Ze sloeg haar ogen neer. 'En dan ben je ook nog eens getrouwd.'

'Precies. Precíés! Dus eh, daar zitten we nou...'

'Ja, daar zitten we nou.'

'Enfin, je wilde nog een drankje, zei je.'

Liefde verklaard, onheil afgewend. Hij stond op, liep naar de serveerster en bestelde nog een martini, met wat meer vermout ditmaal. Zijn blos, die al zijn hele leven kwam en ging zonder dat hij daar zelf invloed op had, weigerde nu te gaan. Hij dook met gloeiende wangen het herentoilet in en ging voor een urinoir staan. Zijn aandrang was hevig, maar de ontlading liet op zich wachten. Hij haalde een paar maal diep adem, en leek het eindelijk op gang te krijgen toen de deur achter hem openging en er iemand binnenkwam, die een klaterende plas deed, en zijn handen waste en afdroogde, terwijl Walter met een rood hoofd de verlegenheid van zijn blaas probeerde te overwinnen. Het leek bijna te gaan lukken toen hij merkte dat de vent bij de wasbakken bleef staan dralen. Hij gaf het op, verspilde water door onnodig door te spoelen en trok zijn rits omhoog.

'Als je niet pissen kan, zou ik maar eens naar de dokter gaan,' zei de man bij de wasbakken met een knauwend accent. Blank, rond de dertig, een gezicht waarin zich een hard bestaan aftekende – hij voldeed perfect aan Walters profiel van het soort automobilist dat niet in richtingwijzers geloofde. Hij kwam vlak naast Walter staan terwijl die haastig zijn handen waste en droogde.

'Jij hebt ze het liefst jong en zwart, hè?'

'Pardon?'

'Ik heb je aan de gang gezien met die nikkermeid.'

'Ze is Indiaas,' zei Walter, om de man heen stappend. 'Prettige avond nog.'

'Eerst een paar borrels erin en dan je hart ophalen, hè?'

Er klonk zoveel haat door in de stem van de man, dat Walter voor geweld vreesde en zich zonder nog iets te zeggen de deur uit haastte. Hij had in geen vijfendertig jaar een klap gekregen of uitgedeeld en vermoedde dat een kloppartij nu, op zijn zevenenveertigste, nog heel wat onaangenamer zou zijn dan de laatste was geweest op zijn twaalfde. Trillend van verontwaardiging en ingehouden agressie liet hij zich weer in de box glijden en zette zijn tanden in zijn ijsbergsla.

'Hoe is je bier?' vroeg Lalitha.

'Mijn bier. Nou, eh... interessant,' zei hij, en hij dronk zijn nog halfvolle glas in één teug leeg. Zijn hoofd voelde alsof het elk moment los kon komen van zijn romp om naar het plafond te zweven.

'Het spijt me als ik dingen heb gezegd die ik beter voor me had kunnen houden.'

'Ben je mal,' zei hij. 'Ik ben...' *ook verliefd op jou. Ik ben ook heel erg, verschrikkelijk verliefd op jou*. 'Ik zit in een moeilijke positie, lieverd. Nee, niet "lieverd", wat zeg ik nou weer, Lalitha. Lieverd. Ik zit in een moeilijke positie.'

'Misschien moet je gewoon nog een biertje nemen,' zei ze met een glimlachje.

'Want je moet weten: ik hou ook zielsveel van mijn vrouw.'

'Natuurlijk doe je dat,' zei ze. Maar ze probéérde hem niet eens te helpen. Ze boog behaaglijk haar rug, als een kat, en liet haar handen over de tafel naar hem toe glijden – de tien bleke nagels van haar prachtige jonge handen, aan weerszijden van zijn salade, vragend om zijn aanraking. 'Ik ben teut!' lachte ze.

Walter keek schichtig om zich heen, speurend naar zijn kwelgeest uit de toiletruimte, maar hij zag hem nergens. Ook onder de andere gasten was er niemand die hen openlijk gadesloeg. Toen hij weer naar Lalitha keek, had ze haar wang op het tafelblad neergevlijd als op een kussen. Het visioen dat Richard hem geschetst had kwam hem voor ogen. Zij op haar knieën voor hem, haar hoofd dat op en neer ging, haar smachtende ogen naar hem opgeslagen. O, de vunzige eenvoud van het wereldbeeld van Richard Katz. Er ging een golf van verontwaardiging door hem heen, die zijn roes doofde. Misbruik maken van dit meisje was de stijl van Richard, niet die van hem.

'Ga rechtop zitten,' zei hij streng.

'Zometeen,' zei ze, wiebelend met haar uitgestrekte vingers.

'Nee, nu. Wij zijn het gezicht van de Trust en daar moeten we ons van bewust zijn.'

'Ik ben bang dat je me naar mijn kamer moet brengen, Walter.'

'Zorg eerst maar dat je wat in je maag krijgt.'

'Mmm.' Ze glimlachte met haar ogen dicht.

Walter stond op, liep naar hun serveerster en vroeg of het keukenpersoneel hun maaltijden in meeneemdozen kon doen. In de box zat Lalitha nog steeds voorover, haar half opgedronken martini bij haar elleboog. Hij schudde haar wakker en hield haar stevig bij een bovenarm vast terwijl hij haar met zich mee naar buiten voerde, waar hij haar op de passagiersplaats van zijn auto installeerde. Toen hij weer naar binnen liep om de maaltijden op te halen en af te rekenen, kwam hij in de vestibule oog in oog te staan met zijn belager uit het toilet.

'Vuile zwartjesneuker,' zei de man. 'Wat een walgelijke vertoning was dat. Wat moet jij hier, godverdomme?'

Walter probeerde om de man heen te lopen, maar die stapte opzij om hem de doorgang te beletten. 'Ik vraag je wat,' zei hij.

'En daar ga ik niet op in,' zei Walter. Hij wilde hem opzij duwen, maar werd tegen de glazen wand van de vestibule gekwakt, die vervaarlijk rammelde. Tot zijn opluchting ging de binnendeur van het restaurant open en kwam de potige gastvrouw vragen wat er aan de hand was.

'Deze man valt me lastig,' hijgde Walter.

'Vuile viezerik.'

'Ik wil hier geen gesodemieter,' zei de gastvrouw. 'Als jullie willen knokken, ga je maar naar buiten.'

'Ik ga mooi nergens heen,' zei de man. 'Die klootzak hier stapt op.'

'Dan ga jij weer naar binnen en netjes aan je tafel zitten, en die toon sla je niet meer tegen me aan.'

'Ik krijg geen hap meer door mijn keel door die vuilak. Heb jij dan niet gezien wat hij deed?'

Walter liet hen aan elkaar over, liep naar binnen en zag de smeulende blik op zich gericht van een gezette blondine, onmiskenbaar de tafeldame van zijn belager, die in haar eentje aan een tafel bij de deur zat. Wachtend op de maaltijden bij de balie, vroeg hij zich verwilderd af waarom Lalitha en hij uitgerekend deze avond die haat over zich hadden afgeroepen. Ze kregen weleens vaker vorsende blikken, meestal in kleine stadjes, maar nooit zoiets als dit. Hij was zelfs aangenaam verrast geweest door het aantal gemengde stellen in Charleston, en door de relatief lage plaats van racisme op de lijst minpunten van West Virginia, dat voor het grootste deel gewoon te blank was om een rassenkwestie te hebben. De gedachte drong zich op dat de haat van het stel moest zijn opgewekt door zijn eigen schuldbesef, zijn schaamtegevoel dat als een waas om de box moest hebben gehangen. Ze hadden niet zozeer iets tegen Lalitha als wel tegen hém. En dat verdiende hij nog ook. Toen de maaltijden eindelijk kwamen, beefden zijn handen zo erg dat hij nauwelijks de bon van zijn creditcard kon tekenen.

Terug bij de Day's Inn droeg hij Lalitha in zijn armen door de regen en zette haar voor haar kamerdeur neer om die voor haar te openen. Ze had vast wel kunnen lopen, maar hij wilde aan haar wens voldoen om naar haar kamer te worden gedragen. En het had hem ook gebaat om haar als een kind in zijn armen te hebben. Dat had zijn verantwoordelijkheden voelbaar gemaakt. Toen ze op de rand van haar bed ging zitten en zich opzij liet vallen, legde hij het beddensprei over haar heen zoals hij vroeger Jessica en Joey had toegedekt.

'Ik ga naar mijn kamer om te eten,' zei hij, teder een haarsliert uit haar gezicht vegend. 'Ik laat dat van jou hier naast je bed staan.'

'Nee, niet weggaan,' zei ze. 'Blijf nog even tv-kijken. Ik knap zo wel weer op en dan eten we samen.'

En ook daarin gaf hij haar haar zin, zocht naar PBS op de kabel en bekeek het slotdeel van *News Hour* – een discussie over de militaire staat van dienst van John Kerry, waarvan de zinloosheid hem zo tergde dat hij het nauwelijks kon volgen. Het viel hem sowieso steeds zwaarder om nieuwsprogramma's te bekijken. Hij had te doen met Kerry en zijn team, die nog maar krap zeven maanden hadden om de stemming in het land te doen omslaan en drie jaar van doortrapte leugens en geraffineerde manipulatie bloot te leggen.

Hij wist alles van hoogspanning, had zelf onder zware druk gestaan om de contracten van de Trust met Nardone en Blasco getekend te krijgen voordat hun voorovereenkomst met Vin Haven op 30 juni zou verlopen en voorwerp van heronderhandeling kon worden. In zijn haast om de horde Coyle Mathis te nemen en de deadline te halen, had hij geen andere keus gehad dan zijn eigen handtekening onder het kogelwerende-vestencontract met LBI te zetten, hoe stuitend en cynisch hij het ook vond. En nu waren de kolenbedrijven in aantocht om Nine Mile Valley te verwoesten met hun draglines en explosieven, waar ze de vrijheid toe hadden dankzij de enige concrete successen die Walter tot dusver had behaald in West Virginia: hij had er de vergunningen voor het plegen van bergtopmijnbouw doorheen weten te jagen, en hij had de advocaten van de regionale milieubeweging zover gekregen dat ze de winplaatsen buiten de rechtszaak hielden die ze tegen de Trust hadden aangespannen om het project te vertragen. Kortom, de zaak was beklonken, er was geen tijd meer om er nog eens goed over na te denken, dus hij moest dat hele West Virginia maar helemaal uit zijn hoofd zetten en serieus aan de slag gaan met zijn overbevolkingscampagne – hij moest op z'n minst het stageprogramma op poten hebben voordat de studenten van Amerika hun zomerplannen maakten en zouden besluiten voor Kerry te gaan werken.

In de tweeënhalve week sinds zijn ontmoeting in Manhattan met Richard, was de wereldbevolking gegroeid met zeven miljoen. Een *netto* toename van zeven miljoen mensen, het equivalent van de bevolking van New York, die óók weer bossen gingen kappen en rivieren gingen vervuilen en natuurgebieden gingen asfalteren en plastic afval in de oceanen gingen smijten en fossiele brandstoffen gingen verkwisten en diersoorten gingen laten uitsterven en de misdadige paus gingen gehoorzamen door op hun beurt gezinnen van twaalf kinderen bij elkaar te fokken. In Walters visie was er geen groter kwaad in de wereld, geen dwingender reden tot wanhoop over het mensdom en de schitterende planeet die het mocht bewonen, dan de katholieke kerk, al was hij de eerste om te erkennen dat het tweelingfundamentalisme van Bush en Bin Laden tegenwoordig een geduchte runner up was. Hij kon geen kerk zien, en geen bumpersticker met REAL MEN LOVE JESUS of het vissensymbool, of er kwam een knellende band van woede om zijn borst. En in een omgeving als West Virginia wilde dit zo ongeveer zeggen dat hij maar om zich heen hoefde te kijken om door kwaadheid te worden overmand, wat waarschijnlijk in niet geringe mate bijdroeg aan zijn misdragingen op de snelweg. En het was niet alleen godsdienst, en niet alleen de vanzelfsprekendheid waarmee zijn mede-Amerikanen zichzelf als de rechtmatige eigenaar van vrijwel alles ter wereld beschouwden, en het waren niet alleen de Wal-Marts en de emmers glucosestroop en de benzineslurpende patserbakken – het was ook, en vooral, het gevoel dat er in het hele land niemand anders was die ook maar vijf seconden stil wenste te staan bij de gevolgen van het feit dat er maandelijks dertien miljoen grote primaten bijkwamen op het aardoppervlak. De onverstoorbare gemoedsrust van zijn landgenoten, hun montere onverschilligheid, het maakte hem misselijk van woede.

Als middel tegen zijn kwalijke rijgedrag had Patty laatst geopperd dat hij achter het stuur voor afleiding moest zorgen door de radio aan te zetten. Maar voor Walter hadden alle Amerikaanse zenders één gemeenschappelijke boodschap: dat niemand er een punt van maakte dat de wereld naar de verdommenis ging. De Godzenders, de countryzenders en de Limbaugh-epigonenzenders leken zich er juist over te verheugen, de classic rockzenders en de nieuwszenders maakten alleen maar ophef over onbenulligheden, en National Public Radio spande de kroon met programma's als *Mountain Stage* en *A Prairie Home Companion* (gezellig fiedelen terwijl de planeet in doodsnood verkeerde) en veel ergerlijker nog: *Morning Edition* en *All Things Considered*. De nieuws- en actualiteitenrubrieken van NPR, ooit redelijk progressief, waren verworden tot kritiekloze uitlaatkleppen van het centrumrechtse vrijemarktdenken, spraken al van 'slecht nieuws' als de economische groei een beetje *vertraagde* en verspilden dagelijks kostbare zendtijd, vele minuten waarin ze de noodklok hadden kunnen luiden over de overbevolking en de massale soortensterfte, aan gewichtige besprekingen van pseudo-literaire fictie en kortstondige popfenomenen als Walnut Surprise.

En de tv was net als de radio, maar dan tien keer erger. En een natie die geen seconde van *American Idol* wilde missen terwijl de wereld in vlammen opging, verdiende ook eigenlijk niet beter dan de nachtmerrie die haar te wachten stond.

Hij was zich er uiteraard van bewust dat het niet goed was om er zulke boze, wrokkige gevoelens op na te houden, al was het maar omdat hij dat in twintig jaar St. Paul geen dag had gedaan. Hij was zich bewust van het nauwe verband tussen kwaadheid en depressie, dat het geestelijk ongezond was je te laten obsederen door apocalyptische scenario's, was zich ervan bewust dat die obsessie zich in zijn geval voedde met de frustratie over zijn vrouw en de teleurstelling over zijn zoon. En hij vermoedde dat zijn woede hem allang zou hebben verteerd als hij er helemaal alleen in had gestaan.

Maar Lalitha week geen moment van zijn zijde. Ze onderschreef zijn visie en deelde zijn heilige moeten. Bij hun eerste sollicitatiegesprek had ze hem verteld over de familiereis die ze met haar ouders naar westelijk India had gemaakt toen ze veertien was – net oud genoeg om niet alleen geschokt en bedroefd maar ook bóós te worden om de massale armoe en misère in Calcutta. Eenmaal terug in de States had die boosheid haar sterk milieubewust en een overtuigd vegetariër gemaakt, en toen ze ging studeren was vrouwenstudies een voor de hand liggend hoofdvak geweest, waarbij ze zich had toegelegd op de derde wereld. En hoewel ze na haar afstuderen een goede baan in de wacht had gesleept bij de Nature Conservancy, was haar hart, net als dat van Walter toen hij jong was, blijven uitgaan naar duurzaamheid en het bevolkingsvraagstuk.

Toch nam dat alles niet weg dat Lalitha ook een heel andere kant had, een kant die ontvankelijk was voor sterke, traditioneel ingestelde mannen. Haar vriend Jairam was een bonkige jongeman met een gezicht dat niet bepaald knap kon worden genoemd, maar hij was ook mateloos ambitieus, een hartchirurg in opleiding, en Lalitha was zeker niet de eerste jonge schoonheid die Walter haar gunsten aan een Jairam-type had zien schenken om zich te verlossen van een constante stroom aanbidders. Maar na zes jaar van aanhoudende onzin en arrogantie leek ze Jairam nu toch beu, en het meest verrassende aan haar vraag van vanavond, of ze er goed aan deed zich te laten steriliseren, was dat ze überhaupt de behoefte had gevoeld die vraag te stellen.

Ja, waarom had ze hem die vraag gesteld?

Hij zette de tv uit, begon door de kamer te ijsberen om het raadsel te overdenken en vond vrijwel meteen het antwoord: ze had hem eigenlijk gevraagd of *híj* nog een kind met haar zou willen. Of misschien had ze hem willen waarschuwen dat áls hij een kind met haar wilde, zij daar waarschijnlijk niet voor in zou zijn.

En het meest onthutsende was dat hij, als hij er eerlijk over nadacht, inderdaad nog een kind met haar wilde. Niet dat hij niet zielsveel van Jessica hield, en op een abstracte manier ook van Joey. Maar ten aanzien van hun moeder voelde hij een steeds grotere afstand. Patty had waarschijnlijk nooit echt met hem willen trouwen, en hij had haar bovendien leren kennen via *Richard*, die hem al die jaren geleden, op een zomeravond in Minneapolis, verteld had dat zijn nieuwste chick bevriend was met een basketbalster die hem een heel andere kijk op sportstudentes had gegeven. Het had er alle schijn van gehad dat Patty, ook Patty, aan Richard zou toevallen, en uit het voldoening schenkende feit dat dat nu eens niet was gebeurd, dat ze zich in plaats daarvan gewonnen had gegeven aan Walters liefde, was hun hele leven samen voortgekomen – hun huwelijk, hun huis, en hun kinderen. Ze waren altijd een hecht stel geweest, maar ook twee mensen die eigenlijk maar weinig gemeen hadden, en de laatste tijd leken ze steeds minder bij elkaar te passen. Lalitha was daartegenover een gelijkgestemde geest, een zielsverwante die hem adoreerde. Als zij hem ooit een zoon zou schenken, zou die zoon precies zo zijn als hij.

Hij bleef geagiteerd door de kamer lopen. Terwijl hij zijn aandacht had laten afleiden door een glas bier en een racistische hork, was de kloof voor zijn voeten almaar wijder en dieper geworden. Nu liep hij verdomme al over *nageslacht* te fantaseren. Nageslacht met zijn assistente! En hij deed niet eens moeite het te verdringen! Het was een volstrekt nieuwe ontwikkeling, iets van het laatste uur, want hij wist zeker dat hij niet aan zichzelf had gedacht toen hij haar ontraden had haar eileiders te laten afbinden.

'Walter?' zei Lalitha vanaf haar bed.

Hij snelde meteen naar haar toe. 'Ja, hoe gaat het?'

'Ik dacht even dat ik moest kotsen, maar het gaat nu wel weer.'

'Mooi zo.'

Ze keek met knipperende ogen naar hem op, en met een tedere glimlach. 'Fijn dat je gebleven bent.'

'Tuurlijk, wat dacht je dan.'

'Hoe valt dat bier bij je?'

'Weet ik eerlijk gezegd niet.'

Haar lippen waren vlakbij, haar mond was vlakbij, en zijn hart leek zijn ribbenkast te ontwrichten met zijn gebons – *kus haar! kus haar! kus haar!*

En toen ging zijn BlackBerry over, met het lied van de azuurzanger als ringtone.

'Neem maar even op,' zei Lalitha.

'Ehh...'

'Nee, neem maar op. Ik lig hier goed.'

Het was Jessica, zag hij. Ze belden elke dag even met elkaar, dus het was vast niet dringend. Maar haar naam op het display was genoeg om hem bij de rand van de afgrond weg te lokken. Hij ging op het andere bed zitten en nam op.

'Wat hijg je,' zei Jessica. 'Heb je gerend of zo?'

'Nee hoor, we zijn ons succes aan het vieren.'

'Je klinkt meer alsof je een sprint hebt getrokken.'

Hij had amper de kracht om het toestelletje tegen zijn oor te houden, ging op zijn zij liggen en vertelde zijn dochter hoe de ochtend was verlopen en over de bedenkingen die hij bij alles had, en zij deed haar best die weg te nemen. Hij was gehecht geraakt aan de regelmaat van hun dagelijkse belletjes. Van alle mensen die hij kende was Jessica de enige die hij het toestond hem dingen over zichzelf te vragen alvorens hij haar overstelpte met vragen naar hoe het haar verging; de oprechtheid van haar belangstelling stond buiten kijf; zij was het kind dat zijn verantwoordelijkheidsgevoel had geërfd. Hoewel het haar ambitie was schrijfster te worden, en ze momenteel een karig salaris verdiende als redactieassistente in Manhattan, had ze een diepgroene inborst en het vaste voornemen milieuvraagstukken als thema voor haar toekomstige boeken te kiezen. Walter vertelde haar dat Richard naar Washington kwam en vroeg of zij nog steeds van plan was ook over te komen voor het weekeinde, zodat ze haar waardevolle jonge inbreng in de discussies kon hebben. Ze zei dat ze het voor geen prijs wilde missen.

'En hoe was jouw dag?' vroeg hij.

'Tja,' zei ze, 'toen ik terugkwam van kantoor bleek ik nog steeds dezelfde huisgenotes te hebben. Ik heb kleren tegen de onderkant van mijn deur gepropt om de rook buiten te houden.'

'Zeg ze dan gewoon dat ze binnen niet moeten roken.'

'Dat kan ik wel zeggen, maar dan word ik weggestemd. Ze zijn nog maar net begonnen, dus er is nog hoop dat ze inzien hoe stom het is en er weer mee stoppen. Ik wacht het bijna letterlijk met ingehouden adem af.'

'En hoe ging het op je werk?'

'Geen bijzonderheden, alleen wordt Simon met de dag weerzinwekkender. Een menselijke talgfabriek is het. Je kunt je hele bureau schoonvegen als hij tegen je aan heeft staan leuteren. Vandaag heeft hij zowat een uur bij Emily's bureau rondgehangen, en maar zeuren of ze meeging naar een wedstrijd van de Knicks. Vraag me niet waarom, maar die senior redacteuren krijgen vrijkaartjes voor van alles en nog wat, zelfs voor sportwedstrijden. Misschien hebben de Knicks moeite hun business seats gevuld te krijgen, wie zal het zeggen. En Emily had na een tijdje zoiets van: op hoeveel manieren kan ik in godsnaam nee zeggen? Dus ik ben er op een gegeven moment naartoe gelopen en heb Simon gevraagd hoe het met zijn vrouw ging. Je vróúw, weet je wel, bij wie je drie kinderen hebt, weet je wel? En kun je misschien je ogen van Emily's tieten af houden?'

Walter sloot zijn ogen en probeerde iets te zeggen te bedenken.

'Pap? Ben je er nog?'

'Ja ja, tuurlijk. Hoe oud is die, eh, Simon?'

'Geen idee. Onbestemde leeftijd, maar toch algauw twee keer zo oud als Emily. We speculeren er al tijden over of hij zijn haar verft. De kleur lijkt van week tot week een tintje te wisselen, maar dat kan ook aan zijn talgproductie liggen. Ik ben blij dat ik niet direct onder hem val, kan ik je zeggen.'

Walter werd opeens bang dat hij in tranen ging uitbarsten.

'Pap? Ben je er nog?'

'Ja ja.'

'Je blijft zo lang stil, namelijk.'

'Nee, maar luister,' zei hij. 'Geweldig dat je er dit weekeinde bij bent. Ik denk dat we Richard de logeerkamer geven, dat scheelt heen en weer rijden naar een hotel. Zo kunnen we op ons gemak een lange bespreking houden, en op zondag nog een kortere, en concrete plannen bedenken. Lalitha heeft al een paar uitstekende ideeën.'

'Ongetwijfeld,' zei Jessica.

'Nou, goed dan. We spreken elkaar morgen weer, oké?'

'Oké, pap. Hou van je.'

'Ik ook van jou, lieverd.'

Hij liet zijn BlackBerry uit zijn hand glijden en lag een poosje stilletjes te huilen, schokkend op het inferieure matras. Hij had geen flauw benul van wie hij was en wat hij met zijn leven aan moest. Alles wat op zijn weg kwam, dwong hem in een richting die hem de enig juiste leek, maar zodra zich dan weer iets nieuws aandiende, dwong dat hem in een heel andere richting die óók de enig juiste leek. Er was geen ordenende structuur, geen perspectief waarbinnen hij zich kon oriënteren – hij kwam zichzelf voor als een balletje in een flipperkast dat maar voort bleef rollen om het rollen zelf. Het idee om zijn huwelijk eraan te geven en opnieuw te beginnen met Lalitha had onweerstaanbaar geleken tot hij zich herkende in die oudere collega uit Jessica's verhaal, een van die talloze blanke Amerikaanse mannen die recht meenden te hebben op meer en meer en meer. Dat maakte er opeens een romantische vorm van Amerikaans imperialisme van: iets jongs en exotisch willen hebben omdat het artikel van eigen bodem niet langer voldeed. Het was vergelijkbaar met de koers die hij tweeënhalf jaar met de Trust had gevolgd, overtuigd van de juistheid van zijn argumenten en het belang van zijn missie, om vanochtend in Charleston opeens het gevoel te krijgen dat het één onafgebroken reeks van kwalijke misstappen was geweest. En met zijn initiatief tegen de overbevolking ging het al niet anders – niets had hem zinvoller geleken dan zich met hart en ziel in te zetten voor de grootste uitdaging van dit tijdsgewricht, maar wat had die uitdaging opeens vergezocht en pietluttig geleken toen Lalitha te kennen gaf dat ze haar eileiders wilde laten afbinden. Wie was hij en wat moest hij met zijn leven aanvangen?

Hij droogde zijn ogen met het laken en probeerde zich te vermannen toen Lalitha opstond, naar hem toe kwam en een hand op zijn schouder legde. Haar adem rook zoetelijk naar martini. 'Mijn baas,' zei ze zacht, zijn schouder strelend. 'Je bent de fijnste baas van de wereld. En een geweldige man. Morgen staan we op en is alles weer goed.'

Hij knikte en snufte wat. 'Alsjeblieft,' zei hij, 'laat je niet steriliseren.'

'Nee.' Ze bleef hem strelen. 'Vanavond niet, tenminste.'

'Al die haast is nergens goed voor. Kalmte is wat we nu nodig hebben.'

'Ja, kalmte. We doen het kalm aan.'

Als ze hem nu had gekust, zou hij die kus hebben beantwoord, maar ze bleef zijn schouder staan aaien en uiteindelijk hervond hij zichzelf weer een beetje en richtte zich op. Lalitha keek treurig, maar niet teleurgesteld. Ze gaapte en rekte zich uit als een kind. Walter liet haar alleen met haar cheeseburger en ging naar zijn kamer met zijn rib-eye, die hij met schuldige barbaarsheid verslond, hield het stuk vlees in zijn handen, beet er lappen vanaf en liet het vet over zijn kin druipen, tot hij zichzelf opnieuw aan de smoezelige oudere collega van Jessica deed denken.

Ontnuchterd door dit beeld, en door de eenzaamheid en kaalheid van zijn kamer, waste hij zijn gezicht en ging zijn e-mail zitten bekijken terwijl Lalitha sliep in haar onbezoedelde kamer en droomde van, ja van wat? Hij kon er slechts naar raden. Maar hij had wel het idee dat ze zich allebei, door zo dicht bij de afgrond te komen en toch maar terug te deinzen, immuun hadden gemaakt voor nieuwe neigingen. En dat leek hem op dit moment ook maar het beste. Dat was de leefwijze die hij beheerste: gedisciplineerd, met zijn gevoelens aan banden. Hij putte troost uit hoe lang het nog duurde voor ze weer samen op reis zouden moeten.

Cynthia, zijn publiciteitsvrouw, had hem de eindversies gestuurd van het persbericht en de voorlopige bekendmaking die morgenmiddag verspreid zouden worden, zodra er een begin was gemaakt met de sloop van Forster Hollow. En er was een kort, onvrolijk mailtje van Eduardo Soquel, de contactpersoon van de Trust in Colombia, die bevestigde dat hij bereid was de *quinceañera* van zijn dochter te missen en op zondag het vliegtuig naar Washington te nemen. Walter had Soquel naast zich nodig op de persconferentie van maandag, om het pan-Amerikaanse karakter van het reservaat te benadrukken en de successen van de Trust in Zuid-Amerika onder de aandacht te brengen.

Het was niet ongebruikelijk dat grote landaankopen door natuurbeschermingsorganisaties buiten de publiciteit werden gehouden tot alles definitief was, maar zelden was geheimhouding zo geboden geweest als bij deze deal, waarbij liefst zesduizend hectare bosgebied aan bergtopmijnbouw werd blootgesteld. Walter was op zijn hoede sinds het eind van 2002, toen hij zich tegenover lokale milieugroepen had laten ontvallen dat zijn Trust *misschien* zou overwegen mijnbouw in het reservaat toe te staan, wat voor Jocelyn Zorn al reden genoeg was geweest om meteen elke antisteenkooljournalist in West Virginia te alarmeren. Een stroom van negatieve publicaties had Walter doen inzien dat hij het zich domweg niet veroorloven kon om open kaart te spelen. De tijd drong en bood geen ruimte voor het moeizame proces van publieke voorlichting en opinievorming. Dus had hij het verdere verloop van zijn overleg met Nardone en Blasco onder de pet gehouden, en Lalitha had Coyle Mathis en zijn buren een geheimhoudingsbeding laten tekenen, alles om in stilte naar het moment te kunnen toewerken waarop de feiten voldongen zouden zijn. Maar nu was het spel op de wagen, nu was het zware materieel onderweg naar de vallei en was het tijd om naar buiten te komen met een klinkend verhaal over ‘wetenschappelijk verantwoorde herbebossing’ en ‘een veelomvattend sociaal plan met herhuisvesting en nieuwe werkgelegenheid'. Het probleem was alleen dat Walter er met de dag zekerder van werd dat de pers hem ging slachten vanwege die mijnbouwplannen. Het zou hem weleens weken kunnen kosten om alle brandjes geblust te krijgen, en de tijd drong opnieuw, want nu moest hij aan de slag met zijn initiatief tegen de overbevolking, het enige dat hem nu nog ter harte ging.

Na het persbericht met een angstig voorgevoel te hebben gelezen en herlezen, keerde hij naar zijn inbox terug en zag dat daar een nieuwe mail in stond, van ene caperville@nytimes.com.

Beste meneer Berglund,

Mijn naam is Dan Caperville en ik werk aan een artikel over natuurbehoud in Appalachia. Als ik goed ben geïnformeerd heeft de Cerulean Mountain Trust onlangs een overeenkomst gesloten voor het behoud van een uitgestrekt bosgebied in Wyoming County WV. Zodra het u schikt zou ik u daarover graag enkele vragen willen stellen...

Wat was dít? Hoe kon de *Times* nou van het contract weten dat die ochtend pas getekend was? Onder de huidige omstandigheden was Walter zo slecht in staat de mail te overdenken, dat hij meteen een reply tikte en verzond.

Geachte heer Caperville,

Dank u zeer voor uw mail! Ik ben van harte bereid u te woord te staan over de geweldige plannen van de Trust. Het toeval wil dat wij a.s. maandagochtend in Washington een persconferentie geven over een grootschalig en opzienbarend nieuw project, en het zou mooi zijn als u daarbij aanwezig was. Aandacht in de Times is uiteraard een groot goed voor ons, dus ik zal u zondagavond al een exemplaar van ons persbericht doen toekomen. Als u maandagochtend voor de persconferentie aanwezig kunt zijn, maak ik graag tijd vrij voor een persoonlijk interview.

Ik zie ernaar uit u te spreken!

Walter E. Berglund
directeur Cerulean Mountain Trust

Hij cc'de alles naar Cynthia en Lalitha, met het commentaar Hoe kán dit??, begon door zijn kamer te ijsberen en hunkerde naar een tweede biertje. (Eén flesje in zevenenveertig jaar en hij voelde zich nu al verslaafd.) Hij deed er nu waarschijnlijk het beste aan om Lalitha wakker te maken, terug te rijden naar Charleston, de eerste ochtendvlucht te nemen en de persconferentie al op vrijdag te houden om het verhaal voor te zijn. Maar het was alsof de hele wereld, heel de dolmakend snelle wereld, eropuit was hem van de enige twee dingen af te houden die hij nu echt verlangde. Nu hij Lalitha's kus al was misgelopen, wilde hij op z'n minst het weekeinde met haar doorbrengen om de overbevolkingscampagne met haar, Jessica en Richard te bespreken voor hij zich met de janboel in West Virginia moest gaan bezighouden.

Om halfelf liep hij nog steeds door zijn kamer en voelde zich intussen zo nerveus en verlaten dat hij naar huis belde. Hij wilde van Patty horen dat hij nog enige geloofwaardigheid had, of misschien wilde hij alleen maar wat woede lozen bij iemand van wie hij hield.

'Hé, hallo,' zei Patty. 'Ik had niet verwacht wat van je te horen. Alles oké?'

'Alles is kút.'

'Ja, dat zal ook wel. Valt niet mee, hè, om steeds maar nee te blijven zeggen terwijl je eigenlijk ja wilt zeggen.'

'O, jezus, krijgen we dat weer,' zei hij. 'Alsjeblieft, Patty, niet dát weer.'

'Sorry. Ik wou je alleen maar steunen.'

'Geloof het of niet, maar ik heb hier een professioneel probleem, Patty. Niet een of ander gevoelskwestietje, maar een ernstig professioneel probleem, en het zou wel aardig zijn om daar even in ernst over te kunnen praten met mijn vrouw. Iemand die vanochtend bij die ondertekening was heeft blijkbaar gelekt naar de pers, en nu moet ik een golf van ongewenste publiciteit zien voor te blijven, terwijl ik toch al niet het gevoel heb dat ik me voor deze deal op mijn borst kan slaan. Voorlopig heb ik weinig méér voor elkaar gekregen dan dat zesduizend hectare natuur binnenkort in een maanlandschap verandert. En dat moet ik nu zien te verkopen aan de buitenwereld, terwijl dat hele project me ondertussen gestolen kan worden.'

'Ja, nou, jeetje,' zei Patty. 'Een maanlandschap, dat klinkt inderdaad verschrikkelijk.'

'Fijn, dank je. Hartelijk dank voor je bemoedigende woorden.'

'Ik las er vanochtend toevallig al een stuk over in de *New York Times*.'

'In de... *vandaag*?'

'Ja. Het ging over je zangvogel, en hoe rampzalig het daarvoor zou zijn als er bergtopmijnbouw komt in dat gebied.'

'Ongelooflijk... vandaag al?'

'Ja, vanochtend.'

'Godverdomme! Iemand moet dat stuk gelezen hebben en die journalist hebben ingeseind over het tekenen van die contracten. Ik kreeg een halfuur geleden een mailtje van hem.'

'Maar goed,' zei Patty, 'daar verzin je toch wel wat op? Al klinkt het natuurlijk niet best, bergtopmijnbouw.'

Hij kneedde zijn voorhoofd, voelde de tranen weer branden. Hij kon er niet over uit dat hij dit van zijn vrouw moest horen, op dit late uur, uitgerekend op deze dag. 'Sinds wanneer ben jij zo'n *Times*-fan?' vroeg hij.

'Ik zeg alleen maar dat het behoorlijk negatief overkomt, die mijnbouw. Volgens mij is iedereen het er wel over eens hoe slecht het is.'

'Was jij het niet die altijd de spot dreef met haar moeder omdat ze alles geloofde wat ze in de *Times* las?'

'O, haha, dus nu ben ik mijn moeder? Omdat ik het vernielen van bergen een slechte zaak vind, ben ik opeens Joyce?'

'Het heeft ook andere kanten, geloof me.'

'Dus jij vindt dat we steenkool moeten blijven gebruiken. Dat we het gebruik van steenkool makkelijker moeten maken in plaats van moeilijker. Ondanks de opwarming van de aarde.'

Hij liet zijn hand over zijn ogen glijden en drukte erop tot het zeer deed. 'Zal ik je uitleggen wat ik bedoel? Stel je het op prijs als ik die moeite neem?'

'Als je wilt.'

'We koersen op de ondergang af, Patty. We gaan het einde tegemoet.'

'Tja, en ik weet niet hoe jij daarover denkt, maar ik begin het zo langzamerhand een opluchting te vinden.'

'Ik heb het niet over jou en mij!'

'O, sorry, haha! Dat had ik even niet door, werkelijk niet.'

'Wat ik bedoel is dat de wereldbevolking en het energieverbruik op een gegeven moment fors omlaag zullen gaan, gewoon omdat het niet anders meer kan, want zoals het nu gaat, zijn we de duurzaamheid allang voorbij. En als die ineenstorting komt, zal dat de ecosystemen een kans op herstel bieden, maar alleen als er nog natuur over is. Dus is het de grote vraag hoeveel er van de aarde verwoest zal zijn voordat alles in elkaar klapt. Gebruiken we eerst alles op, vellen we iedere boom en vissen we alle zeeën leeg voordat we zelf ten onder gaan, of zal de natuur nog een paar bolwerken hebben vanwaaruit ze kan herstellen?'

'Hoe dan ook, jij en ik zullen dan al dood zijn,' zei Patty.

'Maar voor ik doodga, wil ik zo'n bolwerk opzetten. Een toevluchtsoord helpen creëren, waarbinnen een ecosysteem kan overleven. Dat is het hele punt van dit project.'

Patty beet zich vast in haar scepsis. 'Jij wilt de boel dus rekken. En dan komt er ooit toch die wereldwijde plaag of zo, met een lange rij voor de Tamiflu, en dan zorg jij ervoor dat wij daar als laatsten in aansluiten. Hè wat jammer nou, mevrouw en meneer, we zijn er net doorheen. En dan zeggen wij heel beleefd dat wij het ook jammer vinden, en dan gaan we dood.'

Walter weigerde te happen. 'De opwarming van de aarde vormt een ontzagwekkende bedreiging, maar is nog lang niet zo gevaarlijk als radioactief afval. Het blijkt dat veel soorten zich sneller kunnen aanpassen dan we altijd dachten, dus als we de klimaatverandering weten uit te smeren over een periode van honderd jaar, zullen kwetsbare ecosystemen toch een kans hebben om erdoorheen te komen. Maar als zo'n reactor de lucht in vliegt, is alles in één keer naar God, en dan ook voor minstens vijfduizend jaar.'

'Kortom, steenkool. Toch maar steenkool branden, mensen. Hiep hiep hoera voor de steenkool.'

'Het ligt genuanceerder dan je denkt, Patty. Het plaatje wordt ingewikkelder als je de alternatieven erbij denkt. Kernenergie is levensgevaarlijk. De kans dat ecosystemen van een kernramp herstellen is núl procent. En iedereen heeft het tegenwoordig over windenergie, maar dat is ook niet zo geweldig, hoor. Die idioot van een Zorn heeft een brochure waarin ze twee keuzes laat zien, volgens haar kennelijk de énige twee keuzes. Plaatje A toont een woestenij die het gevolg zou zijn van bergtopmijnbouw, en plaatje B tien windmolens in een ongerept, idyllisch berglandschap. En wat is er fout aan dat laatste plaatje? De fout is dat er maar tien windmolens op staan, want in werkelijkheid zou je tiendúízend windmolens nodig hebben. In werkelijkheid zou je iedere berg en heuvel in West Virginia moeten volzetten met turbines. En stel je dan eens voor hoe het een vlucht trekvogels vergaat die daardoorheen probeert te komen. En wat denk je, zou het nog steeds een idyllisch landschap zijn als het vol staat met windmolens, de droom van iedere natuurtoerist? Dacht het niet, hè? En vergis je niet, om te kunnen wedijveren met steenkool zouden die tienduizend turbines voorgoed moeten blijven draaien. Over honderd jaar zou je dan nog steeds die godsgruwelijk lelijke aanblik hebben van windmolens die alles vermalen wat zich erbij in de buurt waagt. Terwijl er in het mijnbouwgebied, als je de herbebossing goed aanpakt, over honderd jaar alweer een waardevol volwassen bos staat.'

'En dat weet jij, maar de krant weet het niet,' zei Patty.

'Precies.'

'En het is niet mogelijk dat jij je vergist.'

'Nee, niet in de afweging van steenkool versus wind- of kernenergie.'

'Tja, misschien als je dat dan allemaal uitlegt zoals je het nu aan mij hebt uitgelegd, misschien dat de mensen je dan geloven en je verder geen probleem meer hebt.'

'Geloof jij het?'

'Ik heb alle feiten niet op een rij.'

'Maar ík wel, en ik heb je zojuist verteld hoe het zit. Waarom is het zo moeilijk voor jou om te geloven wat ik je zeg? Waarom kun je me niet een klein beetje hoop geven op een goede afloop?'

'Ik dacht dat dat het werk van Poppenkopje was. Ik ben een beetje roestig sinds zij die rol heeft overgenomen. En ze is er sowieso veel beter in.'

Walter kapte het gesprek af voordat het nog ontluisterender kon worden. Hij knipte alle lampen uit en trok zijn pyjama aan bij de lichtgloed van het parkeerterrein in de ramen. Het donker vormde het enige kalmeringsmiddel dat hem ter beschikking stond. Hij trok de rolgordijnen omlaag, maar er sijpelde nog steeds halogeenlicht onderdoor, dus haalde hij het tweede bed af en gebruikte de kussens en dekens om ook dat lichtstreepje te doven. Hij deed zijn slaapmasker om en ging met een kussen over zijn hoofd in bed liggen, maar zelfs toen was het nog alsof er verdwaalde fotonen op zijn dichtgeknepen oogleden botsten, een minder dan volmaakte duisternis.

Zijn vrouw en hij hielden van elkaar en kwelden elkaar elke dag weer. Al het andere wat hij in zijn leven deed, zelfs zijn verlangen naar Lalitha, kwam neer op een poging om aan die paradox te ontkomen. Patty en hij konden niet samenleven en zich ook geen leven zonder elkaar voorstellen. Telkens als hij dacht dat ze het definitieve breekpunt hadden bereikt, bleken ze toch weer samen door te kunnen.

Op een onweerachtige avond in Washington, de voorbije zomer, had hij een punt op zijn ontmoedigend lange karweitjeslijst willen afwerken door na jaren van getalm een online-account te openen bij zijn bank. Als hij zoiets niet deed, deed niemand het. Sinds hun verhuizing naar Washington was Patty's aandeel in de huishouding almaar kleiner geworden. Ze deed zelfs geen boodschappen meer, maar betaalde nog wel de rekeningen en beheerde het huishoudboekje. Walter had zich daar nooit om bekommerd tot hij, na drie kwartier frustratie met de bankwebsite, opeens de cijfers op zijn computerscherm zag verschijnen. Zijn eerste gedachte, toen hij die raadselachtige maandelijkse opnamen van vijfhonderd dollar ontdekte, was dat ze al tijdenlang bestolen werden door een of andere hacker uit Moskou of Nigeria. Maar dat moest Patty toch ook zijn opgevallen?

Hij liep de trap op naar haar kamertje, waar ze vrolijk zat te bellen met een oude basketbalvriendin (voor iedereen die niet Walter was, had ze nog altijd haar geestigheden en klaterende lach over), en gebaarde dat hij niet van plan was weg te gaan tot ze had opgehangen.

'Ik had contant geld nodig,' zei ze toen hij haar de uitdraai van het bankverkeer had laten zien. 'Ik heb wat cheques uitgeschreven voor contant geld.'

'Vijfhonderd per maand? Aan het eind van iedere maand? Al maandenlang?'

'Ja, dan ga ik naar de bank om geld op te nemen.'

'Nee, je neemt om de paar weken tweehonderd dollar op. Ik ken je bestedingsgedrag. En ik zie hier ook een vergoeding voor een cheque aan toonder, hier op 15 mei.'

'Ja.'

'Dus we hebben het over een cheque aan toonder, niet over een geldopname.'

In de richting van de Naval Observatory, waar Dick Cheney woonde, rommelde de donder in een avondhemel met de kleur van het water van de Potomac. Patty leunde achterover op haar slaapbank en deed uitdagend haar armen over elkaar. 'Oké,' zei ze. 'Je hebt me betrapt. Joey moest zijn kamerhuur voor de zomer vooruitbetalen en dat ging even niet. Hij betaalt het terug zodra hij genoeg geld heeft verdiend.'

Het was de tweede zomer op rij dat Joey ergens een baantje had genomen zonder thuis te komen wonen. Zijn weigering van hun gastvrijheid was al ergerlijk genoeg voor Walter, maar nog veel ergerlijker was de keuze voor zijn zomerwerkgever: een onverkwikkelijk nieuw bedrijf (financieel gesteund door Vin Havens vriendjes van LBI, maar dat zei Walter op dat moment nog weinig), dat door een onderhandse aanbesteding het contract had verworven voor het privatiseren van de broodindustrie in bevrijd Irak. Walter en Joey hadden daar kort tevoren bonje over gehad toen Joey voor de Vierde Juli naar Washington was gekomen voor een familiepicknick, en zijn plannen voor de zomer had verteld. Walter was in een woedende tirade uitgebarsten, Patty had zich uit de voeten gemaakt en Joey had hem minzaam zitten toegrijnzen. Zijn hooghartige Republikeinengrijns. Zijn Wall Street-grijns. Alsof hij zijn ouwe stommeling van een vader maar liet kletsen over zijn achterhaalde principes. Alsof hij wel beter wist dan er nog serieus op in te gaan.

'We hebben hier een uitstekende logeerkamer,' zei Walter tegen Patty, 'maar dat is meneer te min. Dat zou niet chic genoeg zijn. Dat zou niet cool genoeg zijn. Stel je voor, dan zou hij misschien wel met de bus naar zijn werk moeten! Met het klootjesvolk!'

'Hij moet zijn kamer op Virginia aanhouden, Walter. En hij betaalt het weer netjes terug, oké? Ik wist hoe je zou reageren, dus heb ik het maar op eigen houtje besloten. Maar als ik geen zelfstandige besluiten meer van je mag nemen, neem me mijn chequeboek en bankpas dan maar af, dan kom ik voortaan wel om geld bij je bedelen als ik het nodig heb.'

'Elke maand! Je hebt elke maand geld gestuurd! Naar meneer O-wat-ben-ik-toch-onafhankelijk!'

'Ik léén hem wat geld, oké? Zijn vrienden daar zitten allemaal ruim in de slappe was. Hij leeft zo zuinig mogelijk, maar als hij er daar vrienden op na wil houden, als hij zich in die wereld wil bewegen...'

'De hoogstaande wereld der corpsballen...'

'Hij heeft plannen, Walter! Hij werkt aan een toekomst en hij wil dat je trots op hem bent...'

'Werkelijk? Daar hoor ik van op!'

'Het is alleen maar voor kleren en sociaal verkeer,' zei Patty. 'Hij betaalt zelf zijn collegegeld, hij betaalt zelf voor zijn kost en inwoning, en als jij het hem nou eens vergeven kon dat hij niet in alle opzichten een exacte kopie van je is, dan zou je misschien zien hoeveel hij eigenlijk op je lijkt. Jij onderhield jezelf ook op die leeftijd, op precies dezelfde manier!'

'Klopt, behalve dat ik in vier jaar studeren welgeteld drie corduroy broeken heb gedragen, en niet vijf avonden per week ging stappen, en ik kreeg al helemáál geen geld opgestuurd door mijn moeder.'

'Het is een heel andere wereld nu, Walter! En misschien, heel misschien, snapt hij beter dan jij wat je moet doen om vooruit te komen in die wereld.'

'Een baantje nemen bij een door en door fout bedrijf, je elke avond klemzuipen met een stel Republikeinse corpsballen, is dat de enige manier om vooruit te komen? Zou er werkelijk geen andere manier zijn?'

'Jij begrijpt niet hoe gestrest die jongelui nu zijn, onder wat voor druk ze staan. Dus ja, ze zoeken 's avonds een uitlaatklep, is dat zo vreselijk?'

De airco van het oude herenhuis was kansloos tegen de vochtige zwoelheid die het omgaf. De donder kreeg een permanent karakter en leek nu van alle kanten te komen. De sierlijke perenboom voor het raam wiegde zijn takken alsof hij door iemand beklommen werd. Er parelde zweet op elk plekje van Walters lichaam dat niet in direct contact met zijn kleren stond.

'Goh, dat jij het opeens voor de jeugd van tegenwoordig opneemt,' zei hij. 'Anders ben je juist zo...'

'Ik neem het op voor je zóón,' zei ze. 'Je zoon die, mocht het je ontgaan zijn, keihard werkt en nu eens geen onbenul op teenslippers is. Hij is een stuk interessanter dan...'

'Ik vind het ongelóóflijk dat je hem drinkgeld stuurt! Weet je waar dat me aan doet denken? Aan die staatssteun voor het bedrijfsleven. Al die bedrijven die de mond vol hebben over de vrije markt, maar ondertussen wel aan de tiet liggen bij de federale overheid. "We willen een kleinere overheid, we willen deregulering, we zijn tegen belastingen, maar o ja, we willen natuurlijk wél..."'

'Ik dacht niet dat we het over tieten hadden, Walter,' zei Patty kil.

'Het was een metafoor, weet je wel.'

'Nou, uit jouw mond vind ik het een opmerkelijke metafoor.'

'Dank je, ik heb hem met zorg gekozen. Al die bedrijven die zich zo slagvaardig voordoen maar ondertussen wel hun federale steun opslurpen terwijl andere organisaties wegkwijnen. Instanties die de vis- en wildstand moeten beschermen hebben hun budget jaar in jaar uit teruggesnoeid zien worden. Als je die kantoren bezoekt, zijn ze zowat uitgestorven. Geen staf meer, geen geld meer om land aan te kopen, geen...'

'O gossie, die arme vis- en wildstand toch.'

'*Mij gaan die dingen ter harte!* Kun je dat dan echt niet begrijpen, of op z'n minst respecteren? Als je er geen respect voor kunt opbrengen, wat doe je hier dan nog? Waarom verlaat je me dan niet gewoon?'

'Omdat weggaan niets oplost! Mijn god, dacht je nou echt dat ik dat niet al tientallen keren overwogen heb? Vertrekken en met mijn geweldige kwalificaties en werkervaring een nieuw bestaan opbouwen? Ik heb wel degelijk bewondering voor wat jij voor je zangvogel doet, maar...'

'Dat lieg je.'

'Nou, oké, het is misschien niet echt mijn ding, maar...'

'Wat is jouw ding dan wél, Patty? Jij hébt geen ding. Jij hangt alleen maar hier in huis rond en voert geen reet uit, nooit, en daar word ik zo langzamerhand stapelgek van. Als je nou inderdaad eens een baan nam, zelf een salaris zou gaan verdienen of iets voor anderen zou gaan betekenen, in plaats van hier in je kamertje zitten kniezen, misschien zou je je dan wat minder waardeloos gaan voelen.'

'Tja, maar weet je, lieve schat, niemand zal míj honderdtachtigduizend per jaar geven om vogeltjes te redden. Leuk werk, hoor, mooi werk zelfs, maar voor mij niet weggelegd. Wil je dat ik frappucino's ga maken in de Starbuck's? Denk je dat acht uur per dag koffie serveren wonderen zal doen voor mijn eigenwaarde?'

'Wie weet! Al probeerde je het maar eens! Maar dat heb je nog nooit gedaan, je hele leven niet!'

'Ah, daar zullen we het hebben. Nou komt het hoge woord eruit.'

'Ik had het nooit moeten goedvinden dat je thuis bleef zitten. Dat was mijn fout. Ik weet niet waarom je ouders je nooit gedwongen hebben werk te zoeken, maar...'

'Ik héb gewerkt, godverdomme!' Ze trapte naar hem en miste zijn knie op een haartje. 'Ik heb één hele, afschuwelijke zomer voor mijn vader gewerkt. En je weet zelf hoe lang ik in dienst van de universiteit ben geweest. Twee jaar heb ik het daar volgehouden. Zelfs toen ik hoogzwanger was ging ik er nog heen.'

'Je zat er te kletsen met coach Treadwell, dronk koffie en bekeek wedstrijdvideo's. Dat waren geen banen, Patty, dat waren cadeautjes. Eerst van je vader, en toen van je vrienden van de sportafdeling.'

'En twintig jaar lang het huishouden, zestien uur per dag? Onbetaald? Telt dat niet? Was dat een cadeautje van jou, dat ik je kinderen mocht grootbrengen en je huis mocht schoonhouden?'

'Dat wilde je zelf.'

'En jij niet dan?'

'Voor jou, ja. Ik wilde het voor jou.'

'Gelul, gelul, gelul! Zo wilde jij het zelf ook. Zo kon je Richard laten zien hoe geweldig je was, en dat weet je verdomd goed. Je wilt het nu liever vergeten, natuurlijk, omdat je strijd met hem niet zo gunstig is verlopen. Je bent niet langer de winnaar.'

'Winnen heeft er niets mee te maken.'

'Leugenaar! Je bent net zo competitief als ik, je wilt er alleen niet voor uitkomen. Daarom wil je ineens zo graag dat ik ga werken. Omdat je geen goede sier met me kunt maken, omdat je nu door mij dreigt te verlíézen.'

'Ik kan dit niet langer aanhoren. Dit slaat nergens op.'

'Nou, of je wilt luisteren of niet, ik zit nog steeds in jouw team. En daarom wil ik ook nog steeds dat je wint, geloof het of niet. De reden waarom ik Joey help is dat hij ook in ons team zit. En jou zal ik ook helpen, hoor. Voor jouw bestwil zal ik morgen op zoek gaan naar een baan.'

'Mooi, maar doe het niet in mijn belang, in godsnaam.'

'*Ja, wel in jouw belang!* Heb je het nog steeds niet door, Walter? Ik héb zelf geen belang. Ik heb geen verlangens, geen ambities, geen hoop, niks. Voor mij bestaat alleen het team, het team is alles wat ik heb. En daarom zal ik speciaal voor jou een baantje gaan zoeken. Dan hoef je me niet langer de les te lezen en kan ik Joey geld sturen dat ik zelf verdien. En dan hoef je me bovendien niet meer zo vaak te zien, en van me te walgen.'

'Ik walg niet van je.'

'Werkelijk niet? Nou, daar snap ik dan niks van.'

'En ik wil je ook niet verplichten werk te zoeken.'

'Ja hoor, nou en of, dat doe je wel. Dat heb je genoegzaam duidelijk gemaakt.'

'Onzin. Je hoeft van mij niks tegen je zin te doen. Als je alleen maar weer mijn Patty wordt. Als je maar weer bij me terugkomt.'

En daarop had ze een woeste huilbui gekregen, een stortvloed van tranen, en hij was bij haar op de slaapbank gekropen. Ruzies waren hun gebruikte opmaat tot seks geworden. Zonder ruzie vooraf deden ze het niet meer. Terwijl de regen de ruiten geselde en de hemel vol was van bliksemflitsen, had hij haar met begeerte en eigenwaarde proberen te vullen, had zijn best gedaan haar te laten voelen dat hij haar nodig had, als de enige bij wie hij zijn zorgen kwijt kon. Dat lukte eigenlijk nooit, niet helemaal tenminste, maar na afloop was er wel altijd een minuut of vijf waarin ze omstrengeld lagen in de stille majesteit van een lang huwelijk, zich verloren in hun gemeenschappelijke verdriet en vergeving om wat ze elkaar aandeden, een minuut of vijf waarin ze daadwerkelijk tot rust kwamen.

De volgende ochtend was Patty eropuit getrokken om werk te zoeken. Nog geen twee uur later was ze terug en stapte Walters kantoorruimte binnen, in de voormalige tuinkamer van het herenhuis, om te melden dat de plaatselijke Republic of Health haar in dienst had genomen als gastvrouw.

'Nou, ik weet niet hoor,' zei Walter.

'Wat weet je niet?' zei Patty. 'Het is letterlijk de enige plek in Georgetown waar ik niet door gêne of weerzin bekropen word. En ze hadden toevallig een vacature. Buitenkansje!'

'Gastvrouw lijkt me geen passend werk, gezien je kwaliteiten.'

'Niet passend? Wie zou het niet passend moeten vinden?'

'De mensen die jou daar tegenkomen.'

'En over welke mensen hebben we het dan?'

'Weet ik veel. Mensen bij wie ik geld probeer los te krijgen, of politieke steun, of regelgeving.'

'Godallemachtig... Hoor je zelf wel wat je zegt? Hoor je wat je daar uitkraamt?'

'Luister, ik ben alleen maar eerlijk tegen je. Niet boos worden omdat ik eerlijk ben.'

'Ik word boos om de inhoud, Walter, niet om je eerlijkheid. "Niet passend", hoe krijg je het je mond uit...'

'Ik zeg alleen maar dat je te veel in je mars hebt voor receptiewerk bij een fitnesscentrum.'

'Nee, je zegt dat ik te oud ben. Je zou er geen punt van maken als Jessica er een zomerbaantje nam.'

'Nou, om je de waarheid te zeggen zou ik het nogal teleurstellend vinden als ze daar een zomerbaantje nam.'

'Oké, ik snap het al, ik kan geen goed doen. Ieder werk is beter dan thuiszitten, maar o wacht, sorry, het werk dat je nu gaat doen, en waar je prima geschikt voor bent, dat is níét beter dan thuiszitten.'

'Weet je, prima, ga er maar werken. Mij best.'

'Dank je voor je onverschilligheid.'

'Ik vind alleen maar dat je jezelf te kort doet.'

'Ach, misschien is het maar tijdelijk,' zei Patty. 'Misschien kan ik in de tussentijd mijn makelaarsdiploma halen, zoals al die andere duffe huisvrouwen hier. Dan kan ik ook ouwe scheefgezakte herenhuizen gaan verkopen, voor twee miljoen per stuk. "In 1962 was Hubert Humphrey hier te gast en die heeft toen in deze wc een enorme bolus gescheten, een historisch feit dat aanleiding heeft gevormd om het pand op de monumentenlijst te plaatsen, vandaar dat de eigenaren die meerprijs van een ton eisen. Ook bevindt zich een kleine maar lieflijke azaleastruik onder het keukenraam." Dan ga ik ook pasteltinten dragen en een regenjas van Burberry, en van mijn eerste commissie koop ik een Lexus. Veel gepaster!'

'Ik zei al dat ik het goedvond.'

'Nou, dank je, schat! Bedankt dat ik de baan mag nemen die ik zelf leuk vind.'

Ze liep weg. Walter keek haar na en zag dat ze in de achterliggende kamer bij het bureau van Lalitha bleef staan. 'Hé, Lalitha,' zei ze. 'Raad eens wat, ik heb een baan! Ik ga bij mijn eigen fitnesscentrum werken.'

'Wat leuk voor je,' zei Lalitha. 'Daar kom je graag, hè?'

'Ja, maar Walter vindt het niet passend. Wat vind jij?'

'Volgens mij past het iedereen om eerlijk werk te doen.'

'*Patty*,' riep Walter, 'het was goed, zei ik.'

'O, kijk, hij is van gedachten veranderd,' zei ze tegen Lalitha. 'Net vond hij het nog ongepast.'

'Dat hoorde ik, ja.'

'Ach ja, haha, dat heb je vast gehoord. Maar dat kon je niet laten blijken, natuurlijk.'

'Als je niet gehoord wilt worden, moet je de tussendeur niet open laten staan,' zei Lalitha koeltjes.

'Sommige dingen moeten we voor ons houden, hè? Ik weet er alles van, kind.'

Het werk achter de balie van de Republic of Health leek warempel het door Walter gewenste effect op Patty's geestkracht te hebben – haar depressieve sloomheid was in minder dan geen tijd verdwenen. Maar dit bewees helaas alleen maar hoe misleidend de term 'depressiviteit' was, want Walter raakte er al snel van overtuigd dat haar oude woede, wrok en wanhoop nog steeds aanwezig waren onder de kwieke kittigheid die nu haar stijl werd. Ze bracht de ochtenden in haar kamertje door, vertrok in de middag om haar late dienst in het centrum te draaien en was pas na tienen thuis. Ze begon schoonheids- en fitnesstijdschriften te lezen en opzichtige make-up op te doen. De jogging- en slobberbroeken waarmee ze tot dusver in Washington had rondgelopen, het ruimvallende soort kleding dat meer bij psychiatrische patiënten hoorde, maakte plaats voor nauwsluitende jeans uit de exclusievere modezaken.

'Je ziet er uitstekend uit,' deed Walter op een avond een poging aardig te zijn.

'Tja, ik moet dat zelfverdiende geld toch ergens aan uitgeven, nietwaar?'

'Mee eens, al zou je natuurlijk ook gulle gaven aan de Trust kunnen doen.'

'Hahaha!'

'We kunnen elke donatie gebruiken, hoor.'

'Ik heb plezier, Walter. Ik heb zowaar een beetje plezier.'

Maar ze wekte niet de indruk dat ze werkelijk plezier had. Het leek er meer op dat ze hem wilde provoceren, stangen, of kwetsen. Walter begon het centrum ook te frequenteren, min of meer gedwongen door de stapel vrijkaartjes die ze hem gegeven had, en zag met een mengeling van verbazing en ongerustheid hoe overdreven hartelijk ze de klanten begroette. Ze droeg T-shirts met fitnesskreten (PUSH, SWEAT, LIFT) en extra korte mouwtjes die haar welgevormde bovenarmen benadrukten. Haar ogen fonkelden alsof ze zwaar aan de speed was en haar lach, die Walter altijd had verrukt, klonk schel en aanstellerig als hij door de hal weergalmde. Ze liet hem nu los op iedereen die binnenkwam vanaf Wisconsin Avenue, ongeacht wie, ongeacht de aanleiding, desnoods zonder aanleiding. En toen kwam de ochtend waarop hij thuis haar kamer binnenliep en een brochure over borstvergroting op haar schrijfbureau zag liggen.

'Jezus,' stamelde hij terwijl hij erdoorheen bladerde, 'dit is obsceen.'

'Niks obsceens aan, Walter. Gewoon een brochure over een medische ingreep.'

'Een brochure over geestesziekte zul je bedoelen. Dit is een gids voor hoe je knettergek kunt worden.'

'Nou, neem me niet kwalijk, maar het leek mij wel leuk om voor mijn laatste jaren als relatief jonge vrouw een echte boezem te hebben. Gewoon om te ervaren hoe dat is.'

'Je hébt een boezem. Je hebt prachtige borsten!'

'Heel lief van je om dat te zeggen, maar het is natuurlijk niet jouw beslissing, hè, want het gaat niet om jouw lichaam maar om dat van mij. Baas over eigen lichaam, heb jij daar niet altijd de mond van vol gehad? Was jij niet altijd de feminist in dit huishouden?'

'Waarom doe je dit, Patty? Ik begrijp er niets meer van. Waarom doe je dit jezelf aan?'

'Tja, misschien moet je gewoon maar gaan als het je niet aanstaat. Heb je daar al eens over nagedacht? Het zou alle problemen in één klap oplossen, toch?'

'Maar het gaat niet gebeuren, dus...'

'*Ik weet dat het niet zal gebeuren.*'

'O, is het weer zover?'

'Dus kan ik me net zo goed een paar nieuwe tieten laten aanmeten, al was het maar om ergens naartoe te kunnen leven, en iets te hebben om mijn centjes voor opzij te leggen. Ik zal heus geen buitenissige joekels nemen, hoor. Wie weet, misschien vind je ze zelfs wel lekker, stel je voor!'

Walter vreesde de blijvende giftigheid die ze creëerden met hun ruzies. Hij voelde hoe die zich tussen hen ophoopte, als het kolenslik in de valleien van de Appalachians. Op rijke winplaatsen, zoals in Wyoming County, zette de steenkoolindustrie vaak pal naast de mijnen verwerkingsfabrieken op en gebruikten water uit nabijgelegen stromen om de gewonnen steenkool te wassen. Het vuile water verzamelde zich dan in poelen van giftig slik, en Walter was zo beducht voor onteigening wegens ontoelaatbare gifconcentraties in het reservaat, dat hij Lalitha informatie had laten vergaren waaruit moest blijken dat er geen werkelijke reden voor zorg was. Een lastig karwei, aangezien je niet om het feit heen kon dat het winnen van steenkool gepaard ging met het uit de grond halen van akelige stoffen als arseen en cadmium, die miljoenen jaren op veilige diepte onder de oppervlakte hadden gelegen. Je kon het gif na afloop van de winning wel terugstorten in lege mijnschachten, maar het had de neiging om van daaruit naar het grondwater te lekken en in de drinkwatervoorraad terecht te komen. Het probleem had veel weg van het onderhuidse venijn dat naar boven kwam bij de ruzies van een getrouwd stel: als bepaalde dingen eenmaal waren geuit, hoe kon je ze dan ooit nog vergeten? Lalitha's research had het geruststellende verhaal opgeleverd dat het slik, mits zorgvuldig opgevangen en afgezonderd, voldoende kon worden ingedroogd om het met steenslag en aarde af te dekken en de natuur verder haar gang te laten gaan. Dat verhaal was nu voor Walter het slik-evangelie dat hij wilde verspreiden in West Virginia. Hij geloofde er net zo heilig in als in ecologische bolwerken en wetenschappelijk verantwoorde herbebossing – omdat hij erin geloven móést, zoals hij ook in Patty moest blijven geloven. Maar nu hij de slaap probeerde te vatten op het vijandige motelmatras, tussen de kriebelige motellakens, bekroop hem de twijfel of het allemaal geen flauwekul was...

Hij moest ten slotte toch zijn weggedoezeld, want toen om tien over halfvier zijn wekker afging, voelde hij zich wreed weggerukt uit de vergetelheid. En overgeleverd aan wéér achttien uur van woede en vertwijfeling. Lalitha klopte om vier uur precies op zijn deur en kwam in vrijetijdskleding en op wandelschoenen zijn kamer binnen. 'Ik voel me gammel,' zei ze, 'en jij?'

'Buitengewoon gammel. En aan jou valt het tenminste niet af te zien.'

De regen had plaatsgemaakt voor een dikke, bedompt ruikende mist waar je bijna net zo snel nat door werd. Bij het ontbijt, in een truckersrestaurant aan de overkant van de weg, vertelde hij Lalitha over de e-mail van Dan Caperville van de *Times*.

'Wil je liever naar huis dan?' vroeg ze. 'En morgenochtend die persconferentie doen?'

'Ik heb Caperville al gemaild dat het op maandag is.'

'Die is het wel gewend dat zulke dingen op het laatste moment verplaatst worden. En dan heb je het maar gehad en hebben we het hele weekend om met Richard te overleggen.'

Maar Walter was zo afgepeigerd dat hij zich de volgende ochtend geen persconferentie zag geven. Hij zat in stilte te lijden terwijl Lalitha deed wat hij de vorige avond niet gedurfd had: het artikel in de *Times* lezen op haar BlackBerry. 'Valt wel mee,' zei ze toen ze klaar was. 'Het is maar een paar honderd woorden.'

'Misschien dat iedereen het dáárom heeft gemist, zodat ik het van mijn vrouw heb moeten horen.'

'Aha, dus je hebt haar gisteravond nog aan de lijn gehad.'

Lalitha leek daar iets mee te bedoelen, maar hij was te moe om het te duiden. 'Ik vraag me alleen af wie er gelekt heeft,' zei hij. 'En hoeveel er is gelekt.'

'Misschien heeft je vrouw het gelekt.'

'Ja ja, Patty.' Hij schoot in de lach, en zag de harde blik in Lalitha's ogen. 'Zoiets zou ze nooit doen, al was het maar omdat het haar geen moer interesseert.'

'Hm.' Lalitha nam een zuinig hapje en keek het restaurant rond met nog steeds die harde, korzelige gelaatsuitdrukking. Ze had natuurlijk alle reden om na gisteravond weinig met Patty op te hebben, en nijdig op Walter te zijn omdat hij haar had gebeld – om zich afgewezen en alleen te voelen. Maar dit was voor het eerst sinds hij haar kende dat ze die kilheid over zich had, en het was een onthutsende gewaarwording. Wat hij nooit had begrepen van mannen in zijn situatie, in alle boeken en films waarin hij die situatie beschreven en verbeeld had zien worden, werd hem nu opeens duidelijk: je kon je niet onbeperkt laten liefhebben door een aanbidster zonder dat je die liefde na verloop van tijd ging beantwoorden. Met deugdzaamheid alleen redde je het niet.

'Ik moet er niet aan denken om nu al de pers te woord te staan,' zei hij. 'Eerst dat weekend. Een paar dagen uitgebreid bomen over ons initiatief, dan kan ik maandag weer alles aan.'

Lalitha at haar flensjes zonder hem nog aan te kijken. Walter wist ook een deel van zijn ontbijt naar binnen te werken, waarna het tijd was om het vuile licht van de vroege ochtend in te stappen. In de huurauto verschoof ze de bestuurdersstoel en draaide aan de achteruitkijkspiegel, die hij de vorige avond op zijn lengte had afgesteld, en toen ze over haar schouder naar de gordel reikte, legde hij schroomvallig zijn hand in haar nek en trok haar naar zich toe. In het schijnsel van de parkeerverlichting keken ze elkaar diep in de ogen.

'Ik hou het geen vijf minuten meer vol zonder jou aan mijn zijde,' zei hij. 'Geen vijf minuten, hoor je me?'

Ze liet het enkele tellen op zich inwerken, en knikte. En toen liet ze de gordel los, legde haar handen op zijn schouders, kuste hem op zijn mond en week van hem terug om het effect van de kus te peilen. Hij voelde zich alsof hij aan het eind van zijn krachten was gekomen, alles had gegeven en nu alleen maar kon ondergaan wat komen ging. Hij kon haar slechts aankijken, fronsend als een aandachtig kind. Ze pakte zijn bril en legde die op het dashboard, legde haar handen om zijn hoofd en boog zich naar hem toe tot ze neus aan neus zaten. Hij schrok ervan hoezeer haar gezicht op dat van Patty leek van zo dichtbij, maar hij hoefde alleen maar zijn ogen dicht te doen en haar te kussen en ze was weer puur Lalitha, haar lippen zacht en vochtig, haar mond perzikzoet, haar hoofd warm onder haar zijdezachte haar. Hij vocht tegen het gevoel hoe verkeerd het was om zo'n jonge vrouw te kussen. Haar jeugd voelde teer en kwetsbaar in zijn handen, en het was bijna een opluchting toen ze weer naar achteren bewoog om hem aan te kijken, met glanzende ogen. Hij kreeg de indruk dat er nu een woord van bevestiging moest worden gesproken, maar hij kon haar alleen maar aanstaren, en dat leek ze als een uitnodiging te zien om over de versnellingspook te klauteren en schrijlings op hem te komen zitten, zodat hij haar vrijelijk kon omhelzen. En de woestheid waarmee ze hem vervolgens kuste, de hongerige overgave, bracht hem een vreugde die de bodem onder hem deed wegvallen. Hij raakte in een vrije val, alles waar hij in geloofde verdween in het duister, en hij begon te huilen.

'Wat is er?' vroeg ze zachtjes.

'Je moet rustig aan doen met me.'

'Ja, goed, rustig aan.' Ze kuste zijn tranen, veegde ze weg met duimen van satijn. 'Ben je verdrietig, Walter?'

'Nee lieverd, integendeel.'

'Laat me dan van je houden.'

'Oké.'

'Weet je het zeker?'

'Ja,' snikte hij. 'Maar we kunnen nu maar beter op weg gaan, denk ik.'

'Zometeen.'

Ze duwde haar tong tegen zijn lippen, en hij opende zijn mond om haar toe te laten. Er leefde meer begeerte naar hem in haar mond dan in Patty's hele lichaam. Haar schouders, onder hun dunne nylon omhulsel, waren een en al soepele gewilligheid. Ze trok haar rug hol en drukte zich voluit tegen hem aan, haar onderlichaam tegen zijn buik, en hij was er nog niet klaar voor. Hij was er bijna, maar nog steeds niet helemaal. Zijn verzet van de vorige avond was niet alleen maar een kwestie van taboes of principes geweest, en zijn tranen van nu waren niet alleen maar vreugdetranen.

Lalitha bespeurde het, week achteruit en bestudeerde zijn gezicht. En ze vond er iets in wat haar terug deed klauteren om hem vanaf haar eigen plaats te bekijken. Nu hij haar had verdreven, wilde hij haar des te heviger, maar er was ook de herinnering aan wat hij gelezen had over het kwalijkste aan mannen zoals hij: hoe ze met de gevoelens van zo'n meisje solden. Hij zat een poosje doodstil in de paarsige halogeengloed, luisterend naar de trucks op de interstate.

'Het spijt me,' zei hij ten slotte. 'Ik probeer er nog altijd achter te komen hoe ik moet leven.'

'Geeft niet, daar heb je nog wel tijd voor.'

Hij knikte, en de zuinige manier waarop ze zich had uitgedrukt ontging hem niet. Hij had kennelijk niet *alle* tijd.

'Maar mag ik je wel een vraag stellen?' zei ze.

'Je mag me een miljoen vragen stellen.'

'Nou, voorlopig alleen deze: denk je dat je ook van mij zou kunnen houden?'

Hij glimlachte. 'Ja, daar ben ik heel zeker van.'

'Meer hoef ik niet te horen,' zei ze, en ze startte de motor.

Ergens boven de ochtendmist begon de hemel blauw te worden. Lalitha raasde op volstrekt illegale snelheid over de landweggetjes, maar Walter gaf er de voorkeur aan om gedachteloos uit het zijraam te staren, genietend van zijn vrije val. Dat het loofwoud van de Appalachians tot de meest biodiverse ecosystemen ter wereld behoorde, met een rijkdom aan boomsoorten, orchideeën en zoetwater-ongewervelden waar de hoogvlakten en zandkusten slechts jaloers op konden zijn, viel niet direct af te zien aan de omgeving waar ze doorheen reden. Deze streek had verraad gepleegd aan zichzelf en haar bewoners. Met haar weelde aan bodemschatten had ze zich slecht geleend voor het egalitarisme van Jeffersons vrijboeren. De oppervlakte- en minerale rechten waren door de jaren heen in handen van rijkelui van buiten de staat gevallen, en de oorspronkelijke bevolking was gemarginaliseerd, veroordeeld tot een leven als houthakker of mijnwerker: mensen die een schamel pre- en later postindustrieel bestaan hadden moeten leiden op hun lapjes eigen grond, die ze, bevangen door dezelfde paardrift die nu Walter en Lalitha in zijn greep had, overvol hadden gemaakt door veel te grote families te stichten. West Virginia was nu Amerika's eigen bananenrepubliek, zijn Congo, zijn Guyana, zijn Honduras. Als je er 's zomers doorheen reed, kon je je in een pittoreske omgeving wanen, maar nu de bomen nog kaal waren, zag je alle armzalige en met stenen bezaaide weides, de sprietige aanwas, alle gehavende hellingen en door kolenwinning verpeste stromen, de vervallen schuren en verveloze huizen, alle trailers die kniehoog in de plastic en metalen rommel stonden, alle uitgesleten zandweggetjes die nergens heen voerden.

Dieper de bossen in werd de aanblik minder ontmoedigend. De afgelegenheid schonk de verlichting van geen mensen – geen mensen betekende: meer van al het andere. Lalitha rukte aan het stuur om een over de weg waggelend korhoen te ontwijken, een gevederde verwelkomer, een goodwill-ambassadeur voor de dichtere bebossing, gavere hellingen en helderder stromen van Wyoming County. Zelfs de lucht begon ter viering van hun komst op te klaren.

'Ik verlang naar je,' zei Walter.

Ze schudde haar hoofd. 'Niets meer zeggen, oké? We hebben werk te doen nu. Als we dat achter de rug hebben, zien we wel weer verder.'

De verleiding was groot haar te laten stoppen bij een van de rustieke picknickplekken langs Black Jewel Creek (waarvan de Nine Mile een primaire tak was), maar het zou onverantwoordelijk zijn om zelfs maar een vinger naar haar uit te steken zolang hij er niet helemaal klaar voor was. Uitstel was draaglijk nu hij zich verzekerd wist van de uiteindelijke bevrediging van zijn verlangen. En de schoonheid van deze omgeving, de welriekende, stuifmeelrijke vochtigheid van de vroege voorjaarslucht werkte kalmerend.

Het was al na zessen toen ze bij de afslag kwamen waar Nine Mile Road omhoogliep naar Forster Hollow. Walter had er een trage stoet van zware trucks, bulldozers en ander rollend materieel verwacht, maar er was geen voertuig te bekennen. In plaats daarvan zat de modder vol diepe band- en rupsbandsporen. Her en der waren takken afgebroken van bomen die te dicht op de weg stonden, of ze hingen geknakt terneer.

'Zo te zien hebben ze een vroege start gemaakt,' zei Walter.

Lalitha joeg de auto als een rallycoureur over de weg, heen en weer slingerend door de modder en in slalom langs de afgevallen takken.

'Je zou bijna denken dat ze hier gisteren al naartoe zijn gereden,' zei Walter.

'Daar hadden ze vanaf twaalf uur 's middags ook het recht toe.'

'Maar dat is niet wat ze tegen ons zeiden. Tegen ons zeiden ze zes uur vandaag.'

'Ja, maar het zijn steenkoolbedrijven, hè, Walter.'

Op het stuk waar Nine Mile Road altijd een wegversmalling had gehad, waren de bomen omver gebulldozerd of met kettingzagen geveld en in het ravijn geduwd. Lalitha gaf gas en hotsebotste over de oneven strook modder, stenen en stronken. 'Het is maar goed dat dit een huurauto is!' riep ze boven het brullen van de motor uit.

Drie kilometer verder, bij de grens van het gebied dat nu eigendom van de Trust was, zagen ze hun doorgang versperd door een paar personenauto's die voor het afscheidingshek van draadgaas stonden, dat nog werd opgericht door werklui met veiligheidshelmen en oranje hesjes. Walter zag dat de voorman, herkenbaar aan het klembord onder zijn arm, druk in gesprek was met Jocelyn Zorn en een aantal medestandsters. In een andere wereld, die niet eens zoveel anders had hoeven zijn, had Walter waarschijnlijk grote sympathie gehad voor Jocelyn. Ze deed denken aan de Eva in het beroemde altaarstuk van Van Eyck: bleke huid, fletse ogen en ietwat waterhoofdig door haar wijkende haarlijn. Maar ze had ook een krachtige en intrigerende uitstraling, een onverstoorbaarheid die het vermoeden van een goed gevoel voor ironie wekte, en ten aanzien van het milieu etaleerde ze een fanatisme waar Walter zich eigenlijk wel verwant mee voelde. Ze glibberde door de modder op hen toe terwijl ze uitstapten.

'Goeiemorgen, Walter,' zei ze. 'Kun je me misschien uitleggen wat hier gaande is?'

'Wegverbetering, zie je dat niet?' zei hij droogjes.

'Er komt nogal wat aarde in de kreek terecht. Die is nu al vertroebeld tot halverwege Black Jewel en ik heb niet de indruk dat er veel aan erosiepreventie wordt gedaan. Het lijkt er eerder op dat daar niets aan wordt gedaan.'

'Daar zal ik ze dan over aanspreken.'

'Ik heb de DEP gevraagd een kijkje te komen nemen, maar die lieten doorschemeren dat ze daar pas in de loop van juni of zo aan toe zouden komen. Heb je hen ook al omgekocht?'

Onder de modderspatten op de bumper van de achterste auto kon Walter de stickertekst DONE IN BY NARDONE ontcijferen.

‘Kom kom, Jocelyn, doe nou niet meteen zo fel,’ zei hij. ‘Probeer het nou eens in breder perspectief te zien.’

‘Nee,’ zei ze. ‘Nee, dat interesseert me niet. Wat mij interesseert is die aarde in de kreek. En wat me ook interesseert is wat er achter dat hek gaat gebeuren.’

‘Wat er achter dat hek gaat gebeuren is het creëren van 25.000 hectare bosgebied zonder bebouwing en zonder één enkele weg. We gaan een permanent en ongefragmenteerd leefgebied veiligstellen voor zo’n tweeduizend broedende paartjes van de Dendroica cerulea.’

Zorn sloeg haar fletse ogen neer. ‘O ja, jouw lievelingsvogeltje, hè? Mooi beestje.’

‘Waarom rijden we niet ergens naartoe met z’n allen?’ opperde Lalitha opgewekt. ‘Dan kunnen we op ons gemak bij een kop koffie het totaalplaatje bespreken en zul je zien dat we allemaal hetzelfde willen.’

‘Nee,’ zei Zorn. ‘Ik denk dat ik maar een poosje hier blijf. Ik heb een vriend van de *Gazette* gevraagd langs te komen.’

‘Heb je misschien ook met de *New York Times* gebeld?’ vroeg Walter.

‘Ja. En ook die waren een en al aandacht, moet ik zeggen. Bergtopmijnbouw staat de laatste tijd in het middelpunt van de belangstelling. Want dat is wat jullie hier van plan zijn, nietwaar?’

‘We houden maandag een persconferentie,’ zei Walter. ‘Daar zet ik al onze plannen uiteen. En ik heb zo het idee dat jij behoorlijk enthousiast zult zijn als je alle details kent. Als je aanwezig wilt zijn, regel ik graag een vliegticket voor je. Ik zou je er dolgraag bij hebben, en we zouden zelfs in debat kunnen gaan, zodat je ten overstaan van de pers je bezorgdheid kunt uiten.’

‘In Washington?’

‘Ja.’

‘Het zal niet.’

‘Daar zijn we nu eenmaal gevestigd, Jocelyn.’

‘Ja, daar is alles gevestigd, hè?’

‘Jocelyn, naar ruim 20.000 hectare zal geen vinger worden uitgestoken, en de rest van het gebied zal binnen een paar jaar aan ons terugvallen en worden herbebost. Ik vind echt dat wij uitstekende keuzes hebben gemaakt.’

‘Dan denk ik niet dat wij hetzelfde willen.’

‘Serieus, neem het in overweging om maandag naar die persconferentie te komen. En laat die vriend van de *Gazette* me vandaag bellen. Hier.’

Hij pakte zijn portefeuille en gaf haar een visitekaartje. 'Zeg er maar bij dat we hem ook graag een ticket naar Washington geven.'

Uit het bergland in de verte kwam een vage donder die vermoedelijk werd voortgebracht door explosies, waarschijnlijk bij Forster Hollow. Zorn stak het kaartje in een binnenzak van haar parka. 'O, trouwens,' zei ze. 'Ik heb Coyle Mathis gesproken. Dus ik wist al wat jullie van plan waren.'

'Coyle Mathis heeft een geheimhoudingsbeding getekend,' zei Walter. 'Dus ik kan me nauwelijks voorstellen dat hij je veel heeft verteld. Maar ik ben gaarne bereid je zelf te woord te staan.'

'Het feit dat hij in een gloednieuwe bungalow met zes kamers in Whitmanville woont, zei al genoeg.'

'Mooi huis, hè?' zei Lalitha. 'Veel mooier dan waar hij woonde.'

'Ga hem maar eens vragen of hij dat zelf ook vindt.'

'Maar goed,' zei Walter. 'Ik moet jullie vragen die auto's even opzij te zetten, zodat wij erdoor kunnen.'

'Dat gaan we dus niet doen,' zei Zorn gedecideerd. 'En je zou iemand kunnen bellen om ons weg te slepen, maar dat zal met een mobieltje niet meevallen, want je hebt hier geen bereik.'

'O, kom op, Jocelyn!' Walters kwaadheid wurmde zich langs de barricade die hij ertegen had opgeworpen. 'Kunnen we een béétje volwassen blijven doen? Waarom erken je niet dat we wezenlijk aan dezelfde kant staan, ondanks dat onze methodes verschillen?'

'Het spijt me, maar we blijven staan. Mijn methode is de weg te blokkeren.'

Bang om uit te barsten deed Walter er het zwijgen toe en beende heuvelopwaarts naar het hek, met Lalitha op een holletje achter zich aan. Een zeperd. Deze hele ochtend begon één grote zeperd te worden. De voorman, die er geen dag ouder uitzag dan Jessica, stond de andere vrouwen op beleefde toon uit te leggen waarom ze hun auto's moesten verplaatsen.

'Heb jij hier een radiozender?' vroeg Walter hem abrupt.

'Pardon, en u bent?'

'Ik ben de directeur van de Cerulean Mountain Trust. Wij worden om zes uur aan het eind van deze weg verwacht.'

'Tja, ziet u, dat wordt moeilijk als deze dames hun auto's niet willen verplaatsen.'

'Vandaar mijn vraag of je een zender hebt. Dan kun je iemand oproepen om ons hier op te halen.'

'Geen bereik, helaas. Het signaal dringt niet door in dit soort dalen.'

'Oké.' Walter haalde diep adem. Hij zag een pickup achter het hek staan. 'Misschien kun jij ons dan even brengen met die pickup daar.'

'Ik vrees dat ik geacht word hier te blijven.'

'Nou, dan leen je hem ons even.'

'Dat gaat helaas ook niet. Onze verzekering dekt geen ritten door niet-werknemers. Maar als deze dames nu even hun auto's opzijzetten, dan kunt u gewoon met uw eigen auto verder.'

Walter draaide zich naar de vrouwen, stuk voor stuk zestig-plus, en deed zijn best hun een nederige glimlach toe te werpen. 'Alstublieft?' vroeg hij. 'Wij zijn geen steenkoolbedrijf. Wij zijn ook natuurbeschermers.'

'Lekkere natuurbeschermers!' smaalde de oudste.

'Nee, serieus,' zei Lalitha sussend. 'Het zou in ieders belang zijn als u ons doorliet. Wij zijn hier om op de werkzaamheden toe te zien en ervoor te zorgen dat alles naar behoren verloopt. Wij delen uw zorg om de natuur. Sterker nog, als enkelen van u mee zouden willen rijden, dan...'

'Ik vrees dat ik dat niet kan toestaan,' zei de voorman.

'Het zal me een rotzorg zijn wat jij wel of niet kan toestaan!' snauwde Walter. 'Wij moeten verder en we gáán verder. Ik ben verdomme de eigenaar van dat gebied!'

'Maar je staat mooi aan de verkeerde kant van het hek,' zei de oudste vrouw. 'Hoe bevalt dat? Slecht zeker, hè?'

'Het staat u uiteraard vrij om te gaan lopen,' zei de voorman tegen Walter. 'Maar het is een behoorlijk eind, ben ik bang. Met die modder doet u er zeker een uur of twee over.'

'Leen me die pickup nou maar, oké? Ik vrijwaar je bij dezen tegen de aansprakelijkheid, of anders zeg je maar dat we hem gestolen hebben. Leen me gewoon even die klotepickup!'

Hij voelde Lalitha's hand op zijn arm. 'Walter? Laten we even overleggen in de auto.' Ze wendde zich tot de vrouwen. 'Wij willen precies hetzelfde als u, en we waarderen het alleen maar dat u hier aanwezig bent om uiting te geven aan uw zorg om dit schitterende bosgebied, dat wij ons ten doel hebben gesteld te behouden.'

'Rare manier om een bos te behouden,' zei de oudste vrouw.

Terwijl Lalitha Walter mee terug troonde naar de huurauto, hoorden ze een zwaar gerommel omhoogkomen over de weg. Het gerommel zwol aan tot gebrul en toen doemden er opeens twee gigantische, met modder besmeurde tractoren op, die elk een immense graafmachine trokken, zo breed als de weg zelf. De bestuurder van de voorste sprong eraf en kwam op Walter toe. Zijn tractor bleef doorpruttelen en uitlaatgassen ophoesten.

'Kunt u uw auto misschien een eind verderop neerzetten, waar wij erlangs kunnen?'

'Nou, wat denk je zelf?' brieste Walter. 'Kunnen wij een stuk doorrijden?'

'Geen idee, meneer. Maar wij kunnen niet achteruit. De eerste zijweg is een kilometer of twee omlaag.'

Voor Walter nog kwader kon worden, greep Lalitha hem bij zijn beide armen en keek hem doordringend aan. 'Laat mij dit afhandelen, jij bent nu te erg van streek.'

'En niet zonder reden, dunkt me!'

'Walter, *ga in de auto zitten*. Nu.'

Hij gehoorzaamde. Hij zat er meer dan een uur, frunnikend aan zijn BlackBerry-zonder-bereik en luisterend naar de hemeltergende brandstofverspilling van de tractor achter hem, die onbekommerd bleef staan tuffen. Toen de bestuurder eindelijk op de gedachte kwam de motor uit te zetten, hoorde hij een koor van andere zware motoren erachter – er hadden zich nog vier of vijf trucks en bulldozers in de rij aangesloten. Het was tijd dat iemand de politie op Zorn en haar mede-malloten afstuurde, maar ondertussen zat hij, ongelooflijk maar waar, in hartje Wyoming County vast in een file. Lalitha holde heen en weer door de modder om met alle partijen te overleggen en goodwill te kweken. Hijzelf hield zich onledig met berekeningen van hoeveel slechter de planeet ervoor was komen te staan sinds zijn ontwaken in de Day's Inn. Netto toename wereldbevolking: 60.000. Groei stedelijke agglomeraties in de VS: 400 hectare. Vogels gedood door huis- en zwerfkatten in de VS: 500.000. Wereldwijde olieconsumptie: 12.000.000 vaten. Hoeveelheid kooldioxide toegevoegd aan de atmosfeer: 11.000.000 ton. Haaien vermoord om hun vinnen en teruggesmeten om vinloos weg te rotten in het water: 150.000. Met elke hoofdrekensom voelde hij een wrokkige voldoening in zich groeien – sommige dagen zijn zo beroerd dat je je aan een orgie van beroerde gedachten moet overgeven om erdoorheen te komen.

Het liep tegen negenen toen Lalitha eindelijk naar de auto kwam. Een van de chauffeurs, zei ze, had tweehonderd meter terug een plekje langs de kant van de weg gezien waar een personenauto op kon gaan staan om de colonne doorgang te verschaffen. De achterste chauffeur zou het hele eind achteruitrijden naar de snelweg om de politie te kunnen bellen.

'Wil je niet naar Forster Hollow proberen te lopen?' vroeg Walter.

'Nee,' zei ze. 'Ik wil hier zo snel mogelijk weg. Jocelyn heeft een camera.

We willen hier niet gefotografeerd worden terwijl de politie die idiote wijven weghaalt, nietwaar?'

Er volgde een halfuur van knersende versnellingen en piepende remmen en vette zwarte dieselwalm, gevolgd door drie kwartier waarin ze de uitlaatstank moesten inademen van de achterste truck die achteruit hobbelde naar de vallei. Eenmaal op de snelweg reed Lalitha als een dolle terug naar Beckley, plankgas gevend op rechte stukken, vegen rubber achterlatend in de bochten.

Ze naderden de vervallen rand van het stadje toen zijn BlackBerry het lied van de azuurzanger liet horen, als om te vieren dat ze in de bewoonde wereld waren teruggekeerd. Op het display herkende hij het kengetal van Minneapolis/St. Paul.

'Pap?'

Walter fronste van verbazing. 'Joey? Goh! Hallo.'

'Ja, hé, hallo.'

'Alles goed met je? Ik herkende je nummer niet eens meer, zo lang is het geleden.'

Het werd opeens stil, alsof de verbinding was verbroken. Of had hij iets miszegd? Maar toen sprak Joey weer, met een stem die niet de zijne leek. Weifelend. Onzeker. 'Ja, eh... maar goed, pap, heb je even?'

'Tuurlijk.'

'Ja, want eh, het punt is namelijk... ik zit een beetje in de knoei.'

'Wat?'

'Ik zit in de knoei, zei ik.'

Het was het soort telefoontje dat iedere ouder vreesde. Maar Walter voelde zich, heel even, geen ouder van Joey. 'Tja, ik ook, jongen,' zei hij. 'Wie niet?'

Genoeg!

Daags nadat de jonge Zachary het interview op zijn weblog had gezet, begonnen Katz' voicemail en sms-box vol te stromen met berichten. Het eerste was afkomstig van een drammerige Duitser, Matthias Dröhner, die Katz zich nog vagelijk herinnerde als een onverjaagbare persmuskiet tijdens de Duitse tour van Walnut Surprise. 'Nu je weer interviews geeft,' zei Dröhner, 'hoop ik dat je zo vriendelijk zult zijn er ook een aan mij te geven, Richard. Dat had je beloofd, weet je nog wel?' Hij vertelde er niet bij hoe hij aan Katz' mobiele nummer was gekomen – vermoedelijk door het gappen van een bierviltje of servetje waarop Katz het had neergeschreven voor een van de vele Duitse chicks die hij tijdens de tournee had versierd. Het leed geen twijfel dat hij ook interviewverzoeken per e-mail kreeg, waarschijnlijk zelfs in veel grotere aantallen, maar het ontbrak hem sinds de vorige zomer aan de geestkracht om zich online te wagen. Dröhners voicemail werd gevolgd door die van een chick uit Oregon met de naam Euphrosyne, een aanstootgevend joviale muziekjournalist uit Australië en een studenten-dj uit Iowa City die klonk alsof hij geen dag ouder was dan tien. En ze wilden allemaal hetzelfde: dat Katz nog eens zei (maar dan in iets andere bewoordingen, zodat ze het als hun eigen interview konden posten of publiceren) wat hij allemaal tegen Zachary had gezegd.

'Dit was goud, gast,' zei Zachary een week later op het dak in White Street, terwijl ze op de komst van Zachary's lustobject Caitlyn wachtten. Aangesproken worden met 'gast' was nieuw en irritant voor Katz, maar het paste wel naadloos bij zijn ervaring met interviewers. Zodra je ze hun zin had gegeven, lieten ze alle gespeelde ontzag varen.

'Noem me geen "gast" meer, oké?'

'Oké, wat jij wilt,' zei Zachary. Hij liep over een plank alsof het een evenwichtsbalk was, met zijn magere armpjes uitgestrekt. De middag was fris en winderig. 'Ik wil alleen maar zeggen dat mijn teller draait als een gek. Ik word de hele wereld doorgelinkt. Kijk jij weleens op je fansites?'

'Nee.'

'Nou, de grootste heeft mijn blog nu boven aan zijn verwijzingslijst. Zal ik mijn laptop even halen? Kan ik het je laten zien.'

'Nee hoor, ik geloof je wel.'

'Volgens mij snakken de mensen naar iemand die zegt waar het op staat. Er zijn er wel een paar die je een klootzak of een zeikerd vinden, maar die hebben gewoon een hekel aan persoonlijkheden, weet je wel, dus daar zou ik niet over inzitten.'

'Bedankt voor de geruststelling,' zei Katz.

Toen Caitlyn haar opwachting op het dak kwam maken, geflankeerd door een paar mindere godinnen, bleef Zachary op zijn evenwichtsbalk staan, zichzelf veel te cool achtend om hen aan elkaar voor te stellen. Katz legde zijn spijkerpistool neer en onderwierp zich gelaten aan de onderzoekende blikken van de meisjes. Caitlyn ging gekleed in hippiedracht, een vest met goudbrokaat onder een corduroy jas zoals Carole King en Laura Nyro die in de vroege jaren zeventig hadden gedragen, en ze zou zeker het versieren waard zijn geweest als Katz niet al de hele week, sinds zijn ontmoeting met Walter Berglund, aan Patty had moeten denken. De ontmoeting met zo'n pril bewonderaarstertje was nu alsof je verse aardbeien rook terwijl je trek had in een stevige biefstuk.

'Wat kan ik voor jullie betekenen?' zei hij tegen de meisjes.

'We hebben een bananenbrood voor je gebakken,' zei de linker meeloopster, een mollig ding dat een in zilverpapier gewikkelde bonk in haar handen hield.

De beide anderen rolden met hun ogen. 'Zíj heeft een bananenbrood voor je gebakken. Wij hadden er niets mee te maken.'

'Ik hoop dat je van... walnoten houdt,' zei het dikkerdje guitig.

Katz dwong zichzelf tot een glimlach. 'Aha, ik snap 'm. Ja hoor.'

Er viel een bedremmelde stilte. Een helikopter gonsde door het luchtruim van zuidelijk Manhattan. De wind deed het geluid beurtelings aanzwellen en versterven.

'Wij vinden *Nameless Lake* echt wow,' zei Caitlyn. 'En we hoorden dat jij hier een dakterras bouwt.'

'Nou, je ziet het, jullie vriend Zachary kletst geen onzin.'

Zachary bleef op de vurenhouten plank staan, van zijn hakken op zijn tenen wippend om de suggestie te wekken dat hij niet kon wachten tot hij weer met zijn vriend Katz alleen was. Niet per se de beste manier om meisjes in te palmen.

'Wisten jullie trouwens dat Zachary een talentvol muzikant is?' zei Katz. 'Hou hem in de gaten, hoor. Ik zie hem ver komen.'

De meisjes keken vluchtig opzij naar Zachary, met blikken waarin meewarigheid om voorrang vocht met weerzin.

'Serieus,' zei Katz. 'Als ik jullie was zou ik hem vragen iets voor je te spelen in zijn kamer.'

'Wij houden niet zo van boy rock,' zei Caitlyn. 'Wij zijn meer alt country.'

'Hij heeft een paar gemene country-licks,' hield Katz vol.

Caitlyn trok haar schouders naar achteren en keek hem doordringend aan, als om hem een laatste kans te geven zijn onverschilligheid te laten varen. Ze was duidelijk niet gewend aan onverschilligheid. 'Waarom ben je hier een dakterras aan het bouwen?'

'Timmerwerk is prima lichaamsbeweging, zeker in de buitenlucht.'

'Je ziet er anders niet uit alsof je lichaamsbeweging nodig hebt. Volgens mij ben je behoorlijk fit.'

Katz voelde zich opeens hondsmoe. In de gewaarwording dat hij nog geen tien seconden het spelletje kon opbrengen dat Caitlyn met hem wilde spelen, leek zich de verlokking van de dood te openbaren. Doodgaan – dat zou de beste, grondigste manier zijn om geen last meer te hebben van het imago dat hij voor chicks als Caitlyn had. Ten zuidwesten van waar ze stonden doemde het immense kantoorgebouw uit de Eisenhowertijd op, een hoekige kolos die het negentiende-eeuwse uitzicht verpestte van bijna iedereen die in Tribeca een loft bewoonde. Hij had het vroeger zelf ook verafschuwd, maar nu waardeerde hij het omdat het de rijke patsers dwarszat die de buurt hadden overgenomen. Het torende als de dood zelve boven al die luxueuze leventjes uit. Het was een kameraad van hem geworden.

'Laat dat bananenbrood eens zien,' zei hij tegen het dikkerdje.

Ze stapte glunderend naar voren. 'Ik heb ook een doos Freedent voor je meegebracht,' zei ze lachend.

'Als ik daar nou eens mijn handtekening op zet, dan kun je die weer mee naar huis nemen.'

'Dat zou geweldig zijn!'

Hij pakte een fijnschrijver uit zijn gereedschapskist. 'Hoe heet je?'

'Sarah.'

'Aangenaam kennis te maken, Sarah. Ik neem je bananenbrood vanavond als toetje.'

Caitlyn sloeg het nog even gade, met onverholen verontwaardiging over de manier waarop zij werd genegeerd terwijl ze zoveel mooier was, keerde zich om en slenterde naar Zachary, gevolgd door het derde meisje. Om zijn aandacht bij Sarah te houden en Caitlyn uit te bannen, haalde Katz het blikje Skoal-pruimtabak uit zijn zak, dat hij gekocht had om zijn longen wat te ontlasten. Hij trok er een forse pluk uit en stak die tussen zijn wang en kiezen.

'Mag ik dat ook eens proberen?' vroeg Sarah, bemoedigd door haar succes.

'Daar zou jij ontzettend misselijk van worden.'

'Ook van een heel klein plukje?'

Hij schudde zijn hoofd en stopte het blikje weer terug, waarop Sarah vroeg of ze eens met het spijkerpistool mocht schieten. Ze was een wandelende reclame voor de moderne opvoeding die ze klaarblijkelijk had genoten: voel je vrij om te vragen wat je wilt! Dat je dik en onaantrekkelijk bent, wil niet zeggen dat je niet vrijpostig mag zijn! Gewoon durven, want de wereld houdt ook van jou! Op haar eigen manier was ze net zo vermoeiend als Caitlyn. Katz vroeg zich af of hijzelf ook zo vermoeiend was geweest op zijn achttiende. Of hadden zijn mensenhaat en zijn vijandbeeld van de wereld hem toch interessanter gemaakt dan deze toonbeelden van eigendunk?

Hij liet Sarah een enkel schot lossen (ze slaakte een gilletje bij de terugslag en liet het pistool bijna op de grond flikkeren) en maakte kenbaar dat hij weer aan de slag moest. Caitlyn was zo verbolgen dat ze hem geen blik meer waardig keurde en achter Zachary aan de trap af liep. Katz kuierde naar het dakraam in de hoop een glimp van Zachary's exhibitionistische moeder op te vangen, maar al wat hij zag was het DUX-bed, het schilderij van Eric Fischl en de grote flatscreen.

Katz geneerde zich voor het zwak dat hij voor vrouwen van boven de vijfendertig had. Het had iets triests, vond hij, en iets pervers in zover het naar zijn gestoorde moeder leek te verwijzen, die hem altijd had verwaarloosd, maar het viel niet te miskennen. Jonge chicks waren altijd verlokkelijk, maar ook altijd een domper, zoals coke dat ook was: als hij het niet gebruikte, leek het fantastisch en snakte hij ernaar, maar zodra hij weer snoof bleek het onbevredigend en leeg, een louter fysieke, mechanische stimulans. Doods. De vergelijking ging des te sterker op voor de jonkies van tegenwoordig, hyperactieve wezentjes die zich als machines door de seks heen haastten, in snelle opeenvolging alle standjes afwerkten waartoe hun anatomie zich ook maar enigszins leende, hup dit en hup dat, met kinderlijke, geurloze kutjes die veel te glad geschoren waren om nog echt te lijken. Hij herinnerde zich meer details van die enkele uren met Patty Berglund, lang geleden, dan van de seks die hij de laatste tien jaar met jonkies had gehad. Natuurlijk, hij had Patty toen al jaren gekend en had zich van meet af aan tot haar aangetrokken gevoeld – die langdurige spanning had er ongetwijfeld toe bijgedragen dat het onvergetelijke uren waren geworden. Maar Patty was ook veel menselijker dan al die jonge meisjes bij elkaar. Gecompliceerder, moeilijker, en daarom meer de moeite waard. En nu zijn profetische pik, zijn wichelroede, weer in haar richting wees, kon hij met geen mogelijkheid meer bedenken waarom hij destijds niet méér had gemaakt van de kansen die ze hem bood. Een of andere rare fatsoensnorm die nu onbevattelijk voor hem was, had hem ervan weerhouden naar haar hotel in Philadelphia te gaan en zijn hart aan haar op te halen. Omdat hij Walter toen toch al eens bedrogen had, in een gure noordelijke nacht, had hij zich moeten blijven uitleven tot het vuur zou zijn gedoofd en hij verder had gekund met zijn leven. Zijn hunkering naar haar sprak uit alle nummers die hij voor *Nameless Lake* had geschreven. Hij had zijn onvervulde verlangen in kunst getransformeerd. Maar nu die kunst was voortgebracht en hij er de dubieuze vruchten van had geplukt, was er geen enkele reden meer om zichzelf iets te ontzeggen waar hij nog steeds op belust was. En als Walter dan eens ophield met zijn moralistische gedoe en het met die Indiase chick aanlegde, dan zouden alle betrokkenen beter af zijn.

Hij nam een vrijdagavondtrein van Newark naar Washington. Naar muziek luisteren was nog steeds geen optie, maar zijn mp3-speler, van een ander merk dan Apple, was gevuld met laagfrequente ruis die alle omgevingsgeluid neutraliseerde, en door zich naar het raam te draaien en zijn neus in een roman van Thomas Bernhard te steken, was hij verzekerd van volstrekte privacy. Het ging goed tot Philadelphia, waar het rijtuig betreden werd door een lelieblank stel in hagelwitte T-shirts (het onnatuurlijk helle wit dat hij met het Bush-regime was gaan associëren) dat roomijs at uit kartonnen bekers en de plaatsen voor hem in bezit nam. De chick liet onmiddellijk haar rugleuning in zijn persoonlijke ruimte zakken, en toen ze een paar minuten later haar ijs op had, gooide ze de beker onder haar zitting, waar zich zijn voeten bevonden.

Hij zette met een geërgerde zucht zijn koptelefoon af, stond op en liet de beker op haar schoot vallen.

'Jezus!' riep ze met vlijmende ontzetting.

'Hé man, wat moet dat?' zei haar smetteloze metgezel.

'Je gooide dat ding op mijn voeten,' zei Katz.

'Dus dan gooi jij het maar op haar schóót?'

'Dat vind ik nou echt knap,' zei Katz. 'Verontwaardigd doen nadat je vriendin een natte ijsbeker op iemands schoenen heeft gegooid.'

'Dit is openbaar vervoer, weet je,' snerpte het meisje. 'Als je geen andere mensen om je heen wilt, moet je een privéjet kopen.'

'Dank voor de tip.'

Tot aan Washington wierpen ze zich onophoudelijk met hun volle gewicht tegen hun rugleuning, om hem maar zoveel mogelijk ruimte te ontnemen. Hij had niet de indruk dat ze hem herkenden, maar zo ja, dan zouden ze binnen de kortste keren hun blogs volschrijven over die omhooggevallen zakkenwasser van een Richard Katz.

Hoewel hij door de jaren heen ettelijke malen in DC had opgetreden, was hij nog steeds niet gewend aan de onafzienbare vlakheid van de stad, en aan de diagonale avenues die een loopje namen met zijn oriëntatievermogen. Hij voelde zich er nog altijd als een rat in een overheidsdoolhof, en kon in de taxi slechts hopen dat de chauffeur hem naar Georgetown reed en niet naar de Israëlische ambassade voor een clandestiene ondervraging. In alle wijken leken alle voetgangers dezelfde fletse doorsneekleding te dragen en dezelfde saaiheidspillen te slikken, alsof individualiteit een vluchtige vloeistof was die verdampte zodra je je op de stille straten of angstaanjagend weidse pleinen van DC begaf. Het was een stad die hem niet leek te dulden in zijn versleten leren motorjack, een stad die hem vanuit alle hoeken en gaten een eenlettergrepig bevel leek te geven: sterf!

Maar het herenhuis in Georgetown had zowaar enig karakter. Als Katz het zich goed herinnerde hadden Walter en Patty het niet zelf uitgekozen, maar het straalde precies de gegoede grotestadssmaak uit die hij van hen verwachtte. Het had een leien dak met meerdere kapellen en hoge vensters op de begane grond, die uitzagen op iets dat daadwerkelijk een gazon mocht worden genoemd. Boven de deurbel maakte een koperen bord op bescheiden wijze gewag van THE CERULEAN MOUNTAIN TRUST.

Jessica Berglund deed open. Katz had haar voor het laatst als highschoolmeisje gezien en haar gedaante als jonge vrouw ontlokte hem een verrukte glimlach. Zij leek op haar beurt weinig plezier aan het weerzien te beleven. Aan haar blik te zien was ze ergens behoorlijk pissig om. 'Hé, hallo,' zei ze vreugdeloos. 'Kom maar even mee naar de keuken.'

Ze keek over haar schouder de lange, met parket belegde gang in. Aan het einde daarvan stond de Indiase chick. 'Dag Richard,' riep ze met een schichtige armzwaai.

'Ogenblikje,' zei Jessica tegen Katz, en ze beende voor hem uit de gang door, langs een ruime kamer met bureaus en archiefkasten, en een kleinere met een vergadertafel. Het huis rook naar nieuwe hardware en vers papier. 'Zo terug, Richard,' zei Jessica toen ze hem aan de achterkant van het huis de keuken had gewezen. Ze troonde Lalitha met zich mee een suite binnen, die zo te zien dienstdeed als directievertrek.

'*Ik* ben jong, oké?' hoorde hij haar zeggen. '*Ik* vertegenwoordig hier de jeugd, oké?'

'Natuurlijk!' zei Lalitha. 'Daarom zijn we ook blij dat je gekomen bent. Ik zei alleen maar dat ik zelf ook nog niet zo oud ben.'

'Je bent zevenentwintig!'

'En dat is niet jong meer volgens jou?'

'Hoe oud was je toen je je eerste mobieltje kocht? Wanneer leerde jij internet kennen?'

'Als studente, maar...'

'Precies, en er is een gróót verschil tussen je highschooltijd en je studietijd. Mensen hebben nu een totaal andere manier van communiceren. En mijn generatie is daar op veel jongere leeftijd mee vertrouwd geraakt dan jij.'

'Dat weet ik. Ben ik helemaal met je eens, en ik snap dan ook echt niet waarom je zo boos op me bent.'

'Waarom ik kwaad ben? Omdat je mijn vader hebt wijsgemaakt dat jij zo'n expert bent op jongerengebied. En dat ben je dus níét, dat heb je net dus wel pijnlijk duidelijk gemaakt.'

'Jessica, ik ken heus het verschil wel tussen een sms'je en een e-mail. Ik versprak me, omdat ik moe ben, omdat ik deze week amper heb geslapen. Ik vind het niet echt fair dat je er zo'n punt van maakt.'

'Stúúr je weleens sms'jes?'

'Hoef ik niet. Wij hebben BlackBerry's, die precies hetzelfde doen, maar dan beter.'

'Maar dat is dus níét precies hetzelfde. Jezus! Dat is nou net wat ik bedoel! Als je niet bent opgegroeid met mobieltjes, snap je niet dat sms echt heel iets anders is dan mail. Het is een totaal verschillende manier van contact onderhouden. Ik heb vrienden die nauwelijks meer hun mail checken. En als jij en mijn vader de studenten van nu willen benaderen, kun je dat maar beter goed begrijpen.'

'Goed, oké, wees maar boos op me dan. Maar ik heb vanavond nog een hoop werk te doen, dus je zult me nu alleen moeten laten.'

Jessica kwam hoofdschuddend de keuken binnen. 'Sorry,' zei ze tegen Katz, 'je zult wel een douche willen nemen en wat eten. Er is boven een eetkamer. Niet dat iemand er ooit eet, maar volgens mij is er weinig mis mee. Ik heb, eh...' Ze keek afwezig om zich heen. 'Ik heb vanavond uitgebreid gekookt en zal wat pasta voor je opwarmen. En er is vers brood. Heb ik zelf maar gebakken, want mijn moeder zal niet op het idee komen brood te kopen als er hier gasten voor het weekend komen.'

'Doe voor mij geen moeite,' zei Katz. 'Ik heb nog een broodje in mijn reistas.'

'Nee, ik kom het je straks wel brengen en bij je zitten. Het is een beetje een chaos hier, zeg maar. Dit huishouden is gewoon... het is hier...' Ze balde haar vuisten. 'Unnhh, dit huis!'

'Rustig, rustig,' zei Katz. 'Het is geweldig je weer eens te zien.'

'Hoe léven ze hier als ik er niet ben? Dat is me nou echt een raadsel. Alles gaat hier rommelig. Zelfs zoiets simpels als het vuilnis buiten zetten.' Ze duwde de keukendeur achter zich dicht en ging zachter praten. 'God mag weten wat ze eet. Als ik mijn moeder mag geloven, leeft ze op Cheerio's, melk en broodjes kaas. En bananen. Maar zelfs dat vraag ik me af. In de koelkast is geen melk te vinden.'

Katz maakte een vaag gebaar, ten teken dat hij er ook niets aan kon doen.

'En weet je,' vervolgde Jessica, 'ik weet toevallig een hoop van Indiaas eten, omdat veel van mijn medestudentes ervandaan komen. En toen ik hier een paar jaar geleden voor het eerst kwam sinds Lalitha's komst, vroeg ik of ze me wat regionale gerechten kon leren, uit West-Bengalen, waar ze geboren is. Ik heb veel bewondering voor tradities en zo, en het leek me leuk om samen een grote maaltijd te maken en dan met z'n allen aan tafel te gaan. Als één grote familie, zeg maar. Leek me grappig, omdat zij uit India komt en ik erg in kookkunst en zo geïnteresseerd ben. En toen lachte ze maar wat en zei dat ze niet eens een ei kon koken. Haar ouders waren ingenieurs of zo en hadden nog nooit van hun leven in de keuken gestaan. Dus daar ging mijn leuke plannetje.'

Katz hoorde het glimlachend aan, geamuseerd door de manier waarop ze haar beide ouders in zich verenigde en naadloos samenvoegde tot haar geheel eigen karakter. Ze babbelde als Patty, toonde Walters heilige verontwaardiging en was toch helemaal zichzelf. Ze droeg haar blonde haar in zo'n strak staartje dat het leek alsof haar wenkbrauwen er permanent door omhoog werden getrokken, wat alleen maar bijdroeg aan haar uitdrukking van schampere afkeer. Ze oefende niet de minste aantrekkingskracht op hem uit, wat haar des te sympathieker voor hem maakte.

'Maar goed, waar is iedereen?' vroeg hij.

'Mam is "aan het werk" in het fitnesscentrum. En waar pap is weet ik niet precies. Een of andere vergadering in Virginia. Hij zei dat hij je morgenochtend wel zou spreken. Hij had hier vanavond al willen zijn, maar er kwam iets tussen.'

'Hoe laat komt je moeder thuis?'

'Heel laat, zoveel is zeker. Weet je, je zou het nu niet meer zeggen, maar toen ik opgroeide was ze eigenlijk een ontzettend toffe moeder. Altijd koken en zo. Gastvrij zijn voor iedereen. Altijd een vaas met bloemen naast het bed, weet je. Maar al die dingen, daar is niets meer van over.'

In haar hoedanigheid van invalgastvrouw ging Jessica hem voor over een smalle achtertrap en liet hem de kamers op de eerste verdieping zien – zitkamer, eetkamer, televisiekamer, het kamertje waarin Patty een computer had en een bedbank, en tot slot, op de tweede verdieping, het net zo kleine kamertje waar hij de nacht zou doorbrengen. 'Dit is officieel de kamer van mijn broertje,' zei ze, 'maar volgens mij heeft hij er nog geen tien keer geslapen sinds ze hier zijn komen wonen.'

Er was inderdaad geen spoor van Joey te bekennen. Alleen maar meubels in de dure smaak van Walter en Patty.

'Hoe gaat het met Joey?'

Jessica haalde haar schouders op. 'Moet je mij niet vragen.'

'Hebben jullie geen contact?'

Ze keek naar hem op met haar spottend opengesperde ogen. 'We praten weleens, heel af en toe.'

'Nou, vertel op dan, hoe gaat het met hem?'

'Tja, hij is Republikein tegenwoordig, dus het zijn nooit zulke leuke gesprekken.'

'Aha.'

'Ik had alvast wat handdoeken voor je neergelegd. Wil je ook nog een washandje?'

'Nee, nooit zo'n washandjesman geweest.'

Toen hij een halfuur later fris gedoucht en in een schoon T-shirt naar beneden ging en de eetkamer binnenliep, stond zijn eten al voor hem klaar. Jessica kwam aan de andere kant van de tafel zitten en keek met haar armen stijf over elkaar (alles aan dat meisje straalde strakheid uit) hoe hij at.

'Gefeliciteerd trouwens nog met je succes,' zei ze. 'Het was heel raar om opeens overal je naam te horen, en dat iedereen je cd had.'

'En jij? Waar luister jij zoal naar?'

'Ik hou persoonlijk meer van wereldmuziek. En dan vooral uit Afrika en Zuid-Amerika. Maar jouw cd vond ik ook goed, hoor. En het meer herkende ik zeker.'

Het kon zijn dat ze hier iets mee bedoelde, maar misschien ook niet. Kon Patty haar verteld hebben wat er aan de oever van het meer gebeurd was? Haar wel en Walter niet?

'Maar vertel eens,' zei hij. 'Wat was er tussen jou en Lalitha? Het klonk alsof jullie mot hadden.'

Weer dat spottende opensperren van haar ogen.

'Wat was er?' vroeg hij.

'O, niks. Ik ben gewoon een beetje ongedurig. Ik kan de laatste tijd weinig velen van mijn familie.'

'Ik heb het gevoel dat ze een beetje een probleem vormt voor je ouders.'

'Mm.'

'Mij lijkt het een geweldige jonge vrouw. Slim, energiek, toegewijd.'

'Mm.'

'Is er iets wat je me wilt vertellen?'

'Nee. Ik denk alleen dat ze een oogje op mijn vader heeft. En mijn moeder kan daar totaal niet mee omgaan, om te zien wat er tussen die twee gaande is. En ik snap dat wel, hoor. Ik vind ook: als iemand getrouwd is, dan laat je hem met rust, niet dan? Je gaat niet klooien met getrouwde mannen, toch?'

Katz schraapte zijn keel, wist niet waar dit heen ging. 'In principe wel, ja,' zei hij. 'Maar naarmate je ouder wordt, wordt het leven steeds ingewikkelder, kan ik je zeggen.'

'Zal best. Maar daarom hoef ik haar niet aardig te vinden, weet je. Ik hoef het niet te accepteren en ik hoef háár niet te accepteren. Ik weet niet of je het weet, maar ze woont dus hierboven. Ze is hier áltijd. Zij is hier vaker dan mijn moeder, zeg maar, en ik vind dat gewoon niet kúnnen. Ik vind gewoon dat ze hier weg moet, ergens anders moet gaan wonen. Maar ik denk niet dat mijn vader dat wil.'

'En waarom wil hij het niet?'

Jessica schonk hem een verkrampt, ongelukkig glimlachje. 'Mijn ouders hebben behoorlijk veel problemen. Hun huwelijk gaat echt niet goed. Daar hoef je geen helderziende voor te zijn, om dat te zien. Zo is mijn moeder ontzettend depressief, al jarenlang. En ze kan er maar niet uit komen. Maar ze houden wel van elkaar. Ik weet dat ze van elkaar houden, en ik vind het gewoon kut om te zien wat er nu gebeurt. Als ze nou gewoon zou gáán, Lalitha bedoel ik, als ze nou gewoon ergens anders heen ging, zodat mijn moeder weer een kans kreeg...'

'Ben je close met je moeder?'

'Nee. Nee, niet echt.'

Katz zweeg en at verder, om haar te verleiden door te gaan. Hij leek geluk te hebben en haar in de juiste stemming te treffen om haar hart te luchten tegen een buitenstaander.

'Kijk, ze probeert het echt wel,' zei Jessica. 'Maar ze heeft gewoon een talent om altijd de verkeerde dingen te zeggen. En ze ziet me gewoon niet voor vol aan. Ze ziet niet dat ik ondertussen volwassen ben, zeg maar, en een redelijk stel hersens heb. Mijn vriendje op de universiteit, bijvoorbeeld. Dat was echt een schatje, maar ze deed gewoon afschuwelijk tegen hem. Alsof ze bang was dat ik met hem zou trouwen en dat ze hem daarom voortdurend belachelijk moest maken. Hij was mijn eerste echte vriendje en daar wilde ik gewoon van genieten, maar ze bleef maar doorgaan. Op een keer kwamen William en ik hier voor het weekend, om wat musea te bezoeken en mee te lopen in een mars voor het homohuwelijk. Zaten we hier en vroeg ze hem opeens of hij het leuk vond als meisjes hun tieten lieten zien op studentenfeestjes. Daar had ze een of ander stom krantenartikel over gelezen, dat jongens dan de hele tijd naar meisjes riepen dat ze tieten wilden zien. Dus ik zeg: nee mam, ik zit niet op Virginia tussen de corpsballen. Wij hebben geen disputen en zo, dat is achterhaalde ongein voor patsers uit het zuiden, en ik ga ook niet naar Florida in de voorjaarsvakantie, dus nee, wij zijn niet zoals de mensen in je stomme artikel. Maar ze bleef gewoon doorgaan, ze bleef William vragen of hij graag naar de borsten van andere meisjes keek. En hij maar zeggen dat andere meisjes hem niet interesseerden, en zij dan weer heel verbaasd doen, alsof ze het niet geloofde. Ze wíst dat hij eerlijk was, en ze kon zíén hoe opgelaten hij zich voelde omdat de moeder van zijn vriendin het de hele tijd over tieten had, maar ze ging gewoon keihard door. Voor haar was het één grote grap, en ze wilde dus dat ik óók om William zou lachen. Kijk, hij was best een beetje saai, zeg maar, maar mag ik alsjeblieft zelf bepalen of ik met een jongen wil blijven omgaan?'

'Tja, ze geeft om je. Ze wilde niet dat je aan de verkeerde jongen zou blijven hangen.'

'Ik was helemaal niet van plan om met hem te trouwen! Dat was het nou juist!'

Katz' ogen gingen onwillekeurig naar de borstjes die grotendeels schuilgingen onder Jessica's gevouwen armen. Ze was net zo rank als haar moeder, maar minder goed geproportioneerd. Hij voelde zijn liefde voor Patty overgaan op haar dochter, minus het verlangen haar te neuken. Het was hem duidelijk waarom Walter haar beschreven had als een jong iemand die oudere mensen hoopvol maakte voor de toekomst. Ze deugde, in alle opzichten.

'Jij gaat een prima leven tegemoet,' zei hij.

'Dank je.'

'Er zit een goeie kop op bij jou, en ik vind het geweldig je weer eens te zien.'

'Wederzijds,' zei ze. 'Ik weet niet eens meer wanneer ik jou voor het laatst heb gesproken. Toen ik nog op de high school zat?'

'Je werkte als vrijwilligster in een soepkeuken. Je vader nam me daar mee naartoe om je te kunnen zien.'

'Ah ja, de tijd waarin ik mijn cv opbouwde. Ik had wel zeventien buitenschoolse projecten toen. Moeder Teresa op speed was ik.'

Katz schepte nog wat pasta voor zichzelf op. Er zaten olijven in, en een of andere groente, o ja, rucola – hij vertoefde weer eens in betere kring. Hij vroeg Jessica wat ze zou doen als haar ouders uit elkaar gingen.

'Wow, geen idee,' zei ze. 'Ik hoop niet dat het daarvan komt. Denk jij dat dat te gebeuren staat? Heeft pap je dat gezegd?'

'Ik sluit het niet uit.'

'Nou, dan zal ik lid zijn van een grote club. Zowat de helft van mijn vrienden komt uit een gebroken gezin. Ik heb me nooit kunnen voorstellen dat het ons ook kon gebeuren. Tenminste niet tot Lalitha hier kwam.'

'*It takes two to tango*, Jessica, je kunt het niet alleen haar verwijten.'

'O, maar dan zou ik het mijn vader ook verwijten, hoor, geloof me. Dan zal ik het hem zeker verwijten. Ik hoor het gewoon in zijn stem, weet je, en het is echt... verwarrend. Het is gewoon fóút. Terwijl ik altijd dacht dat ik hem zo goed kende, zeg maar. Blijkbaar niet dus.'

'En je moeder?'

'Die is er ook niet blij mee.'

'Nee, wat als zij zou besluiten weg te gaan? Wat zou je daarvan vinden?'

Haar zichtbare verbouwereerdheid maakte korte metten met de vraag of Patty haar in vertrouwen had genomen. 'Die zou nooit weggaan,' zei ze. 'Of pap zou haar moeten wegjágen.'

'Heeft ze het hier nog goed genoeg naar haar zin dan?'

'Volgens Joey niet. Ik denk dat ze hem veel vertelt dat ze voor mij verborgen houdt. Of hij verzint gewoon dingen om me te stangen, dat kan ook. Ze maakt mijn vader wel altijd belachelijk, in ieder geval, maar dat zegt niet zoveel. Ze maakt iederéén belachelijk. Mij vast ook, als ik er niet ben. Ze vindt ons allemaal reuze vermakelijk, en dat irriteert me mateloos, kan ik je zeggen. Maar haar gezin is toch haar alles. Volgens mij kan ze zich absoluut niet voorstellen dat ze ooit zou weggaan.'

Katz vroeg zich af hoeveel waarde hij aan Jessica's stelligheid moest hechten. Patty had hem vier jaar geleden zelf ook verteld dat ze Walter niet wilde verlaten. Maar de profeet in zijn broek had een compleet andere boodschap, en misschien had Joey inderdaad wel beter zicht op zijn moeders gevoelswereld.

'Je moeder is een rare, hè?'

'Ik ben vaak genoeg kwaad op haar,' zei Jessica, 'maar ik heb ook echt medelijden. Ze is best wel slim maar heeft nooit iets van zichzelf gemaakt, behalve dat ze een goede moeder voor ons was. Als ik één ding zeker weet, dan is het dat ik nóóit de hele tijd thuis zal zijn als ik zelf kinderen heb.'

'Ah, dus je wilt wel kinderen, ondanks de overbevolking?'

Ze bloosde. 'Nou, een of twee misschien. Als ik ooit de juiste man tegenkom. Wat me niet erg waarschijnlijk lijkt in New York.'

'New York is een woestenij, da's waar.'

'Jezus, wat ben ik blij dat jij dat ook vindt! Echt een opluchting om te horen, dank je. Ik heb me nog nooit zo klein, onzichtbaar en waardeloos gevoeld als in de voorbije acht maanden. Ik dacht dat New York het paradijs zou zijn, maar de mannen die je er tegenkomt zijn óf losers óf hufters óf ze zijn getrouwd. Het is gewoon stúítend. Ik weet zelf ook wel dat ik geen stuk ben of zo, maar een gesprekje van vijf minuten zou toch wel haalbaar moeten zijn. Nou, ik zit er nu acht maanden en ik wacht nog steeds op die vijf minuten. Ik ga niet eens meer uit, zo ontmoedigend is het.'

'Het ligt aan jou. Je bent een aantrekkelijke chick. Maar het zou misschien wél kunnen dat je te aardig bent voor New York. Het is een grimmige bedoening daar.'

'Maar hoe komt het dat er zoveel jonge vrouwen van mijn leeftijd zijn, en bijna geen mannen? Zijn die allemaal ergens anders heen getrokken?'

Katz liet de jonge mannen uit zijn New Yorkse kennissenkring door zijn geest gaan, onder wie zijn voormalige bandgenoten van Walnut Surprise, en kon niemand bedenken aan wie hij Jessica zou willen voorstellen. 'Jonge vrouwen komen er om voor een uitgeverij, een kunstinstelling of een nonprofitorganisatie te gaan werken,' zei hij. 'Jonge kerels komen er om grof geld te verdienen of de muziek in te gaan. Dus dat levert een heterogeen publiek op. De meisjes zijn allemaal lief en oppassend, de jongens allemaal klootzakken zoals ik. Het zou een vergissing zijn als je het je persoonlijk aantrok.'

'Oké, maar ik zou gewoon eens één leuke date willen.'

Het speet hem dat hij haar aantrekkelijk had genoemd. Dat kon uitgelegd worden als een flirt, en hij hoopte van harte dat ze dat niet zou doen. Maar het leek er helaas op dat ze dat wel deed.

'Ben jij echt zo'n klootzak?' zei ze met een glimlachje. 'Of zeg je dat maar om mij een plezier te doen?'

Dit klonk ontegenzeglijk als een flirt, en het moest in de kiem worden gesmoord. 'Ik ben hier om je vader een plezier te doen,' zei hij afgemeten.

'Nou, dan kun je dus geen klootzak zijn.' Weer een glimlachje.

'Geloof mij nou maar, dat ben ik wel.' Hij schonk haar de hardste blik die hij op kon brengen, en zag haar een beetje schrikken.

'Hoezo dan?' zei ze bedremmeld.

'Ik ben niet je bondgenoot op het Indiase front, bijvoorbeeld. Ik ben je vijand.'

'Wat? Waarom? Waarom zou je dat zijn?'

'Omdat ik een klootzak ben. Dat zei ik toch?'

'O, nou oké, dat zal dan wel.' Ze keek naar het tafelblad met wenkbrauwen die niet hoger op haar voorhoofd konden staan. Verbouwereerd, geschrokken en pissig tegelijk.

'Heerlijke pasta, trouwens. Bedankt daarvoor.'

'Ja, goed. Neem ook wat salade.' Ze stond op. 'Ik denk dat ik maar eens naar boven ga om wat te lezen. Laat me maar weten als je nog wat nodig hebt.'

Hij knikte zwijgend en ze liep de kamer uit. Hij had met haar te doen, maar hij was naar Washington gekomen om vuile handen te maken en voelde er niets voor om schijnheilig te gaan doen. Toen hij klaar was met eten, bekeek hij Walters immense boekenverzameling en nog immensere cd- en platencollectie in de zitkamer, waarna hij de trap op liep en zich terugtrok in Joey's kamertje. Hij wilde niet door Patty worden aangetroffen in de zitkamer, wilde degene zijn die een kamer binnenliep en haar daar aantrof. Ergens op haar zitten wachten was een teken van kwetsbaarheid, en kwetsbaarheid was geen Katziaanse eigenschap. Hoewel hij normaal nooit oordopjes gebruikte, omdat die zijn tinnitus tot een waar piepconcert van gepiep verhieven, stopte hij er nu een paar in zijn oren – om te voorkomen dat hij op het geluid van haar voetstappen of stem ging liggen wachten.

De volgende ochtend bleef hij zo lang mogelijk in het kamertje en ging pas tegen negenen de trap af op zoek naar ontbijt. De keuken was leeg, maar iemand (vermoedelijk Jessica) had koffie gezet, fruit gesneden en muffins klaargezet. Een druilerige voorjaarsregen bevochtigde de achtertuin, de gele narcissen en de achtergevels van de buren. Toen hij stemmen hoorde aan de voorkant van het huis, liep Katz met zijn koffie en een muffin de gang in en trof Walter, Jessica en Lalitha in de vergaderkamer.

'Ha mooi, daar ben je,' zei Walter. 'Dan kunnen we van start.'

'Ik wist niet dat we zo vroeg al zouden beginnen.'

'Het is negen uur,' zei Walter. 'Voor ons is dit een gewone werkdag.'

Hij zat naast Lalitha aan het midden van de lange tafel. Jessica zat aan het hoofd, met haar armen over elkaar, en straalde een en al scepsis en vijandigheid uit. Katz ging tegenover het tweetal zitten.

'Goed geslapen?' vroeg Walter.

'Prima. Waar is Patty?'

Walter schokschouderde. 'Die komt niet meevergaderen, als je dat soms dacht.'

'Het is onze bedoeling om vandaag spijkers met koppen te slaan,' zei Lalitha, 'niet om de hele tijd grappen te maken over hoe onmogelijk het is om wat dan ook te bereiken.'

Pfoeiii... dat begon goed.

Jessica's ogen flitsten van gezicht naar gezicht, vorsend, argwanend. Walter had fikse kringen onder zijn ogen, en zijn vingers op het tafelblad deden iets wat het midden hield tussen beven en trommelen. Ook Lalitha zat er bepaald niet florissant bij. Haar gezicht had de blauwige weerschijn die over een donkere huid komt als die verbleekt. Katz probeerde hun lichaamstaal te peilen, de manier waarop ze van elkaar weg leken te buigen, en vroeg zich af of de chemie tussen die twee al tot iets had geleid. Ze oogden schuldig en teruggetrokken, als minnaars die hun affaire verborgen moesten zien te houden, of als mensen die niet tot elkaar konden komen en zich daar bezwaard om voelden – wat het ook mocht zijn, het leek Katz de moeite waard om hen nauwlettend te blijven observeren.

'Goed, laten we beginnen met de probleemstelling,' zei Walter. 'Het kernprobleem is dat niemand de moed schijnt te hebben om de overbevolking op de agenda van het publieke debat te zetten. En waarom niet?

Omdat het een onderwerp is waar niemand vrolijk van wordt. En omdat het oud nieuws wordt gevonden. En omdat we, net als met de opwarming van de aarde, nog altijd niet op het punt zijn beland waarop de gevolgen door geen sterveling meer ontkend kunnen worden. En omdat je elitair overkomt als je arme en slecht opgeleide mensen voorhoudt dat ze niet zoveel kinderen zouden moeten nemen. Terwijl de grootte van gezinnen doorgaans omgekeerd evenredig is aan hun economische status. Zo is het ook met de leeftijd waarop meisjes aan kinderen beginnen: hoe armer en slechter opgeleid, hoe eerder ze moeder worden, wat net zo schadelijk is in termen van overbevolking. Een verdubbeling van de leeftijd waarop vrouwen voor het eerst bevallen, van achttien naar vijfendertig, zou een halvering van de bevolkingsgroei opleveren. Voorbeelden te over in de natuur. Zo planten ratten zich in veel groteren getale voort dan luipaarden omdat ze veel eerder geslachtsrijp zijn.'

'Over problemen gesproken,' zei Katz, 'die vergelijking met ratten lijkt me ook nogal een probleem als je wat bereiken wilt.'

'Precies,' zei Walter. 'Dan krijg je dat verwijt weer van elitisme, want luipaarden zijn een verhevener soort dan ratten of konijnen, nietwaar? Dus ja, het is zeker problematisch dat we zulke mensen als knaagdieren lijken af te schilderen wanneer we de aandacht vestigen op hun hoge kindertal en de jonge leeftijd waarop ze met kinderen beginnen.'

'Volgens mij is het te vergelijken met de strijd tegen het roken,' zei Jessica aan het verre eind van de tafel. Het was duidelijk dat ze aan een van de betere universiteiten had gestudeerd en geleerd had het woord te nemen in werkgroepen. 'Mensen met poen kunnen zich Zoloft en Xanax permitteren, dus als je een hogere accijns invoert op sigaretten, of alcohol, dan tref je de arme mensen het hardst. Dan maak je de goedkope drugs duurder.'

'Juist,' zei Walter. 'Goed punt. En het geldt ook voor godsdienst. Ook zo'n drug voor mensen zonder draagkracht. Als we van leer trekken tegen de kerk, de grootste boosdoener van allemaal, dan kwetsen we daar ook vooral de armsten mee.'

'En vergeet de vuurwapens niet,' zei Jessica. 'Jagen is ook een typische armensport.'

'Nou, vertel dat maar eens aan meneer Haven,' zei Lalitha met haar zangerige accent. 'Of aan Dick Cheney.'

'Nee, Jessica heeft een punt,' zei Walter.

Lalitha draaide zich naar hem toe. 'Werkelijk? Ik zie het niet, hoor. Wat heeft jagen nou met overbevolking te maken?'

Jessica rolde opzichtig met haar ogen.

Dit zou weleens een lange dag kunnen worden, dacht Katz.

'Het komt allemaal neer op het probleem van de persoonlijke vrijheden,' zei Walter. 'Mensen kwamen naar Amerika voor geld en vrijheid, en als je geen geld hebt, klamp je je des te hardnekkiger aan je vrijheden vast. Zelfs als roken je gezondheid verwoest, zelfs als je je geen stoet kinderen kunt veroorloven, en zelfs als je kinderen worden neergeschoten door maniakken met semiautomatische geweren. Vrijheid is dan het allerhoogste goed. Je mag dan wel arm zijn, maar wat niemand je kan afnemen is de vrijheid die je hebt om je leven op geheel eigen wijze te verkankeren. Dat had Bill Clinton ook zo goed door: dat je geen verkiezingen kunt winnen als je aan de persoonlijke vrijheden morrelt. En van vuurwapens moet je al helemaal afblijven.'

Dat Lalitha hier toegeeflijk op knikte, in plaats van stuurs voor zich uit te kijken, maakte de situatie een stuk duidelijker: ze smachtte nog steeds naar Walter, en hij hield nog steeds de boot af. En wat ook duidelijk werd, was dat hij hier aan deze tafel volledig in zijn element was. Deze kamer was zijn persoonlijke fort, waar hij naar hartelust theorieën mocht verkondigen. Hij was geen spat veranderd sinds zijn jaren in Macalester College.

'Maar het echte probleem,' zei Katz tegen Walter, 'is het kapitalisme. Toch? Zolang je voortplanting niet regelrecht verbieden wilt, zijn persoonlijke vrijheden niet het grootste punt. De echte reden waarom je mensen niet aan de praat krijgt over het bevolkingsvraagstuk, is dat praten over minder baby's gelijkstaat aan praten over minder economische groei. Toch? En groei is het fundament van de vrijemarktideologie. Toch? Als je je op de theorie van de vrije markt baseert, moet je zaken als het milieu buiten beschouwing laten. Wat was dat woord ook weer dat jij altijd zo graag gebruikte? "Externaliteiten"?'

'Klopt.'

'Ik denk niet dat er veel aan die theorie veranderd is sinds onze studietijd. En de theorie is dat er geen theorie is. Toch? Het kapitalisme kan zich geen limieten permitteren, in geen enkel opzicht, want bij kapitalisme draait het om de ongelimiteerde groei van kapitaal. Dus als je door de kapitalistische media gehoord wilt worden, en in een kapitalistische samenleving een debat op gang wilt brengen, dan is overbevolking een onzinnig onderwerp. En dat is volgens mij het echte probleem.'

'Nou, misschien moeten we dan maar iets leuks gaan doen vandaag,' zei Jessica droogjes. 'Als we toch niets kunnen uitrichten...'

'Ik heb het probleem niet bedacht, hoor,' zei Katz. 'Ik wijs er alleen maar op.'

'En wij kennen het probleem ook,' zei Lalitha. 'Maar we willen een pragmatische organisatie zijn. We zijn er niet op uit het hele systeem omver te gooien, we proberen alleen maar iets op gang te brengen. We willen de naderende crisis een onderdeel van het publieke debat maken, voor het te laat is. Kijk, wij willen met de overbevolking doen wat Gore met de klimaatverandering doet. En we hebben één miljoen dollar tot onze beschikking, en volgens ons zouden we een aantal praktische stappen kunnen zetten.'

'Ik zou er trouwens niks op tegen hebben om het systeem omver te gooien,' zei Katz. 'Zeg maar waar ik mijn handtekening moet zetten.'

'Dat het systeem van dit land nooit zal veranderen,' zei Walter, 'heeft alles te maken met vrijheid. De reden waarom het kapitalisme in Europa kan worden beteugeld met wat wij socialisme noemen, is dat ze daar niet zo spastisch doen over persoonlijke vrijheden. Ze hebben er ook een gematigder bevolkingsgroei, ondanks een vergelijkbare verdeling van de welstand. Europeanen zijn gewoon rationeler in die dingen. Of beter gezegd: bij ons is de discussie over vrijheden en rechten puur emotioneel van aard, en dan vooral gebaseerd op ressentiment, wat het voor rechts des te makkelijker maakt om die discussie te sturen. Daarom wil ik terug naar wat Jessica zei over sigaretten.'

Jessica maakte een gracieus handgebaar, alsof ze zeggen wilde: dank je!

Uit de gang kwamen geluiden van iemand, Patty, die op hardklinkende hakken door de keuken liep. Katz, die snakte naar een sigaret, trok Walters lege koffiemok naar zich toe en begon een verse pruim uit zijn blikje te plukken, afkeurend gadegeslagen door Jessica.

'Positieve sociale veranderingen,' zei Walter, 'verlopen bij ons altijd van boven naar onder. De nationale gezondheidsdienst publiceert een rapport, dat rapport vindt weerklank onder goed opgeleide mensen, slimme jongeren krijgen door dat roken niet cool is maar stom, en het aantal rokers begint landelijk te dalen. Of Rosa Parks gaat in haar bus op een verboden plek zitten, studenten horen daarover, houden protestmarsen in Washington en nemen bussen naar het zuiden, en opeens is er een burgerrechtenbeweging. We zijn nu op een punt gekomen waarop iedereen met enige scholing in staat moet zijn het probleem van de overbevolking te snappen. Dus is het nu aan ons om het voor de huidige generatie studenten cool te maken zich iets van dat probleem aan te trekken.'

Terwijl Walter zijn betoog over de huidige studentengeneratie voortzette, spitste Katz zijn oren op wat Patty uitspookte in de keuken. De wezenlijke lafheid van wat hij deed drong zich nadrukkelijk aan hem op. De Patty die hij wilde was de Patty die niet verder had gewild met Walter, de huisvrouw die geen huisvrouw meer had willen zijn, de huisvrouw die met een rocker wilde neuken. Maar in plaats van haar gewoon te bellen en te zeggen dat hij haar alsnog wilde, zat hij hier als een tweedejaars studentje het intellectualisme van zijn oude vriend over zich heen te laten komen. Wat was het aan Walter dat hem zo tegen zijn natuur deed ingaan? Hij voelde zich als een vlieg die in een kleverig web van familieverhoudingen was beland. Hij kon niet ophouden áárdig tegen Walter te zijn, omdat hij hem zo graag mocht. En als hij hem niet zo graag had gemogen, zou hij waarschijnlijk niet eens zo belust zijn geweest op Patty. En als hij niet belust was geweest op Patty, had hij hier niet zitten doen alsof het hem interesseerde. Het was één grote, vernederende warboel.

Haar voetstappen kwamen nu de gang door. Walter hield op met praten en haalde diep adem, zette zich zichtbaar schrap. Katz draaide zijn stoel naar de deuropening en daar stond ze, de keurige huismoeder die een duistere kant had. Ze droeg hoge zwarte laarzen, een nauwsluitende rok van rood-zwarte zijde en een chique korte regenjas, waarin ze er geweldig uitzag maar in niets aan de oude Patty deed denken. Hij kon zich niet herinneren dat hij haar ooit in iets anders dan jeans had gezien.

'Dag Richard,' zei ze met een vluchtige blik in zijn richting. 'Hallo allemaal, hoe gaat het hier?'

'We zijn net begonnen,' zei Walter.

'Nou, dan zal ik jullie niet verder storen.'

'Wat ben je fraai aangekleed,' zei Walter.

'Ik ga winkelen,' zei ze. 'Misschien zie ik jullie vanavond weer, als jullie er nog zijn.'

'Ga je nog koken?' vroeg Jessica.

'Nee, ik moet vanavond tot negen uur werken. Maar als je wilt, kan ik nog wel even boodschappen doen voordat ik de stad in ga.'

'Dat zou bijzonder prettig zijn,' zei Jessica sarcastisch, 'aangezien wij de hele dag vergaderen.'

'Tja, en ik zou bijzonder graag eten voor jullie maken als ik niet acht uur hoefde te werken.'

'Ach, weet je, laat maar,' zei Jessica. 'We laten wel iets komen of zo.'

'Dat lijkt mij ook het handigst,' zei Patty.

'Goed, oké...' zei Walter.

'Ja, oké,' zei Patty. 'Ik wens jullie veel plezier vandaag.'

En na op deze manier in minder dan geen tijd alle vier van hen te hebben geïrriteerd, genegeerd en teleurgesteld, liep ze verder de gang door en de voordeur uit. Lalitha, die vanaf Patty's verschijning op haar BlackBerry was gaan zitten klikken, zag er het ongelukkigst uit.

'Werkt ze nu soms zeven dagen per week?' vroeg Jessica.

'Nee, ze werkt haast nooit in de weekeinden,' zei Walter. 'Ik weet ook niet wat dit te betekenen heeft.'

'Maar het betekent altijd wel iets, hè?' mompelde Lalitha terwijl ze met haar toestel in de weer bleef.

Jessica verlegde haar irritatie onmiddellijk naar haar. 'Laat je het even weten als je klaar bent met je mailtjes? Dan wachten wij ondertussen wel.'

Lalitha klemde haar lippen opeen en klikte verder.

'Misschien is het beter als je dat straks doet,' zei Walter vriendelijk.

Ze legde de BlackBerry met een klap op tafel. 'Oké. Klaar!'

Katz voelde de nicotine door zich heen jagen en begon zich wat beter te voelen. Patty had een recalcitrante indruk gemaakt, en recalcitrant was goed. Noch was het hem ontgaan dat ze zich kennelijk speciaal had opgetut. Opgetut waarvoor? Om er goed uit te zien voor hem. En waarom werken op vrijdagavond en zaterdagavond? Om hem te ontlopen. Ja, dat was het vast – om net als hij verstoppertje te spelen. Nu ze weg was kon hij helderder over haar denken, haar signalen opvangen zonder ruis, kon hij zich voorstellen hoe die mooie rok zou aanvoelen als hij er zijn handen op legde, kon hij terugdenken aan hoe ze naar hem gehunkerd had in Minnesota.

Maar ondertussen moest hier aan de tafel het probleem van de voortplanting worden besproken. De eerste concrete opgave, zei Walter, was een naam bedenken voor hun initiatief. Zijn eigen idee was Youth Against Insanity, een knipoog naar 'Youth against Fascism', dat hij (en Katz deelde zijn mening) een van de beste nummers vond die Sonic Youth ooit had opgenomen. Maar Jessica stond erop dat ze een naam kozen die ja zei in plaats van nee. Pro was, niet contra. 'Mijn generatie is opener dan jullie waren. Mensen van mijn leeftijd zijn allergisch voor alles wat naar afwijzing ruikt, naar gebrek aan respect voor andersdenkenden. Jullie campagne mag niet het karakter krijgen dat je mensen vertelt wat ze moeten doen. Je moet uitdragen dat er een positieve keuze is, die we allemaal graag maken.'

Lalitha stelde de naam The Living First voor, die Katz pijn deed aan zijn oren en die genadeloos werd afgeschoten door Jessica. En zo brainstormden ze zich door de ochtenduren, en ging Katz het meer en meer betreuren dat ze geen goede pr-man hadden uitgenodigd. Ze bespraken Lonelier Planet, Fresher Air, Rubbers Unlimited, Coalition Of The Already Born,

Free Space, Life Quality, Smaller Tent en Enough Already! (wat Katz wel aardig vond, maar volgens de anderen te negatief was, wat hij allang best vond omdat hij het dan nog eens als titel voor een nummer of album kon gebruiken). Ze overwogen Feed the Living, Be Reasonable, Cooler Heads, A Better Way, Strength In Smaller Numbers, Less Is More, Emptier Nests, Joy Of None, Kidfree Forever, No Babies On Board, Feed Yourself, Dare Not To Bear, Depopulate!, Two Cheers for People, Maybe None, Less Than Zero, Stomp the Brakes, Smash the Family, Cool Off, Elbow Room, More For Me, Bred Alone, Breather, Morespace, Love What's Here, Barren By Choice, Childhood's End, All Children Left Behind, Nucleus of Two, Maybe Never en What's the Rush?, en verwierpen ze allemaal. Voor Katz was het een treffende illustratie van de zinloosheid van culturele initiatieven in het algemeen en de futiliteit van deze campagne in het bijzonder, maar Walter leidde de discussie met een montere ernst waaruit een jarenlange ervaring sprak met de kunstmatige wereld der ngo's. En al die tijd was er de verbluffende wetenschap dat hij echte dollars te besteden had.

'Ik stel voor dat we het op Free Space houden,' zei hij ten slotte. 'Daarmee ontnemen we de neoconservatieven het monopolie op het woord *free*, en het ademt de verfrissende pionierssfeer van het Verre Westen van weleer. Als ons initiatief aanslaat, zou het zelfs de naam van een nationele beweging kunnen worden.'

'Ben ik dan de enige die het associeert met *free parking space*?' zei Jessica.

'Misschien niet, maar ik vind die connotatie nog niet zo ongunstig,' zei Walter. 'Iedereen weet hoe ergerlijk het is om geen parkeerplek te kunnen vinden. Minder mensen op de wereld, meer parkeerruimte? Dat zou juist een mooi alledaags voorbeeld zijn van wat wij beogen.'

'Laten we eerst maar eens nagaan of Free Space een gedeponeerde naam is,' zei Lalitha.

'Ben je mal, dan kun je wel aan de gang blijven,' zei Katz. 'Alles wat ooit bedacht is, is wel gedeponeerd.'

'We zouden een extra spatie tussen de woorden kunnen zetten,' zei Walter. 'Dus het omgekeerde doen wat EarthFirst! heeft gedaan. Als we er dan trammelant over krijgen, kunnen we het op die extra spatie gooien.'

'Tja, mij lijkt het beter om helemaal geen trammelant te krijgen,' zei Lalitha.

In de middag, nadat er broodjes waren besteld en gegeten, en Patty was thuisgekomen en weer weggegaan zonder iets te zeggen (Katz had slechts een glimp opgevangen van haar strakke zwarte gastvrouwenjeans terwijl ze met snelle passen door de gang liep), wijdde de vierkoppige adviesraad van Free Space zich aan de invulling van de vijfentwintig stageplaatsen waarvoor Lalitha al aan het werven was. Zelf had ze daarbij een muziek- en bewustwordingsfestival voor ogen, dat laat in de zomer moest plaatsvinden op het terrein van een voormalige geitenhouderij, nu in het bezit van de Trust, aan de zuidrand van het reservaat – een idee dat direct onder vuur werd genomen door Jessica. Had Lalitha dan totaal geen benul van hoe jonge mensen tegenwoordig muziek beleefden? Het was zwaar onvoldoende om één enkel festival met een paar grote namen te organiseren. Ze moesten twintig stagiairs naar twintig grote steden sturen om overal bij wijze van voorronde een lokaal festival op te zetten ('Een soort Battle of the Bands?' zei Katz. 'Precies, twintig battles in verschillende steden door het hele land,' zei Jessica, die de hele dag koeltjes tegen hem was geweest, maar graag zijn hulp aanvaardde bij het platwalsen van Lalitha.) Door grote geldprijzen uit te loven zouden ze in elke stad minstens vijf topbands op het podium moeten kunnen krijgen, die elkaar het recht zouden betwisten om hun plaatselijke scene te vertegenwoordigen in een nationale battle van een heel weekeinde in West Virginia, onder het vaandel van Free Space, met bekende muzikanten om te jureren en zich daarmee achter het idee te scharen dat de wereldbevolking moest worden teruggedrongen en dat het uncool was om nog kinderen te nemen.

Katz had intussen zelfs voor zijn doen onmatige hoeveelheden koffie en pruimtabak tot zich genomen, waardoor hij bijna manisch op het idee reageerde en grif akkoord ging met alles wat hem vervolgens werd gevraagd: het schrijven van een paar speciale Free Space-nummers, in mei naar Washington komen om de stagiairs te ontmoeten, een gastoptreden bij de New Yorkse battle, het presenteren van het slotfestival in West Virginia, zijn best doen om Walnut Surprise heropgericht te kijgen, zodat die er konden optreden, en bekende rockers vragen om met hem in de jury te komen zitten. Voor zijn gevoel kwamen al zijn toezeggingen neer op het uitschrijven van ongedekte cheques, want ondanks de overmaat aan stimulantia in zijn lijf was er één emotie die alles overheerste: de zoemende, suizende vastbeslotenheid om Patty bij Walter weg te halen. Dat was de basistrack, al het andere was opsmuk. *Smash the Family*, reken maar! En als de familie aan diggelen lag, was hij meteen van de verplichting verlost om zijn beloften aan Free Space na te komen.

Het liep tegen vijven toen de vergadering voorbij was. Lalitha ging naar haar bureau om alle plannen uit te schrijven, Jessica verdween naar boven en Katz was onderhand zo doorgedraaid dat hij ja zei op Walters voorstel om samen de stad in te gaan – in de stellige overtuiging dat dit de laatste avond werd die ze met elkaar zouden doorbrengen. Walter vertelde dat er in een voor Katz bekende zaal een optreden zou zijn van Bright Eyes, een uit het niets omhooggeschoten band, geleid door een groot nieuw talent met de naam Conor Oberst. Het concert was uitverkocht, maar het leek Walter geweldig om backstage een poging te doen om Oberst voor Free Space te winnen, en Katz, hyper als hij was, pleegde het gênante telefoontje dat nodig was om aan vrijkaartjes te komen. Alles was beter dan de hele avond in het herenhuis rond te hangen en Patty's thuiskomst af te wachten.

'Ik vind het ongelooflijk dat je dit allemaal voor me doet,' zei Walter in het Thaise restaurant bij Du Pont Circle, waar ze onderweg halt hielden om te eten.

'Graag gedaan, man.' Katz pakte een pen met saté op, vroeg zich af of zijn maag daartegen bestand zou zijn, en zag er toch maar van af. Nog een pruim was misschien nog wel een slechter idee, maar hij haalde toch zijn blikje tevoorschijn.

'Het ziet ernaar uit dat we alsnog de dingen gaan doen waar we het altijd over hadden als kamergenoten,' zei Walter. 'Het betekent echt heel veel voor me.'

Katz' ogen speurden rusteloos het restaurant af. Alles liever dan zijn beste vriend in de ogen te kijken. Hij had een gevoel alsof hij over de rand van een afgrond was gerend en nog even met zijn benen door de lucht maalde alvorens te vallen.

'Alles goed?' vroeg Walter. 'Je lijkt een beetje opgefokt.'

'Nee nee, ik voel me prima.'

'Echt? Want zo zie je er niet uit. Geen wonder ook, je hebt vandaag meer gelul over je heen gekregen dan anders in een jaar, vermoed ik.'

'Ik wilde niet roken waar jullie bij waren, da's alles.'

'Aha, nou, bedankt daarvoor.'

Walter verslond alle saté terwijl Katz tabakssap in zijn lege waterglas liet lopen, voor even gekalmeerd door de valse ontspanning van de nicotine.

'Hoe staan de zaken ervoor met dat meisje?' vroeg hij. 'Ik pikte vandaag een rare spanning op tussen jullie.'

Walter bloosde en gaf geen antwoord.

'Ga je al met haar naar bed, intussen?'

'Jezus, Richard! Dat gaat je niets aan.'

'Zo, wat een heftige reactie. Dus het antwoord is ja?'

'Nee, het antwoord is: gaat je geen hol aan.'

'Ben je verliefd op haar?'

'Hé... genoeg!'

'Was ook een goeie naam geweest. Free Space vind ik toch te veel Lynyrd Skynyrd.'

'Waarom wil je zo graag weten of ik met haar naar bed ga? Steekt daar soms iets achter?'

'Wat zou daar achter moeten steken? Ik reageer gewoon op wat ik zie.'

'Luister, wij verschillen daar gewoon in, jij en ik. Snap jij nou echt niet dat er mensen zijn die neuken niet het belangrijkste vinden?'

'Natuurlijk snap ik dat, op een abstracte manier.'

'Nou, hou er dan over op, oké?'

Katz keek ongedurig waar hun ober bleef. Zijn stemming naderde het nulpunt en alles wat Walter zei of deed irriteerde hem. Als hij te veel een watje was om die Lalitha te pakken, als hij met alle geweld de fatsoensridder wilde blijven uithangen, dan moest hij het zelf maar weten. Het zou Katz niet tegenhouden. 'Zullen we maar eens opstappen?'

'Ik zit nog op mijn hoofdgerecht te wachten, man. Jij hebt misschien geen honger, maar ik wel.'

'O, sorry, mijn fout.'

Een uur later zakte zijn stemming diep onder nul toen ze in het gedrang stonden voor de 9:30 Club. Katz was al in geen jaren meer als toeschouwer naar een optreden geweest, en jeugdidolen waren sinds zijn eigen jeugd al helemáál niet meer zijn ding. Hij was zo gewend aan het oudere publiek van The Traumatics en Walnut Surprise dat hij vergeten was hoe zo'n massa jonkies zich gedroeg. Hoe religieus ze bijna waren in hun collectieve adoratie. Walter volgde de popcultuur nog altijd op de voet, kende het hele repertoire van Bright Eyes en had er uitgebreid over zitten oreren in het Thaise restaurant, maar Katz kende het bandje louter van horen zeggen. Walter en hij waren minstens tweemaal zo oud als alle andere bezoekers, modieus sluikharige jongetjes en modieus onslanke meissies. Toen de zaal in de pauze na het voorprogramma minder druk werd en hij met Walter naar voren liep, voelde hij hoe hij werd bekeken en door sommigen werd herkend, en hij realiseerde zich dat hij nauwelijks een slechtere beslissing had kunnen nemen dan hier te verschijnen en door zijn aanwezigheid eer te bewijzen aan een groepje waarvan hij niet één nummer kende. Hij wist niet wat erger zou zijn: massaal te worden aangegaapt, of in middelbare anonimiteit tussen deze jongelui te staan.

'Zullen we een poging doen backstage te komen?' zei Walter.

'Liever niet, Walter. Dat trek ik niet.'

'Je hoeft alleen maar even mij aan hem voor te stellen, dan kan ik mijn verhaal tegen hem afsteken.'

'Trek ik niet, jongen. Ik ken die mensen niet.'

De mix van pauzenummers, waarvan de samenstelling het voorrecht van de hoofdact was, had niet vreemdsoortiger kunnen zijn. (Katz had als hoofdact altijd een spuughekel gehad aan het moeten kiezen van die nummers, aan de druk om zich veelzijdig en hip te tonen, en had het altijd aan zijn bandleden overgelaten.) Roadies waren het podium aan het volzetten met instrumenten en microfoons, en Walter deed het verhaal van Conor Oberst: dat hij al op zijn twaalfde was begonnen muziek op te nemen, dat hij nog altijd in Omaha woonde, dat zijn band meer een familie of collectief was dan zomaar een rockgroep. Van alle kanten stroomden er weer jonkies de zaal binnen, stralend van verwachting, levende illustraties van de bandnaam Bright Eyes. (Wat een stuitende kutnaam, dacht Katz. Kijk ons eens jong en onbedorven zijn.) Zijn nu totaal bedorven stemming had niet zozeer met afgunst te maken, en zelfs niet met het gevoel dat hij zichzelf als rocker overleefd had. Het was meer een soort wanhoop over de versplinterdheid van de wereld. De natie vocht momenteel smerige grondoorlogen uit in twee verre landen, de planeet warmde sneller op dan een broodrooster, en hier in de 9:30 werd hij omringd door honderden kinderen à la de bananenbroodbakkende Sarah, overlopend van argeloze verwachting, verzekerd van hun onvervreemdbare recht op... ja, op wat? Op emotie. Op de voorbehoudloze aanbidding van een superspeciale nieuwe band. Op de gelegenheid om de komende anderhalf uur op rituele wijze af te rekenen met het cynisme van zijn generatie. Ze bevestigden de indruk die Jessica eerder op deze zaterdag van hen had gegeven – gespeend van iedere kwaadheid, welwillend tegenover alles en iedereen. Katz kon het aan hun kleding zien, die niets van het protest uitstraalde van de modes die hij als jongere had gevolgd. Ze waren hier niet bijeen om van hun gezamenlijke verontwaardiging te getuigen, maar voor een viering van de mildere, goedgunstiger houding die hen als leeftijdsgroep kenmerkte. Een houding die, hoe kon het ook anders, van een grotere bereidheid tot consumptie getuigde. En die tegen hem zei: sterf.

Oberst kwam in zijn eentje het podium op, in een kobaltblauw smokingkostuum, hing een akoestische gitaar om en zong een paar lange solonummers. Hij was inderdaad wat Walter had gezegd dat hij was: een onmiskenbaar wonderkind. Wat hem des te onuitstaanbaarder maakte voor Katz. De wijze waarop hij het Getormenteerde Genie uithing, de zelfvoldaanheid waarmee hij elk nummer uitrekte tot iedere smaak eraf was, zijn gemaniëreerde inbreuken op de popconventies: hij speelde integriteit, en op momenten waarop zijn spel er zo dik op lag dat het hem tot een leugenaar dreigde te maken, speelde hij een diepe gekweldheid over hoe moeilijk het wel niet was om integer te blijven. En toen kwam de rest van de band op, onder wie drie lieftallige achtergrondgratiën in vampige strapless japonnen, en het werd al met al een geweldig optreden – Katz wilde zich niet verlagen tot een ontkenning van dat onloochenbare feit. Maar hij voelde zich niettemin alsof hij de enige nuchtere persoon was in een zaal vol dronkelappen, de enige agnost bij een jubelende kerkdienst. Hij kreeg innige heimwee naar Jersey City en haar verpauperde straten. Hij kreeg het sterke gevoel dat hij daar weer eens snel aan de slag moest, in zijn eigen bedreigde biotoop, voordat de wereld helemáál naar de klote zou zijn.

'En, wat was je indruk?' vroeg Walter nog nagenietend in de taxi naar huis.

'Mijn indruk is dat ik oud word,' zei hij.

'Ik vond ze behoorlijk goed.'

'Iets te veel puberale soapteksten.'

'Alles draait om geloof bij ze,' zei Walter. 'Niet om godsdienst, maar echt gelóóf. De nieuwe plaat is een soort pantheïstische oproep om te blijven geloven in een wereld vol dood. Echt ontzettend goed. Oberst gebruikt in elk nummer het woord 'lift', en zo heet de plaat ook: *Lifted*. En het gaat inderdaad om verheffing, weet je. Het is religie zonder dogma's.'

'Ik bewonder jouw vermogen tot bewondering,' zei Katz, terwijl de taxi zich door het verkeer op een ingewikkelde diagonale kruising wurmde. 'Maar luister, Walter. Ik begin te twijfelen of ik je wel kan helpen. Ik schaam me dood, maar ik denk eerlijk gezegd niet dat ik het allemaal klaarspeel.'

'Doe gewoon wat je kunt. Zoek je grenzen maar op. En kun je uiteindelijk alleen maar voor een dag of twee naar Washington komen om de stagiairs te ontmoeten, straks in mei, dan ben ik allang blij. Mag je er ook nog een paar neuken, mij best, want dan heb je al heel veel voor ons betekend.'

'Ik denk erover om weer muziek te gaan maken.'

'Geweldig! Dat is geweldig nieuws! Dat heb ik bijna nog liever dan dat je dingen voor ons doet. Meen ik! Maar hou op met die dakterrassen, in godsnaam.'

'Dat kan ik niet beloven, jongen. Er moet ook geld worden verdiend.'

Het herenhuis was stil en in duisternis gedompeld, op een enkel lampje na in de keuken. Walter ging meteen door naar bed, maar Katz bleef nog een poosje in de keuken hangen, in de hoop dat Patty hem hoorde en naar beneden zou komen. Afgezien van al het andere hunkerde hij nu naar het gezelschap van iemand met gevoel voor ironie. Hij at wat koude pasta en rookte een sigaret in de achtertuin. Hij ging weer naar binnen, de trappen op naar het hobbykamertje van Patty. Uit de kussens en opgevouwen dekens die hij daar de vorige avond op de slaapbank had zien liggen, had hij afgeleid dat ze er de nachten doorbracht. De deur was nu dicht, en er viel geen licht onderdoor.

'Patty,' zei hij, juist hard genoeg om gehoord te worden als ze wakker zou zijn.

Hij luisterde ingespannen, omgeven door zijn tinnitus.

'Patty,' zei hij nogmaals.

Zijn pik geloofde geen seconde dat ze lag te slapen, maar het was wel denkbaar dat zich achter de deur een lege kamer bevond. Een merkwaardige schroom weerhield hem ervan een kijkje te nemen. Net niet genoeg durf, net te weinig vertrouwen in zijn instinct. Hij daalde de trappen weer af naar de keuken, at de rest van de pasta en las de *Post* en de *Times*. Om twee uur, de nicotine zoemde nog steeds door zijn bloed, en hij begon de ziekte in te krijgen, ging hij weer naar boven, klopte zachtjes op de deur en opende die.

Ze zat in het donker op de bank, nog altijd in haar zwarte fitnesskleding, recht voor zich uit starend met haar handen verstrengeld in haar schoot.

'Sorry,' zei Katz, 'is dit oké?'

'Ja,' zei ze, 'maar dan moeten we wel naar beneden.'

Er zinderde een rare spanning door zijn borst terwijl hij de achtertrap weer afdaalde, een intense seksuele anticipatie die hij nooit meer gevoeld had sinds zijn highschooldagen. Patty liep achter hem aan de keuken binnen en duwde de deur achter zich dicht. Ze droeg dikke zachte sokken, de sokken van iemand wier voeten niet zo jong en zacht meer waren. Zelfs zonder schoenen vormde haar lengte nog net zo'n aangename verrassing als vroeger. Het deed hem een songtekst van hemzelf te binnen schieten, over dat haar lichaam het lichaam voor hem was. Zo aftands was de oude Katz kennelijk dat hij ontroerd kon raken door zijn eigen teksten. En ja, het lichaam dat voor hem stond was nog steeds bijzonder aantrekkelijk, in geen enkel opzicht afstotend – het product, zonder enige twijfel, van menig uurtje zweten in dat fitnesscentrum. Op haar zwarte T-shirt stond in grote witte blokletters: LIFT.

'Ik ga kamillethee zetten,' zei ze. 'Wil jij ook?'

'Ja, doe maar, al heb ik volgens mij nog nooit kamillethee gedronken.'

'Ach jongen, wat heb je toch een beschut leventje.'

Ze liep de deur uit, naar het kantoor, en kwam even later terug met twee dampende mokken waar labels van de theezakjes uit hingen.

'Waarom gaf je geen antwoord toen ik de eerste keer voor je deur stond?' vroeg hij. 'Ik heb hier twee uur zitten kniezen.'

'In gepeins verzonken, denk ik.'

'Je dacht toch niet dat ik naar bed zou gaan zonder een woord met je te wisselen?'

'Ik weet niet. Ik zat zomaar voor me uit te denken, gedachteloos, als je begrijpt wat ik bedoel. Maar ik begreep inderdaad wel dat je zou willen praten, en ik vind zelf ook wel dat dat moet. Dus hier ben ik.'

'Je moet helemaal niets, Patty.'

'Nee, het is goed dat we even praten, echt.' Ze ging tegenover hem aan de boerentafel zitten. 'Hebben jullie een leuke avond gehad? Jessie zei dat jullie naar een concert waren.'

'Klopt, wij en achthonderd piepkuikens van een jaar of twintig.'

'Hahaha! Wat vreselijk voor je.'

'Walter vond het geweldig.'

'O, vast. Hij is dol op jonge mensen tegenwoordig.'

Katz was bemoedigd door haar sarcastische ondertoon. 'En jij niet?'

'Ik? Nee, je kunt wel stellen dat het voor mij anders ligt. Op mijn eigen kinderen ben ik nog altijd dol, maar de rest... mijn hemel, hahaha!'

Haar gulle, verkwikkende lach was nog altijd dezelfde. Maar onder haar nieuwe kapsel, onder haar make-up, was ze verouderd. Er viel door niemand aan te ontkomen, ouder worden, en bij het zien daarvan fluisterde zijn kern van zelfbehoud hem in te vluchten nu het nog kon. Hij had een sterke aandrift gevolgd door hiernaartoe te komen, maar er was een groot verschil, realiseerde hij zich, tussen een aandrift en een plan.

'Wat staat je niet aan ze aan dan?'

'Tja, waar moet ik beginnen?' zei Patty. 'Neem nou die teenslippers. Daar kan ik dus ontzettend slecht tegen. Alsof de hele wereld hun slaapkamer is. En ze horen zelf niet eens dat irritante geklepper, want ze hebben allemaal hun headsetje op of hun oordopjes in. Telkens als ik hier een hekel aan mijn buren begin te krijgen, zie ik wel zo'n studentje over straat lopen en vergeef ik mijn buren alles. Omdat zij tenminste volwassen zijn. Zij lopen tenminste niet op teenslippers rond om ons volwassenen te laten zien hoeveel milder en relaxter zij wel niet zijn. Relaxter in elk geval dan opgefokte Patty, die zich in de ondergrondse stoort aan al die blote voeten om haar heen. Want dan ben je natuurlijk ontzettend opgefokt, hè, als je je stoort aan al die prachtige voeten en perfect verzorgde teennagels. Dan moet je wel een opgefokte ouwe trut zijn, die zelf voor geen goud haar blote voeten op de wereld zou loslaten.'

'Dragen ze allemaal teenslippers dan? Was me niet eens opgevallen, eerlijk gezegd.'

'Jezus, Richard, je hebt écht een beschut leventje.'

Haar toon was ietwat vlak en gezapig, niet plagerig op een manier waar hij op in zou kunnen gaan. En het uitblijven van die bemoediging deed zijn anticipatie verflauwen. Hij begon het haar kwalijk te nemen dat ze niet in de toestand verkeerde waarin hij zich haar had voorgesteld.

'En dan al die creditcards,' zei ze. 'Een hotdog of een pakje kauwgum betaal je met je card, nietwaar? Want contant geld is *zo* niet van deze tijd, *zeg maar*. Contant geld, dat vergt *sowieso* optellen en aftrekken. En dan moet je zowaar even opletten als iemand je wisselgeld geeft. Moet je toch algauw voor een seconde of twee uit je veilige privéwereldje komen en je aandacht op iemand anders vestigen. Lastig als je *standaard* cool wilt zijn, *toch*? En met een creditcard hoeft dat lekker niet. Die kun je met een afwezig gebaar afgeven en weer met een afwezig gebaar aanpakken.'

'Tja, ik moet toegeven dat dat inderdaad de indruk was die ik vanavond van dat publiek kreeg,' zei hij. 'Aardige jongelui, maar wel een beetje in zichzelf gekeerd.'

'Wen er maar snel aan. Als ik Jessica mag geloven, zit je de komende zomer tot over je oren in de jongelui.'

'Misschien wel, ja.'

'Misschien? Zoals Jessie het zei, klonk het tamelijk definitief.'

'Ja, maar ik denk erover om toch maar af te haken. Heb ik ook al tegen Walter gezegd.'

Patty stond op om hun theezakjes in de gootsteen te leggen, en bleef met haar rug naar hem toe staan. 'Dus dit is misschien je enige bezoek hier?'

'Ja.'

'O, nou, dan krijg ik misschien wel spijt dat ik niet eerder naar beneden ben gekomen.'

'Je kunt me altijd komen opzoeken in Jersey City.'

'Ja ja, alsof je me daar ooit voor zou uitnodigen.'

'Je bent bij dezen uitgenodigd.'

Ze draaide zich met een ruk om en keek hem scherp aan. 'Geen spelletjes met me spelen, oké? Die kant wil ik nooit meer van jou zien. Daar heb ik echt mijn bekomst van.'

Hij hield haar blik gevangen, om haar duidelijk te maken dat hij het meende, haar te laten vóélen dat hij het meende. Maar het leek haar alleen maar bozer te maken. Ze liep hoofdschuddend weg en ging in een hoekje van de keuken staan.

'Hoe gaat het tussen jou en Walter?' vroeg hij, op zakelijke toon.

'Gaat je niks aan.'

'Dat zei hij ook al. Wat willen jullie daarmee zeggen?'

Ze bloosde een beetje. 'Dat het jou niet aangaat.'

'Hij gaf overigens wel toe dat het niet geweldig gaat.'

'Dat klopt ook wel zo'n beetje.' Ze liep opnieuw rood aan. 'Maar maak jij je nou maar druk om Walter, oké? Richt jij je nou maar op je beste vriend, voor wie je hebt gekozen. Je hebt me voldoende duidelijk gemaakt wiens geluk je het meest ter harte gaat, Richard. Je hebt je kans met mij gehad, en je koos hem.'

Katz voelde dat hij zijn zelfbeheersing begon te verliezen, een hoogst onaangename gewaarwording. Een druk tussen zijn oren, een opwellende kwaadheid, een drang om te bekvechten. Alsof hij opeens in Walter was veranderd.

'Jij hebt mij van je afgestoten.'

'Nee, nou wordt-ie mooi, haha. "Sorry hoor, maar ik kan niet naar Philadelphia komen, zelfs niet voor een dag, want dat zou zo zielig zijn voor Walter."'

'Dat heb ik misschien één minuut gezegd. Een halve minuut. En toen barstte jij los en heb je wel een uur lang...'

'Alles verkloot. Ik weet het, ik weet het. Ik weet maar al te goed wie alles heeft verkloot. Ik weet dat ik dat was! Maar Richard, jíj wist hoe moeilijk ik het had. Jij had me kunnen helpen. Door bijvoorbeeld níét over Walter te beginnen, ook geen half minuutje. Door het even niet over die arme Walter en zijn tere gevoelsleven te hebben, maar het in plaats daarvan over míj te hebben. Daarom blijf ik volhouden dat jij toen je keuze hebt gemaakt. Je wist het misschien zelf niet op dat moment, maar je deed het wel. En nu moet je ermee leven.'

'Patty.'

'Ik mag dan wel een puinhoop van mijn leven hebben gemaakt, maar ik heb de afgelopen jaren wel de gelegenheid gehad om na te denken en ik heb een paar dingen op een rijtje kunnen zetten. Zo heb ik een beter idee van hoe jij in elkaar steekt. Ik heb een goed idee van hoe erg het je dwars moet zitten dat ons Indiase vriendinnetje geen belangstelling voor jou heeft. Wat een enorme schok moet dat voor je zijn. Wat staat je wereldje op zijn kop, hè? Wat een afgang. Je zou je charmes nu op Jessica kunnen loslaten, maar daar wens ik je dan veel succes mee, wordt waarschijnlijk óók een afgang. Als je het echt niet meer weet, lijkt Emily me een goede optie, het meisje van het secretariaat. Maar zij laat Walter koud, dus dan zal ze niet interessant voor je zijn.'

Katz' bloed begon te koken, hij trilde van ergernis. Alsof hij coke had gesnoven die versneden was met goedkope speed.

'Ik ben hier voor jou.'

'Hahaha! Geloof je het zelf? Wat ben je toch een slechte leugenaar.'

'Waarom zou ik hier anders zijn gekomen?'

'Geen idee. Vanwege je zorgen om de biodiversiteit en de bevolkingsgroei?'

Hij wist opeens weer hoe vervelend hun laatste telefoongesprekken waren geweest. Stront- en strontvervelend, een moorddadige aanslag op zijn geduld. Wat hij zich niet meer kon herinneren was waarom hij dat geduld had opgebracht. Het moest iets te maken hebben gehad met hoe ze naar hem verlangde, de wijze waarop ze blijk had gegeven van dat verlangen. Een verlangen dat nu ver te zoeken was, zo leek het.

'Ik heb zoveel tijd doorgebracht met kwaad zijn op jou,' zei ze. 'Heb je enig idee? Al die mails waar je nooit op reageerde, de vernedering van al die eenzijdige pogingen om contact te maken. Heb je ooit ook maar één van die mails gelezen?'

'Ik heb de meeste gelezen.'

'Ha! Ik weet niet of dat het nu beter of erger maakt. Niet dat het ertoe doet, want het bestond toch maar alleen in mijn hoofd. Drie jaar lang heb ik naar iets gesmacht waarvan ik wist dat ik het nooit zou krijgen, dat het me nooit gelukkig zou maken. Maar dat weerhield me er niet van ernaar te smachten. Je was als een drug waar ik maar niet van kon afkicken. Mijn hele leven was één grote hunkering naar een drug waarvan ik wist dat die slecht voor me was. En geloof het of niet, maar pas gisteren, toen ik je daadwerkelijk zag, drong het tot me door dat ik die drug eigenlijk helemaal niet nodig heb. Toen dacht ik: wat heb je je nou al die tijd in je hoofd gehaald? Hij is hier voor Walter.'

‘Nee,’ zei Katz, ‘voor jou.’

Ze luisterde niet eens. ‘Ik voel me oud, Richard. Als iemand niks van haar leven maakt, wil dat nog niet zeggen dat de tijd niet voorbijgaat. Sterker nog, dan gaat de tijd alleen maar sneller.’

‘Je oogt helemaal niet oud, anders. Je ziet er geweldig uit.’

‘Ah, en dat is wat telt, nietwaar? Maar je hebt gelijk, ik ben zo’n vrouw geworden die sloten energie in haar uiterlijk steekt. Als ik het volhoud, word ik nog een prachtig lijk. Heb ik toch nog gewonnen.’

‘Ga met me mee.’

Ze schudde haar hoofd.

‘Kom gewoon met me mee. Dan zien we wel waar we terechtkomen, en dan heeft Walter zijn vrijheid.’

‘Nee,’ zei ze, ‘al is het leuk om het je alsnog te horen zeggen. Nu kan ik het op de voorbije drie jaar projecteren en meer dan ooit fantaseren over hoe het had kunnen lopen. Een verrijking van mijn toch al rijke fantasiewereld. Nu kan ik dagdromen over hoe het geweest zou zijn om met je samen te wonen en thuis te blijven terwijl jij op tournee ging en overal negentienjarige meisjes neukte. Of hoe het geweest zou zijn om met jullie mee te gaan, de hele wereld over, als jullie groepssloof die om drie uur ’s nachts voor melk en koekjes zorgde. Of een bestaan als jouw Yoko die van iedereen de schuld kreeg omdat jij steeds vlakker en ongeïnspireerder werd, en dan verschrikkelijke ruzies met jou, waarbij je er langzaamaan achter kwam hoe ik je leven had verziekt. Ja, qua dagdromen hoef ik me de komende maanden niet te vervelen.’

‘Ik kan je maar moeilijk volgen, Patty. Wat wil je nu eigenlijk?’

‘Geloof me, als ik wist wat ik wilde, hadden we dit gesprek niet. Ik heb lang gedacht dat ik het wél wist. Het was iets wat ik niet zou moeten willen, maar ik had tenminste wel het idee dat ik zeker was van mijn gevoelens. En nu zit jij hier en ben ik weer terug bij af.’

‘Behalve dat Walter intussen voor dat meisje is gevallen.’

Ze knikte. ‘Da’s waar, en weet je wat? Dat blijkt me veel pijn te doen. Echt ontzettend veel pijn.’ Er welden tranen bij haar op en ze wendde zich af om ze te verbergen.

Katz had al heel wat tranen zien vloeien door de jaren heen, maar dit was de eerste keer dat hij een vrouw zag huilen uit liefde voor iemand anders. Hij vond het geen prettige ervaring.

‘Hij kwam donderdagavond thuis uit West Virginia...’ zei ze. ‘Ik kan het je wel vertellen, denk ik, want we zijn tenslotte vrienden, nietwaar? Hij kwam meteen naar mijn kamer, en wat er toen gebeurde, Richard, was wat ik altijd heb gewild. Altijd heb gewild. Mijn hele volwassen leven. Ik herkende hem amper! Alsof hij een totaal andere man was. Maar de enige reden waarom ik het kreeg, was dat hij in wezen al bij me weg was. Het was een soort afscheidscadeau. Een wreed afscheidscadeau, om me te laten zien wat ik kwijt ging raken. Omdat ik hem te lang ongelukkig heb gemaakt. Nu is hij eindelijk klaar voor iets beters, maar dat zal ik niet met hem hebben, omdat ik hem te lang een rotgevoel heb gegeven.'

Wat ze hem vertelde gaf Katz het idee dat hij hier achtenveertig uur te laat gekomen was. Twee daagjes te laat. Ongelooflijk. 'Je kunt het nog steeds met hem hebben,' hoorde hij zichzelf zeggen. 'Maak hem alsnog gelukkig, wees een goede vrouw voor hem. Dan vergeet hij dat meisje wel weer.'

Ze haalde haar wijsvinger langs haar ogen. 'Als ik een evenwichtige, sterke vrouw was, zou ik dat misschien wel proberen, ja. Want je weet zelf, ik heb altijd graag willen winnen. Altijd een vechter geweest. Maar ik heb een soort allergie ontwikkeld tegen het doen wat goed voor me is. Ik ben te lang gefrustreerd geweest over mezelf, ben te vaak uit mijn vel gesprongen over mijn eigen tekortkomingen.'

'Dat is juist wat me in je aantrekt. Daarom hou ik van je.'

'O, nu houdt hij opeens van me. Richard Katz die over liefde begint, dat lijkt me een goed moment om maar eens te gaan slapen.'

Me deze woorden verliet ze de keuken. Hij deed geen moeite haar te weerhouden. Maar het geloof in zijn instinct was zo sterk dat toen hij een kwartier later zelf naar boven ging, hij er rekening mee hield dat ze in zijn bed zou liggen wachten. Wat hij in plaats daarvan op zijn kussen aantrof was een dik, ongebonden manuscript met haar naam op de eerste bladzijde. De titel luidde: *Er zijn fouten gemaakt.*

Het deed hem glimlachen. Hij stopte een fikse pruim achter zijn kiezen en ging op het bed zitten lezen, af en toe in een vaasje op het nachtkastje spugend, tot er ochtendlicht door het raam kwam. Hij merkte hoeveel meer belangstelling hij had voor passages die over hemzelf gingen – een bevestiging van zijn oude vermoeden dat mensen uiteindelijk slechts over zichzelf willen lezen. En hij merkte ook, niet zonder plezier, dat Patty een oprechte fascinatie had gekoesterd voor dat zelf van hem. Het bracht hem in herinnering waarom hij zo op haar gesteld was. Maar zijn voornaamste gewaarwording, toen hij de laatste bladzij gelezen had en zijn totaal verflenste pruim in het vaasje liet vallen, was die van verslagen te zijn. Niet dat

Patty hem verslagen had met haar schrijfvaardigheid – die was aanzienlijk, maar waar het op zelfexpressie aankwam stond hij zelf ook zijn mannetje. Degene die hem had afgetroefd was Walter, want dit manuscript was overduidelijk voor *hem* geschreven, als een uitgebreide verontschuldiging die ze hem niet rechtstreeks had durven aanbieden. Walter was de ster in Patty's drama, Katz had slechts een interessante bijrol.

Voor een ogenblik ging er diep vanbinnen, in dat wat moest doorgaan voor zijn ziel een deur open, wijd genoeg om een glimp op te vangen van zijn potsierlijk gekrenkte trots, waarop hij die deur meteen weer dichttrapte en zich voorhield hoe stom het was geweest om dat verlangen naar haar toe te laten. Ja, hij had altijd goed met haar kunnen praten. En ja, hij had een gevaarlijk zwak voor intelligente chicks met een depressieve inslag. Maar de enige manier waarop hij met zulke chicks overweg kon, was ze te neuken en dan te maken dat hij weg kwam, en terug te komen om ze nog eens te neuken en weer snel te maken dat hij weg kwam, ze beurtelings te neuken en te verfoeien. Hij wenste dat hij terug kon gaan in de tijd om de vierentwintigjarige Katz een schouderklop te geven, daar in dat kraakpand in Chicago, die had ingezien dat chicks als Patty bedoeld waren voor gozers als Walter, omdat die, hoe onnozel ze verder misschien ook waren, het geduld en de geestelijke veerkracht hadden om het met zulke chicks uit te houden. De fout die Katz sindsdien had gemaakt was steeds maar weer terug te keren naar een omgeving waarin hij was voorbestemd zich verslagen te voelen. Patty's hele verhaal, hier in dit pak papier, getuigde ervan hoe moeilijk het was, en uitputtend, om in zulke omgevingen te bepalen wat 'goed' was en wat niet. Hij wist altijd precies wat goed voor hém was, en dat volstond normaliter ook voor de situaties waarin hij zich begaf. Alleen in het gezelschap van de Berglunds kreeg hij telkens het gevoel dat het niet volstond. En daar had hij zijn bekomst van. Dat moest nou maar eens afgelopen zijn.

'Dus tja, ouwe maat,' zei hij voor zich uit, 'dat is dan het eind van jou en mij. Jij hebt gewonnen, eerlijk is eerlijk.'

Het ochtendlicht won aan kracht. Hij ging naar de wc om zijn pruim en spuug door te trekken en zette het vaasje weer terug. De wekkerradio stond op 05:57. Hij pakte zijn spullen, liep stilletjes de trappen af naar Walters kantoor en legde het manuscript midden op zijn bureaublad. Ziedaar, zijn afscheidscadeau. Iemand moest hier toch de lucht zuiveren, iemand moest een eind maken aan alle bullshit, en Patty was daar duidelijk niet toe in staat. Was het soms haar opzet geweest dat hij het vuile werk zou doen?

Nou, prima dan. Hij was best bereid de enige niet-schijterd van het hele stel te zijn. Dat was immers zijn levenstaak: de akelige waarheid zeggen. De luis in de pels te zijn. Hij liep door de gang naar de voordeur. Toen hij die zachtjes achter zich dichttrok, klonk de klik van het slot onherroepelijk. Het ga jullie goed, Berglundjes.

Er was in de voorbije nacht een vochtigheid over de stad gekomen, die de geparkeerde auto's bedauwde en de stoeptegels van Georgetown liet glimmen. Bezige vogels in de ontluikende bomen. In de bleekblauwe hemel gonsde een vroeg vliegtuig. Alles klonk gedempt in deze ochtendstilte, zelfs zijn tinnitus. *This is a good day to die*. Van wie was dat ook weer? Crazy Horse? Neil Young?

Hij hing zijn reistas over zijn schouder, liep weg in de richting van het vage verkeersrumoer in de verte en kwam na enige tijd bij een lang viaduct naar het centrum van de Amerikaanse wereldheerschappij. Halverwege het viaduct bleef hij stilstaan en keek naar een vrouwelijke jogger in de diepte onder hem. Hij peilde de interactie tussen zijn netvlies en haar kont om te bepalen in hoeverre het nu echt een goede dag was om te sterven. De hoogte was groot genoeg om hem te doden als hij over de rand sprong, en een sprong was dé manier. Wees een vent – een duik met je hoofd vooruit. Zijn pik zei nu beslist ergens ja tegen, en het was niet de kont van het hollende vrouwenfiguurtje.

Had het signaal van zijn pik om naar Washington te reizen misschien helemáál niet Patty maar de dood gegolden? Had hij de profetie verkeerd geduid? Hij was er tamelijk zeker van dat niemand hem zou missen als hij de pijp uit was. Hij zou Patty en Walter verlossen van de hinder die hij voor ze vormde, en zelf was hij bevrijd van de hinder dat hij zo hinderlijk was. Hij kon de weg nemen waarop Molly hem was voorgegaan, zoals haar vader haar was voorgegaan. Hij keek over de rand naar de plek waar hij neer zou komen, een looppad dat door talloze voeten in de aarde was uitgesleten, en vroeg zich af of zo'n anoniem stukje grond de eer verdiende hem te hebben gedood. Hem, de grote Richard Katz! Was het die status waardig?

Hij schoot in de lach en liep weer verder.

Terug in Jersey City bond hij de strijd aan met de zee van rommel in zijn appartement. Hij schoof de ramen open om de warme lucht toe te laten en begon een ware voorjaarsschoonmaak. Waste en droogde alle vuile borden af, gooide stapels oud papier weg, wiste zo'n drieduizend stuks spam uit zijn mailbox, ging herhaaldelijk voor een open raam staan om de moeras-, haven- en vuilnislucht van de warme jaargetijden in Jersey City op te snuiven. Toen de avond was gevallen, dronk hij een paar biertjes en haalde zijn banjo en gitaren uit hun koffers. Hij constateerde dat al die maanden van kofferrust niet voldoende waren geweest om zijn Strat van die draaiing in zijn hals te laten herstellen. Hij dronk een derde biertje en belde de drummer van Walnut Surprise.

'Hé, oetlul,' zei Tim. 'Blij dat ik weer eens van je hoor, maar niet heus.'

'Tja, wat moet ik zeggen,' zei Katz.

'Wat dacht je van: het spijt me dat ik jullie zo verneukt heb en niets dan laffe uitvluchten heb gegeven?'

'Er waren helaas dingen waar ik niet onderuit kwam.'

'Ja, een laffe oetlul zijn, daar gaat natuurlijk een hoop tijd in zitten. Maar waar bel je voor?'

'Gewoon, ik vroeg me af hoe het met jullie ging.'

'Nadat je ons zomaar hebt laten zakken en constant hebt gelogen en ons op wel vijftig manieren hebt verneukt?'

Katz glimlachte. 'Misschien is het een idee om me je grieven in geschreven vorm toe te sturen, zodat we het nu nog even over iets anders kunnen hebben.'

'Heb ik gedaan, oetlul. Heb je je mail weleens gecheckt het afgelopen jaar?'

'Oké, bel me er dan nog eens over. Mijn telefoon is weer aangesloten.'

'Je telefoon is weer aangesloten! Da's een goeie, Richard. En je computer, is die ook weer aangesloten?'

'Ik zeg alleen maar dat ik er ben als je er nog eens over praten wilt.'

'En ik zeg alleen maar dat je de tering kunt krijgen.'

Katz legde met een voldaan gevoel de telefoon neer. Het leek hem onwaarschijnlijk dat Tim zo uitgebreid op hem zou hebben gescholden als hij intussen iets beters omhanden had gehad dan Walnut Surprise.

Hij dronk een laatste biertje, slikte een van de loodzware Mirtazapins die hem in Berlijn waren voorgeschreven door een arts met een übervlotte pen, en sliep dertien uur aan één stuk.

Hij werd wakker in een snikhete middag en maakte een wandeling door zijn buurt, voedde zijn ogen met de laatste flinterdunne meisjesmode en sloeg wat boodschappen in die de naam daadwerkelijk waard waren: pindakaas, bananen, brood. Later reed hij naar Hoboken om zijn Strat aan de zorgen van zijn vaste gitaarman toe te vertrouwen, en gehoorzaamde aan de impuls om in Maxwell's te gaan eten en te luisteren naar wie het ook zijn mocht die er die avond optrad. Het personeel ontving hem als was hij generaal McArthur die met opgeheven hoofd terugkeerde uit Korea. De ene chick na de andere boog zich op zo'n manier over zijn tafel dat haar tieten bijna uit haar topje buitelden, en een gozer die hij nooit eerder had gezien of finaal was vergeten liet hem het ene biertje na het andere brengen, en de band die optrad, Tutsi Picnic, bleek zowaar uitstaanbaar. Zijn breuk met de Berglunds pakte uit als een milde, allerminst onaangename soort van dood, een dood zonder schrijnende leegte, een toestand van vagelijk niet-zijn waarin het hem weinig moeite kostte mee naar huis te gaan met de literaire redactrice van in de veertig ('enorme fan van jouw muziek') die onder het concert met hem had aangepapt en die hij met speels gemak een paar straffe beurten gaf, waarna hij 'm de volgende ochtend vroeg genoeg peerde om uit Washington Street te kunnen wegrijden voor daar het betaald parkeren inging. Hij had zelfs nog tijd om verse croissants te kopen.

Op zijn antwoordapparaat stond één boodschap van Tim en niets van de Berglunds. Hij vierde het door vier uur onafgebroken gitaar te spelen. Ook deze dag was weer glorieus heet en buiten kwam het leven op straat volop uit zijn winterslaap. De vingertoppen van zijn linkerhand waren hun eelt kwijt en na een uur of wat het bloeden nabij, maar de zenuwuiteinden eronder waren al tientallen jaren afgestorven zodat hij pijnvrij kon doorspelen. Hij nam een biertje en ging naar buiten, de hoek om naar zijn favoriete gyrostent, om even wat te eten te halen voordat hij verderging met spelen. Toen hij terugkwam bij zijn gebouw, met zijn gyros in een tasje, zat Patty op de hoge stoep.

Ze had een linnen rok aan en een mouwloze blauwe blouse, met zweetplekken die zowat tot haar middel reikten. Naast haar op de trede zag hij een grote rolkoffer en een opgevouwen jas.

'Asjemenou,' zei hij.

'Ik ben het huis uitgezet,' zei ze met een timide lachje. 'Dankzij jou.'

Hoe de rest van hem hier tegenover stond wist hij zo snel niet, maar zijn pik veerde verheugd op bij deze late en niet meer verwachte bevestiging van zijn profetische gaven.

Slecht nieuws

Tamara, de moeder van Jenna en Jonathan, had een lelijke smak gemaakt in Aspen. Bij haar poging een freestylende tiener te ontwijken had ze haar ski's gekruist en twee botten in haar linkerbeen gebroken, vlak boven de laars, waardoor ze een streep kon zetten door het plan om in januari met Jenna te gaan paardrijden in Patagonië. Voor Jenna, die na Tamara's tuimeling de achtervolging op de jongen had ingezet en hem bij de politie had aangegeven terwijl Jonathan zich over hun gevallen moeder ontfermde, was het ongeval de zoveelste domper in een ononderbroken reeks sinds ze in het voorjaar was afgestudeerd aan Duke. Maar voor Joey, die de laatste tijd twee- tot driemaal per dag contact met Jenna had, was het een regelrecht godsgeschenkje – de doorbraak waar hij al ruim twee jaar op wachtte. Na haar afstuderen had Jenna een baan genomen bij een bekend evenementenbureau in Manhattan, waar ze meteen ook maar was gaan proefsamenwonen met haar bijna-verloofde Nick. Maar in september had ze al een eigen appartement gehuurd en in november was ze bezweken onder de niet-aflatende druk van haar familie en het subtiele gestook van Joey (die zich intussen had opgewerkt tot haar Begripvolle Klankbord) en had ze haar relatie met Nick doodverklaard, zonder uitzicht op reanimatie. Inmiddels slikte ze meer Lexapro dan verstandig kon worden genoemd en vond ze dat ze in haar hele leven níéts meer had om naar uit te kijken, behalve de paardrijvakantie in Patagonië die Nick haar herhaaldelijk had toegezegd, maar ook steeds weer had uitgesteld omdat hij het zo druk zou hebben bij Goldman Sachs, waarna ze met haar moeder zou gaan, die prompt haar been brak. En nu wilde het gelukkige toeval dat

Joey op ervaring als ruiter kon bogen, aangezien hij tijdens een highschoolzomervakantie in Montana enkele malen (met forse tegenzin) op een paard was geklommen. De toenemende frequentie van Jenna's belletjes en sms'jes had hem al het vermoeden gegeven dat hij uitzicht had op de status van overgangsfiguur, of misschien zelfs wel op die van geliefde, en zijn laatste twijfels werden weggenomen toen ze hem vroeg of hij geen zin had de kamer in het luxe Argentijnse resort met haar te delen, die Tamara voor haar ongeval had geboekt. En aangezien een bijkomend toeval wilde dat Joey zakenrelaties had in het nabijgelegen Paraguay, en toch al steeds sterker het idee had dat hij daar een keer persoonlijk naartoe zou moeten, kon hij zonder aarzeling op het aanbod ingaan. De enige reden waarom hij niet met haar naar Argentinië zou kunnen reizen was gelegen in het feit dat hij vijf maanden eerder, op twintigjarige leeftijd en in een vlaag van verstandsverbijstering, met Connie Monaghan naar een gerechtsgebouw in het zuidelijke deel van Manhattan was getogen en abrupt in het huwelijk was getreden. Maar die omstandigheid was nu niet zijn voornaamste zorg en hij besloot zich er dan ook niets aan gelegen te laten liggen.

Pas op de avond voor zijn vlucht naar Miami, waar Jenna op bezoek was bij een grootouder en hem zou treffen op het vliegveld, belde hij Connie in St. Paul en vertelde haar het nieuws dat hij naar Zuid-Amerika ging. Hij vond het niet leuk om zo met haar te sollen, maar zijn reis bood hem wel een uitgelezen mogelijkheid om verder uitstel te krijgen voor haar overkomst naar de oostkust, waar ze bij hem wilde intrekken in zijn appartement met uitzicht op de snelweg, in een naargeestige buurt in Alexandria, een fletse satellietstad van DC. Tot voor een paar weken had hij steeds zijn studie als uitvlucht gehad, maar hij had nu een semester vrijaf genomen om zich aan zijn zaken te kunnen wijden, en Connie, die tot haar grote verdriet nog steeds bij Carol, Blake en haar inmiddels eenjarige tweelinghalfzusjes vertoefde, begreep niet waarom ze maar niet bij haar man mocht komen wonen.

'En ik begrijp ook niet wat je in Buenos Aires moet,' zei ze. 'Je leverancier zit toch in Paraguay?'

'Ik wil daar mijn Spaans een beetje oefenen voor ik in overleg treed,' zei Joey. 'En je hoort altijd dat Buenos Aires zo'n fantastische stad is, en omdat ik er toch een tussenstop maak...'

'Nou, wil je er dan niet een hele week heen bij wijze van huwelijksreis?'

Hun huwelijksreis was ook zo'n netelige kwestie die maar niet wilde overdrijven. Joey herhaalde zijn vaste verklaring: hij wilde niet op vakantie omdat zijn zaken hem voorlopig veel te gestrest maakten om zich te kunnen ontspannen. En Connie verviel in een van de stiltes die bij haar in de plaats kwamen voor verwijten. Ze had hem nog steeds nooit openlijk een verwijt gemaakt.

'Zodra dat geld binnen is, mag jij zeggen waar we heen gaan,' zei hij. 'Letterlijk, waar ook ter wereld, ik neem je overal mee naartoe.'

'Ik zou allang tevreden zijn als we gewoon samen waren en ik elke ochtend naast je wakker werd.'

'Ik weet het, ik weet het,' zei hij. 'En natuurlijk zou dat heerlijk zijn, maar ik sta onder zo'n ongelooflijke druk momenteel, ik denk gewoon niet dat je nu veel lol aan me zou beleven.'

'Je hoeft ook niet leuk te zijn.'

'We praten erover zodra ik terug ben, oké? Dat beloof ik.'

Op de achtergrond in St. Paul hoorde hij het snerpende gekrijs van een eenjarige. Het betrof wel geen kind van Connie, maar het was genoeg om hem nerveus te maken. Hij had haar sinds augustus maar één keer gezien, in Charlottesville, waar ze naartoe was gekomen voor het lange Thanksgiving-weekeinde. De kersttijd (ook zo'n netelige kwestie) had hij doorgebracht met verhuizen naar Alexandria en opdraven voor de verplichte nummertjes bij zijn familie in Georgetown. Hij had Connie verteld dat de deal met de overheid al zijn tijd opslokte, maar in werkelijkheid had hij complete dagdelen voor de tv gehangen en naar football gekeken, met Jenna gebeld, en zitten zuchten onder gevoelens van onontkoombare doem. Het afwimpelen van Connie, die in de aanloop naar de kerst ettelijke malen had gevraagd of ze niet mocht komen overvliegen, was vereenvoudigd door het feit dat ze een fikse griep kreeg. Hij had het wel enigszins bezwaarlijk gevonden om haar zwakke stemmetje te beluisteren en toch niet het vliegtuig te pakken om bij haar te zijn, maar dat kon gewoon niet, hij moest naar Polen. En wat hij daar vervolgens ontdekte in de drie uiterst frustrerende dagen die hij er had rondgereisd in het gezelschap van een Amerikaanse expat wiens bekwaamheden als tolk ophielden bij het bestellen van drankjes en gerechten en die zich voor het overige moest bedienen van een elektronisch vertaalapparaatje dat van weinig nut bleek bij het onderhandelen met gehaaide Slavische sjacheraars in Lodz en Warschau, was zo onthutsend en alarmerend geweest dat hij het sinds zijn terugkeer niet meer kon opbrengen om langer dan een minuut of vijf over zijn zakelijke perikelen na te denken. Alles hing nu af van Paraguay. En piekeren over Paraguay was als bezigheid lang niet zo aantrekkelijk als fantaseren over de seksuele escapades die hij in Patagonië met Jenna ging beleven.

'Heb je je trouwring om?' vroeg Connie.

'Eh, nee,' zei hij voordat hij kon bedenken dat het beter was te jokken. 'Die, eh, zit in mijn zak.'

'O.'

'Ik doe hem nu meteen om,' zei hij, en hij reikte naar het kleingeldschoteltje op de als nachtkastje fungerende verhuisdoos, waarin hij de ring had neergelegd. 'Hij past prima, mooi ding.'

'Ik heb de mijne altijd om,' zei Connie. 'Dag en nacht. Soms vergeet ik hem aan mijn rechterhand te doen voor ik mijn kamer uitga, maar meestal denk ik er net op tijd aan.'

'Niet vergeten, Connie. Da's niet goed.'

'Valt wel mee, schatje. Carol let niet op zulke dingen. Ze keurt me sowieso geen blik meer waardig. We kunnen elkaar niet meer luchten of zien zo langzamerhand.'

'Ja, maar we moeten toch voorzichtig blijven, oké?'

'Ik weet niet.'

'Nog heel even,' zei hij. 'Tot ik het mijn ouders vertel. Dan kun je hem dragen waar je maar wilt. Ik bedoel, dan kunnen we de hele tijd samen zijn. Dat bedoelde ik.'

Het viel niet mee om haar stiltes te peilen, maar die waarin ze nu verviel klonk extra gepijnigd. Hij wist hoe vreselijk ze het vond om haar huwelijk geheim te moeten houden, en hij bleef hopen dat hij de moed zou vinden om het zijn ouders te vertellen, maar in de loop van de maanden was dat vooruitzicht alleen maar afschrikwekkender geworden. Hij probeerde zijn trouwring aan zijn vinger te schuiven, maar die stuitte op de eerste knokkel. Hij had hem in allerijl gekocht, op die New Yorkse dag in augustus, en hij was eigenlijk te klein. Hij stak hem in zijn mond, liet zijn tong langs de omtrek gaan als was het een lichaamsopening van Connie, en dat idee wond hem een beetje op. Het maakte haar voelbaar – haar en de razernij waarin ze toen hadden verkeerd. Hij schoof de ring, nat van zijn spuug, weer aan zijn vinger en kreeg hem nu wel voorbij de knokkel.

'Wat heb je aan?' vroeg hij.

'Gewoon, mijn kleren.'

'Ja, maar wat precies?'

'Gewoon. Kleren.'

'Connie, ik vertel het ze zodra dat geld binnen is, echt. Ik moet de dingen nu een beetje gescheiden houden, anders draai ik door. Mijn hoofd loopt over door al het gedoe over dat contract en ik kan er op dit moment gewoon niks bij hebben. Maar zeg nou even wat je aan hebt, ik wil me je kunnen voorstellen.'

'Kleren.'

'Connie, toe nou.'

Maar ze zat te huilen. Ze deed haar best het te verhullen, maar hij hoorde de schaduw van een snik, een microgrammetje verdriet dat aan haar keel ontsnapte. 'Joey,' fluisterde ze hees, 'het spijt me, schatje, maar ik kan er niet meer tegen.'

'Nog heel even maar,' zei hij. 'Tot ik terug ben van mijn reis.'

'Ik weet niet of ik dat volhoud, hoor. Ik heb gewoon iets nodig nu. Iets kleins. Het mag heel klein zijn, als het maar echt is. Als het maar niet... níks is. Ik wil het niet moeilijk voor je maken, dat weet je zelf ook wel, maar kan ik het niet tenminste aan Carol vertellen? Ik wil gewoon dat iemand het wéét. Ik zal haar laten beloven dat ze het niet doorvertelt.'

'Ze vertelt het meteen aan alle buren, Connie. Je weet toch wat voor kletskous ze is?'

'Nee, ik laat het haar zweren.'

'En dan is er vast wel iemand die zijn nieuwjaarskaarten nog niet verstuurd heeft en het nodig zal vinden om mijn ouders te feliciteren,' zei hij, overmand door verontwaardiging opeens, niet jegens Connie maar over de manier waarop de wereld altijd maar weer tegen hem samenspande. 'En dan... en dan...'

'Maar als ik dat dan niet mag, wat voor kleins mag ik dan wel?'

Haar vrouwelijke intuïtie moest haar hebben ingefluisterd dat er iets niet klopte aan die trip naar Zuid-Amerika. En hij voelde zich nu ook beslist schuldig, maar niet over Jenna. Volgens zijn morele rekenmodel had hij door Connie te trouwen juist het recht verworven om nog eenmaal op grootse wijze gebruik te maken van de seksuele vrijheid die ze hem ooit had verschaft en nooit met zoveel woorden had ingetrokken. En als er tussen Jenna en hem een grotere klik bleek te zijn dan verwacht, dan was er sprake van een onvoorziene wending en zou hij dan wel zien wat hij deed. Wat hem nu bezwaarde was het contrast tussen het vele wat er in het verschiet lag (een contract met de overheid dat hem $600.000 zou opleveren als in Paraguay alles goed ging, en het vooruitzicht van een week in het buitenland met de mooiste meid die hij ooit had gezien) en het nihile wat hij Connie op dit moment te bieden had. Hoe ironisch: schuldgevoel was een hoofdbestanddeel geweest van de impuls om met haar te trouwen, en nu, vijf maanden later, voelde hij zich geenszins minder schuldig. Hij trok de ring weer van zijn vinger en stak hem opnieuw in zijn mond, werkte hem over een hoektand en draaide hem rond met zijn tong. De hardheid van het achttienkaraats goud was verrassend. Hij had altijd gedacht dat goud een zacht metaal was.

'Vertel me iets waar ik naar uit kan zien,' zei Connie.

Hij verplaatste de ring met zijn tong en werkte hem tussen zijn kiezen en wang. 'We gaan een gigantische smak geld verdienen,' zei hij. 'En dan maken we een schitterende huwelijksreis, en we geven alsnog een bruiloftsfeest en dat wordt een doorslaand succes. En dan studeren we af en starten we een bedrijf, jij en ik. Het wordt allemaal geweldig, Connie.'

Ze ontving het met een stilte die sterk naar ongeloof smaakte. En hij geloofde het zelf eigenlijk ook niet. Alleen al niet omdat hij zo doodsbang was om zijn ouders te vertellen dat hij was getrouwd – de voorstelling van hoe dat zou gaan was onderhand een waar schrikbeeld voor hem. Het document dat Connie en hij in augustus hadden ondertekend leek nu eerder een gezamenlijke zelfmoordbrief dan een huwelijksakte, een pact om samen te pletter te vallen. Het idee dat ze getrouwd waren was alleen nog draaglijk als hij haar aan de telefoon had en ze samen hun eigen wereldje konden scheppen.

'Ik wou dat je hier was,' zei hij.

'Ik ook.'

'Je had toch moeten komen met kerst. Dat was fout van me.'

'Dan zou ik je alleen maar hebben aangestoken.'

'Geef me nog een paar weken, Connie. Dan maak ik alles goed.'

'Ik weet niet of ik het zo lang volhoud, maar ik zal het proberen.'

'Het spijt me, echt.'

En het speet hem ook echt. Maar hij voelde ook een intense opluchting toen ze ophing en hij zijn gedachten naar Jenna kon verleggen. Hij tongde de ring achter zijn kiezen vandaan om hem te kunnen afdrogen en opbergen, maar voelde hem tot zijn schrik in zijn keelgat schieten en slikte hem in een reflex door.

'Fuck!'

Hij voelde de ring in zijn slokdarm, een pijnlijke hardheid daar, het protest van zijn zachte weefsels. Hij probeerde hem reutelend en keelschrapend omhoog te werken, waardoor hij hem alleen maar dieper wegslikte en uiteindelijk niet eens meer voelde. Hij holde naar het aanrecht van zijn kitchenette en stak een vinger in zijn keel. Hij had sinds zijn kindertijd niet meer overgegeven, maar wist bij de eerste keer kokhalzen weer precies hoe angstaanjagend hij het had gevonden. Het rauwe geweld ervan. Die oerangst belette hem door te gaan, alsof hij een pistool tegen zijn hoofd hield en de trekker niet kon overhalen. Hij boog zich met wijd open mond boven de gootsteen, in de hoop dat zijn maaginhoud vanzelf naar boven zou komen, wat natuurlijk niet gebeurde.

'Ooo jezus... wat een watje ben je toch.'

Het was tien over halftien. Het vliegtuig naar Miami zou de volgende ochtend om elf uur vertrekken, en hij moest er niet aan denken aan boord te gaan met die ring in zijn maag. Hij ijsbeerde een poosje over de vlekkerige beige vloerbedekking van zijn woonkamer en zag in dat doktershulp het enige alternatief was. Een online zoekactie leerde hem dat hij voor het dichtstbijzijnde ziekenhuis naar Seminary Road moest.

Hij schoot in een jas en haastte zich even later door Van Dorn Street, op zoek naar een taxi, maar het was een gure avond met zo goed als geen verkeer. Er stond genoeg op zijn businessrekening om een auto te kopen, een mooie zelfs, maar aangezien het tegoed voor een deel uit geld van Connie bestond, en voor de rest uit een lening waarvoor zij garant stond, was hij zeer terughoudend met uitgeven. Hij ging midden op de rijweg lopen, alsof hij een taxi uit het duister kon oproepen door zichzelf als lokaas aan te bieden. Maar de straat bleef er verlaten bij liggen.

In de richting van het ziekenhuis lopend hoorde hij zijn mobieltje een sms-melding geven. Het was van Jenna: opgetogen. jij? Hij antwoordde meteen: absoluut. Jenna's berichten hadden nog altijd een Pavlov-effect op zijn geslachtsklieren. Hij hoefde haar naam of mailadres maar te zien of alle sluizen gingen open. Het was een heel ander effect dan Connie op hem had (zij raakte hem de laatste tijd in steeds hogere regionen: zijn maag, zijn ademhalingsorganen, zijn hart), maar niet minder hardnekkig en intens. Jenna wond hem op zoals grote sommen geld dat deden, de opwinding van ongeremd consumeren en het laten varen van alle verantwoordelijkheidsbesef. Hij wist zeer wel dat Jenna iets verdorvens over zich had. Sterker nog, wat hem nog het meest opwond was de vraag of hij zelf ooit verdorven genoeg kon worden om haar te veroveren.

De voettocht naar het ziekenhuis voerde langs de blauw spiegelende façade van het kantoorgebouw waar hij de vorige zomer al zijn dagen en de meeste van zijn avonden had doorgebracht in dienst van RISEN (Restore Iraqi Secular Enterprise Now), een dochter van LBI die zonder hinderlijke mededingers een contract in de wacht had gesleept om in bevrijd Irak de door de staat geleide broodindustrie te privatiseren. Zijn baas bij RISEN was Kenny Bartles geweest, een Floridiaan van voor in de twintig met een wel zeer volwassen netwerk, op wie Joey een jaar eerder indruk had gemaakt toen hij voor de denktank werkte van de vader van Jenna en Jonathan. Joey's salaris bij de denktank was rechtstreeks afkomstig geweest van LBI, en hoewel er in zijn taakomschrijving stond dat hij voorlichting moest geven aan overheidsdiensten, had hij zich in feite onledig gehouden met het doen van research naar manieren waarop LBI profijt kon trekken uit een Amerikaanse bezetting van Irak, en het uitwerken van zijn onderzoeksresultaten tot objectief klinkende argumenten voor een invasie. De vruchten van zijn arbeid waren zo in de smaak gevallen dat Kenny Bartles hem een baan onder zijn leiding aanbood bij de vestiging van RISEN in de 'groene zone' van Bagdad, maar om zulke uiteenlopende redenen als het verzet van Connie, de waarschuwingen van Jonathan, de wens om bij Jenna in de buurt te blijven, de vrees voor bommen en sluipschutters, de noodzaak om ingeschreven te blijven op Virginia én het knagende gevoel dat Kenny niet zo betrouwbaar was als hij leek, had hij het aanbod afgewimpeld en in plaats daarvan meegewerkt aan het opzetten van RISEN's Amerikaanse kantoor en contacten met de overheid.

De lawine van gal die zijn vader vervolgens over hem had uitgestort was een van de redenen waarom Joey er nu voor terugdeinsde zijn ouders op de hoogte te stellen van zijn huwelijk met Connie, én een voorname reden om erachter te willen komen hoeveel kille meedogenloosheid er nu eigenlijk in hem school. Hij wilde binnen afzienbare tijd welvarend en ongenaakbaar genoeg worden om nooit meer een tirade van zijn vader te hoeven pikken, om in staat te zijn hem vierkant uit te lachen en dan zijn schouders op te halen en weg te lopen – kortom, om net zo iemand te worden als Jenna, die bijvoorbeeld alles wist van Connie (behalve dat hij met haar was getrouwd) maar zich daar niets van aantrok en Connie slechts als pikant en vermakelijk onderdeel zag van het spelletje dat ze met Joey bleef spelen. Jenna schiep er groot plezier in om hem telkens weer te vragen of zijn vriendin wel wist hoeveel tijd hij besteedde aan het bellen met de vriendin van iemand anders, en hij kon haar geen groter plezier doen dan over de leugens te vertellen die hij Connie opdiste. Ja, ze was nog verdorvener dan haar broer dacht.

In het ziekenhuis aangekomen begreep Joey eindelijk waarom de straten van Alexandria zo leeg waren – de complete bevolking had zich verzameld op de Eerste Hulp. Het inschrijven alleen al nam twintig minuten in beslag, en de verpleegster achter de balie gaf geen krimp toen hij hevige pijn voorwendde om vooraan in de wachtrij te worden geplaatst. In de anderhalf uur die hij vervolgens doorbracht met het inademen van het genies en gehoest van zijn mede-Alexandrianen, kijkend naar *ER* op de wachtkamer-tv en sms'end met vrienden van Virginia die nog onbekommerd van hun kerstvakantie genoten, vroeg hij zich af waarom hij niet gewoon besloot een nieuwe trouwring te kopen. Die kostte hooguit driehonderd dollar en Connie zou nooit het verschil zien. Dat hij blijkbaar zo gehecht was aan een onbezield voorwerp, dat hij het als een dure plicht aan Connie ervoer om deze ene ring terug te krijgen, die ze hem had helpen uitzoeken op een snikhete middag in 47th Street – het beloofde weinig goeds voor zijn voornemen kil en meedogenloos te worden.

De arts bij wie hij zich ten slotte mocht vervoegen was een blanke jonge gast met waterige ogen en onsmakelijke scheeruitslag. 'Niets om je zorgen over te maken,' verzekerde hij Joey. 'Dat soort problemen lost zichzelf op. Het voorwerp komt er binnenkort uit zonder dat je er iets van merkt.'

'Ik zit ook niet over mijn gezondheid in,' zei Joey. 'Het gaat me erom dat ik vanavond nog die ring terugkrijg.'

'Hm,' zei de arts. 'Is het een voorwerp van grote waarde?'

'Enorme waarde. En ik neem aan dat er wel een of andere... procedure is?'

'Als je het voorwerp per se terug wilt, is de procedure dat je een dag of twee, drie wacht en dan...' De arts glimlachte. 'Dan zul je vuile handen moeten maken.'

'Maar ik vroeg dus of er iets is wat u nu kunt doen.'

'En ik zei dus dat er niets anders op zit dan te wachten.'

De kosten voor dit consult bedroegen $275, en onverzekerd als hij was (de raad voor de commissie studiefinanciering van Virginia beschouwde zorgverzekeringen via de ouders als een vorm van ondersteuning) moest hij ter plekke afrekenen met zijn creditcard. Tenzij hij geconstipeerd raakte, en constipatie was volgens hem wel het laatste waar je in Zuid-Amerika last van kon krijgen, stonden hem enkele onverkwikkelijke ochtenden van zijn dagen met Jenna te wachten.

Toen hij ruim na middernacht thuiskwam, pakte hij zijn reisspullen, ging naar bed en concentreerde zich op wat zich zoal in zijn buik afspeelde. Hij had zijn leven lang vrijwel continu van alles en nog wat ingeslikt, maar had nog nooit ook maar de minste aandacht aan zijn spijsvertering besteed.

Hoe vreemd was het opeens te beseffen dat zijn maag en de mysterieuze kronkelingen van zijn darmen net zozeer deel van hem uitmaakten als zijn hersens, tong en penis. Terwijl hij op zijn rug lag en zich inspande om elk trekje, krampje en prutteltje in zijn buik te volgen, bekroop hem het beeld van zijn lichaam als een verloren gewaand familielid dat hem aan het einde van een lange weg opwachtte. Een schimmige verwant van wie hij voor het eerst een glimp opving. Ooit kwam de tijd, hopelijk ver in de toekomst, dat zijn aandacht geheel en al door zijn lichaam zou worden opgeëist. En dan zou het moment komen, hopelijk nog veel verder in de toekomst, waarop zijn lichaam het begaf en hij de pijp uitging. Hij stelde zich zijn ziel voor, zijn vertrouwde en intieme ik, als een glimmende gouden ring die zich langzaam een weg baande door almaar raadselachtiger en onwelriekender krochten, op weg naar een naar stront stinkend einde. Hij was alleen met zijn lichaam, en aangezien hij, hoe vreemd toch, met zijn lichaam samenviel, was hij volmaakt en volkomen alleen.

Hij miste Jonathan. Gek genoeg vond hij zijn Zuid-Amerikaanse trip een erger verraad aan Jonathan dan aan Connie. Ondanks de strubbelingen van hun eerste Thanksgiving waren ze in de voorbije twee jaar elkaars beste vriend geworden – en het was pas sinds een paar maanden, beginnend bij Joey's zakelijke deal met Kenny Bartles en culminerend in Jonathans ontdekking van zijn reisplannen met Jenna, dat er een schaduw over hun vriendschap lag. Voorafgaand aan die schaduw was Joey telkenmale verrast geworden door onmiskenbare bewijzen van Jonathans oprechte genegenheid. Genegenheid voor hem zoals hij werkelijk was, niet alleen voor de Joey die zich naar buiten toe als een begaafde en tamelijk bevlogen student presenteerde. En de grootste en plezierigste verrassing was misschien nog wel de genegenheid geweest die Jonathan ten aanzien van Connie etaleerde. In de ongespeelde vriendelijkheid waarmee hij haar bejegende, had Joey een overtuigend bewijs gezien dat zijn vriend in zijn relatie met Connie geloofde – een bevestiging die zo belangrijk voor Joey was, dat hij anders waarschijnlijk nooit in de roes had kunnen komen waarin hij met Connie was getrouwd.

Een opmerkelijke eigenschap van Jonathan was dat hij, afgezien van zijn favoriete pornosites, geen noemenswaard seksleven had (en die sites waren dan nog aandoenlijk tam vergeleken bij de porno die Joey in momenten van nood tevoorschijn klikte). Oké, hij was een beetje een sukkel, maar Joey kende heel wat sukkeliger types die toch een vriendin hadden. Zijn probleem was gewoon dat hij onoverkomelijk onhandig was met meisjes, onhandig tot op het punt van desinteresse. En toen hij dan eindelijk met Connie had kennisgemaakt, bleek zij het enige meisje met wie hij op een ontspannen manier om kon gaan – niet in de laatste plaats omdat Connie zo totaal en exclusief aan Joey toebehoorde, dat Jonathan in haar nabijheid volstrekt zichzelf kon zijn, geen enkele druk voelde om een goed figuur te slaan of erachter te komen wat ze van hem vond. Connie was als een oudere zus voor hem, maar dan een veel lievere oudere zus dan Jenna. Als ze op bezoek was en Joey moest studeren of dienst had in de bibliotheek, speelde ze urenlang zijn videogames met hem, lachte gul als hij haar voor de zoveelste maal inmaakte en luisterde op haar eigen, zwijgzame manier naar zijn uitleg van alle features.

Hoewel Jonathan doorgaans een welhaast fetisjistische bezitterigheid etaleerde ten aanzien van zijn bed en het speciale hoofdkussen waar hij al jarenlang op sliep, en als een waakhond over zijn negen uur slaap per etmaal waakte, maakte hij op die avonden discreet dat hij wegkwam voordat Joey hem om een beetje privacy hoefde te vragen. En als Connie dan weer terug was naar St. Paul, liet hij nooit na Joey te zeggen hoe fantastisch hij zijn vriendin vond, supermooi en toch zo relaxt in de omgang. Het was Jonathan die Joey voor het eerst trots op haar gemaakt had. Dankzij Jonathan beschouwde hij haar niet langer als een zwakte van hemzelf, een probleem dat hij ooit eens zou moeten oplossen, maar als de vriendin over wie hij vrijelijk kon spreken met zijn vrienden. En dat maakte hem weer des te kwader over de bedekte maar nog altijd voelbare vijandigheid die zijn moeder jegens haar toonde.

'Eén vraag, Joey,' had zijn moeder gezegd tijdens een telefoongesprek in de weken waarin hij samen met Connie op het appartement van zijn tante Abigail paste. 'Mag ik je één vraag stellen?'

'Hangt ervan af,' zei Joey.

'Heb je weleens ruzie met Connie?'

'O nee, ma, vergeet het maar, daar ga ik het niet met je over hebben.'

'Maar je moet toch benieuwd zijn waarom ik dat vraag. Ben je daar niet een klein beetje benieuwd naar?'

'Nee.'

'Ik vraag het namelijk omdat jullie ruzies hóren te hebben. Als jullie nooit ruziemaakten, zou er iets niet goed zijn.'

'Aha, nou, volgens die definitie hebben pap en jij dus een droomhuwelijk, hè?'

'Hahaha! Geestig, Joey, meen ik echt.'

'Waarom zouden we ruziemaken? Ruzie maak je als je het niet vinden kunt met elkaar.'

'Nee, ruzie hoort bij mensen die van elkaar houden maar daarnaast toch ook een eigen persoonlijkheid hebben en met twee benen in de echte wereld staan. Ik bedoel natuurlijk niet dat je doorlopend ruzie moet hebben, nogal wiedes.'

'Oké, ruziemaken maar niet te veel, ik snap het.'

'Als jullie nooit eens ruzie hebben, moet je je afvragen waarom niet, meer zeg ik niet. Dan moet je je afvragen waar 'm de schone schijn in zit.'

'Leuk geprobeerd, ma, maar sorry, ga ik niet op in.'

'Of beter gezegd: in wíé de schone schijn zit.'

'Ik ga ophangen, ma, ik zweer het je. En dan bel ik je een heel jaar niet meer.'

'Welke werkelijkheid er niet onder ogen wordt gezien, en door wie niet.'

'Ma!'

'Enfin, dat was mijn ene vraag. En nu heb ik hem gesteld en vraag ik verder niets meer.'

Het leven van Joey's moeder had weliswaar geen geluksgehalte om over naar huis te schrijven, maar ze bleef hem geestdriftig haar normen opleggen. Ze dacht waarschijnlijk dat ze hem probeerde te beschermen, maar ergerde hem alleen maar met haar negativisme. Zo had ze er op een keer haar 'ongerustheid' over uitgesproken dat Connie buiten hem geen vrienden of vriendinnen had, en verwees in verband daarmee naar haar studievriendin van weleer, de krankzinnige Eliza, die ook niemand anders had en wat was dat achteraf een teken aan de wand gebleken. Op Joey's tegenwerping dat Connie heus wel op vriendinnen kon bogen, had zijn moeder hem getart namen te noemen, waarop hij haar had toegesnauwd het niet over dingen te willen hebben waar ze niets van afwist. Connie hád enkele oude schoolvriendinnen, maar als ze die ter sprake bracht, deed ze dat meestal om hun oppervlakkigheid te hekelen en Joey te vertellen hoeveel intelligenter hij wel niet was, en verder vertelde ze zo weinig dat hij nooit hun namen kon onthouden. Zijn moeder had dus wel degelijk een zere plek geraakt met haar ongerustheid, en ze wist weliswaar beter dan steeds opnieuw zout in dezelfde wond te strooien, maar ze bleef er wel o zo subtiel op zinspelen, of misschien bleef Joey het uit haar opmerkingen afleiden. Ze hoefde het maar over een aanstaand bezoek van haar voormalige teamgenote Cathy Schmidt te hebben, of Joey hoorde er een bedekte sneer naar Connie in. En als hij zijn irritatie uitte, ging ze meteen op de psychologische toer en raadde hem aan zijn overgevoeligheid eens goed te overdenken. De enige repliek die haar de mond zou snoeren (: de vraag hoeveel vriendinnen ze *sinds* haar studie- en basketbaltijd had gemaakt) was de enige die hij nooit uit zijn mond kreeg. Bij al hun gekibbel had ze steeds het oneerlijke voordeel dat hij haar in wezen meelijwekkend vond.

Connie droeg zijn moeder op haar beurt allerminst een kwaad hart toe. Ze had het volste recht om zich over haar te beklagen, maar deed dat nooit, wat de oneerlijkheid van zijn moeders kritiek des te navranter maakte. Als klein meisje had Connie zijn moeder bij elke verjaardag een zelfgemaakte kaart gegeven, uit eigener beweging, zonder enige aansporing van Carol, en dat was ze jaarlijks blijven doen en zijn moeder was er jaar in jaar uit hogelijk mee verguld geweest – tot het jaar waarin Connie en hij met seks waren begonnen. Connie was gewoon haar verjaarskaarten blijven maken, maar in zijn resterende jaren in St. Paul had Joey meermaals gezien hoe zijn moeder de envelop met een stalen gezicht openmaakte en de kaart na een vluchtige blik bij het oud papier stopte. De laatste paar jaar deed Connie er telkens een klein cadeautje bij (oorbellen, of chocolaatjes) en kreeg daar bedankbriefjes voor met alle hartelijkheid van een aanslagbiljet. Connie deed alles wat in haar vermogen lag om de sympathie van zijn moeder te herwinnen, maar als ze dat werkelijk wilde bereiken was er maar één ding dat ze kon doen: breken met Joey. Ze had een hart van goud en zijn moeder spuugde op haar. Ook die onrechtvaardigheid had een rol gespeeld bij zijn opwelling om met haar te trouwen.

En daarnaast had deze onrechtvaardigheid er, indirect, toe bijgedragen dat de Republikeinse Partij steeds aantrekkelijker voor hem was geworden. Zijn moeder was een snob jegens Carol en Blake, en zou nooit zo vijandig jegens Connie zijn geweest als die niet bij hen had gewoond. Ze ging ervan uit dat alle weldenkende mensen, Joey niet uitgezonderd, hetzelfde oordeel hadden, of behoorden te hebben, over de smaak en opvattingen van blanke Amerikanen met een minder bevoorrechte achtergrond dan de hare. Wat Joey aantrok in de Republikeinen was dat zij de minachting ontbeerden die progressieve Democraten haast van nature voor bepaalde mensen opbrachten. Zeker, Republiekeinen hadden de pest aan progressievelingen, maar dat alleen omdat progressievelingen altijd zo laatdunkend over hen waren. Ze hadden gewoon genoeg van de blinde, ondoordachte neerbuigendheid waarmee mensen als zijn moeder mensen als de Monaghans bejegenden. In de afgelopen twee jaar was Joey langzaamaan van positie gewisseld in de discussies die hij met Jonathan over politiek had, en dan met name over Irak. Joey was ervan overtuigd geraakt dat een invasie bittere noodzaak was om Amerika's petropolitieke belangen veilig te stellen en Saddams massavernietigingswapens te ontmantelen, terwijl Jonathan, die zomerstages had gelopen bij *The Hill* en vervolgens bij de *WaPo*, en die de wens had opgevat om politiek verslaggever te worden, wantrouwen was gaan koesteren jegens mannen als Feith en Wolfowitz en Perle en Chalabi, die voortdurend op oorlog aandrongen. Het had hen beiden groot plezier gedaan om de ideeën te ontgroeien waarmee ze waren opgevoed en de buitenbeentjes van hun respectieve families te worden – Joey klonk meer en meer als Jonathans vader, en Jonathan klonk steeds meer als die van Joey. En hoe langer Joey zijn vriendin moest verdedigen tegen het snobisme van zijn moeder, des te meer ging hij zich thuis voelen bij de partij van de getergde anti-snobs.

En waarom verdedigde hij Connie zo hardnekkig? Op die vraag leek maar één zinnig antwoord mogelijk, namelijk dat hij van haar hield. Hij had mogelijkheden te over gehad om zich van haar te ontdoen (had een aantal van die mogelijkheden zelfs welbewust geschapen) maar was daar op het moment suprème steeds weer voor teruggedeinsd. De eerste grote kans had zich voorgedaan toen hij ging studeren. De volgende was een jaar later gekomen, toen Connie hem naar het oosten volgde en op Morton College ging studeren, in Morton's Glen, Virginia – op een afstand die makkelijk te overbruggen viel in Jonathans Land Cruiser, die Jonathan hem daar gaarne voor leende omdat hij Connie zo graag mocht, maar het had haar ook op de koers gezet om als studente een eigen leven op te bouwen en minder afhankelijk van hem te worden. Dat laatste viel echter tegen – Connie's gewenningsproces verliep bijzonder moeizaam en na zijn tweede bezoek aan Morton, waar ze zo min mogelijk tijd in haar kamer hadden doorgebracht omdat ze die deelde met een bitch zonder weerga van Koreaanse afkomst, had Joey voorgesteld elkaar toch maar weer een tijdje met rust te laten om wat vastere grond onder hun voeten te krijgen. Het was niet eens zo'n onoprecht voorstel, want ze had het echt zwaar en daar moest echt wat aan gebeuren, maar belangrijker was dat hij intussen veelvuldig contact had met Jenna en er zijn zinnen op had gezet de kerstvakantie met haar en Jonathan in McLean door te brengen. Connie zei geen ja en geen nee, en toen hij haar een paar weken voor kerst vroeg of ze naar St. Paul ging om haar familie op te zoeken, zoals dat een eerstejaars betaamde, zei ze: 'Nee, ik wil bij jou zijn.' Gedreven door het vooruitzicht van Jenna, en bemoedigd door een prettig verlopen slippertje na een dansfeest op de campus van Virginia, koos hij voor de harde lijn en zette alsnog zijn voorstel door, en moest de hoorn van zich af houden omdat Connie in een gierende huilbui uitbarstte, zo woest dat ze er de hik van kreeg. Ze zei dat ze nóóit meer naar huis wilde, geen avond meer bij Carol en de tweeling wilde zijn. Maar Joey dwong haar daar niettemin toe. En hoewel hij Jenna amper te zien kreeg in die vakantie (eerst was ze skiën en toen was ze bij Nick in New York) bleef hij zijn exitstrategie volgen tot hij op een avond in het begin van februari door Carol werd gebeld, met het nieuws dat Connie haar studie eraan had gegeven en weer in Barrier Street woonde, en ernstiger depressief was dan ooit tevoren.

Connie had volgens Carol haar eerste twee decembertentamens met vlag en wimpel gehaald, maar was bij de twee volgende weggebleven omdat de spanning haar te veel werd, en dan was er de ondraaglijke spanning met haar kreng van een Koreaanse kamergenote, die haar mp3's van de Backstreet Boys zo hard afspeelde dat haar oordopjes ervan schetterden en de meest verdraagzame ziel tot razernij zouden hebben gedreven, en die haar tv de godganse dag op een shoppingzender had staan, en die Connie onophoudelijk bestookte met rotopmerkingen over haar 'kakker' van een vriend die ongetwijfeld aan de lopende band vreemdging met allerlei 'kakwijven', en die hun kamer permanent in de stank dompelde van de augurken waaraan ze was verslaafd. Connie was in januari weer op het College toegelaten, op voorwaarde dat ze alsnog haar tentamens zou doen, maar ze had zoveel tijd in bed doorgebracht dat de studentenarts ten slotte ingreep en haar naar huis had gestuurd. Carol vertelde het allemaal met authentieke bezorgdheid en, heel verfrissend, zonder een zweem van verwijt aan Joey's adres.

Dat hij deze laatste grote kans om van Connie af te komen voorbij liet gaan, had wel enigszins te maken met Jenna's recente nieuwtje dat ze een 'soort van' verloving met Nick was aangegaan – maar niet méér dan enigszins. Enerzijds was het schokkend om van Carol te horen dat Connie haar depressiviteit niet eens meer loochende, en Joey wist genoeg van geestesziekten om ervoor beducht te zijn, maar anderzijds scheen het hem toe dat als hij elk meisje met een neiging tot getroebleerdheid uit zijn voorraad potentiële vriendinnen zou bannen, hij wel een verdomd klein voorraadje zou overhouden. En Connie had natuurlijk wel redenen om depressief te zijn: haar kamergenote was inderdaad niet te harden en ze was er weggekwijnd van eenzaamheid. Toen Carol haar uiteindelijk aan de lijn liet komen, gebruikte ze wel honderd keer het woord 'spijt'. Het speet haar dat ze hun afspraak had geschonden, het speet haar dat ze niet sterker kon zijn, het speet haar dat ze hem van zijn studie afleidde, het speet haar dat het spaargeld voor haar studie nu verspild was, het speet haar dat ze Carol nu tot last was, iedereen zo tot last was, iedereen in de weg zat met haar gezeur. Hoewel (of misschien wel omdat) ze te bedrukt was om hem iets te vragen, en zelfs op het punt leek te staan hem los te laten, zei hij ruim in de slappe was te zitten dankzij de cheques van zijn moeder, dus hij zou zo snel mogelijk het vliegtuig pakken om haar te komen opzoeken. En bij elke keer dat ze hem bezwoer dat dat niet hoefde, wist hij zekerder dat het moest.

De week die hij vervolgens in Barrier Street doorbracht, was zijn eerste week als echte volwassene geworden. Hij had samen met Blake in de Grote Kamer gezeten (die lang niet meer zo groot leek) en de tv-verslagen van Fox News gevolgd over de verovering van Bagdad. En bij het zien daarvan had hij gemerkt dat het wrokkige gevoel wegtrok dat hem zolang gekweld had na zijn laconieke reactie op 9/11. Amerika nam het heft eindelijk weer in handen, bepaalde eindelijk weer zelf de loop van de geschiedenis, zodat hij niet meer met dat rotgevoel hoefde rond te lopen, en op de een of andere manier hing die gewaarwording samen met het ontzag en de dankbaarheid die Blake en Carol hem opeens toonden. Hij vergastte Blake op verhalen over de denktank, zijn vluchtige ontmoetingen met politieke kopstukken en zijn aandeel in de planning voor het Irak van na de invasie. Het huis was klein, en hij was er een grote aanwezigheid. Hij leerde hoe hij een zuigeling moest vasthouden en de fles geven. Connie was bleek en griezelig mager, haar armen zo dun en haar buik zo hol als toen ze veertien was en hij haar voor het eerst had aangeraakt. 's Nachts lag hij naast haar, hield haar tegen zich aan en trachtte haar seksueel te prikkelen, deed zijn uiterste best om door de schil van afwezigheid te komen die haar omgaf, deed zijn best het zichzelf niet kwalijk te nemen dat hij seks met haar wilde hebben. De medicatie die ze slikte sloeg nog niet echt aan en hij was bijna verheugd over hoe slecht ze eraan toe was, omdat het hem een ongekend gevoel van betrokkenheid gaf. Ze bleef maar herhalen dat ze hem had laten zakken, maar hij ervoer eerder het tegenovergestelde – alsof er een geheel nieuwe, volwaardiger wereld van liefde voor hem was opengegaan, en alsof er nog tal van andere innerlijke deuren waren die zich voor hem konden openen. Door een van haar slaapkamerramen kon hij het huis zien waarin hij was opgegroeid, het huis waarin nu een zwart gezin woonde, volgens Carol een stel kapsoneslijers die zich met niemand bemoeiden en hun universitaire bullen ingelijst aan de muur hadden hangen. ('In de eetkamer,' zei ze smalend, 'dat je ze maar goed zien kan vanaf de straat.') Het deed Joey deugd hoe weinig de aanblik van zijn oude huis hem deed. Zo lang als hij zich kon herinneren had hij het willen ontgroeien, en nu leek dat eindelijk echt gelukt. Hij ging op een avond zelfs zover zijn moeder te bellen om haar bij te praten over wat er gaande was.

'Maar wacht nou eens even,' zei ze na zijn eerste zinnen. 'Vertel je me nu dat Connie studeerde? Op een college aan de oostkust?'

'Ja, maar ze had een kreng van een kamergenote en is ingestort.'

'Zo, nou, aardig dat je me dat toch nog even meldt, nu het allemaal alweer achter de rug is.'

'Je maakte het niet echt aanlokkelijk voor me om je over Connie te vertellen, weet je.'

'Nee, oké, ik ben natuurlijk weer de boosdoener. Je negatieve ouwe moeder. Tja, zo zul je het ook echt wel zien.'

'En misschien is er wel een reden waarom ik het zo zie. Heb je daar weleens over nagedacht?'

'Ik wist niet beter of je was vrij, zonder zorgen of verplichtingen. Je studietijd is zo voorbij, Joey. Ik heb mezelf vastgelegd toen ik jouw leeftijd had, en daardoor ben ik een hoop nuttige en leerzame ervaringen misgelopen. Maar ja, misschien was ik nog niet zo volwassen als jij nu bent, hè?'

'Tja,' zei hij, zichzelf ijzersterk en inderdaad volwassen voelend, 'misschien.'

'Ik wil er alleen wel op wijzen dat je toch een beetje tegen me gejokt hebt, een maand of twee terug, toen ik naar Connie informeerde. En jokken kan ik nou niet echt volwassen vinden, eerlijk gezegd.'

'Je vroeg het niet echt vriendelijk.'

'En jouw antwoord was niet echt eerlijk! Niet dat je me per se eerlijkheid verschuldigd bent, hoor. Maar laten we er nu dan wel open over zijn.'

'Het was kerst, en ik zei dat ik dacht dat ze in St. Paul zat.'

'Precies. En nu wil ik er geen al te groot punt van maken, maar als iemand zegt "ik denk", dan wil dat zeggen dat hij niet helemaal zeker is. Je pretendeerde niet te weten waar ze zat, terwijl je het dus heel precies wist.'

'Ik zei te denken dat ze hier zat, maar ze had net zo goed in Wisconsin of zo kunnen zitten.'

'Tuurlijk, Wisconsin, op bezoek bij een van haar vele vriendinnen.'

'Jezus!' riep hij uit. 'Je hebt dit soort dingen alleen maar aan jezelf te wijten, hoor.'

'Begrijp me niet verkeerd,' zei ze. 'Ik vind het heel bewonderenswaardig dat je nu bij haar bent, en dat meen ik oprecht. Het pleit voor je. Ik ben er trots op dat je voor iemand wilt zorgen om wie je geeft. Ik heb zelf enige ervaring met depressiviteit, en ik kan je zeggen dat het geen pretje is. Heeft Connie er medicijnen voor?'

'Ja, Celexa.'

'Nou, ik hoop voor haar dat dat werkt. Mijn eigen middel baatte me niet zo.'

'Heb jij een antidepressivum geslikt? Wanneer dan?'

'O, nog niet zo gek lang geleden.'

'Goh, daar wist ik niks van.'

'En weet je waarom niet? Omdat ik het echt meen als ik zeg dat jij je vrij en ongedwongen moet voelen. Ik wilde niet dat je je zorgen om me zou maken.'

'Ja, maar jezus, je had het me op z'n minst kunnen vertellen.'

'Ik heb het maar een paar maanden geslikt, hoor. Ik ben niet zo'n volhouder als patiënt.'

'Je moet zo'n middel de tijd geven,' zei hij.

'Ja, dat zeiden ze allemaal. Vooral je vader, die zich natuurlijk ook wel in de vuurlinie bevindt met mij. Hij stond niet te juichen toen het al zo snel weer met de rust gedaan was. Maar ik was zelf blij om mijn eigen hoofd terug te hebben, zo warrig als het zijn mag.'

'Het spijt me dat te horen.'

'Ja, dat zal vast. Als je me drie maanden geleden over Connie had verteld, zou ik het gelaten hebben aangehoord. En nu confronteer ik je weer met die lastige gevoelens van me.'

'Het spijt me dat je het zo zwaar hebt, bedoel ik.'

'Dank je, lieverd. En excuses voor mijn gevoelens.'

Depressiviteit mocht de laatste tijd dan vaker voorkomen dan de griep, Joey vond het toch ietwat verontrustend dat de twee vrouwen die het meest van hem hielden er beiden door waren getroffen. Was dat toeval? Of had hij een slopend effect op de geestelijke gezondheid van vrouwen? Na enig nadenken besloot hij dat het in Connie's geval een facet moest zijn van dezelfde intensiteit die hij altijd zo aantrekkelijk in haar had gevonden. Op zijn laatste avond in St. Paul, voor zijn terugkeer naar Virginia, zat hij bij haar op haar kamer en zag hoe ze met haar vingertoppen in haar hoofdhuid priemde, alsof ze een overmaat aan hersenenergie wilde aftappen. Ze zei dat ze zo vaak huilde omdat iedere negatieve gedachte, hoe klein ook, onverdraaglijk voor haar was – en ze had alleen maar negatieve gedachten, geen enkele goede. Ze piekerde over het kwijtraken van het Virginia-petje dat hij haar ooit gegeven had; over hoe ze tijdens zijn tweede bezoek aan Morton te zeer met haar gedachten bij haar vreselijke kamergenote was geweest om hem te vragen wat voor cijfer hij gekregen had voor zijn nota Amerikaanse Geschiedenis; over dat Carol weleens gezegd had dat jongens haar vast veel leuker zouden vinden als ze wat vaker glimlachte; over haar halfzusje Sabrina, dat het op een oorverdovend krijsen had gezet toen ze Connie voor het eerst zag; over hoe ze destijds zo stom was geweest om Joey's moeder te verklappen dat ze hem ging opzoeken in New York; over haar weerzinwekkende menstruatievloed op de avond voordat hij naar Virginia vertrok; over de ansichten die ze naar Jessica had gestuurd om weer bij haar in de gunst te komen, maar waar ze zulke stomme dingen op geschreven had dat ze nooit een reactie had gekregen; enzovoort. Ze was verdwaald in een donker woud van wroeging en zelfverwijt, waarin zelfs het kleinste boompje monsterachtige afmetingen aannam. Joey had zelf nooit door zo'n woud gedoold, maar merkte dat er een bizarre aantrekkingskracht van uitging. Het wond hem zelfs op dat ze begon te snikken toen hij haar in hun laatste nacht probeerde te neuken, althans totdat ze erbij ging kronkelen en spartelen en zowat een toeval kreeg. Haar ontreddering nam een destructieve gedaante aan, leek een naaste verwant van zelfmoord te worden, en hij was de rest van die nacht in touw om haar uit de zelfhaat te praten die ze voelde omdat ze zichzelf te zeer haatte om tegemoet te kunnen komen aan zijn verlangens. Het was een uitputtende cirkelgang. Maar toen hij de volgende middag in het vliegtuig terug naar het oosten zat, werd hij niettemin bang voor wat de Celexa bij haar teweeg zou brengen als het ging werken. Hij moest aan de opmerking van zijn moeder denken, over hoe zo'n antidepressivum al je gevoelens uitschakelde – en een Connie zonder de oceaan van gevoelens die haar altijd had gekenmerkt, was een Connie die hij niet kende en waarschijnlijk ook niet zou kunnen verdragen.

En ondertussen was het land in oorlog, zij het een vreemd soort oorlog, waarin op wat ongelukken na alleen door de tegenpartij werd gesneuveld. Joey was blij dat de inname van Irak precies de peulenschil bleek die hij had verwacht, en Kenny Bartles stuurde hem verrukte e-mails over de noodzaak om de nieuwe geprivatiseerde broodindustrie zo snel mogelijk op poten te krijgen (waarop Joey telkens weer replyde dat hij nog studeerde en pas aan het werk zou kunnen als hij zijn bul had). Jonathan, echter, werd alleen maar misnoegder en bozer. Zo maakte hij zich ongelooflijk druk over de Iraakse kunstschatten die door plunderaars uit het Nationaal Museum waren geroofd.

'Zulke dingetjes gebeuren nou eenmaal tijdens een oorlog,' zei Joey. 'Je wilt gewoon niet toegeven dat het in grote lijnen prima verloopt.'

'Dat geef ik pas toe als ze al die plutonium vinden, en die raketkoppen vol antrax,' zei Jonathan. 'En dat zullen ze niet, want het was allemaal geouwehoer, allemaal opgeklopte bullshit, omdat deze oorlog is begonnen door een stel leugenaars en komedianten.'

'Gast, iedereen zegt dat er daar massavernietigingswapens zijn. Zelfs *The New Yorker* schrijft het. Mijn moeder vertelde dat mijn vader zijn abonnement wil opzeggen, zo kwaad is hij erover. Mijn vader, de grote buitenlanddeskundige.'

'En jij weet zeker dat je vader ongelijk heeft. Hoeveel wil je daarop zetten?'

'Weet niet, honderd dollar?'

'Top!' Jonathan stak zijn hand uit. 'Voor het eind van dit jaar moeten die wapens er gevonden zijn. Zo niet, dan krijg ik honderd dollar van je.'

Joey schudde zijn hand en begon zich meteen zorgen te maken over de afloop van de weddenschap. Niet dat hij over die honderd dollar inzat, hij ging over een tijdje achtduizend per maand verdienen bij Kenny Bartles, maar Jonathan was een ware nieuwsjunk en leek zo zeker van zijn zaak dat Joey zich afvroeg of hem niet iets ontgaan was bij zijn omgang met Kenny en zijn andere denktankbazen – of hij geen onderlinge knipoogjes had gemist, of een ironische ondertoon, als ze de andere dan strikt zakelijke argumenten voor het binnenvallen van Irak bespraken. Diep vanbinnen was die twijfel er al een poosje. Tot voor kort had hij steeds aangenomen dat de denktank inderdaad een verborgen motief had voor de invasie, maar wel een nobel motief: de bescherming van Israël, dat hoe dan ook binnen het bereik van Saddams massavernietigingsraketten zou liggen, hoe gammel die misschien ook waren. Hij had gesnapt dat die zorg om Israël niet hardop kon worden uitgesproken, maar was er wel steeds van uitgegaan dat de neo-cons zich erdoor lieten leiden. Maar nu, terwijl maart overging in april, maakten ze steeds vaker achteloze wegwerpgebaren als de vermeende doemwapens ter sprake werden gebracht, alsof het niet eens wat uitmaakte als die niet werden gevonden, alsof de vrijheid van het Iraakse volk oneindig veel belangrijker was, en ook de ware reden voor de inval. En Joey, wiens eigen belangstelling voor de oorlog primair van financiële aard was, en die de gêne daarvoor steeds op afstand had kunnen houden met de gedachte dat wijzere geesten dan hijzelf vast verhevener redenen hadden om die oorlog te willen, begon stilaan te vrezen dat hij al die tijd was gepiepeld. Niet dat dat hem minder belust maakte op het geld dat te verdienen viel, maar hij voelde zich er wel viezer bij.

Door die gevoelens van bezoedeling viel het hem lichter zijn zomerplannen met Jenna te bespreken dan met haar broer. Ook al omdat Jonathan nogal jaloers scheen op Kenny (hij werd pissig zodra hij hoorde dat Joey hem aan de telefoon had), terwijl Jenna bij het horen van die plannen dollartekens in haar ogen kreeg en Joey graag een grote klapper zag maken. 'Misschien kom ik je van de zomer wel opzoeken in Washington,' zei ze. 'Dan kom ik over uit New York en kun je me mee uit eten nemen om mijn verloving met me te vieren.'

'Lijkt me hartstikke leuk,' zei hij.

'Maar wees gewaarschuwd, ik heb een dure smaak wat restaurants betreft.'

'Wat zal Nick ervan vinden als ik je mee uit eten neem?'

'Die vindt het alleen maar prima als iemand anders een keer voor de rekening opdraait. Het zou nooit bij hem opkomen dat hij misschien een rivaal had. Maar wat zal jouw vriendin ervan vinden?'

'Connie is niet zo'n jaloers type.'

'Goed zo. Jaloersheid is een lelijke eigenschap, haha.'

'En bovendien: wat niet weet, wat niet deert.'

'Zo is het. En er is veel dat ze niet weet, hè? Hoeveel slippertjes heb je nu gehad?'

'Vijf.'

'Dat is vier meer dan waar Nick mee zou wegkomen voor ik hem eigenhandig zijn ballen afsneed.'

'Ja, maar als je er niet van zou weten, zou het je ook niet deren, toch?'

'O, geloof me, ik zou het weten,' zei Jenna. 'Dat is het verschil tussen je vriendin en mij. Ik ben een ontzéttend jaloers type. Wat vreemdgaan aangaat, ben ik de Spaanse Inquisitie. Ik ken geen genade.'

Het was op z'n zachtst gezegd opmerkelijk dit te horen, aangezien het Jenna was die hem het vorige najaar had opgeroepen elke kans op een uitspatting te grijpen die zich op de universiteit zou voordoen, en het was Jenna die hij iets probeerde te bewijzen door die kansen inderdaad te benutten. Hij had van Jenna geleerd dat het er in de mensa op aankwam een meisje straal voorbij te lopen als hij enkele uren eerder nog verzadigd uit haar bed was gekropen. 'Geen hypergevoelige sukkel zijn,' had ze gezegd. 'Ze wíllen dat je ze negeert, en je bewijst ze een slechte dienst door dat niet te doen. Gedraag je alsof je haar nog nooit hebt gezien. Het laatste wat ze wil is dat je romantisch of besmuikt gaat lopen doen, en ze zal in stilte zitten bidden dat je haar niet voor schut zet.' Het was duidelijk geweest dat ze uit eigen ervaring sprak, wist waar ze het over had, maar hij had pas ingezien hoe waar het was toen hij het uitprobeerde. Het was een waardevolle les die zijn studentenbestaan een stuk eenvoudiger had gemaakt. Dat hij Connie nooit over zijn escapades vertelde, kwam omdat hij haar niet onnodig in verlegenheid wilde brengen, niet omdat hij bang was dat ze er niet tegen zou kunnen. Hij ging ervan uit dat ze er nog net zo over dacht als ze ooit had gezegd. (Degene voor wie hij zijn avontuurtjes wel angstvallig geheim hield was Jonathan, die er uiterst ouderwetse idealen van romantiek en trouw op nahield en die Joey duchtig aan de tand had gevoeld, als was hij zijn oudere broer of mentor, toen hij op een keer het gerucht van een slippertje had opgevangen. Joey had hem gezworen dat er nog geen ritssluiting omlaag was gegaan, maar die leugen was te schandalig om er niet bij te grijnzen en Jonathan had hem een onbetrouwbare klootzak genoemd, die Connie niet waard was.) De ontdekking dat Jenna tamelijk selectief was in haar oordeel over trouw en vreemdgaan, gaf hem het gevoel dat zij hem net zo om de tuin had geleid als de mannen van de denktank. Zij had uit kwaadaardige speelsheid gedaan wat de oorlogshitsers omwille van de poen hadden gedaan. Maar dat maakte hem er niet minder belust op een smak geld bij RISEN te verdienen en haar op een peperduur etentje te trakteren.

Moederziel alleen in het steenkoude en uit één kamertje bestaande kantoor van RISEN in Alexandria, herschreef hij Kenny's warrige faxen uit Bagdad tot indrukwekkende rapporten over het prudente gebruik van Amerikaans belastinggeld voor de omvorming van de voorheen door Saddam betaalde bakkers tot ondernemers met de zegen van de CPA. Hij gebruikte de casestudy's die hij de vorige zomer van de Breadmasters- en Hot and Crusty-ketens had gemaakt om een aantrekkelijk businessplan te ontwerpen voor deze ondernemers in spe. Hij schreef een tweejarenplan voor het opkrikken van de broodprijzen tot normale westerse marktwaarden, met de simpele Iraakse *khubz* als onvermijdelijke verliespost en veel te duur gebak en sexy koffiedrankjes als de voornaamste winstmakers – en wel zo dat de subsidie van de Coalitielanden in 2005 kon zijn afgebouwd zonder dat dat tot een broodoproer leidde. Hij had geen flauw idee van hoe het gemiddelde winkelpand in Basra eruitzag, en vreesde dat glazen puien met gekoelde gebaksvitrines à la Breadmasters waarschijnlijk niet erg handig zouden zijn in een stad vol autobommen en zomerse temperaturen tot ver boven de veertig graden. Maar de bullshit van de moderne marketing was een taal waarvan hij zich vloeiend kon bedienen, en Kenny verzekerde hem dat het er alleen maar om ging de indruk van grote bedrijvigheid en snel commercieel succes te wekken. 'Schrijf het zo op dat ze gísteren al resultaat zien,' zei Kenny. 'Dan passen wij hier wel een mouw aan de praktische problemen. Jerry wil hier in een mum van tijd de vrije markt introduceren, dus geven we hem dat.' ('Jerry' was Paul Bremer, de grote Amerikaanse zetbaas in Bagdad, over wie Kenny nooit met zoveel woorden wilde zeggen of hij nu wel of geen persoonlijk contact met hem had.) Joey vulde de schaarse momenten van ledigheid in het kantoor, vooral in het weekeinde, met het bellen van studievrienden die ergens een onbetaalde stage liepen of hamburgers bakten in hun geboorteplaats en die hem overlaadden met afgunstige complimenten voor zijn prestatie om de geilste baan aller tijden in de wacht te slepen. Hij had het gevoel dat de opwaartse beweging van zijn leven, die op 9/11 voor een tijdje uit koers was gestoten, weer helemaal terug en op gang en onstuitbaarder dan ooit was.

Een tijdlang was er niets dat deze voldaanheid kon aantasten, of het moest Jenna's getalm zijn met haar trip naar Washington. Een terugkerend onderwerp in hun telefonades was haar zorg dat ze onvoldoende vaak uit de band was gesprongen om zich voorgoed op Nick vast te leggen ('Ik betwijfel of één jaar de slet uithangen op Duke volstaat') en Joey meende in die twijfel zijn grote opening te beluisteren. Dus was het ietwat frustrerend dat ze tot tweemaal toe, haar almaar pikantere geflirt tijdens hun telefoongesprekken ten spijt, haar voorgenomen bezoek aan hem uitstelde, en die frustratie sloeg zelfs om in ontdaanheid toen Jonathan hem iets vertelde wat zijzelf had verzwegen: dat ze wél de tijd had gevonden om bij haar ouders in McLean langs te gaan.

Maar deze inbreuken op zijn blijmoedigheid vielen in het niet bij wat er gebeurde toen hij de Vierde Juli bij zijn ouders ging vieren en daarbij zijn vader uitvoerig verslag deed van zijn werk voor RISEN, in de hoop hem te imponeren met de hoogte van zijn salaris en de grootte van zijn verantwoordelijkheden, maar in plaats daarvan de strontkar over zich leeggekieperd kreeg. Tot dan toe, zijn hele leven dus, was hun relatie een gewapende vrede geweest, twee strijdige willen die elkaar min of meer in evenwicht hielden, een impasse met af en toe een schermutseling. Maar nu hield zijn vader het niet bij een donderpreek over zijn kilheid en arrogantie. Nu zette hij een ongekende keel op, raasde en tierde dat Joey hem kotsmisselijk maakte, dat hij het walgelijk vond een zoon te hebben die zo egoïstisch en onnadenkend was dat hij er geen been in zag te heulen met het tuig dat dit land naar de verdommenis hielp om er zelf beter van te worden. En zijn moeder schoot hem niet te hulp maar maakte dat ze wegkwam, de trap op, naar haar kamertje. Hij keek haar na in de wetenschap dat ze hem de volgende ochtend zou bellen om een poging te doen de plooien glad te strijken, dat ze weer met het overbekende verhaal zou komen dat zijn vader alleen maar boos op hem was omdat hij zoveel van hem hield. Maar ze was gewoon te laf om erbij te blijven en het voor hem op te nemen, en hij kon niets anders doen dan zijn armen te vouwen en zijn gezicht tot een masker te maken en met zijn hoofd te schudden en keer op keer tegen zijn vader te zeggen, tussen alle getier door, dat hij geen kritiek moest hebben op dingen waar hij niets van begreep.

'Wat valt er niet te begrijpen?' zei zijn vader. 'Dit is een oorlog om politiek en financieel gewin, punt uit!'

Joey slaakte een zucht. 'Dat jij het niet eens bent met de opvattingen van bepaalde mensen, wil niet zeggen dat het slechte mensen zijn. Jij doet nu net alsof ze alleen maar onheil stichten, en je hoopt dat ze falen, om geen andere reden dan dat je hun ideeën afwijst. Je wilt niet eens horen wat er daar voor goede dingen gebeuren.'

'*Er gebeuren geen goede dingen!*'

'Dus dit is een wereld in zwart-wit? Wij zijn allemaal slecht en jij bent goed?'

'Nee, dan de wereld waar jij in leeft... in het Midden-Oosten mogen jonge mensen van jouw leeftijd aan flarden worden geschoten, want dan kun jij sloten met geld verdienen. Zo zit jouw wereld in elkaar.'

'Natuurlijk niet, pa. Probeer nou eens één minuut niet dom te zijn. De mensen leven daar in een hel omdat hun economie een puinhoop is. En wij proberen ze een gezonde economie te geven, oké?'

'Jij zou geen achtduizend dollar per maand mogen verdienen,' zei zijn vader. 'Ik weet wel dat je jezelf buitengewoon begaafd vindt, maar als een negentienjarige snotneus zonder afgeronde opleiding en met nul komma nul werkervaring achtduizend dollar per maand opstrijkt, dan is er iets helemaal fout. Jouw situatie stinkt naar corruptie, jongen. Ik vind de walm echt van je afslaan.'

'Ja hoor, pa, het zal wel.'

'Ik wil niet eens meer weten wat je uitvreet. Ik word er te beroerd van. Schep voortaan maar op tegen je moeder, maar laat mij met rust.'

Joey glimlachte manmoedig om zijn tranen te bedwingen. Er ging een pijn door hem heen die chronisch aanvoelde, alsof zijn vader en hij hun standpunten altijd zo kozen dat het ze in staat stelde elkaar te verafschuwen, en alsof er geen andere uitweg was dan elkaar inderdaad maar met rust te laten. Zijn vader nooit meer iets vertellen, elkaar alleen nog maar zien als het echt niet anders kon – het leek hem een prima voorstel. Hij nam een taxi naar het gestoffeerde eenkamerappartement dat zijn moeder hem had helpen huren, en stuurde sms'jes naar Connie en Jenna. Connie was kennelijk vroeg naar bed, maar Jenna belde hem rond middernacht. Het bieden van een luisterend oor was niet haar sterkste punt, maar ze begreep genoeg van wat hij over zijn desastreuze Vierde Juli vertelde om hem op het hart te drukken dat de wereld nu eenmaal niet rechtvaardig was, dat het mensdom altijd uiteen zou vallen in winnaars en verliezers, en dat zij er persoonlijk de voorkeur aan gaf om zich in haar betreurenswaardig korte leven met de winnaars te omringen. Toen hij haar vervolgens met de vraag confronteerde waarom ze hem niet gebeld had uit McLean, zei ze dat het haar niet 'veilig' had geleken om met hem uit eten te gaan.

'Niet veilig? Hoezo niet veilig?'

'Je bent zo langzamerhand een slechte gewoonte van me,' zei ze. 'En daar moet ik mee gaan oppassen. Ik moet mijn ogen natuurlijk wel op de bal blijven houden, als je begrijpt wat ik bedoel.'

'Ik krijg anders niet de indruk dat je het nog zo naar je zin hebt met de bal.'

'De bal zet momenteel alles op alles om het baantje van zijn baas in te pikken. Zo werkt het namelijk in dat wereldje, ze proberen elkaar allemaal met huid en haar te verslinden. Het zou je verbazen hoe normaal iedereen dat vindt. Maar arbeidsintensief is het óók, dus er blijft weinig tijd over voor vertier met het vriendinnetje, zelfs niet als het voor haar de eerste zomer is na haar afstuderen.'

'Daarom moet je ook hierheen komen,' zei hij. 'Dan zorg ik voor vertier. Of denk je dat ik dat niet kan?'

'Dat kun je ongetwijfeld, maar mijn baas heeft voor de komende drie weken allerlei feesten in de Hamptons op het programma, en ik loop van hot naar her met mijn klembord. Jammer dat je zelf zo hard moet werken, anders had ik je vast wel ergens kunnen binnensmokkelen.'

Hij was de tel kwijt van alle afgeketste plannen en afspraakjes sinds hij haar kende. Ze stelde van alles voor, maar het kwam nooit ergens van. Soms vroeg hij zich af of ze alleen maar contact met hem had om met haar broer te wedijveren. Of misschien kwam het doordat Joey als jood gold en dikke vriendjes was met haar vader, de enige man tegen wie ze nooit inging. Of misschien werd ze gefascineerd door zijn relatie met Connie en kon ze geen afstand doen van het weinige dat hij daarover vertelde. Of misschien was ze echt in hem geïnteresseerd maar wilde ze eerst zien hoeveel geld hij ging verdienen. Of misschien was het een combinatie van dat alles. Aan Jonathan had hij weinig in dit verband. Die vertelde nooit iets anders over haar dan dat ze een tot in de afgrond verwend monster was, met het morele besef van een zeeanemoon, maar volgens Joey kon het niet anders of ze had meer te bieden. Hij kon niet geloven dat zo'n mooie vrouw gespeend zou zijn van ieder vermogen om haar schoonheid te laten rijmen met haar gedrag.

Toen hij Connie de volgende dag over de ruzie met zijn vader vertelde, liet ze hun argumenten onbesproken, richtte zich direct op zijn ontgoocheling en hoe erg ze die voor hem vond en hoezeer het haar speet dat hij zo weinig aan haar had. Ze was weer aan het werk als serveerster en ging gedwee akkoord toen hij een weerzien tot het eind van de zomer wilde uitstellen, want Kenny Bartles wilde hem de laatste twee weken van augustus betaald vrijaf geven als hij tot die tijd alle weekeinden doorwerkte. Wat hij er niet bij vertelde, was dat hij Connie niet in de buurt wilde hebben als Jenna misschien toch nog naar Washington kwam – hij zag niet hoe hij er dan twee of drie avonden tussenuit zou kunnen knijpen zonder haar het keiharde soort leugens te vertellen dat hij wilde vermijden.

De kalmte waarmee ze het uitstel aanvaardde, leek hem een teken dat de Celexa begon aan te slaan. Maar toen kwam de avond waarop hij een biertje zat te drinken in zijn appartement en zij belde om te vragen hoe het ging, en ze een poosje babbelden en Connie opeens in een stilte verviel die zelfs voor haar doen extreem lang was, een stilte die ze ten slotte verbrak met: 'Schatje, ik moet je een paar dingen vertellen.' Het eerste was dat ze gestopt was met haar medicatie. En het tweede was de reden waarom ze ermee gestopt was: ze ging al een poosje met de manager van het restaurant naar bed en was het beu om niet te kunnen klaarkomen. Ze vertelde het met een raadselachtige afstandelijkheid in haar stem, alsof het over heel iemand anders ging, een kennis die een weinig fraaie maar begrijpelijke misstap had begaan. De manager was getrouwd, vader van twee tieners en woonde aan Hamlin Avenue. 'Ik vond dat ik het je maar eens moest vertellen,' zei ze. 'Als je wilt, hou ik ermee op.'

Joey begon te beven, zo hard dat hij bijna schokte. Er kwam een tochtstroom door een geestelijke deur waarvan hij altijd had aangenomen dat die stevig op slot zat, maar die nu wijd open bleek te staan – zo wijd dat hij moeiteloos zou kunnen ontsnappen. 'Wil je ermee ophouden?' vroeg hij.

'Weet ik niet,' zei ze. 'De seks is wel goed, eigenlijk, maar ik voel natuurlijk niets voor hem. Jij bent de enige voor wie ik gevoelens heb.'

'Nou, jezus, ik moet dit wel even laten bezinken.'

'Ik weet dat het verkeerd is, Joey. Ik had het je meteen na de eerste keer moeten vertellen. Maar het was de eerste tijd gewoon heel prettig om iemand te hebben die belangstelling voor me had. Heb je enig idee hoe vaak wij tweeën het sinds oktober hebben gedaan?'

'Ja, ik zie je punt.'

'Twee keer of nul keer, afhankelijk of je die keren meetelt toen ik ziek was. En dan is er iets niet goed, natuurlijk.'

'Weet ik. Heb je gelijk in.'

'We houden van elkaar, maar we zien elkaar nooit. Mis jij het dan niet?'

'Ja.'

'Ben jij met anderen naar bed geweest? Is dat het waarom jij het volhoudt?'

'Ja, een paar keer. Maar nooit vaker dan één keer met hetzelfde meisje.'

'Zie je, dat dacht ik ook al wel, maar ik wilde het nooit vragen. Ik wilde niet jaloers overkomen. En dat was ook niet waarom ik het met hem ben gaan doen. Ik ben gewoon eenzaam, Joey. Zo verschrikkelijk eenzaam. En de reden waarom ik eenzaam ben, is dat ik van je hou en dat je er nooit bent. Ik had seks met een ander omdat ik van jou hou. Dat klinkt misschien idioot, of hypocriet, maar het is wel de waarheid.'

'Ik geloof je,' zei hij. En dat deed hij ook. Maar de pijn die het hem deed leek niets met waarheid of onwaarheid te maken te hebben, met wat ze erover zei of niet zei. Dat was allemaal volmaakt ondergeschikt aan het naakte feit dat zijn eigen Connie het gedaan had met een of ander smerig varken van middelbare leeftijd, dat ze haar jeans en slipje voor die kerel had uitgetrokken, en haar benen voor hem had gespreid, *keer op keer*, een feit dat met enkele gesproken zinnen op hem was overgebracht en dat nu stil, buiten het bereik van woorden, in hem aanwezig was, als een ingeslikt scheermesje – dat feit was het enige wat ertoe deed. Hij kon zelf ook wel bedenken dat ze net zo weinig om die vent gaf als hij zelf iets om de meisjes had gegeven, allemaal dronken of stomdronken, bij wie hij het vorige jaar in bed was gekropen. Maar ter verzachting van zijn pijn was die gedachte net zo effectief als stop! roepen tegen een aanstormende bus. Het was een pijn die verbluftе door zijn hevigheid, maar die op een vreemde manier ook welkom was, en heilzaam, omdat hij erdoor uit zijn eenzelvigheid werd gehaald, eraan herinnerd werd dat hij in een verhaal figureerde dat groter was dan hijzelf.

'Zeg iets tegen me, schatje,' zei Connie.

'Wanneer is het begonnen?'

'Weet ik niet precies meer. Een maand of drie geleden.'

'O, nou, misschien moet je er maar gewoon mee doorgaan,' zei hij. 'Ga maar gewoon door en laat je zwanger maken door hem. Misschien regelt hij dan wel een huis voor je.'

Het was laag om zo'n toespeling op Carol te maken, maar Connie reageerde met bedrukte eerlijkheid: 'Is dat wat je wilt?'

'Ik weet niet wat ik wil.'

'Het is in elk geval niet wat ik wil. Ik wil mijn leven met jou delen.'

'Ja, vast, maar eerst nog even drie maanden lang met een ander neuken.'

Dit had haar aan het huilen moeten maken en om vergiffenis moeten doen smeken, of anders had het een woedeaanval moeten uitlokken, maar Connie was geen normaal mens. 'Je hebt gelijk,' zei ze. 'Je hebt absoluut gelijk. Ik had het je na één keer moeten vertellen en er gelijk mee moeten stoppen. Maar weet je, om het nog een tweede keer te doen, dat leek niet zoveel erger dan de eerste keer. En zo was het de derde keer ook, en de vierde. En toen wilde ik met die pillen stoppen omdat het onzin leek om seks te hebben en amper iets te voelen, dus toen begon het eigenlijk pas echt.'

'En nu je van alles en nog wat voelt, bevalt het uitstekend.'

'Het is zeker beter dan in het begin, ja. Jij bent degene van wie ik hou, maar mijn zenuwuiteinden doen het tenminste weer.'

'Maar waarom vertel je het nu dan wel? Waarom niet een vierde maand? Vier maanden is niet zoveel erger dan drie, toch?'

'Vier was inderdaad wat ik in gedachten had,' zei ze. 'En dan zou ik het je volgende maand vertellen als ik naar je toe kwam, en konden we plannen maken om vaker bij elkaar te zijn, zodat we weer monogaam konden worden. En dat is nog steeds wat ik wil. Maar ik begon gisteravond weer negatieve gedachten te krijgen, dus besloot ik het je nu maar te vertellen.'

'Begin je weer depressief te worden? Weet je dokter dat je gestopt bent met die Celexa?'

'Zij wel ja, maar Carol niet. Carol denkt dat die pillen alles weer goed zullen maken tussen haar en mij. Ze denkt dat haar probleem er voorgoed door zal worden opgelost. Ik haal elke avond een pil uit het flesje en verstop die in mijn sokkenla, want het zou me niet verbazen als ze ze telde terwijl ik op mijn werk ben.'

'Het zou waarschijnlijk toch beter zijn als je ze wel innam,' zei Joey.

'Als ik jou niet meer mag zien, ga ik ze weer slikken. Maar als ik je wel zie, wil ik alles kunnen voelen, en ik denk ook niet dat ik ze nog nodig heb als ik jou weer kan zien. Dat klinkt misschien als een dreigement of zo, maar het is gewoon de eerlijke waarheid. Ik wil je absoluut niet beïnvloeden in je beslissing om wel of niet met me door te gaan. Ik weet heel goed dat ik in de fout ben gegaan.'

'Heb je er spijt van?'

'Weet je, ik weet dat ik zou moeten zeggen van wel, maar ik weet eerlijk gezegd niet of ik spijt heb. Heb jij er spijt van dat je met die anderen naar bed bent geweest?'

'Nee. En nu helemaal niet meer.'

'Kijk, zo voel ik het dus ook, schatje. Ik ben precies zoals jij. En ik hoop alleen maar dat je dat inziet, en dat je me je weer laat opzoeken.'

Connie's bekentenis was zijn laatste, en beste, kans om met opgeheven hoofd en een zuiver geweten weg te komen. Hij had een prima reden om haar haar congé te geven. Hij was er alleen niet kwaad genoeg voor. Na te hebben opgehangen had hij naar de fles Jack Daniel's gegrepen, waar zijn zelfdiscipline hem normaliter bij uit de buurt hield, en daarna had hij een avondwandeling gemaakt door zijn sfeerloze buurt die meer omgeving dan buurt was, had zich gekoesterd in de drukkende zomerzwoelte en het collectieve gezoem van de airco's die de zwoelte des te drukkender maakte. In een zak van zijn linnen broek zat een handvol kleingeld, munten en muntjes die hij er met twee en drie tegelijk uit viste en wegsmeet. Hij gooide ze allemaal weg, de centen van zijn argeloosheid, de dubbeltjes en kwartjes van zijn zelfgenoegzaamheid. Hij moest zich ontlasten, moest zichzelf kwijt. Hij had niemand die hij over zijn pijn kon vertellen. Bij zijn ouders kon hij er sowieso niet mee terecht, maar ook niet bij Jonathan, beducht als hij ervoor was afbreuk te doen aan diens sympathie voor Connie, en zeker niet bij Jenna, die niets van liefde afwist, noch bij zijn studievrienden, die zonder uitzondering vonden dat een vriendin een nodeloze rem zou zijn op het plezier dat ze de komende tien jaar wilden najagen. Hij was helemaal alleen en begreep niet hoe dat had kunnen gebeuren. Hoe was het mogelijk dat hij nu opeens een pijn genaamd Connie had, pal in het centrum van zijn leven? Het was onverdraaglijk om haar zo volmaakt te kunnen aanvoelen, haar zo door en door te begrijpen, en niet in staat te zijn zich een leven zonder haar voor te stellen. Telkens als hij een kans had om bij haar weg te komen, trad er een schakelfout op in zijn aandrijvingsmechanisme en werd het tandrad van zijn eigenbelang verdrongen door dat van hun verbondenheid.

Er ging een week voorbij zonder dat ze belde, en toen nog een week. Hij werd zich voor het eerst bewust van hun leeftijdsverschil. Zij was eenentwintig nu, wettelijk volwassen, een jonge vrouw die interessant en aantrekkelijk was voor getrouwde mannen. Verteerd door jaloezie zag hij zichzelf opeens als degene die zich van hen beiden het gelukkigst had mogen prijzen, de jongen, een jongen nog maar, aan wie zij haar hartstocht had verleend. In zijn fantasie nam ze een ongekende allure aan. Het gevoel bekroop hem dat hun band altijd uitzonderlijk, magisch, sprookjesachtig was geweest, maar dat hij nu pas inzag hoe afhankelijk hij van haar was. In de eerste paar dagen van hun stilte had hij nog kunnen geloven dat hij haar strafte door niet te bellen, maar het duurde niet lang of hij ging zich de gestrafte voelen, degene die moest afwachten of zij in haar oceaan van gevoelens misschien een druppeltje genade kon vinden en de stilte voor hem wilde verbreken.

En in de tussentijd belde zijn moeder om te melden dat ze hem geen maandelijkse cheque van $500 meer zou sturen. 'Dat wil je vader niet meer hebben,' zei ze met een luchtigheid die hem danig irriteerde. 'Enfin, ik hoop dat je er wat aan gehad hebt.' Het was ergens wel een opluchting dat hij niet langer aan haar hulpdrift was blootgesteld, en haar in ruil voor het geld geen regelmatige telefoontjes meer verschuldigd was. En hij was blij dat hij niet langer tegen Studiefinanciering hoefde te liegen dat hij geen ouderlijke ondersteuning kreeg. Maar hij was wel op die maandelijkse geldinjecties gaan rekenen om rond te komen, en had nu spijt van alle taxiritten en alle maaltijden die hij die zomer aan huis had laten bezorgen. En hij had nu meer dan ooit de pest aan zijn vader, en voelde zich meer dan ooit in de steek gelaten door zijn moeder, die hem wel altijd de oren van zijn hoofd klaagde over haar huwelijk, maar toch telkens weer het hoofd boog voor zijn vader.

En toen belde zijn tante Abigail om hem voor eind augustus het gebruik van haar appartement aan te bieden. Hij stond ondertussen al anderhalf jaar op Abigails mailinglist en had talloze uitnodigingen ontvangen voor haar 'performances' in minuscule New Yorkse theatertjes met ridicule namen, en ze belde hem om de paar maanden om weer eens een van haar zelfverheerlijkingsmonologen tegen hem af te steken. Als hij niet opnam, liet ze geen voicemail achter maar belde net zo vaak opnieuw tot hij wel opnam. Hij had de indruk dat ze haar dagen voor een groot deel vulde met het afbellen van alle nummers die ze kende tot er eindelijk iemand opnam. 'Ik ga mezelf het bescheiden geschenk van een vakantie aan zee geven,' kwinkeleerde ze ditmaal. 'En nu moet je weten dat mijn arme Tigger gestorven is aan de kattenkanker, zij het pas na een heeellll dure kattenkankerbehandeling, en nu is Piglet helemaal alleen.' Joey voelde zich ondertussen wel ietwat bezwaard om zijn geflirt met Jenna, in het kader van zijn pas opgevatte afkeer van ontrouw, maar hij aanvaardde Abigails aanbod toch maar – als Connie niets meer van zich liet horen, kon hij zichzelf tenminste troosten door Jenna op te zoeken en mee uit eten te vragen.

En toen belde Kenny Bartles, met het nieuws dat hij RISEN compleet met alle contracten ging verkopen aan een vriend in Florida, of nee, eigenlijk had hij het bedrijf al verkocht. 'Mike belt je morgenochtend,' zei Kenny. 'Ik heb hem gezegd dat hij je tot 15 augustus in dienst moet houden. Ik had geen zin in het gedoe om je daarna zelf te vervangen. Ik heb andere, grotere dingen op mijn bordje.'

'O ja?' zei Joey.

'Ja, LBI wil me subcontracteren om een vloot zware trucks aan te kopen voor hier in Irak. Niet zomaar een klusje, kan ik je zeggen, er valt goed geld mee te verdienen, en het is in wezen heel simpel: kopen, afleveren, punt. Geen gezeik met kwartaalrapportages en zo. Ik bezorg ze die trucks, zij maken het geld over, einde verhaal.'

'Gefeliciteerd.'

'Dank je, maar goed, waar ik je dus eigenlijk voor bel...' zei Kenny. 'Ik zou je nog steeds goed kunnen gebruiken als mijn man in DC. Ik zoek een partner voor de investering in die trucks, en om me te helpen de aanloopkosten af te dekken. Als je bereid bent ervoor te werken, zou je jezelf een salaris mogen betalen.'

'Klinkt goed,' zei Joey, 'maar ik moet mijn studie nog afmaken, en ik heb ook helemaal geen geld om te investeren.'

'Oké, begrijp ik, jouw keuze. Maar luister dan nog even naar het volgende. Ik heb wat research gedaan en volgens mij zou de Pladsky A10 uit Polen een heel geschikte truck zijn om dat subcontract mee in te vullen. Ze zijn wel niet meer in productie, maar er staan er nog honderden bij militaire basissen in Hongarije en Bulgarije. En trouwens ook ergens in Zuid-Amerika, maar daar heb ik natuurlijk geen reet aan. Wat ik me voorstel is dat ik chauffeurs inhuur in Oost-Europa, die de trucks in konvooi door Turkije rijden en dan afleveren in Kirkuk. Daar krijg ik mijn handen meer dan vol aan, maar er ligt ook nog een subcontract van negen ton voor reserveonderdelen. Denk je dat jij die klus aan zou kunnen als sub-subcontractant?'

'Tja, jezus, ik weet niets van reserveonderdelen.'

'Dan weet je net zoveel als ik. Maar Pladsky heeft destijds zo'n twintigduizend AIO's gemaakt, dus er moeten nog bergen onderdelen zijn. Al wat je moet doen is die opsporen, in kisten stoppen en verschepen. Stop er drie ton eigen geld in en beur zes maanden later negen ton. Dat lijkt me een aardige winstmarge voor een halfjaartje werk, vind je ook niet? En dan schat ik het nog zuinig in, hoor. Denk je dat je aan drie ton kunt komen?'

'Kenny, ik kan amper aan lunchgeld komen,' zei Joey. 'Mijn collegegeld moet ook weer gestort.'

'Ja, nee, maar luister nou even. In feite hoef je alleen maar vijftigduizend dollar te hebben. Daarmee, en met een getekend contract op zak, zal elke bank je met liefde de rest lenen. Je kunt het meeste werk gewoon online doen in je kamer op de universiteit of zo. Lijkt me een stuk aantrekkelijker dan afwassen, niet dan?'

Joey vroeg om enige bedenktijd, en kreeg die. Zijn spilzucht ten aanzien van taxi's en maaltijden ten spijt had hij tienduizend dollar aan spaargeld voor het komende academische jaar, plus een potentiële $8000 op zijn creditcard, en een rondje googelen leverde meer dan genoeg banken op die tegen een hoge rente en een geringe borg leningen wilden verstrekken, alsook ettelijke Google-hits voor pladsky AIO spare parts. Hij besefte zeer wel dat Kenny hem het contract niet zou hebben aangeboden als het echt zo makkelijk was om aan onderdelen te komen, maar Kenny had zich wel altijd aan zijn beloften rond RISEN gehouden, en Joey vond het een onweerstaanbare gedachte dat hij over een jaar, op zijn eenentwintigste, een halve miljonair zou kunnen zijn. In een opwelling, puur uit geestdrift, een geestdrift die groot genoeg was om zowaar even zijn getob over hun relatie te verdringen, verbrak hij het grote stilzwijgen en belde Connie om te vragen wat zij ervan vond. Later, veel later, zou hij zichzelf het verwijt maken dat hij het onbenutte geld op haar studierekening in zijn achterhoofd had gehad, geld waar ze als meerderjarige zelf over kon beschikken, maar op het moment van bellen voelde hij zich volstrekt gespeend van egoïstische bijgedachten.

'O mijn god, schátje,' stamelde ze. 'Ik was al bang dat ik nooit meer van je zou horen.'

'Ik heb een paar moeilijke weken achter de rug.'

'Ja natuurlijk, dat snap ik, dat snap ik heel goed. Ik begon al te denken dat ik het je nooit had moeten vertellen. Kun je me vergeven?'

'Waarschijnlijk wel.'

'O! O! Dat is beter dan waarschijnlijk niet, hè?'

'Zeer waarschijnlijk,' zei hij. 'Maar alleen als je bereid bent om hiernaartoe te komen.'

'Dat weet je toch! Ik zou niets liever willen.'

Ze klonk allerminst als de onafhankelijke vrouw die hij zich de voorbije weken had voorgesteld, en een kriebeling in zijn maag waarschuwde hem rustig aan te doen en goed na te denken of hij haar echt wel terug wilde, waarschuwde hem dat hij de pijn van haar verlies niet moest verwarren met het verlangen om haar te hebben. Maar hij vermande zich, wilde niet verstrikt raken in abstracte emoties en verlegde het onderwerp naar Kenny's aanbod.

'Jezus, Joey,' zei ze nadat hij het haar had uitgelegd, 'dat móét je doen. Ik help je wel.'

'Hoe dan?'

'Ik geef je dat geld,' zei ze op een toon alsof ze dat een domme vraag vond. 'Ik heb nog dik vijftigduizend op mijn studierekening.'

Het wond hem seksueel op om haar dat bedrag te horen noemen. Het voerde hem terug naar hun begintijd als stel in Barrier Street, in zijn eerste highschooljaar. U2's *Achtung Baby*, destijds hun lievelings-cd, maar vooral die van Connie, was de soundtrack geweest van hun wederzijdse ontmaagding. Het openingsnummer, waarin Bono zong dat hij klaar was voor van alles en nog wat, 'ready for the *push*', was hun liefdeslied voor elkaar en het kapitalisme. Het nummer had hem het gevoel gegeven klaar te zijn voor seks, klaar om zijn kindertijd voorgoed achter zich te laten, en klaar om serieus geld te verdienen met de verkoop van horlogebandjes op Connie's katholieke school. Ze waren partners geworden in iedere zin van het woord, hij als de ondernemer en fabrikant, zij als zijn trouwe assistente en verrassend bekwame vertegenwoordigster. Tot aan de dag waarop de kwezelige nonnen een eind aan hun bedrijfje maakten, had ze zich een geboren soft seller getoond door haar totale gebrek aan opdringerigheid, die haar klasgenootjes des te benieuwder had gemaakt naar hun product, en des te begeriger. Iedereen in Barrier Street, zijn moeder incluis, had Connie's stilheid altijd met domheid en sloomheid verward. Alleen Joey kende haar goed genoeg om het potentieel in haar te zien, en dat leek nu het grondmotief van hun leven met elkaar: hij die haar steunde en stimuleerde bij het logenstraffen van iedereen, zijn moeder voorop, die geen oog had voor wat er wel degelijk in haar school. Dit vermogen van hem om mogelijkheden te onderkennen die anderen over het hoofd zagen, was wezenlijk voor het vertrouwen dat hij in zichzelf had als zakenman, en het was wezenlijk voor de liefde die hij voor Connie voelde. Connie kon iedereen verrassen. *She moved in mysterious ways*. Ze hadden hun eerste seks gehad tussen de bundels twintigdollarbiljetten waarmee ze van school kwam.

'Je hebt dat spaargeld nodig om je studie weer op te vatten,' zei hij niettemin.

'Dat kan altijd nog,' zei ze. 'Jij hebt het nu nodig en ik kan het je geven. Dan geef je het me later wel weer terug.'

'Ik kan het je dubbel teruggeven! Dan zou je genoeg hebben voor de hele vier jaar.'

'Als je dat wilt, heel lief,' zei ze, 'maar het hoeft niet.'

Ze spraken een weerzien af op zijn twintigste verjaardag, in Abigails appartement in New York, de plek waar ze hun gelukkigste momenten hadden gekend sinds zijn vertrek uit St. Paul. De volgende ochtend belde hij Kenny om te melden dat hij klaar was om zaken te doen. Kenny vertelde hem dat de volgende grote uitgifte van Irak-contracten pas in november zou komen, dus Joey kon voorlopig gewoon lekker gaan studeren en hoefde voor nu alleen maar zijn financiering rond te krijgen.

Zich nu al steenrijk voelend nam hij de dure Acela-exprestrein naar New York en kocht er bij aankomst alvast een fles champagne van honderd dollar. Abigails appartement bleek rommeliger dan ooit en hij was blij dat hij de deur weer snel achter zich dicht kon trekken om een taxi naar LaGuardia te nemen en Connie af te halen, die hij bezworen had het vliegtuig te nemen in plaats van de bus. De hele stad, al die straten vol halfnaakte voetgangers in de augustushitte, al die gebouwen en bruggen die verbleekten in het felle zonlicht, werkte op hem in als een lustopwekkend middel. Hij ging zijn vriendin afhalen, die een verhouding met een ander had gehad maar nu weer op hem af kwam vliegen, als een magneet naar een magneet, en hij voelde zich de koning van de metropool. Toen hij haar de terminal uit zag komen, haar ontdekte tussen de andere reizigers, gehaast, opzij huppend om niet tegen mensen aan te botsen, voelde hij zich rijker dan alleen in materiële zin. Rijk aan allure, rijk aan bruisend leven, rijk aan voor het grijpen liggende kansen, de rijkdom van het verhaal van Connie en hem. Ze zag hem pas toen ze nog maar luttele stappen bij hem vandaan was en begon te knikken, te knikken van instemming terwijl hij niet eens iets gezegd had, haar gezicht vol verwonderde vreugde. 'Ja! Ja! Ja!' zei ze, en ze liet de greep van haar rolkoffertje los, en ze vloog hem om zijn hals. 'Ja!'

'Ja?' lachte hij.

'Ja!'

Zonder elkaar te hebben gekust holden ze naar de taxistandplaats, waar als door een wonder geen wachtenden stonden. Op de achterbank van hun taxi trok ze haar zweterige katoenen vestje uit, klom op zijn schoot en begon te snikken, met een woestheid alsof ze een orgasme of een epileptische aanval kreeg. Haar lichaam voelde helemaal nieuw, gloednieuw in zijn armen. Voor een deel was de verandering echt (ze was wat minder spichtig, wat voller en vrouwelijker), maar het meeste zat tussen zijn oren. Hij voelde zich onnoemelijk dankbaar voor haar ontrouw. Het gevoel was zo intens dat er geen andere woorden bij leken te passen dan die van een huwelijksaanzoek. En misschien had hij haar inderdaad al op dat moment ten huwelijk gevraagd als hij niet opeens die strepen op de binnenkant van haar blote linker onderarm had ontdekt. Over het zachte vlees liep een serie rechte striemen, parallel aan elkaar. Snijwonden. Die bij de vouw van haar elleboog waren al geheeld en genezen, maar naar haar pols toe werden ze roder en verser.

Ze volgde zijn blik met haar natte ogen. 'Ja,' zei ze, met een zekere verbazing naar de littekens kijkend. 'Heb ik zelf gedaan. Maar niet schrikken, het is oké.'

Hij vroeg wat er gebeurd was, maar kende het antwoord al. Ze kuste hem op zijn voorhoofd, op zijn wang, zijn lippen, en keek hem indringend aan. 'Niet schrikken, schatje. Het was gewoon een manier om boete te doen.'

'Jezus...'

'Joey, luister. Luister naar me. Ik was heel voorzichtig, heb het mes steeds met alcohol ontsmet. Ik moest mezelf gewoon een sneetje geven voor elke dag dat ik niet van je hoorde. Ik deed er drie op de derde avond, en daarna elke avond één. Toen je gebeld had ben ik er meteen mee gestopt.'

'En als ik nou eens niet had gebeld? Wat dan? Had je dan je pols...'

'*Nee*. Ik wou geen zelfmoord plegen. Dit deed ik juist om zulke gedachten te voorkomen. Ik moest gewoon een beetje pijn voelen. Kun je dat begrijpen?'

'Weet je zeker dat je niet suïcidaal was?'

'Dat zou ik je nooit aandoen, Joey. Nooit.'

Hij ging met zijn vingertop over de littekens. En toen pakte hij haar gave pols en drukte die tegen zijn ogen. Hij was blíj dat ze zichzelf voor hem verwond had – hij kon er niets aan doen. Haar wegen waren inderdaad mysterieus, maar hij kon ze volgen. In zijn hoofd zong Bono: '*It's all right, it's all right, all right.*'

'En weet je wat nou zo mooi is?' zei Connie. 'Ik hield op bij vijftien, en dat was precies het aantal malen dat ik je ontrouw ben geweest. Ongelooflijk, hè? Je belde precies op de goede avond. Het was een soort teken. En hier, moet je zien.' Ze haalde een opgevouwen cheque aan toonder uit de achterzak van haar jeans. Het papier was klam van haar zweet en had de ronding van haar bil aangenomen. 'Er stond eenenvijftigduizend op mijn studierekening. Bijna exact het bedrag dat je nodig hebt. Ook een teken, denk je niet?'

Hij vouwde de cheque open, die was uitgeschreven op naam van JOSEPH R. BERGLUND, voor een bedrag van VIJFTIGDUIZEND DOLLAR. Hij was doorgaans wars van elk bijgeloof, maar moest erkennen dat het onmogelijk was er geen teken in te zien. Verwant aan de tekenen die tot gestoorden zeiden: 'Vermoord de president, nú.' Of tot depressieve mensen: 'Spring uit het raam, nú.' En hier leek de irrationele boodschap: 'Ga de huwelijksband aan, nú.'

Op de Grand Central stond het verkeer dat de stad uitging stil, maar het verkeer de stad in liep vlot door, de taxi hield er lekker de vaart in, en ook dat was een teken. Zoals het ook een teken was geweest dat ze op de taxistandplaats niet in een rij hadden hoeven aansluiten. En dat hij morgen jarig was, ook dat was een teken. Hij kon zich niet eens meer herinneren in wat voor stemming hij een uur eerder naar de luchthaven was gereden. Er was alleen nog het nu, dit moment met Connie. Het was hun vaker overkomen dat ze door een scheur in het weefsel van de kosmos in hun hoogst eigen wereld-voor-twee vielen, maar dat was altijd 's nachts geweest, in een slaapkamer of een andere besloten ruimte, en nu gebeurde het op klaarlichte dag, onder een zinderende hemel die zich boven de hele stad uitstrekte. Hij sloeg zijn armen weer om haar heen, zo ver dat de cheque op haar bezwete borstbeen rustte, tussen de vochtige schouderbandjes van haar topje. Een van haar handen lag plat op zijn tepel, als om een melkvloed te stoppen. De volwassen-vrouwengeur van haar oksels was betoverend, kon hem niet sterk genoeg zijn, er was geen grens aan hoe graag hij haar zweetlucht wilde opsnuiven.

'Dank je voor het neuken met een ander,' fluisterde hij.

'Het was niet makkelijk voor me.'

'Dat weet ik.'

'Ik bedoel, enerzijds was het heel erg makkelijk. Maar anderzijds was het bijna niet te doen. Je begrijpt wel wat ik bedoel, hè?'

'Helemaal.'

'Was het voor jou ook moeilijk? Toen je het vorig jaar met die anderen deed?'

'Eerlijk gezicht niet, nee.'

'Dat is omdat je een man bent. Ik weet precies hoe het is om jou te zijn, Joey. Kun je dat geloven?'

'Ja.'

'Mooi. Dan weet ik zeker dat alles goed komt.'

En in de tien dagen die volgden was alles ook goed. Later zag Joey natuurlijk wel in dat die eerste tien in hormonen gedrenkte dagen geen ideale tijd hadden gevormd om zulke belangrijke beslissingen over zijn toekomst te nemen. Toen zag hij in dat hij het immense gewicht van Connie's $50.000 geen tegenwicht had moeten willen geven met een aanzoek, dat hij in plaats daarvan een promesse had moeten uitschrijven met een betaalschema voor de rente en de hoofdsom. Toen zag hij in dat als hij zich ook maar een uurtje van haar had losgemaakt, voor een wandeling door de stad of een telefoongesprek met Jonathan, hij vermoedelijk weer de nodige rust in zijn hoofd zou hebben gekregen. Toen zag hij in dat postcoïtale beslissingen meestal een stuk realistischer zijn dan precoïtale. Maar in die eerste tien dagen, na die lange periode van onthouding, was er geen post-, alleen maar pre-, pre- en nog eens pre-. Hun verlangen naar elkaar maalde dag en nacht door, even onophoudelijk als de zwoegende airco in het raam van Abigails slaapkamer. De nieuwe dimensie van hun genot, het gevoel van volwassen ernst dat werd toegevoegd door hun gezamenlijke business venture en door Connie's ziekte en overspel, deed al hun vroegere genot in het niet vallen. Dat was in vergelijking maar kinderspel geweest. Hun nieuwe genot was zo intens, en hun zucht ernaar zo bodemloos, dat Joey in verwarring raakte toen het op hun derde ochtend even leek weg te ebben, en op de noodknop drukte om het weer terug te krijgen. 'We zouden eigenlijk moeten trouwen,' zei hij.

'Dat lag ik ook net te denken!' zei Connie. 'Wil je nu meteen?'

'Vandaag nog, bedoel je?'

'Ja.'

'Volgens mij kan het niet meteen. Was er niet iets met een bloedtest die je eerst moest laten doen?'

'Nou, dan gaan we die laten doen. Wil je dat?'

Zijn hart pompte direct zijn bloed naar zijn kruis. 'Ja!'

Maar eerst moesten ze neuken door de opwinding over de bloedtest die ze samen zouden laten doen. En daarna moesten ze neuken van opwinding omdat die bloedtest bij navraag helemaal niet nodig bleek. En even later liepen ze over Sixth Avenue als twee mensen die te dronken waren om zich nog iets aan te trekken van wat anderen van hen vonden, als moordenaars met het bloed onbekommerd aan hun handen, Connie bh-loos en kittig en een magneet voor mannelijke blikken, en Joey in een toestand van testosteron-gevoede roekeloosheid die hem bijna deed willen dat iemand hem verkeerd aankeek zodat hij hem een ram kon geven. Hij nam de stap die genomen moest worden, de stap die hij al had willen nemen sinds zijn ouders hem voor het eerst de omgang met haar hadden verboden. De wandeling van vijftig blokken noordwaarts met Connie aan zijn zijde, door een oververhitte stad vol toeterende taxi's en trottoirs vol zwerfvuil, voelde net zo lang als zijn hele leven daarvoor.

Op 47th Street liepen ze de eerste de beste juwelierszaak binnen en vroegen om twee gouden ringen die ze gelijk mee konden nemen. De juwelier was een man in vol chassidisch ornaat, compleet met keppeltje, pijpenkrullen, gebedsriemen, en de bekende zwarte jas. Hij keek eerst naar Joey, wiens witte T-shirt onder de mosterdvlekken zat van een hotdog die hij onderweg had verslonden, en toen naar Connie, wier gezicht gloeide van de hitte en de schuurplekken van Joey's wangen. 'Gaan jullie trouwen?'

Ze knikten, durfden geen van beiden hardop ja te zeggen.

'Mazzeltof dan!' zei de juwelier, en hij begon laden open te trekken. 'Ik heb ringen in alle maten voor jullie.'

Voor Joey kwam van ergens heel ver weg, door een haarscheurtje in zijn verder ondoordringbare schil van gekte, een miniem scheutje spijt om Jenna. Niet als een vrouw die hij wilde (dat verlangen zou pas later weer terugkeren, toen hij weer alleen en bij zinnen was) maar als de joodse bruid die hij nu nooit meer zou hebben – als de enige persoon voor wie het iets zou hebben uitgemaakt dat hij joods was. Hij had zelf allang zijn pogingen gestaakt om zich druk te maken over zijn joodsheid, maar nu hij die juwelier zag in zijn chassidische uitmonstering, de klederdracht die hem zo nadrukkelijk tot een religieuze groep deed behoren, kwam het eigenaardige gevoel bij hem op dat hij de joden in de steek liet door een goj te trouwen. Hoe bedenkelijk Jenna ook zijn mocht in bijna elk moreel opzicht, ze was en bleef een jodin, met overoudtantes en -ooms die gestorven waren in de kampen, en dat vermenselijkte haar, verzachtte de ongenaakbaarheid van haar bovenmenselijke schoonheid, en gaf hem het gevoel dat hij haar liet zakken. Het opmerkelijke was dat hij zo'n gedachte alleen over Jenna kon hebben, niet over Jonathan, die al door en door menselijk voor Joey was en geen joodsheid meer nodig had om hem menselijker te maken.

'Wat denk jij?' vroeg Connie, starend naar de ringen op het fluweel.

'Ik weet niet,' zei hij vanaf zijn kleine wolkje van berouw. 'Ze zijn allemaal wel mooi.'

'Pak ze op, schuif ze aan je vinger, probeer ze uit,' zei de juwelier. 'Goud kun je niet bezeren.'

Connie draaide zich naar Joey en bestudeerde zijn ogen. 'Weet je zeker dat je dit wilt?'

'Ik denk het wel. Jij?'

'Ja, wel als jij het wilt.'

De juwelier ging verderop staan doen alsof hij iets te doen had. En Joey, die zichzelf door Connie's ogen zag, vond de onzekerheid op zijn gezicht onverdraaglijk. Het maakte hem woedend namens haar. Alle anderen hadden hun twijfels over haar en ze had hem nodig om geen twijfel te kennen, dus besloot hij geen twijfel te kennen.

'Absoluut,' zei hij. 'Wat vind je van deze hier?'

Toen ze hun keuze hadden bepaald, probeerde Joey op de prijs af te dingen, iets wat volgens hem geboden was in winkels als deze, maar de juwelier versloeg hem met een enkele teleurgestelde blik, die zei: je mag deze mooie meid trouwen, en dan ga je pingelen over vijftig dollar?

Bij het verlaten van de winkel, met de ringen in zijn broekzak, botste hij bijna op zijn oude dormgenoot Casey.

'Gast!' riep Casey. 'Wat doe jij hier?'

Hij droeg een driedelig kostuum en zijn haar werd al dun. Het contact tussen hen beiden was verwaterd, maar Joey had gehoord dat hij deze zomer op het advocatenkantoor van zijn vader zou werken. Dat hij hem uitgerekend nu tegen het lijf moest lopen, leek Joey alweer een veelzeggend teken, al wist hij niet precies van wat. Hij zei: 'Je kent Connie, nietwaar?'

'Hoi Casey,' zei ze met stralend blije ogen.

'Ja, tuurlijk, hoi,' zei Casey. 'Maar gast, wat moet je hier? Ik dacht dat je in Washington zat.'

'Ik heb een paar weekjes vakantie.'

'Had me dan even gebeld, man, wist ik niet. Wat doen jullie trouwens in deze straat? Een verlovingsring kopen?'

'Geen commentaar, haha,' zei Joey. 'En wat doe jij hier?'

Casey viste een horloge aan een kettinkje uit zijn vestzak. 'Wat vind je hiervan, cool of niet? Van mijn opa aan vaderskant geweest. Ik heb het laten repareren en schoonmaken.'

'Wat prachtig,' zei Connie. Ze boog zich bewonderend over het horloge, en Casey schonk Joey een theatrale, om uitleg vragende frons. Uit het scala aan mannen-onder-elkaar-reacties die hierop mogelijk waren, koos Joey voor de schaapachtige grijns die de suggestie moest wekken van vet coole seks, een vriendin die graag cadeautjes kreeg, haar obsessie met bling, et cetera. Casey wierp een snelle kennersblik op Connie's blote schouders en knikte met een even vette grijns terug. De hele uitwisseling nam vier seconden in beslag en Joey was opgetogen over het gemak waarmee hij, zelfs op momenten als dit, iemand als Casey in de waan kon laten dat hijzelf net zo iemand was als Casey. Dat vermogen tot mimicry vormde een garantie dat hij ook de rest van zijn studie een normaal studentenbestaan zou kunnen leiden.

'Zeg gast, heb je het niet heet in dat pak?' vroeg hij.

'Ik heb zuidelijk bloed, jongen,' zei Casey. 'Wij zweten niet zo snel als jullie Minnesotans.'

'Zweten is heerlijk,' bracht Connie in. 'Ik vind het zalig om te zweten in de zomer.'

Zo te zien trof dit Casey als een al te heftige ontboezeming. Hij stopte het horloge weer in zijn vestzak en keek de straat af. 'Maar goed,' zei hij, 'als jullie uit willen of zo, moet je me maar even een belletje geven.'

Toen ze weer alleen waren, in de vijfuursvloed van kantoorwerkers op Sixth Avenue, vroeg Connie of het niet raar was wat ze gezegd had. 'Heb ik je in verlegenheid gebracht?'

'Welnee,' zei hij. 'Het is een totale mafkees. Dik dertig graden en dan loopt hij in een driedelig pak, die opgeblazen kikker. Hij gaat nou al op zijn vader lijken.'

'Ik zeg soms de raarste dingen, namelijk.'

'Niks aan de hand, Connie.'

'Vind je het niet gênant om met me te trouwen?'

'Nee.'

'Want het leek daarnet heel even alsof je je geneerde. En dat bedoel ik niet als verwijt, hoor. Zeker niet. Ik wil alleen niet dat je je voor me geneert in het bijzijn van je vrienden.'

'Hoe kom je daar nou bij?' zei hij nijdig. 'Ik geneer me niet voor je.

Het punt is gewoon dat de meesten van mijn vrienden niet eens een vriendinnetje hebben, dus het brengt me in een beetje vreemde positie, meer niet.'

Het zou niet verwonderlijk zijn geweest als dit in gekibbel was ontaard, als Connie was blijven aandringen, met gepruil of verwijten, op een krachtiger bevestiging van zijn wens om haar te trouwen. Maar kibbelen zat niet in haar aard. Onzekerheid, argwaan, jaloezie, bezitterigheid, kwaaddenkendheid, al die onaantrekkelijke vrouwentrekjes die zo'n bron van ergernis hadden gevormd voor de weinige vrienden van hem die weleens verkering hadden gehad, Connie viel er nooit op te betrappen. Of ze werkelijk van dit soort gevoelens was gespeend of een sterke instinctieve neiging had om ze te onderdrukken, hij kon er slechts naar gissen. Hij voelde zich meer en meer met haar versmelten, maar paradoxaal genoeg kreeg hij ook steeds meer het gevoel dat hij eigenlijk niets van haar wist. Ze reageerde uitsluitend op directe prikkels. Ze hield zich bezig met wat ze deed, reageerde op wat hij tegen haar zei, en leek zich verder nooit te bekommeren om wat er buiten haar onmiddellijke blikveld viel. Het bracht hem de opmerking van zijn moeder in herinnering, dat ruzies af en toe nodig waren om een relatie goed te houden – een opmerking die opeens akelig aan overtuigingskracht begon te winnen. Het was zelfs bijna alsof hij Connie trouwde om te zien of ze nu eindelijk eens van zich af zou gaan bijten, zodat hij haar eindelijk echt kon leren kennen. Maar toen hij haar de volgende dag daadwerkelijk trouwde, veranderde er helemaal niets. Achter in de taxi waarin ze wegreden bij het gerechtsgebouw, verstrengelde ze haar geringde linkerhand met die van hem en legde haar hoofd op zijn schouder met iets wat niet eens voldaanheid kon worden genoemd, omdat dat zou suggereren dat ze zich ooit weleens onvoldaan had getoond. Toen hij Casey een week later in Charlottesville opnieuw tegenkwam, brachten ze haar geen van beiden ter sprake.

De trouwring zat nog altijd ergens in zijn onderlichaam toen hij op Miami International door de benauwend warme zee van reizigers ploeterde en Jenna aantrof in de verkwikkend koele baai van een businessclass-lounge. Ze had een zonnebril op en schermde zich aanvullend af met een iPod en het laatste nummer van *Condé Nast Traveler*. Ze nam Joey even monsterend op, alsof ze een afgeleverd meubelstuk bekeek, tilde haar handbagage van de plaats naast haar en trok ten slotte (met enige tegenzin, leek het) de iPod-dopjes uit haar oren. Joey ging naast haar zitten en glimlachte om het verbazende feit dat hij nu echt samen met haar op reis was. Hij had nog nooit businessclass gevlogen.

'Wat?' zei ze.

'Niks, ik moet gewoon even glimlachen.'

'O, ik dacht dat er viezigheid op mijn gezicht zat of zo.'

Hij merkte dat er links en rechts mannen met zichtbare afgunst naar hem keken, en dwong zich tot oogcontact met ieder van hen, een tartende blik om duidelijk te maken dat hij Jenna's rechtmatige eigenaar was. Dit zou nog een vermoeiende hobby worden, realiseerde hij zich, want hij zou het overal moeten doen waar hij zich met Jenna vertoonde. Als hij met Connie was, werd er ook wel gekeken, maar dan door mannen die er geen overmatige moeite mee hadden dat ze bij hem hoorde. Met Jenna had hij nu al het gevoel dat zijn aanwezigheid niet altijd afschrikwekkend genoeg zou zijn, dat er meer dan genoeg mannen waren die het dan maar achter zijn rug met haar zouden proberen aan te leggen.

'Ik waarschuw maar even dat ik een beetje chagrijnig ben vandaag,' zei ze. 'Ik moet ongesteld worden en ik heb zojuist drie dagen met stokoude mensen doorgebracht, die me alle foto's van al hun kleinkinderen wilden laten zien. En tot overmaat van ramp kreeg ik net te horen dat ze niet meer aan gratis drankjes doen in deze lounge. Ik had zoiets van: dan had ik ook wel in de terminal kunnen gaan zitten.'

'Zal ik wat voor je gaan halen?'

'Ja, doe eigenlijk maar. Een dubbele Tanqueray-tonic, als je wilt.'

Het kwam niet bij haar op, maar gelukkig ook niet bij de barkeeper, dat hij nog beneden de wettelijke leeftijd was. Toen hij terugkwam met twee glazen en een afgeslankte portemonnee, had Jenna haar dopjes weer in en het tijdschrift voor haar neus. Hij vroeg zich af of ze hem misschien voor Jonathan aanzag, zo achteloos reageerde ze op zijn komst. Hij pakte de roman die zijn eigen zuster hem met kerst had gegeven, *Atonement*, en deed zijn uiterste best om zich te interesseren voor de beschrijvingen van interieurs en planten, maar zijn gedachten waren bij de sms die Jonathan hem die middag had gestuurd: veel plezier met alle paardenkonten. Het was Jonathans eerste levensteken sinds drie weken, toen hij hem uit voorzorg had gebeld om hem over de trip met Jenna te vertellen. 'Nou zeg, het zit je allemaal wel mee,' had Jonathan gezegd. 'Eerst die opstand in Irak, en nu weer het been van mijn moeder.'

'Denk nou niet dat ik blij was met dat gebroken been,' had Joey gezegd.

'Tuurlijk niet, jij wilt altijd het beste voor iedereen. Je wilde vast ook dat de Iraki's ons daar met bloemenkransen zouden verwelkomen, en je vindt het vast heel erg dat het er nu zo'n puinhoop is. Alleen niet erg genoeg om er toch dik geld aan te verdienen.'

'Wat had ik dan moeten doen? Weigeren? Zeggen dat ze maar alleen moest gaan? Ze zit behoorlijk in een dip, weet je, en ze zag enorm uit naar die vakantie.'

'En ik weet zeker dat Connie daar ook alle begrip voor heeft. Ze vindt het ongetwijfeld geweldig dat je met mijn zus naar Argentinië gaat.'

'Als dat je ene moer aanging, zou ik daar misschien nog antwoord op geven ook.'

'Hé, weet je wat? Het ís mijn zaak, want ik moet er nu over liegen. Zoals ik ook al nooit kan zeggen hoe ik over Kenny Bartles denk als ik haar spreek, omdat jij haar geld hebt aangepakt en ik niet wil dat ze zich zorgen maakt. En nu moet ik dit ook weer verzwijgen, lekker dan!'

'Praat dan niet de hele tijd met haar.'

'Dat doe ik ook niet, lul. Ik heb haar de laatste drie maanden een keer of drie gesproken. Ze beschouwt me als een vriend, namelijk, en ze belt me als er weer eens weken zijn voorbijgegaan zonder iets van je te horen. Dus wat moet ik dan? Niet opnemen als ze belt? Ze belt alleen maar om te vragen hoe het met jou gaat. Wel een beetje raar, geef ik toe, want als ik me niet vergis is ze *jouw* vriendin.'

'Ik ga niet met je zus mee om met haar naar bed te kunnen, Jonathan.'

'Ben je mal, tuurlijk niet, haha.'

'Ik zweer het je, man. Ik ga mee als vriend. Zoals jij bevriend bent met Connie. Omdat je zuster het zwaar heeft en ik met haar begaan ben. Maar dat zou Connie niet begrijpen, dus ja, het zou inderdaad tof van je zijn als je het voor je hield. Dat zou het beste zijn voor iedereen.'

'Altijd dat doorzichtige gelul van jou, Joey, ik heb er gewoon geen zin meer in. Er is iets in jou veranderd waar ik kotsmisselijk van word. Als Connie belt terwijl jij daar in Argentinië zit... ik zal waarschijnlijk wel mijn bek houden, maar ik beloof je niks. En dat terwijl ze altijd alleen maar belt als jij weer eens niks van je laat horen. Ik ben het spuugzat om daar altijd maar tussenin te zitten. Dus doe maar wat je niet laten kan, maar laat mij er voortaan buiten.'

Omdat hij Jonathan had bezworen dat hij niet met Jenna naar bed zou gaan, voelde Joey zich aan alle kanten ingedekt. Als er inderdaad niks gebeurde in Argentinië, zou hij terugkeren als een man van zijn woord. En als er wel wat gebeurde, hoefde hij niet de smoor in te hebben omdat er niks was gebeurd. En het zou een antwoord geven op de vraag, voor hem nog altijd een open vraag, of hij zachtaardig was of hard – en dus ook op de vraag hoe de toekomst er voor hem uitzag. Hij was bijzonder nieuwsgierig naar die toekomst. Maar getuige het hatelijke sms'je, zag het er niet naar uit dat Jonathan er deel van zou uitmaken. Wat aan de ene kant pijn deed, maar aan de andere kant had Joey danig zijn bekomst van het constante gemoraliseer van zijn vriend.

In het vliegtuig, in de beslotenheid van hun twee plaatsen en onder de invloed van een tweede longdrink, verwaardigde Jenna zich alsnog haar zonnebril af te zetten en liet zich zelfs een conversatie aanleunen. Joey vertelde haar over zijn recente reis naar Polen, over zijn jacht daar op de schimmige Pladsky A10-onderdelen, en over de treurige bevinding die hij had moeten doen: het overgrote merendeel van de ogenschijnlijk talloze handelaren die deze onderdelen op internet te koop aanboden, waren óf totale fantasten óf ze betrokken hun handel van die ene leverancier in Lodz, bij wie Joey en zijn stumperige tolk slechts een fractie hadden aangetroffen van waar hij op uit was. Achterlichten, spatborden, bumpers, wat accubakken, wat grilles, maar vrijwel geen veringen, motoronderdelen en wat zoal meer van cruciaal belang was voor het onderhoud van de trucks die sinds 1985 uit productie waren.

'Het internet is ruk, hè?' zei Jenna, die alle amandelen uit haar eigen notenbakje had gevist en er nu naar op zoek ging in Joey's bakje.

'Echt wel,' zei hij.

'Nick zegt al jaren dat e-commerce iets voor losers is. Of het moet via sites van gereputeerde banken of bedrijven lopen. Volgens hem is vrije informatie per definitie waardeloos. Van al die Chinezen en Pakistanen die je met Google vindt, weet je van tevoren dat ze niks voorstellen.'

'Klopt, en daar ben ik me ook zeer van bewust,' zei Joey, die het liever niet over Nick wilde hebben. 'Maar onderdelen voor trucks, dat zou zoiets als eBay moeten zijn. Gewoon een efficiënte manier om kopers in contact te brengen met verkopers die ze anders niet zouden vinden.'

'Ik weet alleen maar dat Nick nooit iets op internet koopt. Hij vertrouwt PayPal niet eens. En hij heeft redelijk veel verstand van die dingen, weet je.'

'Ja, en daarom ging ik dus naar Polen. Omdat je gewoon zelf op dat soort dingen moet afgaan. Zelf kijken en zaken doen.'

'Precies, dat zegt Nick ook altijd.'

Ze ergerde hem een beetje met haar trage gekauw op die amandelen, en met de werktuiglijke manier waarop ze haar vingers, sierlijk als die waren, door zijn bakje liet gaan. 'Ik dacht trouwens dat jij nooit dronk,' zei hij.

'Ja, hi hi, ik werk de laatste tijd aan mijn alcoholtolerantie. En ik ga al flink vooruit.'

'Aha, maar goed,' zei hij, 'het moet nu in Paraguay wel een beetje gaan meezitten, anders krijg ik toch wel een probleem, denk ik. Het kostte me een vermogen om die Poolse rommel te verschepen, maar toen hoorde ik van mijn partner Kenny dat het niet genoeg was om zelfs maar een deel van de afgesproken prijs te krijgen. Het ligt nu allemaal weg te roesten in een of andere geitenwei in Kirkuk, zonder bewaking waarschijnlijk. En Kenny is pissig op me omdat ik niet gewoon onderdelen voor andere trucks heb opgestuurd, van een ander merk desnoods, ook al waren die volstrekt onbruikbaar geweest. Kenny had zoiets van: stuur me gewoon volume, want we krijgen per ton betaald. Ongelooflijk. En ik had zoiets van: het zijn trucks van meer dan dertig jaar oud, die nooit gebouwd zijn op zandstormen in de Iraakse zomer, dus die gaan het daar geheid begeven, en als je met je konvooi door een gebied met opstandelingen trekt, is dat wel het laatste wat je wilt. En ondertussen heb ik volop outflow en nul inkomsten.'

Hij zou zich dat laatste niet snel hebben laten ontvallen als Jenna had opgelet, maar ze zat nu aan haar onboard videoscherm te rukken, dat ze niet loskreeg uit zijn bergruimte. Hij besloot ridderlijk te zijn en deed het voor haar.

'Dank je,' zei ze, 'maar eh, sorry, wat vertelde je nou? Iets over niet betaald worden?'

'O nee, ik krijg zeker mijn geld. Waarschijnlijk zelfs meer dan Nick dit hele jaar verdient.'

'Dat lijkt me hoogst onwaarschijnlijk, Joey.'

'Nou, het wordt in elk geval een flink bedrag.'

'Nick beweegt zich op een totaal ander niveau.'

En nu was Joey het zat. 'Waarom zit ik hier eigenlijk?' zei hij. 'Wil je me eigenlijk wel mee hebben? Tot nu toe negeer je me of je zit over Nick te praten, met wie je het dacht ik hebt uitgemaakt.'

Jenna schokschouderde. 'Ik zei toch dat ik een beetje chagrijnig was? Maar om je de waarheid te zeggen, je deal met die trucks interesseert me niet zo. De hele reden waarom jij hier zit en niet Nick, is dat het me de keel uithing om hem dag en nacht over geld te horen praten.'

'Ik dacht dat je zo dol op geld was.'

'Ben ik ook, maar dat wil niet zeggen dat ik er altijd maar over horen wil. Jij begon erover, weet je.'

'Het spijt me dat ik erover begon.'

'Oké dan, excuses aanvaard. Maar nog wat: ik zie niet in waarom ik het niet over Nick mag hebben als jij altijd over je vriendin vertelt.'

'Dat doe ik omdat jíj altijd naar haar vraagt.'

'En dat doet er iets toe, volgens jou?'

'En in tegenstelling tot jij en Nick zijn we nog steeds bij elkaar.'

'Tja, daar heb je misschien wel een punt.' En ze boog zich opeens naar hem toe en bracht haar mond naar de zijne. Eerst weinig meer dan een aanraking, en toen een zachtheid als warme slagroom, en toen de volheid van haar lippen. Haar kus voelde precies zo weelderig en bedwelmend als hij altijd had gedacht. Hij leunde er tegenin, op zoek naar meer, maar ze week terug en glimlachte goedkeurend. 'En nu is-ie weer blij,' zei ze.

Toen een stewardess hun maaltijdwensen kwam opnemen, bestelde hij rundvlees. Hij was van plan om alle dagen met Jenna rundvlees te eten, de theorie indachtig dat het een constiperend effect had – zo hoopte hij pas in Paraguay op ringenjacht te hoeven op het toilet. Jenna keek onder het eten naar *Pirates of the Caribbean*, en hij zette zijn headset op en keek met haar mee, op haar scherm in plaats van zijn eigen, omdat hij dan tegen haar aan kon leunen. Maar een tweede kus bleef uit, en toen ze zich opmaakten voor de nacht onder hun respectieve dekentjes, bleek businessclass het nadeel te hebben dat er geen kans bestond op al dan niet toevallige aanrakingen met de persoon naast je.

Inslapen leek hem uitgesloten, maar toen was het plotseling ochtend en werden er ontbijtjes uitgedeeld, en kort daarna waren ze in Argentinië. Het was bij lange na niet zo'n exotische ervaring als hij had verwacht, behalve dat hij overal Spaans hoorde spreken en verbluffend veel mensen zag roken. De luchthaven had net zulke glazen wanden, vloertegels, lichtarmaturen en plastic zitjes als alle andere luchthavens waar hij ooit geweest was, en bij het instappen voor de binnenlandse vlucht naar Bariloche werden net als bij elke Amerikaanse binnenlandse vlucht eerst de achterste cabineplaatsen gevuld, en de 727 verschilde in niets van andere Amerikaanse vliegtuigen, noch zagen de fabrieken, akkers en snelwegen die hij even later vanuit het raampje zag er anders uit dan hij gewend was. Planeet aarde was nog steeds planeet aarde, en wat er zoal op groeide was nog steeds groen van kleur. De meeste passagiers in de eerste klasse spraken Engels, en zes van hen, een Brits echtpaar en een Amerikaanse moeder met drie kinderen, vergezelden Jenna en Joey even later bij het uitstappen op het vliegveld van Bariloche, waarna het in een optocht van duwkarretjes met priority-gelabelde bagage naar het hek ging, waar een wit personenbusje van de Estancia El Triunfe op hen wachtte.

De chauffeur van het busje was een nors kijkende jongeman met dik zwart borsthaar in zijn openstaande hemd, die ogenblikkelijk op Jenna afdook om haar tas in de bagageruimte te zetten en haar op de passagiersstoel naast zich te installeren voor Joey goed en wel in de gaten had wat er gaande was. Het Britse koppel nam de volgende twee plaatsen en Joey kwam achterin terecht met de moeder en haar dochter, die zich prompt in een jeugdroman over paarden verdiepte.

'Mijn naam is Felix,' zei de chauffeur in een overbodige microfoon, 'welkom in Rio Negro Provincie neem gordel alstublieft wij gaan rijden twee uur en deze weg zal met hobbels zijn ik heb koud drinken voor als u wilt El Triunfe is afgelegd maar veel luxe vergeef hobbels van weg dank u.'

De middag was helder en snikheet en de weg naar El Triunfe voerde door een weelderig heuvellandschap dat zo sterk aan westelijk Montana deed denken dat Joey zich afvroeg of hij daar nu dertienduizend kilometer voor gevlogen had. Felix zat aan één stuk door in een gedempt Spaans tegen Jenna aan te praten, maar wat hij zei werd overstemd door het onophoudelijke geblaat van Jeremy, de Engelsman. Hij blaatte over het lesje dat Engeland Argentinië had geleerd op de Falklands ('ons op één na finest hour'), over de recente vangst van Saddam Hoessein ('mijn hemel, wat zal hij gestonken hebben toen hij uit dat hol kwam'), over de zijns inziens onverantwoordelijke paniekzaaierij omtrent de opwarming van de aarde ('let maar op, volgend jaar waarschuwen ze weer voor een nieuwe ijstijd'), over de lachwekkende incompetentie van Zuid-Amerikaanse bankiers ('me dunkt, als je een inflatie hebt van duizend procent, is er geen sprake meer van pech'), over de loffelijke onverschilligheid die Zuid-Amerikanen aan de dag legden voor vrouwenvoetbal ('echt weer iets voor jullie Amerikanen, om in zoiets uit te blinken'), over de verrassend goed drinkbare rode wijnen van Argentinië ('geloof me, er kan geen Zuid-Afrikaan tegenop') en over het water dat hem in de mond liep bij het idee dat hij de komende tijd steak zou eten bij het ontbijt, de lunch én het avondmaal ('ik ben een onverbeterlijke carnivoor, moet je weten').

Om aan Jeremy te ontkomen knoopte Joey ten slotte maar een praatje aan met de moeder, Ellen, die mooi was zonder aantrekkelijk te zijn. Ze droeg zo'n cargobroek van stretchstof, waarvan Joey al langer het idee had dat die de nieuwste mode was voor Amerikaanse moeders. 'Mijn man is een succesvol projectontwikkelaar,' vertelde ze. 'Zelf heb ik bouwkunde gestudeerd aan Stanford, maar ik ben nu thuis bij de kinderen. We hebben besloten ze thuis te scholen. Heel bevredigend, en het biedt veel vrijheid bij het plannen van vakanties, maar het is ook een hoop werk, hoor.'

Haar kinderen, de lezende dochter en de twee gamende jongetjes achter haar, schenen dit niet te horen of het liet hen koud dat hun moeder zoveel werk aan hen had. Toen ze hoorde dat Joey een bedrijfje had in Washington, vroeg ze of hij Daniel Jennings kende. 'Dan is een vriend van ons in Morongo Valley,' zei ze, 'die heel grondig onderzoek heeft gedaan naar onze belastinggeschiedenis. Hij heeft zelfs oude verslagen van debatten in de Senaat en het Huis van Afgevaardigden bestudeerd, en weet je wat hij ontdekte? Dat er helemaal geen wettelijke basis is voor de federale inkomstenbelasting.'

'Tja, ik denk dat er maar voor weinig dingen een echte wettelijke basis is,' zei Joey.

'Maar de federale overheid wil het dus beslist niet in de openbaarheid hebben dat ze al honderd jaar geld hebben geïnd dat eigenlijk aan ons burgers toebehoort. Dan heeft een website waarop wel tien verschillende historici zeggen dat hij gelijk heeft, dat er geen sprake is van een wettelijk fundament. Maar niemand van de grote media wil er iets mee, wat wel een beetje vreemd is, vind je ook niet? Je zou denken dat er toch wel één zender of krant zou zijn die het wilde brengen, nietwaar?'

'Er is kennelijk ook nog een andere kant aan het verhaal,' opperde Joey.

'Maar waarom krijgen we alleen die kant te horen? Heeft het dan helemaal geen nieuwswaarde dat de federale overheid ons belastingbetalers driehonderd *biljoen* dollar schuldig is? Want dat is namelijk het bedrag waarop Dan is uitgekomen, inclusief samengestelde interest. Driehonderd *biljoen* dollar.'

'Ja, da's veel geld,' gaf hij uit beleefdheid toe. 'Dat zou neerkomen op een miljoen per hoofd van de bevolking.'

'Precies. Het is krankzinnig, vind je ook niet? Hoeveel ze ons schuldig zijn aan onterecht geïnde belastingen.'

Hij overwoog erop te wijzen hoe moeilijk het voor Financiën zou zijn om het geld terug te storten dat gebruikt was voor het winnen van de Tweede Wereldoorlog, maar Ellen trof hem niet als iemand met wie het prettig discussiëren was, en hij begon bovendien wagenziek te worden. Hij hoorde bij vlagen dat Jenna voorin vloeiend Spaans zat te praten, een taal die hij zelf alleen van de high school kende, waardoor hij niet veel meer opving dan *caballos* dit en *caballos* dat. Dus sloot hij zijn ogen maar. En terwijl hij zo zat, in een busje vol zakkenwassers, bekroop hem de gedachte dat de drie mensen die hij het innigst liefhad (Connie), het graagst mocht (Jonathan) en het meest respecteerde (zijn vader) op hun beurt ongelukkig met hem waren of zelfs onpasselijk van hem zeiden te worden. Het was een gedachte die zich niet liet wegdrukken, die als een soort gewetensnood bleef knagen. Hij bedwong zijn neiging om te kotsen, want zou een kotsbui nu, zesendertig uur nadat een kotsbui hem uitstekend van pas zou zijn gekomen, niet het toppunt van ironie zijn? Hij had zich voorgesteld dat de weg naar een keihard karakter slechts geleidelijk aan steiler en moeilijker begaanbaar zou worden, en ter compensatie daarvan vele mogelijkheden tot vertier en recreatie zou bieden, en dat hem alle tijd zou zijn gegund om zich op de steilere klim in te stellen. Maar hier zat hij, aan het begin van de weg nog maar, en hij had nu al het gevoel aan het eind van zijn krachten te zijn.

Maar hij kon niet ontkennen dat Estancia El Triunfe een waar paradijs was. Gelegen aan een helder riviertje, omringd door geelgroene heuvels die voortrolden tot aan een paarse horizon van sierra's, bestond de paardenranch uit weelderige tuinen en gazons en hypermoderne stallen en bakstenen bungalows voor de gasten. Die van Jenna en Joey had weidse plavuizenvloeren, en door grote openstaande ramen kwam het bedaarde gekabbel van de stroom die er vlak langs liep. Hij was bang geweest dat er twee bedden zouden zijn, maar Jenna was of van plan geweest een kingsize tweepersoonsbed met haar moeder te delen, of ze had de reservering aangepast. Hij plofte neer op het dieprode beddensprei met goudbrokaat en zonk weg in een koesterende zachtheid van duizend dollar per nacht. Maar Jenna was al bezig haar rijkleding en laarzen aan te trekken. 'Felix gaat me de paarden laten zien,' zei ze. 'Ga je mee?'

Hij had geen zin, maar wist dat weigeren geen optie was. Jezus, wat een stank, dacht hij toen ze naar de stallen liepen en een eerste vlaag paardenmest opsnoven. In het gouden avondlicht leidden Felix en een stalknecht een imposante zwarte hengst aan zijn toom naar buiten. Het beest brieste, schudde zijn manen en bokte, maar Jenna liep er meteen op af, in een zichtbare vervoering die Joey aan Connie deed denken en hem weer wat milder stemde over zijn reisgenote, die de hengst over de zijkant van zijn hoofd streelde.

'Cuidado,' zei Felix.

'Rustig maar,' zei Jenna, de hengst diep in zijn ogen kijkend. 'Hij mag me nu al, dat voel ik. Ja, je vertrouwt me, hè, lieverd?'

'¿Deseas que algo-algo-algo?' vroeg Felix.

'Engels, alsjeblieft,' zei Joey koeltjes.

'Hij vroeg of ze hem voor me moesten zadelen,' legde Jenna uit, en ratelde iets in het Spaans tegen Felix, die tegenwierp dat algo-algo-algo peligroso, maar Jenna was niet iemand die zich iets gelegen liet liggen aan tegenwerpingen. De stalknecht trok het toom hardhandig omlaag, Jenna greep de manen van de hengst en klom met hulp van Felix' harige handen op zijn ongezadelde rug. Het paard stapte briesend zijwaarts om aan het toom te ontkomen, maar Jenna leunde naar voren over zijn hals, bracht haar gezicht bij zijn oor en sprak hem sussend toe. Joey was zwaar onder de indruk. Toen de hengst gekalmeerd was, nam Jenna de teugels en dirigeerde hem naar de hoek van de stalwei, waar ze hem op voor Joey onnavolgbare wijze haar wil oplegde en obscure ruitersignalen gaf om stil te staan, stappen achteruit te maken en zijn hoofd te buigen.

De stalknecht zei iets tegen Felix over de chica. Het klonk bewonderend, en hees.

'Mijn naam is Joey, trouwens,' zei Joey.

'Hallo,' zei Felix zonder zijn ogen van Jenna af te nemen. 'Jij wilt ook paard?'

'Nee, dat komt morgen wel. Maar doe me een plezier en spreek Engels, oké?'

'Is goed.'

Het deed Joey deugd om Jenna zo gelukkig te zien op het paard. Ze was zo somber en negatief geweest, niet alleen onderweg maar ook aan de telefoon in de voorbije maanden, dat hij zich al voorzichtig was gaan afvragen of ze nog wel iets anders te bieden had dan haar schoonheid. Hij kon nu zien dat ze in ieder geval nog wel in staat was om van dure bezigheden als deze te genieten. Maar het was tegelijkertijd benauwend om te bedenken hoeveel geld er wel niet voor nodig was om haar te laten genieten.

Het diner werd pas na tienen opgediend, aan een lange gezamenlijke eettafel die zo te zien uit één enkele boomstam van twee meter doorsnee was gezaagd. De Argentijnse steaks maakten hun faam ruimschoots waar, en de wijn bracht Jeremy tot een verheerlijkt geblaat. Ook Jenna en Joey dronken er glas na glas van, en wellicht was dat de reden waarom hij na middernacht, toen ze dan *eindelijk* in elkaars armen op het luxueuze bed lagen, voor het eerst van zijn leven een verschijnsel ervoer waarover hij menig onthutsend verhaal had gehoord, maar waarvan hij altijd had aangenomen dat het hem nooit zou gebeuren. Zelfs met de onaantrekkelijksten van de sletjes die hij op Virginia had versierd, had hij altijd voortreffelijk gepresteerd. En ook nu had hij bij het betreden van de kamer nog een erectie in zijn broek gevoeld die harder leek dan het hout van de gemeenschappelijke eettafel. Maar zijn broek was nog niet uit of dat gevoel werd gelogenstraft, of misschien werd de letterlijke blootstelling aan Jenna hem te machtig, maar terwijl ze met haar slipje tegen zijn blote bovenbeen lag aan te rijen, zachtjes grommend bij elke lendenstoot, maakte zijn geest zich van haar los als een raket die aan de zwaartekracht van de aarde ontsnapte, steeds verder de ruimte in, almaar verder weg van de vrouw die haar tong in zijn mond stak en haar goddelijke tieten tegen zijn borst plette. Ze vrijde veel opdringeriger, veel minder ingetogen en gedwee dan Connie – dat had er zeker mee te maken. Maar een ander probleem was dat het te donker was om haar gezicht te kunnen zien, waardoor de aanblik van haar schoonheid hem ontnomen was en hij het met de herinnering, het idee ervan moest doen. Hij bleef zich inprenten dat hij nu eindelijk Jenna had, dat dit *Jenna* was, *Jenna*, *Jenna*. Maar door het ontbreken van visuele bevestiging had hij niets anders in zijn armen dan een zweterig vrouwenlichaam dat veel te agressief op hem aanviel.

'Mag er een lamp aan?' vroeg hij ten slotte.

'Nee, die zijn veel te fel.'

'Het licht van de badkamer dan? Het is aardedonker hier.'

Ze rolde van hem af en slaakte een geërgerde zucht. 'Misschien moeten we maar gewoon gaan slapen. Het is al hartstikke laat, en ik menstrueer trouwens als een gek.'

Hij bevoelde zijn pik en stelde tot zijn ontzetting vast dat die nog slapper was dan het had gevoeld. 'Ik ben bang dat ik te veel wijn op heb.'

'Ik ook, dus laten we maar gaan slapen.'

'Ik ga nog even het badkamerlicht aandoen, oké?'

Hij voegde de daad bij het woord en de aanblik van Jenna op het bed, met haar armen en benen gespreid, deed hem weer zien dat ze de mooiste vrouw was die hij kende, en hopen dat alles weer naar behoren zou functioneren. Hij kroop over het voeteinde naar haar toe en begon alles te kussen, vanaf haar volmaakte voeten en enkels naar haar kuiten, en verder omhoog naar de binnenkant van haar dijen...

Toen hij bij haar slipje kwam, voelde hij opeens haar hand tegen zijn hoofd. 'Sorry, maar dat is nu echt te smerig.' Ze kwam overeind en duwde hem op zijn rug. 'Laat mij maar,' zei ze, en ze boog zich naar zijn pik. Hij werd meteen keihard en haar mond voelde hemels, maar toen raakte hij er toch weer een beetje uit en begon weer te verslappen, en schrok daarvan en probeerde op wilskracht te verharden, probeerde uit alle macht de intimiteit terug te krijgen, en te beseffen wie hem nu pijpte, maar dat nam helaas de gedachte met zich mee dat hij er eigenlijk nooit zoveel aan had gevonden om gepijpt te worden, en de vraag wat hem in godsnaam mankeerde. Jenna's allure had altijd voornamelijk in het idee gescholen dat hij haar toch nooit zou kunnen krijgen. En nu ze daar moe, aangeschoten en ongesteld tussen zijn benen zat en werktuiglijk haar mond op en neer liet gaan over zijn pik, had ze iedere willekeurige vrouw kunnen zijn, behalve Connie.

Het pleitte wel voor haar dat ze niet snel opgaf, door bleef gaan nadat hij zelf de moed al had opgegeven. Toen ze er eindelijk mee ophield, hield ze zijn pik nog even vast, bewoog hem heen en weer en bekeek hem met neutrale nieuwsgierigheid. 'Gaat niet lukken, hè?'

'Ik weet ook niet waarom. Heel gênant.'

'Nou weet je hoe ik me voel op Lexapro.'

Toen ze in slaap was gevallen en lichtjes begon te snurken, lag hij kokend van schaamte, spijt en heimwee naast haar. Hij was zwaar, zwaar in zichzelf teleurgesteld, al was het hem niet echt duidelijk waarom het een afgang was het niet te kunnen klaarspelen met een meisje voor wie hij geen liefde of zelfs maar echte sympathie voelde. Hij vond het opeens van een tragische heroïek getuigen dat zijn ouders het al zolang met elkaar uithielden. Onder al dat geruzie moest een grote wederzijdse afhankelijkheid schuilgaan. Hij zag de meegaandheid van zijn moeder opeens met heel andere ogen, vergaf het haar een beetje dat ze ten slotte toch steeds haar oren naar zijn vader liet hangen. Het moest niet meevallen om zo afhankelijk van iemand te zijn. Daar sprak een pijnlijke zwakheid uit. Maar hij kwam zichzelf nu ook ineens voor als iemand die minder dan volmaakt onverstoorbaar was, als iemand die misschien toch niet in álle gevallen datgene kon doen wat nodig was om zijn doel te bereiken.

Bij de eerste ochtendschemering werd hij wakker met een knoeperd van een stijve waarvan de duurzaamheid boven elke twijfel verheven was. Hij ging rechtop zitten en keek naar de cascade van Jenna's haar, het wijken van haar lippen, haar delicate kaaklijn, haar bijna sacrale schoonheid. Nu er beter licht was, kon hij er niet over uit hoe stom en onmachtig hij in het donker was geweest. Hij gleed weer onder het dekbed en legde zijn hand in de holte van haar rug.

'Kappen,' zei ze onmiddellijk. 'Ik probeer weer in slaap te komen.'

Hij drukte zijn neus tussen haar schouderbladen en snoof haar patchouligeur op.

'Ik meen het!' zei ze, driftig van hem wegschuivend. 'Het was niet míjn schuld dat we tot drie uur op waren.'

'Het was nog geen drie uur,' mompelde hij.

'Nou, zo voelde het wel. Het voelde als vijf uur.'

'Het is nu pas vijf uur.'

'Aaaggh, dat wil ik niet weten. Ik wil slapen.'

Hij bleef liggen zoals hij lag, af en toe zijn stijve betastend, om hem maar zo stijf mogelijk te houden. Buiten klonk gehinnik en gebries, het rammelen van schuifdeuren, rinkelende kettingen, het kraaien van een haan, universele plattelandsgeluiden. Terwijl Jenna in slaap bleef, of bleef doen alsof ze sliep, begon zijn darmgestel zich te roeren. Zijn verzet ten spijt bleven de roerselen aanhouden, en mondden ten slotte uit in een drang die alle andere overtrof. Hij liep op zijn tenen de badkamer in en draaide de deur op slot. In zijn scheeretui zat een eetvork die hij had meegenomen voor de onappetijtelijke taak die hem nu wachtte. Hij ging ermee op de pot zitten en voelde vrijwel meteen zijn ontlasting naar buiten glijden. Het was flink wat – drie dagen in één keer. In de kamer ging de telefoon, hun weksignaal.

Hij knielde neer op de koude tegelvloer en tuurde naar de vier grote drollen die in de pot dreven, in de vurige hoop dat hij goud zou zien glinsteren. De oudste drol was donker en knobbelig, die van dieper in hem waren bleker en begonnen al een beetje op te lossen. Hoewel hij zoals ieder mens heimelijk van zijn eigen scheten genoot, was de stank van deze stront iets heel anders, zo weerzinwekkend dat het op een of andere manier moreel verwerpelijk leek. Hij tikte met de vork tegen een van de zachtere drollen, om die te laten ronddraaien zodat hij de onderkant kon bekijken, maar het ding boog door en begon prompt uiteen te vallen en het water bruin te kleuren. Dat plan met die vork kon hij dus wel vergeten – het water zou binnen de kortste keren te troebel zijn om nog iets te kunnen zien, en als de ring eruit viel en naar de bodem zonk, verdween hij misschien wel door de afvoer. Er zat niets anders op dan elke drol te pakken en door zijn vingers te laten gaan, en dat moest nog snel gebeuren ook, voordat ze verzadigd raakten met water. Met ingehouden adem en tranende ogen greep hij de meest belovende drol en gaf zijn laatst overgebleven hoop prijs: dat één hand zou volstaan. Hij moest beide handen vuilmaken, de ene om de drol vast te houden, en de andere om hem te doorzoeken. Hij kokhalsde even furieus, vermande zich en ging aan de slag, duwde zijn duim en vingers in het zachte, lichaamswarme en verrassend lichte uitwerpsel.

Jenna klopte op de badkamerdeur. 'Wat is daar gaande?'

'Ogenblikje!'

'Wat doe je nou? Zit je je af te rukken?'

'Een ogenblikje, zei ik! Ik heb diarree.'

'O, jezus. Kun je me op z'n minst even een tampon aangeven?'

'Zometeen!'

Gelukkig voor hem kwam de ring tevoorschijn uit de tweede drol die hij onder handen nam. Een hardheid in de zachtheid, een volmaakte cirkel binnen het amorfe. Hij spoelde zo goed als dat kon zijn handen af in het vieze toiletwater, duwde met zijn elleboog de doordrukknop in en liep met de ring naar de wastafel. De stank was nu ronduit liederlijk. Hij waste zijn handen en de ring en de kranen driemaal achtereen met een overmaat aan zeep, terwijl Jenna buiten de deur stond te foeteren dat ze al over twintig minuten moesten ontbijten. En het was een merkwaardige gewaarwording, maar hij kreeg hem niettemin – toen hij de badkamer uitkwam met de ring aan zijn vinger, en Jenna langs hem heen naar binnen snelde, zich met een ruk omdraaide en weer vloekend en kokhalzend naar buiten holde, was hij een ander persoon, een nieuwe Joey. Hij kon deze nieuwe Joey zo helder zien, dat hij uit zichzelf leek te zijn getreden. Hij was iemand die zijn eigen stront kneedde om zijn trouwring terug te krijgen. Dit was niet langer de iemand die hij altijd gemeend had te zijn, en ook zeker niet de iemand die hij zou hebben verkozen te zijn als hij daartoe de vrijheid had gehad. Maar het had iets bevrijdends, en vertroostends, om nu eindelijk een concreet persoon te zijn in plaats van een serie onderling tegenstrijdige potentiële personen.

De wereld leek meteen minder hectisch, overzichtelijker, zekerder, net zo vernieuwd als hijzelf. Het eerste paard dat hem bij de stallen werd toebedeeld, wierp hem bij het opstijgen in één vloeiende beweging af, bedaard bijna, zonder venijn en met niet méér kracht dan nodig was om hem uit het zadel te krijgen. Daarna kreeg hij een twintig jaar oude merrie, op wier brede rug hij Jenna nakeek die in de verte over het zandpad reed en snel kleiner werd, met haar arm achterwaarts in een groetend gebaar, of misschien was het gewoon een elegante amazonehouding. Een ogenblik later galoppeerde Felix hem voorbij om haar in te halen. Het leek niet meer dan logisch dat ze uiteindelijk door Felix werd geneukt in plaats van door hem, omdat Felix superieur aan hem was als ruiter. De gedachte was eigenlijk wel een opluchting, of misschien zelfs een mitswa, want die arme Jenna was hard aan een goede beurt toe. Zelf bracht hij de ochtend wandelend en paardrijdend door met Meredith, de romanlezende jonge dochter van Ellen. Hij onderwierp zich geduldig aan haar onuitputtelijke voorraad paardenverhalen, en had daar geen moment het gevoel bij een sukkel te zijn, ging zich er alleen maar standvastiger door voelen. De Andeslucht was weldadig schoon en fris. Meredith leek een onschuldige kalverliefde voor hem op te vatten en leerde hem een minder warrige berijder van zijn merrie te zijn. Toen het reisgezelschap in de middag bijeenkwam voor een picknick bij een bron, mopperde Jeremy aan één stuk door op zijn stille, steeds roder aanlopende vrouw, die hen te ver achterop had doen raken bij hun mederuiters. Jenna en Felix waren nergens te bekennen. Joey dronk bronwater uit zijn handen, had oprecht te doen met Jeremy en trok zich niets aan van Jenna's afwezigheid. Paardrijden in Patagonië was geweldig – hij kon haar alleen maar gelijk geven.

Zijn vredige stemming hield aan tot in de namiddag, toen hij zijn voicemail checkte met de telefoon in de bungalow en berichten bleek te hebben van Carol Monaghan en Kenny Bartles. 'Dag lieffie, hier is je *schoonmoeder*,' zei Carol. 'Dat is me wat zeg, ben ik opeens je schoonmoeder! Even wennen, hoor, maar schitterend nieuws, daar niet van. Maar luister, Joey, als je Connie hoog genoeg hebt zitten om haar te trouwen, en je vindt jezelf daar ook rijp voor, dan vind ik eerlijk gezegd wél dat je zo fatsoenlijk had moeten zijn om je ouders even in te lichten. Is mijn persoonlijke mening maar hoor, maar ik snap gewoon niet waarom je zo geheimzinnig moet doen. Tenzij je je voor Connie schaamt, en ik zou niet weten hoe ik over een schoonzoon moest denken die zich schaamt voor mijn dochter. Kijk, misschien komt het omdat ik zelf zo slecht ben in geheimen bewaren, maar ik vind die stiekemheid maar niks, eerlijk gezegd. Dus dat je dat maar weet, en daar laat ik het verder maar bij.'

'Hé, waar hang je uit, man?' zei Kenny Bartles. 'Waar zit je, verdomme? Ik heb je al een stuk of tien mails gestuurd. Zit je nu in Paraguay, reageer je daarom niet? Maar luister, als er in een contract 31 januari staat, dan staat dat daar niet voor niks! Dus ik hoop maar dat je wat voor me in de pijplijn hebt, want 31 januari is al over negen dagen! LBI zeikt me de hele tijd aan mijn kop over die klotetrucks, omdat de ene na de andere het begeeft. Een of andere constructiefout in de achteras of zo. Dus ik hoop van harte dat je me een zooitje achterassen stuurt. Of wat dan ook, man. Voor mijn part stuur je vijftien ton aan wieldoppen. Zou ik al heel dankbaar voor zijn.

Want tenzij ik nou eindelijk eens een serieus volume binnenkrijg, totdat we een ontvangstbewijs hebben voor een zending met voldoende gewicht aan *wat dan ook*, heb ik geen poot om op te staan.'

Jenna keerde tegen zonsondergang terug, onder het stof en daardoor mooier dan ooit. 'Ik ben verliefd,' zei ze. 'Ik heb het paard van mijn dromen leren kennen.'

'Ik moet weg,' zei Joey zonder omhaal. 'Ik moet naar Paraguay.'

'Wat? Wanneer?'

'Uiterlijk morgenochtend. Liefst nog vanavond.'

'Jezus, ben je zo pissig op me? Het is niet mijn schuld dat je gelogen hebt over je ervaring met paarden, hoor. Ik ben hier niet gekomen om te wandelen. En ik ben hier ook niet gekomen om vijf avonden huur voor een tweepersoonskamer te verspillen.'

'Ja, sorry. Ik betaal mijn helft wel terug.'

'Ik hoef jouw centjes niet, jochie.' Ze nam hem op met een blik vol minachting. 'Maar ik vraag me wel af: zou je nog andere manieren weten om af te gaan? Moet je me niet snel nog even op een andere manier tegenvallen? Er is nog tijd.'

'Dat vind ik een rotopmerking,' zei hij zachtjes.

'O, geloof me, ik kan nog veel rotter doen. En dat ben ik van plan ook.'

'Maar ik heb nog wel wat voor je, hoor. Ik heb je niet verteld dat ik getrouwd ben. Dat ben ik namelijk. Connie en ik zijn getrouwd. Als ik terug ben, trekt ze bij me in.'

Jenna sperde haar ogen open, als door een pijnscheut. 'Jezus, wat een mafkees ben jij! Wat een complete idioot, zeg.'

'Dat zal ik niet tegenspreken.'

'En ik dacht nog wel dat jij me aanvoelde. Dat je anders was dan al die anderen. Wat ben ik toch stom.'

'Nee hoor, je bent niet dom,' zei hij, niet zonder medelijden om de schoonheid die haar zo onzeker maakte.

'Maar denk nou maar niet dat ik het erg vind dat je getrouwd bent. Als je gedacht mocht hebben dat ik zelf wat met je wilde... mijn god, wat een giller. Ik wil niet eens met je eten.'

'Goed, in dat geval wil ik ook niet meer met jou eten.'

'Oké, afgesproken,' zei ze. 'Bij dezen ben je officieel de ergste lul met wie ik ooit op pad ben geweest.'

Terwijl zij een douche nam, pakte hij zijn spullen en ging vervolgens op het bed zitten afwachten of Jenna, nu de lucht tussen hen gezuiverd was, het misschien toch nog een keer met hem zou willen doen, één keer maar, om de schande te voorkomen dat hij haar ongeneukt achterliet terwijl ze hem zelf had meegevraagd. Maar toen ze uit de badkamer kwam in een dikke Estancia El Triunfe-badjas, had ze aan één blik genoeg om zijn gedachten te raden en zei: 'O nee, vergeet het maar.'

Hij schokschouderde. 'Weet je het zeker?'

'Heel zeker. Ga maar lekker naar huis, naar je lieve vrouwtje. Ik hou niet van gestoorde eikels die tegen me liegen. Ik wil niet eens meer met je in dezelfde ruimte zijn.'

Dus vertrok hij maar naar Paraguay. En Paraguay werd een ramp. Armando da Rosa, eigenaar van 's lands grootste handel in dumpgoederen, bleek een gedrongen ex-officier met grijze, in elkaar overlopende wenkbrauwen en hoofdhaar waarvan de zwarte kleur leek aangebracht met schoensmeer. Zijn kantoor, in een haveloze buitenwijk van Asunción, had een vloer met kaalgeboend linoleum en een groot metalen bureau waarachter de vlag van Paraguay slap terneer hing aan een houten stok. De achterdeur kwam uit op een immens terrein vol onkruid, zwerfvuil en gammele schuurtjes met daken van roestig golfijzer, bewaakt door graatmagere honden die er met hun kwijlende muilen en piekharige vachten uitzagen alsof ze ternauwernood een elektrocutie hadden overleefd. Da Rosa stak een rammelende monoloog af in een Engels dat niet veel beter was dan Joey's Spaans en dat als strekking leek te hebben dat hij enkele jaren geleden zijn militaire loopbaan had zien stuklopen en slechts dankzij de bemiddeling van bevriende officieren aan de krijgsraad was ontkomen, en toen bij wijze van *eerherstel* een vergunning had gekregen voor het verhandelen van overbodige en afgedankte militaire goederen. Hij droeg gevechtskleding inclusief een riem met pistool, waardoor het Joey maar matig beviel om voor hem uit over het terrein te moeten lopen. Ze baanden zich een weg door almaar hoger en stugger onkruid, waarin het letterlijk gonsde van de buitensporig grote Zuid-Amerikaanse horzels, tot ze bij een overwoekerde schutting kwamen, waarachter zich een enorme verzameling onderdelen van de Pladsky A10 bevond. Dat was het goede nieuws. Het slechte nieuws was dat de toestand ervan ronduit belabberd was. Een lange rij roestomrande motorkappen, over elkaar heen liggend als omgevallen dominostenen; wanordelijke stapels assen en bumpers; her en der motorblokken die als fossiele uitwerpselen van een T. Rex in het hoge gras lagen; kleinere onderdelen, opgehoopt tot ijzeren heuvels met wilde bloemen op hun hellingen. Door het onkruid wadend morrelde Joey links en rechts in hopen bemodderde en/of kapotte plastic onderdelen; in slangenkuilen van verdroogde kabels, slangen en drijfriemen; in hopen halfvergane kartonnen dozen met Poolse woorden erop. Hij vocht tegen zijn tranen van ontgoocheling.

'Nogal wat roest hier,' zei hij.

'Wat zijn roest?'

Hij trok een grote roestschilfer van een verweesde wielnaaf. 'Roest. IJzeroxide.'

'Dit gebeurt door regen,' legde Da Rosa uit.

'Ik kan u tienduizend dollar geven voor het geheel,' zei Joey. 'Als het op meer dan dertig ton komt, geef ik u vijftienduizend. Dat is veel meer dan de schrootwaarde.'

'Waarom u wilt deze shit?'

'Ik heb een vloot trucks die ik moet onderhouden.'

'U? U bent een erg jonge man. Waarom wilt u deze?'

'Omdat ik een stommeling ben.'

Da Rosa liet zijn blik wegdwalen naar het verlepte, gonzende oerwoud achter de schutting. 'Kan u niet alles geven.'

'Waarom niet?'

Deze trucks, het leger gebruikt niet. Maar zij kunnen gebruiken als oorlog komt. Dan mijn onderdelen zijn belangrijk.'

Joey sloot zijn ogen en rilde bij de stompzinnigheid van deze bewering. 'Welke oorlog? Met wie gaan jullie oorlog voeren? Bolivia?'

'Ik zeg: als oorlog komt, wij hebben onderdelen nodig.'

'Deze onderdelen zijn geen ene reet waard. Ik bied u er vijftienduizend dollar voor. Quince mil dólares.'

Da Rosa schudde zijn hoofd. 'Cincuente mil.'

'Vijftigduizend dollar? Vergeet... het... maar. Begrijpt u? Niets daarvan.'

'Treinta.'

'Achttien. Diez y ocho.'

'Veinte cinco.'

Joey keerde zich om en liep terug in de richting van het kantoor. 'Als het meer dan dertig ton is, geef ik u twintig. Veinte, oké? Dat is mijn laatste bod.'

Na de kleverige hand van Da Rosa te hebben geschud en weer in de taxi te zijn gestapt die hij aan de stoeprand had laten wachten, had Joey voor een minuut of twee een goed gevoel – over hoe hij had onderhandeld, en over zijn lef om helemaal naar Paraguay te reizen en persoonlijk te onderhandelen. Wat zijn vader niet wilde inzien, wat alleen Connie inzag, was dat hij de juiste instincten had voor het zakenleven. Die moest hij hebben geërfd van zijn moeder, bij wie het wedijveren in haar bloed zat, en het stemde hem voldaan dat hij in dat opzicht een echte zoon van haar was. De prijs waarop hij met Da Rosa was uitgekomen lag ver onder het bedrag waarop hij van tevoren had gehoopt, en zelfs na het betalen van een plaatselijke transporteur om alles in containers te laden en naar het vliegveld te brengen, en de draconische kosten van het luchttransport naar Irak, zou er sprake zijn van een winstmarge die hij met een gerust hart obsceen mocht noemen. Maar terwijl de taxi zich door de oude, koloniale binnenstad van Asunción begon te wurmen, bekroop hem de vrees dat hij het niet door zou kunnen zetten. Hij kon het gewoon niet maken om zo'n massa waardeloos schroot op de Amerikaanse soldaten af te sturen die daar een helse, onconventionele oorlog moesten uitvechten. Hij had het probleem wel niet zelf gecreëerd (dat had Kenny Bartles gedaan door de aftandse Pladsky's te kiezen als de trucks om zijn contract mee te vervullen), maar daarom kon hij er nog niet voor weglopen. En dan was er de complicatie van een zo mogelijk nog schrijnender probleem: met wat hij tot dusver kwijt was aan aanloopkosten en het vervoer van de schamele zending vanuit Lodz, had hij Connie's geleende geld al helemáál en de lening van de bank al voor de helft uitgegeven. Dus als het al mogelijk zou zijn om nog onder de deal uit te komen, dan beroofde hij Connie daarmee van al haar spaargeld en zadelde hij zichzelf op met een schuld die hem de kop zou kosten. Hij draaide nerveus de trouwring rond zijn vinger, om en om, wilde hem eigenlijk ter kalmering in zijn mond steken, maar zag hem alweer door zijn keelgat verdwijnen. Hij probeerde moed te vatten uit het idee dat er vast nog wel andere A10-onderdelen moesten zijn, in een vergeten maar regendichte loods ergens in Oost-Europa, maar hij had intussen al dagenlang internet afgestroopt en telefoontjes gepleegd, en wist dat de wens waarschijnlijk de vader van de gedachte was.

'Vuile klootzak,' zei hij hardop, denkend aan Kenny en in de wetenschap dat dit een wel heel ongeschikte tijd in zijn leven was om moreel besef te ontwikkelen. 'Gewetenloze rotschoft.'

Op de luchthaven van Miami, wachtend op zijn vlucht naar huis, dwong hij zichzelf Connie te bellen.

'Hé schatje!' zei ze vrolijk. 'Hoe is het in Buenos Aires?'

Hij deed zijn reisverslag af met een paar woorden en sneed het gesprek toe op zijn zakelijke beslommeringen.

'Zo te horen heb je het fantastisch gedaan!' zei Connie opgewekt. 'Twintigduizend, dat is een verdomd mooie prijs, hè?'

'Tja, maar het is wel negentienduizend méér dan die rommel in feite waard is.'

'Ach, schatje, denk liever aan wat Kenny jou zal betalen.'

'Maar lijkt het jou dan niet, eh, fout om de overheid zo'n lading tinnef te verkopen?'

Ze overpeinsde zijn vraag in stilte. 'Kijk,' zei ze ten slotte, 'als je er echt mee in je maag zit, moet je het misschien maar niet doen dan. Ik wil dat je alleen maar dingen doet die je gelukkig maken.'

'Ik weet één ding zeker,' zei hij. 'Ik ga niet jouw geld verspelen.'

'Ach, daar moet je niet over piekeren. Dan is dat geld maar weg. Je verdient heus wel weer geld met wat anders, daar vertrouw ik je volkomen in.'

'Ik verdom het om jou je geld te laten kwijtraken. Ik wil dat je weer gaat studeren. Ik wil dat we samen een leven opbouwen.'

'Nou, dan gaan we dat toch lekker doen? Ik ben er helemaal klaar voor, Joey, helemaal.'

Buiten op het vliegveld, onder een voor Florida ongewoon grijze hemel, taxieden toestellen af en aan met massavernietigingswapens waarover niet de minste onzekerheid bestond. Joey wenste dat hij bewoner van een andere wereld kon worden, een simpeler wereld waarin je een goed bestaan kon leiden zonder dat dat ten koste ging van anderen. 'Ik had nog een voicemail van je moeder,' zei hij.

'Dat weet ik,' zei Connie. 'Ik ben stom geweest, Joey. Ik heb het al die tijd voor me gehouden, maar ze zag opeens mijn ring en vroeg ernaar, en toen moest ik het wel zeggen.'

'Ze zat te zeiken dat ik het mijn ouders moest vertellen.'

'Laat maar rustig zeiken. Je vertelt het ze als je daaraan toe bent, en niet eerder.'

Bij zijn terugkeer in Alexandria verkeerde hij in een sombere stemming. Nu hij Jenna niet meer had om naar uit te zien en over te fantaseren, nu hij zijn zakelijke hoop niet langer op Paraguay kon vestigen, nu hij alleen nog onaangename taken voor de boeg had, vrat hij een hele gezinszak chips leeg en belde Jonathan om schoon schip te maken, boete te doen en vertroosting te zoeken in zijn vriendschap. 'En het ergst van alles,' besloot hij zijn biecht, 'is dat ik er als getrouwd man naartoe ben gegaan.'

'Gast!' zei Jonathan. 'Zijn Connie en jij getrouwd?'

'Ja. Sinds augustus.'

'Dat is het krankzinnigste wat ik ooit heb gehoord.'

'Ik dacht dat ik het je maar beter zelf kon vertellen voordat je het van Jenna hoorde. Die is momenteel niet echt dol op me, zacht uitgedrukt.'

'Jezus nou, wat zal ze de tering in hebben. Geweldig!'

'Ja, ik weet hoe je over haar denkt, maar ze is zo beroerd nog niet. Ze is gewoon finaal de kluts kwijt, en het enige wat mensen zien is hoe mooi ze is. Ze is zoveel slechter af dan jij.'

Hij vertelde over de trouwring, en over de onverkwikkelijke scène in de badkamer van de bungalow, met zijn handen vol stront en Jenna die maar op de deur bleef bonken, en vond de verhoopte troost in zijn eigen gegrinnik en Jonathans geschater. De vijf minuten die op het moment zelf zo ontluisterend waren geweest, hadden hem voor de rest van zijn leven een juweel van een anekdote opgeleverd. Toen hij vervolgde met de erkenning dat Jonathan gelijk had gehad over Kenny Bartles, was de reactie van zijn vriend kort maar krachtig: 'Je moet onder dat contract zien uit te komen.'

'Zo eenvoudig ligt het niet. Ik moet ook aan het geld van Connie denken.'

'Linksom of rechtsom, je moet gewoon een uitweg vinden. Er gebeuren daar de vreselijkste dingen, man. Het is nog veel erger dan je denkt.'

'Zeg eens, heb je nog steeds de pest aan me?'

'Welnee. Ik vind dat je een ontzettende lul bent geweest, maar een hekel aan je hebben is geen optie voor me.'

Het gesprek monterde hem voldoende op om naar bed te gaan en twaalf uur aan één stuk te slapen. De volgende ochtend, toen het in Irak midden op de dag was, belde hij Kenny Bartles en vroeg hem om ontbinding van het subcontract.

'Hoe zit het met die onderdelen in Paraguay?' vroeg Kenny in plaats van op de vraag in te gaan.

'Meer dan genoeg volume, maar het is allemaal verroeste rotzooi.'

'Stuur toch maar op. Ik zit hier voor het blok.'

'Het was je eigen idee om die antieke A10's te kopen,' zei Joey. 'Ik kan er ook niks aan doen dat er geen onderdelen meer van zijn.'

'En je zegt net dat die er wél zijn! En ik zeg dat je ze moet opsturen. Wat doe je nou moeilijk?'

'Wat ik wil is dat je me uitkoopt, of iemand zoekt die me uitkoopt. Ik wil er niks meer mee te maken hebben.'

'Hé, Joey, even dimmen nou. Je hebt zelf je handtekening gezet. En het is niet langer vijf voor twaalf wat het nakomen van die afspraak betreft, het is kwart over drie! Je kunt me nu niet meer laten zakken. Niet tenzij je voor de gevolgen op wilt draaien. Op dit moment heb ik niet eens het geld om je uit te kopen, omdat het leger me nog niks betaald heeft, omdat jouw Poolse zending veel te licht was. Probeer het ook even van mijn kant te bekijken, oké?'

'Die troep in Paraguay ziet er zo slecht uit, die zullen ze nooit accepteren.'

'Laat dat nou maar aan mij over. Ik ken de lui van LBI hier. Ik krijg die zaak wel rond. Het enige wat jij hoeft te doen is me die dertig ton sturen, en dan kun je weer gedichten gaan lezen of zo.'

'Hoe weet ik dat je het rond krijgt?'

'Dat is míjn probleem, oké? Je hebt een contract met míj, en *ik* zeg dat je me die zooi moet opsturen en dat ik je dan je geld geef.'

Joey wist niet wat erger was, de angst dat Kenny hem voorloog en dat hij niet alleen zijn geleende geld kwijt was maar ook nog voor de verdere kosten moest opdraaien, of het idee dat Kenny de waarheid vertelde en LBI dus $850.000 zou willen betalen voor onderdelen die zo goed als onbruikbaar waren. Hij zag geen andere uitweg dan over Kenny heen te gaan en direct met LBI te praten. Hij belde het hoofdkwartier in Dallas, werd de halve ochtend van het ene toestel naar het andere doorverbonden en kreeg uiteindelijk de vice-president aan de lijn die over het contract ging. Hij legde de man in zo helder mogelijke bewoordingen zijn probleem voor: 'Er zijn geen goede onderdelen verkrijgbaar voor die trucks, Kenny Bartles wil me niet uitkopen, en ik wil u geen onbruikbare rommel toesturen.'

'Is Bartles bereid uw zending te accepteren?' vroeg de VP.

'Ja, maar het is dus onbruikbare rommel.'

'Dat is uw zorg niet. Als Bartles de zending aanvaardt, bent u verder van alles af. Als ik u was, zou ik nu direct de verscheping gaan regelen.'

'Ik ben toch bang dat u me niet helemaal begrijpt,' zei Joey. 'Ik weet heel zeker dat ú die zending niet acceptabel zult vinden.'

De VP liet dit enkele tellen op zich inwerken, en zei: 'Ik zie ons in de toekomst geen zaken meer doen met Kenny Bartles. We zijn bepaald niet te spreken over die A10's. Maar dat is uw zorg niet. Het zou uw zorg moeten zijn om niet wegens contractbreuk voor de rechter te worden gesleept.'

'Door wie dan... door Kenny Bartles of...?'

'Zuiver hypothetisch, meneer Berglund. Zal nooit gebeuren zolang u die onderdelen maar naar Irak stuurt. Bedenk wel, dit is nu eenmaal geen volmaakte oorlog, noch is het een volmaakte wereld.'

Aan die gedachte probeerde Joey zich dus maar vast te klampen. En hij probeerde zich voor te stellen dat er niets ergers kon gebeuren, daar aan de andere kant van deze onvolmaakte wereld, dan dat alle AIO's er in de soep zouden draaien en vervangen zouden moeten worden door betere trucks, met geen andere gevolgen dan dat de onvermijdelijke eindoverwinning iets later werd behaald – alleen dat maar, plus dat de Amerikaanse belastingbetaler voor een paar miljoen zou zijn afgezet door hem, Kenny Bartles, Armando da Rosa en die louche types in Lodz. En met dezelfde vastbeslotenheid als waarmee hij zijn eigen drollen uit het toilet had gevist vloog hij terug naar Paraguay en huurde er de diensten in van een transporteur en zag er persoonlijk op toe dat er tweeëndertig ton aan halfgare onderdelen in containers werd geladen en dronk vijf flessen wijn op de vijf avonden die hij vervolgens moest wachten tot Logística International de containers in een oude C-130 laadde om ermee weg te vliegen. Maar in al deze stront was geen gouden ring te vinden. Toen hij terugkwam in Washington, ging hij gewoon door met drinken, en ook toen Connie met drie koffers vol kleren arriveerde en bij hem introk, ging hij gewoon door met drinken, en slecht slapen, en toen Kenny vanuit Kirkuk belde om hem te melden dat de zending was geaccepteerd en dat Joey's $850.000 in de pijplijn zaten, had hij zo'n verschrikkelijke nacht dat hij wederom Jonathan belde voor een bekentenis.

'O jezus, gast, dat is niet best,' zei Jonathan.

'Vertel mij wat.'

'Nu kun je alleen nog maar hopen dat je niet aan de schandpaal gaat. Ik heb al heel wat verhalen gehoord over de achttien miljard aan contracten die ze in november hebben afgesloten. Het zou me niets verbazen als er hoorzittingen kwamen in het Congres.'

'Is er niet iemand die ik het vertellen kan? Ik wil dat geld niet eens meer, behalve wat ik Connie schuldig ben en bij de bank heb geleend.'

'Heel edelmoedig van je.'

'Nee, kom op, ik kan Connie haar geld niet laten verliezen. Je weet dat dat de enige reden is waarom ik het toch maar heb gedaan. Maar ik vraag me af: kun jij geen contact zoeken met iemand van de *Post* om te vertellen wat er gaande is? Dat je iets vernomen hebt uit anonieme bron of zo?'

'Niet als je anoniem wilt blijven. En als je het met naam en toenaam naar buiten brengt, weet je zelf ook wel wie er het hardst zal worden aangepakt, hè?'

'Maar ik ben dan toch de klokkenluider?'

'Op het moment dat je de klok luidt, gaat Kenny met modder gooien, en LBI gaat met wagonladingen modder gooien. Die hebben een speciaal budget voor het in diskrediet brengen van klokkenluiders. Je zou de perfecte zondebok zijn, man. Het bijdehante studentje met het knappe smoeltje en de roestige truckonderdelen… de media zouden het vreten! Kijk, je hoort mij niet zeggen dat je hart niet op de goede plek zit, maar ik raad je van harte aan om maar gewoon je kop te houden.'

Connie nam een uitzendbaantje om de periode te overbruggen totdat de smerige achtenhalve ton loskwam. Joey sleet zijn dagen met tv-kijken, games spelen en de huisman uithangen. Hij leerde maaltijden te plannen en er boodschappen voor te doen, maar zelfs een rondje supermarkt maakte hem al moe. De depressiviteit die jarenlang de vrouwen rondom hem had geteisterd, leek nu haar klauwen in hem te slaan. Hij wist dat het de hoogste tijd was om zijn familie te vertellen dat hij met Connie was getrouwd, maar hij kon het gewoon niet opbrengen. De noodzaak vulde het kleine appartement als een Pladsky A10, plette hem zowat tegen de muur, benam hem bijna letterlijk de adem, was voelbaar als hij naar bed ging en zodra hij wakker werd. Hij kon zich gewoon niet voorstellen hoe hij zijn moeder het nieuws moest brengen, omdat ze het onvermijdelijk als een persoonlijke en smadelijke nederlaag zou opvatten. En in zekere zin was het dat ook wel. Maar hij zag er niet minder tegenop om het gesprek met zijn vader aan te gaan, om die wond weer open te rijten. En zo, terwijl de dagen verstreken en het geheim hem steeds meer verstikte, en de kans zienderogen groter werd dat Carol het nieuws aan alle buren zou vertellen, van wie er dan vast wel een op de gedachte zou komen om er zijn ouders over te bellen, stelde hij het elke dag toch weer uit tot de volgende. En het feit dat Connie er nooit iets over zei, laat staan erop aandrong, maakte dat het steeds meer zijn eigen probleem werd.

En toen bracht CNN op een avond het nieuws dat er een Amerikaans konvooi vlak buiten Fallujah in een hinderlaag was beland, waarbij meerdere Amerikaanse trucks het hadden begeven en de op contractbasis werkende chauffeurs door opstandelingen waren afgeslacht. Hij zag wel geen A10's op de beelden van CNN, maar raakte zo overstuur dat hij zichzelf in slaap moest drinken. Een paar uur later werd hij wakker, badend in het zweet, min of meer ontnuchterd, naast zijn vrouw die sliep als een roos (met die lieve, vertrouwensvolle stilheid van haar) en hij wist dat hij de volgende ochtend zijn vader zou moeten bellen. Hij was nog nooit ergens zo bang voor geweest als voor dat telefoongesprek, maar hij zag in dat niemand anders hem zou kunnen adviseren in wat hem te doen stond, de klok luiden en de consequenties daarvan aanvaarden, of zich koest houden en het geld in zijn zak steken – en dat niemand anders hem een absolutie kon verlenen die betekenis voor hem had. Connie's liefde was te onvoorwaardelijk, die van zijn moeder te egocentrisch van aard, en die van Jonathan te secundair. Het was zijn strikte, principiële en onkreukbare vader aan wie hij rekenschap moest afleggen. Hij had zich zijn leven lang tegen hem verzet, maar nu was het moment daar om zijn nederlaag toe te geven.

De kwelgeest van Washington

Walters vader, Gene, was de jongste telg van een stuurse Zweed met de naam Einar Berglund, die aan het begin van de twintigste eeuw naar Amerika was geëmigreerd. Er waren toen tal van redenen om het niet naar je zin te hebben in Zweden (militaire dienstplicht, lutherse geestelijken die zich met het privéleven van hun parochianen bemoeiden, een sociale hiërarchie waarbinnen het zo goed als onmogelijk was hogerop te komen), maar de eigenlijke reden voor Einars emigratie, als Walter de verhalen van Dorothy mocht geloven, was de onvrede met zijn moeder geweest.

Einar was de oudste van acht kinderen, stamhouder van een boerenfamilie in zuidelijk Österland. Zijn moeder, die het als zo menige vrouw na haar moeilijk vond voldoening te vinden in haar huwelijk met een Berglund, had haar eerstgeborene verwend tot in de afgrond, met kleren die altijd veel mooier waren dan die van zijn broertjes en zusjes, met de room die ze voor hem van hun melk schepte, door hem vrij te stellen van karweitjes op de boerderij zodat hij zich volop op zijn lessen en persoonlijke verzorging kon concentreren. ('De ijdelste man die ik ooit heb meegemaakt,' zei Dorothy.) Twintig jaar lang had Einar zich kunnen koesteren in deze stralende moederzon, maar toen had zich onverhoeds een nakomertje aangediend, aan wie de moeder haar hart verpandde zoals ze het ooit aan Einar had verpand. En Einar had haar dit nooit kunnen vergeven. Niet in staat zich ermee te verzoenen dat hij niet langer de lieveling was, nam hij op zijn tweeëntwintigste verjaardag de boot naar Amerika. Hij ging nooit meer terug naar Zweden, zag zijn moeder nooit weer, beweerde vol trots dat hij zijn moedertaal geheel en al vergeten was, en verviel bij de minste aanleiding in tirades tegen het 'achterlijkste, meest arrogante en meest bekrompen land ter wereld'. Hij werd een schoolvoorbeeld van het Amerikaanse experiment in persoonlijke autonomie, een experiment dat bij voorbaat gedoemd was een vertekend beeld op te leveren, want het waren nu niet bepaald de meest sociale mensen die de Oude Wereld voor de Nieuwe verruilden – het waren vooral de mensen die niet met anderen overweg konden.

Als jonge man in Minnesota, waar hij eerst als houthakker de laatste ongerepte bossen hielp kappen en vervolgens grondwerker werd bij een ploeg spoorwegarbeiders, en in geen van beide beroepen een fatsoenlijk loon kreeg, was Einar zich aangetrokken gaan voelen tot de communistische visie dat zijn werkkracht werd uitgebuit door de kapitalisten van de oostkust. En toen hij op een dag op Pioneer Square een communistische redenaar hoorde spreken, had hij zich in een eureka-moment gerealiseerd dat hij in zijn nieuwe land het best vooruit zou kunnen komen door zelf de werkkracht van anderen te exploiteren. Met enkele van de jongere broers die hem ondertussen naar Amerika waren gevolgd, ging hij in zaken als aannemer in de wegenbouw. En om tijdens de bevroren maanden ook iets omhanden te hebben, hadden de gebroeders aan de bovenloop van de Mississippi een dorpje gesticht en een warenhuis geopend. Zijn politieke oriëntatie moest rond die tijd nog steeds links zijn geweest, want hij gaf onbeperkt krediet aan de communistische boeren in de omgeving, meest Finnen, die de grootste moeite hadden om buiten bereik van het oostkustkapitaal het hoofd boven water te houden. Het warenhuis werd dan ook al snel een geduchte verliespost, en Einar stond op het punt zijn aandeel erin te verkopen toen een voormalige vriend van hem, ene Christiansen, aan de overkant van de dorpsstraat een concurrerende winkel opende. Puur uit wrevel hierover (aldus Dorothy) bleef Einar zijn nering toch nog een jaar of vijf drijven, doorheen het diepste dal van de Depressie, talloze waardeloze schuldbriefjes van berooide klanten vergarend, tot hij het genoegen kon smaken de arme Christiansen op de fles te zien gaan. Eerst toen verhuisde hij naar Bemidji, waar hij goede zaken deed als wegenbouwer maar zijn bedrijf ten slotte tegen een veel te lage prijs verkocht aan een glibberige collega die voorgaf socialistische sympathieën te hebben.

Voor Einar was Amerika het land van de on-Zweedse vrijheid, het oord van de onbegrensde mogelijkheden waar iemand zich nog een uitverkoren zoon kon wanen. Maar niets doet zozeer afbreuk aan het gevoel uitverkoren te zijn als de nabijheid van anderen die zich óók uitverkoren voelen. Na met keihard werken en dankzij zijn aangeboren gewiekstheid tot enige welstand en onafhankelijkheid te zijn geraakt, maar noch echt welvarend noch echt onafhankelijk te zijn geworden, werd hij een toonbeeld van ontgoocheling en verbittering. Na zijn pensionering in de jaren vijftig stuurde hij zijn verwanten elk jaar kerstkaarten waarin hij zich beklaagde over de stompzinnigheid van de Amerikaanse overheid, de onrechtvaardigheid van de Amerikaanse economie en de dwaasheid van de Amerikaanse godsdienstbeleving. Zo trok hij in een wel heel vitriolische kerstgroet een hatelijke parallel tussen de ongehuwde madonna van Bethlehem en de 'Zweedse hoer' Ingrid Bergman, wier eigen bastaardkind (Isabella Rossellini) bejubeld werd door een Amerikaanse pers die het werktuig was van de Amerikaanse big business. Hoewel hij zelf ondernemer was, had Einar een bloedhekel aan het zakenleven. En hoewel hij als ondernemer gefloreerd had dankzij de overheidscontracten die hij had verworven, had hij een niet minder grote hekel aan de overheid. En hoewel hij dol was op het weidse Amerikaanse landschap, verfoeide hij de wegen die dat landschap ontsloten, ondanks dat hij vele daarvan zelf had aangelegd. Hij kocht Amerikaanse sedans met de krachtigste motors die er waren, zodat hij 120 tot 160 kon halen op de rimpelloos vlakke snelwegen van Minnesota, en naar believen de stommelingen voorbij kon scheuren die trager waren dan hij. Als er in het donker een tegenligger naderde die de euvele moed had met groot licht te rijden, dan reageerde Einar door zijn koplampen ook vol aan te zetten en vol aan te houden. Als een of andere imbeciel aanstalten maakte hem op een tweebaansweg te passeren, dan gaf Einar net genoeg gas om hem voor te blijven, en minderde telkens net op tijd vaart om te voorkomen dat de imbeciel weer in kon voegen, een vermaak dat hem des te meer plezier verschafte als er op de andere strook een truck in zicht kwam en de dreiging van een frontale botsing ontstond. Als een of andere idioot hem sneed of weigerde voorrang te geven, dan zette Einar de achtervolging op hem in en probeerde hem dan de berm in te rijden, zodat hij uit kon stappen en zijn vijand verrot kon schelden. (Het persoonlijkheidstype dat ontvankelijk is voor de droom van de onbeperkte vrijheid, vertoont bij het niet uitkomen van die droom doorgaans een even grote ontvankelijkheid voor woede en misantropie.) Einar was achtenzeventig toen een wel zeer ongelukkige manoeuvre hem tot de keuze dwong tussen een daverende botsing en de diepe greppel langs Route 2. Zijn vrouw, die naast hem zat en in tegenstelling tot Einar wél haar gordel om had, lag drie dagen in een ziekenhuis in Grand Rapids voor ze aan haar brandwonden bezweek. Volgens de politie had ze het ongeluk kunnen overleven als ze niet getracht had haar dode echtgenoot uit hun brandende Eldorado te trekken. 'Hij heeft haar al die jaren als oud vuil behandeld,' zei Walters vader nadien, 'en ten slotte heeft hij haar de dood ingejaagd.'

Van de vier kinderen die Einar verwekte was Gene de enige die geen greintje ambitie aan de dag legde en het zich zo gemakkelijk mogelijk maakte, de zoon die van het leven wilde genieten, de zoon met duizend vrienden. Dit was deels gewoon zijn natuur, maar deels ook een wraakoefening op zijn vader. Gene was op de high school van Bemidji de ster van het ijshockeyteam geweest en meldde zich direct na de aanval op Pearl Harbour, zeer tot ongenoegen van zijn antimilitaristische vader, als een van de eerste vrijwilligers bij het leger aan. Hij werd tot tweemaal toe uitgezonden naar de Stille Oceaan en kwam beide malen ongedeerd thuis, de laatste maal als soldaat eersteklasse, hief met zijn vrienden menig glas op zijn wapenfeiten en nam een baantje in een garage. Dat laatste in weerwil van zijn vaders klemmende advies gebruik te maken van de Wet Oorlogsveteranen. Het zou altijd onduidelijk blijven, voor alle betrokkenen, of hij wel met Dorothy was getrouwd als hij haar niet zwanger had gemaakt – maar toen ze eenmaal in het huwelijksbootje waren gestapt, deed hij zijn best haar lief te hebben met alle tederheid die zijn vader zijn moeder had ontzegd.

Dat Dorothy niettemin zijn sloof werd, en dat zijn eigen zoon Walter daarom net zo'n hekel aan hem zou krijgen als hij aan Einar had, was weer typisch zo'n ironische kronkel die zo menige familiegeschiedenis kenmerkt. Anders dan Einar ging Gene zich nooit superieur wanen aan zijn vrouw. Integendeel, hij maakte haar de slavin van zijn zwakheid, en wel in het bijzonder van zijn drankzucht. Ook in andere opzichten trad hij op omgekeerde wijze in Einars voetsporen. Hij werd op een luide, drammerige manier oppervlakkig, halsstarrig trots op zijn *on*speciaalheid, en neigde daardoor steeds meer tot de duistere opvattingen van politiek *rechts*. Hij was liefhebbend en dankbaar tegenover zijn vrouw, geliefd bij zijn vrienden en medeveteranen om zijn gulheid en kameraadschap, maar kreeg met het vorderen van de jaren toch steeds vaker uitbarstingen van Berglundiaanse woede en wrok. Hij haatte de zwarten, de indianen, de intellectuelen, de kakkers en, vooral, de federale overheid, en hij had zijn vrijheden (om te drinken, te roken, te gaan ijsvissen met zijn vrienden) des te inniger lief omdat ze zo bescheiden waren. Hij voer alleen tegen Dorothy uit als ze opperde (heel ingetogen en aarzelend, want ze weet Gene's tekortkomingen niet zozeer aan Gene zelf als wel aan Einar) dat hij er goed aan zou doen wat minder te drinken.

Het bedrag dat Gene van Einar erfde zou veel groter zijn uitgevallen als Einar zijn bedrijf niet tegen zo'n zelfdestructieve spotprijs had verkocht, maar het was nog altijd groot genoeg om een klein motel te kopen, een nering waarvan hij altijd al gevonden had dat die echt iets voor hem was. Toen hij eigenaar werd van The Whispering Pines, had het een kaduke riolering alsmede een ernstig schimmelprobleem, en lag het eigenlijk al te dicht bij een snelweg die zo intensief gebruikt werd voor ertstransporten dat verbreding niet kon uitblijven. Erachter bevond zich een ondiep ravijn vol afval en levenslustige jonge berkenboompjes, waarvan er één dwars door een afgedankte boodschappenkar groeide, die het uiteindelijk zou beknotten en verstikken. Gene had moeten weten dat er weldra heus wel een aantrekkelijker motel op de plaatselijke markt zou komen, als hij maar bereid was geduld op te brengen. Maar eenmaal in gang gezette zakenfiasco's hebben een tempo dat zich moeilijk laat verlagen. Om het restant van zijn erfenis wijselijker te besteden had hij een ambitieuze man moeten zijn, en aangezien hij allerminst zo'n man was, wilde hij zijn miskleun zo snel mogelijk vervolmaken, al zijn geld stukgooien zodat hij zo snel mogelijk kon gaan verdringen hoeveel hij wel niet had uitgegeven – een taak die hij zo grondig opvatte dat hij het bedrag daadwerkelijk vergat, oprecht zou gaan geloven in het veel lagere bedrag dat hij Dorothy later voorspiegelde. En zo neemt elke misère, als het maar het juiste soort misère is, zijn eigen geluk met zich mee – Gene hoefde niet langer voor toekomstige debacles te vrezen, want zijn afgang was al compleet, die horde had hij al genomen, hij had zichzelf voor eens en altijd een slachtoffer van deze wrede wereld gemaakt. Hij moest een wurgende tweede hypotheek nemen om een nieuwe riolering te kunnen laten aanleggen, en elke daaropvolgende ramp, groot of klein (de omgewaaide den die dwars door het dak van het motelkantoor viel, de gast in kamer 24 die na zijn vertrek snoekbaarzen bleek te hebben schoongemaakt op de beddensprei, het elektrische gevelbord dat gedurende een heel Vierde Juli-weekend ten onrechte NO VACANCIES had aangegeven tot Dorothy het ontdekte en ruimschoots te laat uitzette) vormde voor Gene een bijna geruststellende bevestiging van zijn ideeën over de wereld en zijn eigen ellendige plaats daarin.

In de eerste paar zomers na de aankoop kwamen Gene's geslaagdere broers en zussen met hun hele gezin naar de Whispering Pines om een hele week te blijven tegen een speciaal familietarief dat laag maar niet laag genoeg was en dus niemand echt blij maakte. Walters nichtjes en neefjes eigenden zich het vlekkerige zwembad toe, terwijl zijn ooms Gene hielpen bij het vullen van de barsten in het parkeerterrein of het met bielzen verstevigen van de verzakkende ravijnhelling aan de achterzijde. In het vervuilde ravijn zelf, nabij het geraamte van de gesneuvelde boodschappenkar, vertelde Walters wereldwijze neef Leif leerrijke en ijzingwekkende verhalen over het straatleven in Chicago. Het meest memorabele en onrustbarende verhaal vond Walter dat van een jongen uit groep acht in Oak Park die erin geslaagd was uit de kleren te gaan met een meisje, maar toen niet meer had geweten hoe het verder moest en in zijn ontreddering over haar benen had gepist. Omdat Walters stadse neven veel meer zoals hij waren dan zijn eigen twee broers, waren die eerste zomers in het motel de gelukkigste van zijn hele jeugd. Elke dag bracht nieuwe avonturen: horzelsteken, valpartijen gevolgd door tetanusprikken, ontploffende flesraketten, buitelingen door de brandnetels, bijna-verdrinkingen. Laat op de avond, als het verkeer op de snelweg eindelijk bedaarde, leken de dennen achter het woonhuis waarachtig te fluisteren.

Maar het duurde niet lang of de Berglund-ooms en -tantes werden de zomerse bezoeken zat en hielden ermee op. Voor Gene was dit slechts het zoveelste bewijs dat zijn broers en zusters op hem neerkeken, zich veel te goed voelden voor zijn motel en meer in het algemeen tot die categorie van bevoorrechte Amerikanen behoorden waar hij met steeds meer plezier op afgaf en kotste. En om de simpele reden dat Walter het altijd goed had kunnen vinden met zijn neefjes en nichtjes uit de stad, en hen daarom ook node miste, koos hij Walter uit om zijn wrok op af te reageren. In de hoop Walter zo te vormen dat hij minder op zijn neven ging lijken, wees Gene hem onveranderlijk de smerigste en vernederendste karweitjes in het motel toe. Walter, die het liefst de hele dag boeken las, moest verf krabben, de vloerbedekking van de kamers reinigen als daar bloed- of spermavlekken in zaten, en met een uitgevouwen klerenhanger slijmerige proppen haar uit de afvoerputjes van de douches vissen. Als een gast zijn wc onder de diarreespetters had achtergelaten, en Dorothy er niet was om het snel zelf schoon te maken, nam Gene alle drie zijn zoons mee om de viezigheid te bekijken, en gaf Walter dan tot hilariteit van diens broers opdracht de boel weer toonbaar te maken. 'Wordt-ie hard van,' zei vader tegen de twee zoons met wie hij wegliep. 'Ja, wordt-ie hard van,' zeiden zij hem lachend na. En als het Dorothy achteraf ter ore kwam en ze sprak er haar man bozig op aan, dan beluisterde Gene haar grijnzend en met speciaal plezier aan zijn sigaret trekkend, liet haar uitrazen zonder terug te schreeuwen (want hij ging er o zo prat op dat hij nog nooit zijn stem tegen haar verheven had), en zei: 'Maak je niet zo druk, Dorothy. Werken is alleen maar goed voor hem. Daar voorkomen we mee dat-ie verbeelding krijgt.'

Het was alsof alle nijd die Gene op zijn universitair geschoolde vrouw had kunnen afwentelen, wat hij zich niet toestond omdat hij dan te veel op Einar zou lijken, een legitiem doelwit had in zijn middelste zoon die, en daar vertrouwde Dorothy zelf ook op, taai genoeg leek om het te kunnen verduren. Dorothy bezag het in het licht van de rechtvaardigheid op lange termijn. Het was nu misschien sneu dat Gene altijd maar Walter moest hebben, maar Walter had veel in zijn mars en zou slagen in het leven, terwijl Gene altijd een mislukkeling zou blijven. En Walter zelf? Door zonder te morren al die rotklusjes te doen en nooit een kik te geven (laat staan te klagen) tegen zijn moeder, kon hij zijn vader laten zien dat hij hem de baas was. Gene's nachtelijke dronkemansgebots tegen de meubels in de kamer, zijn kinderlijke paniekaanvallen als hij zonder sigaretten kwam te zitten, zijn eeuwige en immer onterechte gekanker op succesvolle mensen – als Walter het niet te druk had gehad met de pest hebben aan zijn vader, zou hij medelijden met hem hebben gekregen.

Toen Walter negen of tien was, prikte hij een zelfgetekend NO SMOKING-bord op de deur van de kamer die hij deelde met zijn kleine broertje Brent, die niet tegen rook kon. Walter zou dat bord nooit voor zichzelf hebben opgeprikt – hij liet Gene nog liever rook in zijn ogen blazen dan hem het plezier te gunnen van een protest. En of Gene dit nu aanvoelde of niet, iets weerhield hem ervan het bord van de deur te rukken. Hij hield het bij een flauwe grap. 'En als je broertje nou 's nachts even een saffie wil roken?' vroeg hij Walter. 'Moet hij dan buiten in de kou gaan staan van je?'

'Dat zal hij niet willen,' zei Walter onverstoorbaar. 'Hij ligt 's nachts al erg genoeg te piepen door al die rook van jou.'

'Dat is dan voor het eerst dat ik dat hoor.'

'Ik hoor het elke nacht.'

'Ik wil alleen maar zeggen dat je dat bord in naam van jullie tweeën hebt opgeprikt, nietwaar, en dat ik benieuwd ben hoe Brent daarover denkt. Het is net zo goed zijn kamer.'

'Hij is zes.'

'Nou, Gene,' bracht Dorothy in, 'ik denk dat Brent inderdaad allergisch is voor rook.'

'Ik denk dat Wálter allergisch is voor míj.'

'We willen gewoon geen rook meer in onze kamer,' zei Walter. 'Je mag buiten de deur roken, maar niet als je bij ons binnen staat.'

'Ik zie niet in wat dat voor verschil maakt,' zei Gene.

'Het is gewoon de nieuwe regel voor onze kamer.'

'Dus jij bepaalt tegenwoordig wat mag en niet mag, begrijp ik dat goed?'

'In onze kamer wel, ja.'

Gene leek op het punt te staan om tegen hem uit te varen, maar kreeg in plaats daarvan iets vermoeids over zich. Hij schudde zijn hoofd en grijnsde de scheve, getergde grijns waarmee hij op elke aantasting van zijn autonomie reageerde. Of misschien zag hij in Brents allergie een excuus om eindelijk de 'lounge' aan het motelkantoor te bouwen, waar hij op zijn gemak kon roken en zijn vrienden kon ontvangen voor een praatje en een drankje. Dorothy had zich daar tot dan toe tegen verzet – ze vreesde, terecht, dat zo'n lounge zijn ondergang zou worden.

Het grote soelaas van Walters kindertijd, naast school, was de familie van zijn moeder. Haar vader was een dorpsarts en onder haar broers, zusters, ooms en tantes bevonden zich universitaire docenten, een echtpaar dat in hun jonge jaren een variété-duo had gevormd, een amateurschilder, twee bibliothecaressen en diverse ongetrouwde en vermoedelijk homoseksuele mannen en vrouwen. Dorothy's verwanten in de Twin Cities nodigden Walter uit voor betoverende weekenden met musea, muziek en theater; en zij die in de Iron Range woonden hielden picknicks in de zomer en gezellige familiebijeenkomsten op feestdagen. Ze vermaakten elkaar met raad-het-woord en klassieke kaartspelen als canasta, er werd pianogespeeld en meegezongen. Iedereen was zo hartelijk en onbedreigend dat zelfs Gene zich in hun gezelschap ontspande, goedmoedig grinnikend om hun smaak en politieke opvattingen, vol welwillend medelijden omdat ze nog geen hamer konden vasthouden, die intellectuelen. Ze deden een gevoel van saamhorigheid in hem bovenkomen, dat Walter verrukte maar dat hij anders bijna nooit te zien kreeg, behalve rond kerst, als er snoep moest worden gemaakt.

Het jaarlijkse snoepkarwei was te groot en belangrijk om aan Dorothy en Walter over te laten. Het nam een aanvang op de eerste adventzondag en ging wekenlang door. De tovenaarsachtige benodigdheden (enorme ijzeren ketels, lange houten spanen, zware aluminium notenkrakers) werden opgediept uit kasten die de rest van het jaar gesloten bleven. Er verschenen hoge suikerduinen en torens van gestapelde blikjes. Ongezouten boter werd met kilo's tegelijk gesmolten met melk en gebrande suiker (voor chocolaloze fudge) of met suiker alleen (voor Dorothy's befaamde kersttoffee), of door Walter uitgesmeerd in het reserveleger van pannen en bakblikken die zijn moeder door de jaren heen bijeen had gekocht op rommelmarkten. Er werd intensief gediscussieerd over 'harde', 'zachte' en 'harde en vanbinnen zachte'. Met zijn keukenschort voorgebonden roerde Gene in de ketels als een roeier op een Vikingschip, en deed serieus zijn best er geen sigarettenas in te laten vallen. Hij had drie antieke snoepthermometers met roeispaanvormige uiteinden, die de gewoonte hadden om urenlang geen enkele stijging te registreren en dan opeens alle drie tegelijk omhoog te schieten naar de temperatuur waarop fudge verbrandde en toffee verhardde tot epoxyhars. Nooit waren hij en Dorothy méér een koppel dan wanneer ze samen een race tegen de klok aangingen om de noten er op tijd doorheen geroerd en de snoep op het juiste moment gegoten te krijgen. En dan later het beulswerk van het snijden van te hard geworden toffee: het lemmet van Gene's mes dat omboog onder de kracht die hij erop zette, het afgrijselijke geluid (niet zozeer gehoord als wel gevoeld in de tanden en het beenmerg) van een mesrand die zijn scherpte verloor op de bodem van een ijzeren pan, de knallen van kleverige bruine amber die onverwachts uiteenspatte, de vaderlijke uitroepen van *godgloeiendegodgodverdomme* en de moederlijke vermaningen om niet zo te vloeken.

In het laatste weekeinde van advent, als er zo'n tachtig tot honderd blikjes waren gevoerd met vetvrij papier, volgestopt met fudge en toffee en versierd met geroosterde amandelen, gingen Gene, Dorothy en Walter op pad om ze uit te delen. Dit nam het hele weekeinde in beslag, vaak zelfs meer. Walters oudere broer Mitch bleef elke dag in het motel achter met Brent, die, hoewel hij later piloot bij de luchtmacht zou worden, als kind in minder dan geen tijd wagenziek werd. Het snoep werd eerst bezorgd bij de vele vrienden die Gene in Hibbing had, en vervolgens, met tal van verkeerde afslagen en hele einden terugrijden, bij vrienden en familie die op grotere afstand woonden, door de Iron Range naar Grand Rapids en zelfs nog verder. Bij alle aangedane adressen werd koffie met koek aangeboden, die uiteraard nergens kon worden geweigerd. Tussen de bezoeken door zat Walter op de achterbank in zijn meegenomen boek te lezen, of hij keek naar de beweeglijke raamvormige vlek zonlicht naast hem op de zitting, die bij bochten over de rand van de bank in het ravijn van de vloer verdween om dan weer meteen, van vorm veranderd, omhoog te glijden over de rugleuning van de voorbank. Buiten viel niets te zien behalve het immer grauwe geboomte, de immer met sneeuw bedekte open plekken, de telefoonpalen met ronde blikken reclameborden die nooit iets anders dan kunstmest aanprezen, de kouwelijke haviken en de ineengedoken raven. Naarmate de dag vorderde slonk de stapel blikjes die hem achterin gezelschap hield, maar daar stond een groeiende hoop pakjes tegenover met Scandinavisch gebak, Finse en Kroatische lekkernijen, en flessen 'jajem' van zijn vaders vrijgezelle vrienden. Het sterke punt van het snoep dat deze tegengeschenken uitlokte, was dat het al jarenlang hetzelfde snoep was – sinds hun trouwen hadden Gene en Dorothy nooit iets anders rondgebracht dan hun zelfgemaakte fudge en toffee, waardoor die meer en meer het karakter kregen van een herinnering aan alle mooie jaren daarvoor. Het was de jaarlijkse traktatie waarmee de arme Berglunds zich toch rijke mensen konden tonen.

Tegen het einde van Walters derde highschooljaar overleed Dorothy's vader en erfde ze het kleine huis aan het meertje waar ze de zomers van haar meisjesjaren had doorgebracht. In Walters beleving hing het huis ten nauwste samen met de gebreken van zijn moeder, want het was daar dat ze als meisje maandenlang geworsteld had met de artritis die haar rechterhand had aangetast en haar bekken had gedeformeerd. Op een plank bij de haard lag nog altijd het treurigmakende 'speelgoed' (een soort notenkraker met stalen veren en een houten trompet met vijf ventielen) waarmee ze zich ooit urenlang had moeten 'vermaken' om haar ontstoken vingergewrichten zo soepel mogelijk te houden. De Berglunds hadden het altijd veel te druk gehad met het motel om lang in het huis te logeren, maar het was Dorothy zeer dierbaar en ze droomde ervan ooit een goede prijs voor het motel te maken en zich dan met Gene aan de oever van het meer terug te trekken. Dus ging ze niet voetstoots akkoord toen Gene met het idee kwam het huis te verkopen. Niet dat hij daar geen begrijpelijke redenen voor had. Zijn gezondheid ging achteruit, het motel was tot in zijn fundamenten gehypothekeerd en de weinige allure die het ooit had bezeten was compleet uitgewist door de strenge winters van Hibbing – en Mitch, die van school was, had weliswaar werk bij een carrosseriebedrijf, maar verbraste zijn salaris elke maand weer aan meisjes, drank, vuurwapens, visgerei en zijn opgevoerde Thunderbird. Gene had misschien anders over het huis gedacht als er in het meertje vis had rondgezwommen die een grotere uitdaging voor een sportvisser vormde dan bliekjes en voorntjes. Maar die zwom er niet, dus zag hij niet langer het nut in van een vakantiehuis waar hij toch de vrije tijd niet voor had. Dorothy, doorgaans een toonbeeld van berustend pragmatisme, werd zo verdrietig van het voorstel dat ze dagenlang het bed moest houden met zware hoofdpijn. En Walter, die altijd bereid was te lijden maar er niet tegen kon zijn moeder te zien lijden, besloot zich ermee te bemoeien.

'Als ik er komende zomer nou eens intrek en de boel een beetje opknap, dan kunnen we het daarna misschien verhuren,' zei hij tegen zijn ouders.

'We hebben je veel te hard hier nodig,' zei Dorothy.

'Ik blijf hier toch nog maar een jaar. Dus wat moeten jullie dan als ik ga studeren?'

'Dat zien we dan wel weer,' zei Gene.

'Vroeg of laat zullen jullie iemand in dienst moeten nemen.'

'En dat is dus ook precies waarom ik dat huis wil verkopen,' zei Gene.

'Je vader heeft gelijk, Walter,' zei Dorothy. 'Het lijkt me vreselijk om het op te geven, maar hij heeft wel een punt.'

'Maar hoe zit het dan met Mitch? Hij zou op z'n minst eens huur kunnen gaan betalen, en dan kunnen jullie daarvan iemand in dienst nemen.'

'Mitch kost ons niks meer,' zei Gene. 'Die bedruipt zichzelf nu.'

'Hoezo zichzelf bedruipen? Mam kookt voor hem en doet zijn was! Waarom betaalt hij dan geen huur?'

'Dat gaat jou niet aan.'

'Het gaat mam wat aan! Je verkoopt liever het huis dan dat je Mitch vraagt volwassen te worden.'

'Mitch zit daar in zijn eigen kamer en daar ga ik hem niet uitschoppen.'

'Denk je werkelijk dat we het zouden kunnen verhuren?' vroeg Dorothy hoopvol.

'Dan moeten we er ook elke week schoon gaan maken en de was doen,' zei Gene. 'Dat wordt een gebed zonder end.'

'O, maar ik kan er elke week even naartoe rijden,' zei Dorothy. 'Dat zou nog wel te doen zijn.'

'We hebben het geld nú nodig,'zei Gene.

'En als ik nou ook eens doe wat Mitch doet?' zei Walter. 'Als ik je nou gewoon negeer en er van de zomer naartoe ga om het op te knappen?'

'Gaan we dreigen?' zei Gene. 'Je bent Onze Lieve Heer niet, hoor. We redden het hier ook wel zonder jou.'

'Gene, we kunnen op z'n minst proberen het de volgende zomer te verhuren. Als dat niks wordt, kunnen we het altijd nog verkopen.'

'Ik ga er in de weekeinden naartoe,' opperde Walter. 'Wat zou je daarvan zeggen, pap? Dan kan Mitch me hier vervangen. Dat is wel het minste wat hij kan doen, toch?'

'Geweldig idee,' zei Gene. 'Probeer het hem zelf maar te verkopen.'

'Ik ben zijn vader niet!'

'Ik ben hier uitgepraat,' zei Gene, en hij trok zich terug in de lounge.

De reden waarom Gene het Mitch zo gemakkelijk maakte, was duidelijk genoeg: hij zag in zijn oudste zoon het evenbeeld van zichzelf en hij wilde hem niet koeioneren zoals hij zelf door Einar was gekoeioneerd. Raadselachtiger vond Walter de schuchterheid die Dorothy toonde. Misschien was ze al zo versleten door haar man dat ze de kracht of moed niet meer had om ook nog de strijd met haar oudste aan te gaan, of anders zag ze misschien al dat Mitch een belabberde toekomst tegemoet ging en wilde ze hem nog een paar gerieflijke jaren geven alvorens de wereld hem zou vermorzelen. Hoe dan ook, Walter moest uiteindelijk zelf op de kamerdeur van Mitch gaan kloppen, die was volgeplakt met stickers van Pennzoil en STP, om een poging te doen een vader voor zijn oudste broer te zijn.

Mitch lag op zijn bed te roken en luisterde naar Bachman-Turner Overdrive op de hifi-installatie die hij gekocht had van zijn salaris als carrosseriemonteur. De grijns waarmee hij Walter begroette was net zo getergd als die van hun vader, maar nog een stuk neerbuigender. 'Wat kom jij doen?'

'Ik wil dat je hier huur gaat betalen, of anders je steentje gaat bijdragen, of anders op jezelf gaat wonen.'

'En sinds wanneer heb jij het hier voor het zeggen?'

'Pap zei dat ik met je moest gaan praten.'

'Ga hem maar zeggen dat hij zelf de ballen moet hebben om met me te praten.'

'Hun geldzorgen worden steeds erger en mam wil het huis aan het meer niet verkopen, dus er zal iets anders moeten gebeuren.'

'Dat is haar probleem.'

'Jezus, Mitch, je bent de grootste egoïst die ik ooit heb meegemaakt.'

'Ah, ik snap het. Jij gaat over een tijdje lekker naar Harvard of zo, en dan draai ik hier voor alles op, maar *ík* ben dus de egoïst.'

'Inderdaad, ja!'

'Ik probeer gewoon wat geld te sparen voor Brenda en mij, maar ik ben een egoïst.'

Brenda was het mooie meisje dat zowat door haar ouders was verstoten sinds ze met Mitch uitging. 'En wat mag dat dan wel voor spaarplan zijn?' vroeg Walter. 'Allerlei spullen kopen zodat je daar later mee naar de bank van lening kan?'

'Ik werk elke dag keihard. Wat moet ik dan doen, helemaal nooit wat kopen?'

‘Ik werk ook hard, en ik koop nooit iets, want ik krijg nooit betaald.’

‘En die filmcamera dan?’

‘Heb ik te leen van school, lul! Die is helemaal niet van mij.’

‘Goh, ik krijg nooit wat te leen, hoe zou dat komen? Omdat ik niet zo’n slijmbal als jij ben, misschien?’

‘Dat wil nog steeds niet zeggen dat je geen huur of kostgeld zou moeten betalen, of op z’n minst mee zou moeten helpen in de weekeinden.’

Mitch tuurde in zijn asbak als naar de binnenplaats van een overvolle gevangenis, zich afvragend hoe hij er nog een bajesklant tussen kon krijgen. ‘Ben jij Onze Lieve Heer of zo?’ sprak hij zijn vader na. ‘Ik hoef met jou niet te overleggen, mannetje.’

Maar Dorothy bleef weigeren om zelf met Mitch te praten (‘Dan verkoop ik net zo lief het huis.’), en toen het schooljaar ten einde liep en het motelseizoen, of wat daar nog voor doorging, stond te beginnen, besloot Walter de kwestie op de spits te drijven. Zolang hij in het motel verbleef, kon hij het niet nalaten de dingen te doen die gedaan moesten worden, dus de enige manier om Mitch te dwingen zijn verantwoordelijkheid te nemen was te vertrekken. Hij kondigde aan dat hij de zomer in het huis aan het meer ging doorbrengen, met opknapwerk en het draaien van een experimentele film. Zijn vader zei het prima te vinden als hij het huis beter verkoopbaar maakte, maar verkocht zou het worden. Zijn moeder daarentegen smeekte hem dat hele huis uit zijn hoofd te zetten. Ze zei dat het egoïstisch van haar geweest was om er zo’n misbaar over te maken, ze gaf níéts om dat huis, ze wilde geen onmin in haar gezin, en toen Walter zei dat hij toch ging, riep ze dat als hij iets om haar gaf, hij zou blijven. Maar hij was, voor het eerst van zijn leven, echt boos op haar. Het kon hem niet schelen hoeveel ze van hem hield of hoe goed hij haar begrijpen kon – hij kon het niet uitstaan dat ze haar oren zo naar zijn vader en broer liet hangen. Daar was hij zo langzamerhand kotsmisselijk van. Hij liet zich door zijn beste schoolvriendin, Mary Siltala, naar het huis rijden met een plunjezak vol kleren, veertig liter acrylverf, zijn oude fiets zonder versnelling, een tweedehands paperback-uitgave van *Walden* en de Super-8-camera die hij in bruikleen had van de audiovisuele afdeling van zijn high school.

Het huis lag bezaaid met muizenkeutels en dode pissebedden, en was behalve aan een schilderbeurt ook hard aan een nieuwe dakbedekking en nieuwe raamhorren toe. Op zijn eerste dag was Walter tien uur onafgebroken aan het schoonmaken en wieden en maakte daarna nog een wandeling door het bos, in het roerloze namiddaglicht, op zoek naar de schoonheid van de natuur. Hij had maar voor vierentwintig minuten film, en nadat hij er drie aan eekhoorntjes had verspild, zag hij in dat hij de lat hoger moest leggen om tot een aansprekende productie te komen. Het meer was te klein voor futen, maar toen hij in de hout-en-canvas kano van zijn opa stapte en naar de ongerepte rietkraag aan de overkant peddelde, ontwaarde hij daarin een reigerachtige vogel, een roerdomp op zijn nest. Roerdompen waren ideaal – zo teruggetrokken dat hij er de hele zomer achteraan zou kunnen zitten zonder de resterende eenentwintig minuten op te gebruiken. Hij zag het al voor zich: een experimentele roerdompfilm.

Hij stond elke ochtend om vijf uur op, smeerde zich in met muggenolie en peddelde o zo langzaam en stilletjes naar de rietkraag, met de camera schietklaar op zijn schoot. Roerdompen hielden zich altijd schuil tussen het riet, gecamoufleerd door hun verticale vaalgeel-met-bruine streping, en spiesten kleine prooidieren aan hun snavel. Als ze onraad bespeurden, strekten ze hun nek en hieven hun snavel star hemelwaarts, waardoor ze nauwelijks meer te onderscheiden waren van dor riet. Als Walter voorbijgleed en iets vaalgeel-met-bruins gewaarwerd in zijn zoeker, glipten ze meestal dieper weg, maar soms koos er een het luchtruim en tuimelde hij zowat achterover om die vlucht te volgen met zijn camera. Het waren genadeloze rovers, pure moordmachines, maar hij vatte grote sympathie voor ze op, vooral om het contrast tussen hun grauwe dekveren en het imposante blauwgrijs en diepzwart aan de onderkant van hun vleugels. Op aarde, tussen hun rietstengels, waren ze nederig en schichtig, maar in de lucht waren ze majesteitelijk.

De zeventien jaar waarin hij op een kluitje had gezeten met zijn ouders en broers, hadden hem een dorst naar eenzaamheid gegeven waarvan hij de onlesbaarheid eerst nu ontdekte. Niets te horen behalve de wind, vogelzang, zoemende insecten, springende vissen, takken die piepten en berkenbladeren die ritselend langs elkaar streken – hij stopte om de haverklap met het afkrabben van de bladderende verf om van deze onstille stilte te genieten. Het was anderhalf uur fietsen van en naar de Co-op in Fen City waar hij zijn boodschappen haalde. Hij maakte grote pannen linzenstamppot en bonensoep, volgens de recepten van zijn moeder, en 's avonds vermaakte hij zich met de oeroude, met een trekveer uitgeruste flipperkast die al sinds mensenheugenis in het huis stond. In bed las hij tot na middernacht, en zelfs daarna sliep hij nog niet in maar lag voldaan de stilte in zich op te nemen.

Toen hij laat in de middag van een vrijdag, zijn tiende dag, terugpeddelde met nieuwe en weer niet echt geslaagde roerdompopnamen, hoorde hij auto's met luide muziek en vervolgens twee motorfietsen in de richting van het huis komen. En toen hij uit de kano sprong om hem op het droge te trekken, waren Mitch, de sexy Brenda en drie andere stellen (drie foute vrienden van Mitch en drie meiden in haltertopjes en extreem nauwe, als op de huid geschilderde broeken met wijd uitlopende pijpen) bezig kampeerspullen, bier en koelboxen op het grasveld achter het huis te zetten. Een dieselpickup draaide tuffend en kuchend stationair om een soundsystem op te laden dat Aerosmith bulderde. Een van de foute vrienden had een rottweiler met een halsband vol stalen punten.

'Hé, natuurliefhebber, wij komen er gezellig bij,' zei Mitch. 'Is wel goed, hè?'

'Nee, dat is helemaal niet goed!' zei Walter woedend, en tegelijk blozend van gêne omdat hij wist hoe sullig hij moest lijken in de ogen van dit gezelschap. 'Ik zou hier alleen zijn, dus kan jij er niet zomaar bij komen.'

'En of ik dat kan,' zei Mitch. 'Sterker nog: jíj hoort hier niet. Ik vind het best als je vannacht blijft slapen, maar ik ben hier nu de bewoner.'

'Jij de bewoner? Hoe kom je daar nou bij?'

'Ik huur het vanaf nu. Je wilde toch dat ik huur ging betalen? Nou, ik huur dit huis.'

'En je werk dan?'

'Ben ik mee gekapt. Ontslag genomen.'

Walter liep met tranen in zijn ogen naar binnen en verborg zijn camera in de wasmand, waarna hij op zijn fiets sprong en naar Fen City reed door een schemering die opeens ontdaan was van zijn charme en overliep van muggen en vijandigheid. Hij belde naar huis met de telefoonautomaat buiten de Co-op, en zijn moeder bevestigde Mitch' verhaal. Ja, zijn vader en zijzelf hadden woorden gehad met Mitch, en de ruzie was beslecht met de afspraak dat ze het huis niet zouden verkopen en dat Mitch het mocht opknappen om op eigen benen te leren staan.

'Maar dan wordt het één grote feesttent, mam. Hij sloopt de boel alleen maar.'

'Ik heb gewoon het liefst dat jij weer hierheen komt en dat Mitch daar in zijn eentje zit,' zei ze. 'Hij moet inderdaad eens wat volwassener worden, daar had je gelijk in, lieverd. En dan kan jij nu weer thuiskomen. We missen je, en je bent ook eigenlijk nog te jong om daar de hele zomer alleen te zijn.'

'Maar ik vermaak me juist uitstekend. En ik verzet bergen werk.'

'Nou, het spijt me, maar dit is wat we besloten hebben.'

Terugfietsend door het bijna-donker hoorde hij het kabaal al op een kilometer afstand. Gillende gitaarsolo's, dronken geschreeuw, het geblaf van de hond, rotjes, brullende motoren. Mitch en zijn vrienden hadden tentjes opgezet, een kampvuur aangelegd waarin ze hamburgers verkoolden, en boven het geheel hing een dikke hasjwolk. Niemand keurde Walter een blik waardig terwijl hij naar binnen liep. Hij sloot zichzelf op in de slaapkamer, ging in bed liggen en liet zich kastijden door de herrie. Waarom konden ze niet even stíl zijn? Waarom die drang om onophoudelijk dat beukende lawaai los te laten op een wereld waarin sommige mensen op hun rúst waren gesteld? Het bleef maar doorgaan en het wekte een koorts in hem op van verongelijkte vervreemding, een koorts die die nacht zo hoog opliep dat hij er voorgoed door werd getekend. Hij zou altijd een hekel blijven hebben aan het platte, rumoerige klootjesvolk, en vreemd genoeg ook een aversie tegen het buitenleven. Hij was met een open hart de natuur in getrokken, maar de natuur had zich net zo zwak en weerloos getoond als zijn moeder, had hem diep teleurgesteld door zich zonder slag of stoot gewonnen te geven aan een stelletje domme herrieschoppers. Hij bleef van de natuur houden, maar op een zuiver abstracte manier, zoals hij ook van goede boeken of buitenlandse films hield, een mindere soort liefde dan die welke hij voor Patty en daarna voor zijn kinderen zou opvatten. En zo zou hij zich in de twintig jaar die volgden tot een stadsmens ontwikkelen. Zelfs toen hij 3M verliet en zich voor natuurbehoud ging inzetten, eerst bij de Conservancy en vervolgens met de Trust, was het eerst en vooral zijn ambitie om stukjes natuur te beschermen tegen luidruchtige hufters zoals zijn broer Mitch. Zijn liefde voor de dieren waarvan hij de habitat hielp beschermen, was gebaseerd op projectie – die dieren waren de zinnebeelden van zijn eigen verlangen om met rust te worden gelaten door herrieschoppers.

Afgezien van een paar maanden in de lik, waarin Brenda er alleen voor stond met hun dochtertjes, bleef Mitch in het huis wonen totdat Gene stierf, zes jaar later. Hij vernieuwde het dak en riep een halt toe aan het algehele verval, maar hij velde ook een aantal van de hoogste en mooiste bomen op het terrein dat bij het huis hoorde, hij maakte de oever tot een kale vlakte die zijn honden tot speelplaats diende en hij hakte rondom het meertje vegetatie weg om een pad te maken voor zijn sneeuwscooter, helemaal tot aan de plek waar de roerdompen hadden genesteld. Voor zover Walter kon nagaan betaalde hij Gene en Dorothy nooit een cent huur.

*

Had de oprichter van The Traumatics eigenlijk wel enig idee van wat traumatisch was? *Dit* was traumatisch: op een zondagochtend vroeg de trap af lopen naar je werkkamer, met blije gedachten over je kinderen, die je de voorbije twee dagen enorm trots hadden gemaakt, en dan op je bureau een dik manuscript aantreffen, geschreven door je vrouw, dat de diepste angsten bevestigde die je jarenlang rondom haar, jouzelf en je beste vriend had gevoeld. Het was een ervaring die zich hooguit liet vergelijken, en dan nog alleen qua intensiteit, met de eerste keer dat hij ooit had gemasturbeerd, in kamer 6 van de Whispering Pines en volgens de instructies ('gebruik vaseline') van zijn neef Leif. Veertien was hij toen geweest, het genot had alle genietingen tot dan toe in het niet doen vallen, en de climax was zo overdonderend dat hij er het gevoel bij had gekregen een superheld te zijn die via de vierde dimensie van de ene planeet naar een nieuwe en onbekende sprong. Patty's manuscript was net zo overdonderend en haalde zijn werkelijkheid net zo overhoop als die eerste masturbatie. Het lezen ervan leek, net als die eerste masturbatie, in een oogwenk voorbij. Na de eerste bladzij stond hij op om de deur van zijn werkkamer op slot te draaien, en toen legde hij opeens de laatste bladzij neer, terwijl zijn digitale klok toch echt 10:12 AM wees, en werden de ramen opeens door een heel andere zon beschenen dan die welke hij altijd had gekend. Deze nieuwe zon was een hatelijk gele ster in een naargeestige uithoek van de melkweg – en zijn eigen hoofd was niet minder veranderd door de interstellaire afstand die hij had overbrugd. Hij pakte het manuscript op en liep er zijn kamer mee uit, langs Lalitha die inmiddels aan haar bureau zat te typen.

'Goeiemorgen, Walter.'

'Goeiemorgen,' zei hij, en haar heerlijk frisse ochtendgeur bezorgde hem een rilling. Hij liep verder naar de keuken, en via de achtertrap naar het kleine kamertje waar de vrouw van zijn leven nog in haar flanellen pyjama zat, verschanst in haar opgehoopte dekbed met een beker koffie, kijkend naar de samenvattingen op een of ander sportkanaal van het NCAA-basketbaltoernooi. Ze keek naar hem op en de glimlach die ze hem schonk, een glimlach die een laatste flits was van de vertrouwde zon die hem was ontvallen, sloeg om in een blik van afgrijzen toen ze het pak papier in zijn hand herkende.

'O shit,' zei ze, de televisie dovend met haar afstandsbediening. 'O shit, Walter. O jezus, nee.' Ze schudde verwoed haar hoofd. 'Neeee,' zei ze. 'Nee, nee, nee.'

Hij trok de deur achter zich dicht en liet zich er ruggelings langs omlaag glijden tot hij op de vloer zat. Patty haalde diep adem, en nog eens, en opnieuw, en zei geen woord. Er viel een onwerkelijk licht door de ramen. Walter rilde opnieuw, klappertandde zelfs, terwijl hij zich probeerde te vermannen.

'Ik weet niet waar je dat vandaan hebt,' zei Patty ten slotte. 'Maar het was niet voor jou bestemd. Ik heb het gisteravond aan Richard gegeven om hem bij me weg te krijgen. Ik wilde hem weg uit ons leven. Ik probeerde van hem áf te komen, Walter. Ik weet niet waarom hij dit gedaan heeft. Wat ontzettend gemeen van hem!'

Na een eeuwigheid van enkele tellen begon ze te huilen.

'Ik heb nooit gewild dat jij het zou lezen,' piepte ze radeloos. 'Dat zweer ik, Walter. Dat zweer ik op alles wat me lief is. Ik heb mijn leven lang alles op alles gezet om je geen pijn te doen. Je bent zo goed voor me geweest, en nog altijd, dit verdien je niet.'

Daarna bleef ze nog een tijdje huilen, een minuut of tien, honderd. Alle gebruikelijke zondagochtenddingen werden opgeschort voor deze noodtoestand, het normale dagverloop lag zo grondig aan puin dat hij er niet eens om kon treuren. Het toeval wilde dat zich op deze zelfde vloer, op een plek vlak voor hem, drie nachten eerder een andersoortige noodtoestand had voorgedaan. Een goedaardige noodtoestand. Een aangenaam traumatische confrontatie die nu, achteraf beschouwd, een voorbode leek van deze kwaadaardige noodtoestand. Hij was donderdagavond laat thuisgekomen en met een razende wellust op Patty aangevallen. Met haar verraste instemming was hij haar te lijf gegaan op een manier die zonder die instemming de handelwijze van een verkrachter zou zijn geweest. Hij had ruw haar zwarte fitnessbroek uitgetrokken, had haar tegen de grond gedrukt en had zich bij haar naar binnen geramd. Als het ooit eerder bij hem zou zijn opgekomen om zoiets te doen, zou hij er nooit toe zijn overgegaan, omdat hij nooit was vergeten dat ze als meisje was verkracht. Maar het was zo'n lange, uitputtende en vreemde dag geweest. Zijn bijna-overspel met Lalitha had hem zo aangegrepen, de wegversperring in Wyoming County had hem zo woest gemaakt, de kwetsbaarheid en bescheidenheid waarmee Joey hem belde waren zo verrassend maar ook zo bevredigend geweest, dat Patty hem bij het betreden van haar kamer opeens als een object was voorgekomen. Zijn object. Zijn weerspannige object, zijn obstinate en frustrerende vrouw. En hij was het opeens zo zat geweest, was alle redelijkheid, alle nuanceringen en alle begrip zo beu geweest, dat hij haar tegen de vloer had gedrukt en als een beest had geneukt.

En de blik in haar ogen, een blik van ontdekking, die weerspiegeld moest zijn geworden door zijn eigen ogen, had hem na een paar stoten doen stoppen. Stoppen en zich terugtrekken en schrijlings over haar heen komen zitten om zijn erectie, die tweemaal zo groot leek als anders, in haar gezicht te duwen. Om haar te laten zien in wie hij begon te veranderen. En ze hadden beiden verzaligd geglimlacht. En een ogenblik later was hij weer in haar gegleden en had ze in plaats van het plichtmatige gezucht waarmee ze hem doorgaans aanmoedigde hoge gillen van extase geslaakt, wat hem des te meer had opgewonden – en toen hij de volgende ochtend de trap af was gegaan naar zijn werkkamer, had Lalitha's kille stilzwijgen hem duidelijk gemaakt dat haar gegil door het hele huis had weerklonken. Er was iets ontstaan, afgelopen donderdagavond, maar hij had niet geweten wat het was. En nu had haar manuscript het hem alsnog duidelijk gemaakt. Het was afgelopen, dat was het. Ze had nooit echt van hem gehouden. Ze had datgene gewild wat zijn doortrapte vriend te bieden had. Al bij al was hij nu blij dat hij zich aan de belofte had gehouden die hij Joey op vrijdagavond had gedaan onder een etentje in Alexandria: dat hij niemand zou vertellen, en vooral Patty niet, dat zijn zoon met Connie Monaghan was getrouwd. Dit geheim en Joey's andere, aanzienlijk alarmerender ontboezemingen hadden hem het hele weekeinde op zijn maag gelegen – ook tijdens de vergadering van gisteren en het popconcert dat hij daarna met die gluiperd had bezocht. Hij had voortdurend het gevoel gehad dat hij Patty verried door het voor haar achter te houden. Maar nu bleek maar weer dat het ene verraad het andere nog niet was. Vergeleken bij wat zij hem had aangedaan, was zijn verraad lachwekkend klein. Om te huilen zo klein.

'Is Richard hier nog?' vroeg ze ten slotte, haar tranen drogend met het dekbed.

'Nee. Ik hoorde hem vanochtend in alle vroegte vertrekken. Ik denk niet dat hij nog terugkomt.'

'Nou, dat is dan tenminste iets.'

Haar stem, hoe dierbaar was die hem altijd geweest... en hoe afstotend was het nu ernaar te luisteren.

'Hebben jullie nog lekker geneukt vannacht?' vroeg hij. 'Ik hoorde gepraat in de keuken.'

Zijn eigen stem was rauw als van een kraai, en Patty haalde diep adem, als om zich schrap te zetten voor een scheldkanonnade. 'Nee,' zei ze. 'We hebben gepraat en toen ben ik naar bed gegaan. Ik zeg het je, Walter, dat met hem is voorbij. Allang. Er is jaren geleden iets gebeurd, maar het is allang voorbij.'

'Er zijn fouten gemaakt.'

'Je moet me geloven, Walter. Het is echt, écht voorbij.'

'Behalve dat ik in fysiek opzicht nog geen fractie van de aantrekkingskracht heb die mijn beste vriend op je uitoefent. Toen niet, klaarblijkelijk, en nu waarschijnlijk nog steeds niet.'

'Ooo, Walter.' Ze sloot haar ogen alsof ze in gebed verzonk. 'Ga me nou niet zitten citeren, alsjeblieft. Noem me een slet, noem me het ergste wat je in je leven is overkomen, maar ga me niet zitten citeren. Probeer me dáárin op z'n minst genadig te zijn.'

'Schaken kan hij niet, maar met dat andere is hij de onbetwiste winnaar.'

'Oké,' zei ze, haar ogen nog stijver dichtknijpend. 'Oké, citeer me dan maar. Ga je gang, doe wat je moet doen. Ik weet zelf ook wel dat ik je genade niet verdien. Als je maar begrijpt dat je me nergens zoveel pijn mee doet als door me te citeren.'

'O, sorry, ik dacht dat je zo graag over hem sprak. Ik dacht zelfs dat dat je belangrijkste reden was om met mij te praten.'

'Je hebt gelijk, dat was het ook, zal ik niet ontkennen. De eerste drie maanden was het dat ook. Maar dat is ondertussen wel vijfentwintig jaar geleden, voor ik verliefd op je werd en een leven met je opbouwde.'

'En wat was het een heerlijk leven. "Er was helemaal niets mis mee", zo omschrijf je het geloof ik zelf. Al wekken de feiten wel de indruk van het tegendeel, moet ik zeggen.'

Ze maakte een grimas, met haar ogen nog steeds dichtgeknepen. 'Weet je wat, neem gewoon dat hele pak papier door en haal er elk kwetsend zinnetje uit. Doe maar, als dat je lucht geeft.'

'Ik zou het het liefst oprollen om het je door je strot te duwen. Eigenlijk wil ik je er het liefst in zien stikken.'

'Oké, doe dat dan maar. Dat zou voor mij waarschijnlijk ook een weldaad zijn.'

Hij had het manuscript zo stevig vastgehouden dat zijn hand er pijn van deed. Hij loste zijn greep en liet het tussen zijn benen glijden. 'Ik ben eerlijk gezegd wel uitgepraat. Volgens mij hebben we de hoofdpunten wel zo'n beetje besproken.'

Ze knikte. 'Goed.'

'Behalve dat ik je nooit meer wil zien. Ik wil nooit meer met je in één kamer zijn. En ik wil nooit meer zijn naam horen. Ik wil nooit meer iets met jullie te maken hebben, niet met hem en niet met jou. Nooit meer. Het enige wat ik nu nog wil is alleen zijn en aan het idee wennen dat ik mijn hele leven vergooid heb door van jou te houden.'

'Ja, oké.' Ze knikte nogmaals. 'Maar ook niet oké. Want nee, ik ben het er niet mee eens.'

'Wat jij denkt kan me niet zo gek veel schelen.'

'Dat weet ik, en dat snap ik. Maar luister naar me.' Ze snifte, veegde over haar gezicht en zette haar koffiebeker op de vloer. Haar tranen hadden haar ogen verzacht en haar lippen roder gemaakt. Ze was bijzonder mooi zo, en Walter merkte dat haar schoonheid hem niets meer deed. 'Het is nooit mijn bedoeling geweest dat je het zou lezen,' zei ze.

'Wat doet die troep dan in mijn huis, als dat niet je bedoeling was?'

'Of je me nu gelooft of niet, het is wel waar. Het was iets wat ik voor mezelf moest schrijven, om er weer een beetje bovenop te komen. Het had een therapeutische functie, Walter. Ik heb het Richard gisteravond te lezen gegeven om hem duidelijk te maken waarom ik bij jou ben gebleven. Altijd bij jou ben gebleven, zoals ik ook bij je wíl blijven. Ik weet dat er dingen in staan die jij heel erg zult hebben gevonden om te lezen, erger dan ik me voor kan stellen, waarschijnlijk. Maar er staan ook andere dingen in. Ik was depressief toen ik het schreef, dus staat er al het slechts in dat ik op dat moment voelde. Maar ik ben me gaandeweg wel beter gaan voelen. En na donderdagavond voelde ik me beter dan ooit! Alsof we eindelijk een doorbraak hadden bereikt, jij en ik! Voelde jij het ook niet zo?'

'Ik weet niet wat ik voelde.'

'Ik heb ook goede dingen over je geschreven, mooie dingen, toch? Veel meer goede dingen dan slechte, toch? Als je er objectief naar kijkt? Ik begrijp wel dat jij dat niet kunt, maar toch, ieder ander zou de goede dingen zien. Dat je veel liever voor me geweest bent, veel beter, dan waarop ik ooit heb gedacht recht te hebben. Dat je de meest fantastische man bent die ik ooit heb ontmoet. Dat jij en Joey en Jessie mijn leven zijn. Dat het maar een klein, slecht deel van mezelf geweest is dat ooit naar iets anders heeft verlangd, een hele korte tijd maar, toen het heel slecht met me ging.'

'Goh, daar moet ik toch overheen hebben gelezen,' zei hij sarcastisch.

'Maar het staat er wél allemaal, Walter. Misschien denk je er later nog eens over na en herinner je je het alsnog.'

'Ik zie mezelf er niet zo uitgebreid over nadenken, eerlijk gezegd.'

'Nu niet, maar later. En zelfs al wil je dan nog steeds niet met me praten, dan kun je me misschien wel een beetje vergeven.'

Het licht dat door de ramen viel versomberde plots door een passerende lentewolk. 'Je had me niets ergers kunnen aandoen,' zei hij. 'Dit was het érgste wat je kon doen, en dat wist je zelf ook, maar dat heeft je er niet van weerhouden. Over welke aspecten zou ik dan nog willen nadenken?'

'O, het spijt me zo.' Ze begon opnieuw te huilen. 'Ik vind het zo erg dat je het niet op mijn manier kunt bekijken. Ik vind het zo erg dat dit gebeurd is.'

'Het is niet gebéúrd, jij hebt het gedáán. Je hebt je laten naaien door iemand die het een kick heeft gevonden om deze rotzooi op mijn bureau neer te leggen, om het me lekker in te peperen.'

'Maar in godsnaam, Walter, het was maar seks.'

'Iemand die je dingen over me te lezen gaf die je voor mijzelf geheim wilde houden.'

'Het was seks, alleen maar stomme, hersenloze seks, vier jaar geleden. Wat stelt dat voor vergeleken met ons leven samen?'

'Luister,' zei hij, terwijl hij overeind kwam. 'Ik wil niet tegen je schreeuwen. Niet met Jessica hier in huis. Maar dan moet je me wel helpen en niet schijnheilig gaan doen over wat je me geflikt hebt, anders schreeuw ik je kop eraf.'

'Ik doe niet schijnheilig.'

'Ik meen het,' zei hij. 'Ik ga niet tegen je schreeuwen. Ik loop nu deze kamer uit, en dan wil ik je nooit meer zien. En dat levert wel een probleempje op, want ik zal hier moeten werken, dus het zou lastig voor me zijn om dit huis te verlaten.'

'Ik begrijp het, ik begrijp het,' zei ze. 'Ik weet dat ik hier weg moet. Ik zal wachten tot Jessie weg is, en dan zorg ik dat ik uit je ogen verdwijn. Ik begrijp heel goed hoe je je voelt, geloof me. Maar voor ik ga, moet ik je één ding vertellen. Er is één ding dat je moet weten, Walter. Je moet weten dat het als een mes in mijn hart voelt om je hier met je assistente achter te laten. Dat voelt alsof het vel van mijn borsten wordt gescheurd. Ik vind het onverdraaglijk, Walter.' Ze keek hem smekend aan. 'Ik ben zo verdrietig en jaloers, ik heb geen idee hoe het verder moet.'

'Je komt er wel overheen.'

'Misschien. Ooit. Een beetje. Maar begrijp je wel wat mijn verdriet betekent? Begrijp je wel wat het zegt over wat ik voor je voel, van wie ik hou? Zie je in ieder geval wel wat hier gaande is?'

De aanblik van haar verwilderde, smekende ogen werd op dat moment zo intens pijnlijk en weerzinwekkend, het leidde tot zo'n golf van opgezamelde walging over de pijn die ze elkaar berokkend hadden in hun huwelijk, dat hij toch nog begon te schreeuwen. '*Wie heeft me ertoe aangezet? Wie vond me nooit goed genoeg voor haar? Wie had altijd meer tijd nodig om erover na te denken?* Vind je niet dat *zesentwintig jaar* wel lang genoeg is om na te denken? Hoeveel meer tijd heb je godverdomme nodig? Je denkt toch niet dat *iets* me verrast heeft in je schrijfseltjes, hè? Je denkt toch niet dat er ook maar een dag is geweest waarop ik het *niet* heb aangevoeld? Maar *toch* van je bleef houden, omdat ik niet anders *kon*, en op die manier mijn hele godverdomde *leven* naar de kloten heb laten gaan?'

'Dat is niet eerlijk, nee, dat is niet eerlijk.'

'Jíj en eerlijkheid? Rot toch op!'

Hij schopte het manuscript tot een werveling van papieren, maar had nog wel de zelfbeheersing om niet met de deur te smijten toen hij haar achterliet. Beneden in de keuken was Jessica een bagel aan het roosteren. Haar reistas stond al ingepakt naast de tafel. 'Waar is iedereen vanochtend?'

'Je moeder en ik hadden een beetje ruzie.'

'Zo klonk het al, ja,' zei Jessica met de ironisch opengesperde ogen waarmee ze altijd reageerde op de woelingen in haar familie. 'Maar is alles nu weer goed?'

'We zullen zien, we zullen zien.'

'Ik was van plan de trein van twaalf uur te nemen, maar ik kan een latere nemen als je wilt.'

Omdat hij altijd zo close met Jessica was geweest en het gevoel had op haar steun te kunnen rekenen, kwam het niet bij hem op dat hij een tactische blunder beging door haar als eerste het nieuws te vertellen, met een verhaal dat recht deed aan de feiten. Hij realiseerde zich niet hoe snel Patty haar onverwoestbare wedstrijdinstinct zou aanspreken om Jessica háár versie te vertellen, haar dochter aan haar kant te krijgen met een verhaal waarin zíj er goed uitsprong: pap-ontdoet-zich-onder-valse-voorwendselen-van-mam-om-het-met-zijn-assistente-te-kunnen-aanleggen. Hij dacht niet verder dan het moment zelf, en het duizelde hem van gevoelens die niets met het vaderschap van doen hadden. Hij omhelsde zijn dochter en dankte haar omstandig voor haar komst en haar bijdrage aan de lancering van Free Space, en toen ging hij in zijn werkkamer uit het raam zitten staren. De noodtoestand was voldoende afgezwakt om weer aan al het werk te kunnen denken dat hem te doen stond, maar nog lang niet genoeg om er ook mee te beginnen. Hij staarde naar een lijster die heen en weer hopte in een azalea die zich opmaakte om te gaan bloeien. Dat vogeltje had niet het minste vermoeden van wat hij allemaal wist, en daar benijdde hij het zeer om. Hij had er maar al te graag mee van ziel geruild, om te kunnen opvliegen, de drijfkracht van de lucht te ervaren, al was het maar voor een uurtje. Maar dat zat er niet in, en de lijster, blakend van onverschilligheid jegens hem, volmaakt zichzelf, leek maar al te goed te beseffen dat zijn bestaan superieur was.

Een onwerkelijke tijd later, nadat hij de wieltjes van een grote rolkoffer had gehoord, en het dichtslaan van de voordeur, klopte Lalitha op de deur van zijn werkkamer en stak haar hoofd om de rand. 'Alles oké?'

'Ja,' zei hij. 'Kom op mijn schoot zitten.'

Ze trok haar wenkbrauwen op. 'Wat... nu?'

'Ja, nu. Waarom niet? Mijn vrouw is weg, toch?'

'Ze vertrok net met een koffer, ja.'

'Juist, en ze komt niet meer terug. Dus waarom niet, we zijn nu met z'n tweeën.'

Dus deed ze wat hij vroeg. Ze was geen treuzelaar, Lalitha. Maar zijn bureaustoel was ongeschikt voor schootzitten, ze moest haar armen om zijn nek slaan om niet te vallen, en ook toen wiebelde de stoel vervaarlijk. 'Is dit wat je wilt?' zei ze.

'Nee, eerlijk gezegd niet. Dit is hier niet de kamer voor, eigenlijk.'

'Mee eens.'

Hij had zoveel om te overdenken... als hij daaraan toegaf, werd hij meegesleurd in een gedachtestroom die weken zou voortduren. De enige manier om niet aan het denken te slaan was door te zetten. In Lalitha's bovenkamer met het schuin aflopende plafond, de voormalige dienstbodenkamer, waar hij nooit meer geweest was sinds ze er haar intrek had genomen en waarvan de vloer één grote hindernisbaan was van stapels schone kleren en hopen vuile kleren, duwde hij haar tegen de zijwand en gaf zich blindelings over aan de enige vrouw die hem zonder voorbehoud in haar leven wilde. Opnieuw een noodtoestand. Het was er noch de tijd noch de gelegenheid voor. Het was een wanhoopsdaad. Hij tilde haar op zijn heupen en stommelde in het rond met haar mond op de zijne, plofte met haar neer op een berg vuil wasgoed, waar ze wild tegen elkaar op kronkelden tot ze naar adem snakkend stilvielen, een kort ogenblik, maar voor hem net lang genoeg voor het ongemakkelijke besef van hoe universeel zo'n aanloop tot seks was, hoe onpersoonlijk, pre-persoonlijk. Hij werkte zich overeind en liet zich op haar onopgemaakte bed neervallen. Op het kastje daarnaast viel een stapel boeken en artikelen over het bevolkingsvraagstuk om.

'Een van ons moet om zes uur naar het vliegveld om Eduardo op te halen,' zei hij. 'Ik zeg het maar even.'

'Hoe laat is het nu?'

Hij draaide haar stoffige wekkerradio naar zich toe. 'Zeventien over twee,' zei hij verbouwereerd. Het was de vreemdste tijd die hij ooit had gezien.

'Neem me niet kwalijk dat het hier zo'n rommel is,' zei Lalitha.

'Het bevalt me hier prima. Ik hou van je om wie je bent. Heb je honger? Ik heb wel een beetje trek, moet ik zeggen.'

'Nee, Walter.' Ze glimlachte. 'Ik heb geen honger. Maar ik kan wel wat voor je halen, als je wilt.'

'Een glas sojamelk of zo,' zei hij. 'Sojadrink.'

'Haal ik voor je.'

Ze ging de trap af, en het was een vreemd besef dat de voetstappen die even later weer omhoogkwamen, bij de vrouw hoorden die in zijn leven Patty's plaats ging innemen. Ze knielde bij hem neer en keek aandachtig, gefascineerd, toe hoe hij het glas leegdronk. En toen maakte ze de knoopjes van zijn hemd los met haar vaardige, bleeknagelige vingers. Oké, dacht hij. Oké, doorzetten. Maar terwijl hij zelf de rest van zijn kleren uittrok, kwamen de beelden van Patty's ontrouw bij hem boven, de beelden die ze zo treffend in woorden had gevat. Het maalde door hem heen en bezorgde hem een vage maar onmiskenbare impuls om haar te vergeven. En hij wist dat hij die impuls de kop moest indrukken. Zijn haat jegens haar en zijn vriend was nog maar net ontloken, broos en kwetsbaar, nog niet uitgehard. En de herinnering aan haar meelijwekkende huilbui was ook nog te vers. Maar gelukkig had Lalitha zich intussen uitgekleed tot op een wit slipje met rode stippen. Ze stond onbevangen naast het bed, bood zich aan ter inspectie. Haar lichaam was bedwelmend in zijn jeugdige pracht. Gaaf, ongenaakbaar voor de zwaartekracht, een nog net niet onverdraaglijke aanblik. Het was waar dat hij ooit een vrouwenlichaam had gekend dat toen nóg jonger was, maar de herinnering daaraan was vervaagd. Hij was zelf te jong geweest om Patty's jeugd op waarde te schatten. Hij bracht zijn hand naar de warme, nog bedekte bolling tussen Lalitha's benen. Ze slaakte een kreetje, knikte door haar knieën en zonk op hem neer, dompelde hem in haar zoete razernij.

De innerlijke strijd tegen de vergelijking met Patty begon nu pas goed, vooral zijn strijd tegen dat ene zinnetje: 'Er was niets mis mee.' Hij zag opeens in waarom hij Lalitha aanvankelijk gevraagd had niet te hard van stapel te lopen. Die schroom was voortgekomen uit zelfkennis. Maar rustig aan doen was geen optie meer nu Patty uit huis was. Hij moest een noodmaatregel nemen om op de been te blijven, niet te bezwijken onder zijn haat en zelfmedelijden. En die noodmaatregel was in één opzicht weldadig, want Lalitha was ontegenzeglijk verzot op hem. Ze gutste van verlangen, droop er nu in elk geval van. Ze staarde vol liefde en vreugde in zijn ogen, ze adoreerde de mannelijkheid die Patty in haar manuscript had beschimpt en bespot. Niets mis mee? Wat zou hier verdomme mis mee kunnen zijn? Hij was een man in de kracht van zijn leven en zij was aanbiddelijk en jong en onverzadigbaar en... ja, misschien was dat er wel mis mee: zijn emoties konden het amper bijhouden – de woestheid van hun wederzijdse lust, hun onbeteugelbare paringsdrift. Ze wilde hem berijden, wilde door hem geplet worden, wilde op haar knieën gedwongen en met haar hoofd omlaag geduwd en ruw van achteren genomen worden, wilde ruggelings over de rand van het bed hangen, wilde met haar hoofd tegen de muur bonken, wilde haar benen over zijn schouders haken en zo hard geramd worden dat haar volmaakt ronde borsten alle kanten op zwiepten. Het leek allemaal even belangrijk voor haar, ze was een onuitputtelijke bron van smekende geluidjes. En hij bediende haar graag en met gemak, was topfit, verrukt over haar passie, voelde haar wensen feilloos aan en vond haar fantastisch. Maar het was niet echt intiem, te weinig persoonlijk, en hij kon maar niet klaarkomen. Dit was een bijzonder vreemd en volstrekt nieuw en onverwacht probleem voor hem, al kon het misschien voor een deel verklaard worden doordat hij geen condoom was gewend, en doordat zij zo ongelooflijk nat was. Hoe vaak had hij zich in de voorbije twee jaar wel niet afgetrokken bij fantasieën over zijn assistente, en telkens in een paar minuten? Wel honderd keer. Dus het probleem moest vooral psychologisch van aard zijn. Haar wekker wees 15:52 toen ze elkaar eindelijk loslieten en naast elkaar gingen liggen uithijgen. Hij was er niet zeker van of zij wél was gekomen, en vroeg het haar maar niet. En zijn vermoeidheid ondermijnde zijn waakzaamheid juist genoeg om het op de loer liggende Contrast weer zijn kop te laten opsteken – als het hem weleens lukte Patty voor een vrijpartij te interesseren, had zij de klus altijd moeiteloos geklaard, had zowel hem als zichzelf altijd een redelijke mate van bevrediging kunnen schenken, waarna hij weer vrij was geweest om aan het werk te gaan en haar aan haar Patty-dingetjes over te laten. Haar onwelgevalligheid had altijd een zekere wrijving opgeroepen, en wrijving leidde tot bevrediging...

Lalitha kuste zijn gezwollen lippen. 'Waar denk je aan?'

'Weet ik niet,' zei hij. 'Aan van alles.'

'Heb je er spijt van dat we dit gedaan hebben?'

'Nee, nee, ik ben er juist blij om.'

'Je oogt niet blij.'

'Nou ja, ik heb vandaag natuurlijk wel mijn vrouw na vierentwintig jaar de deur uit geschopt. Een paar uur geleden nog maar.'

'Je kunt nog steeds terug, Walter. Als je wilt, neem ik ontslag en laat ik jullie met rust.'

'Geen denken aan! Ik wil haar nooit meer terug, dat kan ik je verzekeren.'

'En ik? Wil je mij dan wel?'

'Ja.' Hij vulde zijn handen met haar zwarte haar, dat naar kokos rook, en bedekte zijn gezicht ermee. Hij had nu wat hij wilde, maar het maakte hem gek genoeg een beetje eenzaam. Na al zijn intense verlangen, onafzienbaar van omvang en duur, lag hij in bed met een uiterst concrete jonge vrouw die bijzonder mooi en intelligent en hem met hart en ziel toegedaan was, maar ook nogal een rommelkont, en verfoeid door Jessica, en gespeend van iedere vaardigheid in de keuken. En zij was alles wat hij had om zich mee af te schermen voor de stortvloed aan gedachten die hij niet wilde hebben. Zoals de gedachte aan Patty en zijn vriend in het huis aan Nameless Lake, de hartelijke en geestige manier waarmee ze met elkaar gesproken moesten hebben, de volwassen en volwaardige seks die ze moesten hebben gehad, de vreugde die ze gevoeld moesten hebben omdat hij er niet was. Hij begon in Lalitha's haar te huilen, en zij troostte hem, veegde de tranen van zijn wangen, en ze bedreven opnieuw de liefde, vermoeider nu, moeizamer, tot hij uiteindelijk toch nog kwam, stilletjes, in haar hand.

De dagen die volgden verliepen niet geheel vlekkeloos. Eduardo Soquel, overgekomen uit Colombia, werd van het vliegveld afgehaald en ondergebracht in de kamer die ooit voor Joey was bestemd. De persconferentie op maandagochtend werd bijgewoond door twaalf journalisten en zonder kleerscheuren doorstaan door Walter en Soquel, waarna Walter nog een langdurig telefonisch interview gaf aan Dan Caperville van de *New York Times*. Zijn lange carrière in de public relations had hem sterk genoeg gemaakt om zijn privésores weg te drukken, een helder verhaal af te steken en niet te happen als Caperville hem uit de tent probeerde te lokken. Hij zette uiteen dat het pan-Amerikaanse zangvogelreservaat als een nieuw paradigma moest worden beschouwd op het gebied van wetenschappelijk verantwoord en particulier gefinancierd natuurbehoud. Hij wees erop dat de ontegenzeglijke verminking door bergtopmijnbouw méér dan gecompenseerd werd door het vooruitzicht van duurzame 'groene werkgelegenheid' (ecotoerisme, herbebossing, gecertificeerde bosbouw) in West Virginia én Colombia. Hij bracht naar voren dat Coyle Mathis en de andere geherhuisveste bewoners van Forster Hollow van harte en met bewonderenswaardige inzet hun medewerking aan de Trust hadden verleend en weldra in dienst zouden treden bij een dochteronderneming van LBI, de genereuze partner van de Trust in dit project. Vooral het prijzen van LBI vergde de nodige zelfdiscipline na wat Joey hem had verteld. Maar die bracht hij zonder aarzeling op. En na Caperville te hebben bedankt voor zijn belangstelling ging hij met Lalitha en Soquel uit dineren, en dronk twee biertjes, waarmee hij het totaal van alle in zijn leven gedronken biertjes op drie bracht.

De volgende middag, nadat Soquel per taxi naar het vliegveld was vertrokken, draaide Lalitha de deur van Walters werkkamer op slot en knielde neer tussen zijn benen om hem voor zijn inspanningen te belonen.

'Nee, nee,' zei hij, achteruit rollend op zijn stoel.

Ze volgde hem op haar knieën. 'Ik wil hem gewoon even zien. Ik hunker naar je.'

'Lalitha, toe, hou op.' Hij kon de medewerkers hun werkzaamheden horen verrichten in het voorste gedeelte van het herenhuis.

'Heel even maar,' zei ze, en ze trok zijn rits naar beneden. 'Alsjeblieft.'

Hij moest aan Clinton en Lewinsky denken. En toen, bij het zien van haar gulzige mond die zich om zijn pik sloot, en haar ogen die hem toelachten, dacht hij aan de voorspelling die zijn achterbakse vriend ooit had gedaan. Het leek haar blij te maken, maar...

'Nee, het spijt me.' Hij duwde haar zo zachtjes mogelijk weg.

Ze fronste haar wenkbrauwen. Ze was gekwetst. 'Als je van me houdt, laat je me mijn gang gaan.'

'Ik hou heel veel van je, maar dit is echt geen goed moment.'

'Ik vind van wel. Ik wil het nu, alles wil ik nu.'

'Het spijt me, maar nee.'

Hij stond op, stopte hem weer in zijn broek en trok zijn rits omhoog. Lalitha bleef nog een ogenblik op haar knieën voor hem zitten, met gebogen hoofd. En toen stond ook zij op, streek haar rok glad langs haar dijen en keerde zich met een bedroefde houding van hem af.

'Ik wil het eerst met je over een probleem hebben.'

'Goed, vertel me je probleem dan maar.'

'Het probleem is dat we Richard zullen moeten ontslaan.'

De naam, die hij tot nu toe niet eens had kunnen denken, laat staan over zijn lippen had kunnen krijgen, bleef tussen hen in hangen. 'En waarom zouden we dat moeten doen?' vroeg Lalitha.

'Omdat ik hem haat. Omdat hij een verhouding met mijn vrouw heeft gehad, en ik zijn naam niet eens meer horen wil, en het dus ondenkbaar is dat ik ooit nog met hem kan werken.'

Lalitha leek te krimpen terwijl ze dit tot zich liet doordringen. Haar hoofd zakte naar voren, haar schouders gingen hangen, ze veranderde in een verdrietig klein meisje. 'Is dat waarom je vrouw hier vertrokken is, zondag?'

'Ja.'

'Je houdt nog steeds van haar, nietwaar?'

'Nee!'

'Jawel, en daarom wijs je mij nu af.'

'Dat is niet waar. Dat is absoluut niet waar.'

'Nou, dat neem ik dan maar aan,' zei ze, en ze richtte zichzelf weer wat op, 'maar we kunnen Richard niet ontslaan. Dit is mijn project en ik heb hem hard nodig. Ik heb al goede sier met hem gemaakt bij de stagekandidaten, en ik heb hem nodig om muziektalent binnen te halen voor augustus. Dus ik snap dat je een probleem met hem hebt, en van streek bent over je vrouw, maar ik ontsla hem niet.'

'Lieverd,' zei Walter, 'Lalitha, ik hou echt van je. Alles komt goed, maar probeer alsjeblieft ook mijn kant te zien.'

'Nee!' zei ze, zich met opgeleefd vuur naar hem toe draaiend. 'Jouw kant interesseert me niet! Het is mijn taak om onze campagne tot een goed einde te brengen, en dat zal ik doen ook. Als die campagne echt belangrijk voor je is, en je geeft echt om mij, dan laat je het me op mijn manier doen.'

'Ik geef ontzettend veel om jou, en om ons project, maar...'

'Niks te maren dan. Ik zal zijn naam niet meer laten vallen, en als hij hier in mei naartoe komt om de stagiairs te ontmoeten, dan vind ik het prima als jij de stad uitgaat. En hoe we het in augustus aanpakken, zien we dan wel.'

'Maar hij wil niet eens meer. Hij zei me zaterdagavond al dat hij zijn bedenkingen had en ervanaf wilde.'

'Laat mij dan maar met hem praten,' zei ze. 'Je zult je herinneren dat ik er tamelijk goed in ben om mensen dingen te laten doen die ze eigenlijk niet willen. Ik vind dat ik tot nu toe redelijk goed gefunctioneerd heb als je medewerkster, dus wees dan ook zo goed me mijn werk te laten doen zoals ik vind dat het gedaan moet worden.'

Hij liep om zijn bureau heen om haar in zijn armen te nemen, maar ze ontkwam naar haar eigen kamer.

Omdat hij haar bewonderde om haar bevlogenheid en geschrokken was van haar boosheid, drong hij niet verder aan. En toen de uren verstreken, en vervolgens de dagen, en ze hem niet meldde dat Richard zich uit Free Space had teruggetrokken, drong de conclusie zich op dat hij nog steeds meedeed. Richard Katz, die nergens om gaf en nergens in geloofde! De enig denkbare verklaring was dat Patty hem moest hebben gebeld en hem zo'n schuldgevoel had aangepraat dat hij toch maar bleef meewerken. Het idee van die twee in gesprek over de 'arme Walter' (wat was die frase hem door de ziel gegaan) die ze zijn geliefkoosde campagne moesten gunnen, bij wijze van troostprijs, maakte hem ziek van verbittering. Het maakte dat hij zich zwak, slap, minderwaardig en zielig voelde. En het kwam ten slotte ook tussen hem en Lalitha. Ze hadden dagelijks seks, en telkens vol vuur, maar het werd overschaduwd door het gevoel dat ook zij hem in zekere zin met Richard bedroog. Het werd niet zo erg dat het de seks bedierf, maar het persoonlijke karakter waarop hij had gehoopt bleef er wel door uit. Waar hij ook ging of keek, overal zag hij Richard.

Net zo storend, zij het op een ander niveau, was het probleem van LBI. Joey had tijdens hun etentje met oprechte gêne en zelfverwijt het verhaal gedaan van de louche zakendeal waarin hij verzeild was geraakt, en in Walters ogen was LBI de grote boosdoener. Kenny Bartles was gewoon zo'n gewetenloos boefje waar de zakenwereld nu eenmaal van overliep, een verwerpelijk stuk vreten dat snel genoeg voor de rechter of een hoorcommissie zou moeten verschijnen. En de kliek rond Cheney en Rumsfeld mocht nog zulke perfide motieven hebben gehad voor de invasie, ze zouden vast liever goed materiaal naar Irak hebben zien gaan dan de Paraguayaanse rommel die Joey had geleverd. En Joey zelf had dan wel beter moeten weten dan zich met een rat als Bartles in te laten, hij had Walter ervan overtuigd dat hij alleen maar had doorgezet omwille van Connie – zijn trouw aan haar, zijn onmiskenbare wroeging, en zijn ontegenzeglijke lef (hij was pas twintig!) sierden hem. Dus moest de verantwoordelijkheid eerst en vooral bij LBI worden gelegd, de enige partij binnen het geheel die van de zwendel met de trucks had afgeweten en die er een stokje voor had kunnen steken. Walter had nog nooit van de vice-president gehoord met wie Joey had gesproken, de man die hem bang had gemaakt met een rechtszaak, maar die vent werkte ongetwijfeld een paar kamers verder dan het vriendje van Vin Haven dat toestemming had gegeven voor de vestiging van een fabriek voor kogelwerende vesten in West Virginia. Joey had Walter onder het eten gevraagd wat hij moest doen. De klok luiden? Of ermee volstaan zijn winst aan een liefdadigheidsorganisatie voor oorlogsinvaliden te doneren en zijn studie maar weer op te vatten? Walter had hem beloofd zich in het weekeinde over die vraag te buigen, maar het was op z'n zachtst gezegd geen weekeinde geworden om eens rustig over wat dan ook na te denken. En pas toen hij op maandagochtend tegenover die journalisten zat en LBI afschilderde als een innovatieve en naar duurzaamheid strevende onderneming, was het besef gedaagd dat hij ook zelf in het stinkende moeras verzeild was geraakt.

En nu probeerde hij uit alle macht een scheiding te maken tussen zijn eigen belangen (als zijn zoon naar de media stapte, zou Vin Haven hem misschien wel ontslaan als directeur van de Trust en zou LBI zich misschien zelfs wel terugtrekken uit West Virginia) en die van Joey. Hoe hoogmoedig en inhalig Joey zich ook gedragen had, het leek wel erg hardvochtig om een jongen van twintig, opgevoed door twee kneuzen van ouders, bloot te stellen aan publieke ontluistering of zelfs vervolging. En toch was Walter zich er pijnlijk van bewust dat het advies waar hij toe neigde ('schenk je winst aan een liefdadigheidsorganisatie en ga verder met je leven') ook wel erg in het voordeel van hemzelf en de Trust was. Hij wilde niets liever dan Lalitha om raad vragen, maar hij had Joey beloofd er met geen sterveling over te praten, dus belde hij Joey en zei dat hij er nog niet uit was en voelde Joey er iets voor om over een week met Connie naar Georgetown te komen voor een etentje op zijn verjaardag?

'Is goed,' zei Joey.

'En dan moet ik je nog iets naars vertellen,' zei Walter. 'Je moeder en ik zijn uit elkaar. Ik vind het rot om je er zo mee te overvallen, maar het is zondag pas gebeurd. Ze is het huis uit, en we weten geen van beiden hoe het nu verder moet.'

'Ja,' zei Joey.

Ja? Walter fronste. 'Begrijp je wel wat ik net zei?'

'Ja hoor. Ze heeft het me zelf ook al verteld.'

'Aha, ja, dat zal ook wel. En heeft ze...'

'Jazeker. Ze heeft me het hele verhaal uit de doeken gedaan. Een overmaat aan informatie weer, zoals gebruikelijk.'

'Dus je begrijpt mijn...'

'Ja.'

'En je wilt evengoed komen eten?'

'Tuurlijk. We zullen er zijn.'

'Nou, bedankt daarvoor, Joey. Dat doet me echt goed. Ik hou van je, dat weet je toch, hè?'

'Ja.'

Daarna sprak Walter de voicemail van Jessica's mobieltje in, zoals hij dat tweemaal per dag gedaan had sinds die catastrofale zondag, zonder iets van haar te terug horen. 'Jessica, luister,' zei hij, 'ik weet niet of je in de afgelopen dagen je moeder hebt gesproken, maar wat ze je ook verteld heeft, je moet mij ook de kans geven om met je te praten. Oké? Bel me even terug, alsjeblieft. Dit verhaal heeft twee kanten en ik vind dat je die allebei moet horen.' Zijn smeekbede zou effectiever zijn geweest als hij erbij had kunnen zeggen dat hij niets met zijn assistente had, maar zijn handen en eigenlijk zijn hele huid waren intussen zo doortrokken van de geur van haar vagina, dat hij die zelfs na het douchen nog kon ruiken.

Hij was gecompromitteerd en stond op alle fronten op verlies. En op de tweede zondag van zijn vrijheid kwam de volgende klap, in de vorm van een lijvig stuk van Dan Caperville op de voorpagina van de *Times*: 'KOLENMINNENDE LANDTRUST VERWOEST NATUUR OM DIE TE BEHOUDEN'. Het verhaal bevatte weinig feitelijke onjuistheden, maar het was duidelijk dat de *Times* niet gewonnen was voor Walters onorthodoxe visie op bergtopmijnbouw. Het Zuid-Amerikaanse onderdeel van het reservaat werd niet eens genoemd, en Walters argumenten (nieuw paradigma, duurzame economie, herbebossing op wetenschappelijke grondslag) stonden ergens onderaan op een kluitje, ruimschoots onder Jocelyn Zorns beschrijving van hoe Walter had staan tieren dat milieuvoorschriften hem 'een rotzorg' waren, en de bewering van Coyle Mathis dat die arrogante Berglund hem doodleuk voor stommeling had uitgemaakt. De hoofdpunten van het artikel, naast de kwalijke karaktereigenschappen van Walter zelf, waren dat de Trust onder één hoedje speelde met de kolenindustrie en militaire dienstverlener LBI, en grootschalige mijnbouw liet plaatsvinden op zijn 'ongerepte' grondgebied, dat de Trust dan ook verketterd werd door lokale milieuactivisten, en ook nog eens de hardwerkende plaatselijke bevolking van huis en haard had verdreven, en was opgericht en gespekt door een publiciteitsschuwe grondstoffenmagnaat met de naam Vincent Haven, die West Virginia al eerder enorme schade had toegebracht door er, met slinkse hulp van de regering-Bush, overal gasputten te slaan.

'Valt nog wel mee, valt nog wel mee,' zei Vin Haven toen Walter hem die middag thuis belde in Houston. 'We hebben ons reservaat, dat neemt niemand ons meer af. Ik ben tevreden over wat jij en dat meisje voor elkaar hebben gebracht. En wat de rest betreft: nu zie je waarom ik zelf nooit de moeite heb genomen om de pers te woord te staan. Het enige wat ze kunnen is afkraken. Zo zijn ze nou eenmaal.'

'Ik heb die Caperville twee uur aan de lijn gehad,' zei Walter. 'Ik dacht werkelijk dat ik hem van mijn zienswijze doordrongen had.'

'En je zienswijze staat er ook in,' zei Vin. 'Alleen niet erg prominent. Maar maak je verder nou maar niet druk.'

'Ik maak me vreselijk druk! Want ja, we hebben ons reservaat, en dat is mooi voor de azuurzanger, maar het hele project zou een voorbeeld moeten zijn. In dit stuk lijkt het eerder een voorbeeld van hoe het níét moet.'

'Waait wel weer over. Als we de kolen eenmaal uit de grond hebben en gaan herbebossen, zien de mensen alsnog dat je gelijk hebt. En dan kan die Caperville voortaan necrologietjes gaan schrijven.'

'Maar dat duurt nog jaren!'

'En jij hebt nog andere plannen, wou je dat soms zeggen? Zit je over je cv in?'

'Nee, Vin, ik erger me gewoon aan de media. De vogelstand interesseert ze niks, het is een en al human interest.'

'En dat blijft zo totdat de vogels het voor het zeggen krijgen in medialand,' zei Vin. 'Maar even wat anders: zie ik jullie volgende maand in Whitmanville? Ik heb Jim Elder beloofd naar de opening van die kogelvrijevestenfabriek te komen, op voorwaarde dat ik niet voor foto's hoef te poseren. Ik zou jullie kunnen komen oppikken met mijn privéjet.'

'Nee, dank je, we nemen wel een reguliere vlucht. Spaart weer wat brandstof uit.'

'Je vergeet toch niet dat ik de kost verdien met brandstof, hè?'

'O nee, haha, da's waar ook.'

Het was prettig om Vins vaderlijke zegen te hebben, maar dat zou prettiger zijn geweest als Vin een minder dubieuze vader was. Het ergste aan het stuk in de *Times* (afgezien daarvan dat Walter voor paal stond in een krant die door al zijn vrienden en bekenden werd gelezen), was zijn angst dat men in wezen gelijk had over de Trust. Hij was al die tijd al bang geweest dat hij zou worden afgeslacht in de media, en nu hij daadwerkelijk werd afgeslacht werd het tijd om eens serieus over zijn redenen voor die angst na te denken.

'Ik heb je dat interview zelf horen doen,' zei Lalitha. 'Je was in topvorm. De enige reden waarom de *Times* het niet met je eens kan zijn, is dat ze dan al hun opiniestukken over bergtopmijnbouw moeten herroepen.'

'Tja, ze hebben er anders weinig moeite mee om hun stukken over Bush en Irak te herroepen.'

'Hoe het ook zij, je hebt gedaan wat je kon. En de tijd is nu gekomen om onszelf daarvoor te belonen. Heb je meneer Haven al verteld dat we met Free Space van start gaan?'

'Ik was allang blij dat hij me niet de zak gaf,' zei Walter. 'Het leek me geen geschikt moment om hem te vertellen dat ik mijn hele vrij besteedbare budget in een campagne ga stoppen die nog veel controversiëler wordt.'

'Ach, lieverd toch,' zei ze glimlachend. Ze sloeg haar armen om hem heen en legde haar hoofd tegen zijn borst. 'Niemand begrijpt hoe goed je het allemaal bedoelt, behalve ik.'

'Dat zou nog weleens letterlijk het geval kunnen zijn,' zei hij.

Het zou aangenaam zijn geweest om zo nog een poosje in haar omhelzing te blijven staan, maar haar lichaam had andere plannen, en het zijne ging zonder morren overstag. Ze brachten hun nachten nu in het veel te smalle bed in haar kamer door, omdat zijn eigen kamers nog te veel sporen van Patty bevatten, waarvan ze hem niet had laten weten wat hij ermee moest doen en waar hij uit zichzelf niets mee durfde te doen. Het verbaasde hem amper dat Patty nog niets van zich had laten horen, maar het wekte wel de indruk van opzet, een vijandige tactiek. Voor iemand die volgens eigen schrijven niets dan fouten had gemaakt, wierp ze een zeer uitdrukkelijke schaduw door zo'n nadrukkelijke stilte te bewaren. Walter voelde zich laf door voor haar te schuilen in Lalitha's kamer, maar wat kon hij anders? Hij werd van alle kanten belaagd.

Op zijn verjaardag nam hij Joey mee naar de keuken terwijl Lalitha met Connie kennismaakte, en zei hem dat hij nog steeds geen eenduidig advies voor hem had. 'Ik denk eerlijk gezegd niet dat je het verhaal aan de grote klok moet hangen,' zei hij, 'maar ik heb mijn twijfels over mijn motieven voor die gedachte. Ik moet je bekennen dat ik de laatste tijd mijn morele kompas een beetje kwijt ben. Die toestand met je moeder, dat stuk in de *Times*... heb je dat gelezen, trouwens?'

'Jazeker,' zei Joey. Hij stond met zijn handen in zijn zakken, droeg een blauwe blazer en glimmende instapschoenen – de karakteristieke uitmonstering van een Republikeinse eindejaarsstudent.

'Ik kwam er niet zo best uit, hè?'

'Nee,' zei Joey. 'Maar het was geen fair artikel, en volgens mij hebben de meeste lezers dat wel in de gaten gehad.'

Walter aanvaardde deze geruststelling gretig en vroeg maar niet om een toelichting. Hij voelde zich al kleintjes genoeg. 'Maar goed, ik moet volgende week naar West Virginia als LBI daar de fabriek opent waar al die verplaatste families gaan werken. Vandaar dat ik je zo slecht kan adviseren over LBI. Ik heb zelf mijn besognes met die lui.'

'Waarom moet jij daarbij zijn?'

'Ik moet er een speech houden. Dankbaar doen namens de Trust.'

'Maar je hebt je vogelreservaat toch al? Waarom laat je ze niet barsten dan?'

'Omdat Lalitha nu met een ander groot project begint, tegen de overbevolking, dus ik moet op goede voet blijven met mijn baas. Het is zijn geld dat we uitgeven.'

'Ah ja, dan kun je maar beter gaan, natuurlijk.'

Joey klonk niet bepaald overtuigd, en Walter vond het vreselijk om zo zwak en nietig tegenover zijn zoon te staan. En alsof hij al niet zwak en nietig genoeg was, vroeg hij of Joey wist wat er met Jessica was.

'Ik heb haar gesproken, ja,' zei Joey, met zijn handen nog steeds in zijn zakken en zijn ogen neergeslagen. 'Ik denk dat ze een beetje pissig op je is.'

'Ik heb wel twintig keer haar voicemail ingesproken!'

'Daar kun je waarschijnlijk wel mee ophouden. Ik denk niet dat ze die afluistert. Mensen luisteren hun voicemail sowieso nooit meer af. Ze kijken alleen wie er gebeld heeft.'

'O, maar heb je haar duidelijk kunnen maken dat dit verhaal twee kanten heeft?'

Joey schokschouderde. 'Ik weet niet. Zijn er twee kanten?'

'Nou en of! Je moeder heeft me iets heel ergs aangedaan. Iets wat me ontzettend veel pijn doet.'

'Weet je, ik sta niet te springen om er nóg meer over te horen. Ik denk dat mam me alles wel verteld heeft, en ik voel er weinig voor om een kant te kiezen.'

'Wanneer heeft ze je erover verteld? Hoe lang geleden?'

'Vorige week.'

Dus Joey wist wat Richard had gedaan – wat Walter zich door zijn beste vriend, de rockster, had laten aandoen. De verschrompeling tegenover zijn zoon was nu compleet. 'Ik ga een biertje nemen,' zei hij. 'Je bent maar één keer per jaar jarig, nietwaar?'

'Mogen Connie en ik er ook eentje?'

'Tuurlijk. Daarom hadden we jullie hier vroeg uitgenodigd. En in het restaurant kan Connie trouwens ook nemen wat ze wil. Ze is eenentwintig nu, toch?'

'Klopt.'

‘En niet om te drammen, Joey, puur opdat ik het maar weet: heb je je moeder verteld dat jullie getrouwd zijn?’

‘Wordt aan gewerkt, pap,’ zei Joey, verstrakkend. ‘Laat me dat nou op mijn manier doen, oké?’

Walter was altijd op Connie gesteld geweest (en had zelfs, in het geniep, een zwak voor Connie’s moeder gehad, om hoe die altijd met hem flirtte). Ze had zich voor de gelegenheid flink opgetut met zware oogschaduw en risicovolle naaldhakken. In La Chaumière zag hij zwellend van trots hoe teder Joey met haar was, hoe hij zich naar haar toe boog om samen het menu te lezen en hun bestellingen te coördineren. Connie sloeg op haar beurt Walters aanbod van een cocktail af en nam een Diet Coke, omdat Joey nog onder de leeftijd was voor alcohol. Ze straalden een stilzwijgend onderling vertrouwen uit, op een manier die Walter aan zijn eigen omgang met Patty herinnerde, in het begin, toen ook zij de hele wereld hadden getrotseerd met z’n tweeën. Zijn ogen werden vochtig bij de aanblik van hun trouwringen. Lalitha, slecht op haar gemak, probeerde afstand te creëren van de twee jonge mensen en zich met haar oudere tafelgenoot op één lijn te brengen door een martini te bestellen en het conversationele vacuüm te vullen met een verhaal over Free Space en het bevolkingsvraagstuk, waar Joey en Connie naar luisterden met de delicate beleefdheid van een koppel dat zich veilig wist in zijn tweepersoonsuniversum. Hoewel Lalitha ervoor waakte te innig te doen met Walter, twijfelde hij er niet aan dat Joey wist dat ze meer was dan zijn assistente. Onder zijn derde biertje van de avond ging hij zich steeds meer schamen voor wat hij had gedaan, en werd hij Joey steeds dankbaarder omdat hij er zo luchtig over deed. Niets had hem door de jaren heen kwader gemaakt dan Joey’s vertoon van ongenaakbare koelheid, en wat deed die hem nu goed! Die strijd had zijn zoon van hem gewonnen, en hij was blij toe.

‘En werkt Richard nog steeds met jullie samen?’ vroeg Joey.

‘Eh, ja,’ zei Lalitha. ‘Ja, en we hebben heel veel aan hem. Hij vertelde me van de week nog dat The White Stripes misschien komen optreden op ons festival in augustus.’

Joey fronste zijn wenkbrauwen bij het horen hiervan, en meed Walters blik.

‘Wij zouden daar ook naartoe moeten,’ zei Connie tegen Joey. ‘Is het goed als wij ook komen?’ vroeg ze Walter.

‘Natuurlijk,’ zei hij, zichzelf tot een glimlach dwingend. ‘Lijkt me hartstikke leuk.’

'Ik vind The White Stripes keigoed,' zei ze met de opgetogenheid waar je bij haar nooit iets achter hoefde te zoeken.

'Ik vind jóú geweldig,' zei Walter. 'Ik ben enorm blij dat je nu deel van onze familie uitmaakt, en dat je hier vanavond bent.'

'Ik ben ook blij om hier te zijn.'

Joey scheen geen moeite te hebben met deze zoetsappigheid, maar hij zat duidelijk met zijn gedachten bij andere zaken. Bij Richard, waarschijnlijk, en zijn moeder, en het familiedrama dat zich ontrolde. En er was niets wat Walter kon zeggen om het draaglijker voor hem te maken.

'Ik kan het niet, Lalitha,' zei hij toen ze later op de avond weer met z'n tweeën het huis binnenstapten. 'Ik kan het niet verkroppen dat die hufter bij Free Space betrokken blijft.'

'Die discussie hebben we al gevoerd,' zei ze, voor hem uit door de gang lopend, op weg naar de keuken.

'Nou, het zal toch overnieuw moeten,' zei hij, zich achter haar aan haastend.

'Niets daarvan. Zag je Connie dan niet stralen toen ik The White Stripes noemde? Wie zou ons anders aan zulke acts kunnen helpen? We hebben het besproken, we zijn tot een slotsom gekomen, en volgens mij was dat ook de enig juiste. Ik hoef nu niet opnieuw te horen hoe jaloers je op de man bent met wie je vrouw is vreemdgegaan. Ik ben moe, ik heb te veel gedronken en ik wil naar bed.'

'Hij was mijn beste vriend,' sputterde Walter.

'Kan me niet schelen. Kan me echt niet schelen, Walter. Ik ben geen kind meer. Ik weet wel dat ik in jouw ogen piepjong ben, maar ik ben ouder dan je zoon en je dochter, achtentwintig al bijna. Ik wist dat het een fout was om verliefd op je te worden, ik wist dat je er niet klaar voor was, en dat blijkt nu ook wel, want je denkt alleen aan haar, nog steeds.'

'Ik denk doorlopend aan jou! Ik kan geen twee tellen zonder je.'

'Je hebt seks met me omdat ik dat wil en omdat jij er nu de vrijheid toe hebt. Maar je wereld draait nog steeds om je vrouw. Niet dat ik ooit begrijpen zal wat er zo bijzonder aan haar is. Ze leeft ervoor om andere mensen van streek te maken, dat is het enige wat ze ooit doet, en ik wil er nu even van verlost zijn, omdat ik mijn slaap nodig heb. Dus het lijkt me goed als jij vannacht in je eigen bed slaapt. Kun jij in alle rust nadenken over hoe het volgens jou verder moet.'

'Wat heb ik nou miszegd?' zei hij smekend. 'Ik dacht dat we zo'n leuke avond hadden.'

'Ik ben moe. Het was een vermoeiende avond. Ik zie je morgen wel weer.'

Ze liep zonder hem gekust te hebben naar boven. Op het antwoordapparaat van zijn vaste aansluiting stond een bericht van Jessica, die moest hebben afgewacht tot hij in het restaurant zat. Ze feliciteerde hem met zijn verjaardag, en vervolgde met: 'Sorry dat ik niet op je voicemails heb gereageerd, maar ik heb het ontzettend druk, en ik wist ook niet goed wat ik moest zeggen. Maar vandaag heb ik aan je gedacht en ik hoop dat je het leuk hebt gehad. Misschien kunnen we elkaar binnenkort een keer spreken, al weet ik op dit moment niet wanneer ik tijd heb.'

Klik.

Het was een opluchting, in de week die volgde, om alleen te kunnen slapen. Om in een kamer te liggen die nog vol spullen van Patty was, haar kleren en boeken en foto's, om zich tegen haar te leren wapenen. Overdag had hij volop achterstallig kantoorwerk in te halen: plannen voor landschapsstructurering in Colombia en West Virginia, de voorbereiding van een tegenoffensief in de media, het zoeken van nieuwe geldschieters. Het had Walter zelfs mogelijk geleken om een sekspauze in te lassen, maar de voortdurende nabijheid van Lalitha maakte dat ondenkbaar – hun honger naar elkaar was niet te stillen. Maar slapen deed hij in zijn eigen bed.

Op de avond voordat ze naar West Virginia zouden vliegen en hij zijn reistas stond te pakken, werd hij gebeld door Joey. Die vertelde hem dat hij besloten had de zaak voor zich te houden. 'Het is een stuitend zooitje, dat LBI, maar mijn vriend Jonathan blijft waarschuwen dat ik zelf de hardste klappen oploop als ik de publiciteit zoek. Dus nu denk ik erover mijn winst aan een goed doel te geven, zodat ik er tenminste geen belasting over hoef te betalen. Ik heb het eigenlijk al besloten, maar wilde nog even horen wat jij ervan vindt.'

'Mij lijkt het uitstekend, Joey,' zei Walter. 'Ik bewonder je alleen maar. Ik weet hoe ambitieus je bent en hoe moeilijk het moet zijn om zo'n bedrag weg te geven. Dat vind ik al heel wat.'

'Kijk, het is nou ook weer niet zo dat ik een offer breng of zo. Ik verdien er gewoon niets aan op die manier. Maar Connie kan tenminste weer gaan studeren. Ik ben van plan dit jaar door te werken, zodat ze qua studiejaren op me in kan lopen.'

'Geweldig. Mooi om te zien hoe jullie elkaar opvangen. Verder nog nieuws?'

'Nou, alleen dat ik mam heb gesproken.'

Walter had nog steeds twee stropdassen in zijn hand, een rode en een groene waar hij tussen had staan kiezen toen de telefoon ging. Die keuze leek nu zo belangrijk niet meer. ‘O ja?’ zei hij, de groene das bij zijn pak leggend. ‘Waar? Bij jullie thuis in Alexandria?’

‘Nee, in New York.’

‘Ah, dus ze zit in New York.’

‘Nou, Jersey City om precies te zijn.’

Walter voelde opeens een knellende band om zijn borst, en bleef die voelen.

‘Het leek ons het beste om haar persoonlijk te vertellen dat we getrouwd zijn,’ vervolgde Joey. ‘En het viel al met al wel mee, moet ik zeggen. Ze deed vrij normaal tegen Connie. Nog wel neerbuigend, en met dat gemaakte lachje steeds, maar niet echt hatelijk. Ze heeft nu ook wel wat anders aan haar hoofd, natuurlijk. Connie was er achteraf wel tevreden over. Ik was vooral blij dat het achter de rug was. Maar goed, ik wilde jou even laten weten dat zij het nu ook weet. Mocht je haar misschien nog spreken, dan hoef je het niet meer geheim te houden.’

Walter keek naar zijn linkerhand, die wit was geworden en er naakt uitzag zonder zijn trouwring. ‘Dus ze is bij Richard ingetrokken,’ wist hij uit te brengen.

‘Eh, ja, voorlopig wel in ieder geval. Had ik dat niet moeten zeggen?’

‘Was hij er ook, toen jullie er waren?’

‘Ja, hij was ook thuis. Was wel leuk voor Connie, want zij houdt erg van zijn muziek. Hij heeft haar zijn gitaren laten zien en zo. Had ik je al verteld dat ze gitaarles wil gaan nemen? Ze heeft een heel mooie zangstem.’

Walter had geen duidelijk idee gehad van waar Patty verbleef. Haar vriendin Cathy Schmidt lag voor de hand, of een andere oud-teamgenote, of bij Jessica, of misschien zelfs bij haar ouders. Maar na haar stellige beweringen dat het voorgoed voorbij was tussen haar en Richard, had hij er geen seconde rekening mee gehouden dat ze in Jersey City verbleef.

‘Pap?’

‘Ja?’

‘Ik snap dat het moeilijk voor je is, oké? Het is behoorlijk bizar allemaal. Maar jij hebt nu ook een vriendin, toch? Dus, eh, een nieuw begin dan maar, zou ik zeggen. Het is allemaal anders nu, en daar moeten we dan maar zo snel mogelijk aan wennen, vind je ook niet?’

‘Ja,’ zei Walter. ‘Je hebt gelijk, jongen, we moeten de draad maar weer opvatten.’

Zodra hij het gesprek beëindigd had, trok hij een lade open, haalde zijn trouwring uit het manchetknopendoosje waarin hij hem had opgeborgen, en spoelde hem door de wc. Met een brede armzwaai veegde hij alle foto's van Patty's ladekast – Joey en Jessica als peuters, foto's van Patty zelf met haar teamgenotes in hartverscheurende jaren-zeventigkleren, haar favoriete en meest flatteuze foto's van hem. Hij stampte op de lijstjes en het glas tot er niets meer te versplinteren viel en hij zich verder moest afreageren door met zijn hoofd tegen de muur te bonken. Het nieuws dat ze bij Richard woonde had een bevrijding voor hem moeten zijn, had hem definitief de vrijheid moeten schenken om zich in alle gemoedsrust aan Lalitha te wijden. Maar het voelde niet als een bevrijding. Het voelde als een sterven. Hij zag nu pas wat Lalitha al de hele tijd had gezien: dat hij de voorbije drie weken vooral als een vorm van genoegdoening had beleefd, een verzetje waar hij recht op had na Patty's verraad. Ondanks zijn verzekeringen aan Lalitha dat zijn huwelijk voltooid verleden tijd was, had hij dat zelf geen moment echt geloofd. Hij liet zich op het bed neervallen en snikte het uit in een verdriet waarin al zijn eerder doorstane verdriet, in heel zijn leven, oneindig veel milder leek. De wereld vatte de draad weer op, en het was een wereld vol winnaars. Kenny Bartles en LBI pakten de poen, Connie zou weer gaan studeren, Joey ging doen wat het beste was om te doen, Patty deelde haar leven nu met een rockster, Lalitha streed voor haar goede zaak, Richard wijdde zich weer aan zijn muziek, Richard oogstte bewondering omdat hij zoveel slagvaardiger was dan Walter, Richard had Connie onder zijn bekoring gebracht, Richard had The White Stripes binnengehaald... en Walter bleef achter bij hen die dood of stervende waren, de bedreigde diersoorten van deze wereld, zij die zich niet aan konden passen en in de vergetelheid raakten...

Tegen twee uur 's nachts stommelde hij de badkamer binnen, doorzocht het medicijnkastje en vond een oud potje van Patty, met Trazodones die achttien maanden over de vervaldatum waren. Hij nam er twee in omdat ze hem weinig effectief meer leken, maar dat waren ze wel: hij werd om zeven uur wakker na hard en aanhoudend geschud te zijn door Lalitha. Hij had zijn kleren van gisteren nog aan, alle lampen brandden nog, de slaapkamer was een puinhoop, zijn keel was volkomen rauw gesnurkt en hij had elke denkbare soort hoofdpijn.

'We hadden al in een taxi moeten zitten,' zei Lalitha terwijl ze aan zijn arm trok. 'Ik dacht dat je allang klaar was voor vertrek.'

'Ik kan niet,' zei hij.

'Schiet nou op, we zijn toch al zo laat.'

Hij richtte zich op en probeerde zijn ogen open te houden. 'Ik moet nu eerst douchen.' 'Is geen tijd meer voor.'

Hij viel in slaap in de taxi, en werd wakker in diezelfde taxi, die vast stond op de Parkway omdat er ergens voor hen een ongeluk was gebeurd. Lalitha zat te bellen met de luchtvaartmaatschappij. 'We zullen nu via Cincinnati moeten,' zei ze na afloop. 'We hebben ons vliegtuig gemist.'

'Waarom laten we ze niet gewoon doodvallen?' zei hij. 'Ik ben het zat om altijd maar de correcte man uit te hangen.'

'We slaan de lunch over en gaan in één keer door naar de fabriek.'

'Als ik nou eens incorrect werd, zou je me dan nog steeds aardig vinden?'

Ze keek hem bezorgd aan. 'Walter, heb je soms een of andere pil geslikt?'

'Nee, serieus, zou je me dan ook nog aardig vinden?'

Haar frons verdiepte zich en ze gaf geen antwoord. Hij viel in slaap in de terminal van National, en vervolgens in het vliegtuig naar Cincinnati, en toen in Cincinnati, en in het vliegtuig naar Charleston, en in de huurauto waarmee Lalitha naar Whitmanville scheurde, waar hij wakker werd en zich zowaar een beetje opgeknapt voelde, en honger had, onder een betrokken aprilhemel en in een van die biologisch dode landschappen waar Amerika zo rijk aan is geworden: megakerken met kunststof buitenmuurbekleding, de onvermijdelijke WalMart, de onvermijdelijke Wendy's, weidse invoegstroken, auto's als rijdende forten, nergens iets te zien wat aantrekkelijk zou zijn voor een vogel, tenzij de vogel een spreeuw of een kraai was. De fabriek voor beschermende kleding (ArDee enterprises, dochter van lbi) was een immense betonnen doos, met rafelranden aan het pasgerolde asfalt van het parkeerterrein, nu al doorschoten met onkruid. Het terrein vulde zich met enorme personenwagens, waaronder een zwarte Navigator, waar hij Vin Haven en een stel mannen in driedelig pak uit zag stappen terwijl Lalitha de huurauto met piepende remmen tot stilstand bracht.

'Het spijt ons dat we de lunch hebben gemist,' zei ze tegen Vin.

'Volgens mij wordt het diner een betere maaltijd,' zei Vin. 'Tenminste, dat hoop ik maar na wat we daarstraks kregen voorgezet.'

In de fabriek hing een aangenaam sterk geurmengsel van verf, plastic en nieuwe machines. Walter probeerde zich niet te storen aan de afwezigheid van ramen, de voorkeur van de bouwers voor elektrische verlichting. Er stonden klapstoeltjes voor een provisorisch podium met een achtergrond van torenhoog opgestapelde en in plastic gesealde blokken grondstof. Er liepen zo'n honderd West Virginianen rond, onder wie Coyle Mathis, in een ruimvallend sweatshirt en nog ruimvallender jeans die zo nieuw leken dat hij ze op weg naar de opening in de WalMart kon hebben gekocht. Twee plaatselijke televisieploegen hadden hun camera's op het podium gericht, waarboven een banier hing met: NATIONALE VEILIGHEID = WERKGELEGENHEID.

Vin Haven ('Je kunt me googelen tot je blauw aanloopt, maar je zult niet één quote van me vinden uit mijn zevenenveertig jaar als zakenman.') ging vlak achter de camera's zitten, en Lalitha gaf Walter de blaadjes met de speech die hij had geschreven en zij had opgeschoond, waarop hij zijn plek achter de tafel op het podium innam, tussen Jim Elder, senior vice-president bij LBI, en Roy Dennett, bestuursvoorzitter van zijn gelijknamige dochteronderneming. Op de eerste rij, met zijn gevouwen armen hoog op zijn borst, zat Coyle Mathis. Walter had hem niet meer gezien sinds hun stroef verlopen kennismaking in Forster Hollow, nu een kale vlakte vol mijnbouwpuin. Hij staarde Walter aan met een blik die hem, net als die eerste keer, aan zijn vader deed denken. De blik van iemand die zoveel verachting voor jou wilde uitstralen dat je hem onmogelijk nog vernederen kon, door je grootmoedigheid of anderszins. Het stemde Walter droevig. Terwijl Jim Elder de microfoon nam om de dappere Amerikaanse jongens en meiden in Irak en Afghanistan te prijzen, schonk Walter Mathis een timide glimlach die zijn medelijden moest overbrengen, zijn medelijden met hem en met zichzelf. Maar Mathis' uitdrukking veranderde niet, en hij bleef Walter aanstaren.

'En dan geef ik nu graag het woord aan de directeur van de Cerulean Mountain Trust,' zei Jim Elder, 'het brein achter de totstandkoming van deze fantastische en duurzame werkgelegenheid voor Whitmanville en de plaatselijke economie. Dames en heren, Walter Berglund. Walter?'

Walters droefheid om Coyle Mathis had zich verbreed tot een algemene melancholie, een wereldmelancholie, een levensmelancholie. Na te zijn opgestaan speurde hij het gehoor af naar Vin Haven en Lalitha, zag ze naast elkaar zitten en schonk ze ieder een glimlachje van spijt en verontschuldiging. En toen boog hij zich naar de microfoon.

'Dank u,' zei hij. 'En welkom. En een extra hartelijk welkom voor de heer Coyle Mathis en de andere mannen en vrouwen van Forster Hollow, die aan het werk zullen gaan in deze nogal energieverslindende fabriek. Een heel verschil met jullie dorpje, nietwaar?'

Afgezien van een zacht en lichtelijk verward gefluister was er geen ander geluid dan de weergalm van zijn eigen versterkte stem. Hij zocht de ogen van Mathis, die nog steeds glazig waren van verachting.

'Dus ja, welkom allemaal,' zei hij. 'Welkom in de middenklasse! Maar voor ik verderga, dames en heren, even een paar woorden voor meneer

Mathis hier op de voorste rij: Ik weet dat je me niet mag, Coyle. Geeft ook niks, want ik mag jou ook niet. Maar bij ons eerste gesprek, weet je nog wel, toen je me zei dat je niks met ons te maken wilde hebben, toen had ik wel respect voor je, hoor. Voor je eigenzinnigheid en je onafhankelijkheid. Want weet je, voor ik zelf bij de middenklasse ging horen, kwam ik ook uit zo'n plaatsje als Forster Hollow. En nu hoor jij op jouw beurt bij de middenklasse, Coyle, mooi hè? En dat geldt voor u allen, dames en heren, nogmaals van harte welkom, want het is echt iets geweldigs, de Amerikaanse middenklasse. Wij vormen het fundament van alle economieën ter wereld!'

Hij zag Lalitha met Vin fluisteren.

'En nu jullie allemaal een baan hebben in deze kogelvrijevestenfabriek,' vervolgde hij, 'kunnen jullie dus ook je invloed laten gelden op die economieën. Vanaf nu kunnen jullie bijdragen aan de verwoesting van de laatste ongerepte biotopen in Azië, Afrika en Zuid-Amerika! Ook jullie kunnen nu belachelijk grote plasma-tv's kopen met een buitensporig stroomverbruik, zelfs op stand-by! En voel je vooral niet bezwaard, want dat is ook precies de reden waarom we jullie uit jullie huizen hebben gewerkt. Zodat we jullie heuvels kunnen opblazen en de kolengestookte generatoren draaiende kunnen houden die de hoofdoorzaak zijn van de opwarming van de aarde en al die andere fijne verschijnselen, zoals zure regen. Wat een perfect systeem, hè? Jazeker, het is een perfect systeem, want zolang jullie je reusachtige plasma-tv's hebben, en de stroom die ze verbruiken, hoeven jullie niet na te denken over de akelige gevolgen. Dan kunnen jullie naar *Survivor: Indonesia* blijven kijken tot er niks meer van Indonesië over is!'

Coyle Mathis was de eerste die boe begon te roepen, maar de rest sloot zich al snel bij hem aan. Vanuit zijn ooghoeken zag Walter dat Elder en Dennett opstonden.

'Nog even snel een paar dingen, dames en heren,' sprak hij verder, 'want ik wil er geen eindeloze toespraak van maken. Nog even snel wat opmerkingen over dit perfecte systeem. Neem nu die enorme benzineslurpers die jullie binnenkort kunnen kopen en waarin je naar hartenlust zult kunnen rondrijden, nu dat jullie je bij mij hebben gevoegd als leden van de middenklasse. De reden waarom dit land zoveel kogelvrije vesten nodig heeft, is dat sommige mensen in sommige landen erop tegen zijn dat we hun olie stelen om jullie in je patserbak te kunnen laten rijden. Dus hoe meer kilometers jullie straks maken, hoe meer je je eigen arbeidsplaats zeker stelt! Is dat perfect of niet?'

Zijn gehoor was opgestaan en schreeuwde massaal dat hij zijn bek moest houden.

'Zo is het wel genoeg,' zei Jim Elder, die hem bij de microfoon probeerde weg te trekken.

'Een paar dingetjes nog!' riep Walter. Hij trok de microfoon uit de standaard en danste ermee weg. 'Ik heet jullie welkom als werknemers bij een van de meest misdadige bedrijven ter wereld! Horen jullie me? LBI geeft geen ene MOER om jullie zoons en dochters die in Irak creperen, zolang zij hun winstmarge van duizend procent maar halen! En ik weet heel goed wat ik zeg! Ik heb de feiten om het te staven! Maar vergis je niet, ook dat hoort bij het perfecte systeem waar jullie nu deel van uitmaken! Want nu jullie voor LBI werken, wordt jullie draagkracht zo groot dat jullie kinderen niet meer bij het leger hoeven te gaan, niet naar Irak hoeven om daar het loodje te leggen in de kapotte trucks en de inferieure kogelvrije vesten van LBI!'

De microfoon was uitgezet en Walter danste achteruit, weg van de menigte die zich aan de rand van het podium verzamelde. 'En *ondertussen*,' schreeuwde hij, '*ondertussen voegen we elke maand dertien miljoen mensen aan de wereldbevolking toe! Dertien miljoen mensen erbij om elkaar naar het leven te staan in de strijd om de beperkte natuurlijke hulpbronnen van deze wereld! Om elkaar af te slachten, en gelijk ook maar alle andere levensvormen uit te moorden! Een perfect systeem is het, tenzij je een van die andere levensvormen bent! Wij zijn een kanker op deze planeet, mensen! Een kánker op deze planeet!*'

En dat was het moment waarop hij een kaakslag kreeg van niemand minder dan Coyle Mathis. Hij wankelde opzij met magnesiumflitsen voor zijn ogen, wist dat hij zijn bril kwijt was en bedacht dat hij nu waarschijnlijk wel genoeg had gezegd. Hij werd omringd door Mathis en een stuk of tien andere mannen, en die begonnen hem met zijn allen pijn te doen, en niet zo'n beetje ook. Hij viel neer en probeerde weg te kruipen door een woud van benen die op hem in schopten met in China vervaardigde sneakers. Hij rolde zich tot een bal, hoorde en zag niets meer, voelde zijn mond vollopen met bloed en voelde minstens één afgebroken tand, en het schoppen ging door. En toen hield het schoppen op en voelde hij handen op zich, waaronder die van Lalitha. En het geluid keerde terug met Lalitha die '*Rot op, jullie! Sodemieter op!*' riep. Hij kokhalsde en spoog een mondvol bloed uit. Haar lange haar viel in de bloedplas terwijl ze hem in zijn ogen keek. 'Gaat het?'

Hij deed zijn best te glimlachen. 'Ja hoor, het gaat wel weer.'

'O, baas. Mijn arme baas.'

'Het gaat heel aardig, eigenlijk.'

Het was de tijd van de vogeltrek, het seizoen van verre vluchten, gezang, en paring. In de tropen van de Nieuwe Wereld, waar de biodiversiteit misschien nog wel uitbundiger was dan elders op aarde, werden een paar honderd vogelsoorten rusteloos en vlogen op uit het midden van de duizenden andere soorten, soms nauwe taxonomische verwanten, die er de voorkeur aan gaven om dicht opeen te blijven zitten en zich op hun tropische gemak voort te planten. Welgeteld vier van de honderden Zuid-Amerikaanse tanagersoorten zetten koers naar de Verenigde Staten, de gevaren van de overtocht voor lief nemend in het verlangen naar de zomerse weelde aan voedsel en nestelruimte aldaar. Azuurzangers klapwiekten noordwaarts langs de kusten van Mexico en Texas om daarna uit te waaieren naar de bossen van Appalachia en de Ozarks. Roodkelige kolibries zogen zich vol en rond aan de bloemen van Vera Cruz en vlogen vervolgens dwars over de Golf, 1500 kilometer die meer dan de helft van hun lichaamsgewicht opeisten, om pas weer in Galveston te landen en op adem te komen. Sterns vlogen van de ene poolcirkel naar de andere, zwaluwen deden dutjes in de lucht en daalden nergens neer, muzikale lijsters wachtten op een zuidenwind om twaalf uur non-stop te kunnen vliegen en in één nacht complete landen en staten over te steken. Hoogbouw, hoogspanningsdraden, windmolens, zendmasten en snelwegverkeer werden miljoenen trekkers fataal, maar miljoenen meer overleefden de tocht, en veel daarvan streken in dezelfde boom neer waarin ze het vorige jaar een nest hadden gebouwd, op dezelfde bergkam of in hetzelfde moeras waar ze waren opgegroeid en waar ze nu, als ze van het mannelijk geslacht waren, hun gezang aanhieven. Maar elk jaar weer vonden minder vogels de oude woonstee terug. Die was dan verdwenen onder het asfalt van een parkeerterrein of snelweg, kaalgekapt voor hout om pallets van te maken, ontwikkeld tot nieuwbouwwijk, of uit de weg gebulldozerd om plaats te maken voor oliewinning of mijnbouw, gefragmenteerd voor een winkelcentrum, of omgeploegd voor gewassen om ethanol uit te stoken, of gedenatureerd tot skipiste, fietsgebied of golfbaan. Uitgeput na achtduizend kilometer vliegen moesten de trekkers onderling wedijveren om de resterende beetjes groen in hun oude omgeving. Ze zochten er vergeefs naar een partner, ze gaven het idee van broeden op en leefden nestloos voort, ze vielen ten prooi aan jagers of katten. Maar Amerika was nog steeds een enorm en relatief jong land, en wie de moeite wilde nemen om op zoek te gaan, die vond nog altijd plekken waar het wemelde van de vogels.

En dat deden Walter en Lalitha dan ook toen april ten einde liep, in een busje vol kampeergerei. Ze hadden nog een maand tot ze serieus aan de gang moesten met Free Space, en hun verantwoordelijkheden voor de Trust lagen achter hen. Het busje reed niet bepaald zuinig, maar Walter suste zichzelf met de wetenschap dat hij de laatste kwart eeuw op de fiets of te voet naar zijn werk was gegaan, en geen stroomverslindend huis meer bezat, alleen nog het bescheiden en leegstaande optrekje aan Nameless Lake. Na een leven van milieubewuste zuinigheid en alle inspanningen die hij zich getroost had voor de natuur, mocht hij wel één keer uitspatten als benzineverbruiker – één natuurrijke zomer als vergoeding voor de zomer die hem als tiener was afgenomen door zijn oudere broer.

Toen hij nog met een ontwrichte kaak, ontveld gezicht en gekneusde ribben in Whitman County Hospital lag, had Lalitha wanhopige pogingen gedaan om zijn optreden toe te schrijven aan een Trazodonepsychose. 'Hij was letterlijk aan het slaapwandelen,' had ze tegen Vin Haven gezegd. 'God mag weten hoeveel Trazodones hij geslikt had, maar het waren er meerdere, en pas een paar uur voor vertrek. Hij wist werkelijk niet meer wat hij zei en het was míjn fout om hem die speech te laten houden. U zou míj moeten ontslaan, niet hem.'

'Ik had anders de indruk dat hij precies wist wat hij zei,' antwoordde Vin op verrassend milde toon. 'Jammer dat hij opeens de intellectueel moest gaan uithangen. Hij had zulk goed werk gedaan, en dan gaat-ie opeens de intellectueel uithangen.'

Vin had intussen al een telefonische vergadering met zijn trustees gehad, die unaniem akkoord waren met Walters ontslag op staande voet, en hij had zijn advocaten al opdracht gegeven de optie tot terugkoop voor het herenhuis in Georgetown te lichten. Lalitha mailde de kandidaat-stagiairs voor Free Space dat de geldstroom was afgesneden, dat Richard Katz zich uit het project terugtrok (die troost had ze de gehavende Walter niet willen onthouden) en dat het voortbestaan van Free Space zeer twijfelachtig was geworden. Sommige kandidaten mailden terug dat ze hun aanmelding introkken, twee van hen spraken de hoop uit dat ze toch nog iets voor het project konden betekenen, en de rest had helemáál niet gereageerd. Omdat Walter ondanks de ophanden zijnde huisuitzetting nog steeds niet met Patty wilde spreken, had Lalitha haar gebeld. Een paar dagen later kwam Patty voorrijden met een gehuurd busje, terwijl Walter zich schuilhield in de dichtstbijzijnde Starbucks, en nam alle spullen mee die ze niet naar de opslag wilde zien gaan.

Het was aan het einde van die hoogst onplezierige dag, nadat Patty was vertrokken en Walter was teruggekeerd uit zijn cafeïnerijke ballingsoord, dat Lalitha haar BlackBerry checkte en zo'n tachtig nieuwe mails van jonge mensen uit het hele land vond, met de vraag of ze zich nog als vrijwilliger voor Free Space konden aanmelden. Hun mailadressen hadden pikantere smaken dan het 'progressievejongere@deftigcollege.edu' van de eerste lichting kandidaten. Dit was het slag freakinfreegan en iedtarget, dit was het type pornfoetal, jainboy3 of jwlindhjr dat gebruikmaakte van Gmail of Cruzio. De volgende ochtend waren er nog honderd berichten bij gekomen, alsook aanbiedingen van garagebands uit vier steden (Seattle, Missoula, Buffalo en Detroit) om mee te helpen bij het organiseren van Free Space-evenementen in hun omgeving.

De reden, ontdekte Lalitha al snel, was een virusachtige uitbraak van de beelden die de plaatselijke tv-zenders van Walters uitbarsting en het daaropvolgende tumult hadden gemaakt. Dankzij de nieuwe mode om video via internet te streamen was de Whitmanville-clip (cancerontheplanet.wmv) als een razende door de marges van het web gegaan, de sites van de 9/11-complottheoretici, boomzitters, Fight Club-adepten en PETAisten, waarvan er één de link naar Free Space op de site van de Trust had gevonden en aan de clip had toegevoegd. In minder dan geen tijd kwam er heel wat tegenover het verlies aan een budget en een rockster te staan – Free Space kreeg een zeer aanzienlijke fanbase, en Walter kreeg een heldenstatus.

Het was lang geleden dat hij had gegrinnikt, maar nu grinnikte hij doorlopend, en kreunde dan van de pijn aan zijn ribben. Op een middag ging hij de deur uit en kwam thuis met een tweedehands Econoline-busje en een bus groene spuitlak, waarmee hij in grove letters FREE SPACE op de zijkanten en de achterkant van het busje spoot. Hij wilde de campagne alsnog doorzetten en de opbrengst van de terugkoop gebruiken om brochures te laten drukken, de stagiairs hun welverdiende schijntje te betalen en toch nog iets van prijzengeld voor de battle uit te loven, maar Lalitha voorzag echtscheidings-gerelateerde advocatenkosten en stond het hem niet toe. En toen hoorde Joey ervan en verraste zijn vader door een cheque voor $100.000 voor Free Space uit te schrijven.

'Dat is veel te dol, Joey,' zei Walter. 'Dat kan ik onmogelijk aannemen.'

'Tuurlijk wel,' zei Joey. 'De rest gaat naar Irak-veteranen, maar Connie en ik vinden jouw doel ook de moeite waard. En jij hebt toch ook voor mij gezorgd toen ik klein was?'

'Omdat je mijn kind was! Dat doen ouders, die zorgen voor hun kinderen, en daar hoeven ze geen betaling voor. Maar ja, iets voor niets doen, dat vond jij als kind óók al raar.'

'Maar het is toch grappig dat ik dit kan doen? Vind je het geen mop dan? Het is monopolygeld voor mij, pap, het zegt me niks.'

'Ik heb mijn eigen spaargeld om aan te spreken, Joey.'

'Bewaar dat nou maar voor je oude dag,' zei Joey. 'Kijk, als ik straks écht geld ga verdienen, ben ik niet zo liefdadig meer. Dit is nou eenmaal een bijzondere situatie.'

Walter was zo trots op Joey, zo dankbaar dat er geen onmin tussen hen was, en daarom zozeer geneigd hem zijn rol als redder in nood te gunnen, dat hij niet langer tegenstribbelde. Daags daarna beging hij echter de stommiteit erover uit de school te klappen tegen Jessica. Die had hem eindelijk gebeld toen hij in het ziekenhuis lag, al had ze daarbij duidelijk laten doorschemeren dat ze er nog niet aan toe was vriendinnen met Lalitha te worden. Ook had ze zich weinig geïmponeerd getoond door wat hij in Whitmanville had gezegd. 'Afgezien daarvan dat "een kanker op de planeet" een nogal ongelukkige frase is, vind ik dat je de verkeerde mensen koos om tegen uit te varen. Het is gewoon niet slim om het milieu af te zetten tegen laaggeschoolde mensen die proberen het een beetje beter te krijgen. Ik weet wel dat je een hekel hebt aan zulke mensen, maar daar moet je natuurlijk niet mee te koop gaan lopen.' In hun tweede telefoongesprek maakte ze een korzelige opmerking over de Republikeinse denktrant van haar broer, waarop Walter tegenwierp dat Joey een heel ander mens was sinds hij met Connie was getrouwd, en zelfs een belangrijke geldschieter voor Free Space.

'O ja? En hoe komt hij aan dat geld?' zei Jessica onmiddellijk.

'Ja, nou ja, zo'n groot bedrag is het nou ook weer niet,' krabbelde Walter haastig terug, zichzelf vervloekend om deze uitglijer. 'We zijn maar een kleine beweging, dus dan ben je al snel een belangrijke geldschieter. Ik wil er alleen maar mee aangeven dat hij enorm veranderd is.'

'Hm.'

'En zo'n donatie is natuurlijk niets vergeleken bij jouw bijdrage. Wat jij hebt gedaan, je input bij het bepalen van ons concept, dat was van onschatbare waarde. Dat was grandioos.'

'En hoe nu verder?' vroeg ze. 'Ga je nu je haar lang laten groeien en een sjaaltje om je hoofd binden? Rondtuffen in je busje en weet ik veel wat nog meer voor midlife-stunts? Krijgen we dat nu te verduren? Want dan wil ik graag het stemmetje in je binnenste zijn dat zegt dat je jezelf niet meer bent.'

'Geen midlife-crisis, geen lang haar en geen sjaaltje om mijn hoofd, erewoord. Ik zal je niet voor schut zetten, Jes.'

'Ik ben bang dat je dat al gedaan hebt.'

Misschien was het onvermijdelijk: ze ging meer en meer als Patty klinken. Haar chagrijn zou hem harder hebben geraakt als hij intussen niet elke minuut van elke dag de liefde had gevoeld van een vrouw die hem wél wilde, en wel helemáál. Zijn geluk met Lalitha deed in zeker opzicht aan zijn eerste jaren met Patty denken, de tijd waarin ze samen hadden opgetrokken bij de verbouwing van hun huis en het opvoeden van hun kinderen – maar het verschil was dat hij zich nu veel bewuster van zichzelf was, zijn geluk nu letterlijk voelen en proeven kon. En Lalitha was niet de eigenzinnige, ongenaakbare en onpeilbare vreemde die Patty eigenlijk altijd voor hem was geweest. Met Lalitha kreeg je wat je zag. En wat ze in bed voor elkaar betekenden, zo leerde hij toen de pijn uit zijn ribben week, was datgene wat hij altijd had gemist zonder te weten dat hij het miste.

Nadat een ploeg verhuizers alle sporen van de Berglunds uit het herenhuis verwijderd had, trokken Lalitha en hij in hun busje naar Florida, met de bedoeling een wijde westwaartse bocht door de buik van het land te maken voordat daar de grote hitte kwam. Hij was erop gebrand haar een roerdomp te laten zien, en ze vonden hun eerste in Corkscrew Swamp in Florida, tussen de waterkant en een steiger die piepte onder het gewicht van ettelijke gepensioneerden en toeristen. Maar het was een roerdomp die zijn heimelijkheid had opgegeven en die open en bloot op zijn lange poten stond, met het flitslicht van de camera's op zijn nutteloos geworden schutkleuren. Walter stond erop de zanderige dijken van Big Cypress af te rijden tot ze een échte roerdomp zouden vinden, een schuwe, en vergastte Lalitha ondertussen op een tirade over de ecologische schade die werd aangericht door het terreinwagengajes, de broeders in het kwaad van Coyle Mathis en Mitch Berglund. Toch wemelden het struikgewas en het ondiepe donkere water ondanks die schade van de vogels en de alligators. Uiteindelijk spotte Walter een roerdomp in een moeras waarin talloze patroonhulzen en door de zon gebleekte Budweiserblikjes dreven. Lalitha trapte op de rem, nam haar verrekijker en bewonderde de vogel met gepaste aandacht, totdat die werd opgeschrikt door een passerende dieplader met drie terreinwagens op zijn laadbodem.

Ze had nooit eerder gekampeerd, maar onderging de ervaring met groot enthousiasme, en Walter vond haar onweerstaanbaar sexy in haar ademende safaripak. Haar geestdrift werd niet getemperd door zonnebrand (waarvoor ze immuun was) of muggen (die haar net zo oninteressant vonden als ze verzot waren op Walter). Hij probeerde haar de eerste beginselen van het koken bij te brengen, maar ze gaf er de voorkeur aan de tent in orde te maken en hun route uit te stippelen. Hij werd elke ochtend voor het krieken van de dag wakker, maakte espresso voor zichzelf en kwam daarna de tent weer binnen met een soja-latte voor haar. En dan maakten ze een wandeling door de ochtendnevel en het honingkleurige licht. Ze deelde zijn gevoelens voor de natuur niet echt, maar was zeer bedreven in het ontdekken van kleine vogeltjes in dicht lover, bestudeerde de vogelgids als was het een heilig boek en kraaide van plezier als ze hem kon verbeteren bij het identificeren. Later op de ochtend, als het vogelleven verstomde, reden ze een paar uur naar het westen en vervolgens langs de parkeerterreinen van hotels tot ze een onversleutelde wifi-verbinding vonden, zodat zij per e-mail het doen en laten van haar aanstaande stagiairs kon coördineren en hij stukjes kon schrijven op het weblog dat ze voor hem had opgezet. En daarna het volgende natuurpark, het volgende avondmaal in de open lucht, en tot slot weer een extatisch potje rollebollen in de tent.

'Heb je er ondertussen al genoeg van?' vroeg hij op een avond, op een uitzonderlijk mooi en leeg kampeerterrein in het mesquitelandschap van zuidwestelijk Texas. 'Als je wilt, gaan we een weekje in een motel zitten, hoor. Beetje zwemmen in het zwembad, beetje werken.'

'Nee. Ik vind het heerlijk om te zien hoe jij van dat zoeken naar vogels en dieren geniet,' zei ze. 'Ik vind het heerlijk om je zo gelukkig te zien, na al die jaren waarin je ongelukkig bent geweest. En ik vind het heerlijk om met je onderweg te zijn.'

'Maar staat dat kamperen je nog niet tegen dan?'

'Nog niet,' zei ze. 'Al denk ik niet dat ik zo'n natuurmens ben. Niet zoals jij in ieder geval. Ik vind het zo gewelddadig allemaal. De kraai die dat nest mussenjongen verslond, die grauwe vliegenvangers, de wasbeer die dat nest leegroofde, de haviken die op alles neerduiken. Ze hebben het altijd over de vredigheid van de natuur, maar ik zie eerder het tegendeel van vredigheid. Het is één constante slachtpartij. Het is nog erger dan wat mensen elkaar aandoen.'

'Het verschil,' zei Walter, 'is volgens mij dat vogels alleen maar doden omdat ze moeten eten. Ze doen het niet uit woede, wreedheid of verveling. Het is niet *neurotisch*. En dat is voor mij het vredige ervan. Dieren leven of gaan dood, maar zonder het gif van haat, ideologie of neuroses. Die gedachte biedt verlichting voor mijn eigen neurotische woede.'

'Maar je lijkt juist niet woedend meer.'

'Dat komt omdat ik nu de hele dag door met jou ben. Ik zit niet langer in de knel tussen wat ik moet en wat ik wil, en ik hoef niet meer met mensen om te gaan. Reken maar dat die woede straks weer terugkomt.'

'Dat zal mij persoonlijk niet deren,' zei ze. 'Ik ken de redenen voor je woede en die respecteer ik. Ze horen bij wat ik in je liefheb. Maar het maakt me gewoon zo blij om je opgewekt te zien.'

Hij legde zijn handen op haar schouders. 'En ik denk de hele tijd maar dat jij niet volmaakter kunt worden. En dan zeg je toch weer iets wat alles overtreft.'

Maar hij was niet ongevoelig voor de ironie van zijn situatie. Door zijn woede zo drastisch te uiten tegen Patty en daarna in Whitmanville, waarmee hij zich eerst van zijn huwelijk en toen van de Trust had bevrijd, had hij zijn voornaamste bronnen van ongenoegen weggenomen. Dat had er aanvankelijk toe geleid dat hij afstand ging nemen van zijn 'kanker op de planeet'-heroïek, in zijn blogs was gaan benadrukken dat de vijand het Systeem was en nict dc voormalige bewoners van Forster Hollow. Maar zijn aanhangers hadden hem daar zo fel op aangesproken ('niet gaan draaien nou, man, je speech was precies goed' etc.) dat hij zich verplicht was gaan voelen om in hun naam elke ergernis te ventileren die ooit bij hem was opgekomen tijdens zijn ritten door West Virginia, elke aanklacht tegen groei en consumentisme die hij ooit had moeten inslikken omdat zijn professionalisme dat voorschreef. Sinds zijn studietijd had hij ontelbare bezwaren en belastende feiten in zich opgeslagen, en hij voelde zich geroepen dat nu allemaal te delen met de jonge mensen die ook zo in het leven bleken te staan – die verrassend grote, wonderbaarlijk grote groep medestanders. Maar de voor dat leiderschap vereiste verontwaardiging kon niet verder verwijderd zijn van de voldaanheid die hij op dit moment ervoer. Lalitha had intussen haar handen vol aan het beoordelen van de honderden nieuwe stagekandidaten, en het bellen van diegenen die zich in hun mail voldoende evenwichtig en wars van geweld hadden getoond. Haar inzet in de strijd tegen de overbevolking was zo praktisch en menslievend als die van Walter theoretisch en misantropisch was, en als iets hem duidelijk maakte hoezeer zijn liefde voor haar zich verdiepte, dan was het de mate waarin hij haar om die eigenschappen benijdde en zoals zij had willen zijn.

Op de dag voordat ze de laatste plaats van bestemming op hun natuurtocht zouden bereiken (Kern County in Californië, waar nu een astronomisch aantal broedende zangvogels verbleef) maakten ze een tussenstop om Walters jongere broer Brent te bezoeken in het stadje Mojave, vlak bij de luchtmachtbasis waar hij was gelegerd. Brent, die nooit was getrouwd en wiens persoonlijke en politieke held senator John McCain was, en wiens emotionele ontwikkeling tot stilstand leek te zijn gekomen sinds zijn aanmelding bij de luchtmacht, had zich niet onverschilliger kunnen tonen over het feit dat Walter van Patty af was en nu zijn leven deelde met Lalitha, die hij keer op keer met 'Lisa' aansprak. Hij nam echter wel hun lunch voor zijn rekening, en hij had nieuws over Mitch. 'Ik zat te denken,' zei hij, 'als dat huis van mam nog steeds leegstaat, dan kun je Mitch er misschien in laten wonen. Hij heeft geen telefoonnummer of adres, maar ik weet dat hij nog altijd zwaar aan de drank is en zo'n vijf jaar achterloopt met de alimentatie voor zijn kinderen. Stacy en hij hadden er net weer een kleintje bij toen ze uit elkaar gingen.'

'Hoeveel zijn het er nu dan in totaal?' vroeg Walter. 'Zes?'

'Nee nee, vijf maar. Twee met Brenda, een met Kelly en twee met Stacy. Geld sturen zou geen zin hebben, denk ik, want dat verzuipt hij alleen maar. Maar met een tijdelijk onderkomen zou hij wel geholpen zijn.'

'Goed dat je zo aan hem denkt, Brent. Dat siert je.'

'Kijk, ik weet wel hoe jij tegenover hem staat. Maar ik dacht, tja, als dat huis toch leegstaat.'

Vijf was een gepast aantal jongen voor een zangvogel, aangezien vogels overal naar het leven werden gestaan door de mensheid, maar voor een mens was het buitenissig, een aantal dat het des te moeilijker voor Walter maakte om medelijden met Mitch te hebben. Ergens in zijn achterhoofd leefde de weggestopte, maar niet spoorloos weggestopte wens dat iedereen op de wereld zich al op korte termijn minder zou voortplanten, zodat hij het zelf nog eenmaal kon doen, één keertje maar, met Lalitha. Het was uiteraard een wens die absoluut niet door de beugel kon – hij was de leider van een geboortebeperkingsgroep; hij had al twee kinderen, verwekt op onvergeeflijk jonge leeftijd; hij was niet langer teleurgesteld over zijn zoon; hij had al bijna de leeftijd van een grootvader. En toch bleef hij zich maar voorstellen hoe het zou zijn om Lalitha een dikke buik te bezorgen. Het was een idee dat altijd meespeelde als hij haar neukte. Het zat opgesloten in zijn bewondering voor haar mooie lichaam.

'Nee, nee, nee, lieverd,' zei ze lachend, neus aan neus met hem liggend in hun tent, toen hij het ter sprake bracht op een kampeerterrein in Kern County. 'Meer dan wat we nu hebben zul je niet met me krijgen, dat wist je vanaf het begin. Ik ben niet zoals andere meisjes. Ik ben een eenling zoals jij er een bent, maar dan net een beetje anders. Dat heb ik je toch wel duidelijk gemaakt, hoop ik?'

'Dat heb je heel goed duidelijk gemaakt. Maar ik dacht, ik vraag het nog maar eens.'

'Je mag het vragen zo vaak je wilt, maar het antwoord zal altijd hetzelfde zijn.'

'Weet je waarom? Waarom je zo'n eenling bent?'

'Nee, maar wel dát ik het ben. Ik ben het meisje dat geen kinderen wil. Dat meisje te zijn, dat is mijn opdracht in dit leven. Dat is mijn boodschap.'

'Ik hou van je, eenling of geen eenling.'

'Dan sta je me dat kleine verschil tussen ons vast wel toe.'

Ze brachten de maand juni in Santa Cruz door, waar Lalitha's beste studievriendin, Lydia Han, promotieonderzoek deed in de Chinese letterkunde. Ze sliepen bij haar op de vloer, en kampeerden vervolgens in haar achtertuin, en kampeerden daarna in het sequoiabos. Lalitha brak het geld van Joey's donatie aan om vliegtickets te kopen voor de twintig stagiairs die ze had geselecteerd. En Lydia's promotor, Chris Connery, een kroesharige marxist en sinoloog, liet hen allemaal hun slaapzak uitrollen op zijn gazon en gebruikmaken van zijn toiletten. Ook stelde hij het kader van Free Space een vergaderzaal op de campus ter beschikking voor drie dagen van intensieve training en planning. Walter hield betogen over het kwaad van de overbevolking, blozend onder de adorerende blikken die hij kreeg van de achttien meisjes in zijn gehoor – gedreadlockt of kaalgeschoren, ijzingwekkend gepiercet en/of getatoeëerd, en allemaal zo bruisend van vruchtbaarheid dat hij het bijna kon ruiken. Het was een opluchting om af en toe te kunnen ontsnappen en samen met professor Connery een wandeling door de vrije natuur rond Santa Cruz te maken, door bruin verdorde heuvels en zompige sequoiamoerassen, luisterend naar Connery's montere profetieën over een wereldwijde economische ineenstorting en arbeidersrevolten, zich vergapend aan nooit eerder geziene Californische vogelsoorten, en discussiërend met jonge anarchisten en radicale woongemeenschapjes die in zelfgekozen armoede op openbaar terrein woonden. Ik had professor moeten worden, dacht hij menigmaal.

Pas in juli, toen ze de beschutting van Santa Cruz opgaven en weer aan de slag gingen, ontdekten ze de razernij die het land die zomer overspoelde. Walter kan maar niet begrijpen waarom de conservatieven nog steeds zo verbitterd waren, ondanks dat ze nu alle geledingen van de federale overheid in handen hadden – woest op beleefde critici van de oorlog in Irak, op homoseksuele stellen die wilden trouwen, op de saaie Al Gore en de behoedzame Hillary Clinton, woest op beschermde diersoorten en hun beschermers, woest over belastingen en een benzineprijs die tot de laagste van de geïndustrialiseerde wereld behoorden, woest op de grote kranten en zenders, ondanks dat de eigenaren daarvan zelf ook conservatief waren, woest op de Mexicanen die hun gras maaiden en hun afwas deden. Het was dezelfde verongelijkte haat die hij van zijn vader kende, maar dat was een veel progressievere tijd geweest. En al die rechtse haat riep een net zo felle linkse tegenhaat op, die zowat zijn wenkbrauwen schroeide tijdens de Free Space-evenementen in Los Angeles en San Francisco. De jonge mensen die hij daar toesprak hadden één uniforme benaming voor iedereen van George W. Bush en Tim Russert tot Tony Blair en Jim Kerry: *shithead.* Dat 9/11 een complot was geweest van Halliburton en het Saoedische koningshuis, was een onaantastbaar geloofsartikel. Drie verschillende garagebands speelden nummers met weinig artistieke teksten over het martelen en afmaken van de president en vice-president ('*I shit in your mouth, Big Dick / it feels pretty nice / Yeah, little Georgie / A gunshot to the temple will suffice*'). Lalitha had bij de stagiairs en vooral ook bij Walter op een zakelijke toon aangedrongen – blijf bij de feiten over de overbevolking, breng de boodschap op zo'n manier dat zoveel mogelijk mensen ernaar willen luisteren. Maar zonder de aantrekkingskracht van de bands waar Richard voor had kunnen zorgen, lokten de evenementen uitsluitend de allang-overtuigden, de fanatieke ontevredenen van het soort dat bij G-20's de straat op ging om rellen te schoppen. Bij het betreden van het podium werd Walter telkens toegejuicht voor zijn uitbarsting in Whitmanville en zijn felle blogs, maar zodra hij over 'een doordachte aanpak' begon, of over het voor zichzelf laten spreken van de feiten, viel er een teleurgestelde stilte en duurde het niet lang of mensen hieven hun favoriete Berglundfrase aan: *Cancer on the Planet!* of: *Fuck the Pope!* In Seattle werd de sfeer zelfs ronduit onaangenaam en verliet hij het podium onder verspreid boegeroep. Hij werd beter ontvangen in het Midden-Westen en Zuiden, met name in de universiteitssteden, maar de opkomst was daar ook een stuk kleiner. Rond de tijd dat ze Athens in Georgia aandeden, kostte het hem grote moeite om 's ochtends op te staan. Hij was uitgeput door het reizen en terneergeslagen door de gedachte dat de landelijke woede weinig met bewustwording te maken had maar slechts een uitvergroting was van zijn eigen woede, en dat hij Free Space een bredere aanhang had onthouden door zijn wrok tegen Richard te laten overheersen, en dat hij het geld van Joey beter aan Planned Parenthood had kunnen doorschenken dan het op deze manier te verkwisten. Zonder Lalitha aan zijn zijde, die het vaakst achter het stuur van het busje zat en in haar eentje al het enthousiasme aanleverde, had hij de tournee waarschijnlijk al opgegeven om weer te gaan vogelen.

'Ik weet dat het je tegenvalt,' zei Lalitha toen ze Athens uit reden. 'Maar het lukt ons wel degelijk om de kwestie op de radar te krijgen. De huis-aan-huisbladen nemen onze standpunten elke keer woordelijk over als ze ons aankondigen. De bloggers en nieuwsgroepen hebben het massaal over het bevolkingsvraagstuk. Tot voor kort werd er met geen woord over gesproken, en nu staat het opeens weer volop in de belangstelling, voor het eerst sinds de jaren zeventig. Nieuwe ideeën verspreiden zich altijd vanuit de marge, Walter. Het mag dan niet zo verheffend zijn, af en toe, maar je hebt geen reden om ontmoedigd te raken.'

'Ik heb een flinke lap natuur in West Virginia gered,' zei hij, 'en een nog grotere lap in Colombia. Dat was goed werk, met concrete resultaten. Waarom ben ik daar niet gewoon mee doorgegaan?'

'Omdat je weet dat het niet genoeg is. Het enige wat deze wereld echt kan redden, is dat mensen anders gaan denken.'

Hij keek opzij naar zijn vriendin, haar zekere handen op het stuur, haar heldere ogen op de weg, en ontplofte zowat van het verlangen om zoals zij te zijn, en van dankbaarheid omdat ze hem wilde nemen zoals hij in feite was. 'Mijn probleem is dat ik mensen gewoon niet mag,' zei hij. 'Ik geloof gewoon niet dat ze anders kunnen gaan denken.'

'Je bent juist dol op mensen! Ik heb je nog nooit gemeen zien doen tegen iemand. Met wie je ook praat, je hebt altijd een glimlach op je gezicht.'

'Nou, in Whitmanville glimlachte ik niet, toch?'

'Jazeker, ook toen nog. Dat maakte het juist zo raar.'

En ach, het waren de hondsdagen – zo veel vogels vielen er niet meer te bekijken. Met de territoriumstrijd en het paren en broeden achter de rug, had geen vogel er nog belang bij om zichtbaar te zijn. Walter maakte ochtendwandelingen door bossen en parken waarvan hij wist dat ze nog krioelden van leven, maar het struikgewas en de bomen stonden roerloos in de zomerhitte, hun gebladerte ondoorzichtig vol, als huizen die voor hem waren afgesloten, als geliefden die alleen oog hadden voor elkaar. Het noordelijk halfrond zoog de energie van de zon op, zette die met zijn flora om in voedsel voor zijn fauna, met het zoemen en snorren van de insecten als achtergrondgeluid. Voor de gevederde migranten waren dit de te plukken dagen, de tijd om op krachten te komen. Walter benijdde hen om hun bedrijvigheid en vroeg zich af of hij zo neerslachtig was omdat dit de eerste zomer in veertig jaar was waarin hij niet hoefde te werken.

De nationale Free Space-battle was gepland voor het laatste weekeinde van augustus, in West Virginia, wat achteraf niet zo'n gelukkige beslissing leek. Het betekende dat de meerderheid van de fans een lange reis moest maken, naar een staat die moeilijk bereikbaar was met het openbaar vervoer, maar Walters voorstel om een andere locatie te zoeken was op protesten gestuit. De meesten verheugden zich op de mogelijkheid om West Virginia te kapittelen over zijn hoge geboortecijfer, zijn dienstbaarheid aan de steenkoolindustrie, zijn overmaat aan christelijke fundamentalisten en zijn aandeel in de krappe verkiezingszege van Bush in 2000. Lalitha had Vin Haven toestemming gevraagd om het festival op de voormalige geitenhouderij van de Trust te houden, het terrein dat ze altijd in gedachten had gehad. En Haven was meteen gezwicht, overrompeld door haar lef en net zo weerloos tegen haar fluwelen overredingskracht als wie dan ook.

Een slopende rit door de Rust Belt bracht het totaal van hun afgelegde kilometers op meer dan vijftienduizend, en hun olieconsumptie op meer dan dertig vaten. Het toeval wilde dat hun aankomst in de Twin Cities, half augustus, samenviel met het eerste naar herfst geurende lagedrukgebied van de zomer. In het noordelijke en voor het grootste deel nog ongeschonden bosgebied van Canada, Maine en noordelijk Minnesota hadden de zangers, vliegenvangers, eenden en mussen hun oudertaak volbracht en hun verenkleed uit de paartijd verruild voor soberder schutkleuren, en nu kregen ze met de killere wind en de lagere stand van de zon het signaal om weer naar het zuiden te trekken. De ouders vertrokken doorgaans als eerste, hun jongen achterlatend om zich in het vliegen en foerageren te bekwamen en dan hun eigen weg zuidwaarts te zoeken, onbeholpen vaak nog, en met een hoger sterftecijfer dan de oudere generaties. Minder dan de helft ervan zouden in het volgende voorjaar weeromkomen.

The Sick Chelseas uit St. Paul, die Walter ooit als voorprogramma van The Traumatics had gezien en die hem toen geen blijvertjes hadden geleken, waren nog springlevend en hadden genoeg fans naar het Free Space-evenement gelokt om gekozen te worden tot vertegenwoordigers van de Twin Cities op het slotfestival in West Virginia. De enige andere gezichten die Walter herkende waren die van Seth en Merrie Paulsen, zijn buren van weleer in Barrier Street. Hij ontdekte hen in het publiek, waar ze opvielen door er dertig jaar ouder uit te zien dan alle anderen, en gebaarde hen backstage te komen. Seth was direct onder de bekoring van Lalitha, kon zijn ogen niet van haar afhouden en negeerde Merrie's klachten om aan te dringen op een laat etentje in Taste of Thailand. In het restaurant liet Seth zijn nieuwsgierigheid de vrije teugel en vroeg Walter de oren van het hoofd over het huwelijk van Joey en Connie, ondertussen hét gespreksonderwerp in Barrier Street, over Patty's huidige verblijfplaats, over de ontstaansgeschiedenis van Walters relatie met Lalitha en over de diepere oorzaak van Walters hekeling door de *New York Times* ('Jezus, je kreeg er wel van langs, zeg.') – terwijl Merrie berustend voor zich uit keek en af en toe deerniswekkend gaapte.

Op de terugweg naar hun motel, in de kleine uurtjes, kregen Walter en Lalitha een woordenwisseling met ruzieachtige trekjes. Ze waren van plan geweest een paar dagen vrijaf te nemen in Minnesota, voor bezoeken aan Barrier Street, Nameless Lake en Hibbing en om een poging te doen Mitch op te sporen, maar nu wilde Lalitha meteen door naar West Virginia. 'De helft van de mensen die daar al voor ons zitten noemt zichzelf anarchist,' zei ze. 'En van anarchisten moet je geen ordelijke planning verwachten. We zullen er direct naartoe moeten om de logistiek te regelen.'

'Nee,' zei Walter. 'We hadden St. Paul nou juist als laatste op ons schema om hier een paar dagen tot rust te komen. Wil je dan niet zien waar ik ben opgegroeid?'

'Natuurlijk wel, maar dat kan later ook. Doen we volgende maand wel.'

'Maar we zijn hier nu! Het kan heus geen kwaad om pas over twee dagen naar Wyoming County te gaan. Anders moeten we straks weer helemaal hiernaartoe rijden. Drieduizend kilometer, dat zou toch doodzonde zijn?'

'Waarom doe je zo flauw?' zei ze. 'Waarom kun je Wyoming County nu niet zwaarder laten wegen en over een maand op de nostalgische toer gaan?'

'Omdat we het zo gepland hadden.'

'Precies, het was een plan, geen contract.'

'Ja, oké, maar ik zit ook een beetje over Mitch in.'

'Je hebt een bloedhekel aan Mitch!'

'Maar dat wil niet zeggen dat ik mijn eigen broer een dakloos bestaan wil laten leiden.'

'Eén maand langer, dat overleeft hij vast wel,' zei ze. 'En daarna komen we meteen terug.'

Hij schudde zijn hoofd. 'En ik moet ook hoognodig een kijkje nemen in het huis aan Nameless Lake. Daar is nu al in geen jaar iemand geweest.'

'Nee, Walter, nee. Dit is ons project, van jou en mij, en het is nu in volle gang.'

‘We kunnen het busje hier laten en het vliegtuig nemen. Daar winnen we een dag mee, en dan hebben we nog een hele week om de logistiek op poten te zetten. Doe het voor mij.’

Ze nam zijn gezicht in haar handen en schonk hem de blik van een bordercollie. ‘Nee,’ zei ze, ‘doe jij het alsjeblieft voor míj.’

‘Ga jij dan maar vast,’ zei hij, haar handen van zijn gezicht trekkend. ‘Neem het vliegtuig maar, dan neem ik het busje en ben ik er met een paar dagen.’

‘Waarom doe je nou zo moeilijk? Komt het door Seth en Merrie? Hebben die het verleden bij je opgerakeld?’

‘Ja, ook dat.’

‘Nou, probeer het dan weer uit je hoofd te zetten en kom met me mee. We moeten samen blijven optrekken.’

Hij voelde een kille neerslachtigheid in zich opwellen, recht uit zijn voorouderlijke Zweedse genen, als een koudwaterbron op de bodem van een door de zon verwarmd meer – het gevoel iemand als Lalitha niet waardig te zijn, het gevoel niet gebouwd te zijn op een leven van vrijheid en onverschrokken improvisatie, de behoefte aan een saaie maar bestendige ontevredenheid om zijn identiteit aan te ontlenen. En hij zag in dat alleen al het hebben van die gevoelens genoeg was om zijn relatie met Lalitha in een nieuwe toestand van ontevredenheid te veranderen, een nieuwe versie van zijn relatie met Patty. En het was beter, dacht hij in zijn neerslachtigheid, om haar er maar zo snel mogelijk achter te laten komen hoe hij werkelijk in elkaar zat – dat hij ten diepste verwant was aan zijn broer, vader en grootvader. Dus schudde hij opnieuw zijn hoofd. ‘Ik houd vast aan ons plan. Ik neem het busje voor twee dagen, en als jij niet mee wilt, kopen we een vliegticket voor je.’

Alles was misschien anders gelopen als ze op dat moment in tranen was uitgebarsten. Maar ze was even koppig als pittig, en ze was boos op hem, en de volgende ochtend reed hij haar naar het vliegveld, aan de lopende band zijn excuses makend tot ze hem zei daarmee op te houden. ‘Het is al goed, ik heb me eroverheen gezet,’ zei ze. ‘We doen gewoon allebei wat we moeten doen. Ik bel je wel als ik daar ben, en dan zie ik je over een paar dagen.’

Het was zondagochtend. Walter belde Carol Monaghan en reed de welbekende route naar Ramsey Hill. Blake had nog wat bomen geveld en struiken gerooid in Carols achtertuin, maar voor de rest was er weinig veranderd in Barrier Street. Carol omhelsde Walter hartelijk, waarbij ze haar borsten net iets te innig tegen hem aan drukte, en in het uur dat volgde, een uur waarin de tweeling krijsend door de kleuter-proof gemaakte 'grote kamer' holde, en Blake zich geen houding wist te geven en voortdurend wegliep en weer terugkwam en weer wegliep, deden ze allebei hun uiterste best om zich als normale aangetrouwde familie te gedragen.

'Toen ik erachter was gekomen, wilde ik jullie het liefst meteen bellen,' zei Carol. 'Ik heb letterlijk op mijn handen moeten zitten om jullie nummer niet in te toetsen. Ik begreep maar niet waarom Joey het jullie niet zelf wilde vertellen.'

'Tja, zoals je weet heeft hij de nodige strubbelingen gehad met zijn moeder,' zei Walter. 'En met mij ook, trouwens.'

'En hoe gaat het met Patty? Ik heb gehoord dat jullie niet meer bij elkaar zijn.'

'Dat klopt.'

'Nou, oké, dan ga ik niet op mijn tong bijten, Walter. Ik wil hier mijn eerlijke zegje over doen, want zo ben ik, ook al krijg ik er altijd gelazer mee. Het staat voor mij vast dat dit niet kon uitblijven. Ik heb het altijd verschrikkelijk gevonden zoals ze je behandelde. Alles leek altijd om haar te moeten draaien. Dus dáár, zo denk ik erover.'

'Ach weet je, Carol, er zitten altijd heel veel kanten aan dit soort dingen. En ze is nu Connie's schoonmoeder, dus ik hoop van harte dat jullie een manier vinden om met elkaar om te gaan.'

'O, maak je om mij geen zorgen. Als ik haar zie, zal ik normaal doen, maar als ik haar nooit meer zie, is het ook goed. Ik hoop alleen maar dat ze inziet wat voor een hart van goud mijn dochter heeft.'

'Dat zie ík in ieder geval zeker in. Ik vind Connie een fantastische meid, met heel veel mogelijkheden.'

'Ja, jij was altijd al de aardigste van jullie twee. Jij hebt zelf ook een hart van goud. Ik heb het nooit vervelend gevonden om jouw buurvrouw te zijn, Walter.'

Hij besloot de onrechtvaardigheid hiervan te negeren, koos ervoor om Carol niet op al die jaren te wijzen waarin Patty zich voor haar en Connie had ingespannen. Maar het stemde hem wel triest. Hij wist hoe hard Patty altijd haar best had gedaan om haar goede kant te laten zien, en het deed pijn om nu tot het kamp van haar vijanden te worden gerekend, van de mensen die alleen haar mindere kant zagen. Het brok in zijn keel was een teken van hoeveel hij nog steeds om haar gaf, ondanks alles. Toen hij zich op een knie liet zakken voor wat beleefde vriendelijkheid met de tweeling, drong zich de herinnering op aan hoeveel meer zij altijd op haar gemak was geweest met kleintjes, en hoe ze zichzelf altijd had weggecijferd voor Joey en Jessica toen die nog kleuters waren, hoe volkomen ze in die twee was opgegaan. Het was achteraf een goede zet, vond hij, dat Lalitha alvast naar West Virginia was gevlogen en hem alleen had gelaten met zijn nostalgie.

Na zich van Carol te hebben losgemaakt, en na het koele afscheid van Blake, die hem kennelijk nog steeds een linkse rat vond, reed hij naar Grand Rapids, stopte slechts om wat te eten te kopen en kwam tegen het einde van de middag bij Nameless Lake aan. Het TE KOOP-bord bij het aanpalende terrein van de Lundners beloofde weinig goeds, maar zijn eigen huis had 2004 niet minder goed doorstaan dan al die andere jaren. De reservesleutel hing nog steeds aan de onderkant van het rustieke bankje van berkenhout, en hij vond het niet te onverdraaglijk om de kamers te betreden waar zijn vrouw en beste vriend hem bedrogen hadden – er welden voldoende mooie herinneringen op om hem de slechte te laten weerstaan. Hij harkte en bezemde tot het donker werd, blij om weer eens iets met zijn handen te kunnen doen, at en ging naar bed en belde daar met Lalitha.

'Het is een gekkenhuis hier!' zei ze. 'Het is maar goed dat je niet mee bent gekomen, want jij zou alleen maar overstuur zijn geraakt. Het lijkt *Fort Apache* wel. Onze medewerkers hebben zowat beveiliging nodig tegen de fans die hier al zijn. Je zou denken dat al die hufters uit Seattle hier massaal naartoe zijn gekomen. We hebben een kampeerterreintje ingericht bij de bron, met één mobiel toilet, waar zich nu permanent driehonderd mensen voor staan te verdringen. Ze zitten werkelijk overal, ze drinken uit hetzelfde beekje waar ze in schijten en ze maken de omwonenden stapelgek. De hele weg hiernaartoe zit onder de graffiti. Ik heb vanochtend stagiairs langs alle huizen in de omgeving gestuurd om excuses te maken en een schilderbeurt aan te bieden. En ik ben er zelf op uit getrokken om de fans tot een beetje zelfbeheersing te manen, maar iedereen is stoned, ze hebben zich over het gehele gebied verspreid en niemand heeft de leiding. Eén amorfe bende is het. En toen werd het alweer donker en begon het te stortregenen, dus moest ik naar het stadje rijden en daar zit ik nu in een motel.'

'Zal ik morgen komen overvliegen?'

'Nee, kom met het busje. We moeten op het terrein kunnen kamperen om toezicht te houden, en je zou nu alleen maar razend worden. Ik rooi het wel zonder me boos te maken en heb de boel wel onder controle tegen de tijd dat jij hier aankomt.'

'Goed dan, maar rij wél voorzichtig, oké?'

'Tuurlijk,' zei ze. 'Ik hou van je, Walter.'

'Ik ook van jou.'

De vrouw van wie hij hield, hield ook van hem. Zoveel was zeker. Maar het was wel het enige wat vaststond, toen en nog steeds. Al het andere zal wel altijd duister blijven. Of ze inderdaad wel voorzichtig heeft gereden. Of ze de volgende ochtend niet toch over de kletsnatte verkeersweg naar de geitenhouderij scheurde. Of ze niet toch veel te hard door de blinde bochten rond de bergen en heuvels ging. Of er in zo'n bocht geen kolentruck van de andere kant kwam en aanrichtte wat kolentrucks wekelijks aanrichten in West Virginia. Of het niet iemand in een benzineslurpende terreinwagen was, wiens schuur was volgespoten met FREE SPACE of CANCER ON THE PLANET en die een donkerhuidige vrouw achter het stuur van een huurauto zag en haar weghelft op zwenkte, of aan haar bumper ging kleven, of haar sneed, of haar misschien wel bewust de vangrailloze weg af dwong.

Wat er ook gebeurd mag zijn, rond 07:45u, op acht kilometer van de geitenhouderij, verdween haar auto over de rand van een steile helling en sloeg te pletter tegen een notenboom. Het politieverslag biedt niet eens de schrale troost dat ze op slag dood moet zijn geweest. Maar haar verwondingen waren bijzonder ernstig, een verbrijzeld bekken en slagaderlijke bloedingen, dus ze kan niet meer hebben geleefd toen Walter om halfacht Minnesota-tijd de sleutel weer op zijn plek onder het bankje hing en naar Aitkin County reed om zijn broer te gaan zoeken. De langjarige ervaring met zijn vader had hem geleerd dat je alcoholisten ruim voor het middaguur moest benaderen als je een serieus gesprek met ze wilde.

Het enige wat Brent hem over Stacy, de laatste ex van Mitch, had kunnen vertellen, was dat ze bij een bank in Aitkin City werkte. Dus reed hij er van het ene bankgebouw naar het volgende en trof haar in het derde. Ze zag er goed uit, op een struise boerendochtermanier, leek een jaar of vijfendertig en praatte als een tiener. Hoewel ze Walter nooit eerder had ontmoet, leek ze hem een aanzienlijke medeverantwoordelijkheid toe te dichten voor Mitch' veronachtzaming van zijn kinderen. 'Probeer het op de boerderij van zijn vriend Bo,' zei ze met een nukkig schouderophalen. 'Het laatste wat ik hoorde was dat Bo hem het kamertje achter zijn garage had gegeven, maar dat is alweer een maand of drie terug.'

Met zijn drassige, door gletsjers platgewalste en van mineralen verstoken bodem was Aitkin County de armste regio van Minnesota en had dus de grootste rijkdom aan vogels, maar Walter hield geen halt om naar ze te speuren en bleef op de kaarsrechte County Road 5 tot hij bij Bo's bedrijfje kwam – een leeggeoogst koolzaadveld met hier en daar nog wat plantenresten, en een kleiner maïsveld met meer onkruid dan goed was voor maïs. Bo zelf zat voor het woonhuis op zijn knieën bij een kinderfietsje met roze plastic linten, de kapotte standaard te repareren. Een bonte verzameling kinderen holde door de openstaande voordeur het huis in en uit. Op Bo's wangen lag de blos van een stevige gindrinker, maar hij was nog jong en had de bouw van een worstelaar. 'Dus jij bent die broer uit de grote stad,' zei hij, met een verwonderde uitdrukking naar Walters busje turend.

'Klopt,' zei Walter. 'Is het waar dat Mitch hier tijdelijk onderdak heeft?'

'Ja, nou ja, hij komt en gaat. Je kunt hem nu waarschijnlijk bij Peter Lake vinden, op het campingterrein. Heb je hem ergens voor nodig?'

'Nee hoor, ik was gewoon in de buurt.'

'Tja, het heeft hem niet meegezeten sinds Stacy hem de deur uit heeft geschopt. Dus ik probeer hem een beetje te helpen.'

'Heeft zij hém eruit gegooid?'

'Jazeker, maar elk verhaal heeft twee kanten, hè?'

Het was bijna een uur rijden naar Peter Lake, terug in de richting van Grand Rapids. Bij het campingterrein aangekomen, dat wel iets weg had van een autokerkhof en er weinig florissant bij lag onder de middagzon, zag Walter een buikige ouwe vent voor een smoezelig rood tentje zitten, die pasgevangen vis schoon krabde boven een krant. Pas toen hij de man voorbijreed, viel Walter de gelijkenis met zijn vader op en drong het tot hem door dat dit Mitch was. Hij parkeerde het busje in de schaduw van een populier en vroeg zich af wat hij hier nu eigenlijk kwam doen. Hij was niet van zins om Mitch het huis aan Nameless Lake aan te bieden – daar wilde hij zelf een tijdje met Lalitha in gaan wonen om in alle rust over hun toekomst na te denken. Maar hij wilde meer zoals zij zijn, opener en minder op zijn hoede, en hoewel hij inzag dat hij Mitch waarschijnlijk een grotere dienst bewees door hem met rust te laten, stapte hij toch maar uit, haalde diep adem en liep naar het rode tentje.

'Hé, Mitch,' zei hij.

Mitch krabde de schubben van een ielig bliekje en keek niet op. 'Ja?'

'Ik ben het, je broer Walter.'

En dat deed hem wel opkijken, met een instinctief smalende grijns die direct overging in een warme glimlach. De knapheid was van zijn gezicht geweken, of beter gezegd, teruggedrongen tot een kleine oase van aantrekkelijkheid in een woestijn van roodverbrande pafferigheid. 'Krijg nou wat,' zei hij, 'Waltertje. Wat doe jij hier?'

'Ik kom eens kijken hoe het met je gaat.'

Mitch veegde zijn handen af aan zijn smerige cargobroek en stak de rechter uit naar Walter. Het was een pafferige hand en Walter drukte hem krachtig.

'Nou, eh, leuk,' zei Mitch. 'Ik wilde net een biertje nemen. Jij ook een, of ben je nog steeds van de blauwe knoop?'

'Nee, geef mij er ook maar eentje,' zei Walter, die zich nu pas realiseerde dat het aardig en Lalitha-achtig was geweest om een paar sixpacks mee te nemen. Maar aan de andere kant, het was ook wel aardig om Mitch een kans te geven nu eens royaal te zijn met iets. Hij wist niet wat eigenlijk het aardigste was. Mitch liep zijn rommelige kampeerplek over, opende een enorme koelbox en kwam terug met twee blikken PBR.

'Ja,' zei hij, 'ik dacht al, toen ik dat busje voorbij zag komen: wat is dat voor hippie? Ben je een hippie tegenwoordig?'

'Niet echt, nee.'

Terwijl een horde vliegen en dazen zich te goed deed aan de ingewanden van Mitch' opgeschorte visbereiding, gingen ze op twee aftandse vouwkrukjes zitten, met houten poten en zittingen van schimmelig canvas, die nog van hun vader waren geweest. Walter herkende wel meer ouwe spullen in en rond het tentje. Mitch was net als hun vader een vlotte causeur, maar terwijl hij Walter zijn huidige bestaanswijze beschreef, en de aaneenschakeling van tegenslagen en rugkwetsuren en auto-ongelukken en onoverbrugbare huwelijkse meningsverschillen die tot die bestaanswijze had geleid, viel het Walter op dat hij wel een heel ander soort dronkaard was dan hun verwekker. De alcohol, of misschien wel het verstrijken van de tijd, leek Mitch van al zijn herinneringen aan hun vroegere vijandschap te hebben beroofd. Hij vertoonde nog steeds geen greintje verantwoordelijkheidsgevoel, maar ook geen verongelijktheid of wrok. Het was een zonnige dag en hij deed gewoon zijn ding. Hij dronk doorlopend maar zonder haast – de middag was nog lang.

'Maar goed, hoe kom je nu aan je geld?' vroeg Walter. 'Heb je werk?'

Mitch leunde ietwat stram opzij en opende een viskist waarin een stapeltje bankbiljetten lag en voor zo'n vijftig dollar aan muntgeld. 'Mijn bank,' zei hij. 'Ik heb genoeg om de warme tijd door te komen. Gespaard van een baantje als nachtwaker dat ik de vorige winter in Aitkin had.'

'En wat ga je doen als dit op is?'

'Dan vind ik wel weer een ander baantje. Ik red me wel, hoor.'

'En je kinderen, maak je je daar geen zorgen om?'

'Ja, soms wel natuurlijk. Maar die hebben goeie moeders die goed voor ze zorgen. Aan mij hebben ze niks, daar ben ik zo langzamerhand wel achter. Ik kan alleen maar voor mezelf zorgen.'

'Je bent vrij man.'

'Zo is het.'

Ze vielen stil. Er was een windje opgestoken, dat duizenden diamanten liet flonkeren op Peter Lake. In de verte lagen wat hengelaars te luieren in hun aluminium roeibootjes. Ergens achter hen kraste een raaf. Een kampeerder hakte brandhout. Walter had al zijn zomerdagen in de vrije natuur doorgebracht, op plekken die meestal nog veel afgelegener waren geweest dan deze, maar nooit had hij zich verder verwijderd gevoeld van de dingen die zijn dagelijks bestaan bepaalden. Zijn kinderen, zijn werk, zijn denkbeelden, de vrouwen in zijn leven. Hij wist dat Mitch niet in het minst geïnteresseerd was in zijn leven (al was het maar omdat niets hem meer interesseerde) en hij voelde ook niet de minste behoefte om erover te vertellen, om dat zijn broer aan te doen. Maar toen zijn mobieltje overging en het display een onbekend nummer met het kengetal van West Virginia liet zien, was er direct het besef dat zijn leven wel degelijk mooi was geweest, en goed.

ER ZIJN FOUTEN GEMAAKT (SLOT)

Een brief aan haar lezer van Patty Berglund

Hoofdstuk 4

Zes jaar

Begaan als ze met haar lezer is, en doordrongen van zijn enorme verlies, en beseffend dat de somberheid van het leven om een gepaste toon vraagt, heeft de autobiografe haar uiterste best gedaan om deze bladzijden in de eerste en tweede persoon enkelvoud te schrijven. Maar ze heeft tot haar spijt moeten vaststellen dat ze als auteur wel altijd een van die sportmensen zal blijven die het alleen in de derde persoon over zichzelf kan hebben. Hoewel ze er heilig van overtuigd is dat ze tegenwoordig een ander mens is, en wel een veel stabieler en verstandiger iemand dan vroeger, en daarom ook een nieuwe kans verdient om gehoord te worden, kan ze de toon maar niet loslaten waar ze zich ooit van bediende toen ze geen andere manier meer had om zich te uiten – ondanks het risico dat haar lezer dit manuscript nu meteen in zijn oude prullenmand van Macalester College smijt.

De autobiografe begint graag met de erkenning dat zes jaar stilte een hele tijd is. In het eerste begin, toen ze net uit Washington weg was, had Patty het gevoel dat zwijgen het beste was wat ze in haar eigen belang en dat van Walter kon doen. Ze wist dat hij furieus zou zijn als hij vernam dat ze bij Richard was ingetrokken. Ze wist dat hij de gevolgtrekking zou maken dat ze totaal geen rekening met zijn gevoelens hield, en keihard had gelogen toen ze zei dat ze van hem hield en niet van zijn vriend. Maar voor de goede orde: voordat ze naar Jersey City reisde, bracht ze één avond alleen door in een Marriott in DC, waar ze de zware slaappillen telde die ze had meegenomen, en de plastic zak bekeek waarmee de hotelgasten hun ijsemmertje moesten bekleden. En nu zal het makkelijk zijn om te zeggen: 'Dat zal wel, maar ze deed dus geen echte zelfmoordpoging, hè?' De verleiding zal groot zijn te denken dat het een combinatie was van zelfmedelijden, zelfdramatisering, zelfbedrog en wat al niet meer aan stuitende zelfdingen. Toch houdt de autobiografe vol dat Patty die avond door een diep dal ging, het diepste ooit, en zichzelf moest blijven dwingen aan haar kinderen te denken. Haar geestelijke pijndrempel was misschien niet zo hoog als die van Walter, maar gelukkig wel hoog genoeg. En het besluit om naar Richard te gaan lag vervolgens voor de hand. Richard was degene die haar in deze positie had gebracht. Richard was de enige die haar nu nog zou begrijpen, de enige die ze kon benaderen zonder door de grond te gaan van schaamte, de enige van wie ze zeker wist dat hij haar nog wilde. Ze wist dat ze niets meer kon doen aan de puinhoop waarin ze Walters leven had veranderd, dus moest ze maar proberen het hare te redden.

Maar om nu helemaal eerlijk te zijn: ze was ook ontzettend kwaad op Walter. Hoe erg het ook voor hem geweest mocht zijn om bepaalde passages in haar autobiografie te lezen, ze vond het nog steeds onrechtvaardig dat hij haar het huis uit had gegooid. Ze vond dat een overdreven reactie van hem, waarmee hij haar onrecht had gedaan en waarmee hij voor zichzelf probeerde te verdoezelen dat hij toch al van haar af had gewild om met zijn jonge bewonderaarster verder te kunnen. Haar jaloezie over dat laatste verergerde haar woede nog verder, ook al omdat het een dubbele jaloezie was, want ze wist dat het meisje oprecht van Walter hield, terwijl Richard iemand was die eigenlijk van niemand kon houden (behalve, en wel in aandoenlijke mate, van Walter). Ze twijfelde er niet aan dat Walter het allemaal heel anders zag, maar voelde zich gerechtigd om naar Jersey City te trekken voor alle vertroosting, genoegdoening en egostreling die het haar schenken zou om de bedgenote te worden van een egoïstische rockster.

De autobiografe zal voorbijgaan aan de details van Patty's maanden in Jersey City, behoudens de erkenning dat het haar een kort maar intens plezier verschafte om eindelijk de jeuk te stillen waar ze al die jaren mee had rondgelopen, een plezier waarvan ze wenste dat ze het zichzelf op haar eenentwintigste had gedaan, toen Richard in New York ging wonen. Dan had ze aan het eind van die zomer naar Minnesota kunnen reizen om te zien of Walter haar nog wilde. Want de eerlijkheid gebiedt haar eveneens te zeggen dat ze daar in Jersey City niet één keer seks met Richard had zonder aan de laatste keer te denken dat ze het met haar echtgenoot had gedaan, op de vloer van haar kamertje in het herenhuis te Georgetown. Walter zal ongetwijfeld hebben gedacht dat Patty en Richard totaal geen consideratie met hem hadden, maar de waarheid is dat hij voortdurend in hun beider gedachten was. Zo vonden ze het allebei volstrekt vanzelfsprekend dat Richard alsnog zijn belofte moest inlossen om Walter te helpen met zijn initiatief tegen de overbevolking. En dat niet alleen uit wroeging maar beslist ook uit bewondering en genegenheid. Die bereidheid om te helpen had Walter iets over Richards gevoelens moeten zeggen, want hij kende Richard goed genoeg om te weten dat het bevolkingsvraagstuk hem geen snars kon schelen en dat het hem dus grote moeite moest kosten om de schijn van het tegendeel op te houden tegenover muzikanten die beroemder waren dan hijzelf. De waarheid is dat Patty en Richard geen moment kans op een bestendige relatie hebben gehad, omdat ze beiden gedoemd waren de ander onophoudelijk teleur te stellen, en omdat geen van beiden zoveel om de ander gaf als om Walter. Telkens als Patty na de seks met Richard naar het plafond lag te staren, zonk ze weg in bedroefdheid en eenzaamheid, want Richard zou altijd Richard blijven, terwijl ze met Walter altijd de kans had gehad, hoe gering ook, dat hun verhaal toch nog eens een wending ten goede zou nemen. Toen Patty's kinderen haar over de spectaculaire speech vertelden die hij in West Virginia had gehouden, was haar wanhoop compleet. Nu leek het alsof Walter zich alleen maar van haar had hoeven ontdoen om alsnog een vrije, onbevangen persoonlijkheid te worden. Hun oude theorie, dat hij meer van haar hield en haar harder nodig had dan andersom, was in één klap gelogenstraft. Sterker nog: het tegendeel bleek waar. En nu was ze hem voorgoed kwijt.

En toen kwam het verschrikkelijke nieuws van Lalitha's dood, en voelde Patty van alles tegelijk: diepe ontzetting en medelijden met Walter, wroeging om alle keren dat ze Lalitha dood had gewenst, een angstig besef van haar eigen sterfelijkheid, een sprankje hoop dat Walter haar nu misschien terug zou nemen, en meteen daarop een verlammende spijt omdat ze er, door bij Richard in te trekken, zelf voor gezorgd had dat hij haar nooit maar dan ook *nooit* meer terug zou nemen. Zolang Lalitha had geleefd was er de mogelijkheid geweest dat Walter haar beu zou worden, maar nu ze dood was waren Patty's kansen voorgoed verkeken. De openlijke hekel die ze altijd aan het meisje had gehad, ontnam haar zelfs het recht om Walter troost te bieden. Het zou monsterlijk achterbaks lijken als ze deze trieste gebeurtenis aangreep om zich weer zijn leven binnen te wurmen. Dagenlang werkte ze aan een condoleancebrief die recht zou doen aan Walters verdriet, maar de kloof tussen de zuiverheid van zijn gevoelens en de onzuiverheid van de hare was onoverbrugbaar. Het beste wat ze kon doen was haar deelneming indirect betuigen, via Jessica, en dan hopen dat Walter wilde geloven dat ze ernaar verlangde hem te troosten, en zou begrijpen waarom ze zich te bezwaard voelde om een brief te sturen, en vervolgens zou begrijpen dat ze door geen brief te sturen *helemaal* geen contact meer kon zoeken. Dus vandaar de zes jaar stilte van haar kant.

De autobiografe zou hier graag schrijven dat Patty direct na Lalitha's dood bij Richard wegging, maar de waarheid is dat ze nog drie maanden bij hem bleef wonen. (Niemand zal ooit de vergissing begaan een toonbeeld van kordaatheid en waardigheid in haar te zien.) Om te beginnen wist ze dat het heel lang zou duren, als het ooit nog gebeurde, voordat zij op iemand verliefd zou worden en dat dat dan wederzijds zou zijn. En Richard deed op zijn eigen, goedwillende maar weinig overtuigende manier zijn best om een Goede Man te zijn nu ze Walter had verloren. Ze hield niet echt veel van Richard, maar had voldoende waardering voor zijn goede wil om wel een *beetje* liefde voor hem op te brengen (wat in wezen ook weer liefde voor Walter was, aangezien hij het ideaal van de Goede Man in Richards hoofd had geplant). Hij zette zich manmoedig aan tafel voor de maaltijden die ze voor hem maakte, hij dwong zichzelf thuis te blijven en dvd's met haar te kijken, hij liet zich haar frequente gemoedsuitstortingen welgevallen, maar ze was zich er dag en uur van bewust hoe onfortuinlijk haar komst was samengevallen met de heropleving van zijn liefde voor muziek en het muzikantenbestaan: zijn behoefte om de hele nacht met zijn bandleden in touw te zijn, of de hele nacht alleen in zijn slaapkamer te zitten om aan nummers te werken, of de hele nacht in de slaapkamer van een vrouwelijke fan door te brengen. En hoewel ze voor al deze behoeften een verstandelijk begrip kon opbrengen, had ze toch ook haar eigen behoeften, zoals de wens om niet de geur van een ander bij hem te ruiken. Om hem niet te veel in de weg te zitten en bovendien wat geld te verdienen, ging ze 's avonds als bardame werken en maakte daarbij precies het soort koffiedrankjes dat ze Walter ooit als lachwekkend voorbeeld van dergelijk werk had voorgehouden. Thuis deed ze haar uiterste best om geestig en meegaand en geen hemeltergende zeurkous te zijn, maar het duurde toch niet lang of de situatie kreeg het karakter van een nachtmerrie en de autobiografe, die waarschijnlijk al veel meer over deze periode heeft gezegd dan haar lezer wenst te vernemen, zal hem de scènes van kleinzielige jaloezie, wederzijdse verwijten en daverende teleurstellingen besparen die er ten slotte toe leidden dat Richard en zij op weinig verheffende wijze uit elkaar gingen. De breuk doet de autobiografe nog altijd denken aan de manier waarop haar vaderland destijds maakte dat het wegkwam uit Vietnam, de taferelen waarbij onze Vietnamese vrienden van het dak van gebouwen werden geduwd om ze uit de vertrekkende helikopters te houden, werden achtergelaten om afgeslacht of geïnterneerd te worden. Maar dat is dan ook alles wat ze over Richard te vertellen heeft, afgezien van enkele woorden aan het slot van dit document.

De laatste vijf jaar woont Patty in Brooklyn en werkt er als onderwijsassistente op een particuliere school, waar ze eersteklassers helpt met hun schrijfvaardigheid en coach is van de softbal- en basketbalteams van de hogere klassen. Haar weg naar dit schandalig onderbetaalde maar verder ideale baantje vond ze als volgt.

Na bij Richard te zijn weggegaan verbleef ze een tijdlang bij haar vriendin Cathy in Wisconsin, die daar samenwoonde met een nieuwe levensgezellin, Donna, die een meisjestweeling had van twee jaar. Met Cathy's werk als openbaar aanklager en dat van Donna bij een vrouwenopvangcentrum had het stel net genoeg geld om rond te komen, maar veel te weinig tijd om een gezonde nachtrust te genieten, dus bood Patty hun haar diensten aan als voltijds babysitter, en raakte binnen de kortste keren smoorverliefd op haar beschermelingetjes. Hun namen zijn Natasha en Selena, en het zijn twee fantastische en hartveroverende meisjes. Ze leken ter wereld te zijn gekomen met een welhaast victoriaans besef van goed kindergedrag. Zelfs als ze de aandrift voelden om het op een krijsen te zetten, namen ze eerst een moment om de juistheid daarvan te overwegen. Ze waren uiteraard primair op elkaar gericht, sloegen elkaar voortdurend gade, pleegden over alles overleg met elkaar, leerden van elkaar, vergeleken hun speelgoed en maaltijden met levendige interesse maar zonder een greintje wedijver of jaloezie – ze vormden een *wijs* tweetal. Als Patty een van hen aansprak, luisterde de ander ook, met een aandacht die eerbiedig was zonder schuchter te worden. Als tweejarigen moesten ze constant in de gaten worden gehouden, maar dat werd Patty nooit moe. Want het was een onloochenbaar feit, en het bood haar troost dit te bedenken, dat ze even bekwaam was met kleuters als onbeholpen met pubers. Ze schiep er een groot en nimmer verflauwend genoegen in de wonderen te observeren van hun motorische ontwikkeling, hun groeiende taalschat, hun sociale vorming, en die van hun persoonlijkheid, om te volgen hoe ze van dag tot dag in vaak zichtbare stappen vooruitgingen, om te zien hoe onschuldig en dolkomisch ze waren, en om te weten hoezeer ze haar nodig hadden en haar hun blinde vertrouwen schonken. De autobiografe komt woorden tekort om haar verrukking over die twee te uiten, en over het bewijs dat ze één ding *niet* fout had gedaan in haar leven: moeder te worden.

Ze zou veel langer in Wisconsin zijn gebleven als haar vader niet ziek was geworden. Haar lezer zal vast en zeker over Ray's kanker hebben gehoord, over de abruptheid waarmee de ziekte zich openbaarde en de agressie waarmee die voortwoekerde. Cathy, die ook zelf bijzonder wijs is, drong er bij Patty op aan naar Westchester te gaan voor het te laat was. Patty ging er met veel angst en beven heen, en trof er een ouderlijk huis aan dat nauwelijks was veranderd sinds ze er voor het laatst was geweest. De dozen vol verouderd campagnemateriaal waren nóg talrijker, de schimmelgeur in de kelder was nóg penetranter, Ray's torens van de door de *Times* aanbevolen boeken waren nóg hoger en wankeler, Joyce's ringbanden met nooit uitgeprobeerde recepten uit het kookkatern van de *Times* waren nóg dikker gevuld, de nog-te-lezen zondagbijlagen van de *Times* lagen nóg vergeelder in nóg grotere hopen, de bakken met recyclebaar afval puilden nóg meer uit, de resultaten van Joyce's welgemoede pogingen tot tuinieren waren nóg deerniswekkender en het onkruid ertussen stond nóg hoger, de gratuite progressiviteit van haar wereldbeeld stond nóg verder van de feitelijke wereld af, haar ongemak over de komst en aanwezigheid van haar oudste dochter was nóg voelbaarder – en Ray's onaangetaste snedigheid en sarcasme waren nóg verwarrender. De serieuze aangelegenheid waarmee hij nu doorlopend de spot wenste te drijven, was zijn eigen naderende dood. Maar in tegenstelling tot zijn curieuze gevoel voor humor was zijn lichaam zeer nadrukkelijk veranderd. Hij was sterk vermagerd, hologig en bleek. Toen Patty aankwam, ging hij nog elke ochtend voor een paar uur naar kantoor, maar dat was een week later voorbij. Het vervulde haar met zelfverwijt om hem zo ziek te zien. Zelfverwijt om haar langdurige kilte en de afstand die ze al die jaren van hem had genomen, zelfverwijt om haar kinderachtige onvermogen hem zijn onhebbelijkheden te vergeven.

Niet dat hij zijn onhebbelijkheden kwijt was. Ray was nog steeds Ray. Als Patty hem omhelsde, klopte hij haar twee keer ingetogen op haar rug, haalde zijn armen weg en liet ze zijwaarts in de lucht hangen, als om aan te geven dat hij haar omhelzing dan wel niet beantwoorden kon, maar haar ook niet van zich af wilde duwen. Om de aandacht van zichzelf af te leiden, speurde hij onvermoeibaar naar dingen waar hij om kon grinniken: Abigails carrière als performance-kunstenares, de religiositeit van zijn schoondochter (waarover straks meer), de betrokkenheid van zijn vrouw bij de 'komedie' die voor het bestuur van New York State wilde doorgaan, en Walters professionele strubbelingen, waar hij over gelezen had in de *Times*. 'Het schijnt me toe dat je echtgenoot zich met een stelletje boeven heeft ingelaten,' zei hij op een dag. 'Wie weet, misschien is hij zelf ook wel een beetje een boef.'

'Natuurlijk is hij geen boef,' zei Patty. 'Hoe kom je erbij.'

'Tja, dat zei Nixon destijds ook van zichzelf. Ik herinner me die speech als de dag van gisteren, de president van de Verenigde Staten die het land na Watergate van zijn integriteit probeerde te overtuigen. "I am not a crook", ik hoor het hem nog zeggen. Kostelijk.'

'Ik heb dat artikel zelf niet gelezen, maar Joey zei dat het hoogst unfair was.'

'Aha, Joey... dat is jullie Republikeinse kind, nietwaar?'

'Hij is een stuk conservatiever dan wij, dat kan ik niet ontkennen.'

'Abigail vertelde ons dat ze zo ongeveer al haar beddengoed kon verbranden nadat hij met zijn vriendinnetje op haar appartement had gepast. Alles zat onder de vlekken, naar het schijnt. Ook de bekleding van haar bank.'

'Ray, Ray, dat wil ik allemaal niet horen! Ik ben niet zoals Abigail, weet je dat nu nog niet?'

'Ha! Bij het lezen van dat stuk dacht ik onwillekeurig terug aan die avond toen Walter dat eindeloze betoog hield over zijn Rome Club, weet je nog wel? Het is altijd een fanatiek baasje geweest, met rare denkbeelden. Die indruk heb ik tenminste altijd van hem gehad. Dat mag ik nu toch wel van je zeggen, hè?'

'Waarom? Omdat we uit elkaar zijn?'

'Ja, ook daarom. Maar ik dacht meer aan het gegeven dat ik niet lang meer te gaan heb, en dat ik daarom misschien wel zeggen mag wat ik denk.'

'Je hebt *altijd* gezegd wat je dacht. Zonder mankeren.'

Dit deed Ray glimlachen. 'Niet altijd, Patty. Minder vaak dan je denkt, geloof me.'

'Noem me één ding dat je ooit hebt willen zeggen en toch maar voor je hield.'

'Ik was nooit zo sterk in het uiten van genegenheid. En ik weet hoe moeilijk jij het daarmee had. Jij nog meer dan de anderen, want jij nam alles altijd zo serieus. En toen had je ook nog die pech met wat je op de high school overkwam.'

'Ik had vooral pech met hoe jullie erop reageerden!'

Bij dat laatste hief Ray een bezwerende hand op, alsof hij haar van verdere onredelijkheid wilde afhouden.

'Maar zo was het dus wel!'

'Patty, doe nou niet zo... Iedereen maakt fouten. Mijn punt is alleen maar dat ik heus wel, eh, genegenheid voor je voel. Liefde. Heel veel. Het is alleen moeilijk voor mij om dat te tonen.'

'Heb ik ook al pech mee, dus.'

'Ik doe mijn best om serieus te zijn, Patty. Ik probeer je iets duidelijk te maken.'

'Dat weet ik, papa,' zei ze, en ze barstte in tranen uit. Ietwat wrokkige tranen. En hij beklopte haar weer even, op haar schouder, om zijn hand weer snel weg te trekken en besluiteloos in de lucht te laten hangen, waarop het eindelijk tot haar doordrong, *echt* tot haar doordrong, dat hij gewoon niet anders kon.

Terwijl hij lag te sterven en werd verzorgd door een privéverpleegster, en Joyce bij voortduring handenwringende excuses maakte omdat ze voor 'een belangrijke stemming' naar Albany moest, sliep Patty in het bed van haar jeugd, herlas haar favoriete boeken van weleer en wierp zich op de bestrijding van de huishoudelijke chaos, deed geen moeite toestemming te vragen voor het wegsmijten van stapels tijdschriften uit de jaren negentig en dozen vol papiertroep voor de Dukakis-campagne. Het was de tijd van het jaar waarin de zaadhandels hun folders verstuurden en de kwijnende tuinliefde van haar moeder opleefde, en zowel Joyce als zijzelf greep die opleving dankbaar aan om gesprekjes over bloemen en planten te kunnen hebben in plaats van over niets. Maar ze zorgde er vooral voor dat ze zo vaak mogelijk aan het sterfbed van haar vader zat, om zijn hand vast te houden en haar best te doen om haar liefde voor hem te laten vloeien. Ze had de welhaast fysieke gewaarwording dat haar emoties zich hergroepeerden en haar zelfmedelijden meer dan ooit naar voren kwam, in al zijn wanstaltigheid, als een afzichtelijke paarsrode woekering die hoognodig uit haar binnenste moest worden weggesneden. Nu ze zoveel tijd doorbracht met haar vader, luisterend naar hoe hij over van alles en nog wat schamperde, zij het elke dag een beetje zwakker, schrok ze van de mate waarin ze eigenlijk op hem leek, en begreep ze opeens waarom haar eigen kinderen maar zo zelden om *haar* konden lachen, en moest ze erkennen dat het beter was geweest als ze zich in de cruciale jaren van haar moederschap tot een nauwer contact met haar ouders had gedwongen, omdat ze dan beter zou hebben aangevoeld waarom haar kinderen op haar reageerden zoals ze deden. Haar droom om op eigen houtje een compleet nieuw leven op te bouwen, onafhankelijk van haar ouders, was niet meer dan dat geweest: een droom. Ze was een dochter van haar vader, punt uit. Zij noch hij had ooit echt volwassen willen worden, en nu werkten ze daar alsnog aan, met z'n tweeën. Het zou zinloos zijn te ontkennen dat het Patty, competitief als ze wel altijd zal blijven, genoegen deed te merken dat ze beter tegen zijn aftakeling bestand was, er minder bang door werd, dan haar broer en zussen. Als meisje had ze altijd willen geloven dat hij meer van haar hield dan van wie ook, en nu, terwijl ze zijn hand vasthield en hem door perioden van pijn probeerde te leiden die de morfine alleen maar korter kon maken, niet kon doen verdwijnen, werd dat geloof alsnog bewaarheid. Ze maakten het samen waar, en het maakte haar een ander mens.

De uitvaartdienst, in de unitariërskerk in Hastings, deed haar terugdenken aan de uitvaart van Walters vader, want ook hier was de opkomst enorm – minstens vijfhonderd mensen. Zo te zien was elke advocaat, rechter en voormalige of huidige aanklager aanwezig, en iedereen die het woord nam zei hetzelfde: dat Ray niet alleen de kundigste advocaat was die ze ooit hadden meegemaakt, maar ook de aardigste, hardst werkende, en eerlijkste. De grootte van zijn reputatie was een verrassing voor Patty en een openbaring voor Jessica, die naast haar zat. Patty voorvoelde nu al het verre van onterechte verwijt dat haar dochter haar later naar het hoofd zou slingeren: dat ze Jessica een diepgaande relatie met haar grootvader had onthouden. Abigail besteeg de kansel om namens de familie te spreken, probeerde vergeefs grappig te zijn, toonde zich weer eens een met zichzelf ingenomen tuthola, maar redde haar eer door een intens verdrietige huilbui te krijgen. Pas toen de familie zich aan het einde van de dienst naar buiten begaf, zag Patty de bonte verzameling kansarmen en onbevoorrechten op de achterste kerkbanken, ruim honderd personen, bijna allemaal zwart, latino of anderszins allochtoon, in alle soorten en maten, gekleed in wat ongetwijfeld hun mooiste pak of jurk was, en stuk voor stuk de waardigheid uitstralend van mensen die vaker op begrafenissen kwamen dan zijzelf. Dit waren Ray's pro-Deocliënten of verwanten daarvan. En op de receptie kwam ieder van hen op een van de Emersons af, onder wie Patty, om die een hand te geven en kort te vertellen wat Ray voor hen betekend had: de levens die hij voor verwoesting had behoed, het onrecht dat hij had afgewend, de goedheid die hij had getoond. Patty raakte er weliswaar niet *totaal* van ondersteboven (ze was maar al te bekend met de tol die thuis werd betaald voor het tonen van goedheid in de buitenwereld) maar ondersteboven was ze, en ze kreeg Walter niet meer uit haar gedachten. Ze had nu intense spijt van haar schimpscheuten en gezeur over zijn inspanningen voor sommige vogelsoorten. Ze zag nu in dat ze daarbij door jaloezie was gedreven – jaloezie jegens de vogels die hem zo innig dierbaar waren, en jaloezie jegens hem omdat hij tot zoveel liefde en betrokkenheid in staat was. Ze wenste met heel haar hart dat ze hem kon opzoeken nu hij nog leefde, om het hem zonder omhaal van woorden te zeggen: ik adoreer je om je goedheid.

Iets wat ze in het bijzonder in Walter ging waarderen was hoe weinig hij om geld gaf. Als kind had ze het geluk gehad om haar eigen onverschilligheid op dit punt te ontwikkelen, en omdat geluksvogels altijd voor hun geluk worden beloond met nog meer geluk, was daar het geluk op gevolgd dat ze haar leven was gaan delen met Walter, wiens totale gebrek aan hebzucht altijd een eigenschap was geweest die ze min of meer vanzelfsprekend achtte en dus nooit echt gewaardeerd had, totdat Ray stierf en ze opeens weer geconfronteerd werd met de onsmakelijke geldkwesties die sinds jaar en dag binnen haar familie speelden. Walter had haar vele malen gezegd dat de Emersons een voorbeeld bij uitstek vormden van een schaarste-economie. Als metafoor voor de emotionele verhoudingen had ze dat altijd wel geslaagd gevonden, maar omdat ze als buitenbeentje was opgegroeid en zichzelf had vrijgemaakt van het eeuwige gesteggel om geld binnen de familie, was het nooit goed tot haar doorgedrongen hoe de immer lonkende maar nimmer benutbare rijkdom van Ray's ouders (de *kunstmatige* schaarste) een grondoorzaak vormde van alle familieproblemen. Ze had nooit een helder beeld van dat gesteggel gehad, maar dat veranderde op slag toen ze Joyce een week na de uitvaart vroeg hoe het nu met haar ging, het verhaal hoorde over het familielandgoed van de Emersons in New Jersey, en een indringend beeld kreeg van het dilemma waar Joyce voor stond.

De situatie was deze: als Ray's weduwe was Joyce nu de eigenaresse van het landgoed dat Ray zes jaar geleden van zijn vader August had geërfd. Het was Ray eigen geweest om met een lachje voorbij te gaan aan de smeekbeden van Patty's zusters, Abigail en Veronica, om 'iets met het landgoed te doen' (lees: het te verkopen en hun alvast hun deel van de poen te geven), maar nu hij onder de grond lag was het Joyce die dag in dag uit onder druk werd gezet door haar twee jongste dochters, en het was Joyce *niet* eigen om zulk gedram met een schouderophalen naast zich neer te leggen. Maar Ray's redenen om niets met het landhuis 'te doen' golden echter ook voor haar: Als ze het op de markt bracht, konden Ray's twee broers een dwingende morele claim leggen op fikse delen van de opbrengst. Daar kwam bij dat het oude bakstenen landhuis bewoond werd door Patty's broer Edgar, zijn vrouw Galina en hun drie kinderen die binnenkort een nieuw broertje of zusje zouden krijgen, en het huis was ook nog eens slecht verkoopbaar doordat Edgars eigenhandige 'opknapbeurt' vooralsnog beperkt was gebleven tot lukrake sloopwerkzaamheden, want Edgar had geen werk en geen spaargeld en dus niet de middelen om het daadwerkelijk op te knappen, als hij daar al de handigheid voor zou hebben gehad. Bovendien hadden Edgar en Galina gedreigd dat ze Joyce voor een verkoop zouden straffen door haar het contact te ontnemen met de enige kleinkinderen die ze in haar leven had, door naar een Israëlische nederzetting op de Westoever te emigreren en zich daar te laten onderhouden door een in Miami gevestigde liefdadigheidsinstelling, die een onversneden zionisme uitdroeg waar Joyce voor geen goud mee geassocieerd wilde worden.

In zekere zin had Joyce deze nachtmerrie ooit zelf over zich afgeroepen door als beursstudente onder de bekoring te raken van Ray's mondaine uitstraling, gegoedheid van familie en sociale idealisme. Ze had geen idee gehad van het moeras waarin ze zich begaf door zich aan Ray's familie bloot te stellen, van de prijs die ze daarvoor zou betalen, de tientallen jaren van weerzinwekkende excentriciteit en kinderachtige geldspelletjes en Augusts zelfvoldane onbeleefdheid. Als arm joods meisje uit Brooklyn had ze er slechts van genoten dat ze opeens op kosten van de Emersons naar Egypte, Tibet en Machu Picchu kon reizen, en aan welgedekte eettafels kon zitten met mensen als Dag Hammarskjöld en Adam Clayton Powell. Zoals zovelen die voor een carrière in de politiek kiezen, was Joyce een wezenlijk gebrekkig, onvolkomen mens – nog onvolkomener zelfs dan Patty. Ze werd verteerd door het verlangen een *bijzonder iemand* te zijn, en door een Emerson te worden kreeg ze het gevoel dat ze dat inderdaad was, en toen kreeg ze kinderen en daarmee het mateloze verlangen dat ook die *bijzonder* zouden zijn, om de leemte te vullen die ze diep in zichzelf bespeurde. En zo werd dit het refrein van Patty's jeugd: wij zijn niet zoals andere gezinnen. Andere gezinnen hebben ziektekosten- en boedelverzekeringen, maar papa gelooft niet in verzekeringen. De kinderen van andere gezinnen hebben na schooltijd een baantje, maar wij zien onze kinderen liever hun buitengewone talenten ontwikkelen en hun dromen realiseren. Andere ouders moeten op de centen passen om financiële tegenspoed te kunnen opvangen, maar dankzij het geld van grootpapa hoeven wij ons daar niet druk om te maken. Andere jonge mensen moeten realistisch zijn en aan hun carrière werken en geld voor later opzijzetten, maar ondanks de enorme bedragen die grootpapa aan goede doelen schenkt, staat er voor jullie straks een grote pot met goud klaar.

Na haar kinderen jarenlang te hebben bestookt met dit soort boodschappen, zich ervoor afsluitend dat hun levens erdoor ontwricht raakten, had Joyce nu het gevoel, bekende ze Patty met bevende stem, dat het 'toch ook wel een beetje eigen schuld' was dat Abigail en Veronica haar op de pijnbank legden om het landgoed te gelde te maken. Tot nu toe was dat schuldgevoel altijd onderhuids gebleven en had het zich slechts gemanifesteerd in haar onregelmatige maar aanzienlijke geldschenkingen aan haar jongste dochters, en in haar stilzwijgen bij stunts zoals die welke Abigail ooit had uitgehaald door zich in allerijl naar het ziekenhuis te haasten waar August op sterven lag, om nog even snel een cheque van $10.000 bij hem los te praten (Patty kreeg dit later te horen van Galina en Edgar, die het zeer kwalijk vonden maar er nog het meest de smoor over in leken te hebben dat ze zelf niet op het idee waren gekomen), maar nu smaakte Patty de interessante voldoening om de spijt van haar moeder vrijelijk aan de oppervlakte te zien komen. 'Ik weet niet wat papa en ik verkeerd hebben gedaan,' zei ze, 'maar het zal toch ook wel aan ons hebben gelegen dat drie van onze vier kinderen nog steeds niet... nog steeds niet echt, eh, in staat zijn om zichzelf te bedruipen. Ik neem aan dat ik... tja, hoe moet ik dat nou zeggen... maar als Abigail me nog één keer vraagt dat landgoed te verkopen, dan... Maar goed, ergens verdien ik het misschien wel. Op de een of andere manier voel ik me, ik weet niet... dat ik er zelf toch ook wel verantwoordelijk voor ben.'

'Je moet gewoon tegen haar opstaan,' zei Patty. 'Ze heeft het recht niet je zo te kwellen.'

'Wat ik niet begrijp is waarom jij zo heel anders bent geworden, wat jou zo onafhankelijk heeft gemaakt,' zei Joyce. 'Jij kent dat soort problemen totaal niet. Ik bedoel, je hebt wel problemen, maar je lijkt zoveel... *sterker*.'

De autobiografe overdrijft het niet: dit behoort tot de tien meest bevredigende momenten in Patty's leven.

'Walter is altijd een geweldige steun geweest,' zei ze, haar trots onderdrukkend. 'Het is een geweldige man. Dat hielp natuurlijk wel.'

'En jullie kinderen...? Zijn die...?'

'Die zijn net als Walter. Ze weten van aanpakken. En Joey is zo ongeveer de meest zelfstandige jongen in Noord-Amerika. Misschien heeft hij dat ook wel een beetje van mij.'

'Ik zou Joey heel graag... vaker zien,' zei Joyce. 'Ik hoop dat, eh... nu het allemaal anders is... nu dat je je vader en mij hebt...' Er ontsnapte haar een eigenaardig lachje, schel en onbehaaglijk. 'Nu we *vergiffenis* hebben gekregen, hoop ik dat ik hem een beetje kan leren kennen.'

'Ik denk dat hij dat zelf ook wel wil. Hij heeft veel belangstelling gekregen voor zijn joodse afkomst.'

'O, nou, ik weet niet of ik de juiste ben om het *daar* met hem over te hebben. Dat kan hij beter doen met... Edgar.' En weer was daar dat rare schelle lachje.

Edgar had zich overigens niet tot het jodendom bekeerd, althans niet letterlijk. In de vroege jaren negentig had hij gedaan wat vrijwel iedereen met een graad in de linguïstiek deed: beurshandelaar worden. Na te zijn opgehouden met het bestuderen van Oost-Aziatische grammaticavormen en zich te hebben toegelegd op aandelen, verdiende hij in no time genoeg geld om de aandacht te trekken én vast te houden van een welgeschapen Russische jodin, Galina geheten. Ze trouwden, en de inkt op de huwelijksakte was nog niet droog, of Galina's Russische materialisme stak de kop op en ze begon Edgar aan te sporen om almaar grotere sommen geld te verdienen, zodat hij overeenkomstige bedragen kon besteden aan een villa in Short Hills, New Jersey, en aan bontjassen, juwelen en aanverwant moois voor haar. Als directeur-eigenaar van zijn firma ging het hem uiteindelijk zo voor de wind dat hij op de radar verscheen van zijn doorgaans afstandelijke en ongenaakbare grootvader – en misschien was het een vlaag van vroegtijdige dementie, of anders was het gewoon hebzucht, maar August gaf zijn kleinzoon zelfs opdracht tot een grondige herziening van zijn effectenportefeuille. Edgar verkocht opa's degelijke Amerikaanse waardepapieren en stak de opbrengst vrijwel geheel in de aandelenmarkt van Zuidoost-Azië. Dat leek heel goed te gaan, en August herzag zijn testament toen de Aziatische zeepbel op zijn grootst was en het volmaakt redelijk leek om zijn investeringen aan zijn twee jongste zoons na te laten en het landgoed in New Jersey aan Ray. En toen knapte de Aziatische zeepbel. En August stierf korte tijd later. Dus Patty's ooms erfden zo goed als niks, terwijl het landgoed dankzij de aanleg van nieuwe snelwegen en de snelle ontwikkeling van noordwestelijk New Jersey in waarde verdubbelde. De enige manier waarop Ray de morele aanspraken van zijn broers kon pareren was door te beslissen het landgoed aan te houden en er Edgar en Galina op te laten wonen, waartoe ze maar al te graag bereid waren omdat Edgar zelf ook bankroet was. En het was in die periode dat Galina's joodsheid de kop opstak. Ze omhelsde de orthodoxe traditie, stopte met de pil en verhevigde hun financiële nood door een stoet kinderen te krijgen. Edgar stond net zo lauw tegenover het judaïsme als alle anderen uit zijn familie, maar hij was Galina's creatie, haar hoogst eigen schepsel, en dat des te meer sinds zijn bankroet, dus had hij geen andere keuze dan zijn oren naar haar te laten hangen.

En o, wat hadden Abigail en Veronica de pest aan Galina.

Ziedaar de situatie waar Patty een mouw aan ging trachten te passen om haar moeder uit de penarie te helpen. Daar was zij bij uitstek toe gerechtigd, aangezien ze het enige kind van Joyce was dat bereid was te werken voor haar brood, en het stemde haar ongekend voldaan om hier de conclusie uit te trekken dat Joyce van geluk mocht spreken met haar als dochter. Patty genoot een dag of wat volop van dit gevoel, maar toen verzuurde het tot het besef dat ze zichzelf verstrikt had laten raken in het web van haar familieverhoudingen, en dat ze weer net als vroeger in competitie was met haar zussen en broer. Ze had weliswaar al een vage competitiedrang in zichzelf bespeurd toen ze Ray hielp verplegen, maar niemand had haar het recht betwist om aan zijn bed te zitten, en ze was gerust geweest op de zuiverheid van haar motieven, dus toen was er nog geen sprake geweest van feitelijke wedijver. Eén avond met Abigail volstond echter om de competitieve sappen weer rijkelijk te laten vloeien.

In de periode dat ze in Jersey City met een uitzonderlijk lange man samenwoonde, en haar best had moeten doen om in zijn gezelschap geen verdwaalde huisvrouw te lijken, had Patty een paar chique dameslaarzen met superhoge hakken gekocht, en het was ongetwijfeld haar boze ik dat haar het besluit influisterde om deze laarzen aan te trekken voor de afspraak met haar kleinste zuster. Toen ze samen naar het buurtcafé liepen waar Abigail stamgaste was, torende Patty boven haar uit als een volwassene boven een kind. In het café aangekomen leek Abigail haar kleinheid van stuk te willen compenseren met een extra lang openingswoord, dat liefst twee uur in beslag nam en Patty alle informatie bood die ze nodig had om zich een adequaat beeld van Abigails leven te vormen: de getrouwde man, aangeduid met Die Grapjas, aan wie ze haar twaalf beste jaren van huwbaarheid had verspild, wachtend tot de kinderen van Die Grapjas de high school hadden afgemaakt, zodat Die Grapjas zijn vrouw kon verlaten, wat Die Grapjas toen ook inderdaad had gedaan, maar dan wel voor een vrouw die een heel stuk jonger was dan Abigail; de heteromannen-verachtende homomannen met wie ze sindsdien optrok teneinde met mannen te verkeren die haar geen pijn konden doen; de verbluffend omvangrijke groep van doorgaans zonder werk zittende acteurs, toneelschrijvers, stand up comics en performancekunstenaars waarvan zij zo te horen een uiterst vrijgevig en daarom ook zeer gewaardeerd lid was; de vriendenkring van mensen die steevast kaartjes voor elkaars optreden kochten, met geld dat hun in de meerderheid van de gevallen door Abigail werd geleend; de weinig glansrijke en verre van geslaagde levens van al deze bohemiens, die zich niettemin in Abigails bewondering mochten verheugen en die volgens haar New York tot New York maakten. Patty hoorde het allemaal aan en merkte dat het haar warempel deugd deed dat Abigail haar eigen plekje op de wereld had gevonden. Maar toen ze na hun cafébezoek naar Abigails appartement gingen voor een 'digestief', en Patty het onderwerp van Edgar en Galina aansneed, nam de ontmoeting een onverkwikkelijke wending.

'Ben je al naar de kibboets van New Jersey geweest?' vroeg Abigail. 'Heb je hun *milchkoe* al gezien?'

'Nee, ik ga er morgen heen,' zei Patty.

'Nou, als je geluk hebt, vergeet Galina Edgar zijn hondenriem af te doen. Staat hem heeelll goed. Heel mannelijk, en zo vroom ook. Je kunt er in ieder geval op rekenen dat ze de koeienstront op de keukenvloer laat liggen.'

Patty ging ertoe over haar voorstel uit te leggen: dat Joyce het landgoed zou verkopen, de helft van de opbrengst aan Ray's broers zou geven en de andere helft zou verdelen onder Abigail, Veronica, Edgar en zichzelf (Patty hoefde zelf niks, want ze gaf niet om geld). Abigail schudde vanaf de eerste zin haar hoofd en hield dat vol tot Patty was uitgesproken. 'Om te beginnen dit,' zei ze. 'Heeft mama je niet over Galina's ongeluk verteld? Ze heeft een oversteekhulp aangereden, op het zebrapad! Geen kinderen, godzijdank, alleen die man in zijn oranje hesje. Ze werd afgeleid door haar eigen *gebroed* op de achterbank, en schepte hem finaal van het wegdek. Twee jaar geleden was dat, en ik hoef je natuurlijk niet te vertellen dat Edgar en zij hun WA hadden laten verlopen, want zo zijn Edgar en zij. De wet? Niks mee te maken. Zelfs papa had een WA-verzekering! Edgar zag er de noodzaak niet langer van in, en Galina, die al vijftien jaar in Amerika woont, hield zich opeens van de domme en wist van geen verzekeringen want in Rusland was alles zo heel anders. De verzekeringsmaatschappij van die school stelde die oversteekhulp schadeloos, hoewel hij nog steeds invalide is, dus het is maar wat je schadeloos noemt, maar ze verhaalden het wel op Edgar en Galina. Ze hebben voor een immense smak geld beslag gelegd, dus alles wat die twee zouden krijgen, zou regelrecht naar die verzekeraar gaan.'

Het was jammer, en ook wel opmerkelijk, dat Patty hier niets over gehoord had van Joyce.

‘Nou ja, dat is op zich alleen maar rechtvaardig,’ zei ze. ‘Als die man invalide is, verdient hij het dat zij er financieel voor opdraaien.’

‘Maar het betekent dus wel dat ze ondanks hun erfdeel straatarm zouden blijven en dus evengoed naar Israël zouden emigreren. Wat mij eerlijk gezegd een zorg zou zijn, arrivederci! Maar probeer het maar eens aan mama te verkopen. Die is namelijk nogal dol op die koters van ze.’

‘Maar waarom ben jij dan tegen mijn voorstel?’

‘Omdat ik vind,’ zei Abigail, ‘dat Edgar en Galina helemaal *niks* zouden mogen krijgen. Want ze hebben al zes jaar gratis in dat landhuis kunnen wonen, en ze hebben er ook nog eens een bouwval van gemaakt, en alles wat ze krijgen moeten ze meteen weer inleveren. Zie jij dat geld dan niet liever naar mensen gaan die er echt wat aan hebben?’

‘Het lijkt mij dat die oversteekhulp er ook wel wat aan zou hebben.’

‘Die is al betaald. Het gaat nu alleen nog om die verzekeraar, en die heeft dat geld echt niet nodig, want verzekeraars zijn zelf verzekerd tegen dat soort dingen.’

Patty fronste.

‘En wat onze ooms betreft,’ zei Abigail, ‘pech gehad, zou ik zeggen. Die hebben dezelfde strategie gevolgd als jij: ze maakten dat ze wegkwamen en bleven lekker op afstand. Zij hebben niet zoals wij al hun feestdagen verpest zien worden door opa. Papa is er zijn leven lang praktisch elke week naartoe blijven gaan, om er op oma’s taaie pecankoekjes te knabbelen. Ik kan me niet herinneren dat een van zijn broers dat ooit gedaan heeft.’

‘Dus als ik het goed begrijp, vind jij dat we voor onze moeite en ongerief betaald moeten worden.’

‘Ja, waarom niet? Dat lijkt me wel zo billijk. En de ooms hebben dat geld ook helemaal niet nodig. Die gaat het heeelll goed, hoor. Terwijl het voor Ronnie en mij een heel verschil zou maken.’

‘Abigail, Abigail,’ zei Patty met een zucht. ‘Jij en ik zullen het wel nooit met elkaar kunnen vinden, hè?’

Misschien bespeurde Abigail enig medelijden of dédain in haar stem, want ze kreeg een geërgerde uitdrukking op haar gezicht. ‘Nee, *ik* heb inderdaad nooit mijn neus voor onze familie opgehaald,’ zei ze. ‘*Ik* was niet degene die niet tegen een grapje kon, en *ik* heb me niet uit de voeten gemaakt om met de Bovenmenselijk Aardige Natuurliefhebber uit Minnesota te trouwen. *Jij* was het die niet eens haar best deed om haar hekel aan ons te verhullen, *jij* vond jezelf superieur en *jij* dacht dat je zo’n geweldig leven had. En nu de Grote Natuurheld je heeft afgedankt, ondanks al die geweldige eigenschappen van je, dacht je: kom, laat ik dan mijn familie maar weer eens opzoeken en de Grote Vredestichter tegen ze uithangen. Heeelll interessant, die ommezwaai.'

Patty dwong zichzelf een paar keer in en uit te ademen voordat ze reageerde. 'Zoals ik al zei, ik denk niet dat wij het ooit met elkaar zullen kunnen vinden.'

'De enige reden waarom ik mama elke dag moet bellen,' zei Abigail, 'is dat jij hier alles in het honderd probeert te sturen. Als jij nu weer lekker weggaat en je nergens meer mee bemoeit, dan hou ik op met bellen. Zullen we het zo afspreken?'

'Waarom zou ik me hier niet mee mogen bemoeien?'

'Omdat je zelf zegt dat het geld jou niet interesseert. Kijk, als je alsnog jouw deel opeist om dat aan onze ooms te geven, mij best. Als je je daardoor nog superieurder en edelmoediger kunt voelen, prima. Maar kom *ons* niet vertellen wat we moeten doen.'

'Oké,' zei Patty, 'dan denk ik dat we zo'n beetje zijn uitgepraat. Maar nog even voor de zekerheid, dat ik je goed begrijp: jij vindt dat je een goede dochter voor Ray en Joyce bent geweest omdat je altijd alles van ze *geaccepteerd* hebt? En je denkt dat Ray een goede zoon was door dingen van zijn ouders te accepteren? En dat het niet meer dan normaal is om je daarvoor te laten belonen?'

Abigail maakte een vreemde grimas en leek er even over na te denken. 'Ja!' zei ze ten slotte. 'Ja, zo heb je het behoorlijk goed verwoord, zo denk ik er inderdaad over. En het feit dat jij dat zo raar vindt, is precies de reden waarom jij je er niet mee zou moeten bemoeien. Jij hebt ondertussen niets méér met onze familie te maken dan Galina, al schijn je het tegendeel te denken. Dus het lijkt me beter dat je mama vanaf nu met rust laat, zodat ze zelf kan beslissen wat ze doet. En ik wil ook niet dat je met Ronnie gaat praten.'

'Het is jouw zaak niet met wie ik praat of niet praat.'

'Reken maar dat dat mijn zaak is, en ik wil niet dat je haar lastigvalt. Je brengt haar alleen maar in verwarring.'

'Aha, en we hebben het nu over Veronica, met het IQ van 180?'

'Het gaat niet goed met haar sinds papa dood is, en het heeft geen enkele zin om haar te gaan kwellen. Ik heb niet de illusie dat ik tot je doordring, maar ik weet waar ik het over heb, want ik ken Ronnie duizend keer beter dan jij. Hou een *beetje* rekening met haar.'

Toen Patty er de volgende ochtend aankwam, bleek het ooit zo perfect gemanicuurde landgoed te zijn veranderd in een kruising tussen Walker Evans en het negentiende-eeuwse Rusland. Een koe graasde op wat ooit de tennisbaan was geweest, netloos nu, de plastic belijning gescheurd en verfrommeld. Edgar ploegde de oude paardenwei om op een kleine tractor, die om de haverklap vast kwam te zitten in de door regen doorweekte grond. Hij droeg een met modder besmeurd wit overhemd en bemodderde rubberlaarzen, had in de tussenliggende jaren flink wat spieren en vet aan zijn botten gekregen en deed Patty om de een of andere reden aan Pierre uit *Oorlog en vrede* denken. Hij liet de tractor zwaar overhellend in het veld staan en ploeterde door de blubber naar de oprit waar ze haar auto had neergezet. Hij vertelde dat hij aardappelen aan het poten was, massa's aardappelen, om zijn gezin in het komende jaar nog onafhankelijker te maken. Nu dat de lente was aangebroken en ze door hun wintervoorraad van zelfgeteeld en -geschoten voedsel heen waren, moesten ze het hebben van schenkingen door de Beit Midrash-gemeenschap – op de grond naast de oude paardenstal stonden dozen vol conservenblikken, pakken ontbijtgraan en geseald babyvoedsel. Sommige dozen waren opengebroken en al halfleeg, wat Patty de indruk gaf dat ze het te veel moeite vonden om het allemaal de stal in te dragen en het liever in weer en wind lieten staan.

Hoewel het huis vanbinnen een chaos van speelgoed en onafgewassen borden was, en het er inderdaad een beetje naar koeienmest rook, hingen de pastel van Renoir, de schets van Degas en het doek van Monet nog steeds op hun oude plekken. Patty kreeg direct een levendig, warm, niet erg schoon maar aanbiddelijk eenjarig kind aangereikt door Galina, die hoogzwanger was en de wereld met doffe ogen gadesloeg. Patty had al op de dag van de rouwdienst met haar kennisgemaakt, maar toen hadden ze nauwelijks met elkaar gesproken. Ze was zo'n aanstaande moeder die volledig in haar zwangerschap was ondergedompeld, haar haar door de war, haar wangen vlekkerig, haar positiejurk verfomfaaid. Maar je kon zien dat ze maar weinig moeite zou hoeven doen om weer mooi te zijn. 'Dank je voor dat je hier komt,' zei ze. 'Voor ons is reizen *zo moeilijk* nu, zonder eigen vervoer.'

Patty liet de reden voor haar komst even voor wat die was en genoot met volle teugen van het jongetje in haar armen, wiegde hem, wreef haar neus tegen zijn neusje, liet hem kraaien van plezier. Ze stond zich de fantasie toe waarin ze Edgars en Galina's last verlichtte door hem te adopteren en een compleet nieuw leven met hem te beginnen. En het kereltje leek het aan te voelen, want het begon kirrend naar haar gezicht te grijpen.

'Hij vindt zijn tante leuk,' zei Galina.

Edgar kwam zonder zijn laarzen door de achterdeur, op dikke grijze sokken die ook onder de modder zaten en waar zijn grote tenen half doorheen staken. 'Wil je wat rozijnenpap of zo?' vroeg hij aan Patty. 'Of Chex, hebben we ook.'

Patty sloeg het af, ging aan de keukentafel zitten en zette haar neefje op schoot. De andere kinderen waren niet minder verrukkelijk, met dezelfde donkere ogen, nieuwsgierig en vrij zonder onbeleefd te worden, en ze begreep nu goed waarom Joyce zo dol op ze was en ze niet naar het buitenland wilde zien vertrekken. Al met al, en zeker na het akelige gesprek met Abigail, slaagde ze er niet in om dit gezin als de booswichten van het verhaal te zien. Het leken haar eerder figuren uit een sprookjesboek. 'Maar vertel eens,' zei ze, 'hoe zien jullie je toekomst?'

Edgar was er kennelijk aan gewend dat Galina het woord deed en ging de modder van zijn sokken zitten pulken, terwijl zijn vrouw vertelde dat het boeren hen steeds beter afging, dat hun rabbi en synagoge hen enorm hielpen, dat Edgar ieder moment een vergunning kon krijgen voor het maken van koosjere wijn uit de druiven op het landgoed, en dat er ongelooflijk veel wild was.

'Wild?' zei Patty.

'Herten,' zei Galina. 'Ongelooflijk veel herten. Edgar, hoeveel heb jij geschoten in vorig najaar?'

'Veertien,' zei Edgar.

'Veertien op ons land! En zij blijven komen en komen, het is ongelooflijk.'

Patty zette de vraag van zich af of herten eigenlijk wel koosjer waren, en besloot ter zake te komen. 'Maar het punt is een beetje dat dit eigenlijk niet jullie land is. Het is van Joyce nu, in feite. En nu vroeg ik me af, als Edgar zo'n goede neus voor zaken heeft, zou het dan niet beter zijn als hij weer aan het werk ging en een eigen inkomen verdiende? Dan kon Joyce op haar gemak een beslissing nemen over wat er met dit landgoed moet gebeuren.'

Galina schudde driftig van nee. 'Er is de verzekering. Verzekering wil alles nemen wat hij dan verdient, voor ik weet niet hoeveel tonnen.'

'Ja, oké, maar als Joyce dit landgoed zou kunnen verkopen, konden jullie die verzekering betalen, die maatschappij bedoel ik, en een nieuwe start maken.'

'Die man is oplichter!' zei Galina met fonkelende ogen. 'Jij hebt verhaal gehoord, denk ik? Die oversteekhulp is oplichter, honderd procent. Ik tikte hem maar een beetje aan, heel klein beetje, en nu kan hij niet meer lopen?'

'Patty,' zei Edgar, op de bevoogdende toon van wijlen hun vader, 'ik denk niet dat je een goed begrip hebt van de situatie.'

'Wat valt er niet aan te begrijpen?'

'Jouw vader wilde dat deze boerderij in familie bleef,' nam Galina het weer over. 'Hij wilde niet dat het in de zakken verdween van walgelijke theaterproducenten die zogenaamd "kunst" maken, of van de vijfhonderd-per-uur-psychiaters die jouw zusje's geld aanpakken zonder haar beter te maken. Op deze manier houden wij het altijd en zullen jouw ooms het vergeten, en als er ooit *echte* noodzaak is, in plaats van walgelijke zogenaamde-kunstmensen of psychiater-oplichters, kan jouw moeder altijd gedeelte verkopen.'

'Edgar?' zei Patty. 'Kijk jij er ook zo tegenaan?'

'Ja, in grote lijnen wel.'

'Nou, dat is dan heel edelmoedig van jullie. Jezelf opofferen om de droom van papa te behouden.'

Galina boog zich naar Patty toe, alsof ze daarmee beter tot haar door kon dringen. '*Wij hebben de kinderen*,' zei ze. 'Binnenkort hebben wij zes monden te voeden. Jouw zusters denken dat ik naar Israël wil, maar ik wil dit helemaal niet. Wij hebben goed leven hier. En vind jij niet dat wij krediet verdienen omdat wij de kinderen hebben die jouw zusters nooit zullen krijgen?'

'Nou, het zijn schatten van kinderen, zoveel is zeker,' gaf Patty toe. Haar neefje lag te doezelen in haar armen.

'Laat het dan zo,' zei Galina. 'Kom de kinderen opzoeken wanneer je maar wilt. Wij zijn geen slechte mensen, wij zijn geen hufters, wij houden van visite.'

Patty reed met een treurig en ontmoedigd gevoel terug naar Westchester, en troostte zich met een basketbalwedstrijd op tv (Joyce was naar Albany voor 'een belangrijke stemming'). De volgende ochtend reed ze weer naar de stad en trof er Veronica, haar jongste en meest gehavende zuster. Veronica had altijd al iets onwezenlijks over zich gehad; aanvankelijk door haar donkerogige, slanke, bosnimfachtige voorkomen, maar daar was weinig meer van over na een scala aan schadelijke gewoonten, waaronder anorexia, oversekstheid en alcoholmisbruik. Ze was log geworden (zij het niet door overgewicht, het was een logheid die Patty aan de keer deed denken dat ze haar vroegere vriendin Eliza had herkend in een rij wachtenden voor een loket) en haar onwezenlijkheid was nu mentaal van aard: een minzame afwijzing van de normale omgangslogica, een geamuseerde verbazing over het feit dat er een wereld buiten haar bestond. Ooit was ze, althans in de ogen van Joyce, uiterst beloftevol geweest als schilderes en danseres, een zeer begerenswaardig meisje met een bijpassende kring aanbidders, maar na die jeugdige glorietijd was ze gemangeld door een opeenvolging van depressies waarbij de dips van Patty in het niets schenen te vallen. Volgens Joyce was ze momenteel administratief medewerkster bij een dansgezelschap. Ze bewoonde een spaarzaam ingericht tweekamerappartement in Ludlow Street, en hoewel Patty zich telefonisch had aangekondigd, reageerde ze op haar komst alsof ze gestoord werd in een diepgaande meditatieve oefening. Ze drukte op de zoemer, liet haar voordeur op een kier staan en trok zich terug in haar slaapkamer, waar Patty haar in verschoten gymkleren op een yogamat aantrof. Haar ballerinasouplesse van weleer had plaatsgemaakt voor een onthutsende yoga-buigzaamheid. Ze was zichtbaar ongelukkig met het bezoek en liet Patty ruim een halfuur op de rand van haar bed zitten, reageerde mondjesmaat op de beleefdheden van haar zuster en leek zich toen pas te hebben verzoend met haar aanwezigheid. 'Mooie laarzen zijn dat,' zei ze.

'O, dank je.'

'Ik draag zelf geen leer meer, maar soms, als ik mooie laarzen zie, mis ik het nog wel.'

'Aha,' zei Patty, allang blij dat er iets op gang kwam wat op een gesprek leek.

'Mag ik er even aan ruiken?'

'Aan mijn laarzen?'

Veronica knikte en kroop naar haar toe om de schachten te besnuffelen. 'Ik ben tegenwoordig heel gevoelig voor geuren,' zei ze met genotvol dichtgeknepen ogen. 'Met spek heb ik het ook. De geur daarvan vind ik nog steeds heerlijk, al eet ik het dus niet meer. Het is zo intens, die geurervaring, dan proef ik het gewoon.'

'O ja?' zei Patty, en ze knikte er aanmoedigend bij.

'Spek ruiken of spek eten is voor mij hetzelfde.'

'Nou, da's mooi dan. Al hoop ik niet dat het nu lijkt alsof je leer zit te eten.'

Dit deed Veronica in een schallende lach schieten, en de sfeer werd opeens verrassend zusterlijk. Anders dan alle andere familieleden (Ray uitgezonderd) had ze veel vragen over Patty's leven en de wendingen die het onlangs had genomen. Om de een of andere reden scheen ze de verdrietigste elementen van Patty's verhaal het grappigst te vinden, maar toen Patty eraan gewend was dat er hard werd gelachen om haar huwelijksmisère, kon ze zien dat het geen leedvermaak was. Het leek Veronica goed te doen om over haar tegenspoed te horen. Het leek iets voor haar te bevestigen, een idee over hun familie te staven, en gemoedsrust te schenken. Maar toen, bij een pot groene thee, die Veronica met liters per dag zei te drinken, bracht Patty de kwestie van het landgoed ter sprake en werd het lachen van haar zusje vager en onzekerder.

'Maar vertel me nu eens,' zei Patty. 'Waarom drammen jullie zo bij Joyce over dat geld? Als Abigail dat nou als enige deed, kon ze het volgens mij wel aan, maar dat jij je erbij aansluit, daar voelt ze zich heel ongemakkelijk bij.'

'Ik denk niet dat mama mijn hulp nodig heeft om zich ongemakkelijk te voelen,' zei Veronica met een lachje. 'Dat gaat haar in haar eentje ook heel redelijk af, hoor.'

'Ja, maar door jou voelt ze zich nóg ongemakkelijker.'

'Dat geloof ik niet. Volgens mij maken we allemaal onze eigen hemel en hel. Als ze zich minder ongemakkelijk wil voelen, kan ze gewoon het landgoed verkopen. Het enige wat ik vraag is genoeg geld om niet meer te hoeven werken.'

'Maar wat is er mis met werken?' vroeg Patty, en ze hoorde de echo van een vraag die Walter ooit aan haar had gesteld. 'Het is goed voor je zelfbeeld om te werken.'

'Ik weet dat ik kan werken,' zei Veronica. 'Ik heb nu werk. Maar ik zou het gewoon liever niet doen. Het is vervelend en ze behandelen me als een secretaresse.'

'Je *bent* een secretaresse. De secretaresse met het hoogste IQ van New York, waarschijnlijk, maar daarom nog wel een secretaresse.'

'Ik zou er gewoon graag mee stoppen, dat is alles.'

'Ik weet zeker dat Joyce je graag het geld geeft om weer te gaan studeren en een carrière te beginnen die beter bij je talenten past.'

Veronica lachte. 'Mijn talenten liggen helaas niet goed in de markt, vrees ik. Daarom zou het beter zijn als ik ze voor mezelf kon benutten. Kijk, Patty, ik wil gewoon graag met rust gelaten worden. Meer vraag ik niet op dit punt in mijn leven, met rust gelaten worden. Abigail is degene die oom Jim en oom Dudley dat geld niet gunt. Mij kan dat allemaal niet schelen, zolang ik zelf maar genoeg heb om mijn huur te kunnen betalen.'

'Dat is niet wat ik van Joyce hoor. Die zegt dat jij ze ook niks gunt.'

'Ik probeer alleen Abigail maar te helpen met de verwerkelijking van haar droom. Ze wil haar eigen vrouwelijke comedygezelschap beginnen en ermee naar Europa reizen. Ze wil in Rome wonen en *aanbeden* worden.' Weer die schallende lach. 'En om je de waarheid te zeggen, mij best. Ik hoef haar niet zo vaak te zien. Ze is altijd aardig tegen me, maar je kent haar manier van praten. Aan het eind van een avond met haar heb ik altijd het gevoel dat ik die avond liever alleen was geweest. Ik hou er wel van om alleen te zijn. Dan kan ik rustig mijn gedachten ordenen, zonder afgeleid te worden.'

'Maar wacht even, dus je kwelt Joyce omdat je minder contact met Abigail wilt. Waarom bouw je dat contact dan niet gewoon af?'

'Omdat ik me heb laten vertellen dat het niet goed is om helemaal niemand om je heen te hebben. Ze is als de tv die op de achtergrond aanstaat. Zo heb ik toch een beetje gezelschap.'

'Maar je zegt net dat je haar gezelschap helemaal niet wilt!'

'Is ook zo, is ook zo. Het is moeilijk uit te leggen. Ik heb een vriendin in Brooklyn met wie ik vast vaker contact zou hebben als ik Abigail niet zo vaak zag. Dat zou ook goed zijn. Tja, nu ik er zo over nadenk, dat zou misschien zelfs wel beter zijn.' En de gedachte aan die vriendin deed haar in de lach schieten.

'Maar waarom zou Edgar niet ook zijn verlangens mogen hebben?' zei Patty. 'Die heeft welbeschouwd hetzelfde verlangen als jij: gewoon zijn eigen leven leiden. Waarom zouden Galina en hij niet op het landgoed mogen blijven wonen?'

'Zit wat in, kan ik je geen goede reden voor geven. Galina is echt verschrikkelijk, hoor, geloof me. En volgens mij weet Edgar dat ook. Volgens mij is hij met haar getrouwd om ons met haar te teisteren, uit wraak omdat hij thuis de enige jongen was. Mij kan het niet eens wat schelen allemaal, zolang ik haar maar niet hoef te zien, maar Abigail kan zich er niet overheen zetten.'

'Dus als ik het goed begrijp, doe jij het alleen maar voor Abigail.'

'Zij wil bepaalde dingen. Zelf heb ik dat niet zo, maar ik ben graag bereid om haar te steunen in wat zij wil.'

'Ja, plus dat je genoeg geld wilt om nooit meer te hoeven werken...'

'Ja, dat zou ook erg prettig zijn, zonder meer. Ik hou er niet zo van om andermans administratie op orde te houden, en ik hou er helemáál niet van om de telefoon te moeten aannemen.' Ze lachte. 'Ik vind sowieso dat mensen te veel praten.'

Patty voelde zich alsof ze een bonk kauwgom in handen had, die ze maar niet van haar vingers geplukt kreeg – de draden van Veronica's logica waren eindeloos uitrekbaar en kleefden niet alleen aan Patty maar ook aan elkaar.

Later, in de trein terug, drong het dieper dan ooit tot Patty door hoeveel meer haar ouders hadden bereikt, hoeveel geslaagder ze in hun persoonlijk leven waren dan al hun kinderen, en hoe vreemd het was dat geen van de kinderen ook maar een zweem van de sociale gedrevenheid bezat waardoor Joyce en Ray zich hun leven lang hadden laten leiden. Ze wist dat Joyce zich schuldig voelde om hun gebrekkigheid, en met name om de trieste toestand van Veronica, maar ze wist ook dat het een enorme knauw voor Joyce's ego moest zijn om zulke stumpers van kinderen te hebben, en dat Joyce hun stumperigheid bij voorkeur aan de genen van Ray zou wijten, aan de Vloek van de oude August Emerson. Patty zag opeens in dat Joyce's politieke carrière niet alleen de oorzaak van veel familieproblemen was geweest, maar ook haar manier om eraan te ontsnappen. Achteraf beschouwd kon Patty wel een zekere bewondering opbrengen voor de vastbeslotenheid van Joyce om zich aan haar moederschap te ontworstelen, om zichzelf als persoon te redden door politica te worden en iets voor de wereld te betekenen. En als iemand die zelf ook ver was gegaan om zichzelf te redden, moest Patty erkennen dat Joyce niet alleen van geluk mocht spreken met een dochter zoals zij, maar dat zij evenzeer geboft had met een moeder zoals Joyce.

Maar er was één ding, iets heel belangrijks, waar ze nog steeds *niets* van begreep, en toen Joyce de volgende middag uit Albany terugkeerde, hogelijk ontstemd over hoe de Republikeinen in de senaat het staatsbestuur vleugellam maakten (helaas was Ray er niet meer om Joyce te plagen met het aandeel van de Democraten in die verlamming), wachtte Patty haar in de keuken op met een prangende vraag, die ze stelde zodra Joyce haar regenjas had uitgetrokken: 'Waarom ben je nooit bij een van mijn basketbalwedstrijden komen kijken?'

'Je hebt gelijk,' zei Joyce meteen, alsof ze de vraag al dertig jaar had zien aankomen. 'Je hebt gelijk, je hebt gelijk, je hebt gelijk. Ik had vaker naar sportwedstrijden van jou moeten komen.'

'Waarom heb je dat dan niet gedaan?'

Joyce verviel even in gepeins. 'Ik heb er eerlijk gezegd geen verklaring voor,' zei ze, 'behalve dat er altijd zoveel gaande was, we konden gewoon niet overal bij zijn. We hebben fouten gemaakt als ouders. Je zult er zelf ook wel een paar gemaakt hebben, denk ik zo. Je zult vast wel begrijpen hoe ingewikkeld het op een gegeven moment wordt, hoe druk je het krijgt. Het is heel moeilijk om overal bij te zijn.'

'Maar wat mij dwarszit,' zei Patty, 'is dat je wel altijd tijd maakte voor andere dingen. Het waren *mijn* wedstrijden waar je nooit kwam kijken. En dan heb ik het niet over sommige wedstrijden maar over *al* mijn wedstrijden.'

'Tja, ik kan je alleen maar gelijk geven, maar waarom ga je er zo over door? Ik zei toch al dat het me spijt?'

'Ik maak je geen verwijten, mam,' zei Patty. 'Ik vraag het omdat ik echt *heel goed* was in basketbal. Buitengewoon goed. Ik heb als moeder waarschijnlijk meer fouten gemaakt dan jij, dus het is geen kritiek. Ik denk gewoon dat het je *blij* zou hebben gemaakt om te zien hoe goed ik was. Hoeveel talent ik had. Ik zou je een heel goed gevoel hebben bezorgd, ook over jezelf.'

Joyce keek van haar weg. 'Ik geef nu eenmaal weinig om sport.'

'Maar je ging wel naar Edgars schermtoernooien.'

'Ook niet vaak.'

'Maar vaker dan naar mijn wedstrijden, en niet omdat je wél dol was op schermen. En al helemaal niet omdat Edgar er zo goed in was.'

Joyce, wier zelfbeheersing anders altijd onberispelijk was, liep naar de koelkast en haalde er de fles witte wijn uit die Patty de vorige avond bijna soldaat had gemaakt. Ze goot het restant in een vruchtensapglas, goot de helft naar binnen, grinnikte om zichzelf, en dronk het glas leeg.

'Ik weet niet waarom het je zusters zo slecht gaat,' zei ze met een eigenaardige gedachtesprong. 'Maar Abigail heeft ooit iets tegen me gezegd, iets heel naars, dat me nog altijd pijn doet. Ze was op dat moment nogal... aangeschoten. Het was in de tijd dat ze nog toneelspeelster probeerde te worden. Er was een hele mooie rol waarvan zij gedacht had dat ze ervoor gekozen zou worden, maar ze namen iemand anders. En om haar op te beuren zei ik toen dat ik in haar talent geloofde en dat ze het gewoon moest blijven proberen. En toen zei zij iets naars. Ze zei dat *ik* de reden was waarom ze niet aan de bak kwam. Ik, die nooit, nooit, *nooit* iets anders had gedaan dan haar te bemoedigen. Maar dat is wat ze zei.'

'Legde ze het nog uit?'

'Ze zei...' Joyce keek mismoedig naar haar bloementuin. 'Ze zei dat ze zichzelf nooit ergens in kon laten slagen, want als dat ooit gebeurde, dan zou ik het haar afnemen. Dan zou ik het als *mijn* succes opeisen. En dat is niet zo! Maar zo voelde zij het dus wel. En de enige manier om me te laten merken hoe miserabel ze was, om te voorkomen dat ik zou denken dat het haar goed ging, was overal in te blijven mislukken. O, ik vind het nog steeds vreselijk om aan terug te denken! Ik zei haar dat het niet waar was, en dat ik hoopte dat ze me geloofde, want het *is niet waar*.'

'Oké,' zei Patty, 'dat klinkt inderdaad nogal hard. Maar wat heeft het met mijn basketbalwedstrijden te maken?'

Joyce schudde haar hoofd. 'Weet ik niet. Het kwam ineens bij me op.'

'Ik was aan het slagen, mam. Dat is het rare. Ik was gigantisch aan het slagen.'

Patty had deze woorden nog niet uitgesproken of het gezicht van haar moeder leek opeens te verkreukelen. Ze schudde opnieuw haar hoofd, feller nu, om de tranen tegen te houden. 'Dat weet ik,' zei ze. 'Ik weet hoe goed je was, en ik had erbij moeten zijn. Dat neem ik mezelf enorm kwalijk.'

'Maar nogmaals, het is geen verwijt. Misschien is het wel goed dat het gelopen is zoals het is gelopen. Ik was er alleen nieuwsgierig naar, oprecht nieuwsgierig.'

Na een lange stilte besloot Joyce met: 'Kijk, mijn leven is ook niet altijd gelukkig geweest, of gemakkelijk, of precies zoals ik het wilde. Maar op een gegeven moment moet ik gewoon ophouden met nadenken over bepaalde dingen, anders breekt het mijn hart.'

En dat was alles wat Patty van haar kreeg, en zou krijgen. Het was niet veel, het hielp geen mysteries de wereld uit, maar ze was bereid het ermee te doen. Na het avondeten legde ze haar moeder de resultaten van haar oriënterende gesprekken voor, en opperde een plan van aanpak waarmee Joyce met veel gedweeë hoofdknikjes akkoord ging. Joyce zou het landgoed verkopen en de helft van de opbrengst aan haar zwagers schenken. Van de andere helft werd een trust opgezet waaruit Edgar en Galina een periodieke toelage zouden ontvangen om in hun onderhoud te voorzien (op voorwaarde dat ze niet emigreerden), en Abigail en Veronica kregen een grote som ineens. Patty, die na lang aandringen een bedrag van $75.000 aanvaardde om zonder hulp van Walter een nieuw leven te beginnen, voelde zich vagelijk bezwaard ten aanzien van diezelfde Walter, denkend aan de vredige bossen en verwilderde velden die door haar plan tot verkaveling en projectontwikkeling waren gedoemd. Ze hoopte dat hij begreep dat het collectieve chagrijn van de troepialen, spechten en wielewalen die hun nest gingen verliezen, niet veel groter zou zijn dan het familiechagrijn dat nu tot het verleden zou gaan behoren.

Eén ding moet de autobiografe haar zusters en broer nageven: het geld waarop ze met zoveel smart hadden gewacht en dat hen tot zulk onkies gedrag had aangezet, bleek niet aan hen verspild. Abigail begon te floreren nu ze genoeg financiële armslag had om zich vrijelijk door haar kunstenaarswereldje te bewegen. Joyce belt Patty nu telkens als Abigails naam weer eens in de *Times* staat – zij en haar gezelschap schijnen gevierd te zijn in Italië, Slovenië en andere Europese landen. Veronica verdeelt haar tijd tussen haar appartement, haar optrekje in een landelijke ashram en haar atelier, en het zou zomaar kunnen dat haar schilderijen, die op Patty altijd een wat naar binnen gekeerde en onaffe indruk maken, door toekomstige generaties als geniale werken zullen worden gezien. Edgar en Galina zijn verkast naar de ultraorthodoxe Kiryas Joel-gemeenschap in New York, waar ze een vijfde en laatste baby hebben gekregen en het goed met iedereen schijnen te kunnen vinden. Op Abigail na ziet Patty haar familieleden een paar keer per jaar. Haar neefjes en nichtjes verschaffen haar uiteraard het meeste plezier, maar ze heeft laatst ook een reis gemaakt met Joyce, tuinen bekijken in Engeland, en genoot daar meer van dan ze had verwacht. En met Veronica valt nog altijd een hoop te lachen.

Maar meestentijds leidt ze haar eigen bescheiden leventje. Ze rent nog elke dag een uurtje, in Prospect Park, maar is niet langer verslaafd aan fysieke inspanning. Of aan wat dan ook. Met een fles wijn doet ze nu twee dagen, soms zelfs drie. Bij haar werk op school blijft ze genadiglijk gespaard voor contacten met hedendaagse ouders, die nog veel gestrester, streberiger en krankjoremer zijn dan zij ooit is geweest – mensen die in de veronderstelling schijnen te leven dat de school hun eersteklasser niet zozeer onderwijs moet bieden als wel op weg moet helpen naar een zo chique mogelijke universiteit. Patty kan de kinderen puur als kinderen benaderen – als interessante en doorgaans nog onbedorven individuutjes die graag goed genoeg willen leren schijven om hun verhalen op papier te krijgen. Patty werkt met ze in kleine groepjes en moedigt ze zo enthousiast mogelijk aan, en verheugt zich in de wetenschap dat ze al niet meer te jong zijn om later nog te weten wie Juf Berglund ook alweer was. De hogereklassers van haar sportploegen zullen zich haar zeker blijven herinneren, al was het maar omdat ze dit het allerleukste onderdeel van haar baan vindt: als coach de toegewijde aandacht en positieve strengheid bieden die zij vroeger van haar coaches kreeg. Jonge mensen vertrouwen geven en tot een team smeden. Bijna elke schooldag biedt haar de gelegenheid om een paar uur te vergeten wie ze is en weer een van de meiden te worden, op te gaan in de gezamenlijke passie voor de sport en vurig te hopen dat haar pupillen zullen slagen. Een wereld waarin het mogelijk is die gelegenheid te krijgen, op haar leeftijd nog, na alles wat ze verkeerd heeft gedaan, dat is misschien toch niet zo'n wrede en hardvochtige wereld als ze lange tijd gedacht heeft.

De zomers vallen haar zwaarder, dat zal geen verbazing wekken. In de zomer komen haar oude zelfmedelijden en geldingsdrang weer in haar boven. Patty heeft tot tweemaal toe haar schroom overwonnen en zich als vrijwilligster bij de gemeente aangemeld om in een park met jongeren te werken, maar beide malen bleek ze deerniswekkend slecht in het coachen van jongens ouder dan zeven. En coachen om maar wat te doen te hebben, dat ligt niet in haar aard. Ze heeft een echt team nodig, haar *eigen team*, dat zich discipline en de wil tot winnen wil laten bijbrengen. In de zomer moet Patty het doen zonder de ongetrouwde leraressen met wie ze tijdens het schooljaar omgaat en die allemaal een stuk jonger zijn dan zij, en echte feestbeesten (lees: kotsen-in-de-plee-feestbeesten), en er is maar een beperkt aantal uren dat je met lezen kunt doorbrengen, of met het schoonmaken van een al smetteloos appartement, luisterend naar country-muziek, zonder dat je naar iets wilds en feestelijks gaat verlangen. Het is dan ook geen toeval dat de twee 'affaires' die ze met (veel jongere) mannelijke collega's had, veel meer dan een tijdje uitgaan-en-blijven-slapen was het niet, beide in de zomer tot stand kwamen. Meer zal de autobiografe hier maar niet over vertellen, aangezien het geen informatie betreft waar haar lezer om zal zitten te springen, en het heeft haar eigenlijk ook geen andere herinneringen opgeleverd dan die aan een tweetal pijnlijke afscheidsgesprekken. In de afgelopen drie jaar zijn Cathy en Donna zo lief geweest om Patty de maand juli in Wisconsin te laten doorbrengen.

Haar rots in de branding is, uiteraard, Jessica. In die mate zelfs, dat Patty rigoureus voor overdrijving waakt en haar dochter niet smoort met haar behoeftigheid. Jessica is een werkpaard, geen paradepaard zoals Joey, en toen Patty na haar vertrek bij Richard weer iets van een gevoel van eigenwaarde terug begon te krijgen, maakte Jessica er een project van om het leven van haar moeder weer op de rails te krijgen. Veel van haar suggesties lagen nogal voor de hand, maar in haar dankbaarheid en berouw deed Patty bij al hun maandagse etentjes trouw verslag van de vooruitgang die ze dankzij de adviezen van haar dochter zou hebben geboekt. Ze wist weliswaar aanzienlijk meer van het leven dan Jessica, maar had ook veel meer fouten gemaakt, dus kostte het haar weinig moeite om haar dochter het gevoel te geven dat ze veel aan haar had, en hun discussies leidden zowaar rechtstreeks tot haar huidige betrekking. En toen haar leven daarmee op de rails stond, was het haar beurt om Jessica steun te bieden. Maar ook daarin moest ze heel behoedzaam zijn. Als ze weer eens een van de overpoëtische blogs van haar dochter had gelezen, barstensvol kromme en makkelijk te corrigeren zinnen, stond ze zichzelf geen ander commentaar toe dan: 'Mooi stuk!' En toen Jessica haar hart verloor aan een muzikant, een jongensachtig drummertje dat zijn studie aan New York University had afgebroken om zich aan zijn drumsticks te wijden, verdrong Patty alles wat ze van muzikanten wist en voegde zich schoorvoetend naar Jessica's overtuiging dat de menselijke natuur onlangs een fundamentele verandering had ondergaan en dat mensen van haar leeftijd, zelfs de muzikanten onder hen, ingrijpend verschilden van Patty's generatie. En toen Jessica's hart vervolgens werd gebroken, acteerde ze zo goed als ze kon dat ook zij compleet overrompeld was door deze volstrekt onverwachte en hoogst schandalige wending. Dit kostte haar weliswaar veel moeite, maar die bracht ze gaarne op – deels omdat Jessica's generatie wel degelijk een beetje van de hare verschilt (voor de jonge mensen van nu is de wereld veel angstaanjagender en de gang naar volwassenheid veel zwaarder, en het is veel onzekerder dat ze voor die zware opgang beloond zullen worden), maar vooral omdat Jessica's dochterliefde belangrijker voor haar is dan ooit en ze ten koste van alles wil voorkomen dat ze haar kleineert en van zich vervreemdt.

Dat Walter uit Patty's leven is verdwenen heeft één onmiskenbaar voordeel: het heeft hun kinderen dichter bij elkaar gebracht. In de maanden na Patty's vertrek uit Washington kreeg ze al snel door dat die twee contact met elkaar onderhielden, omdat ze altijd beiden van dingen afwisten die Patty slechts één van beiden had verteld, en het leed weinig twijfel dat hun contact er vooral in bestond dat ze spraken over hoe destructief, egoïstisch en gênant hun ouders waren. Zelfs nadat Jessica Patty en Walter vergiffenis had geschonken, bleef ze intensief met haar strijdmakker omgaan, de band koesterend die in de loopgraven tussen hen ontstaan was.

Patty heeft met grote interesse gevolgd hoe broer en zus de kloof tussen hun beider karakters hebben overbrugd, iets waar ze zelf niet toe in staat was op hun leeftijd. Joey schijnt vooral veel inzicht te hebben geëtaleerd ten aanzien van de onbetrouwbaarheid van Jessica's drummertje, heeft haar dingen uitgelegd die Patty wijselijk verkoos voor zich te houden. Wat hen ook veel nader tot elkaar heeft gebracht is het feit dat Joey, wiens zakentalent hem wel succes móést brengen, een enorme slag heeft geslagen met een product dat zowaar Jessica's goedkeuring kan wegdragen. Niet dat ze geen redenen blijft hebben om meewarig met haar ogen te rollen of competitieve afgunst te voelen. Zo zit het haar dwars dat Walter zijn Zuid-Amerikaanse connecties heeft kunnen aanwenden om Joey precies op het juiste moment fortuin te laten maken met in de schaduw geteelde koffie, net toen daar een gat in de markt voor ontstond, terwijl Walter noch Patty ook maar iets kunnen doen om haar een handje te helpen in haar zelfgekozen carrière als literair uitgeefster. Het frustreert haar dat ze, net als haar vader, keihard moet werken voor een kwijnend en bedreigd ideaal dat nauwelijks geld oplevert, terwijl Joey bijna slapend rijk wordt. Noch kan ze haar afgunst jegens Connie verhelen, die met Joey de hele wereld af kan reizen en in al die vochtig hete landen komt waar zijzelf nou juist een intens multicultureel enthousiasme voor heeft. Maar daar staat wel tegenover dat ze een gereserveerde bewondering heeft voor de gewiekstheid waarmee Connie telkens maar weer het moederschap weet uit te stellen. En ze heeft zich zelfs weleens laten ontvallen dat Connie zich goed weet te kleden 'voor iemand uit het midwesten'. En ze zal de laatste zijn om te ontkennen dat schaduwkoffie beter is voor het milieu, met name voor de vogels, en dat Joey alle lof verdient voor de manier waarop hij dit feit met zijn slimme marketing in de publiciteit brengt. Joey laat haar, met andere woorden, in alle opzichten zijn hielen zien – en dat is voor Patty een reden te meer om een goede vriendin voor haar te zijn.

De autobiografe zou hier graag melden dat het tussen Joey en haar ook koek en ei is. Maar helaas, dat is het niet. Joey houdt nog steeds een innerlijke deur voor haar gesloten, een deur van staal, kouder en harder dan ooit, een deur waarvan ze weet dat die dicht zal blijven totdat ze erin slaagt om Connie in haar hart te sluiten. En helaas, hoewel Patty op menig gebied grote vooruitgang heeft geboekt, lukt het haar nog steeds niet om echte liefde voor Connie op te vatten. Dat Connie op haar beurt geen kans onbenut laat om zich een goede schoondochter te tonen, maakt het alleen maar erger. Patty weet diep vanbinnen zeker dat Connie net zo weinig genegenheid voor haar voelt als andersom. En er is iets aan Connie's omgang met Joey, een niet aflatende bezitsdrift, een ongezonde drang om hem bij anderen weg te houden, iets *ziekelijks*, waar Patty's nekharen telkens weer overeind van gaan staan. Hoezeer Patty ook haar best doet om in alle opzichten een beter mens te worden, ze is onderhand gaan vrezen dat dit een onbereikbaar ideaal is, en dat haar falen altijd tussen haar en Joey zal blijven staan, altijd haar straf zal blijven voor de fouten die ze met hem gemaakt heeft. Onnodig te zeggen dat Joey zich voorbeeldig tegenover Patty gedraagt. Hij belt haar wekelijks om te vragen hoe het gaat, onthoudt alle namen van haar collega's en haar favoriete leerlingen, nodigt haar voor dingen uit en laat zich soms ook door haar uitnodigen, werpt haar alle brokjes vriendelijkheid en aandacht toe die zijn trouw aan Connie toelaat. In de afgelopen twee jaar is hij er zelfs toe overgegaan haar het geld terug te betalen dat ze hem als student stuurde, met rente! Het is geld dat ze te goed gebruiken kan, zowel praktisch als emotioneel, om nee te zeggen. Maar die innerlijke deur blijft voor haar op slot, en ze kan zich niet voorstellen dat hij ooit nog opengaat.

Of nee, dat is niet helemaal waar. Ze kan zich één manier voorstellen: een ontwikkeling waarvan de autobiografe vreest dat haar lezer er niet van zal willen horen, maar ze moet hem toch noemen. Ze kan zich voorstellen dat als ze misschien toch nog eens met Walter samen zou zijn, zich weer geborgen zou kunnen voelen in zijn liefde, 's ochtends weer kon opstaan uit hun warme bed en er 's avonds weer in zou kunnen stappen met de zekerheid dat ze weer de zijne was, dat ze Connie dan misschien alsnog zou kunnen accepteren en gevoelig zou kunnen worden voor de kwaliteiten die zovele anderen haar zo gul toedichten. Dan zou Patty het misschien leuk gaan vinden om aan Connie's eettafel plaats te nemen en zich te laten vertederen door de trouw en toewijding die Joey voor zijn vrouw heeft, en zou Joey het misschien kunnen opbrengen om die deur toch nog voor haar op een kier te zetten, maar dat alles alleen als ze na het eten met Walter naar huis kon rijden, en haar hoofd op zijn schouder kon leggen in de wetenschap dat haar vergiffenis is geschonken. Maar geen misverstand: de autobiografe is zich ervan bewust dat dit een wel zeer vergezocht scenario is, en een uitkomst die ze allerminst zou verdienen.

De autobiografe is nu tweeënvijftig, en zo ziet ze er ook uit. Haar menstruatie komt niet meer met de vertrouwde regelmaat en in de volumes die ze gewend was. Elk jaar als ze aangifte doet voor de belasting, is het alsof het afgelopen jaar wéér sneller verstreken is, en de jaren gaan steeds meer op elkaar lijken. Ze kan zich diverse ongunstige redenen voorstellen waarom Walter haar nog altijd niet om een scheiding heeft gevraagd (hij zou, bijvoorbeeld, nog zo de pest aan haar kunnen hebben dat zelfs dát contact hem tegenstaat), maar haar hart blijft er hardnekkig hoop uit putten. Ze heeft meermaals, en niet zonder gêne, bij haar kinderen geïnformeerd of er al een nieuwe vrouw in zijn leven is, was telkens blij te horen van niet. Niet omdat ze hem geen geluk zou gunnen, en niet omdat ze ook maar het minste recht of zelfs maar de neiging zou hebben om nog jaloers te zijn, maar omdat het de theoretische kans intact houdt dat hij net als zij is gaan vinden dat ze eigenlijk toch niet het ergste in elkaars leven zijn geweest. Zij vindt dat zelfs meer dan ooit. Maar na alle fouten die zij in haar leven heeft gemaakt, moet ze er rekening mee houden dat ze ook met die mening weer abuis is, dat ze er wederom in is geslaagd een onneembaar struikelblok over het hoofd te zien, dat een hereniging toch echt onmogelijk zou maken. En toch laat de gedachte haar niet los. Dag in dag uit komt het bij haar op, jaar na identiek jaar, dat verlangen naar zijn gezicht, zijn stem, zijn woede en zijn goedheid, dat verlangen naar haar levensgezel.

Enfin, dit was zo'n beetje alles wat de autobiografe haar lezer te zeggen had, al is het misschien goed als ze tot slot nog even vertelt hoe ze tot het schrijven van deze bladzijden is gekomen. Een paar weken geleden, toen ze door Spring Street in Manhattan liep, na de lezing van een zwaarmoedige jonge romanschrijver van wie Jessica vol trots het debuut heeft uitgegeven, viel Patty's oog op een man van middelbare leeftijd die van de andere kant kwam, en die ze een seconde later herkende als Richard Katz. Zijn haar is nu kortgeknipt en grijs, en hij draagt een bril die hem iets *gedistingeerds* geeft, ondanks dat zijn kleren nog altijd die van een twintiger uit de jaren zeventig zijn. Zijn aanblik maakte Patty er met een schok van bewust hoe oud ze er nu zelf moest uitzien, onbeduidend, zomaar een mevrouw. Als ze de mogelijkheid had gehad zich nog te verstoppen, zou ze dat hebben gedaan, om Richard de verlegenheid van een ontmoeting te besparen, en zichzelf het besef dat ze een afgedankt seksspeeltje van hem was. Maar ze kon zich niet meer verstoppen en er volgden enkele bedremmelde hallo's, waarna Richard zichzelf dwong fideel te zijn (de inspanning was weer net zo goed zichtbaar als vroeger) en haar een glas wijn aanbood.

In de bar waar ze neerstreken beluisterde Richard Patty's nieuwtjes over zichzelf met de haperende aandacht van een drukbezet en geslaagd man. Hij leek zich eindelijk verzoend te hebben met zijn succes en vertelde haar, zonder gêne of valse bescheidenheid, dat hij onlangs een avant-gardistisch concertstuk had geschreven voor de Brooklyn Academy of Music en dat zijn huidige vriendin, een beroemde documentairemaakster naar het schijnt, hem had voorgesteld aan een aantal jonge regisseurs die het soort arthouse-films maken waar Walter altijd zo dol op was, met als gevolg dat hij nu aan een stel soundtracks werkte. Patty stond zichzelf één kleine scheut van wrok toe bij het zien van zijn voldaanheid, plus nog een piepklein scheutje van jaloezie bij de gedachte aan zijn invloedrijke vriendin, en toen kwam het gesprek, weer net als vroeger, op Walter.

'Dus je hebt helemaal geen contact meer met hem?' vroeg Richard.

'Nee,' zei ze. 'Het lijkt wel een treurig sprookje. Sinds ik zes jaar geleden de deur achter me dichttrok in Washington, hebben we geen woord meer gewisseld. Zes jaar lang volmaakte stilte, van beide kanten. Ik moet alle nieuws over hem van mijn kinderen vernemen.'

'Misschien moet je hem gewoon eens bellen.'

'Dat kan ik niet, Richard. Ik heb zes jaar geleden mijn kans gemist en nu wil hij volgens mij met rust gelaten worden. Hij woont in het huisje aan het meer en werkt voor de regionale afdeling van de Nature Conservancy. Als hij me had willen spreken, had hij alleen maar de telefoon hoeven pakken.'

'Maar misschien denkt hij hetzelfde van jou.'

Ze schudde haar hoofd. 'Iedereen weet dat hij meer geleden heeft dan ik, en niemand zal zo wreed zijn te denken dat het aan hem is om mij te bellen. En trouwens, ik heb al eens aan Jessie laten doorschemeren dat ik graag weer contact zou willen, en ik weet wel zeker dat zij dat toen meteen aan hem heeft doorgebriefd. Die zou niets liever willen dan degene te zijn die ons weer bij elkaar bracht. Dus hij is kennelijk nog steeds gegriefd, en boos, en vol haat jegens jou en mij. En wees eerlijk, wie kan het hem kwalijk nemen?'

'Tja, ergens neem ik hem dat wel degelijk kwalijk,' zei Richard. 'Weet je nog dat hij me in onze studietijd af en toe de stiltebehandeling gaf? Dat was totale onzin. En ook erg slecht voor hemzelf. Het is de kant van hem die ik nooit heb kunnen uitstaan.'

'Nou, misschien moet *jij* hem dan eens bellen.'

'Nee,' lachte hij. 'Maar ik ben laatst wel aan het cadeautje toegekomen dat ik hem al heel lang wilde geven. Meer zeg ik er niet over, maar let de komende maanden maar goed op. Een kleine vriendengroet, na al die jaren. Maar verontschuldigingen maken, nee, dat ligt me niet zo. Terwijl jij daarentegen...'

'Terwijl ik wat?'

Hij wenkte de serveerster al om af te rekenen. 'Jij bent goed in verhalen,' zei hij. 'Waarom schrijf je geen verhaal voor hem?'

Canterbridge Estates Lake

Er zijn vele manieren waarop een huiskat buitenshuis aan zijn eind kan komen. Verscheurd worden door coyotes, bijvoorbeeld, of platgereden door een auto, maar toen de teerbeminde Bobby van de familie Hoffbauer op een juniavond van huis wegbleef, en ook in de dagen daarna van de aardbodem verdwenen leek, ondanks het langdurig roepen van zijn naam, het afspeuren van Canterbridge Estates en de toegangsweg, en het vastnieten van zijn geprinte beeltenis op ettelijke bomen in de omgeving, ging zowat heel Canterbridge Court ervan uit dat Walter het arme beestje om zeep had geholpen.

Canterbridge Estates was een nieuw villapark met twaalf ruim bemeten huizen, elk met het grote aantal badkamers dat de moderne bouwmode voorschreef, en gelegen aan de zuidwestrand van een voorheen naamloos meertje dat nu officieel Canterbridge Estates Lake heette. Deze bescheiden waterplas lag weliswaar nergens bij in de buurt en was daarom nooit interessant geweest voor projectontwikkelaars, maar het Amerikaanse financiële systeem had recentelijk de mogelijkheid geschapen om tegen zo goed als geen kosten gigantische bedragen te lenen, de bouw van de villa's en het verharden van de toegangsweg hadden enig leven in de doorgaans doodse economie van Itasca County gebracht, en de lage rente had er vervolgens voor gezorgd dat diverse gepensioneerden en jonge gezinnen uit de Twin Cities, onder wie de Hoffbauers, hun pastorale droomhuis konden kopen. Toen ze in de herfst van 2007 hun intrek begonnen te nemen, had hun woonkern er nog onherbergzaam bij gelegen. De voor- en achtertuinen met hun hobbelige bodem en kwijnende graszoden, de onverwijderbaar grote gletsjerkeien en de weinige berken die aan de kettingzagen van het bouwvolk waren ontsnapt, gaven het geheel de aanblik van een verwaarloosd terrarium. De katten van de nieuwe bewoners gaven er begrijpelijkerwijs de voorkeur aan om door het geboomte en struikgewas op het aanpalende terrein van Walter Berglund te sluipen, met name ook omdat daar de vogels zaten. Om die reden was Walter al voor de laatste inhuizing van deur tot deur gegaan om zich voor te stellen en te vragen of de kattenbezitters hun huisdier binnen wilden houden.

Walter was een echte Minnesotaan, net als zij, en een vriendelijke en beleefde man, maar toch... zijn stem die af en toe beefde van bevlogenheid, de grijze stoppelbaard die een teken leek van links fanatisme... de bewoners van Canterbridge Court waren geen van allen blij met zijn rondgang langs hun deuren. Walter woonde alleen in een oud vakantiehuis aan de overkant van het meer, en hoewel menigeen snapte dat het voor hen aangenamer was om zijn pittoreske woonstee te zien liggen dan het voor hem moest zijn om tegen hun kale tuinen aan te kijken, en ondanks dat een enkeling besefte dat de bouw van hun villapark hem flink wat overlast moest hebben bezorgd, kon niemand een gevoel van irritatie onderdrukken. Niemand vindt het nu eenmaal prettig om zich een indringer te voelen in andermans idylle, en ze waren er bepaald niet gratis komen wonen, hadden dik betaald voor hun recht om er te zijn, waar nog bij kwam dat zij veel meer onroerendgoedbelasting moesten betalen dan hij, en dat de meesten van hen nu al tegen steil oplopende hypotheeklasten aankeken, terwijl ze een vast pensioen hadden of moesten sparen voor de opleiding van hun kinderen. Dus zo'n man die dan langskomt om over je *kat* te zaniken... wist hij wel hoe bevoorrecht hij was om de vogeltjes op zijn terrein als voornaamste zorg te hebben? Linda Hoffbauer, die streng gelovig was en de politieke opvattingen had die daarbij hoorden, was het minst van zijn verzoek gediend. 'Ja, onze Bobby jaagt op vogels,' zei ze tegen Walter. 'En wat dan nog?'

'Nou,' zei Walter, 'het punt is dat kleine katten geen inheemse dieren zijn in Noord-Amerika, dus hebben onze vogelsoorten geen beschermingsmechanismen tegen ze ontwikkeld. Het is een ongelijke strijd.'

'Katten eten vogels,' zei Linda gedecideerd. 'Dat is hun natuur.'

'Klopt,' zei Walter, 'maar ze zijn een diersoort uit de Oude Wereld. Ze maken geen deel uit van ónze natuur. Ze zouden hier niet geweest zijn als wij ze niet hadden ingevoerd. Dat is het probleem.'

'Nou, om eerlijk te zijn,' zei Linda, 'vind ik het belangrijker dat mijn kinderen voor een huisdier leren zorgen, verantwoordelijkheid leren dragen. Probeert u me nu te vertellen dat ik ze dat moet onthouden?'

'Nee, natuurlijk niet,' zei Walter. 'Ik vraag u alleen maar om Bobby 's zomers binnen te houden, zoals u dat 's winters ook zult doen. Dat zou goed zijn voor het ecosysteem hier. Dit is een belangrijk broedgebied voor een aantal bedreigde vogelsoorten, en elke vogel die uw Bobby in juni of juli verschalkt, laat een nest jongen achter die het niet zullen redden.'

'Dan moeten die vogels misschien maar ergens anders gaan broeden. Bobby vindt het heerlijk om in de zomer lekker vrij rond te lopen. Het is gemeen om een kat binnen te houden als het zulk lekker weer is.'

'Tja, u houdt natuurlijk van uw kat, dat snap ik heel goed, en als hij bij u in de tuin bleef, zou er ook niets aan de hand zijn. Maar dit gebied was van de vogels voordat het van ons werd, en we kunnen ze niet duidelijk maken dat het niet langer een goed idee is om hier te nestelen. Dus blijven ze hier komen, en blijven ze opgegeten worden. En het grote probleem is dat ze sowieso haast nergens meer heen kunnen, want er worden steeds meer gebieden bebouwd. Dus is het belangrijk dat we als nieuwe eigenaren goed voor dit prachtige stuk natuur zorgen.'

'Nou, het spijt me,' zei Linda, 'maar mijn eigen kinderen gaan voor op de jonkies van een vogel. Ik vind dat geen extreem standpunt van mezelf, zeker niet in vergelijking met het uwe. God heeft deze wereld aan de mens geschonken, en dat is wat mij betreft het hele verhaal.'

'Ik heb zelf ook kinderen, dus ik kan u heel goed volgen,' zei Walter. 'Maar ik vraag u alleen maar Bobby binnen te houden. En tenzij u de kattentaal spreekt, begrijp ik niet hoe u zo zeker kunt weten dat hij het erg vindt om binnen te blijven.'

'Mijn kat is een dier, meneer. God heeft het gedierte der aarde de gave van de spraak onthouden, alleen wij mensen kunnen ons van het woord bedienen. Dat is een van de bewijzen dat Hij ons naar zijn gelijkenis heeft geschapen.'

'Juist, dus vandaar dat ik me afvraag hoe u zo zeker kunt weten dat uw kat graag naar buiten wil.'

'Katten vinden het heerlijk om buiten te zijn. Iederéén vindt het heerlijk om buiten te zijn. Zodra het warm wordt, staat Bobby voor de deur te miauwen omdat hij eruit wil. Ik hoef niet met hem te praten om dat te begrijpen.'

'Maar als Bobby nu alleen maar een dier is, geen mens maar een dier als alle andere, waarom heeft zijn hang naar frisse lucht dan voorrang op het recht van zangvogels om hun jongen groot te brengen?'

'Omdat Bobby bij ons gezin hoort. Mijn kinderen zijn dol op hem en wij willen allemaal het beste voor hem. Als we een vogeltje als huisdier hadden, zouden we daar het beste voor willen. Maar we hebben geen vogeltje, we hebben een kat.'

'Goed, nou, dank voor uw geduld,' zei Walter. 'Ik hoop dat u toch nog eens over mijn verzoek nadenkt en misschien nog van gedachten verandert.'

Linda was zeer ontstemd door dit gesprek. Walter was niet eens een naaste buur, nota bene, laat staan dat hij lid was van de eigenarenvereniging. En het feit dat hij in een Japanse hybridewagen reed, met een OBAMA-sticker op de bumper, was voor haar een teken van goddeloosheid en een diepe minachting voor hardwerkende mensen als zij en haar man, die maar moesten zien hoe ze de eindjes aan elkaar geknoopt kregen en die voor de taak stonden om hun kinderen een goede en positieve opvoeding te geven in een vijandige wereld. Linda was niet uitgesproken populair op Canterbridge Court, maar wel gevreesd als degene die bij je aan kwam kloppen als je tegen het huishoudelijk reglement zondigde door de aanhanger met je boot 's nachts op je oprit te laten staan, of als een van haar kinderen had gezien dat een van de jouwe stiekem rookte achter het schoolgebouw, of als ze een mankement aan de constructie van haar huis had ontdekt en per se wilde weten of jouw huis hetzelfde mankement had. Nadat Walter bij haar op de stoep had gestaan, ging ze alle huizen af om iedereen tot vervelens toe te vertellen dat die idioot haar gevraagd had of ze weleens met haar kat praatte.

Toen de zomer op gang kwam, zagen de mensen van Canterbridge Estates dat Walter in sommige weekeinden bezoek kreeg van een jong stel dat in een gloednieuwe zwarte Volvo zijn erf op reed. De jongeman was blond en deed zo te zien aan bodybuilding, en zijn metgezellin had de rankheid van een kinderloze grotestadsbewoonster. Linda Hoffbauer vond die twee er maar arrogant uitzien, maar de anderen waren opgelucht om zulke normaal ogende bezoekers aan de overkant te zien, aangezien Walter, zijn beleefdheid ten spijt, toch vooral de indruk van een zonderlinge kluizenaar had gewekt. Enkele oudere Canterbridgeanen putten er zelfs de moed uit om een praatje met Walter aan te knopen als ze hem tegenkwamen op hun ochtendwandeling. Ze kregen te horen dat de jonge bezoekers zijn zoon en schoondochter waren, die een of ander goedlopend bedrijf in St. Paul hadden, en dat hij daarnaast nog een ongetrouwde dochter had in New York City. Ze probeerden hem tot uitspraken over zijn eigen burgerlijke staat te verleiden, of hij gescheiden dan wel weduwnaar was, en toen hij zich een meester toonde in het ontwijken van hun nieuwsgierigheid, gingen enkele digitaal onderlegden online om meer over hem uit te vinden. En dat leidde tot de ontdekking dat Linda Hoffbauer er toch niet ver naast zat met haar verdenking dat Walter een gevaarlijke gek was. Hij was klaarblijkelijk de oprichter van een radicale milieugroepering, die hij had ontbonden na de dood van de mede-oprichtster, een vrouw met een eigenaardige naam en een donkere huid, die dus niet de moeder van zijn kinderen kon zijn geweest. Toen deze informatie zich over het villapark had verspreid, liepen de ochtendwandelaars Walter weer zwijgend voorbij – misschien niet eens zozeer vanwege zijn extremisme, maar meer omdat zijn kluizenaarschap nu opeens naar verdriet rook. Het schrijnende soort verdriet waar je maar beter met een boog omheen kunt lopen. Het blijvende verdriet dat, zoals iedere vorm van verdwazing, dreigend en zelfs besmettelijk lijkt.

Laat in de daaropvolgende winter, de sneeuw begon al te smelten, maakte Walter andermaal zijn opwachting op Canterbridge Court, deze keer met een kartonnen doos vol felgekleurde plastic kattenkragen. Hij beweerde dat zo'n kraag het een kat geenszins belette om naar hartenlust van de buitenlucht te genieten, vrijelijk te ravotten en naar vlinders te springen en in bomen kon klimmen, maar hem wel verhinderde vogels te verschalken. Hij vertelde erbij dat belletjes aan de halsband van katten nutteloos waren gebleken als middel om vogels te waarschuwen. En hij voegde eraan toe dat er in de Verenigde Staten elke dag minimaal één miljoen vogels door katten werden gedood, en benadrukte nog eens dat dit de meest voorzichtige schatting was, en dat er in Amerika dus minstens 365.000.000 vogels per jaar ten prooi vielen aan katten, en daarbij was dus niet het aantal jongen meegerekend dat de hongerdood stierf als gevolg van deze jaarlijkse slachtpartij. Walter scheen niet te beseffen wat een gedoe het zou zijn om je kat elke keer zo'n kraag om te binden voor je hem naar buiten liet, en hoe bespottelijk hij eruit zou zien met zo'n knalblauw of felrood ding om zijn nek, maar bijna alle kattenbezitters namen het presentje beleefd in ontvangst en beloofden Walter dat ze het zouden uitproberen, opdat ze maar snel van hem af waren en dat ding konden weggooien. Alleen Linda Hoffbauer weigerde het botweg aan te pakken. Zij stelde Walter op één lijn met de linkse maffia die condooms wilde uitdelen op scholen en eropuit was eerzame burgers hun vuurwapen af te pakken en een identiteitskaart op te dringen. Ze vroeg hem, genietend van haar eigen spitsvondigheid, of die vogels op zijn terrein soms zijn *eigendom* waren, en zo niet, waarom het dan zijn zaak zou zijn dat haar Bobby het leuk vond om erop te jagen. Waarop die idioot van de overkant met een hoop bureaucratisch geklets kwam over het Noord-

Amerikaanse Verdrag ter Bescherming van Trekvogels, dat het zou verbieden om schade toe te brengen aan vogels die buiten het jachtrecht vielen. Het gezwam deed Linda met afkeer aan de pasgekozen president denken, die de Amerikaanse autonomie wilde overdragen aan de Verenigde Naties, en ze vertelde Walter, zo beleefd als ze kon, dat ze het al druk genoeg had met het opvoeden van haar kinderen en het zou waarderen als hij haar niet meer lastig kwam vallen.

Nu had Walter ook wel een weinig gelukkig moment gekozen om met zijn kragen naar de buren te gaan. Het land was intussen in een diep economisch dal beland en de aandelenmarkt lag in de vernieling, dus was het tactisch gezien niet slim om hen met zijn onverminderde passie voor zangvogels te confronteren. Zelfs de gepensioneerde stellen van Canterbridge Court hadden het zwaar (de waardevermindering van hun effecten had sommige van hen al van hun overwintering in Florida of Arizona doen afzien) en twee van de jongere gezinnen, de Dents en de Dolbergs, waren achter met hun hypotheek (waarvan de lasten uitgerekend nu begonnen op te lopen) en dreigden hun huis te verliezen. Terwijl Teagan Dolberg op reacties wachtte van bureaus voor schuldconsolidatie die om de week van telefoonnummer en mailadres leken te wisselen, en vruchteloze gesprekken had met goedkope federale schuldadviseurs die federaal noch goedkoop bleken, liepen de negatieve saldi van haar Visa en MasterCard met drie- tot vierduizend dollar per maand op. En de vriendinnen en buurvrouwen aan wie ze kaarten voor tien behandelingen in haar nagelstudio had verkocht, bleven komen om hun nagels te laten verzorgen maar brachten daarmee geen geld meer in het laatje. Zelfs Linda Hoffbauer, wier echtgenoot langlopende wegenonderhoudscontracten had met Itasca County, zette de thermostaat lager en liet haar kinderen de schoolbus nemen in plaats van ze met haar Suburban te halen en te brengen. De ongerustheid hing als een wolk boven Canterbridge Court. De zorgen en angsten drongen elk huis binnen via het tv-journaal, internet en de praatprogramma's op de middengolf. Er werd volop getweet op Twitter, maar het kwetteren en kwinkeleren van de vogels waar Walter zich zo druk over maakte, was een zorg die de Canterbridgeanen er nu even nét niet bij konden hebben.

De lente en de zomer verstreken, en ze merkten pas weer iets van Walter toen hij op een nacht in september langs alle huizen was gegaan met een stapeltje zelfgemaakte pamfletten. De huizen van de Dents en de Dolbergs stonden inmiddels leeg, de ramen donker als gedoofde wachtstandlampjes van bellers naar een sos-lijn die het wachten moe waren geworden, maar de andere bewoners vonden 's ochtends een beleefd gestelde 'Beste buren'-brief op hun stoep, waarin Walter nog eens alle argumenten aanvoerde die ze al tweemaal van hem hadden gehoord, plus vier aangehechte vellen met foto's die het tegenovergestelde van beleefd waren. Walter had die zomer kennelijk alle gevederde kattenslachtoffers gefotografeerd die hij op zijn terrein had aangetroffen. Elke foto (het waren er meer dan veertig in totaal) was voorzien van een datum en een soortnaam. De families die helemaal geen kat bezaten waren kwaad omdat hij ook hun zo'n onsmakelijk document had bezorgd, en de families die er wel een hadden waren kwaad omdat hij zo zeker leek te weten dat hun huisdier schuldig was aan deze horror. Linda Hoffbauer was extra kwaad omdat Walter een situatie had geschapen waarin haar kinderen blootgesteld konden worden aan traumatiserende beelden van vogeltjes met afgebeten koppen en uit hun lijfje getrokken ingewanden. Ze belde de sheriff, met wie zij en haar man persoonlijk bevriend waren, om te vragen of Walter zich nu schuldig had gemaakt aan criminele overlast. Volgens de sheriff was dat niet het geval, maar hij beloofde bij Walter langs te gaan en een hartig woordje met hem te wisselen. Dat gesprek leverde evenwel het onverwachte nieuws op dat Walter jurist was en niet alleen het eerste amendement van de grondwet uit zijn hoofd kende, maar ook het huishoudelijk reglement van Canterbridge Estates, dat een artikel bevatte over de plicht van bewoners om te allen tijde toezicht te houden op hun huisdieren. De sheriff raadde Linda aan het pamflet te verscheuren en er verder maar geen werk van te maken.

En toen brak de witte winter aan en hield iedereen zijn kat weer binnen (waar ze het, dat moest zelfs Linda toegeven, prima naar hun zin leken te hebben) en Linda's man maakte er een sport van om zijn sneeuwschuiver zo over de toegangsweg te sturen dat Walter na elke sneeuwval een uur moest staan scheppen om zijn oprit vrij te maken. Nu de bomen kaal waren had heel het villapark vrij uitzicht op Walters huisje aan de overkant van het bevroren meer, en niemand zag er ooit het geflakker van een tv, wat bij iedereen het vermoeden deed postvatten dat Walter er op die lange, eenzame winteravonden alleen maar zat te zwelgen in zijn eigen vijandigheid. Rond de kerst was zijn huis een week lang in duisternis gedompeld, wat niets anders kon betekenen dan dat hij op bezoek was bij zijn familie in St. Paul, en het bevreemdde iedereen dat die zuurpruim toch nog mensen in zijn leven had die genoeg genegenheid voor hem hadden om hem een hele week over de vloer te hebben. Vooral Linda was daarom blij toen de feestdagen voorbij waren, zodat ze zich weer kon overgeven aan een haat die vrij was van het storende gevoel dat er toch mensen waren die om hem gaven. Op een avond in februari kwam haar man thuis met het nieuws dat Walter een klacht had ingediend over de moedwillige blokkering van zijn oprit, en dat klonk Linda om de een of andere reden als muziek in de oren. Om de een of andere reden was het goed te weten dat hij wist dat ze de pest aan hem hadden.

Ze ervoer eenzelfde raadselachtige opluchting toen de sneeuw weer smolt en de omgeving weer groen werd en Bobby weer naar buiten mocht, en prompt niet meer terugkwam. Het was alsof er eindelijk aan een plek werd gekrabd waar Linda al heel lang jeuk had, ook al was het een jeuk die alleen maar erger werd door te krabben. Ze wist meteen zeker dat Walter achter Bobby's verdwijning zat, en het schonk haar een even diepe als vreemde voldoening te weten dat hij haar haat had beantwoord en dus ook had vernieuwd en versterkt – de wetenschap dat hij bereid was het haatspel met haar te spelen, het toonbeeld voor haar te worden van alles wat slecht en verachtelijk was. Zelfs tijdens de zoektochten naar de vermiste lieveling van haar kinderen, genoot ze heimelijk van hun verdriet en zette hen er genotzuchtig toe aan hem te haten als de verwekker ervan. Zodra het duidelijk werd dat Bobby niet meer terug zou komen, reed ze met haar kinderen naar het dichtstbijzijnde asiel en liet hen liefst drie nieuwe katten uitzoeken, die ze, zodra ze ermee thuiskwamen, uit hun kartonnen dozen liet springen en in de richting van Walters stukje bos dreef.

Walter had katten nooit gemogen. Hij had ze altijd als de sociopaten van de huisdierenwereld beschouwd, een soort die geteeld was als noodzakelijk kwaad, om muizen te bestrijden, en die vervolgens tot fetisj was verheven zoals trieste landen hun leger tot fetisj maken – hoe de bevolking van zulke landen zijn geüniformeerde moordenaars toejuichte, zo aaiden kattenbezitters de zachte vacht van hun huisdier en vergaven het zijn klauwen en tanden. Hij had nooit iets anders in kattensnoetjes ontwaard dan zelfvoldane onverschilligheid en sluimerende moordzucht. Je hoefde zo'n beest maar een kunstmuis aan een touwtje voor te houden om het zijn ware aard te laten tonen. Maar bij die afkeer was het altijd gebleven, omdat hij wel grotere kwaden had om de strijd mee aan te binden. De ommekeer kwam toen hij in het oude huis van zijn moeder ging wonen en weer voor de Nature Conservancy ging werken. Door zijn nieuwe baan werd hij rechtstreeks geconfronteerd met de vraatzuchtige kattenpopulaties die dood en verderf zaaiden in zijn regio, en zijn ergernis als huiseigenaar over het verpesten van zijn uitzicht door dat villapark viel steeds verder in het niet bij wat Bobby c.s. op zijn privéterrein aanrichtten. Het deed zijn afkeer ontaarden in de ziekmakende verbittering die mannelijke Berglunds kennelijk nodig hadden om inhoud aan hun sombere levens te geven. Vergeten was de irritatie over de kettingzagen en bulldozers en explosieven en bodemegalisering van de voorbije twee jaar, over de hamers en de schuurmachines en de gettoblasters met dreunende classic rock. Het was tijd voor een nieuwe ergernis.

Sommige katten zijn te lui of te onhandig om een goede moordenaar te zijn, maar de zwarte Bobby met zijn witte sokjes was een kei. Hij was sluw genoeg om terug naar huis te sluipen als de zon onderging en het gevaar van wasberen en coyotes te groot werd. Maar in de sneeuwloze maanden kon je hem iedere ochtend fris en monter op pad zien gaan over de kale oever aan de overkant, richting Walters terrein, om nieuwe slachtoffers te zoeken. Mussen, vinken, lijsters, mezen, sialia's, puttertjes, winterkoninkjes, Bobby had de breedst denkbare smaak en zijn aandacht was onuitputtelijk. Hij werd het moorden nooit moe, en daar kwam de karakterfout bij dat hij gespeend was van iedere trouw aan zijn baasjes – hij nam nooit de moeite om zijn buit naar huis te brengen en hun ook wat te gunnen. Hij ving zijn vogeltje, speelde er nog wat mee en slachtte het af, waarna hij soms nog even de tijd nam voor een hapje, maar meestal liet hij het lijkje voor wat het was. Het stuk met het hoge gras en de verspreid staande bomen achter Walters huis, en de bosrand daaromheen, waren het meest in trek bij de vogels en dus ook bij Bobby. Walter hield een hoopje stenen bij de hand om naar hem te gooien, en hij had zelfs eenmaal een natte voltreffer geplaatst met de waterstraal uit zijn tuinslang, maar Bobby had al snel geleerd om 's ochtends in het bos te blijven tot Walter naar zijn werk was. Sommige gebieden die Walter voor de Conservancy beheerde waren ver genoeg weg om hem één of twee nachten van huis te houden, en bij terugkeer trof hij dan steevast een slagveld aan op de helling achter zijn huis. En als hij nu maar had kunnen geloven dat de slachting alleen daar werd aangericht, had hij die terugkerende aanblik nog kunnen verdragen, maar het leed geen twijfel dat het overal gebeurde, en die gedachte maakte hem dol van woede.

Toch was hij te weekhartig en gezagsgetrouw om iemands huisdier te doden. Hij had overwogen zijn broer Mitch in te schakelen, maar diens strafblad maakte het onverantwoord om hem het risico te laten lopen dat hij werd betrapt, en het stond trouwens wel vast dat Linda Hoffbauer doodleuk een nieuwe kat zou kopen. Pas na een tweede zomer van vruchteloze diplomatie, en een winter waarin Linda's man één keer te vaak een sneeuwbank voor zijn oprit had opgeworpen, besloot hij dat Bobby slechts één van de vijfenzeventig miljoen Amerikaanse huiskatten was, en maar eens moest gaan boeten voor zijn wandaden. Walter haalde een val met uitgebreide gebruiksaanwijzing bij een van de vangers die een hopeloze strijd voerden in dienst van de Conservancy, en ging op een meiochtend voor het krieken van de dag tot actie over. Hij zette de val, voorzien van bacon en verse kippenlevers, langs het pad waarover Bobby zijn terrein placht binnen te sluipen. De vanger had hem uitgelegd dat je met een slimme kat maar één kans kreeg, dus klonk het hem twee uur later als muziek in de oren toen hij een klaaglijk gemiauw hoorde. Hij holde erheen, droeg de schommelende en naar kattenstront stinkende val naar zijn Prius en zette hem in de kofferbak. Het feit dat Linda haar kat nooit een halsband liet dragen (een ontoelaatbare aantasting van zijn vrijheden, kennelijk) maakte het des te makkelijker voor Walter om Bobby na een rit van drie uur bij een opvang in Minneapolis af te geven, waar men het beest zou vergassen of onder zou brengen bij een stadsgezin dat het permanent binnen zou houden.

Groot was Walters verrassing toen hij bij het wegrijden uit Minneapolis door een fikse neerslachtigheid werd beslopen. Een mengeling van twijfel en, vooral, verlies: het gevoel dat Bobby en hij toch een tijdlang elkaars leven hadden gedeeld, en dat een relatie vol boosheid en ontzetting nog altijd beter was dan helemaal geen relatie. Hij verzette zich vergeefs tegen het beeld van de smerige kooi waarin het beest nu vast zou blijven zitten, en hij wist weliswaar dat Bobby de Hoffbauers geenszins zou missen (katten hechtten zich niet aan mensen maar gebruikten hen slechts), maar het was en bleef een meelijwekkend beeld.

Bijna zes jaar woonde hij nu alweer alleen, en het was hem gelukt zijn draai te vinden. De afdeling Minnesota van de Conservancy, waarvan hij ooit directeur was geweest, was gaarne bereid geweest hem terug te nemen en had begrip opgebracht voor de afkeer die hij nu had van geflikflooi met miljonairs en het bedrijfsleven, wat geresulteerd had in een relatief nederig baantje als regionaal opzichter in de zomer en kantoormedewerker in het bevroren jaargetijde. Hij verrichtte geen grootse daden in de gebieden die onder zijn toezicht stonden, maar hij deed er ook geen kwaad, en hij was dankbaar voor de vergetelheid op de dagen die hij tussen de naaldbomen, futen, zegge en spechten mocht doorbrengen. Zijn winterse werk (het schrijven van subsidievoorstellen, het bespreken van artikelen over natuurbescherming, meedoen aan de telefonische stemmenwerving voor een belastingwijziging die geld moest opleveren voor een nieuw natuurbeheerfonds, een actie waarvoor ze in 2008 meer stemmen kregen toegezegd dan er op Obama zouden worden uitgebracht) was al net zo genoeglijk. Als hij 's avonds thuiskwam, maakte hij een van de vijf eenpansmaaltijden die niet méér inspanning vroegen dan hij bereid was op te brengen, en omdat hij geen plezier meer had in het lezen van romans, het luisteren naar muziek of ander tijdverdrijf dat aansprak deed op het gevoelsleven, bracht hij de uren daarna door met internetschaak en internetpoker en, af en toe, het soort internetporno dat hoegenaamd geen associaties opriep met menselijke gevoelens. Op die momenten voelde hij zich een zielige ouwe viezerik die geheel en al buiten de maatschappij stond, en hij zorgde er telkens voor dat zijn telefoon uit stond voor het geval dat Jessica belde voor een praatje. Met Joey kon hij zichzelf zijn, omdat Joey niet alleen een man was maar een Berglund-man, te afstandelijk om het hem lastig te maken, en ook met Connie kon hij redelijk uit de voeten. Er was weliswaar altijd seks in Connie's stem, seks en onschuldig geflirt, maar het kostte weinig moeite om haar aan het babbelen te krijgen over Joey en haarzelf, want Connie was volmaakt gelukkig. Problemen had hij alleen als hij van Jessica hoorde. Haar stem klonk meer en meer als die van Patty, en als hij haar sprak begon hij na een tijdje te zweten van de inspanning om het gesprek op haar belevenissen te houden, of als het echt niet anders kon: over zijn werk. Na het auto-ongeluk dat in wezen een eind aan zijn leven had gemaakt, had Jessica zich een tijdlang over hem ontfermd en had hem bijgestaan in zijn rouw. Uit medeleven, natuurlijk, maar ook in de verwachting dat hij er door haar toedoen weer snel overheen zou komen, en toen ze merkte dat hij er maar niet overheen kwam, en ook helemaal niet de wil had om eroverheen te komen, er helemaal nóóit meer overheen wilde komen, was ze bijzonder kwaad op hem geworden. Het had hem enkele moeizame jaren gekost om haar, soms op weinig zachtzinnige wijze, aan het verstand te brengen dat ze hem met rust moest laten en haar eigen leven moest gaan leiden. En bij elke stilte die er nu in hun gesprekken viel, voelde hij haar nog steeds op mogelijkheden zinnen om haar therapeutische heilswerk weer op te vatten, en hij ervoer het als zeer uitputtend om telkens maar weer, week in week uit, nieuwe conversationele openingen te moeten bedenken.

Na Bobby in Minneapolis te hebben achtergelaten moest hij meteen door naar Beltrami County voor een driedaags bezoek aan een uitgestrekt Conservancy-gebied, en toen hij eindelijk weer thuiskwam, zag hij dat er een vel papier op de berk naast zijn oprit was geniet. HEEFT U MIJ GEZIEN? vroeg het. MIJN NAAM IS BOBBY EN MIJN FAMILIE MIST ME. Bobby's snoetje kwam niet zo goed uit de verf op een fotokopie (zijn bleke staarogen zweefden verloren in het zwart), maar Walter zag opeens toch, voor het eerst, dat het een snoetje was dat vertedering en verzorgingsdrift kon opwekken. Hij had er nog steeds geen spijt van dat hij een moordzuchtig element uit het ecosysteem had gehaald en daarmee vele vogellevens had gered, maar de kwetsbaarheid in Bobby's dierengezichtje maakte hem wel bewust van een fatale zwakte in hemzelf: de zwakheid om zelfs medelijden te kunnen krijgen met wat hij intens haatte. Hij reed zijn oprit in en probeerde van de rust te genieten die nu over zijn privéterrein was neergedaald, de afwezigheid van vrees voor Bobby, en van de lenteavond, en van het lied van de witkeeltjes, *pure sweet Canada Canada Canada*, maar hij kon het gevoel niet van zich afzetten dat hij in de vier voorbije nachten vele jaren ouder was geworden.

Later op diezelfde avond, toen hij wat eieren stond te bakken en een paar boterhammen roosterde, werd hij gebeld door Jessica. En misschien was ze al iets van plan geweest toen ze zijn nummer intoetste, of anders hoorde ze misschien iets in zijn stem, een zekere weerloosheid, maar toen ze waren uitgepraat over de weinige nieuwtjes die ze over haar achterliggende week te melden had, viel hij zo lang stil dat ze moed vatte en een nieuwe poging tot inbreuk op zijn leven deed.

'Ik sprak mam gisteravond,' zei ze. 'Ze vertelde iets interessants dat jij misschien ook wel wilt horen. Wil je het horen?'

'Nee,' zei hij bars.

'En waarom niet, als ik vragen mag?'

Het keukenraam stond open en buiten, in de blauwe schemering, klonk het verre geroep van een kind. 'Bobby!'

'Luister,' zei Walter, 'ik weet dat je close met haar bent, en dat vind ik uitstekend. Ik zou het jammer vinden als het niet zo was, want ik wil dat je twee ouders hebt. Maar als ik benieuwd zou zijn naar wat ze te zeggen heeft, belde ik haar zelf wel. Ik wil niet dat jij als doorgeefluik gaat optreden.'

'Zou ik helemaal niet erg vinden, hoor.'

'Nee, maar ik wel. Ik zit niet op boodschappen van haar te wachten.'

'Maar dit was bepaald geen slechte boodschap, pap.'

'Goed of slecht, dat doet er niet toe.'

'Maar mag ik je dan eens vragen waarom je haar nog steeds niet om een scheiding hebt gevraagd? Want zolang je dat niet doet, blijf je haar hoop geven.'

Een tweede kinderstem had zich bij de eerste gevoegd. 'Bohhby! Booohhby!' klonk het in koor. Walter sloot het raam en zei: 'Daar ga ik geen discussie over beginnen.'

'Oké pap, prima, maar kun je op z'n minst mijn vraag beantwoorden? Waarom wil je niet scheiden?'

'Dat is gewoon geen onderwerp waar ik me nu mee bezig wil houden.'

'Jullie zijn al zes jaar uit elkaar! Wordt het niet eens tijd dat je erover na gaat denken? Dat zou wel zo sportief zijn, vind je ook niet?'

'Als zij een scheiding wil, kan ze me een brief sturen. Of ze laat haar advocaat een brief sturen, ook goed.'

'Maar ik vroeg dus waarom jíj geen scheiding wilt?'

'Omdat ik geen trek heb in wat er dan weer allemaal wordt opgerakeld. Ik heb het recht geen moeite te doen voor iets waar ik niks voor voel.'

'Wat zou er dan opgerakeld worden?'

'Een hoop verdriet, Jessie. Ik heb genoeg verdriet gehad. Ik heb nog steeds verdriet.'

'Dat weet ik, pap. Maar Lalitha is er niet meer. Ze is al zes jaar dood.'

Walter schudde woest zijn hoofd, alsof er ammoniak in zijn gezicht was gegooid. 'Ik wil er gewoon niet over nadenken. Ik wil 's ochtends de deur uit gaan en de vogels zien en niks anders aan mijn hoofd hebben. Niks anders dan de vogels en de problemen waar díé voor staan. Dat is het enige waar ik iets aan wil doen, want de vogels zijn het enige waar ik nog om geef. Naast jou en Joey, natuurlijk. En dat is alles wat ik erover wil zeggen, en ik zou je willen vragen om het daarbij te laten.'

'Maar... zou het geen goed idee zijn om eens met een therapeut te gaan praten? Zodat je ook weer verder kunt met je eigen leven? Zo oud ben je nog niet, weet je.'

'Niet de minste behoefte aan, want ik wil helemaal niet veranderen,' zei Walter. 'Ik heb 's ochtends een paar rotminuten, en dan ga ik de deur uit en werk mezelf moe, en als ik 's avonds lang genoeg opblijf, kan ik redelijk goed slapen. Naar een therapeut ga je als je iets veranderen wilt. Ik zou een therapeut niks te melden hebben.'

'Jij hebt altijd ook veel van mama gehouden, toch?'

'Weet ik eigenlijk niet. Kan ik me niet meer herinneren. Ik weet alleen nog wat er gebeurde nadat ze vertrok.'

'Nou, ze is tegenwoordig in elk geval wél iemand om van te houden. Ze is heel erg veranderd. De ideale moeder, hoe ongelooflijk dat misschien ook klinkt.'

'Dat geloof ik graag, en zoals ik al zei: ik ben blij dat je haar in je leven hebt.'

'Maar je wilt haar niet in jouw leven.'

'Luister, Jessica, ik weet dat jij dat graag zou willen. Jij wilt een happy end, daar ben ik me heus wel van bewust. Maar ik voel nou eenmaal wat ik voel en daar kan ik niets aan veranderen om jou ter wille te zijn, hoeveel ik je ook gun.'

'En wat je voelt is dat je de pest aan haar hebt.'

'Ze heeft haar keuze gemaakt, dat is alles wat ik erover te zeggen heb.'

'Nou, het spijt me, pap, maar dat is gewoon niet eerlijk. Jij was het die de keuze maakte. Zij wilde helemaal niet weg.'

'Zo zal ze het jou ongetwijfeld voorspiegelen. Je spreekt haar wekelijks en ze zal je ongetwijfeld haar versie hebben verteld, en die zal ongetwijfeld in haar voordeel zijn. Maar toen ze vertrok was jij al vijf jaar de deur uit. Jij had haar al vijf jaar niet meer om je heen gehad. Ik wel, en ik kan je vertellen dat het een nachtmerrie was. En toen werd ik verliefd op een ander, wat nooit mijn bedoeling is geweest, maar het gebeurde dus wel. En ik weet dat jij het daar nog altijd moeilijk mee hebt, maar het gebeurde omdat mijn leven met je moeder een regelrechte hel was.'

'Nou, dan zou je van haar moeten scheiden. Ben je haar dat niet verschuldigd voor alle jaren die wel goed zijn geweest? Als ze in die jaren wel goed voor je was, dan verdient ze het dat je op een nette manier de banden doorsnijdt. Lijkt me een kwestie van respect.'

'Zulke goede jaren waren het niet, Jessica. Ze heeft de hele tijd tegen me gelogen, dus nee, ik vind niet dat ik haar zoveel verschuldigd ben. Maar zoals ik al zei: als zij wil scheiden, dan valt dat zonder meer te regelen.'

'Ze wíl niet scheiden! Ze wil het weer met je proberen!'

'Ik moet er niet aan denken. Het lijkt me al onverdraaglijk om één minuut met haar door te brengen.'

'En wat zou daar de reden van zijn, pap? Zou die gedachte misschien zo pijnlijk zijn omdat je nog steeds van haar houdt?'

'We moeten het nu echt over iets anders gaan hebben, Jessica. Hou een beetje rekening met mijn gevoelens, als je wilt, en begin hier niet meer over. Ik wil niet bang worden om op te nemen als je belt.'

Na te hebben opgehangen zat hij lange tijd met zijn gezicht in zijn handen, voor zijn onaangeroerde eten, terwijl het huis langzaam donker werd en het uitzicht op de voorjaarsnatuur plaatsmaakte voor de meer abstracte aanblik van de avondhemel: roze vegen in de atmosfeer, het kille duister van het heelal, de eerste sterren. Dit was hoe het er nu aan toeging in zijn leven: hij stootte Jessica af, en miste haar zodra ze weg was. Hij overwoog de volgende ochtend naar Minneapolis te rijden en de kat op te halen om die weer aan de kinderen te geven die hem zo misten, maar dat was praktisch gezien net zo ondoenlijk als Jessica terugbellen om haar zijn spijt te betuigen. Gedane zaken namen geen keer. Wat voorbij was, was voorbij. Op een miserabele ochtend in Mingo County, West Virginia, had hij Lalitha's ouders gevraagd of ze er bezwaar tegen hadden als hij een laatste blik ging werpen op het stoffelijk overschot van hun dochter. Haar ouders waren eigenaardige, moeilijk benaderbare mensen, beide ingenieur, beide met een zwaar Indiaas accent. De vader hield zijn ogen droog, maar de moeder barstte voortdurend uit in een doordringend buitenlands gejammer dat haast wel zingen leek – het had iets ceremonieels en onpersoonlijks, als een klaagzang voor een abstract ideaal. Walter was alleen naar het mortuarium gegaan, zonder enig idee van wat hem daar wachtte. Zijn liefste lag onder een laken op een brancard met een onpraktische hoogte, te laag om bij te blijven staan, maar te hoog om bij neer te knielen. Haar zwarte haar was dik en zijdeachtig als altijd, maar de onderkant van haar gezicht was nauwelijks herkenbaar, een zware, onvergeeflijk wrede ontwrichting van haar kaak, en toen hij een kus op haar voorhoofd drukte, was het kouder geweest dan zo'n jong voorhoofd ooit zou mogen zijn. Een universum dat deze kou binnen zijn natuurwetten toeliet kon onmogelijk rechtvaardigheid herbergen. De kou was via zijn lippen in hem binnengedrongen en nooit meer weggetrokken. Wat voorbij was, was voorbij. Zijn vreugde in dit leven was dood, en niets had nog enige zin. Contact zoeken met zijn wettige echtgenoot, wat Jessica hem zo graag zou zien doen, zou betekenen dat hij die laatste momenten met Lalitha prijsgaf, en dat wilde hij onder geen beding. Hij had het recht, in dit rechteloze universum, om unfair te zijn tegenover zijn vrouw, en hij had het recht de kleine Hoffbauertjes vruchteloos om hun Bobby te laten roepen, omdat niets nog enige zin had.

Kracht puttend uit zijn weigeringen (genoeg kracht, althans, om 's ochtends uit zijn bed te komen, lange dagen in de vrije natuur te maken en terug te rijden over wegen die verstopt werden door forenzen en vakantiegangers) kwam hij wederom een zomer door, de eenzaamste ooit in zijn leven. Hij vertelde Joey en Connie in alle eerlijkheid (althans alle eerlijkheid die hij kon opbrengen) dat hij het te druk had om hen aan het meer te ontvangen, en hij staakte de strijd tegen de katten die zijn terrein bleven binnendringen, zag zichzelf geen tweede drama zoals met Bobby tot een goed eind brengen. In augustus ontving hij een dikke A4-envelop van zijn vrouw. Een of ander manuscript, vermoedelijk, dat wel te maken zou hebben met de 'boodschap' waar Jessica op had gezinspeeld. Hij stopte de envelop ongeopend in de hangmap waarin hij hun oude gezamenlijke belastingaangiften, de oude afschrijvingen van hun gemeenschappelijke spaarrekening en zijn onaangepaste testament bewaarde. Nog geen drie weken later ontving hij een luchtkussentjesenvelop in cd-formaat, met het retouradres van KATZ in Jersey City, en ook die ging ongeopend in dezelfde hangmap. In combinatie met de krantenkoppen die hij niet kon vermijden als hij boodschappen deed in Fen City (over nieuwe crises in Amerika en daarbuiten, nieuwe extreem rechtse idioten met krankzinnige beweringen, nieuw ecologisch onheil dat de wereld dichter bij de rand van de afgrond bracht) gaven deze twee zendingen hem het gevoel dat de buitenwereld steeds verder oprukte, zich steeds meer aan hem opdrong; maar zolang hij op zichzelf bleef aan de rand van zijn meer, beschut door zijn bomen, zou hij in staat zijn trouw te blijven aan zijn weigering. Hij stamde uit een oud geslacht van weigeraars. Hij was erop gebouwd.

Van Lalitha bleef ondertussen steeds minder over. Ze viel uiteen in zijn geheugen zoals dode zangvogels uiteenvielen in de natuur – bij leven al onwaarschijnlijk frêle en licht, waren ze na het stoppen van hun hartje weinig meer dan dons en holle botjes, snel verwaaiend in de wind. Maar dat maakte hem des te vastbeslotener om zich vast te klampen aan wat er nog van haar over was.

En dat was de reden waarom hij op die oktoberochtend toen de buitenwereld zich alsnog aandiende, in de gestalte van een nieuwe Hyundai die halverwege zijn oprit in het gras stond, niet wilde stoppen om te zien wie erin zat. Hij had trouwens haast, moest snel de weg op om op tijd te zijn voor een Conservancy-bijeenkomst in Duluth, dus minderde hij alleen maar even vaart en zag dat de stoel achter het stuur achterover was geklapt. De bestuurder lag waarschijnlijk te slapen. De hoop leek gegrond dat de vreemdeling weer zou zijn weggereden als hij terugkwam, want waarom was hij of zij dan niet uitgestapt om bij Walter aan te kloppen? Maar toen hij die avond om acht uur zijn oprit op reed, lichtten de reflectoren van de Hyundai prompt op in zijn koplampen.

Hij stapte uit, tuurde door de ramen van de geparkeerde auto en zag dat deze leeg was. De bestuurdersstoel was weer rechtop gezet. Het was koud. De verstilde lucht leek de geur van naderende sneeuw in zich te dragen. De enige geluiden kwamen van Canterbridge Estates aan de overkant van het meer, onbestemde menselijke handelingen, weinig meer dan een vaag rumoer. Hij stapte weer in zijn auto en reed door naar zijn huis, waar een vrouw, Patty, in het donker op het trapje naar de voordeur zat. Ze droeg jeans en een kort corduroy jasje. Ze had haar benen tegen haar borst getrokken om zichzelf te verwarmen, haar kin rustte op haar knieën.

Hij zette de motor af en bleef achter het stuur zitten, een minuut of twintig, dertig, wachtend tot ze naar hem toe zou komen om te zeggen wat ze te zeggen had, aangenomen dat ze hem iets te zeggen had. Maar ze bleef zitten, verroerde zelfs geen vin, en hij verzamelde ten slotte de moed om uit te stappen en zijn huis binnen te gaan. Hij bleef een ogenblik op het trapje staan, nog geen halve meter van haar af, om haar de kans te geven iets te zeggen. Maar ze bleef zitten zoals ze zat, met gebogen hoofd. Zijn eigen onwil om iets tegen haar te zeggen kwam hem zo kinderachtig voor dat hij onwillekeurig om zichzelf glimlachte. Maar een glimlach kon heel verkeerd worden opgevat, dus bracht hij zijn gezicht weer snel in de plooi, ging naar binnen en duwde de deur achter zich dicht.

Zijn kracht bleek toch niet onuitputtelijk. Hij bleef in weerwil van zichzelf in het donker bij de deur staan, wederom een behoorlijk lange tijd, een uur misschien wel, ingespannen luisterend of ze al eens in beweging kwam, zijn oren gespitst op het lichtste klopje. Maar al wat hij hoorde was de stem van Jessica in zijn hoofd, die hem voorhield dat hij sportief moest zijn, dat hij zijn vrouw op z'n minst het respect was verschuldigd om haar te vragen weg te gaan, dat het gewoon niet eerlijk was om haar zo te negeren. Maar daar stond het gevoel tegenover dat als hij na zes jaar zijn stilte zou verbreken, al was het maar met een enkel woord, dat het dan net zou zijn alsof hij zich gewonnen gaf, zijn weigering tenietdeed en alles wat hij daarmee bedoeld had.

Uiteindelijk rukte hij zich los uit zijn besluiteloosheid, als uit een dommelslaap, knipte het licht aan en dronk een glas water. Waarna hij merkte dat hij bij wijze van compromis naar zijn archiefkast werd getrokken. Dat gebaar kon hij toch op z'n minst wel maken: kennis nemen van wat de buitenwereld hem wilde zeggen. Hij opende de envelop uit Jersey City als eerste. Er zat geen briefje in, alleen een cd-doosje. Het wekte de indruk van een soloalbum in eigen beheer, met een noordelijk landschap op de voorkant. Richard Katz – *Songs for Walter*.

Hij hoorde een kreet van pijn, en besefte slechts met moeite dat hij die zelf had voortgebracht. Die klootzak... vuile *klootzak*... dit was stijlloos! Hij keerde met bevende handen het doosje om en las de nummers. Het eerste heette 'Two Kids Good, No Kids Better'.

'Jezus, wat een hufter ben je toch,' lachte hij huilend. 'Dit is echt geen stijl, klootzak.'

Na nog een tijdje te hebben gehuild om de oneerlijkheid, en om de mogelijkheid dat Richard misschien toch niet helemáál harteloos was, stopte hij het doosje weer in de envelop en opende die van Patty. Er zat inderdaad een manuscript in, en hij rende na één alinea naar de voordeur, rukte die open en stak haar de stapel papier toe.

'Ik wil dit niet!' schreeuwde hij. 'Ik wil geen verhalen meer van je! Ik wil dat je dit aanpakt en in je auto stapt en de kachel aanzet, want je zit hier te bevriezen!'

Ze rilde inderdaad van de kou, maar leek in haar houding verstard en keek niet naar hem op. Voor zover ze al bewoog, leek ze haar hoofd nog dieper tussen haar schouders te trekken, alsof hij op haar insloeg.

'Stap in je auto en warm een beetje op! Ik heb je niet gevraagd te komen!'

Het was misschien maar een extra sterke rilling, maar het leek alsof ze nee schudde.

'Ik beloof je dat ik bel,' zei hij. 'Ik zeg je bij dezen een telefoongesprek toe, als je nu tenminste weggaat en zorgt dat je wat opwarmt.'

'Nee,' zei ze met een klein stemmetje.

'Oké, dan moet je het zelf maar weten! Dan bevries je hier maar!'

Hij smeet de deur dicht en holde zijn huis door, door de achterdeur naar buiten, tot aan de waterkant. Als zíj zich per se aan de kou wilde blootstellen, dan deed híj dat ook. Hij merkte nu pas dat hij nog steeds haar manuscript in zijn hand had. Aan de overkant van het meer scheen het overvloedige lamplicht in de huizen van Canterbridge Estates. Op bovenmaatse, energieverslindende schermen flitsten tv-beelden van wat de buitenwereld geloofde dat er vanavond gaande was. Ze zaten allemaal in hun knusse warme kamers, de kolengestookte krachtcentrales van de Iron Range pompten megahoeveelheden stroom door het net, maar de oktoberse poolwind was nog altijd ijzig genoeg om een vrieskou door de gematigde bossen te jagen. Het was hem altijd al een raadsel geweest hoe hij moest leven, maar nu wist hij het helemáál niet meer. Maar toen de kou steeds minder verkwikkend en steeds vlijmender werd, steeds dieper in zijn botten ging zitten, begon hij ongerust te worden over Patty. Hij liep klappertandend terug de helling op en om het huis heen naar de voorkant, waar hij haar in het gras naast het trapje aantrof, opzij gevallen, met haar ogen stijf dicht. De schrik sloeg hem om het hart toen hij merkte dat ze niet langer rilde.

'Oké, Patty,' zei hij, bij haar neerknielend. 'Dit slaat nergens meer op, oké? Ik neem je mee naar binnen.'

Ze roerde zich lichtjes, strammig. Haar spieren waren hun soepelheid kwijt, en er kwam geen warmte meer door het corduroy van haar jasje. Hij probeerde haar overeind te trekken, maar ze bleef niet op haar benen staan, dus nam hij haar in zijn armen en droeg haar naar binnen, waar hij haar op de bank neerlegde en met dekens bedekte. 'Dit was oerstom van je,' zei hij terwijl hij de fluitketel op het vuur zette voor thee. 'Dit zijn levensgevaarlijke spelletjes, Patty. Het hoeft niet te vriezen, weet je. Bij een paar graden boven nul kun je ook het loodje leggen. Echt heel dom om daar zo lang te blijven stilzitten. Ik bedoel, kom op, hoe lang heb je wel niet in Minnesota gewoond? Heb je daar dan helemaal níks geleerd? Oer- en oerstom van je.'

Hij draaide de verwarming hoger, bracht haar een mok thee en trok haar in een zittende houding om een slokje te nemen, maar ze spuugde het direct over de dekens heen. Toen hij de beker opnieuw aan haar lippen wilde zetten, schudde ze haar hoofd met een protesterend geluidje. Haar vingers waren ijskoud, haar armen en schouders steenkoud.

'Godverdomme, Patty, waar slaat dit nou op? Wat wou je nou duidelijk maken met die flauwekul? Dit is het stomste wat je me ooit hebt aangedaan.'

Ze viel in slaap terwijl hij zijn kleren uittrok, en werd maar flauwtjes wakker toen hij de dekens wegtrok en haar jasje uittrok, en met veel moeite haar jeans, en vervolgens in zijn onderbroek naast haar kroop en de dekens over hen beiden heen trok. 'Oké, en nu bij kennis blijven, goed? Wakker blijven, Patty.' Hij drukte zoveel mogelijk van zijn lichaamsoppervlak tegen haar marmerkoude vlees. 'Wees nou niet óók nog zo stom om nu bewusteloos te raken, oké?'

'Mm-m,' zei ze.

Hij omarmde haar en wreef haar, en bleef op haar schelden, woedend om de streek die ze hem geleverd had. En ze bleef maar koud, bleef maar wegvallen en nooit echt wakker worden, maar na een eeuwigheid leek er iets te klikken in haar binnenste en begon ze te huiveren en naar hem te grijpen. En hij bleef haar wrijven en omarmen, en toen, opeens, gingen haar ogen wijd open en keek ze hem in de zijne.

Zo bleef ze liggen, zonder te knipperen, waardoor haar ogen nog steeds iets doods hadden, iets onwezenlijks. Alsof ze dwars door hem heen keek, en door de muren achter hem, rechtstreeks het koude heelal in, naar een toekomst waarin ze beiden dood zouden zijn, naar het niets waarin Lalitha en zijn vader en moeder al waren opgegaan, maar ze leek hem wel degelijk óók in zijn ogen te kijken en hij voelde haar lichaam met de minuut warmer worden. Dus hield hij op haar te bestuderen en beantwoordde in plaats daarvan haar doordringende blik. Voordat het te laat zou zijn, voordat deze connectie tussen het leven en dat wat erna kwam verloren ging, om haar in de gelegenheid te stellen al zijn wrok te zien, alle haat van zijn tweeduizend eenzame nachten, juist nu, nu er ook nog die verbinding was met de leegte waarin de som van alles wat ze ooit gezegd en gedaan hadden, al het leed dat ze elkaar hadden berokkend en elke vreugde die ze hadden gedeeld, alles bij elkaar minder zou wegen dan het kleinste donsveertje in de wind.

'Ik ben het,' zei ze. 'Ik ben het maar.'

'Dat weet ik,' zei hij, en hij gaf haar een kus.

Zowat de laatste uitkomst die de bewoners van Canterbridge Estates van het Walter-verhaal hadden verwacht, was dat ze het nog eens jammer zouden vinden om hem te zien vertrekken. Niemand van hen, en Linda Hoffbauer wel het minst, had zich ooit kunnen voorstellen dat er een zondagmiddag in begin december zou komen waarin Walters Prius op Canterbridge Court verscheen en zijn vrouw Patty uitstapte om van deur tot deur te gaan, zich kort maar amicaal voor te stellen en ieder te verrassen met een bord zelfgebakken kerstkoekjes. Linda was niet minder verbaasd dan de anderen, maar ze vond het vooral netelig, aangezien er niets aan Patty was waar je op voorhand een hekel aan kon hebben, en het was natuurlijk uitgesloten dat je zo'n leuk kerstcadeautje afsloeg. Haar nieuwsgierigheid won het ten slotte en ze vroeg Patty zelfs binnen te komen, en voor ze het wist zat Patty midden in de woonkamer op haar hurken, lokte de katten naar zich toe, die zich volgaarne lieten aaien, en vroeg Linda naar hun namen. Ze was zo innemend als Walter afstotend was. Toen Linda vroeg hoe het kwam dat ze elkaar nooit eerder hadden ontmoet, lachte Patty kwinkelerend en zei: 'Tja, Walter en ik hadden een kleine adempauze ingelast.' Linda vond dat een eigenaardige maar ook wel diplomatieke formulering, die een moreel oordeel bemoeilijkte. Niet onverstandig. Patty liet zich graag nog even door het huis rondleiden en genoot van het uitzicht over het met sneeuw bedekte meer, en bij het afscheid nodigde ze Linda en familie uit voor het openhuisfeest dat Walter en zij op nieuwjaarsdag zouden geven.

Linda voelde er eigenlijk niets voor om voet te zetten in het huis van Bobby's moordenaar, maar toen ze erachter kwam dat alle anderen (behalve de twee echtparen die in Florida zaten) het feest zouden bijwonen, won haar nieuwsgierigheid het opnieuw, geholpen door de dwang om iets aan haar tanende populariteit te doen – met de kerkgangers van Canterbridge Court stond ze nog altijd op goede voet, maar veel anderen vonden het nogal overijld en wraakzuchtig dat ze na het verdwijnen van haar kat meteen drie nieuwe had gekocht, omdat het niet viel uit te sluiten dat Bobby een natuurlijke dood was gestorven. Voor Linda telde dit zwaar, want als goed christen mocht je niet wraakzuchtig zijn. Ze liet man en kinderen weliswaar thuis op nieuwjaarsdag, maar reed zelf in haar Suburban naar het oude huis en gaf zich gewillig over aan de extra hartelijke ontvangst die Patty haar bereidde. Ze stelde Linda voor aan haar dochter en zoon en leidde haar via de achterdeur naar de rand van het meer, om vandaar haar eigen huis te zien liggen. Linda had zeer wel in de gaten dat ze bespeeld werd door een virtuoos, en dat ze nog veel van Patty kon opsteken op het gebied van charmeoffensieven. Nu al, in nog geen maand, had Patty al de buren voor zich gewonnen die Linda allang niet meer binnenlieten als ze bij hen aan de deur kwam om ergens haar beklag over te doen, die de deur dan op een kier hielden en haar in de kou lieten staan. Ze deed een aantal enthousiaste pogingen om Patty tot een uitglijer te verleiden en zich als progressievelinge bloot te geven – vroeg haar of ze ook zo'n vogelliefhebster was ('Eerlijk gezegd niet, maar een Walter-liefhebster ben ik des te meer, dus ik kan er wel mee leven,' lachte Patty) en of ze al een kerk in de omgeving had uitgekozen om op zondag naartoe te gaan ('Nee, maar ik vind het juist geweldig dat de keuze hier zo ruim is,' zei Patty) en kwam toen tot de slotsom dat haar nieuwe buurvrouw een veel te geduchte opponente was om al te lichtvaardig de degens mee te kruisen. Toen ze weer naar binnen gingen, bleek Patty bij wijze van platmaker een uitgebreid en overheerlijk buffet te hebben gemaakt. Linda schepte haar bord vol in de welhaast blije wetenschap dat ze haar meerdere had gevonden.

Toen ze terugging voor een tweede portie, onderschepte Walter haar bij de buffettafel. 'Wat leuk dat je ook gekomen bent, Linda.'

'Ik vond het heel lief dat je vrouw mij ook uitnodigde,' zei Linda.

De terugkeer van zijn vrouw had Walter er kennelijk toe gebracht zich weer te gaan scheren. Zijn wangen waren glad. Hij zag er bijna schoongeboend uit. 'Luister,' zei hij zachtjes, 'ik vond het vreselijk dat jullie kat opeens verdwenen was.'

'Werkelijk?' zei ze. 'Ik dacht dat je zo'n hekel had aan Bobby.'

'Had ik ook, hij was een moordmachine voor de vogels hier. Maar ik weet dat jullie van hem hielden, en hoe erg het is een huisdier kwijt te raken.'

'Tja, we hebben er nu drie, dus...'

Hij knikte. 'Probeer die zoveel mogelijk binnen te houden als je kunt. Daar zijn ze veiliger.'

'Eh, sorry, is dat een dreigement?'

'Welnee, ben je mal,' zei hij vriendelijk. 'Gewoon een feit. Het is hier nu eenmaal een gevaarlijke omgeving voor kleine dieren. Kan ik nog iets te drinken voor je halen?'

Iedereen merkte die dag, en in de maanden daarna, dat Patty's hartelijkheid nog het meest van invloed was op Walter zelf. In plaats van zijn buren nijdig voorbij te zoeven in zijn Prius, stopte hij nu om zijn raam te laten zakken en gedag te zeggen. In de weekeinden bracht hij Patty naar het gedeelte van de oever waar het ijs sneeuwvrij werd gehouden en de kinderen ijshockey speelden, en gaf haar daar schaatsles, en het viel iedereen op hoe snel Patty zich erin bekwaamde en hoe goed ze werd. Als het een poosje dooide, zagen ze de twee Berglunds op pad gaan voor lange wandelingen, soms zelfs helemaal naar Fen City. En toen in april de grote voorjaarsdooi aanbrak, ging Walter opnieuw de deuren langs op Canterbridge Court, maar ditmaal niet om mensen vermanend toe te spreken over hun kat, maar om hen uit te nodigen voor een serie natuurwandelingen die hij in mei en juni ging organiseren met een bevriende wetenschapper, zodat ze hun nieuwe leefomgeving konden leren kennen en met eigen ogen konden zien hoe de bossen hier wemelden van het leven. Linda Hoffbauer had intussen haar laatste verzet tegen Patty gestaakt, met de openlijke erkenning dat die als geen ander wist hoe je een man in het gareel moest houden. En de buren verwelkomden Linda's nieuwe houding, en zetten hun deuren weer iets wijder voor haar open.

En daardoor was de verrassing groot, en was er treurnis alom, toen de Berglunds halverwege die zomer, na diverse barbecues te hebben gegeven en tal van tegenbezoeken te hebben afgelegd, met de mededeling kwamen dat ze eind augustus naar New York zouden verhuizen. Patty legde uit dat ze de leuke baan weer wilde oppakken die ze in het onderwijs had, en dat haar moeder, haar broer en zussen, haar dochter en Walters beste vriend allemaal in of in de nabijheid van New York woonden, en dat het huisje aan het meer dan wel grote betekenis voor haar en Walter had, maar dat er aan alles nu eenmaal een eind kwam. Toen haar gevraagd werd of ze er nog wel naartoe zouden komen voor vakanties, betrok haar gezicht en zei ze dat Walter anders had beslist. Hij had zijn eigendom in beheer gegeven bij een plaatselijke landtrust, die er een vogelreservaat van zou maken.

Luttele dagen nadat de Berglunds in een huurvrachtwagen waren vertrokken, Walter luid toeterend en Patty hartelijk zwaaiend, arriveerde er een gespecialiseerde werkploeg die langs het gehele terrein een hoge en kattenbestendige omheining oprichtte (Linda Hoffbauer putte moed uit Patty's afwezigheid en sprak van een ontsierende aanblik) en kort daarop kwam er een andere ploeg om het huisje te strippen. Alleen de buitenwanden en het dak bleven intact, opdat het uilen en zwaluwen tot toevluchtsoord kon dienen. Tot op de huidige dag is het terrein alleen vrij toegankelijk voor vogels en voor de bewoners van Canterbridge Estates, via een elektronisch toegangshek waarvan alleen zij de cijfercombinatie kennen. Daarboven hangt een kleine keramische foto van het mooie donkerhuidige meisje naar wie het reservaat is vernoemd.

De schrijver dankt Kathy Chetkovich en Elisabeth Robinson voor hun hulp bij dit boek. Ook veel dank aan Joel Baker, Bonnie en Sam Blodgett, Scott Cheshire, Rolland Comstock, Nick Fowler, Sarah Graham, Cherlie Herlovic, Tom Hjelm, Lisa Leonard, David Means, George Packer, Deanna Shemek, Brian Smith en David Wallace, alsook aan de American Academy in Berlijn en Cowell College van The University of California at Santa Cruz.